Hanna Caspian

Gut Greifenau

Abendglanz

Roman

Besuchen Sie uns im Internet:
www.knaur.de

Vollständige Taschenbuchausgabe November 2018
Knaur Taschenbuch
© 2018 Knaur Verlag
Ein Imprint der Verlagsgruppe
Droemer Knaur GmbH & Co. KG, München
Alle Rechte vorbehalten. Das Werk darf – auch teilweise –
nur mit Genehmigung des Verlags wiedergegeben werden.
Redaktion: Dr. Clarissa Czöppan
Covergestaltung: ZERO Werbeagentur, München
Coverabbildung: Richard Jenkins
Karten/Pläne: Computerkartographie Carrle
Satz: Adobe InDesign im Verlag
Druck und Bindung: CPI books GmbH, Leck
ISBN 978-3-426-52150-2

2 4 5 3 1

Für Minne

*Du warst eine großartige Geschichtenerzählerin.
Ich bin mir sicher, diese Geschichte hier hätte dir sehr gefallen.*

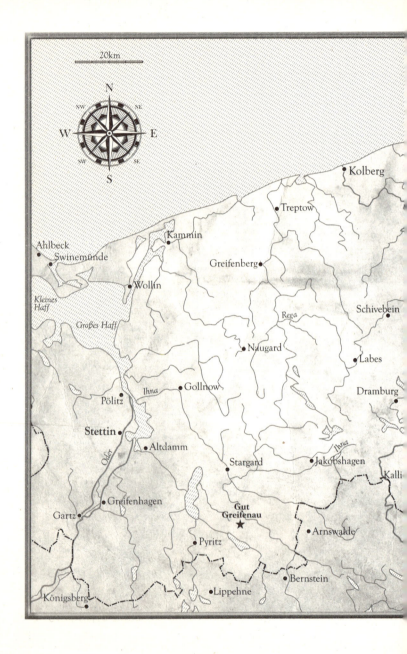

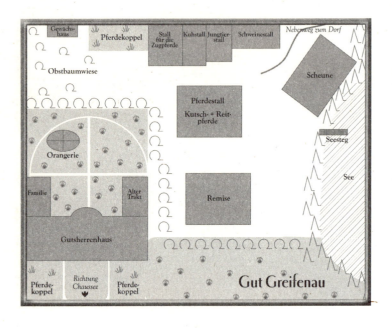

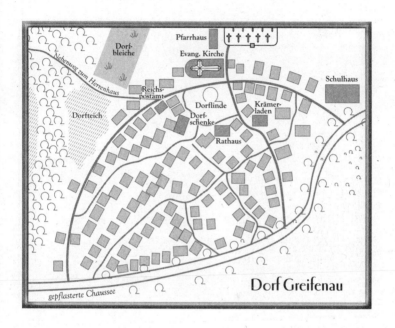

Personenübersicht

Herrschaft

Donatus von Auwitz-Aarhayn   alter Patron
Adolphis von Auwitz-Aarhayn   neuer Gutsherr von Gut Greifenau
Feodora, geb. Gregorius   Gutsherrin
Konstantin   ältester Sohn
Anastasia   älteste Tochter, verheiratete Gräfin von Sawatzki
Nikolaus   mittlerer Sohn
Alexander   jüngster Sohn
Katharina   jüngste Tochter

Bedienstete

Albert Sonntag   neuer Kutscher
Karl Matthis   Hauslehrer
Theodor Caspers   oberster Hausdiener und Butler
Ottilie Schott   Mamsell und Kammerzofe
Irmgard Hindemith   Köchin
Bertha Polzin   Küchenmagd
Wiebke Plümecke   Stubenmädchen
Clara Fiedel   Stubenmädchen
Hedwig Hauser   Hausmädchen
Kilian Hübner   Hausknecht
Johann Waldner   Stallmeister / Vorknecht
Eugen Lignau   Stallknecht
Tomasz Ceynow   polnischer Landmaschinenarbeiter

Sonstige

Egidius Wittekind   evangelisch-lutherischer Pastor
Paula Ackermann   Enkelin von Egidius Wittekind
Rebecca Kurscheidt   Dorflehrerin
Julius Urban   Sohn eines reichen Industriellen
Ludwig von Preußen   Neffe von Kaiser Wilhelm
Raimund Thalmann   Gutsverwalter
Annabella Kassini   Mätresse
Hektor Schlawes   früherer Kutscher
Tobias Güstrow   ältester Sohn eines Pächters

Kapitel 1

29. Mai 1913 – Greifenau, Hinterpommern, gräfliches Landgut derer von Auwitz-Aarhayn

Er würde an den guten alten Traditionen noch ersticken. Zum Teufel mit dem alten Sturkopf! Neuerungen drängten, sonst würden sie den Anschluss verpassen. Konstantin machte sich gefasst auf unausweichliche Streitgespräche mit seinem Großvater, jetzt und in den kommenden Jahren.

Immerhin hatte er die besseren Argumente. Dieses Wissen zauberte ihm ein grimmiges Siegerlächeln ins Gesicht. Selbst wenn er Großpapa nicht würde überzeugen können, weil dieser jegliche Diskussionen im Keim erstickte – er würde trotzdem gewinnen, früher oder später, denn die Zeit spielte für ihn.

Die Kutschen, die mit ihren luxuriösen Ausstattungen Bequemlichkeit vorgaukelten, rumpelten über die gepflasterte Auffahrt. Draußen nickten die Kopfweiden zur Begrüßung. Das Herrenhaus thronte auf einem sanften Hügel. An den Ecken des Gebäudes ragten Treppentürme hoch, reich verziert mit Reliefs. Blatt- und Perlenzinken schmückten die vordere Fassade. Es war fast ein Schloss. Sie waren zu Hause.

Schon für gewöhnlich trug Caspers eine strenge Miene zur Schau, die niemals von einem Lächeln behelligt wurde. Aber jetzt gerade war sein Gesicht zu einer Fratze verzerrt. Er stürmte den Wagen entgegen, was nichts Gutes prophezeite. Die Rockschöße seiner Livree flatterten. Der Regen wusch ihm Strähnen des lichten schwarzen Haares in die Stirn.

Caspers warf einen finsteren Blick in ihre Kutsche und eilte sogleich zur zweiten, in der Katharina mit den Eltern saß. Der Hausdiener riss die Tür auf. Das war ein ungehöriges Benehmen. Alexander, Konstantins jüngster Bruder, hob spöttisch interessiert die Augenbrauen. Was da vor sich ging, verhieß Abwechslung. Sogar Mamsell Schott schien verblüfft.

Endlich blieb der Landauer vor der Freitreppe stehen. Warteten die anderen Bediensteten in der Halle auf sie? Immerhin kam die Familie nach drei Wochen Aufenthalt in der Reichshauptstadt heim. Für gewöhnlich löste ihre Ankunft einen Aufmarsch des Hauspersonals aus. Beunruhigt zwängte Konstantin sich zum schmalen Ausstieg hinaus.

Caspers zappelte hektisch vor der anderen Kutsche. Seine Stimme klang schrill. »... schon unterwegs und holt Doktor Reichenbach.« Der oberste Hausdiener trat zur Seite, und Konstantins Vater, Graf Adolphis Eitel von Auwitz-Aarhayn, stieg aus.

»Konstantin. Du ebenso, Alexander. Wir müssen ...« Sein Blick sprang verstört zwischen seinen Söhnen und der leeren Treppe hin und her. Der Regen benetzte sein hochrotes Gesicht.

»Der Leiterwagen wird gerade fertig gemacht. Eugen müsste jeden Moment vorfahren«, erklärte Caspers eilfertig.

»Euer Großvater ... ist ... verunglückt. Wir fahren sofort hin.«

Just in dem Augenblick erschien das Pferdegespann auf dem Weg zum Vorplatz.

»Adolphis, du willst doch wohl nicht auf diesem Gefährt ... mit der teuren Kleidung.« Gräfin Feodora von Auwitz-Aarhayn klang empört, verstummte aber, als sie das Gesicht ihres Mannes sah.

»Waldner, räumen Sie die Koffer runter. Wir nehmen eine Kutsche und den Leiterwagen.« Konstantins Vater wandte sich an Mamsell Schott, die mit ihm und Alexander in einem Wagen gesessen hatte. »Bringen Sie rasch einige Decken. Wir müssen meinen Vater vermutlich transportieren.«

Adolphis von Auwitz-Aarhayn packte Konstantin bei den Schultern. »Er war Holz rücken draußen im Dunkelhain.« Seine Stimme brach. »Ein morscher Baum ...«

»Bei diesem Wetter?!« Es hatte den ganzen Tag geregnet. Im Wald musste es furchtbar matschig sein. Aber genau so kannte Konstantin seinen Großvater. Stur und über alles erhaben, sogar über das Wetter. Er würde sich nichts und niemandem beugen und so einem bisschen Regen schon mal gar nicht.

Der neue Kutscher, Albert Sonntag, räumte in größter Eile mit Johann Waldner, dem Stallmeister, die Koffer vom Gepäckträger auf den Kies. Wiebke, eines der Stubenmädchen, eilte mit einem Stapel Wolldecken aus dem Eingang. Mamsell Schott sowie zwei weitere weibliche Bedienstete folgten ihr und fingen an, das Gepäck ins Haus zu tragen.

Konstantins Vater wischte sich Regentropfen von der Stirn, oder war es Angstschweiß? »Kilian ist ins Dorf, zu Doktor Reichenbach.«

»Wie schlimm ist es?« Die Worte kratzten in Konstantins Kehle.

»Wir beeilen uns besser.« Vater wollte schon einsteigen, als er erst Johann Waldner, dann den neuen Kutscher ansah. »Herr Sonntag, Sie fahren mit uns. Eugen, du folgst uns mit dem Leiterwagen.« Sonntag überragte alle an Körpergröße, sogar Caspers. »Waldner, Sie fahren Kilian entgegen. Der Doktor soll nicht erst hierherkommen. Sie sollen direkt zur Unfallstelle fahren. Umgehend!«

Konstantin, sein Vater und auch Alexander stiegen in die Kutsche und folgten dem Leiterwagen.

* * *

Am Waldsaum stiegen sie ab. Die letzten Meter führten durchs Dickicht, wo sie über morsches Totholz, abgebrochene Äste und Teppiche aus Farn stiegen. Der Geruch feuchter Erde, die in ihrem Zersetzungsprozess den fruchtbaren Boden nächster Generationen vorbereitete, stieg Konstantin in die Nase. Der Geruch der Heimat.

Donatus von Auwitz-Aarhayn lag im nassen, modrigen Laub des Vorjahres und atmete pfeifend. Papa kniete sich zu Großvater, der wie ein fernes Echo seiner selbst wirkte. Die Haut verschrammt, die weißen Haare verklebt. Das Gesicht bleich. Die Lider flatterten. Im Blick lag Panik. Konstantin schaute beiseite. Als hätten seine gut gemeinten Gedanken sich zu etwas Bösem verschworen. Das hatte er keinesfalls gewollt. Ein Schauer lief durch seinen Körper.

Der Patriarch war ein Bär von einem Mann, ein stattlicher ostelbischer Landjunker von Bismarck'schem Format. Dicker Schnauzer und Tränensäcke unter den eisblauen Augen. Altersmilde schien ihm unbekannt. Sein Wettermantel lag verrutscht unter ihm, der schwarze Filzhut wenige Meter weiter neben dem schweren Eichenstock. Quer über seinem Oberkörper lag ein gewaltiger Holzstamm.

Die zwei deutschen Doggen des Patriarchen waren an einem Baum angeleint. Sie jankten nervös. Ihr Herrchen lag verletzt auf dem Boden. Die gequälten Laute ließen Schlimmes erahnen. Zwei Waldarbeiter standen so schuldbewusst wie verängstigt daneben.

»Der Baum ist einfach so umgestürzt.«

Großvater ging häufig querfeldein, um den Holzbestand zu inspizieren. Eine seiner Marotten.

»Er ist morsch. Man kann es sehen«, verteidigte sich der andere. »Wir waren auf dem Rückweg, den letzten Stamm zum Polterplatz bringen.« Wie zum Beweis zeigte er auf den eindrucksvollen Kaltblüter, der ein paar Schritte entfernt auf dem Waldweg wartete, eine gefällte Kiefer am Zuggeschirr.

Konstantin schaute zum Vater, der eindringlich auf den Verwundeten einredete. »Befestigt das Geschirr an dem Baumstamm«, bellte er. Sie hätten es längst tun können. Wertvolle Zeit war vertan.

Einer der Waldarbeiter, ein gedrungener, stämmiger Kerl mit roten Wangen, trat nahe an ihn heran.

»Gnädiger Herr, das hatten wir zunächst auch im Sinn, aber wir befürchten …« Er verzog sein Gesicht und zeigte mit dem Kinn Richtung Baumkrone.

Konstantin begutachtete die Situation. Dass der Großvater nicht gänzlich zerquetscht worden war, verdankte er einigen Felsbrocken, auf denen die Krone der maroden Eiche gelandet war. Er schaute zum anderen Ende, wo Sonntag, der neue Kutscher, den gebrochenen Rumpf des Baumes untersuchte. Zerrissen und zersplittert – eine gefallene Naturgewalt.

»Hat es hier in den letzten Tagen gestürmt?«, fragte der Kutscher.

»Nicht so stark wie Anfang des Monats.«

In den ersten Maitagen hatte es in Teilen Europas einen erneuten Wintereinbruch gegeben. Hier im Norden, nahe der Ostsee, hatte er das Land besonders schwer getroffen. Frost, Schnee und heftige Stürme hatten die Region überzogen. Felder waren verwüstet. Bei vielen würde es Ernteverzögerung geben.

Sonntag blickte kritisch, als würde er etwas suchen. »Wir können den Stamm nicht zur Seite ziehen. Das würde Ihrem Großvater … Das wäre nicht gut«, beendete er den Satz. »Wir brauchen einen Hebel. Zusammen schaffen wir es, den Stamm anzuheben. Und zwei müssen den Grafen wegziehen.«

Konstantin nickte. Der Mann schien so findig zu sein, wie er hochgewachsen war. »Ja, einen Hebel. ... Papa! Wie geht es ihm?«

Vater schaute auf. Seine Augen schimmerten feucht. »Es sieht nicht gut aus.« Zögerlich ließ er die Hand des Familienoberhauptes los und stemmte sich auf die Beine. »Ich fürchte, eine Rippe hat die Lunge erwischt«, flüsterte er.

»Kann er sprechen?«

Adolphis schnaubte. »Geflucht hat er.«

Der Kutscher löste die Seile vom Zuggeschirr des stämmigen Kaltblüters. Er zeigte auf eine nahegelegene Stelle. Konstantin erkannte sofort, was er vorhatte.

»Papa, du musst mit Alex zusammen Großvater wegziehen, während wir den Baum hochwuchten.«

Die Waldarbeiter schleppten das frisch geschlagene Holz in Position und schoben es neben dem Grafen unter dem morschen Gehölz durch. Sie ächzten. Eugen Lignau, der Stallbursche, der bisher nur verängstigt danebengestanden hatte, packte mit an. Sonntag half mit, bis sie den schlankeren Stamm geschickt positioniert hatten.

»Es muss schnell gehen«, mahnte Konstantin.

»Alexander, du packst ihn an der linken Schulter, ich an der rechten«, befehligte der Vater.

Konstantin postierte sich zwischen den Waldarbeitern und dem Kutscher, der ein Ende des gefällten Baumstammes gepackt hatte. Eugen stand auf der anderen Seite und drückte mit seinem Körper den Stamm in den Boden, sodass er nicht wegrutschen konnte.

»Auf drei!« Konstantin zählte.

Der Hebel setzte an. Holz knarrte auf Holz. Die Männer stöhnten. Der massige Stamm bewegte sich. Der Körper kam frei, wurde weggezogen, begleitet von gottlosen Flüchen und dumpfen Schmerzenslauten. Sie ließen den Stamm fallen und sprangen zur Seite.

Erst jetzt erlaubte Konstantin es sich, beim Großvater zu knien. Dessen Augen flimmerten, die Augäpfel durchzogen mit rot geplatzten Äderchen, im Mundwinkel verwischtes Blut. Der Atem ging pfeifend, der Brustkorb blieb flach beim Luftholen.

Der Anblick ging ihm durch Mark und Bein. Sein geliebter und gefürchteter Großvater. Es gab keine Erinnerung an eine Zeit ohne ihn. Wie alle anderen litt Konstantin unter der herrischen Art. Sein innerer Kampf – in den letzten Jahren überdies echte, wenn auch nur verbal ausgetragene Kämpfe – hatte Konstantin viel gelehrt. Er hatte gelernt, was er vom Leben zu erwarten hatte und was nicht. Zuoberst stand: Er wollte nicht so werden wie Großpapa. Das bedeutete aber nicht, dass er ihn entbehren konnte. Nicht jetzt schon. Nicht so unerwartet. Ein stechender Schmerz griff nach seinem Herzen. Konstantin ließ endlich den einen Gedanken zu, den er in den letzten Minuten verdrängt hatte: Was, wenn Großvater starb? Mit dem Daumen wischte er ihm liebevoll das Blut von den Lippen.

Donatus von Auwitz-Aarhayn war erst dreiundsiebzig Jahre alt. Für den Patron gab es keinen Grund, warum er zeitiger von der Welt abtreten sollte als der eiserne Kanzler, den er so verehrte. Über achtzig Jahre sollten es schon werden. Donatus dachte nicht daran, die Verantwortung an seinen Sohn zu übergeben – noch lange nicht. Dreiundsiebzig Jahre war kein Alter für einen von Auwitz-Aarhayn zu Greifenau.

Wie viele Dispute hatte Konstantin in den letzten Jahren mit ihm geführt? Über technische Alternativen. Über Änderungen, um effizienter, um ertragreicher zu arbeiten. Jedes einzelne Mal hatte er beim Alten auf Granit gebissen. Und Papa hatte häufig genug den Raum verlassen, so als ginge ihn das nichts an. Pures Desinteresse, oder war es ein Seitenhieb gegen seinen eigenen Vater, den Sturkopf, der seinem Zweitgeborenen ewig die Aufmerksamkeit verweigert hatte? Als Papas älterer Bruder vor Jahren plötzlich an Diphtherie gestorben war, hatte Donatus den jüngeren Sprössling in die Pflicht nehmen müssen. Doch der hatte sich schon an einen unnützen und freien Lebensstil gewöhnt, den er nicht mehr aufgeben wollte.

Alexander erschien mit einer Decke, die er neben dem Großvater ausbreitete. Konstantin nickte zustimmend, aber Vater zweifelte. »Er hat zu große Schmerzen. Wir dürfen ihn nicht bewegen.«

»Das müssen wir«, sagte Konstantin mit sanftem Nachdruck. »Er muss auf den Leiterwagen.« Aus den Augenwinkeln sah er, wie Eugen bereits die restlichen Decken auf der Holzpritsche verteilte.

Als würde diese Vorstellung die Kräfte des Vaters übersteigen, ließ er den Kopf hängen. »Seid um Gottes willen behutsam.«

Zu sechst zogen sie die Decke unter den malträtierten Körper und trugen ihn vorsichtig zum Leiterwagen. Der alte Patriarch stöhnte unentwegt.

Konstantin hockte sich zu ihm auf den Wagen. Die fleckige, runzelige Hand war eiskalt und steif. Wie seltsam es war, diesen so vertrauten Menschen zu berühren. Ein Klopfen auf die Schulter oder ein Schlag hinter die Ohren war die einzige Art des Körperkontaktes gewesen, die es bislang zwischen ihm und seinem Großvater gegeben hatte.

Das Stöhnen hielt an, während der Leiterwagen langsam über den Waldboden holperte. Als sie den Waldrand erreichten, kam ihnen die zweite Kutsche entgegen. Kilian, der Hausbursche, lenkte sie geschickt an die Seite.

Doktor Reichenbach kletterte sofort zum Verletzten hinauf. Er hielt sich nicht mit Begrüßungsfloskeln auf, sondern untersuchte den alten Grafen sofort. Er betastete den Oberkörper. Die Laute, die der Großvater von sich gab, machten klar, wie es um ihn stand. Die Miene des Doktors verdüsterte sich. Als er aufblickte, blieb er stumm. Er schien nach gütigen Worten zu suchen, um das Schlimmste zu formulieren. Schließlich schüttelte er fast unmerklich den Kopf.

Vater verstand. »Bringen wir ihn nach Hause.«

29. Mai 1913

Katharina mochte ihren Großvater, auch wenn er ihr gelegentlich Angst machte. Wenn ihm eine Sache nicht passte, donnerte seine Stimme über den Hof wie Gefechtslärm. Mehr als einmal hatte sie erlebt, wie ihr Großvater einem Pächter so zugesetzt hatte, dass der wie ein geprügelter Hund davongeschlichen war. Oft genug hatte sie dem alten Mann zugehört, wenn der von Zeiten geschwärmt hatte, in denen sein Vater die Bauern noch mit dem Ochsenziemer gezüchtigt hatte. Alle Welt hatte Angst vor ihm. Auch Konstantin und Nikolaus, ihre ältesten Brüder, schienen für ihn beständiger Anlass zum Tadel zu sein – von ihren Eltern ganz zu schweigen. Glücklicherweise war Großpapa zu ihr und Alexander, den beiden Jüngsten, nicht so herrisch.

Im Moment beschlich sie echte Beklemmung. Vorhin war Papa furchtbar bleich geworden, und Mama hatte die Hand vor den Mund geschlagen. Eine theatralische Geste, die sie von ihr gewohnt war, dieses Mal aber hatte es gewirkt, als wäre sie wahrhaftig bestürzt.

Großpapa war nicht mit nach Berlin gereist. Er hasste es, Grund und Boden zu verlassen. So waren Aufgaben, die er Papa übertrug, ausschließlich mit Reisen verbunden. Wann immer er es einrichten konnte, ließ er Geschäftspartner aufs Gut kommen. Ein Tag, an dem er den Fuß nicht auf die Scholle setzte, sei ein verlorener Tag. Dies sei der beste Ort auf Erden. Der einzige für ihn.

Indessen hatten die drei Wochen in Berlin Katharina die Augen geöffnet. Als hätte ein eiskaltes Wasserbad ihr den letzten Rest Kindheit abgewaschen und sie in ein neues Leben gestoßen. Hellwach und aufgeregt, so fühlte sie sich. Sie sah die Welt mit neuen Augen. Sie wollte ihr entgegenstürmen und sie einsaugen mit jedem einzelnen ihrer Atemzüge. Ihr Dornröschenschlaf war zu Ende.

Dann war der Tag der Abreise gekommen. Mit jedem Kilometer, den sie hinter sich gebracht hatte, hatte sie gespürt, wie das alte Leben nach ihr gegriffen und die eingeübte Ordnung eingefordert hatte. Jetzt würde sie wieder weggeschlossen, verborgen hinter Mauern, die Langeweile und Starrheit atmeten. Wie konnte sie in dieses eintönige Leben zurückkehren? In einen Alltag, in dem ein rascher Wetterwechsel die großmöglichste Abwechslung versprach. Auf die unerquickliche Spannung, die ihre Rückkunft für sie bereitgehalten hatte, hätte sie allerdings verzichten können. Überrascht spürte sie, wie die Vorfreude auf Veränderung der Angst vor einem drastischen Wandel wich.

Oben an der Balustrade der großen geschwungenen Treppe blieb Katharina stehen. Hauslehrer Matthis hatte sich unten in der Eingangshalle postiert, die Daumen in seine Hosenträger eingehakt, und observierte die Dienstboten. So stand er mit vorgestrecktem Bauch mitten im Weg und wippte auf seinen Füßen vor und zurück. Bertha, die Küchenmagd, kam mit zwei großen Koffern unter den Armen hinein.

»Schneller, schneller. Was soll denn die Familie denken? Ihr seid ja immer noch nicht fertig. Du arbeitest wie ein lahmer Gaul«, trieb Matthis sie an.

»Wie lange muss ich ihn noch ertragen?«, flüsterte Katharina leise. Sie schüttelte unwillig den Kopf, als könnte sie so seine Existenz auslöschen. Unten schleppte sich Wiebke, eins der Stubenmädchen, klein und schmal, mit einem einzigen riesigen Koffer auf dem gebeugten Rücken ab. Sie bugsierte ihn um Matthis herum. Eigentlich wäre das Tragen der Koffer die Aufgabe von Kilian gewesen, aber der war gerade mit wichtigeren Aufgaben betraut.

»Keine Müdigkeit vorschützen. Ich denke, das geht auch schneller.« Matthis liebte es, anderen Befehle zu erteilen. Oder Lektionen. Oder ihre Wortwahl zu verbessern.

»Ich denke, Herr Hauslehrer, wenn jemand dem Personal sagt, dass es schneller arbeiten muss, dann bin ich es.«

Das war die kratzende Stimme von Caspers. Schnell zuckte Katharina zurück. Wenn die beiden Männer sie nicht entdeckten, würde sie vielleicht das Vergnügen haben, bei einem Hahnenkampf zuschauen zu können. Heimlich drückte sie sich in den Hintergrund.

»Ja, aber die Herrschaften ... Es soll doch schnell gehen. Und gerade jetzt, wo ... es ein Unglück gegeben hat.«

»Ich würde es begrüßen, wenn Sie ein für alle Mal die Anleitung der Dienstboten mir überließen.«

Matthis, dem man von hier oben gut auf die immer lichter werdenden rotbraunen Locken schauen konnte, schniefte laut. Das schmeckte ihm überhaupt nicht. Caspers hatte ganz klar das Sagen über das Hauspersonal und er nur über die jungen Herrschaften. Und mit ihnen musste man leider sehr viel nachsichtiger umgehen, als ihm lieb war.

Katharina vermutete, dass er davon träumte, sie genauso zu dressieren wie einen Hund, dem man einen Stock zum Apportieren hinwirft. Aber das war ihm leider nicht gestattet. Und seit Papa vor zwei Jahren nach einem unschönen Vorfall, bei dem Alexander eine maßgebliche Rolle gespielt hatte, dem Hauslehrer den Einsatz des Rohrstockes verboten hatte, blieb ihm seine Lieblingsbeschäftigung verwehrt. Damals hatte die Fehde zwischen ihm und Caspers angefangen. Auch wenn die Geschwister keinen von beiden so recht leiden konnten, waren sie schon aus Prinzip auf Caspers Seite.

»Und ich sehe hier nur einen, der sich nicht schnell bewegt«, setzte Caspers nun nach.

Das war zu viel. Hörbar echauffiert drehte Matthis sich um und ging schnaubend davon.

Katharina grinste breit. Sie konnte sich lebhaft vorstellen, dass es zwischen den beiden ganz schön hoch hergegangen sein musste während ihrer Abwesenheit.

»Katharina!« Ihre Mutter trat gemeinsam mit Mamsell Schott aus der Bibliothek und bedachte sie mit einem strafenden Blick. »Geh dich umziehen. Ich weiß nicht genau, wann es unter diesen Umständen Essen geben wird, aber du solltest lernen, vorbereitet zu sein.« Gräfin Feodora von Auwitz-Aarhayn eilte durch die Eingangshalle. »Ich muss dringend in den Park. Ich muss wissen, dass es meinen Rosen gut geht.«

Katharina starrte ihr entgeistert nach. Niemand wusste genau, was mit Großpapa war, aber dass es schlimm sein musste, war allen bewusst. Und das Einzige, was ihrer Mutter in den Sinn kam, waren ihre geliebten Blumen.

War sie denn besser? Sie selbst hatte sich doch auch an dem Gefecht der beiden Gockel ergötzt. Noch etwas anderes verursachte ihr ein schlechtes Gewissen: Mehr als der mögliche Tod ihres Großvaters umklammerte eine Sorge ihre Brust: Die Aussicht, ihr Vater würde die Leitung des Gutes übernehmen. Was, wenn er nicht auf Konstantin hören würde?

Mit einem letzten Blick ins prunkvoll gestaltete Vestibül wandte sie sich ab und ging in den Westflügel. Sie würde der Anweisung ihrer Mutter besser schnell nachkommen.

Ihre Zimmertür ging auf, gerade als Katharina ihren Reisemantel ablegte. Clara war sofort bei ihr und half ihr mit dem Hut.

»Und, haben Sie sie gesehen? Prinzessin Viktoria Luise? Was für ein Hochzeitskleid hat sie getragen?« Clara war das andere Stubenmädchen und wechselte sich mit Wiebke ab, ihr beim Ankleiden zur Hand zu gehen. Um ihre Mutter kümmerte sich meistens Mamsell Schott.

»Leider nein. Ich durfte nicht mit ins Berliner Schloss. Ich bin ja noch nicht offiziell bei Hofe eingeführt.« Bedauerlicherweise hatte Katharina die Prinzessin nur von Weitem gesehen. Bei den Feierlichkeiten waren nur ihre Eltern und Konstantin anwesend gewesen. Mama hatte ihr allerdings in aller Ausführlichkeit am nächsten Tag davon berichtet.

»Meine Mutter hat mir aber davon erzählt. Es war weiß, und sie hatte wohl einen langen, luftigen Schleier unter der großen Krone. Der Saal muss prachtvoll geschmückt gewesen sein. Die Damen haben alle ihre neuen Kleider vorgeführt. Mama auch. Alle trugen ihre besten Schmuckstücke, und die Männer sind in Gardeuniformen gekommen. Oh, wäre ich nur einen Tag im Leben so schön wie Prinzessin Viktoria Luise.«

Clara erwiderte ihr sehnsuchtsvolles Lächeln. Für einen Augenblick gaben sich die beiden unterschiedlichen Mädchen dem gleichen Traum hin.

Katharina schüttelte den Kopf. »Es gab sogar Kinematographen.«

»Was ist das?«

»Das sind Apparate, mit denen ganz viele Fotografien hintereinander geschossen werden. Und wenn man sie schnell hintereinander zeigt, nennt man es Film.«

»Ah so, Filme. Davon habe ich gehört. Ich würde gerne mal in ein solches Lichtspieltheater gehen.«

»In Stettin gibt es eins, hat Konstantin erzählt.«

»Haben Sie schon mal einen Film gesehen?«

»Leider nein. Aber Papa war mit Mama einen Abend im Varieté, wo sie neben anderen Kuriositäten auch Filme gezeigt haben. Es soll sehr echt aussehen.«

Clara runzelte die Stirn. Sie wusste wohl nicht recht, wie sie sich das vorzustellen hatte. »Und was haben Sie sonst noch alles erlebt?«

»Berlin ist so anders. Es gibt so viele Kraftwagen, viel mehr als bei uns. Und die Straßenbahnen fahren durch die Stadt, mitten auf der Straße. Man muss vorsichtig sein, dass man nicht unter die Waggons gerät. Und dann wieder gibt es Züge, die fahren hoch oben über den Straßen.«

»Züge im Himmel?«

»Nein, nicht im Himmel, eher wie Brücken mitten zwischen den Häusern. Man muss es mit eigenen Augen gesehen haben. Es gibt auch Züge in der Erde. Die fahren unter der Stadt, unter den Häusern!«

»Davon habe ich gelesen. Ich frage mich, was passiert, wenn die Häuser einstürzen.«

»Deswegen durften wir auch nicht mit. Konstantin und Vater haben sich den Bahnsteig der Untergrundbahn am Viktoria-Luisen-Platz angeschaut. Ich wäre zu gerne dabei gewesen. Ach, es gibt so viele aufregende Dinge in Berlin. Es war einfach überwältigend.« Während Clara ihr das Kleid aufknöpfte, ließ Katharina ihre Eindrücke Revue passieren.

Der bewegendste Vorfall war zu demütigend für Mama gewesen, als dass Katharina diese Episode erzählen durfte. Da außer Konstantin noch niemand von ihnen je mit einer Straßenbahn gefahren war, hatte Papa Billetts für die ganze Familie gelöst. Währenddessen verursachte Mama weiter hinten einen kleinen Tumult, weil sie – eingezwängt vom Korsett und behindert durch ihre lange Schleppe – es nicht schaffte, auf das Podest der Straßenbahn zu steigen. Alexander und Konstantin halfen unten, als plötzlich eine schmutzige Männerhand nach ihr griff und sie hochzog. Der Arbeiter wollte nur helfen, aber Mama lamentierte lautstark, was die Aufmerksamkeit des Schaffners erregte. Er kam nach hinten und forderte Mama zu allem Überfluss auf, ihre Hutnadel während der Fahrt aus dem Hut zu nehmen. Natürlich kam sie der Aufforderung nicht nach. Nicht einmal der Hinweis auf einen überaus blutigen Unfall, der sich vor wenigen Wochen beim Bremsen einer Straßenbahn ereignet hatte, konnte sie umstimmen. Daraufhin nötigte der Schaffner sie, den Waggon wieder zu verlassen. Man dürfe ansonsten nicht weiterfahren. Mama empörte sich vernehmbar. Auch Papas Einschreiten änderte die Haltung des Schaffners nicht. Unmut machte sich breit. Die Leute wollten weiterfahren. Eine Frau schimpfte mit Mama und ließ sich über ihr Gehabe aus, bis die Gräfin empört die Straßenbahn verließ, was wiederum eine Weile dauerte. Die Schleppe ihres Kleides hatte sich auf einer Stufe verfangen und war eingerissen. Ein absolut entwürdigender Vorfall. Nein, davon konnte Katharina gegenüber einer Dienstbotin kein Wort verlauten lassen.

»Wir waren einen ganzen Vormittag im Kaufhaus Wertheim. Ein glitzernder Kunsttempel mit Hunderten von Spiegeln und buntem Glas überall. Es soll das größte Warenhaus in Europa sein. Überhaupt ist in dieser Stadt alles groß. Riesige Häuser und überall breite, gepflasterte oder asphaltierte Straßen. So viel Stein, rundherum nur Stein, und die Häuser sind alle so hoch. Mama und Papa sind alle paar Tage mit uns im Tiergartenpark prominiert. Damit wir frische Luft bekommen. Überall sind Leute, egal wohin man geht. Immer ist etwas los. Auf der Prachtallee Unter den Linden und auf der Friedrichstraße ist ein exklusives Geschäft neben dem anderen, Hunderte von Metern auf beiden Seiten. Was immer auch irgendjemand in der Welt produziert – dort kann man es kaufen. Unfassbar. Die Gehsteige sind bevölkert von fliegenden Händlern mit ihren Bauchläden und Blumenfrauen und Ständen mit exotischem Obst. Vater hat an einem halten lassen. Wir haben eine Ananas gekauft, und für jeden gab es eine Banane.«

»Eine Ananas? Was ist das?«

»Eine Frucht aus den Südsee-Kolonien. Sie soll sehr süß schmecken, wenn sie richtig reif ist, aber unsere hat nicht besonders gut geschmeckt. ... Oh, das muss ich dir erzählen. Zar Nikolaus hat eine Automobilfahrt durch die Stadt gemacht. Und dann waren dort die Anarchisten.«

»Anarchisten? Mitten in Berlin?«

»Sie haben gegen das – wie sie es nennen – blutige russische Zarensystem demonstriert.« Katharina lachte auf. Es klang absurd, den Zaren in einem solchen Licht zu sehen. »Mama hat sich furchtbar aufgeregt. Sie hat fast die ganze Nacht nicht geschlafen.«

»Clara!«

Clara ließ sofort das Kleid los und drehte sich um. »Jawohl, Mamsell Schott.«

»Hatte ich dir nicht eine andere Aufgabe aufgetragen?«

»Aber Wiebke war gerade doch schon ...«

»Verteilst du jetzt die Aufgaben hier?« Ihre Augen wurden schmal. Mamsell Schott hörte nicht gerne Widerworte.

Clara machte einen Knicks und lief sofort davon. »Jawohl, Mamsell Schott.«

»Komtess, Wiebke ist sofort da.« Die Mamsell verließ den Raum.

Katharina seufzte leise. Mit Clara hatte sie immer viel mehr Spaß als mit Wiebke. Aber natürlich würde sie der Mamsell nicht in die Verteilung ihrer Aufgaben dreinreden. Stumm stand sie da und schaute auf die stoffüberzogenen Wände, die ganz in

Mamas Lieblingsfarben gehalten waren: Rubinrot und Smaragdgrün. Goldene Trotteln baumelten an den Brokatvorhängen. Zu schwer, zu tragisch, befand Katharina zum ersten Mal.

Wiebke kam herein und nickte schüchtern. Die beiden Stubenmädchen hätten unterschiedlicher nicht sein können. Clara war pausbäckig, hatte schwarze Haare und braune, engstehende Augen. Sie war lebhaft und wollte immer alles wissen. Wiebke dagegen war ein stilles Wasser. Sie hatte feuerrote Haare, die sie immer streng nach hinten frisierte.

Katharina vermutete, dass sie sie am liebsten ganz versteckt hätte, aber dafür war die Haube, die die Stubenmädchen trugen, nicht groß genug. Wiebke war schmal gebaut und hatte eine Haut, so weiß wie Sahne. Im Sommer bekam sie leicht Sommersprossen, für die sie sich zu schämen schien. Allerdings waren ihre schönen grünen Augen bemerkenswert. Katharina hatte selber grüne Augen, so wie ihre Mutter, aber sie strahlten lang nicht so hellgrün wie Wiebkes. Und da war noch etwas, was sie mit dem Mädchen sofort getauscht hätte. Das Stubenmädchen wirkte schon so erwachsen, dabei war sie erst vierzehn, kaum zwei Jahre älter als Katharina.

»Komtess.« Wiebke deutete einen Knicks an. »Ich hoffe, Sie hatten eine angenehme Reise.« Ohne ein weiteres Wort zu verlieren, fuhr sie fort, das Kleid aufzuknöpfen.

Katharina hatte so viel gesehen, sie sprudelte förmlich über vor lauter Neuem. »Die Hochzeit war unbeschreiblich. Alles, was Rang und Namen hat, war dort in diesem Saal versammelt. Der britische Kronprinz und der russische Zar waren auch dort. Meine Mutter hat mir alles erzählt. Wie schade, dass ich noch zu jung bin und nicht dabei sein durfte.«

»Es war sicher ein rauschendes Fest.«

»Aber zwei Tage zuvor durfte ich mit auf das Jubiläumsfest anlässlich Wagners hundertstem Geburtstag. Ich durfte das grüne Prinzesskleid von meiner Schwester tragen. Es war himmlisch. Stell dir vor, Ludwig von Preußen hat mir seine Karte gegeben.«

»Wer ist das?«

»Einer der Neffen des Kaisers.«

»Oh.« Wiebke war so einsilbig wie immer.

Einen Wimpernschlag lang sonnte Katharina sich in der Erinnerung, aber eilig beschlich sie wieder dieses ungute Gefühl. Etwas an Ludwig von Preußen hatte ihr Angst gemacht. War sie so sehr beeindruckt von diesem großen Namen? Oder war es doch etwas in seinem Gesicht gewesen, das ihr eine Gänsehaut über ihre Arme hatte laufen lassen?

Ihr Kleid glitt zu Boden. Sie trat heraus. »Bitte schnür mir das Korsett weiter.« Mama hatte es nicht einmal auf der anstrengenden Reise erlaubt, dass sie das Korsett bequem schnürte. Zu viel Luftigkeit würde ihre Taille verderben. Da kannte sie keine Nachsicht. Rasch zog Wiebke ihr noch das Unterkleid aus. Dann kam der Korsettschoner fort, und endlich fing Wiebke an, ihr Korsett zu lockern.

»Mach es ganz auf – wenigstens für einen Moment.« Katharina atmete tief durch. Ihr halbes Leben trug Katharina diesen Käfig nun schon. Zu lange, wenn es nach ihr ging. In Berlin hatte sie vereinzelt modern gekleidete Damen gesehen, die das Korsett bereits abgelegt hatten und diese befreiende Reformmode trugen.

Katharina setzte sich aufs Bett, und Wiebke rollte ihr die Strümpfe von den Beinen. Nicht mal das konnte sie alleine machen mit diesem vermaledeiten Teil, das ihr alle Freiheit raubte.

»Soll ich Ihnen das schöne Rote herausholen?«

Katharina nickte, doch dann fiel ihr der Großvater ein. Rot wäre doch gerade etwas unschicklich. »Nein, bitte bring mir das Dunkelblaue.« Sie wartete, bis Wiebke wenig später mit dem Kleid und einem frischen Unterkleid erschien. »Du kannst dir nicht vorstellen, wie viele Damenschneidereien und Herrenausstatter es gibt. Mama hat drei neue Kleider für mich bestellt.« Ihre Augen glänzten. »Ein weißes Tageskleid für den Sommer, ein elegantes Abendkleid in Russischgrün mit Spitze und schimmernden Glasperlen abgesetzt. Und dann noch eins aus hellblauem Chintz mit feinsten Chiffonärmeln und Pailletten und edlen Stickereien.«

»Das muss aufregend sein.«

Klang die Stimme des Stubenmädchens bewundernd oder resigniert?

»Ja, sehr.« Enttäuscht dachte Katharina daran, dass Clara jetzt sofort nach dem Schnitt gefragt hätte und wie die Ärmel aussahen. Und überhaupt, wie denn in Berlin die neueste Mode sei. Vielleicht sollte sie Mama fragen, ob Clara nicht offiziell ihre Kammerjungfer werden könnte. Natürlich würde man nicht Kammerjungfer sagen, denn das bedeutete, dass sie mehr Geld bekommen würde. Andererseits war Wiebke immer sehr gründlich und viel geschickter im Frisieren. Bei Clara verlor sie häufig schon nach zwei Stunden die Haarnadeln. Wenn Wiebke nur nicht so zurückhaltend wäre.

»Ich brauche endlich keine bauschenden Röcke mehr zu tragen. Keine elegante Dame in Berlin trägt das noch. Mutter hatte letztlich ein Einsehen. Sie hat sich selbst neue Garderobe bestellt.«

Katharina freute sich ungemein auf die neuen Kleider. Zwei Blusen und einen Rock hatte sie direkt mitnehmen können, ebenso ein Paar neue Stiefel. Alles war sehr viel moderner als die Kleidung, die sie bisher trug. Ihr fiel ein, dass sie bei dieser Gelegenheit einige ihrer alten Kleider ausmustern und für Weihnachten zurücklegen sollte. Sie würden an die Dienstmädchen gehen. Wenn sie die eleganten Spitzen abtrennten, könnten sie die Kleider gut zum sonntäglichen Gottesdienst tragen.

Ansonsten bot sich den Bediensteten eher selten eine Gelegenheit, den Gutshof zu verlassen.

Sofort kam ihr der neue Kutscher in den Sinn. Immerhin hielt ihre Rückkehr wenigstens einen unverhofften Lichtblick bereit. Schon beim ersten Anblick war sie gebannt von ihm gewesen. Groß gewachsen war er und hatte wunderschöne strahlende Augen. Wenn Katharina sich jemals einen Prinzen vorgestellt hatte, der sie erretten würde, dann hatte er sicher so ausgesehen wie der neue Angestellte. Er musste während ihrer Abwesenheit gekommen sein. Mehr hatte sie bei der kurzen Begrüßung am Bahnhof nicht mitbekommen, als er sich zusammen mit Johann Waldner um ihre Koffer gekümmert hatte.

»Wie ist er denn so, der Neue?«

Wiebke, die gerade frische Strümpfe aus der Kommode holte, zuckte lakonisch mit den Schultern. Trotzdem entging Katharina nicht das kurze Lächeln, das über ihr Gesicht huschte. Auch das Hausmädchen fand den neuen Kutscher attraktiv. Wie sollte es auch anders sein?

»Ich kann noch nicht viel über ihn sagen. Er ist erst gestern Abend spät angekommen, und heute Morgen war er schon sehr früh auf und hat auch nicht mit uns zusammen gegessen. Er war den ganzen Tag über im Stall bei den Pferden und den Kutschen. Ich denke, er wollte heute bei Ihrer Familie wohl einen guten ersten Eindruck machen.«

Katharina schmunzelte. »Das ist ihm sicher gelungen.«

* * *

Der Regen hatte endlich aufgehört, und die Sonne stand tief. Ein warmes goldoranges Licht umhüllte das Herrenhaus. Feingelbe Wolken schmückten den Himmel in der Ferne, so verspielt, wie es sonst nur ein Maler verstanden hätte. Katharina liebte ihr Zuhause, aber urplötzlich kam ihr der Landsitz wie ein steinernes Symbol eherner Traditionen vor, die sie gefangen hielten. Selten genug kam sie weiter hinaus als in eines der nahe gelegenen Dörfer auf einer nachmittäglichen Kutschfahrt. Neben Berlin waren Stettin und Swinemünde die einzigen größeren Städte, die sie kannte, abgesehen von Besuchen bei Mamas Familie in Sankt Petersburg. Doch Sankt Petersburg war so ganz anders als Berlin. Allerdings war sie das letzte Mal vor fast zwei Jahren in der russischen Metropole gewesen und hatte die Stadt noch mit den Augen eines Kindes gesehen. Und nicht einmal Swinemünde, diese prachtvolle Stadt an der Ostsee, die sie mit der Familie einmal im Jahr zu den Kaisertagen besuchte, hatte auch nur annähernd das Flair wie Berlin. Die Hauptstadt war so lebendig, so quirlig, so modern.

Als wollte der Himmel ihren Abschied beweinen, hatte es fast den ganzen Tag geregnet. Seit sie heute früh am Stettiner Bahnhof in ihren Salonwagen gestiegen waren, war es mit der Freiheit vorbei. Konstantin und Alexander hatten das letzte Stück Weg ab Stargard in der zweiten Kutsche mitfahren dürfen. Wie sie sie beneidet hatte! Mamsell Schott war wirklich eine amüsantere Unterhaltung als ihre Mutter, die sie unentwegt gemaßregelt hatte.

Katharina setzte sich aufs Fensterbrett. Näher beim Haus und doch etwas abseits gelegen war ein Hügel aufgeschüttet, unter dem sich das Eishaus verbarg. Angespannt lief ihr Blick über die Weide hinaus. Dahinter lag die gepflasterte Chaussee, die am Dorf vorbei und weiter nach Stargard führte. Pferde grasten entfernt auf einer Koppel. Wald und Wiesen und Felder, so weit das Auge reichte. Nichts, was sie nicht schon Tausende Male gesehen hatte.

Auf dem Kiesweg waren die Kutschen zu hören. Da der Trakt mit den Zimmern der Familie seitlich vom Haupttrakt lag, konnte sie nur einen kurzen Blick erhaschen, als die Kutsche auf dem Kiesboden der Auffahrt wendete.

Sie rannte zur Balustrade oberhalb der Eingangshalle. Sechs Männer trugen Großpapa auf einer Decke herein. Konstantin wies die Männer an, wie sie sich auf der Treppe am besten bewegten, sodass der alte Mann möglichst wenig Erschütterung spüren würde. Erstarrt beobachtete Katharina die Szene. Papa und Doktor Reichenbach blieben unten stehen. Ihr Vater murmelte etwas, das sie nicht verstehen konnte. Der Doktor nickte und folgte sogleich dem Kranken, aber Papa sah sich nach Caspers um.

»Veranlassen Sie, dass Wittekind umgehend geholt wird.«

Caspers verbeugte sich knapp und besprach sich eilig mit Eugen, der wartend am Eingang stehen geblieben war. Der nickte, und die beiden verschwanden sofort.

Als hätte jemand eine schwere Last auf die Schultern ihres Vaters gelegt, stieg er die Treppe hoch.

Papa entdeckte sie. »Kleines.« In seiner Miene konnte sie erkennen, dass es schlecht um den Hausherrn stehen musste. Sehr schlecht, wenn Papa sogar Pastor Wittekind rufen ließ.

Ihr Vater nahm sie kurz in den Arm. »Bereite dich auf das Schlimmste vor.« Er ließ sie los und wischte sich diskret über seine Augen. »Lass uns bitte Kaffee hochbringen. Und etwas zu essen. Ich werde den Abend oben verbringen.« Dann folgte er den anderen.

Zum allerersten Mal in ihrem Leben verstand sie den Satz, den ihre frühere Gouvernante ihr jahrelang vorgebetet hatte, wann immer sie zu direkt einen Wunsch geäußert hatte: *Sei vorsichtig mit dem, was du dir wünschst. Es könnte in Erfüllung gehen.* Sie hatte sich so sehr eine große Veränderung in ihrem Leben herbeigesehnt. Und nun schien es, als würde ihr innigster Wunsch umgehend wahr.

Unten in der Küche wurde bereits in aller Hektik das Abendessen vorbereitet. Katharina gab Frau Hindemith, der Köchin,

Bescheid, weil sie Mamsell Schott nicht finden konnte. Gerade kamen Kilian und der neue Kutscher die Treppe ins Untergeschoss herunter. Katharinas Herz hüpfte. Wie gut er aussah. Sie wollte die Gelegenheit nutzen, sich mit ihm bekannt zu machen, worauf sie schon seit ihrer Ankunft am Bahnhof brannte. Dann sah sie, dass ihm zwei Waldarbeiter folgten. Es war vielleicht nicht der passende Augenblick. Doch er blieb stehen und nahm seine Kappe ab.

»Komtess, wenn ich mich kurz vorstellen darf: Albert Sonntag. Ich habe heute meinen ersten Arbeitstag.« Für einen winzigen, glückseligen Moment lächelte er Katharina zu.

»Gewiss.« Oh Himmel, was sollte sie nur sagen? »Ich meine, ich weiß. ... Wie bedauerlich, dass an Ihrem ersten Tag solch ein Unglück passiert.«

»Das ist in der Tat sehr unerfreulich.« Er sah so aus, als wollte er noch etwas nachsetzen, sagte jedoch nichts weiter.

»Wie geht es meinem Großvater? Wissen Sie, was ihm fehlt?«

Der schöne Mund mit den vollen weichen Lippen zuckte, als wollte er nichts Falsches sagen. »Besser, Sie warten auf den Befund des Doktors.« In seiner Miene lag ehrliches Mitgefühl.

»Oh ... nun. Das werde ich. Danke.« Meine Güte, was hatte er für strahlend blaue Augen! Verhuscht schaute sie zur Seite, als hätte er sie ertappt.

Die zwei Männer hinter ihm scharrten mit den Füßen. Er drehte sich halb zu ihnen. »Ihr Herr Vater sagte, wir sollten uns alle hier unten aufwärmen und unsere Kleider trocknen.«

»Ja, das wird das Beste sein.« Erst jetzt bemerkte sie seine verschmutzte und durchnässte Livree. Die beiden Arbeiter sahen ähnlich mitgenommen aus. Kilian saß schon in der Leutestube am Ofen, und Bertha brachte ihm gerade etwas Warmes zu trinken. »Tun Sie das.«

Ihre Hände zitterten, als sie über den Handlauf der Treppe glitten und sie die Stufen hocheilte. Meine Güte, was für ein merkwürdiges Gefühl ergriff da von ihr Besitz? Es war ihr gänzlich neu.

Als sie oben in der Eingangshalle ankam, wusste sie nichts mehr mit sich anzufangen. Unschlüssig blieb sie stehen. Verdeckt in einer Nische lag der Speiseaufzug. Sie hörte ein leises Quietschen. Er war, vermutlich beladen mit dem gewünschten Kaffee, auf dem Weg in den ersten Stock. Katharina trat mitten ins Vestibül. Hinter der rückwärtigen Wand lag der große Ballsaal, der sich über zwei Etagen erstreckte. Im Westflügel, wo die Zimmer der Familie lagen, flitzte das kindliche Hausmädchen mit Ascheimer und Handfeger durch den Flur und wollte gerade herunterkommen. Als sie Katharina sah, drehte sie abrupt um. Jetzt, da die Familie zu Hause war, waren die Dienstboten wieder auf die Hintertreppe verbannt.

Das Mädchen lief beinahe in Mama hinein, die aus dem Garten zurück war und sich umgezogen hatte. Gräfin Feodora warf ihr einen erbosten Blick zu, doch ohne eine verbale Zurechtweisung rauschte sie von einem Gebäudeflügel in den anderen. Sie hatte es eilig.

Draußen hörte Katharina eine Kutsche. Eugen kam mit Pastor Wittekind. Bestimmt war er gerufen worden, um ihrem Großvater die Krankensalbung zu spenden und die Beichte abzunehmen. Das war ein schlechtes Zeichen. Beklommen begrüßte sie ihn und geleitete ihn den Weg bis zum Schlafzimmer des Großvaters.

Hier im Ostflügel waren die Wände in dunklen Farben gehalten. Seit sie denken konnte, residierte ihr Großvater im alten Trakt des U-förmig angelegten Anwesens. Hier hatte sich nichts verändert, nachdem ihre Großmutter vor acht Jahren gestorben war. Mama ließ ihre privaten Räumlichkeiten und alle Bereiche, in denen Gäste empfangen oder beherbergt wurden, alle paar Jahre modernisieren. Davon hielt ihr Großvater nichts, aber da er ihr den Haushalt überlassen hatte, sagte er dazu nichts. Nichts zur Ausstattung der Räume und zur Kindererziehung, aber bei allem anderen behielt er lautstark das letzte Wort. Ans Aufhören schien er keinen einzigen Gedanken zu verschwenden. Vater störte das nicht.

Katharina klopfte, und ohne ein weiteres Wort wurde Wittekind eingelassen. Sie selbst blieb unschlüssig vor der Tür stehen, die man ihr vor der Nase zumachte. Doch nur einen kurzen Augenblick später trat ihre Mutter mit Konstantin und Alexander heraus. Sie breitete die Arme aus, als wollte sie die Kinder wegscheuchen.

»Kommt, lasst euren Vater alleine mit eurem Großvater.« Ungewohnt behutsam schloss sie die Tür.

»Was wird jetzt mit dem Gut?«

Feodora sah ihren jüngsten Sohn überrascht an. »Was meinst du damit?«

»Was, wenn er stirbt?«

»Alexander, was für eine dumme Frage! Ich muss mich doch sehr wundern. Dein Vater übernimmt natürlich das Gut.« Sie schob sich zwischen den Kindern hindurch und eilte den Gang hinunter.

»Talent soll ja oft eine Generation überspringen. Wohlan, Brüderchen. Ich gratuliere dir.« Alexander klopfte seinem älteren Bruder jovial auf die Schulter.

Als Konstantin ihm die Hand wegschlug, strich Alexander sich gelassen durch die strubbeligen Haare. Spöttisch lächelnd folgte er seiner Mutter.

Konstantins Blick wechselte zwischen der geschlossenen Tür und Katharina. Er ahnte die Befürchtungen seiner Schwester. »Es wird schon alles gut gehen. Papa hat ja noch uns.«

»Du meinst wohl dich! Alexander macht ohnehin nur Blödsinn, und ich ... ich bin nur ein Mädchen.« Es klang bedauernd, aber im Moment fühlte Katharina sich genauso hilflos, wie Mama sie immer darstellte. Wenn Großpapa sterben sollte, dann würde sich hier vieles ändern.

Konstantins Gesichtsausdruck war unergründlich. So heftig er sich mit ihm streiten konnte, so sehr bewunderte er seinen Großvater. In ihrer Liebe für das Land waren sie vereint wie sonst niemand in der Familie. Großvater hielt große Stücke darauf, ein Junker alter Tradition zu sein. Genau deshalb geriet Konstantin wieder und wieder mit ihm aneinander. Ihr Bruder hatte Landwirtschaft studiert und allerlei Ideen mitgebracht, seit er vor ein paar Monaten von der Universität zurückgekehrt war.

Bisher hatte Donatus von Auwitz-Aarhayn Konstantins Vorschläge, und kamen sie Katharina noch so klug vor, mit Wucht und unfreundlichen Worten abgeschmettert. Es stand außer Frage, dass nur der Tod des Patriarchen den Weg in eine modernere Landwirtschaft frei machen würde. Wie erging es ihrem Bruder mit dieser Brücke, die so urplötzlich den Weg zu seinen Wünschen frei machte? Überwog bei ihm die Hoffnung oder die Trauer? So, wie sie Konstantin kannte, würde dieses Dilemma ihm das Herz zerreißen.

Zögerlich zog ihr Bruder sich von der Tür zurück, gerade so, als wollte er den Großvater nicht im Stich lassen. Katharina folgte ihm. Sie hoffte, dass Papa sie noch einmal hineinrufen würde, damit sie sich gebührend von ihrem Großvater verabschieden konnte, falls es zum Äußersten kommen würde. Aber sie sagte nichts, denn sie wollte nicht aussprechen, was sie befürchtete: dass Großpapa sterben würde.

Am Ende des Ganges bogen sie um die Ecke. Hier in Sichtweite des Vestibüls begann der Teil, in dem ihre Mutter den dekorativen Oberbefehl führte. Lebendige Farben fanden sich auf den Seidentapeten, nur die Vasen mit den üblichen prächtigen Bouquets fehlten. Ursprünglich war geplant gewesen, erst übermorgen nach Hause zu kommen. In der Eile, das Haus für ihre Rückkehr herzurichten, hatten frische Blumen offenbar an letzter Stelle der Aufgaben gestanden.

Ihr jüngster Bruder übersprang die letzten beiden Stufen der breiten Treppe und kam laut auf dem Boden auf.

»Alexander!«, rief Matthis ihn zurecht. Wie aus dem Nichts war der Hauslehrer unten in der Halle aufgetaucht. »Ein bisschen mehr Benimm, wenn ich bitten darf! Dein Großvater liegt im Sterben.«

Für einen Moment herrschte Stille, dann platzte es ungewohnt bissig aus Katharina heraus: »Das wissen Sie doch gar nicht, ob er stirbt!«

Erhobenen Hauptes stolzierte sie Richtung Westflügel, wo ihr Familientrakt lag. Doch dann drehte sie ab und lief neugierig zu einem Fenster, das nach vorne rausging. Sie sah, wie Konstantin das Haus verließ. Vermutlich würde er hinüberreiten zum Haus des Verwalters Thalmann und ihm Bescheid geben, was passiert war. Und er würde sich erkundigen, was in den letzten Wochen auf dem Gut vorgegangen war. Er war dreimal mehr ein Gutsherr, als ihr Vater es je sein würde. Trotzdem betete Katharina dafür, dass Großvater das Gut noch einige Jahre weiterführen würde.

29. Mai 1913

»Ja, da brat mir doch einer 'nen Storch. Wo ist denn der Rest Sülze von gestern?« Irmgard Hindemith, die Köchin, reckte den kurzen Hals auf ihrem gedrungenen Körper in alle Richtungen. Verwundert schüttelte sie den Kopf. »Da war doch was übrig.«

Bertha stand hinter der Köchin in der Tür zur Fleischkammer. »Wirklich? Ich dachte, Kilian hätte sich das letzte Stück genommen.«

»So, ach so. Na ja dann.« Irmgard Hindemith sah sich in der Fleischkammer um. Hier lagerten die Würstchen und der Schinken. An Ketten, die an groben Fleischerhaken an der Decke angebracht waren, hingen zwei Kaninchen, denen man bereits das Fell abgezogen hatte. Daneben eine Kette Rügenwalder Teewurst. Das große Steingutfass mit den eingelegten Gurken stand an der Mauer. Die Steintöpfe mit dem Schweine- und Gänseschmalz der letzten Herbstschlachtung waren auf einem hängenden Holzbrett außerhalb der Krabbelkünste der Mäuse untergebracht.

Die Köchin griff nach dem Brett, das auf einem ebenfalls an Ketten hängenden Metallrost lag. Ein Stück Schinken lag unter einem Tuch. »Dann müssen wir den hier nehmen. Ich wünschte, die Herrschaften hätten uns früher Bescheid gegeben. Meine Bestellung kommt doch erst morgen. Und dann haben wir noch direkt fremde Leute im Haus. Als wenn ihre verfrühte Rückreise nicht schon Durcheinander genug wäre.« Sie reichte Bertha das Brett heraus. »Schneid noch eine grobe Landwurst auf.«

Bertha wartete, als Irmgard Hindemith den Kühlkeller nebenan aufschloss. Die Köchin griff sich das Butterfass und schloss die Tür wieder sorgfältig ab. In der Küche zurück, schnitt Bertha die Wurst, während die Hindemith Stückchen goldgelber Butter auf kleine Tellerchen verteilte. Jetzt, während der Löwenzahnblüte, war die Butter besonders gelb und geschmackvoll.

Die Herrschaften hatten sich zunächst noch alle vom Patron verabschiedet, bevor sie sich zum Abendessen gesetzt hatten. Jetzt war endlich die Dienerschaft dran, viel später als üblich.

Bertha hatte ihren ärgsten Hunger schon mit zwei Schmalzschnitten gestillt. Irmgard Hindemith würde es sowieso nicht merken. Wann immer etwas Unvorhergesehenes passierte, was die Köchin zur Eile antrieb, geriet sie schwer in Not. Zudem ließ ihre Gicht sie von Monat zu Monat langsamer arbeiten. Wenn Bertha nur schnell genug war und einen Teil ihrer Aufgaben übernahm, konnte sie so viel naschen, wie sie wollte.

»Nun schneid sie schon auf, dann sind wir fertig.« Die Köchin griff zu den Topflappen und brachte die schwere Blechkanne mit dem Hagebuttentee rüber in die Leutestube. Bertha schnitt die Wurst geschickt in dünne Scheibchen und drapierte sie auf einem Brett. Das übrig gebliebene Stück wickelte sie in ein Küchentuch ein, damit sich keine Mäuse daran zu schaffen machen konnten. Auch wenn sie in den fünf Jahren, die sie nun schon hier arbeitete, hier unten selten eine Maus zu Gesicht bekommen hatte. Dafür hielten sie sich zu viele Katzen.

Mit dem letzten Tablett folgte sie der Köchin in die Leutestube, in der die Dienstboten aßen oder sich aufhielten, wenn ihnen eine kurze Ruhepause vergönnt war. Das Abendessen war fertig, der Topf mit der sämigen heißen Graupensuppe stand vor Berthas Platz. Clara, Wiebke und Kilian saßen bereits. Irmgard Hindemith setzte sich an den Platz links vom Kopfende. Bertha würde später neben ihr Platz nehmen.

Mamsell Schott trat ein. »Clara, ich sage das jetzt zum letzten Mal. Wenn du dich noch einmal meinen Anordnungen widersetzt, bekommst du Sonntag keinen Ausgang.«

»Aber Wiebke war schon dabei, das warme Wasser hochzubringen.«

»Das tut nichts zur Sache. Ich hatte es dir aufgetragen. Und Wiebke sollte der Komtess beim Umziehen helfen. Ich dulde nicht, dass du dir immer die leichteste Arbeit heraussuchst. Du hast dich schon um das Gepäcktragen gedrückt.«

Clara schaute betreten drein, und Mamsell Schott ließ ihren Blick weiter über den gedeckten Tisch wandern. »Wir sind so weit, oder?«

Irmgard Hindemith nickte.

Als die Mamsell wieder den Raum verließ, sagte Wiebke entgegenkommend: »Mir ist es egal. Ich hätte auch das Wasser geschleppt.«

»Warum hast du mich dann verraten?«

»Hab ich doch gar nicht!«, verteidigte sich Wiebke. Clara machte trotzdem ein verdrossenes Gesicht.

Wiebke war fast ein Jahr länger im Dienst als Clara. Sie wusste mehr, sie konnte mehr, und sie war fleißiger. Alle wussten, die Rothaarige war ein ewiger Stachel im Fleisch des dunkelhaarigen Stubenmädchens.

Draußen erklang der Gong, der die Dienstboten zum Essen rief. Die Mamsell kam zurück. »Ist der Kutscher schon wieder da?«

»Er ist gar nicht gefahren. Sowohl der Doktor als auch der Pastor bleiben noch … die Nacht über.« In Kilians Stimme lag ein Unterton. Jeder wusste, wieso sie noch hier waren. Sie würden so lange bleiben, bis der alte Gutsherr gestorben war. Seit dem Nachmittag war die Stimmung gedrückt. Niemand wusste, was ein Wechsel in der Führung des Gutes mit sich bringen würde.

Die Mamsell wandte sich an Clara und Wiebke: »Dann richtet ihr beiden später zwei Gästezimmer her.«

Wiebke nickte, während Clara jetzt mit Kilian tuschelte.

»Was gibt es denn da Spannendes, was wir anderen nicht hören dürfen?« Theodor Caspers, der oberste Hausdiener, war hereingekommen und ließ sich am oberen Kopfende des Tisches nieder.

»Ich wollte nur wissen, wie die Gräfin mit dem russischen Zaren verwandt ist«, gab Clara kleinlaut zu.

»Nahe genug, damit wir ihr größten Respekt zollen.«

Bertha raunte ihr leise über den Tisch zu: »Aber nicht nahe genug, als dass sie im März auf das Bankett im Petersburger Winterpalais zum dreihundertjährigen Jubiläum der Romanows eingeladen gewesen wäre.«

Mamsell Schott warf ihnen beiden einen warnenden Blick zu und setzte sich rechts neben Caspers. »Überhaupt, in Tagen wie diesen will ich keinen Klatsch und Tratsch hören.«

Bertha hatte alles vom Tablett auf den Tisch verteilt und ließ sich neben der Köchin nieder. In diesem Moment trat Albert Sonntag ein. Sofort richteten sich alle Augen auf ihn. Bertha hatte ihm heute Morgen zwei Brote zum Mitnehmen geschmiert, nachdem er eins im Stehen in der Küche gegessen hatte. Für alle anderen war es das erste Mal, dass sie mit ihm zusammen essen würden. Er nickte kurz in die Runde und ließ den Blick über die längliche Tafel schweifen.

»Wo soll ich sitzen?«

»Ihr Platz ist neben mir«, sagte Mamsell Schott.

Bertha grinste verstohlen in die Runde. Wegen ihrer schiefen Zähne lachte sie selten mit offenem Mund, und wenn, dann hielt sie sich die Hand davor. Der Neue saß ihr genau gegenüber, auch wenn es ihr persönlich lieber gewesen wäre, wenn Hektor dort noch sitzen würde. Trotzdem, Clara würde platzen vor Neid. Sie warf ein vorwitziges Lächeln zum Tischende und behielt recht. Missgunst flammte in der Miene des Stubenmädchens auf. Der Kutscher umrundete die Tafel und zog sich einen Stuhl heran. Wortlos blickte er in die Runde. Clara kicherte leise, und Wiebke wurde rot.

»Kilian, hast du mir etwas zu sagen?«

Mit hochgezogenen Schultern drehte Kilian sich zu Caspers um. Seine Lippen bewegten sich, aber kein Laut kam heraus.

»Nun, wenn du es nicht bemerkt hast. Du darfst nicht glauben, dass ich es nicht zur Kenntnis nehme. Die Schramme? Die Schramme auf dem braunen Koffer, als du ihn vorhin in die Wäschekammer zurückgebracht hast!«

Kilian stotterte: »Welchen braunen Koffer?« Er ahnte, was kommen würde.

»Den braunen Koffer, den der gnädige Herr Alexander bei sich hatte.«

»Der alte?«

Caspers hieb so mächtig mit der Faust auf den Tisch, dass das Besteck klirrte. »Es ist völlig egal, ob er alt ist. Du gehst gefälligst besser mit den Sachen um. Das ist nicht dein Eigentum. Ich zieh dir fünfzig Pfennig vom Lohn ab. Das wird dich lehren, demnächst vorsichtiger zu sein.«

Kilian presste wütend die Lippen aufeinander. Es war nicht das erste Mal, dass er Geld abgezogen bekam. Alle hier am Tisch wussten: Wenn er jetzt widersprach, würde sich die Summe verdoppeln. Er sagte also nichts und starrte auf den Brotkorb vor sich. Der Miene von Mamsell Schott nach zu urteilen, war sie ebenfalls nicht mit dem Vorgehen einverstanden. Aber auch sie hielt den Mund. Bertha war nur froh, dass sie so selten direkt mit Herrn Caspers zu tun hatte. Aber auch ihr hatte er schon Geld abgezogen und sogar einmal Frau Hindemith, als die eine Terrine aus teurem Porzellan hatte fallen lassen.

Hedwig, das dürre Hausmädchen, kam hereingeschlichen.

»Hast du deine Hände gewaschen?«

»Jawohl, Mamsell Schott.«

Die nickte und wartete darauf, dass die Kleine sich setzte. Das Mädchen, fast noch ein Kind, hatte strohige hellblonde Haare, die ihr immer etwas vom Kopf abstanden. Sie war beängstigend dünn. Meistens war sie die Letzte, die zu Tisch kam, und die Erste, die wieder aufstand. Für ihr zartes Alter arbeitete sie wirklich hart.

»Hast du das schmutzige Wasser runtergeholt?«

»Jawohl, Herr Caspers.« Ihre Stimme war so leise, dass sie kaum zu hören war.

Für einen Moment war Ruhe am Tisch, dann räusperte sich Caspers und schaute auf die zwei leeren Plätze am Tisch. »Nun, wenn sie sich verspäten. Wir können heute nicht noch länger warten.«

Sie senkten ihre Köpfe, und Mamsell Schott sprach ein kurzes Gebet. Bertha verteilte die Graupensuppe, und alle griffen nach Brot und Butter. In den folgenden Minuten fiel kein einziges Wort. Niemand wusste, wann sein nächster Einsatz sein würde. Deswegen empfahl es sich, möglichst schnell so viel zu essen, dass man satt war.

Vom anderen Ende des Flures hörte man eine Tür. Dann wusch sich jemand in der Küche die Hände, und wenig später kam Eugen, der Stallbursche, herein.

»Hast du dir auch die Schuhe gut abgeputzt? Ich hab keine Lust, wieder hinter dir herzuputzen.«

Eugen nickte der Köchin stumm zu und setzte sich. Sofort griff er zu Brot und Butter. Bertha füllte ihm einen Suppenteller und reichte ihn hinüber.

»Was ist mit Johann?«, fragte Caspers.

Der Junge, der gerade seinen ersten Bissen nehmen wollte, legte die Brotscheibe neben den Teller. Hungrig starrte er auf die Scheibe. »Er kommt sich später etwas holen. Er muss noch arbeiten.«

»Du brauchst ihn nicht ständig zu verteidigen. Wir wissen sowieso alle, dass Johann sein Essen wohl wieder nur flüssig einnimmt.«

»Clara! Das war jetzt wirklich zu viel. Iss deinen Teller auf, mehr bekommst du nicht. Und dann machst du die beiden Gästezimmer alleine.« Mamsell Schott war nicht gewillt, solche Boshaftigkeiten bei Tisch durchgehen zu lassen.

Sauertöpfisch blickte das Stubenmädchen in die Runde. Ihr letzter Blick galt Wiebke, als wäre sie daran schuld.

Eugen schien darauf zu warten, endlich essen zu dürfen. »Es stimmt aber. Er ist noch mit dem jungen Gutsherrn bei Thalmann.«

»Ist schon gut«, sagte die Mamsell besänftigend. »Iss ruhig. Du kannst es gebrauchen. Und du auch, Hedwig.«

Für die nächsten Minuten herrschte gefräßige Stille, dann waren die Ersten so weit gesättigt, dass sie wieder anfingen zu reden. Die Mamsell kündigte große Wäsche für die nächsten Tage an. Das würde Hedwig, Clara und Wiebke betreffen, auch wenn die selbst nicht für das Waschen zuständig waren. Sie mussten das Drumherum organisieren.

Schließlich ließ sich die Unruhe nicht mehr verbergen. Es war Kilian, der den ersten Schritt wagte. Immerhin hatte der Neue bisher kaum einen Ton von sich gegeben: »Herr Sonntag, wo kommen Sie her?«

»Ich hab zuletzt auf einem Gutshof in der Nähe von Elbing gearbeitet.«

»Einem großen Gut?«

Der Kutscher nickte und nahm sich noch ein Stück Brot. »Es ist größer als dieses hier. Mehr Landwirtschaft, viel Vieh, Kühe und Schweinezucht. Aber vor allem lebt es von der Pferdezucht. Es ist ein Trakehner Gestüt.«

Alle machten große Augen. Das war etwas Besonderes. Bertha fragte sich, warum wohl einer von einer westpreußischen Trakehnerzucht in die hinterpommersche Einöde wechselte. Clara aß sehr langsam ihre Suppe. Natürlich wollte sie den spannendsten Teil des Abends nicht verpassen.

Amüsiert beobachtete Bertha, wie Clara den letzten Löffel Suppe auf dem Teller herumschob. Bestimmt war sie schon ganz kalt. Es war mal wieder typisch für Clara, sich so vorwitzig zu verhalten. Von allen weiblichen Bediensteten war sie die hübscheste, auch wenn sie nicht wirklich schön war. Bertha gönnte es ihr, dass sie am

Tisch zurechtgewiesen wurde. Als Zweitjüngste nahm sie sich wirklich viel zu viel heraus. Bertha ließ sich einige Teller für den Nachschlag reichen. Claras sehnsüchtiger Blick galt der Schöpfkelle.

»Dann kennen Sie sich gut mit Pferden aus?«

Sonntag nickte bescheiden, während er sich dick die Butter auf die Schnitte strich. »Ich denke doch.«

»Wie lange waren Sie dort angestellt?«

Er räusperte sich, biss in die Schnitte und hob seinen Teller in Richtung Bertha. Die verstand und gab ihm einen Nachschlag. »Ein paar Jahre«, sagte er unbestimmt.

»Und davor?«

Albert Sonntag atmete tief ein und blickte unbestimmt im Raum umher: »Das hier ist mein drittes Gut, auf dem ich arbeite. Davor war ich in der Nähe von Kolberg schon als Kutscher tätig.« Es klang abschließend, so als wollte er nicht weiter über seine Lebensgeschichte sprechen. Stattdessen wandte er sich an Caspers: »Ich nehme an, ich bleibe die Nacht über in Bereitschaft?«

»Ja, das wäre das Beste.« Der oberste Hausdiener schien zufrieden mit der Arbeitsmoral des Neuen.

»Der Pastor heißt Wittekind? Egidius Wittekind?«

Erstaunt blickte die Mamsell von ihrem Teller auf. »Ja, wieso? Kennen Sie ihn?«

Sonntag schüttelte leicht den Kopf. »Ich war mir nur nicht sicher, ob ich den Namen vorhin richtig verstanden hatte. Und ich möchte den Herrn Pastor nicht mit einem falschen Namen ansprechen.«

Diese Erklärung schien alle zu beruhigen. Doch gerade die jungen Dienstboten warfen ihm weiter neugierige Blicke zu.

»In Elbing ist doch sicher mehr los als hier? Wieso haben Sie gewechselt?« Schließlich war bekannt, dass Danzig in der Nähe lag, und auch das schöne Königsberg war nicht weit entfernt.

»Kilian, eine solche Frage gehört sich nicht.«

Der Hausbursche schaute zerknirscht zu Mamsell Schott.

Nach wenigen Minuten stand der Neue auf und verabschiedete sich mit dem Hinweis darauf, dass er schauen wollte, ob die Pferde genug Heu hatten. Clara aß endgültig den letzten Löffel kalte Suppe und stand auf. Missgelaunt verließ sie den Raum.

Als Hedwig aufstehen wollte, sagte die Mamsell: »Nein, iss wenigstens den einen Teller. Du darfst nicht eher gehen, bevor dein Teller nicht leer ist.«

»Aber ich muss noch frisches Wasser hochbringen.«

»Das kann Kilian heute machen«, befahl Caspers. Er nickte ihm zu.

Der Junge stand auf und griff nach den letzten Scheiben der Landwurst.

»Kilian, lass das liegen. Du hattest gestern schon das letzte Stück Sülze.« Die Köchin schaute ihn tadelnd an.

»Ich? Aber das stimmt doch gar nicht.«

Die Köchin warf Bertha einen merkwürdigen Blick zu. »So? Ach, na gut. Ich dachte. Dann nimm es dir ruhig.«

Hedwig brauchte ewig, bis sie endlich den Teller leer gegessen hatte. Als alle fertig waren, brachte Bertha den großen Suppentopf in die Küche. Wiebke sah aus, als wenn sie dösen würde. Und auch Eugen starrte vor sich auf den Holztisch, zappelte aber unruhig mit den Beinen.

Die Mamsell, Caspers und die Köchin blieben sitzen, so wie jeden Abend, wenn sie nicht noch etwas Dringendes zu erledigen hatten. Bertha goss den dreien Tee nach und fing an, Teller und Besteck abzuräumen. Nur die Zuckerschale ließ sie auf dem Tisch stehen. Eugen setzte sich auf Claras freien Platz am Ende der Tafel und tuschelte leise mit Hedwig und Wiebke. Vermutlich hatten sie die gleichen Themen wie die drei Bediensteten am oberen Ende des Tisches – das heutige Unglück und die ungewisse Zukunft des Gutes.

Auch Bertha war verunsichert. Der alte Patriarch hatte auf dem Anwesen klar den Takt angegeben. An allen Ecken spürte sie Verunsicherung. Was würde sich ändern? Nur gut, dass sie in Pommern waren. Hier gingen selbst große Veränderungen langsamer vonstatten.

Bertha hörte mit halbem Ohr der Köchin, Herrn Caspers und Mamsell Schott zu. Sie waren sich ungewohnt einig in ihren Befürchtungen, aber noch war nichts entschieden, und es ziemte sich nicht, über den Tod zu spekulieren.

»Er macht einen ganz passablen Eindruck, dieser Sonntag.«

»Wissen Sie mehr über ihn? Hat er ein gutes Zeugnis?«

Caspers reckte sich leicht, denn als Einziger wusste er etwas zu berichten. »Das Allerbeste. Ich frage mich tatsächlich, warum er die Stellung aufgegeben hat. Er hat ein exzellentes Zeugnis. Man könnte fast meinen, sie hätten ihn nicht gehen lassen wollen.«

»Ach wirklich?«, fragte die Köchin und rührte sich Zucker in den Tee.

»Das ist ungewöhnlich. Vielleicht haben sie ihn nicht gut genug bezahlt?«

»Auf einer Trakehnerzucht? Wenn die nicht das Geld haben, wer sonst?«

»Trotzdem. Man weiß ja nie. Wissen Sie sonst noch etwas über ihn?«

Casper genoss es sichtbar, dass die Frauen ihn bitten mussten. »Er ist wohl schon sehr lange Kutscher. Er war fast drei Jahre in Elbing. Ursprünglich stammt er aus Kolberg. Vom dortigen Waisenhaus hat er das erste Zeugnis als Kutscher. Ich kann nur sagen, alle Zeugnisse sind vorzüglich.«

»Für einen Waisenknaben ist er aber ziemlich groß geraten. Die sind doch sonst immer alle so mickrig. Da hat ihm wohl irgendjemand öfter mal ein Extrabrot zugesteckt.«

Die Mamsell stimmte der Köchin nickend zu. »Groß und gut aussehend. Zu gut aussehend für einen gemeinen Kutscher. Ich hoffe, wir bekommen mit den Mädchen keine Schwierigkeiten wegen ihm. Ich habe Clara noch nie so trotzköpfig erlebt wie heute. Sie wollte sich wohl wichtigmachen.«

Die Köchin lachte auf. »Tja, vielleicht war das ja genau der Grund, warum er aus Westpreußen weg ist. Amouröse Probleme mit den Dienstmädchen.«

»Malen Sie den Teufel nicht an die Wand.«

Frau Hindemith sah Caspers erschrocken an und bekreuzigte sich schnell. »Sagen Sie doch so was nicht kurz vor dem Zubettgehen. Da kann ich ja kaum einschlafen.«

»Ich prophezeie, dass wir noch Schwierigkeiten mit ihm bekommen werden.« Mamsell Schott reckte entschlossen ihr Kinn vor.

»Wie kommen Sie darauf?«

Sie kniff ihre Augen zusammen und schüttelte den Kopf. »Ich weiß nicht, aber irgendetwas an ihm kommt mir komisch vor.«

Caspers zog seine Augenbrauen hoch, was ihn aberwitzig aussehen ließ. »Inwiefern?«

»Er wirkt so wenig … er wirkt nicht wie ein Untergebener.«

»Sie meinen, er ist Sozialist?«

»Oder schlimmer noch – ein Anarchist.«

Irmgard Hindemith bekreuzigte sich wieder.

»Er ist zwar erst seit gestern Abend da, aber bisher finde ich keinerlei Anlass zur Kritik an ihm. Er scheint sehr fähig zu sein, ist fleißig und denkt an die Bedürfnisse der Familie. Damit hat er Hektor schon in drei Dingen etwas voraus.«

Hektor war der Kutscher, der vor zwei Monaten gekündigt hatte. Vor vier Wochen hatte er frühzeitig den Dienst quittieren müssen und war nach Danzig gegangen, um sich dort nach einer besseren Stelle umzutun. Obwohl er sich nicht wirklich etwas herausgenommen hatte, hatten die Herrschaften alleine schon den Wunsch des Kutschers nach Verbesserung als Affront empfunden.

»Hektor war nicht faul!« Wie so oft war Mamsell Schott anderer Meinung als Caspers.

»Allerdings *er* hätte sicher nicht gefragt, ob er die Nacht über aufbleiben soll, sondern sich beklagt, dass die da oben morgen ausschlafen dürfen.« Caspers schien damit jeden Zweifel ausgeräumt zu haben und erhob sich. »Ihr da, wenn ihr fertig seid, geht früh ins Bett. Wer weiß, was uns diese Nacht noch bringt.«

Hedwig, Wiebke und Eugen standen auf und folgten Caspers hinaus.

Frau Hindemith wartete, bis der oberste Hausdiener sich entfernt hatte. »Was auch immer er von Albert Sonntag hält: Es ist sicher kein gutes Omen, dass an seinem ersten Arbeitstag ein so großes Unglück passiert.« Sie nickte nachdrücklich.

Die Mamsell war an den Aberglauben der Köchin gewöhnt. »Das kann man ihm wirklich nicht vorwerfen. Er war ja nicht mal in der Nähe.«

»Trotzdem.«

Mamsell Schott seufzte. Was diese Dinge anging, war jede Diskussion mit Irmgard Hindemith fruchtlos. »Die gnädige Frau hat noch gesagt, dass es in den nächsten Tagen eher leichte und einfache Kost sein darf. Ich nehme an, sie wollen sich von der Völlerei der vielen Feste erholen.«

Ächzend stand Irmgard Hindemith auf. »Was sich wohl ändern wird, wenn der alte Herr gestorben ist?« Für einen Moment schauten sich die beiden Frauen ernst an. Ihr Leben war auf Gedeih und Verderb vom Schicksal der Adeligen abhängig – eine eherne Weisheit, die sie teilten.

Dann war der gemeinsame Augenblick auch schon wieder vorbei. Mamsell Schott würde jetzt nachsehen gehen, ob die Familie etwas brauchte. Und die Köchin würde ein leichtes Nachtmahl für die Herrschaften vorbereiten, die oben im Schlafzimmer des alten Grafen wachten.

Nachdem Bertha alles abgeräumt hatte, wischte sie den Tisch ab. Während sie darauf wartete, dass der zweite Kessel Spülwasser heiß wurde, fegte sie die Leutestube. Ein kleiner Zettel kam zum Vorschein. Jemand hatte diesen Schnipsel lange mit sich getragen, denn er war fleckig, und an den Kanten, an denen das Papier gefaltet war, war es brüchig. Sie las die wenigen Worte, die in einer Kinderschrift geschrieben standen. Der Inhalt war allerdings sehr merkwürdig.

30. Mai 1913

Egidius Wittekind lockerte seinen Kragen. Der Sohn des alten Grafen hatte gerade gemeinsam mit dem Doktor das Schlafzimmer verlassen. Nach Stunden des Wartens und Ausharrens wollten sie eine Kleinigkeit zu sich nehmen.

Mit der ganzen Familie hatten sie hier ein letztes Mal das Abendmahl gefeiert. Dann hatte sich einer nach dem anderen von dem alten Mann verabschiedet. Seiner Meinung nach bedürfte es eines Wunders, damit der hohe Herr sich noch erhole.

Tyras und Cyrus lagen in der Ecke und beobachteten jede Bewegung der Menschen, die sich ihrem Herrchen näherten. Die Doggen waren unruhig. Gelegentlich hoben sie ruckartig die Köpfe oder spitzten ihre Ohren, als wollten sie den Anwesenden mitteilen: Wir beobachten euch!

Wittekind beugte sich über das bleiche Gesicht. Sie kannten sich fast vierzig Jahre. Der Tod eines Menschen, der einen so lange auf dem Lebensweg begleitet hatte, gemahnte einen an die eigene Sterblichkeit.

Der rasselnde Atem wurde mit jeder Stunde flacher. Plötzlich spürte Wittekind etwas. Der Alte bewegte sich. Die Augen flatterten, das vormals intensive Blau war milchig.

»Sie ... Sie müssen meinem Sohn sagen ... ihm mitteilen ... Sie müssen ihm die Wahrheit sagen.« Als hätte er nur darauf gewartet, dass sein Sohn den Raum verließ.

Die einst so starke Hand, groß wie eine Bauernpranke, packte ihn beim Ärmel. Sein Atem roch säuerlich. »Die Wahrheit!« Die suchenden Augen schienen ihm ein Versprechen abringen zu wollen.

Die Hunde wurden wieder unruhig. Tyras stand auf und näherte sich dem Bett. Cyrus folgte ihm und schnüffelte an der anderen Hand seines Herrchens.

»Nach all den Jahren ... Wäre es da nicht besser, man würde es ruhen lassen?«, schlug Egidius vor.

»Nein.« Die Finger verkrallten sich in den Stoff seiner Jacke. »Nein, Sie müssen ... Die Wahrheit ... Sagen Sie ...« Seine letzten Worte gingen in einem unappetitlichen Blubbern unter. Die Lungen des alten Mannes füllten sich allmählich mit Blut, ganz wie Doktor Reichenbach prophezeit hatte. Donatus von Auwitz-Aarhayn hatte etliche Rippenbrüche und weitere innere Verletzungen. Entscheidend war, dass die gebrochenen Rippen beide Lungenflügel erwischt hatten. Selbst wenn man ihn hätte transportieren können, auch in einem Hospital hätte er nur auf sein Ende warten können.

Wittekind forschte in seinem Gesicht nach einem Zeichen des Zweifels. »Wenn Sie das wollen, werde ich Ihren Sohn zu gegebener Stunde davon unterrichten.«

»Bald ... sehr bald.« Eine kleine Traube Blutbläschen schob sich über die blau angelaufenen Lippen. Die Hand wurde schlaff und ließ seinen Ärmel los. Die Augen, aus denen allmählich das Lebenslicht schwand, schlossen sich wieder. Wie vorhin blieb als letztes Lebenszeichen der rasselnde Atem.

Wittekind schaute sich im Zimmer um. Die Hunde reckten neugierig ihre Köpfe über die Bettdecke. Sonst war er alleine. Wann würde Graf Adolphis zurückkommen? Hoffentlich würde der alte Gutsherr entschlafen, bevor er auf die Idee kam, seinem Sohn selbst die Wahrheit anzuvertrauen. Als in diesem Moment die Tür aufging, erschrak Egidius sich regelrecht. Doch es war nur die Mamsell, die ihm frischen Kaffee brachte. Sie warf einen kurzen Blick auf den alten Herrn, nachdem sie das Tablett abgestellt hatte. Ihrem Gesichtsausdruck nach zu urteilen, wartete sie auf einen Bericht.

»Nichts Neues.«

Die Antwort schien auch die Hunde zu veranlassen, sich wieder in der Ecke niederzulassen. Mamsell Schott verließ das Zimmer. Wittekind konnte nicht sagen, ob sie die Nacht aufgeblieben oder ob sie so früh aufgestanden war. In einer Stunde würde die Sonne aufgehen. Ein neuer Morgen würde anbrechen. Wittekind betete, dass er keine Schwierigkeiten mit sich brachte.

* * *

Als die Vögel ihren Gesang anstimmten, tat Donatus von Auwitz-Aarhayn den letzten Atemzug. Sein Sohn saß neben ihm, als er starb. Der alte Mann war nicht mehr zu Bewusstsein gekommen. Falls er seinem Sohn noch etwas Bestimmtes hatte mit auf den Weg geben wollen – nahm er es mit ins Grab.

Doktor Reichenbach blieb im Zimmer und wartete auf die Männer vom Beerdigungsinstitut, als Wittekind mit dem neuen Gutsherrn und seiner Frau im Esszimmer saß. Man hatte Gräfin Feodora vor einer halben Stunde wecken lassen. Reichlich übermüdet saß sie am Tisch und nippte an ihrem Tee. Es gab ein leichtes Frühstück.

»Musste er ausgerechnet gestern verunglücken? Ich bin von der Reise noch völlig erschlagen.«

Ihr Mann warf ihr einen ärgerlichen Blick zu, sagte aber nichts.

»Mein lieber Wittekind, Berlin ist so anstrengend. Ich kann es Ihnen gar nicht beschreiben.«

»Feodora!«, herrschte der Graf sie jetzt doch an. Dann wandte er sich an den Pastor. »Der Kutscher wird jeden Moment zurück sein.«

Als sie wenig später das Klackern der Hufe auf dem Kies hörten, stand Wittekind auf und verabschiedete sich höflich. Glücklicherweise hatte er heute keinen Termin, der sich nicht verschieben ließe. Er würde einige Stunden schlafen können. Caspers brachte ihm seinen Sommermantel. Er stieg die Stufen der Freitreppe hinunter, und ein Mann, den er nicht kannte, öffnete ihm die Kutschtür. Er nickte ihm kurz zu. Heute gab es wohl niemanden im Haus, der nicht müde und übernächtigt aussah.

Wittekind ließ sich ins Polster fallen. So ging er also dahin, der alte Graf. Ein Mann wie ein Herbststurm, in den er vor langer Zeit hineingeboren worden war – unerbittlich, harsch und mit der angemessenen Kälte. Hart und knorrig wie die Kiefern, die das Land vor dem Meer schützten. Geformt durch Land und Wetter hatte er sich die Arbeit und die Arbeiter untertan gemacht.

Donatus von Auwitz-Aarhayn hatte keine Angst vor dem Sterben gehabt. Er war ein rechtschaffener Mann gewesen zeit seines Lebens. Und selbst ihr kleines Geheimnis hatte er nicht zu verantworten gehabt, sondern nur etwas geradegebogen, was vorher schiefgelaufen war. Er brauchte keine Angst vor dem Tod zu haben, dessen konnte er sich gewiss sein. Und dass seine Befehle noch über das Land wehen würden, wenn auf seinem Grabstein schon längst das Moos blühte.

Graf Adolphis von Auwitz-Aarhayn blieb oben an der Freitreppe stehen, bis Wittekind in die Kutsche gestiegen war. Für einen Moment plagte ihn das schlechte Gewissen. Er hätte es ihm direkt sagen sollen. Er hatte es versprochen – einem Sterbenden auf dem Totenbett. Dann sagte er sich, dass es nach all diesen Jahren noch Zeit hatte. Vor allem schien es angebracht, es ihm nur unter vier Augen zu erzählen – wenn überhaupt. Die Kutsche fuhr los, und er wurde in das Polster gedrückt. Bestimmt wäre es besser, wenn er mit der Erfüllung seines Versprechens noch wartete. Schließlich würde der neue Patron in der kommenden Zeit genug Herausforderung zu meistern haben.

Und dann, kurz bevor er für einen Moment einnickte, dachte er: Manchmal war es das Beste, gute Menschen vor der bösen Wahrheit zu schützen.

30. Mai 1913

»Kind, ich bitte dich. Setz dich gefälligst gerade hin.«

Katharina stöhnte innerlich. Hörte das denn nie auf?

»Kannst du dich nicht einmal wir eine Dame benehmen?« Gräfin Feodora von Auwitz-Aarhayn seufzte theatralisch. »Wenn dich jemand so sieht! Du siehst aus wie ein Bauerntrampel.«

»Wie soll ich mich auch wie eine richtige Dame benehmen können, wenn ich in dieser Einöde festsitze.«

»Du könntest mich als Vorbild nehmen. Ich habe vorzügliche Manieren.«

Katharina krallte ihre Finger um das Buttermesser. Ihre vorgeplante Zukunft, die sie zuvor nie infrage gestellt hatte, kam ihr inzwischen wenig reizvoll vor. In ein paar Jahren würde sie mit irgendeinem Adeligen verheiratet und vermutlich auf einem ebenso abgelegenen wie trostlosen Landgut wie diesem landen. Doch seit sie Berlin erlebt hatte, tanzte ihr Herz nach einem schnelleren Pulsschlag. Es wirbelte zu stürmisch über das Parkett, um sich mit diesem alten Leben zufriedengeben zu können. Keinesfalls wollte sie das. Sie musste sich etwas überlegen – einen Plan, der möglichst auch noch Mamas Wohlwollen fand.

Grübelnd starrte sie auf die schneeweißen Hände ihrer Mutter, die ihr gegenübersaß. Wenn sie von ihrem Teller hochschaute, würde Mama wieder anfangen, sich zu beschweren über das, was sie tat, oder über das, was sie nicht tat. Irgendwie schien in ihren Augen immer alles falsch zu sein. Mamas Mund war ein steter Quell an Missbilligung und Zurechtweisung. Sie seufzte, und ihre Mutter bedachte sie mit einem gleichermaßen fragenden wie strafenden Blick. Erstaunlich, weil sie selbst doch alle Augenblicke einen theatralischen Seufzer von sich gab.

Mamsell Schott hatte sie heute Morgen früh aus dem Bett geholt. Großvater war in der Nacht gestorben. Papa saß mit den Leuten, die gekommen waren, um den Leichnam des Großvaters abzuholen, in der Bibliothek. Sie hatte nur einen kurzen Blick auf ihren Vater erhaschen können, bevor er vorhin den Frühstückstisch verlassen hatte – grau im Gesicht, übernächtigt und unrasiert. Sie konnte sich nicht erinnern, ihren Vater je so niedergeschlagen gesehen zu haben.

Sie setzte sich aufrecht hin und ließ ihren Blick schweifen. Konstantin wirkte genauso unausgeschlafen wie ihr Vater. Selbst Alexander hielt sich heute mit spitzen Bemerkungen zurück. Immerhin fiel der Unterricht aus. Es wäre ihr schwergefallen, Matthis heute zu ertragen. Aber es fiel ihr immer schwer, Matthis zu ertragen. Es reichte ihr, dass er am Ende des Tisches saß und mit ihnen frühstückte. Anders als sonst herrschte gespannte Ruhe.

»Der neue Kutscher heißt Albert Sonntag.«

Ihre Mutter schaute biestig. »Wieso interessiert dich das? Das sollte dir völlig egal sein. Für dich ist er der Kutscher.«

Katharina befürchtete, dass Mama ihren erstaunten wie bewundernden Blick der ersten Begegnung mit dem Mann gestern am Bahnhof richtig gedeutet hatte.

»Du musst endlich lernen, dich zu benehmen. Wenn ich daran denke, wie kindisch du dich im Königlichen Schauspielhaus verhalten hast – in Anwesenheit der kaiserlichen Familie –, könnte ich vor Scham ohnmächtig werden.«

»Lass gut sein, Feodora. Niemand hat auf sie geachtet.« Papa hatte soeben den Salon betreten.

»Genau das ist es doch. Man hätte auf sie achten sollen. Andere Mädchen sind sehr wohl beachtet worden. Sophie Luise, die Tochter meiner Freundin Josephine, ist sogar Auguste Viktoria vorgestellt worden. Der Kaiserin! Das hätte unsere Katka sein können. Aber nein, meine Tochter trollt durch den Saal wie eine Berliner Hinterhofgöre.« Sie wandte sich Katharina zu. »Denkst du jemals daran, dass du bald im heiratsfähigen Alter bist?«

Leider hatte Mama recht. Hinterher war es ihr furchtbar unangenehm gewesen, wie sie sich benommen hatte. Die Stoffe hatten geglitzert und die Orden um die Wette gefunkelt. In Berlin schienen sogar die Farben eine andere Strahlkraft zu besitzen. Das Rot war blutiger, das Blau königlicher und das Weiß reiner als hier in Hinterpommern. Die Atmosphäre der Residenzstadt hatte dazu beigetragen, dass Katharina beständig überdreht gewesen war. Nur deswegen war sie herumgetollt wie ein Kind. Aber mit jedem weiteren Tag in dieser ereignisreichen Stadt war sie ein Stück erwachsener geworden. Mama schien das jedoch nicht zu bemerken. Ein schnippischer Unterton lag in ihrer Antwort: »Prinz Ludwig von Preußen hat mir seine Karte gegeben.«

»Das ist mir allerdings ein Rätsel. Vielleicht hast du ihm schlicht leidgetan. Wahrscheinlich war es so. Ich habe wenig Hoffnung, dass ausgerechnet der Neffe des Kaisers einer hysterischen Zwölfjährigen, die sich benimmt wie ein achtjähriger Gossenjunge, aus einem anderen Grund seine Karte überreichen würde.« Ihre Mutter presste ihre Lippen zusammen, atmete ein paar Mal heftig durch die Nase, bis es wieder aus ihr herausbrach.

»Mein Gott, der Neffe des Kaisers! Und meine Tochter verliert aus lauter Übermut ihren Schuh.« Sie führte ihre Hand vors Gesicht, als könnte sie so verhindern, dieses Bild wieder und wieder vor ihrem inneren Auge sehen zu müssen. »Verliert beim Rennen ihren Schuh vor aller Augen!« Auf ihren Wangen bildeten sich rote Flecken.

Papa zog eine Augenbraue hoch, die Katharina bedeutete, wie übertrieben theatralisch er es fand. Und wie völlig unangemessen in der jetzigen Situation.

Alexander mischte sich ein: »Im Grunde genommen war es wie bei Aschenputtel.«

Papa schaute nur stumm in die Runde. Er schien mit den Gedanken woanders zu sein.

»Kannst du mich nicht ein Mal unterstützen?«, fauchte Feodora ihn an. »Bleibt immer alles an mir hängen? Mit einem solchen Verhalten wird deine Tochter doch nie eine gute Partie machen. Und die anderen? Konstantin macht keinerlei Anstrengungen, eine Braut zu finden. Ich kann mir den Mund blutig reden, er ist bei jeder Kandidatin gleich desinteressiert.«

Überrascht schaute Konstantin auf, als er seinen Namen hörte. Er war ganz im Gedanken verloren.

»Nur gut, dass Nikki und Alex in den nächsten paar Jahren noch nichts damit zu tun haben werden.«

Papa schnaufte ungehalten. »Du hast doch schon bei Anastasia bewiesen, dass du das weitaus bessere Händchen für solche Dinge hast. Und unsere Katka, sie hat ja noch ein wenig Zeit, um diese Scharte wieder auszuwetzen.« Mit seinem barschen Ton schien er dem Thema ein Ende bereiten zu wollen.

Nicht so seine Frau. »Wir müssen Gott dafür danken, dass meine Töchter meine Schönheit geerbt haben.«

Katharina schaute ihre Mutter an. Ihre dunkelbraunen, fast schwarzen Haare glänzten. Ihre grünen Augen strahlen wie polierte Edelsteine über den hohen Wangenknochen. Ihre Haut war makellos weiß. Alles an ihr drückte Erhabenheit aus, doch es war ihre stolze Heißblütigkeit, die alles überstrahlte. Dieses Mal hatte ihre Mutter recht – sie war eine Schönheit. Katharina hegte nicht die Hoffnung, dass sie jemals über so viel Anmut verfügen würde.

Ihr Blick wanderte zu ihrem Vater. Sein Gesicht hatte sich wieder verdüstert, und er schien aufgebracht darüber, dass seine Frau sich an einem solchen Tag über derartige Nebensächlichkeiten aufregte.

Diese traktierte Katharina weiterhin mit ihren Blicken. »Ohne meine dir mitgegebene Schönheit wären wir in deinem Fall hoffnungslos verloren.«

Das rollende R, das langgezogene I und die weichen, schleifenden ch-Laute, die ihr russisches Elternhaus bezeugten, waren besonders deutlich zu vernehmen, wenn Mama sich aufregte. Ihre Mutter hegte ihre Aussprache wie ein Familienjuwel.

Ihr russischer Akzent habe es ihm besonders angetan, erzählte Vater oft. Damit habe sie ihn damals verzaubert, und er habe nicht anders gekonnt, als sich in ihre Mutter zu verlieben. Katharina konnte das kaum glauben angesichts der Vehemenz und Ausdauer, mit der ihre Eltern sich stritten. Und dass sie sich jemals wahrhaft geliebt hätten, konnten auch ihre vier älteren Geschwister nicht glaubhaft beeiden.

Katharina überlegte, wie sie Mama widersprechen könnte. Doch sie wusste genau, egal wie sie es drehte und wendete, am Ende würde sie ihrer Mutter unterlegen sein.

Caspers trat herein, hager und verhärmt sah er aus, und seine langen Arme und Beine bewegten sich hölzern wie bei einer Marionette. Er erinnerte Katharina an den Lehrer Lämpel aus *Max und Moritz*.

»Ich wünschte, Caspers würde nicht immer so ein sauertöpfisches Gesicht machen. Es gibt andere, die genauso gut arbeiten wie er und einem nicht durch ihre bloße Anwesenheit den Tag verhageln«, zischte ihre Mutter.

»Vielleicht geht ihm einfach nur der Tod meines geliebten Vaters nahe!«

Katharina erlebte Papa selten wütend, und beinahe nie erhob er seine Stimme. Doch Mama schien endgültig Geduld und Nachsicht überstrapaziert zu haben.

Hinter Caspers trat Doktor Reichenbach in den Salon. »Es ist so weit«, sagte er gedämpft.

Ohne ein weiteres Wort standen alle auf. In Katharinas Augen sammelten sich die Tränen. Die Männer würden Großvater nun aus dem Haus tragen. Als hätte sie einen spitzen Stein verschluckt, fühlte sie in ihrer Kehle ein Kratzen. Nun war es endgültig. Großpapa war tot. Vieles würde sich ändern. Wie viel, war die Frage, die Katharina beschäftigte. Würde Papa keine Zeit mehr für ihre Anliegen haben? War sie Mama nun schutzlos ausgeliefert?

30. Mai 1913

Albert fand den Weg zum Dorf ohne Mühe. Greifenau war recht überschaubar, keine hundert Häuser. Die Menschen, die darin lebten, waren in früherer Zeit Leibeigene der Grafenfamilie gewesen. Auch wenn diese Ära seit über einem Jahrhundert vorbei war, spürte man noch immer das große Gefälle zwischen der Herrschaft und den Dorfbewohnern.

Wittekind klopfte einmal, als Albert abbiegen sollte, und ein zweites Mal, als sie am Haus des evangelisch-lutherischen Pastors angelangt waren. Vor einem roten Backsteinhaus mit gepflegtem Vorgarten hielt Albert an. Eilig schwang er sich vom Kutschbock und hielt dem Pastor die Tür auf. Er wollte die Gelegenheit nutzen und unbedingt ein paar Worte mit ihm wechseln.

»Das ist sehr schade. Nun habe ich den Herrn Grafen nicht einmal mehr richtig kennenlernen dürfen.«

Der Pastor blickte ihn aus müden Augen an. Er hatte wohl nicht damit gerechnet, dass der Kutscher ihn ansprechen würde. »Er war ein redlicher Gutsherr. Sehr fleißig. Wenn Not am Mann war, hat er auch selber mit angepackt.«

Albert vermutete, dass mit selber anpacken gemeint war, dass er am Feldrand geweilt und die Arbeiter angetrieben hatte, aber das sagte er natürlich nicht. Stattdessen nickte er.

Hinter ihnen ging die Haustür auf. Eine junge Frau stand in der Tür. »Großpapa, da bist du ja endlich. Ich hatte mir schon Sorgen gemacht.«

Als Albert sie grüßte, huschte ein scheues Lächeln über ihr Gesicht.

»Soll ich Kaffee machen, Großpapa? Möchten Sie vielleicht auch eine Tasse?«

Erwartungsvoll sah sie Albert an, doch der Pastor winkte ab.

»Ich hab mich die ganze Nacht mit Kaffee wachgehalten. Ich gehe sofort schlafen.«

Ohne sich zu verabschieden, ging er an ihr vorbei. Die junge Frau wollte Albert nicht einfach die Haustür vor der Nase zuschlagen. »Was ist … mit dem alten Herrn?«

Albert schüttelte bedauernd den Kopf.

»Nun ja, nachdem mein Großvater die Nacht fort war, hab ich kaum anderes erwartet.« Trotz der traurigen Nachricht lächelte sie ihn befangen an.

»Ich … muss dann zurück.«

»Sicher. Natürlich.« Sie schien noch etwas fragen zu wollen, doch sie blieb stumm. Albert verabschiedete sich und stieg auf die Kutsche. Als er sich noch einmal umdrehte, schaute sie ihm nach. Doch jetzt trat sie eilig zurück und schloss die Tür.

Die Enkelin des Pastors schien liebenswert. Sie hatte ein freundliches Gesicht, ein scheues Lächeln, und wenn er daran dachte, wie einsam es hier in einem so abgelegenen Dorf sein konnte …

Am Rande der Gemeinde war der Dorfteich. Die Gänseliesel, ein Mädchen aus dem Dorf, hütete dort die Gänse der Dorfbewohner. Am Ufer kniete eine Wäscherin und schlug ein Wäschestück auf einen platten Stein. Hinter ihr war eine große Wiese, auf der große weiße Laken zum Bleichen lagen. Waschen war Knochenarbeit, das hatte er im Waisenhaus gelernt. Er hat größten Respekt vor allen, die diese harte Arbeit verrichten mussten.

Eine Schar Kiebitze flog über die Felder auf der Suche nach Futter für ihre Küken. Albert musste daran denken, wie eifrig er als Junge Kiebitzeier geräubert hatte. Die Eier schmeckten besonders gut, so gut, dass eine Nachbarin es sich hatte richtig was kosten lassen. Von dem Geld hatte er sich dann Brot gekauft. Was hätte er auch mit Eiern anstellen sollen, die er nicht hatte braten können?

Hinter dem letzten Haus des Dorfes ließ sich ein Storch laut klappernd auf dem Nest nieder, das er auf einem Scheunendach gebaut hatte. Albert fuhr die gepflasterte Straße zum Gut zurück, vorbei an freilaufenden Hühnern, die laut gackernd aufflatterten, als die Kutsche kam. Vorbei an Feldern, auf denen das Korn reifte. Vorbei an blühenden Wiesen, auf denen Kühen grasten. Es gefiel ihm hier. In diesem Augenblick hatte er zum ersten Mal das Gefühl, die richtige Entscheidung getroffen zu haben. Es war gut, zurückzukommen.

Fast drei Jahre hatte er in Westpreußen gelebt. Er hatte eine Stellung gesucht, fernab der Vergangenheit, die ihn wie ein Schatten verfolgte. Weit genug, um die Geheimnisse seiner Kindheit hinter sich lassen zu können. Aber der Makel verflog nicht. Er folgte ihm, genau wie der Groll und die Neugierde, die ihn zerfraßen. Albert musste sich dem stellen, was in seinem Herzen wütete: der Zorn und der Hass. Seine Seele dürstete nach Rache.

Das Dorf Greifenau schien ein Ort, an dem das moderne Leben langsamer Einzug hielt als im restlichen Reich. So langsam, dass sich vermutlich während seiner Lebensjahre nicht viel verändert hatte. Hier lief alles seinen Gang im Rhythmus der Jahreszeiten. Außergewöhnliche Vorkommnisse blieben lange im Gedächtnis der Gemeinde haften. Hier kannte jeder jeden, und es war schwer, etwas zu verheimlichen. Vielleicht war das ja doch der passende Ort, um seinen Seelenfrieden zu finden. Immerhin wusste er nun, wie sein nächster Schritt aussehen würde.

Kapitel 2

4. Juni 1913

Ein Stück des Dachs der Brennerei ist durch den Sturm eingestürzt. Der Schaden sollte bald behoben sein.«

Vater nickte nur und schnitt eine Scheibe Brot in Streifen. Konstantin bedauerte den Mangel an Interesse.

»Die Felder haben sich zum größten Teil erholt, sind aber in der Reife im Rückstand. Natürlich könnte ein fantastischer Sommer noch alles wettmachen.«

»Wollen wir es hoffen.«

Konstantin setzte noch einmal an. »Thalmann wird mit dem Pächter am hinteren See reden.«

»Das will ich wohl meinen. Papa ist noch keine Woche tot, da glauben diese Bauern, sie könnten mir auf der Nase herumtanzen.«

Konstantin schaute seinen Vater erstaunt an. Konnte es wirklich sein, dass er so wenig mitbekam?

»Na ja, über diese Felder sprechen wir schon seit drei Monaten. Ich war sogar selbst mit Großpapa bei dem Pächter.«

Adolphis von Auwitz-Aarhayn schlug seelenruhig sein Ei auf. »So? Dann habe ich wohl was verwechselt. Gut, dass Thalmann sich darum kümmert. Es kann schließlich nicht angehen, dass jeder nach seinem eigenen Gutdünken die Felder bestellt.«

»Die Frau des Bauern ist kurz vor Weihnachten gestorben, das jüngste Kind ist kaum zwei. Er tut, was er kann.«

»Kokolores. Das sind Ausreden. Dein Großvater hätte das nicht durchgehen lassen.«

Vielleicht war es jetzt noch zu früh. Noch schien Vater einigermaßen gefasst zu sein, dass er so viele neue Aufgaben hatte. Er bemühte sich redlich. Allerdings würde es Konstantin überraschen, wenn es dabei bliebe. Sein Vater hatte viele Interessen, aber die Führung eines Landgutes gehörte nicht dazu. Er selbst kam viel mehr nach seinem Großvater als nach seinem Vater. Nun, so ganz stimmte das nicht: Während sein Vater überhaupt keine Ansichten darüber hatte, wie man am besten ein Gut führte, hatte sein Großvater sehr festgefahrene Ansichten gehabt. Konstantin jedenfalls hatte ganz andere Ideen. Es war einen Versuch wert, diese dem Vater schmackhaft zu machen.

»Ich hatte mit Großpapa schon über die Anschaffung von Landmaschinen gesprochen. Man könnte sie reihum an die Pächter verleihen gegen ein kleines Entgelt. Dann könnten viel mehr Felder gleichzeitig bestellt werden.«

Adolphis von Auwitz-Aarhayn hielt einen Moment inne. Er schien zögerlich, wie er auf den Vorschlag reagieren sollte. »Und was hat unser Familienoberhaupt dazu zu sagen gehabt?«

Sollte er seinem Vater jetzt die Wahrheit sagen? Großpapa hatte von alledem nichts wissen wollen. Nichts von den Mähmaschinen und nichts von den Dreschmaschinen. Einzig bei der Anschaffung eines Maschinenpfluges hatte sein Großvater kurz nachgedacht, die Idee dann aber doch abgewiesen. Hier in Hinterpommern wurde die Landwirtschaft noch genauso betrieben wie vor hundert Jahren. Man bereitete mit Pflug und Egge den Boden für die Saat vor. Dann legte man sich einen Sack Saatgut um und säte, während man singend übers Feld zog. Hinter einem gingen die Kinder, die mit den Füßen die Erde über die Körner schoben. Wenn im Herbst geerntet wurde, dann wurden die Felder immerhin schon mal mit einer von Pferden gezogenen Mähmaschine bearbeitet und nicht mehr nur mit einer Sense. Die Frauen banden den geschnittenen Weizen zu Garben und stellten diese zu Hocken auf. Später wurde alles mit einem Leiterwagen in die Scheune eingefahren. Und im Winter, wenn es auf den Feldern nicht viel zu tun gab, kamen die Drescher und droschen das Korn aus den Garben. Das war ehrliche Bauernarbeit. So hatte Großvater sich damals ausgedrückt.

Konstantin wollte nicht lügen, aber er wollte sich die Chance auch nicht entgehen lassen. »Es hat auf mich den Eindruck gemacht, als hätte er sich zu einem Maschinenpflug durchringen können.« Er klang ausreichend vage. Papa beibringen zu wollen, Großvater wäre Feuer und Flamme für die Maschinen gewesen, wäre ohnehin unglaubwürdig gewesen.

Sein Vater stippte einen schmalen Streifen Brot in das flüssige Eigelb. Er aß genüsslich, und es sah so aus, als würde er wohlwollend über Konstantins Vorschlag nachdenken.

»Nein, ich glaube nicht. Es würde unter den Pächtern doch nur zu Unruhe führen.«

Konstantin hatte sich auf zahllose Gegenargumente eingestellt, aber nicht auf dieses. »Wie kommst du darauf?«

»Jeder würde seine Felder als Erster pflügen wollen. Bei all den Pächtern, die wir haben, wie willst du das organisieren? Nein, das gäbe nur Unmut untereinander. Und am Ende würden sie uns Vorwürfe machen!«

»Man muss es ihnen nur richtig erklären. Schließlich wäre selbst der Letzte früher fertig, als wenn er sein Feld mit Ochsen pflügen muss.«

Wieder schien sein Vater abzuwägen. In aller Ruhe schnitt er ein paar weitere Streifen Brot und nahm sich noch ein Ei. »Was sagt Thalmann dazu?«

Gutsverwalter Thalmann war über sechzig und hatte unter seinem Großvater schon über zwanzig Jahre gedient. Die Tatsache, dass die Junker nicht mehr mit der Peitsche neben dem Feld standen, hielt er für die einzige moderne Änderung, die den

Pächter für die nächsten hundert Jahre wirklich zugutekamen. Alles andere war für ihn Humbug.

»Du kennst doch Thalmann. Er klammert sich an alte Bauernweisheiten.«

»Bisher kann man ihm nicht nachsagen, dass er damit falschgelegen hätte.«

»Wir könnten mehr Felder bestellen. Und wir könnten mehr Ertrag aus den Feldern herausholen. Schließlich war Großpapa auch offen für Neuerungen. So lange ist das noch nicht her, dass er sich für den Einsatz von Phosphatdünger entschieden hat.«

»Und er hat recht gehabt. Die Erträge sind höher. Dein Großvater hatte wirklich Ahnung von dem, was er tat. Und wenn er nicht sofort zugeschlagen hat bei den neuen Maschinen, dann kann ich mir nicht vorstellen, dass es wirklich einen Sinn hat, die horrenden Anschaffungskosten auf sich zu nehmen.« Seine Antwort schien das Thema zu besiegeln.

Konstantin gab auf vorerst. Hätte er doch noch gewartet. Er war sich vollkommen sicher, dass sein Vater ihm über kurz oder lang mehr Entscheidungsgewalt übertragen würde. Dann wäre diese Frage nur noch rhetorischer Art gewesen. Verdammt, warum hatte er nicht auf sein Gefühl gehört? Dennoch war er überzeugt, dass es Zeit für einige Reformen war.

Er selbst hatte sich in Berlin ein paar dieser Maschinen angesehen. Es waren Ungetüme, aber gerade deswegen war er davon überzeugt, dass sie die harte Arbeit auf dem Feld erheblich erleichtern konnten. Eigentlich hatte er damit gerechnet, diese Diskussion mit seinem Großvater führen zu müssen. Jetzt war er sich nicht klar darüber, welche Haltung mehr Widerstand bedeutete: die Abneigung seines Großvaters gegen jegliche Reformen oder die Abneigung seines Vaters, sich mit komplexeren Sachverhalten beschäftigen zu müssen.

»Konstantin, du gibst dir viel Mühe. Glaube nicht, dass ich das nicht bemerken würde. In diesen schweren Zeiten, in denen dein Großvater von uns gegangen ist, muss ich indessen erst einmal mit dem Verlust zurechtkommen. Sein unerwartetes Ableben macht mir doch mehr zu schaffen, als ich gedacht hätte. Lass uns ein andermal darüber sprechen. Noch bin ich zu schwermütig.«

»Danke, Vater, ich mache es doch gerne.« Es war ein Friedensangebot. Immerhin.

Sein Vater hatte sich nun auch das Eigelb des dritten Eies einverleibt. Er schlug die Zeitung auf. Schon auf der zweiten Seite stieß er auf eine Abbildung, die er Konstantin zeigte.

»Schau, so wird er aussehen. Oder so ähnlich. Ich habe das Hupmobile von Tietz bestellt mit amerikanischem Verdeck. Sie haben im Moment viele Bestellungen, deswegen wird es noch einige Wochen dauern, bis wir den Wagen bekommen.«

Konstantin schaute auf die Abbildung des Automobils. Für diesen Luxus war sein Vater natürlich gerne bereit, Geld auszugeben. Fünftausendfünfhundert Mark. Das hätte er besser in Landmaschinen investieren sollen. Er war kurz davor, eine trotzige Antwort zu geben, doch dann fiel ihm etwas ein. Wenn Papa sich an den Kraftwagen gewöhnt haben würde und den Sinn und die Funktion schätzte, wäre er möglicherweise eher bereit, ein entsprechendes Fahrzeug für die Bodenbewirtschaftung anzuschaffen.

»Wer soll ihn fahren?«

»Sonntag natürlich. Deswegen habe ich mich doch für ihn entschieden. Er hat schon Kraftwagen gefahren. Gibt ja nicht viele, die diesen Führerschein besitzen. Er hat einen, das stand zumindest in seinen Unterlagen. Und ich glaube gerne, dass sein früherer Arbeitgeber sich ein Automobil leisten konnte.«

»Vielleicht«, überlegte Konstantin, »vielleicht werde ich das Steuern eines Automobils selbst lernen. Selbstverständlich nur, wenn du es erlaubst.«

»Es kann wirklich nicht schwer sein, wenn sogar ein Kutscher es kann. Ich verstehe nur nicht, warum du selber fahren möchtest.«

»Ich will es einfach mal probieren.« Mit einem hintergründigen Lächeln nahm Konstantin sich noch eine Schnitte Brot. Wenn er erst einmal chauffieren könnte, würde er die Landmaschinen selbst ausprobieren. Und er oder der Kutscher konnten es den Pächtern beibringen. Oder aber man engagierte einen Saisonarbeiter, der den Bauern die Felder pflügte. Dann mussten das nicht alle lernen. Wahrscheinlich wäre das die größte Hürde: Nicht, dass die Pächter eventuell einen kleinen Obolus für die Nutzung leisten sollten, sondern dass sich die Männer mit einem qualmenden Monstrum befassen mussten.

Sein Vater schlug wieder die Zeitung auf. »Unfassbar, diese Geschichte mit Oberst Redl! Wie vaterlandslos muss ein Mensch sein, um sich gegen sein eigenes Land zu wenden?«

Jetzt war es an Konstantin, gleichmütig zu nicken. Der österreichische Nachrichtenoffizier war als russischer Spion enttarnt worden und hatte sich daraufhin umgebracht. Nichts, was ihn persönlich interessierte. Die Lage in Osteuropa war zwar schon länger angespannt, aber der Balkan war weit weg.

»Da kann man mal wieder sehen, wie solche Emporkömmlinge ticken. Man hätte einen solchen Mann niemals an eine so gehobene Stelle kommen lassen dürfen. Einen Offizier aus niedrigem Stand. Da kann man nichts anderes erwarten. Das könnte bei uns auch passieren. Und ich sag es dir: Die Sozialisten werden noch unser Untergang sein.«

Konstantin quittierte den Ausbruch seines Vaters mit einem wohlwollenden Nicken. Sicher hatte Nikolaus, der mittlere der Brüder, diese Worte gesagt, und Vater plapperte sie nach. Papas politisches Interesse war genauso gering wie das an der Landwirtschaft.

»Wie geht es Nikki?«

»Ausgezeichnet. Du kannst stolz auf deinen Bruder sein. Nicht jeder schafft es in eine solche Eliteschmiede.«

»Ich weiß, Vater.« Konstantin würde als ältester Sohn, als Majoratsherr, das Landgut erben. Wie für die nachgeborenen Söhne nicht ungewöhnlich, hatte Nikolaus sich für eine Offizierskarriere entschieden. Die Eltern hatten ihn während ihres Aufenthalts in Berlin in der Königlich Preußischen Hauptkadettenanstalt in Groß-Lichterfelde südwestlich der Hauptstadt besucht. Er lebte dort seit über vier Jahren.

»Eigentlich wollte er erst nach dem Fähnrichexamen kommen. Aber ich habe ihm telegrafiert.«

Die Tür ging auf, und Konstantins Mutter trat herein. Wie immer war sie formvollendet gekleidet, selbst für ein ganz normales Frühstück mit ihrem Mann und ihren Kindern.

»Feodora, meine Liebste. Was führt dich so früh zu uns?« Vaters Stimme hatte einen ironischen Unterton.

Mama ging darauf nicht ein. »Wo sind Alex und Katka?« Wie auf Kommando erschien Caspers in der Tür und rückte einen Stuhl für seine Dienstherrin zurecht.

Bevor der Vater wieder eine spitze Bemerkung machen konnte, antwortete Konstantin: »Sie sind schon beim Unterricht.«

Feodora setzte sich und ließ sich von Caspers Tee einschenken. »Ich schlafe zurzeit recht schlecht. So ganz habe ich mich wohl noch nicht von Berlin erholt. Wie sollte ich auch? Dein Vater hätte keinen ungünstigeren Zeitpunkt wählen können, um von uns zu gehen.«

Graf Adolphis von Auwitz-Aarhayn nahm die Zeitung beiseite. »Offensichtlich ist es nun zu spät für meinen Herrn Papa, diesen Fehler wieder wettzumachen. Aber nur aus Interesse, meine Liebste: Wann genau hätte sein Tod dir besser in den Kalender gepasst?«

Konstantins Blick wechselte zwischen seinen Eltern. Seine Mutter schaute verdutzt, fasste sich aber sofort. Trotzdem schnaufte sie leise und griff zu ihrer Tasse.

Mamsell Schott kam herein, ein Silbertablett in der Hand, auf dem ein Brief lag. Der Graf machte ein Zeichen, und sie trat zu ihm heran. Er öffnete den Brief.

»Der Brief ist von Anastasia. Sie schreibt, sie wird rechtzeitig zur Beerdigung da sein. Vermutlich ist sie bereits unterwegs.«

»Und wird uns Graf von Sawatzki dieses Mal die Ehre seiner Anwesenheit zuteilwerden lassen?«

»Nein, er ist schon seit zwei Wochen weg, schreibt sie. Und er wird auch nicht früher nach Hause kommen können.«

»Also werden wir die Beerdigung in einer überschaubaren Runde halten können.«

Auch wenn seine Mutter es bekanntermaßen sehr schade fand, dass sich der erlauchte ostpreußische Landgraf so selten bei ihnen blicken ließ: Es schien ihr ganz recht zu sein, wenn möglichst wenig Aufhebens um den Tod ihres Schwiegervaters gemacht wurde.

Konstantin konnte nicht verstehen, wie sein Vater Mama hatte heiraten können. Sie zeigte so wenig Mitgefühl für ihre Mitmenschen, aber der kleinste Patzer bezüglich der Etikette brachte sie schier zur Verzweiflung. Und Papa war für ewig an sie gekettet. So ein Leben würde er nicht durchstehen. Die Frau, die er einmal heiratete, müsste einen untadeligen Charakter haben, sehr viel mehr als ein untadeliges Aussehen.

Als hätte sie seine Gedanken erraten, musterte Mama ihn mit diesem besonderen Blick, den sie immer aufsetzte, wenn sie glaubte, eine treffliche Idee zu haben.

»Du hast dich auf der kaiserlichen Hochzeit mit Isolde von Steinheim unterhalten. Gefällt sie dir?«

Nicht schon wieder! Konstantin ahnte, worauf ihre Frage hinauslaufen würde. Mama hatte drei Aufgaben: das Haus zu repräsentieren, den Haushalt zu organisieren und ihre Kinder bestmöglich zu verheiraten. Und so lange vier ihrer fünf Kinder nicht verheiratet waren, würden sie sich wohl keine andere Beschäftigung suchen. Konstantin schien in ihren Augen der Nächste zu sein. Es war beileibe nicht der erste Vorstoß seiner Mutter in Richtung Heiratskandidatin, und es würde nicht der letzte sein.

»Sie ist nett, wenn auch ein bisschen einfallslos. Nein, ich berichtige mich, desinteressiert oder vielleicht nur von den falschen Dingen fasziniert. Auf jeden Fall interessiert sie mich nicht die Bohne. Das war es doch, was du wissen wolltest.«

In ihrer eigentümlich dramatischen Art legte seine Mutter eine Hand auf ihr Herz. »Gott sei Dank! Sie mag ja passabel aussehen und durchaus eine ebenbürtige Verbindung sein. Aber in Berlin hörte ich davon, wie viel die Steinheims für sie als Mitgift anbieten. Das ist fast schon eine Beleidigung. Auch wenn unser Gut nicht zu den größten in Hinterpommern gehört«, sie warf einen vorwurfsvollen Seitenblick auf ihren Mann, »kann sich das in Zukunft ja durchaus ändern. Du bist eine glänzende Partie. Ich bin von gut einem Dutzend Damen auf deine Pläne angesprochen worden. Ich könnte sofort etliche Besuchstermine ausmachen, wo man uns mit Freuden empfangen würde.«

»Mama, ich danke dir für deinen Einsatz, aber ich würde es vorziehen, wenn ich mir meine Gattin selber aussuchen dürfte.«

»Darfst du doch. Das darfst du doch.« Sie setzte sich aufrecht hin und ließ ihren Blick über den Frühstückstisch gleiten. »Ich möchte dir lediglich behilflich sein, einige junge Damen persönlich kennenzulernen, damit du auch wirklich eine Auswahl hast.«

Das war wenig glaubhaft. Selbst Vater warf Konstantin einen ungläubigen Blick zu.

»Ich halte nach Schönheit gepaart mit Klugheit Ausschau«, sagte Konstantin eigensinnig.

»Mir ist jede recht, die im Gotha steht und eine passable Mitgift mitbringt.«

So war seine Mutter eben. Der Gothaische Hofkalender, das Nachschlagewerk des deutschen Adels, war ihre Bibel. Aber Konstantin musste sich solche Geschichten schon anhören, seit er sechzehn war. Es musste mal gut sein. »Nun, es ist ein Bund fürs Leben. Ich lasse mir noch etwas Zeit mit der Suche. Aber richte dich darauf ein, dass weder die Abteilung des Gotha noch die Mitgift für mich entscheidend sein werden, Mama.«

Die schaute ihn mit schmalen Lippen an. »Zur guten Führung eines Hauses gehört eben auch, dass man standesgemäß heiratet. Es ist keine persönliche Entscheidung. Es betrifft uns alle!«

Konstantin war genervt. Aber es nutzte nichts, sich jetzt schon zu streiten, da er ja noch keine Frau in Betracht zog. »Ich werde es bedenken – beizeiten.«

Bestimmt wollte Mama noch etwas dazu sagen, das war ihr an der Nasenspitze anzusehen, aber sie verkniff es sich. Das Thema war nicht erledigt, und Konstantin vermutete, dass seine Mutter bereits entsprechende Maßnahmen eingeleitet hatte. Mamas Widerstand gegen seine Wahl würde vermutlich größer sein als der von Papa gegen die Maschinen. Konstantin war dennoch nicht gewillt, bei einem dieser Themen nachzugeben.

8. Juni 1913

Albert Sonntag stand am Rande der Menschentraube. Viele waren gekommen, vermutlich alle Honoratioren aus der Umgebung. Natürlich kannte er die meisten nicht, aber ab und zu raunte Mamsell Schott einem der Stubenmädchen etwas zu: Das ist Gräfin Soundso. Da ist der Oberfinanzrat aus Stettin und so fort. Albert versuchte, sich die Namen zu merken, falls einer der Herrschaften später noch mal von Bedeutung sein würde. Abseits standen die versammelten Pächter, der Gutsverwalter Thalmann mit seiner Frau und die übrigen Dorfbewohner.

Der verblichene Gutsherr war aufgebahrt und nach der Messe zu der Familiengrabstätte auf dem Friedhof gebracht worden. Es waren erstaunlich wenige Tränen geflossen. War es immer so auf Beerdigungen von hohen Herrschaften? Seine Erfahrung hatte ihn gelehrt, wie wichtig es den Adeligen war, ihre Gefühle zu verbergen. Es schien geradezu ein wesentliches Merkmal ihrer Klasse zu sein, keine Gefühle zu zeigen. Als wäre es etwas Schändliches. Vielleicht war es aber lediglich dem Umstand zuzuschreiben, dass in einer Bauern- oder Arbeiterfamilie, zumal wenn Mutter oder Vater starben, häufig wirtschaftliches Elend folgte. Davon konnte hier keine Rede sein.

Als die ersten Besucher den Friedhof verließen, ging Albert ebenfalls. Er würde bei der Kutsche warten. Neben sich hörte er Schritte. Wiebke, das scheue Stubenmädchen, hatte ihn eingeholt. Die Rothaarige schien ihm ansonsten keine neugierige Natur zu sein, trotzdem platzte sie heraus:

»Herr Sonntag, darf ich Sie was fragen?«

Er blieb stehen und nickte neugierig. Sie schaute sich um, ob auch niemand anderes zuhören konnte, dann erst kam sie zur Sache.

»Darf ich fragen, wo Sie groß geworden sind?« Wiebkes Wangen waren gerötet. Ob vom schnellen Laufen oder weil es ihr irgendwie unangenehm war, mit ihm zu sprechen, wusste er nicht.

»In Kolberg.« Und als wollte er der nächsten Frage zuvorkommen, setzte er nach: »Ich bin in einem Waisenhaus aufgewachsen.«

»Jaja, ich weiß. Deswegen frage ich ja.«

Albert drehte sich zu ihr. »Woher weißt du das?« Wie auch bei seiner letzten Arbeitsstätte war es normal, dass alle niederen Dienstgrade wie Haus-, Stuben- und Küchenmädchen, Hausburschen und Stalljungen geduzt wurden. Alle anderen wurden gesiezt, so wie auch er von allen gesiezt wurde.

Mit dieser Gegenfrage hatte das Mädchen wohl nicht gerechnet, denn nun fing es an zu stottern: »Mamsell Schott hat sich … und die Köchin. Sie haben sich darüber unterhalten. … Ich wollte Ihnen nicht zu nahe treten … Ich wollte nur. Ich …«

Sie tat Albert leid. »Schon gut, ich wusste nur nicht, dass es bereits alle wissen.«

Wiebke schluckte und nahm erneut Anlauf. »Lebte in Ihrer Zeit im Waisenhaus ein Kind, das Plümecke gerufen wurde?« Ihre Stimme überschlug sich fast, während sich ihre Hände ineinander verknoteten.

»Plümecke?« Er überlegte, schüttelte dann den Kopf. »Nein, nicht dass ich mich erinnern könnte. Wieso?«

Wiebke wand sich. »Sie müssen entschuldigen, dass ich frage. Als ich sechs war, ist meine Mutter gestorben. Vater ist zwei Jahre vorher gestorben. Ich bin in Stargard in einem Waisenhaus aufgewachsen. Aber wir waren eigentlich zu viert. Meine anderen Geschwister sind woanders untergebracht worden.«

»Ich verstehe. Du suchst nach ihnen.«

»Ida Plümecke, meine Schwester, sie ist nur zwei Jahre älter als ich. Und Paul und Otto Plümecke, das sind meine älteren Brüder.«

Albert nickte verständnisvoll. »Es tut mir leid, aber ich bin mir sicher, dass ich keine Plümeckes kenne.« Er konnte sehen, wie die Hoffnung aus ihrem Gesicht schwand.

»Nun, es war einen Versuch wert. Hätte ja sein können.«

»Ja. Natürlich.«

»Ich könnte dorthin schreiben«, schlug er vor, weil sie ihm leidtat. Ein Strahlen überzog ihr Gesicht. »Oder ich gebe dir einfach die Adresse. Dann könntest du direkt selbst schreiben.«

Jetzt verdunkelte sich ihre Miene wieder. »Ich ... ähm ...«

Mamsell Schott holte sie ein und sah Wiebke besorgt an. »Was ist denn los?«

Weil die Rothaarige so aussah, als würde sie wieder anfangen zu stottern, sagte Albert: »Sie hat mich nur gefragt, ob ich ihre Geschwister kenne.«

Mamsell Schott nickte nur, denn die negative Antwort stand dem Stubenmädchen ins Gesicht geschrieben. »Sie müssen entschuldigen, wenn Wiebke in diesem einen Punkt etwas vorwitzig ist.« Sie legte mitfühlend ihre Hand auf Wiebkes Schultern. »Sie leidet eben sehr darunter, dass sie ihre ganze Familie verloren hat. Ich bin mir sicher, Sie können das nachvollziehen.«

»Nein, ehrlich gesagt kann ich das nicht nachvollziehen. Ich habe nie eine Familie gehabt, die ich hätte verlieren können.« Es klang so bitter, dass die Mamsell überrascht zu ihm aufschaute.

»Nun ja, dieser Tag verlangt uns allen viel ab. Und er wird sicherlich noch lang werden. Wir sollten uns heute besonders auf unsere Arbeit konzentrieren.«

Zu dritt gingen sie zurück. Vom Gut aus gesehen lag der Friedhof hinter dem Dorf. Als sie nun durch das Tor traten, standen dort ein Dutzend Kutschen. Die Mamsell und Wiebke liefen direkt zu dem Leiterwagen, neben dem Eugen auf die Bediensteten wartete. Von den Gutsangestellten waren neben Mamsell Schott und Caspers die beiden Stubenmädchen, Kilian, der Hausbursche, und Hauslehrer Matthis gekommen. Sie alle würden als Erste mit Eugen zurückfahren, denn es konnte nicht lange dauern, bis die ersten Gäste am Herrenhaus ankommen würden. Nur Bertha, die Köchin, und Hedwig waren vor Ort geblieben.

Johann Waldner, der Stallmeister, fuhr die zweite Familienkutsche. Er hockte auf dem Trittbrett, rauchte und starrte gedankenverloren ins Nichts. Sein Gesicht wirkte ein wenig aufgedunsen, obwohl er eigentlich mager war. Außerdem hing ihm eine leichte Fahne an, die Albert bemerkt hatte, als er während der Messe neben ihm gestanden hatte. Es war nicht schwer zu erraten, dass der Stallmeister zu oft und zu tief ins Glas guckte. Das hatte Albert bereits in der ersten Woche festgestellt. Als Johann die Ankömmlinge bemerkte, stand er auf und klopfte sich den Staub der trockenen Landstraße ab. Er redete nicht viel, und wenn er eine Meinung über Albert hatte, dann behielt er sie für sich.

»Sind sie fertig?«

»Ich denke. Einer von uns sollte mit dem ersten Schwung schon mal vorfahren, damit jemand von der Familie im Haus ist, wenn die Gäste kommen.«

Johann nickte ihm zu. Es schien ihm gleich zu sein, wer als Erster fuhr.

Karl Matthis kam mit hochrotem Kopf näher. War er schnell gelaufen oder war er rot vor Zorn, weil er nicht mit der Familie mitfahren durfte, sondern mit den anderen Bediensteten auf dem Pritschenwagen fahren musste? Alle Familienmitglieder waren anwesend, und der Pastor musste auch mit zurück aufs Gut. Es gab keinen freien Platz mehr in den Familienkutschen. Ein paar Meter entfernt blieb Matthis stehen, sah hoch zur Mamsell und ruckte merkwürdig mit dem Kopf. Gerade als Albert ihn ansprechen wollte, sagte er laut und vernehmbar:

»Ich laufe. Es tut doch gut, sich die Beine zu vertreten. Wir werden nachher alle noch so lange im Haus sein.« Er drehte sich weg und schritt stolz von dannen.

Albert konnte sich ein Grinsen nicht verkneifen. Selbst auf Johanns Miene erschien für einen kurzen Moment ein schadenfroher Ausdruck. Als Albert sich den weiteren Ankommenden zuwandte, sah er die Enkelin des Pastors auf sich zukommen.

»Herr Sonntag, wie angenehm, Sie wiederzusehen.«

Albert reichte ihr die Hand. »Auch wenn der Anlass wieder nicht erfreulich ist, bin ich beglückt, Sie zu sehen.«

Ihr Lächeln erstrahlte. »Paula Ackermann. Ich hatte mich noch gar nicht vorgestellt.« Nun wusste sie offenbar nicht mehr recht weiter. »Es war eine ansprechende Messe, nicht wahr? Mein Großvater kannte den alten Grafen sehr lange. Natürlich weiß man da viele gute Dinge über den anderen zu berichten.«

Albert nickte. Der Pastor hatte am Grab eine lange Totenpredigt über Donatus von Auwitz-Aarhayn gehalten, in welcher er den Verstorbenen in den höchsten Tönen gelobt hatte.

»Kommen Sie auch zum Leichenschmaus?«

»Nein, das ist nicht üblich bei so hohen Herrschaften.« Sie setzte eilig nach: »Ich meine natürlich, dass schon genug Gäste da sind.«

»Das ist sehr schade.« In diesem Moment sah er aus dem Augenwinkel, wie die junge Komtess mit einem verdrießlichen Gesichtsausdruck direkt auf sie zusteuerte, gerade so, als wollte sie sie angreifen. Sie blieb erst kurz vor ihnen stehen, doch dann wusste sie scheinbar nicht, was sie sagen sollte. Albert sprang ein.

»Komtess. Wir werden nacheinander fahren. Ich vermute, dass Ihre Eltern noch am Grab bleiben, bis alle gegangen sind?«

»Vermutlich. ... Welche Kutsche wird als erste fahren?« Ihr Blick wechselte zwischen Fräulein Ackermann und ihm hin und her, als würde sie nicht gutheißen, dass sie sich unterhielten. Albert war überrascht, denn so brüsk hatte er das gnädige Fräulein noch nicht erlebt.

Sie schien etwas Ähnliches zu denken, denn nun sagte sie in einem versöhnlichen Ton: »Fräulein Ackermann, wie nett von Ihnen, dass Sie meinem Großvater das letzte Geleit geben.«

»Komtess.« Paula Ackermann machte einen kaum wahrnehmbaren Knicks. »Mein herzliches Beileid zu Ihrem Verlust.«

Es entstand eine unangenehme Pause. Albert öffnete die Tür der Kutsche, die am nächsten stand, und hielt sie für die Komtess auf, die zögerlich einstieg.

Albert ging zurück zu Fräulein Ackermann. »Ich würde Sie gerne ins Dorf bringen, aber natürlich muss ich die Herrschaft nach Hause fahren.«

Als hätte sie genau auf diese Worte gehofft, zeigte sich ein scheues Lächeln auf dem Gesicht der Pastorenenkelin.

»Vielleicht ein andermal.«

»Paula?!« Der Pastor löste sich aus einer größeren Menschenmenge. »Was machst du noch hier? Ich dachte, du wolltest nach Hause?«

»Ja. Natürlich. Bis heute Abend.«

»Warte nicht auf mich. Es könnte spät werden.«

Paula Ackermann warf Albert einen letzten Blick zu, drehte sich um und ging.

Pastor Wittekind sah ihn strafend an. »Ich werde mit einer der Kutschen des Gutes mitfahren.«

»Sehr wohl.« Albert nickte und hielt ihm die Tür auf.

Katharina von Auwitz-Aarhayn machte ein ebenso verdrießliches Gesicht wie vorhin, als sie sah, dass der Pastor bei ihr einsteigen würde. Jetzt war es zu spät für Albert, ihn zur anderen Kutsche zu geleiten.

Die zwei älteren Grafensöhne stiegen ebenfalls in die Kutsche. Der mittlere Bruder, Nikolaus, war extra aus Berlin gekommen, um bei der Beerdigung seines Großvaters dabei zu sein.

Der Zweispänner war voll besetzt, und Albert stieg auf den Kutschbock. Schon nach wenigen Minuten hatten sie die Dorfstraße erreicht. Albert überholte Paula Ackermann. Sie gestatteten sich ein letztes Lächeln, dann war der Moment vorbei. Albert war sich nun ganz sicher, dass er leichtes Spiel haben würde bei dem, was er sich vorgenommen hatte.

8. Juni 1913

»Wie mir scheint, legt Mamsell Schott das Gehalt, das wir ihr zahlen, in Konfekt und Fettpölsterchen an.«

Katharina versteckte ein Grienen hinter vorgehaltener Hand. Konstantin trat seinem jüngsten Bruder gegen das Schienbein. »Du kannst denken, was du willst, aber bitte leise. Die Schott hat es nicht verdient, beleidigt zu werden.«

»Wenn ich doch recht habe«, gab Alexander schnippisch zurück. »Was sagst du, Nikki? Du hast sie länger nicht mehr gesehen.«

Nikolaus saß so stocksteif in dem bequemen Sessel, dass es Katharina fast wehtat, ihn anzusehen. Es war seine selbst auferlegte Pflicht, jederzeit und überall den militärischen Drill vorzuführen. Selbstredend trug er seine Kadettenuniform. Er rieb über eine verschorfte Wunde auf der Wange, die er sich beim Fechten zugezogen hatte. »Unser Kleiner hat recht.«

Konstantin schmunzelte. Alexander hasste es, Kleiner genannt zu werden. Nikolaus hatte ihm gleichzeitig recht gegeben und ihn beleidigt.

Alexander stand auf und wollte seinem Bruder eine Kopfnuss geben, als dieser ihn sofort am Handgelenk packte und es umdrehte. »Kleiner, gegen mich hast du keine Chance.«

»Lass mich los. Du tust mir weh.«

Der ließ ihn lachend los. »Sei nicht so wehleidig. Was willst du erst machen, wenn du im Feld stehst?«

»Ich soll in den Krieg ziehen? Das könnte böse enden, oder?«

Nikolaus schnaubte verächtlich.

»Könnt ihr euch nicht benehmen?« Mama trug ein schwarzes Kleid. Alleine die Tatsache, dass sie sich zu diesem gesellschaftlichen Anlass nicht herausputzen konnte, verhagelte ihr schon die Laune.

»Es ist doch niemand mehr da. Alle Gäste sind weg.«

»Und die Tatsache, dass heute euer Großvater unter die Erde gebracht wurde, hält euch nicht von solchen Albernheiten ab?« Ihre Mutter schaute empört von einem zum anderen.

Nur noch die Familie saß im Salon, abgesehen von Hauslehrer Matthis, der in einer Ecke einen Cognac genoss. Den gab es für ihn schließlich auch nicht jeden Tag. Papa kam herein, er hatte die letzten Besucher verabschiedet. Konstantin streckte sich und stand auf. Er wollte zu Bett gehen, doch seine Schwester sprach ihn an.

»Nein, bitte bleib.« Anastasia, nur zwei Jahre jünger als Konstantin, war gestern Abend rechtzeitig angekommen. Die Ähnlichkeit mit ihrer Mutter war augenscheinlich: schwarzes Haar und funkelnde grüne Augen, alabasterweiße Haut und natürlich die hohen Wangenknochen, die ihrem Gesicht etwas Aristokratisches gaben. Ihr Gehabe war genauso affektiert und ermüdend wie das von Mama. Sie hatte den gesamten Abend über ihren Ehemann und das so viel größere Rittergut in Ostpreußen gesprochen. Es lag in der Nähe von Braunsberg, mitten auf der Strecke von Danzig nach Königsberg, und grenzte ans Frische Haff. Anastasia kannte kaum andere Themen, als dass ihr Anwesen weitläufiger, ihre Kleider eleganter oder der Ertrag der Ernte größer waren als auf dem elterlichen Gut. Katharina stand ebenfalls auf, denn sie hatte keine Lust, den Reden ihrer Schwester weiter zuzuhören.

Die herrschte sie an: »Katka, was habe ich gerade gesagt?«

Sie war genau wie Mama. Katharina blieb neben Konstantin stehen und schaute sie erwartungsvoll an.

Als würde es jemanden interessieren, was er zu sagen hatte, erhob sich Matthis urplötzlich aus seinem Sessel und polterte los: »Ich wette, es steht uns Nachwuchs ins Haus!«

Anastasia drehte sich mit einer Miene zu ihm um, als hätte sie auf eine Zitrone gebissen. »Der Herr Hauslehrer. Mir war gar nicht bewusst, dass Sie noch da sind.«

Für einen Moment schien Feodora unentschlossen, worauf sie als Erstes reagieren sollte. Doch es war der Graf selbst, der ihn zurechtwies: »Was erlauben Sie sich! Wir sind hier nicht auf einer Pferderennbahn. Sie dürfen sich zu Bett begeben.«

Der Hauslehrer hatte sich in letzter Zeit zu viele Dinge herausgenommen, die ihm nicht anstanden. Nicht zuletzt hatte er vor wenigen Stunden einem adeligen Fräulein auf dem Klavier ein anzügliches Lied vorgeträllert.

»Hinaus!«

»Ich bitte vielmals um Entschuldigung.« Mit einem säuerlichen Blick trollte Matthis sich.

Anastasia legte ihre Hände aufeinander, als wollte sie beten, und atmete geräuschvoll ein. »Ihr wisst, wie leid es mir tut, dass Graf von Sawatzki heute nicht hier sein kann«, hob sie bedeutungsvoll an.

Katharina seufzte. Ihre Schwester hatte gestern in aller Ausführlichkeit davon berichtet, wie wichtig die Aufgaben ihres Mannes Graf Hugo Theodor von Sawatzki waren, der im kaiserlichen Dienst stand. Er war im Auswärtigen Amt angestellt und kletterte anscheinend Jahr für Jahr eine Stufe höher auf der Karriereleiter. Der Preis war, dass er ständig auf Reisen war. Anastasia sah ihn nur selten. Zurzeit war er für den diplomatischen Dienst irgendwo in Österreich oder in Serbien unterwegs. Sie wusste es nicht so genau.

»Er ist untröstlich, dass er heute nicht hier sein kann. Und dass er euch nicht persönlich über das freudige Ereignis in Kenntnis setzen kann.« Sie wartete einen Augenblick, um die Spannung zu erhöhen. »Ich bin in gesegneten Umständen.«

Jetzt war es wirklich keine Überraschung mehr, und für einen Moment tat ihr die Schwester leid, denn Matthis hatte Anastasias Auftritt, den sie sicherlich seit Langem vorbereitet hatte, tatsächlich verpatzt.

Ihre Mutter breitete die Arme aus, ließ einen Jubelruf ertönen und umarmte ihre Tochter. »Mein Kind. Mein liebes Kind. Wie freue ich mich für dich!«

Vater trat sofort hinzu und herzte Anastasia. »Meinen allerherzlichsten Glückwunsch. Ich wünsche dir einen gesunden und strammen Stammhalter.«

Katharina sah sich gemüßigt, ebenfalls zu gratulieren. Ihre Laune war schon den ganzen Tag über niedergeschlagen. Und zu allem Überfluss triumphierte ihre Schwester genau an dem Tag, an dem ihr geliebter Großvater beerdigt wurde.

»Anastasia, ich wünsche dir alles Glück und Gesundheit.« Sie drückte ihre Schwester, was sie nur selten tat.

Direkt hinter ihr stand Alexander: »Wie heißt es doch so treffend: Der eine geht, der andere kommt.« Bevor Anastasia ihm einen Klaps auf den Kopf geben konnte, riss er sie an sich und drückte sie fest.

»Champagner. Das ruft nach Champagner.« Papa klatschte erfreut in die Hände. Sofort betätigte er den Klingelknopf. Die elektronische Klingel hatte vor wenigen Jahren Einzug ins Haus gehalten. Keine Minute später trat Caspers in den Raum.

»Champagner bitte! Wir haben etwas zu feiern.«

Mamsell Schott brachte eine Flasche, während Caspers mit den Gläsern kam. Er schüttete ein und zog sich sogleich wieder zurück.

Ihre Eltern und Anastasia plapperten unentwegt durcheinander. Ihre Mutter machte große Pläne, was man alles vorzubereiten hatte, während sich Vater in gewichtigen Tönen über den zu erwartenden Charakter des Kindes ausließ.

Katharina war müde. Auf der Chaiselongue ihr gegenüber saßen Nikki und Konstantin, die ebenfalls den Eindruck machten, als würden sie lieber ins Bett gehen. Nur Alex schien es zu genießen, dass er noch wach bleiben durfte. Morgen früh würde er sicherlich absichtlich verschlafen mit der besten aller Ausreden: eine Familienfeier, die unter Ausschluss des Hauslehrers stattgefunden hatte.

Draußen fuhr eine Kutsche vor. Katharina schlenderte, von ihrer Mutter unbemerkt, wie sie hoffte, zum Fenster. Albert Sonntag hatte die letzten Besucher ins Dorf zurückgebracht.

Caspers kam die Freitreppe hinunter. Vermutlich sprachen sie darüber, ob er Feierabend machen konnte. Der oberste Hausdiener war nur etwas kleiner als der Kutscher, allerdings sehr viel schmaler. Albert Sonntag war dagegen stattlich gebaut. Im Gegensatz zu Caspers Halbglatze hatte er volles Haar.

Was hatte sie sich geärgert, als sie ihn heute mit Paula Ackermann gesehen hatte. Am liebsten hätte sie es ihm verboten, was lächerlich war. Wo es nur ging, suchte sie seine Nähe, er aber blieb immer höflich distanziert, was sie ärgerte. Sonntag hatte etwas an sich, das Katharina irritierte.

Als sie ihn jetzt neben Caspers beobachtete, fiel ihr endlich ein, was es war: Sonntag wirkte in seiner ganzen Art eher wie ein charmanter und wohlerzogener Sohn reicher Bürger. Er strahlte eine Selbstsicherheit aus, die nur denen zuteilwurde, die auf der Sonnenseite des Lebens geboren worden waren – was auf ihn kaum zutreffen konnte. Lässig saß er oben auf dem Kutschbock und ließ die Pferde wenden. Er war doch nur ein gewöhnlicher Kutscher.

Vor drei Tagen hatte sie einen kurzen Blick auf ihn erhascht, als er mit nacktem Oberkörper im Stall gearbeitet hatte. Der Anblick seiner Muskeln hatte ihr das Blut ins Gesicht getrieben. Albert Sonntag und seine geheimnisvolle Aura verhießen Abenteuer und ungehörige Gedanken. Und doch war es töricht von ihr, an so jemanden ihre Gedanken zu verschwenden. So jemanden – einen, der ganz sicher nicht im Gotha stand. Und wenn er sich tausend Mal weltmännisch verhielt.

8. Juni 1913

Clara stellte das Plätteisen beiseite. Die Mamsell hatte ihr aufgetragen, ein Kleid der Gutsherrin für morgen früh aufzubügeln. Immer bekam sie Aufgaben, die ihr keinen Spaß machten. Zugegeben machten ihr die meisten Arbeiten keinen Spaß. Überhaupt war das Einzige, was ihr gefiel, der Komtess aufzuwarten. Mit Fräulein Katharina konnte sie ausgelassen plaudern, und manchmal hatte sie fast den Eindruck, dass die junge Adelige wie eine Freundin für sie war.

Das war natürlich bloße Einbildung, denn während Clara abends schuftete, legte sich die junge Dame mit einem Buch aufs Bett. Während Clara das Silber putzte, spielte Fräulein Katharina auf dem Klavier. Und während sie selbst morgens mit den Hühnern aufstand, schlief das edle Fräulein zwei Stunden länger. Sie könnten niemals Freundinnen werden.

Trotzdem benahm die Komtess sich nie herablassend, im Gegenteil. Auch sie schien es zu erfreuen, wenn sie sich über die heiteren Dinge des Lebens unterhalten konnten. Welche Kleider waren in Mode, und wie trugen die Damen in Berlin ihre Haare? Vor einigen Tagen hatten sie den Nachmittag damit verbracht, elegante Frisuren auszuprobieren, und hatten dabei viel gelacht. Fräulein Katharina hatte keine Gleichaltrigen in der Nähe. Ihre Schwester Anastasia war seit über einem Jahr aus dem Haus, aber ohnehin war der Altersunterschied zu groß gewesen. Es musste einsam für sie sein, wenngleich Clara sie nicht wirklich bedauerte.

Dennoch waren diese freudigen Augenblicke rar. Seit der Rückkehr der Familie aus der Hauptstadt begannen ihre Arbeitstage früher als gewöhnlich und endeten später. Man hatte etliche Besucher zur Beerdigung erwartet, und alles musste hergerichtet werden. Heute hatte der Leichenschmaus stattgefunden – mit noch mehr Gästen. Frau Hindemith hatte sich Verstärkung aus dem Dorf geholt, um das Diner vorzubereiten. Clara war den ganzen Tag auf den Beinen gewesen. Ihre Füße taten weh, und sie hätte stehend ins Bett fallen können.

Ausgerechnet an diesem Abend fragte die Gutsherrin nach einem Kleid, das sie länger nicht getragen hatte. Als wäre der Tag nicht schon lang genug gewesen, musste sie noch das Kleid plätten.

Wiebke durfte zu Bett gehen, was sie kolossal ärgerte. Mamsell Schott hatte es damit begründet, dass Clara sich in den letzten Tagen allzu oft vor den unangenehmen Aufgaben gedrückt hatte. Dabei war es Wiebke meistens völlig egal, was sie tat. Ohne zu murren und ohne sich jemals zu beschweren, erledigte sie, was ihr aufgetragen wurde. Diesen Langmut besaß Clara nicht.

Wie schön wäre es doch, wenn sie zur Kammerjungfer aufsteigen könnte. Ihre einzige Hoffnung war, dass sie dieses Leben als Stubenmädchen nicht für immer führen musste. In ein paar Jahren wollte sie in einen städtischen Haushalt wechseln. Man wusste nie, wen man in einer großen Stadt so alles kennenlernte. Wenn sie alt genug wäre, würde sie hoffentlich einen netten Bürgersohn zum Heiraten finden. In ihrem eigenen Haushalt würde ihr dann niemand vorschreiben, was sie zu tun hatte.

Vorsichtig nahm sie das Gewand und hängte es über einen gepolsterten Holzbügel. Das Kleid war aus dunkelblauem Satin, abgesetzt mit Samtbändern. All die Litzen und Fältchen und Samtbänder machten das Bügeln enorm aufwendig. Auch der Stoff war diffizil: War das Plätteisen nicht heiß genug, bekam man die Falten nicht heraus. War es zu heiß, kräuselte sich der Satin. Als sie nun zurücktrat, entdeckte sie eine Stelle am inneren Oberarm, die sie vergessen hatte. Sie wollte das Kleid schon herunternehmen, dachte dann aber, dass diese Stelle nicht gut sichtbar war. Bestimmt würde es niemandem auffallen. Just als Clara gehen wollte, hörte sie Stimmen durch den Türspalt.

»... ganz sicher, dass da ein Rest in der Karaffe war.«

Erschrocken blieb sie hinter der Tür des Bügelzimmers stehen.

»Frau Hindemith hat es nicht weggeschüttet, da bin ich mir sicher. Sie behält auch den kleinsten Rest über.« Es waren Mamsell Schott und der Hausdiener Caspers.

»Dann kann es nur jemand ausgetrunken haben. Und da kommen nicht so viele infrage.«

»Lassen Sie uns das morgen früh klären.« Leise klirrte der Schlüsselbund, den die Mamsell mit einer Kordel um ihre Taille gebunden trug. Sie legte ihn nur zur Nacht ab, und selbst dann hing er an einem Haken über ihrem Kopf.

Clara presste sich an die Wand. Dann war es also doch aufgefallen. Als sie nach dem Abendessen zusammen mit Wiebke den Tisch abgeräumt hatte, war sie mit den Glaskaraffen über die Hintertreppe hinuntergegangen. Auf dem Treppenabsatz war sie stehen geblieben und hatte den Rest Wein getrunken. Sie trank gerne Rotwein, aber natürlich gab es für die Bediensteten nur zu besonderen Anlässen Alkohol. Letztes Weihnachten hatte sie zum ersten Mal Wein gekostet und Geschmack daran gefunden. Sie nutzte jede Gelegenheit, daran zu nippen. Bei all dem Wirrwarr, der heute geherrscht hatte, hatte sie gedacht, es würde niemandem auffallen. Doch Caspers hatte tatsächlich etwas gemerkt. Verdammt und zugenäht!

Clara blieb mucksmäuschenstill hinter der Tür stehen und wartete, bis die Schritte sich entfernten. Erst jetzt brachte sie das Kleid zu der Wäschekammer, in der die Kleidung der Herrschaften hing, wenn sie gewaschen oder ausgebessert werden sollte. Leise schob sie den Bügel über die Kleiderstange und schloss den Schrank.

In der Küche waren Hedwig und Bertha noch immer dabei, den riesigen Berg an Geschirr zu spülen. Aus der Leutestube nahm Clara sich ein Glas und ging damit in die Küche zum Wasserhahn. »Schlaft gut.«

Bertha schaute kurz hoch und nickte ihr müde zu. Nicht mehr lange, und sie konnte auch ins Bett gehen. Hedwig sagte sowieso nichts. Sie sagte ja nie etwas.

Als die beiden ihr den Rücken zudrehten, nahm Clara eins der teuren Kristallgläser, in dem sich noch eine Neige Rotwein befand. Heimlich schüttete sie das Wasser in einen der Töpfe, die auf der Ablage zum Spülen standen, und goss stattdessen den Rest Rotwein ins Glas. Eilig verließ sie die Küche.

Wiebke schlief, hatte aber eine Kerze brennen lassen, so wie immer, wenn sie zuerst ins Bett ging. Clara trat an den Stuhl, auf dem das andere Stubenmädchen seine Arbeitskleidung für den nächsten Tag bereitgelegt hatte.

Clara und Wiebke trugen Dienstuniformen. Die Röcke und Blusen waren aus einem blauen Baumwollstoff. Auch die Dienstkleidung der Mamsell war in ebendiesem Farbton gehalten. Es war das gleiche Blau, das den Hintergrund des Familienwappens bildete. Nur trug die Mamsell im Gegensatz zu den beiden Stubenmädchen keine Schürze und keine gestärkte Haube.

Selbst im schummrigen Licht konnte Clara die weiße Schürze von Wiebke gut ausmachen. Sie nahm eine Ecke und träufelte das bisschen Rotwein darauf. Das Glas stellte sie unters Bett, zog sich schnell um und legte sich hin. Sie konnte wirklich nicht riskieren, schon wieder gescholten zu werden.

* * *

Theodor Caspers glaubte seinen Augen nicht. Das rothaarige Stubenmädchen trug eine Kanne mit heißem Kaffee für den Frühstückstisch der Herrschaften in Richtung Dienstbotentreppe. »Wiebke, deine Schürze ist besudelt. Willst du dich etwa so oben zeigen?«

Wiebke wurde schon rot, bevor sie sich einer Schuld bewusst war. Sie blickte an sich herunter und entdeckte die Flecken. »Ich wechsle sofort die Schürze.« Sie wollte gerade wieder in die Küche gehen, als er sie zurückhielt.

»Komm bitte näher. Was sind das für Flecken?«

Wiebke stellte die Kaffeekanne auf eine der Stufen. Völlig unbedarft hob sie die Ecke ihrer Schürze. »Hm, rote Flecken. Es ist vermutlich Rotwein.«

»Schämst du dich denn nicht?«

Wie immer, wenn Wiebke verunsichert war, verhaspelte sie sich. »Es tut mir wirklich leid. ... Ich hab es nicht gesehen. ... Ich geh mich sofort umziehen, ich hab ...«

»Das meine ich nicht.«

Wiebke schaute den obersten Hausdiener eingeschüchtert an.

»Gestern Abend war in einer der Karaffen aus dem Salon noch drei Finger hoch Rotwein gewesen. Und als die Karaffe unten ankam, war sie leer.«

Hektische Flecken bildeten sich auf Wiebkes Gesicht. Sie wusste genau, worauf er hinauswollte. »Ich ...«

»Das gibt einen Wochenlohn Abzug.«

»Was gibt einen Wochenlohn Abzug?«, fragte Mamsell Schott bärbeißig. Sie kam zur Hintertreppe herunter.

»Worüber wir uns gestern unterhalten haben. Der fehlende Rotwein. Wir wissen jetzt, wer ihn getrunken hat.«

Wiebke stand mit der Ecke ihrer Schürze in den Händen da, den Mund geöffnet und auf ihrem Gesicht überall rote Flecken. Die Lage schien eindeutig. Überrascht zog Mamsell Schott ihre Augenbrauen hoch. »Das kann ich mir nicht vorstellen, dass ausgerechnet Wiebke ...«

»Ich habe sie quasi in flagranti erwischt. Ich denke doch«, gab Caspers in herrischem Ton von sich, »dass ich mich deutlich genug ausgedrückt habe. Es dürfen keine Reste ohne ausdrückliche Erlaubnis genommen werden. Niemals.« Theodor Caspers warf Mamsell Schott einen Blick zu, als wäre es ihre Schuld.

»Aber ich ...«, hob Wiebke an.

»Keine Widerrede. Es könnte noch ganz anders für dich ausgehen.«

Wiebke schlug die Augen nieder und ließ ihre Schürze los.

»Rothaarige sind eben doch tückisch«, sagte er überzeugt, als das Mädchen ohne ein weiteres Wort die Kaffeekanne zurück in die Küche brachte. Für einen Moment traf sein Blick den der Mamsell. »Wenn Sie es nicht vermögen: Ich werde den Dienstboten schon Disziplin beibringen.«

Sie sah so aus, als wollte sie etwas erwidern, senkte aber ihren Blick. »Jawohl.«

Niemand kam ungeschoren davon. Das war seine Aufgabe. Die Schott war viel zu nachsichtig, gerade mit den Mädchen. Es war längst Zeit, ein Exempel zu statuieren.

12. Juni 1913

»Dann haben Sie also Erfahrung mit Automobilen, Herr Sonntag?«

»Zumindest mit einem Modell. Diese Kraftwagen sind ja alle anders gebaut. Aber ich denke, mit ein paar Stunden Übung werde ich mich rasch an den neuen Wagen gewöhnen. Ich freue mich. Es macht Spaß, mit diesen Benzineseln zu fahren.«

Vor ihnen bewegten sich die zwei Pferde in ihrem rhythmischen Gang. Die Kutsche rumpelte über einen holprigen Feldweg, auf dem eine Pfütze neben der anderen stand. Heute Morgen hatte es geregnet. Wiederholt fuhren sie durch Schlaglöcher, die sich durch den späten Frost und den Schnee aufgetan hatten.

Konstantin von Auwitz-Aarhayn überlegte einen Moment. »Könnten Sie es mir beibringen?«

»Selbstverständlich. Wenn Sie öfter fahren wollen, dann sollten Sie einen Führerschein machen. Das muss man nämlich heutzutage.«

Der Grafensohn nickte. »Haben Sie auch schon Landwirtschaftsmaschinen gefahren?«

»Gelegentlich. Ich habe sie in der Remise und auf dem Hof rangiert, allerdings habe ich sie nicht auf dem Feld bedient. Dafür waren andere zuständig.«

»Und wie waren die Erfahrungen? Haben Sie viel Zeit einsparen können?«

»Ich war mit der Feldarbeit nicht betraut, deshalb kann ich nichts Genaues sagen. Mir kam es schon so vor, als würde es sich lohnen. Wir hatten einen Dampfpflug, eine Mähmaschine und zuletzt sogar eine Dreschmaschine.«

»Und die Pächter, mussten sie zahlen, um die Maschinen benutzen zu dürfen?«

Albert zuckte leicht zusammen. Das war etwas, was ihm nie gefallen hatte. Der Gutsbesitzer in Westpreußen hatte die Bauern so weit ausbluten lassen, dass er ihre Höfe hatte übernehmen können. Es wurden immer weniger Pächter, und Tagelöhner erledigten die Arbeit. Der Graf bestellte mehr Land auf eigene Rechnung.

»Das Gut ist ziemlich groß, und dennoch gibt es nur wenige Pächter. Die Maschinen sind nur auf dem Land zum Einsatz gekommen, das direkt vom Gut bestellt wurde. Meistens Korn, Weizen, etwas Gerste. Viel Handarbeit, die eingespart wurde.«

»Je größer ein Gut ist, desto eher lohnt sich die Anschaffung.«

Albert schnalzte den Pferden zu. »Was für eine Maschine wollen Sie sich anschaffen?«

Der junge Gutsherr schnaubte. »Ich würde es sofort machen, aber mein Vater ist dagegen. Deshalb könnte ich Unterstützung gebrauchen. Vielleicht ... wenn das Thema zwischen Ihnen beiden zufällig darauf kommt, wäre ich Ihnen sehr verbunden, wenn Sie meinen Herrn Vater an Ihren Erfahrungen teilhaben lassen könnt...«

Ein lautes Knacken unterbrach ihn. Sie waren über ein großes Erdloch gefahren. Albert hielt an und sprang herunter. Bei einem der vorderen Räder tat sich über eine Ellenlänge ein Spalt im Holz auf, keinen Fingerbreit. Albert wusste, dass er neu war, denn er kontrollierte die Kutsche täglich. Er rüttelte an dem Holzrahmen.

Der junge Gutsherr hockte sich neben ihn. »Irgendetwas kaputt?«

Albert deutete auf den Riss. »Das sieht nicht gut aus. Wir sollten umkehren, sonst kracht das Rad ganz durch. Noch sind die Speichen fest, aber ich weiß nicht, wie weit wir damit auf diesem schlechten Weg kommen.«

Konstantin von Auwitz-Aarhayn sah nach oben. Es begann zu nieseln. »Nein, lassen Sie uns weiterfahren. Ich möchte mir heute unbedingt anschauen, wie stark das Dach der Brennerei beschädigt ist.«

»Wir haben ein Ersatzrad in der Scheune. Es würde nicht lange dauern.«

»Es ist schon Nachmittag. Wir kämen heute nicht mehr rechtzeitig.« Der junge Gutsherr schüttelte den Kopf. »Wir fahren vorsichtig weiter, und heute Abend können Sie das Rad dann austauschen.«

Skeptisch sah Albert den Adeligen an. »Wie Sie wünschen.« Er stieg auf und wartete, bis der junge Herr neben ihm Platz nahm. Es war eher ungewöhnlich, dass er vorne auf dem Kutschbock saß. Doch Konstantin von Auwitz-Aarhayn nahm es nicht so genau mit der Etikette, zumal wenn er sich um die Belange des Gutes kümmerte. Albert ließ die Pferde langsam laufen.

»Thalmann sollte die Wege kontrollieren lassen.«

»Ich habe ihm schon gesagt, dass er alle Strecken mit einem Kieswagen abfahren soll. Aber im Moment gibt es so viel auf den Feldern zu tun, dass das wohl noch eine Weile warten muss.«

Der Gutsherrensohn schien über etwas zu grübeln. »Wenn ich nun eine Saatmaschine bestellen würde, würden Sie es sich zutrauen, den Bauern zu zeigen, wie man mit dem Gerät umgeht?«

Damit hatte Albert nicht gerechnet. Er traute sich grundsätzlich eine Menge zu; er war ein geschickter Mensch. Trotzdem antwortete er vorsichtig: »Man muss eine solche Maschine nicht nur bedienen können, man muss sie auch reparieren können.«

»Aber Sie können ein Automobil reparieren?«

»Das kann ich. Aber diese Feldmaschinen sind völlig anders konstruiert.«

Der junge Graf gab ein unbestimmtes Grummeln von sich. Hatte er erwartet, dass Albert die Felder beackern würde? Obwohl der älteste Sohn des Grafen viel leutseliger war als die Kinder seines ehemaligen Arbeitgebers: Sein Verhalten konnte nicht darüber hinwegtäuschen, dass er sich für etwas Besseres hielt. Die Art, wie er redete. Die Selbstverständlichkeit, mit der er Befehle erteilte. Und jetzt kam er mit der abstrusen Vorstellung, Albert wäre ein Landarbeiter. Als würde er alle Arbeiten verrichten müssen, wenn der Herr es nur befahl. Sicher war der junge Mann, der gerade mal ein Jahr jünger war als er selbst, gebildeter. Deswegen war er noch lange nicht schlauer. Albert mochte es gar nicht, wenn man ihn nicht seiner Stellung gemäß behandelte. Er war schließlich Kutscher und kein Tagelöhner. Missgelaunt schnalzte er den Pferden zu.

»Vielleicht wäre es eine gute Idee, direkt einen Maschinisten einzustellen, der sich damit auskennt. Das treibt freilich die Kosten hoch, kann sich aber durchaus lohnen. Wollen Sie die Pächter an den Kosten beteiligen?«

Konstantin von Auwitz-Aarhayn blickte ihn so überrascht an, dass Albert wütend wurde. Hatte er gedacht, er habe einen Dummkopf vor sich?

Doch der antwortete: »Genauso ist es. Natürlich nicht in vollem Umfang, sondern nur mit einer geringen Gebühr. Ich wünschte, unsere Pächter hätten Ihren Weitblick.«

Das versöhnte Albert ein wenig. »Falls ich Gelegenheit habe, kann ich mir die Maschinen ansehen. Aber ich möchte nichts tun, wenn Ihr Herr Vater dagegen ist. Ich mache meine Arbeit gerne, und ich möchte sie nicht verlieren.«

Sie rumpelten durch ein tiefes Loch. Sofort gab es ein lautes Bersten. Der Wagen geriet in Schräglage, und der junge Graf kippte gegen ihn. Albert rappelte sich auf. Laut schimpfend sprang er vom Kutschbock. Das Holz des Rades hatte sich endgültig gespalten. Ein Ende des gebogenen Holzes war aus der Eisenfassung gesprungen, und zwei der Radspeichen standen nach vorne ab. Damit war kein Meter mehr voranzukommen. Er fluchte, was er in Anwesenheit der Herrschaften normalerweise nie tat.

Auch Konstantin von Auwitz-Aarhayn sprang vom Kutschbock, mitten hinein in eine Pfütze. Er setzte das Fluchen seines Kutschers nahtlos fort. »So ein verdammter Mist, verfluchter!«

Albert wusste nicht, ob er damit das kaputte Rad meinte oder sich darüber ärgerte, dass er bis zu den Knien mit Schlamm bedeckt war. Jetzt schaute er in den Himmel. Das Nieseln war stärker geworden.

»Damit kommen wir nicht mehr weiter. Wir könnten die Pferde abschirren und auf ihnen zurückreiten«, schlug Albert vor.

»Und die Kutsche hier zurücklassen?«

Wie auf Kommando blickten sich beide um. Sie waren auf einer leichten Anhöhe und sahen in der Entfernung einige Hausgiebel und das Kirchendach. Zum Dorf war es nicht ganz so weit wie zurück zum Gut, aber damit war ihnen auch nicht geholfen.

»Ich gehe und komme mit Eugen und Kilian zurück. Mit dem richtigen Werkzeug und dem Ersatzrad haben wir das schnell gerichtet.«

Konstantin von Auwitz-Aarhayn überlegte, schien aber unentschlossen. Albert wusste genau, was er dachte: Hätte ich doch auf den Rat des Kutschers gehört. Es nützte nichts, über verschüttete Milch zu lamentieren. Heute würde er nicht mehr zur Brennerei kommen. Der Grafensohn atmete missmutig auf.

»Ich gehe. Ich beeile mich. Und Sie bleiben hier bei der Kutsche und den Pferden. In spätestens einer Stunde bin ich zurück.« Albert wollte schon loslaufen, da hob der Gutsherr seinen Arm.

»Nein, bitte. Es ist meine Schuld. Lassen Sie mich gehen.«

Albert schüttelte den Kopf. »Ich weiß genau, welches Werkzeug ich brauche.«

»Da haben Sie allerdings recht.« Sogleich fing er an, seinen gewachsten Regenmantel aufzuknöpfen. »Dann nehmen Sie meinen Mantel, sonst sind Sie völlig durchweicht, wenn Sie ankommen. Ich kann mich schließlich in die Kutsche reinsetzen.«

»Wird Ihnen nicht zu kalt?«

»Sie können mir solange Ihre Jacke geben.«

Sie tauschten Jacke und Mantel, und Albert marschierte los. So einen Mantel, den hätte er auch gerne. Das war etwas, auf das es sich zu sparen lohnte. Ganz sicher sogar. Dass der hohe Herr ihm den Regenmantel lieh, war ein feiner Zug. So hatte er ihn gar nicht eingeschätzt. Vermutlich war es nur die Wiedergutmachung für seine schlechte Entscheidung.

* * *

Die Jacke der Kutscheruniform war ihm etwas zu groß. Das machte nichts, denn er würde im Inneren der Kutsche warten. Konstantin stieg auf den Kutschbock, zurrte die Zügel an einem Eisenholm fest und wollte sich gerade nach hinten ins Trockene setzen, als er in der Ferne eine merkwürdige Gestalt erblickte. Die Figur sah so lächerlich aus, dass er vorne auf dem Lederpolster sitzen blieb, um besser sehen zu können.

Eine unbekannte Frau kämpfte sich auf einem Fahrrad über den schlammigen Weg. In Berlin gab es Tausende dieser Räder – die neue Freiheit des kleinen Mannes. Danach sah es hier allerdings nicht aus. Die Dame quälte sich auf dem Gestell – sie hätte genauso gut ein bockiges Pferd reiten können. Ihr langer Rock klemmte gebauscht zwischen den Beinen, und man konnte die bestrumpften Unterschenkel sehen. Aber dies schien ihr nichts auszumachen. Konstantin hatte derlei in Berlin gesehen, doch hier in Hinterpommern hätte er ein solches Verhalten niemals vermutet. Wenige Meter vor den Pferden stieg sie ab. Der Rocksaum fiel über die schlammigen Schnürstiefel. Auch der Stoff war schon beschmutzt.

Neugierig sprang er vom Kutschbock. »Wo immer Sie hinmöchten: Ich hoffe, der Weg lohnt sich. So sehr, wie Sie zu kämpfen haben.«

Die Frau trug einen leichten Reisemantel über einem braunbeigen Tweetkostüm. Der Mantel war genau wie ihre Handschuhe beige und passte farblich zu ihrem Strohhut, aber weder der Mantel noch der Sommerhut passten zum Wetter.

Sie schob das Rad die letzten Meter. Offensichtlich hatte sie sich sehr angestrengt, denn sie schnaufte. »Das hoffe ich auch. Ehrlich gesagt weiß ich gar nicht, ob ich nicht besser umkehren soll. So kann ich mich bei den feinen Herrschaften nicht blicken lassen. Sonst müssen sie zu allen Umständen noch hinter mir herputzen. Ach nein, dafür haben sie ja ihre Lakaien.« Die Frau lächelte ihn mit einem bezaubernd spöttischen Ausdruck an.

Konstantin war verdutzt. Doch dann fiel ihm ein, wie er aussehen musste. Seine teuren Schuhe waren unter einer Kruste Schlamm verschwunden. Die Hose war verdreckt bis an die Oberschenkel. Die Haare hingen ihm feucht ins Gesicht, und er trug die Jacke des Kutschers. Ungewollt musste er nun auch lachen.

Sie zog einen Handschuh aus und streckte ihm eine tintenverschmierte Hand entgegen. »Ich bin Rebecca Kurscheidt, die neue Dorflehrerin.«

»Herzlich willkommen in Greifenau. Da hat man ja schnell Ersatz gefunden.« Der kauzige Lehrer, bei dem schon drei Generationen Dorfkinder ihr Abc und Rechnen gelernt hatten, war zwei Wochen vor seinem Großvater gestorben. Ganz friedlich war er vor seiner Hütte auf einer Bank eingeschlummert, die Pfeife noch im Mund. Er war der vollkommene Gegensatz von Matthis gewesen. Konstantin hatte ihn sehr gemocht.

Sie nickte. »Ja, und ich kann sofort anfangen. Ich bin vor drei Tagen angekommen.« Ihr Blick fiel auf die kaputten Speichen. »Warten Sie auf Hilfe?«

»Es wird gerade ein Ersatzrad vom Gut geholt.«

»Dann kommen Sie von dort?«

Konstantin nickte.

»Wie weit ist es noch? Ich glaube, ich habe mich verfahren.«

Er nickte in die Richtung, aus der er gekommen war. Hohe Bäume verdeckten das Herrenhaus. »Sie sind völlig falsch gefahren. Mit dem Rad brauchen Sie von hier bestimmt noch eine halbe Stunde. Zumal bei dem schlechten Zustand des Weges. Es wird nicht besser als das Stück, das Sie schon gekommen sind.«

Das schien ihr nicht zu gefallen. »Ich wollte mich bei den Herrschaften heute vorstellen. Wie sind sie denn so?«

Da ihm nichts Besseres einfiel, antwortete er so neutral wie möglich: »Sie sind eigentlich ganz vernünftig.«

Sie lächelte wieder mit dem gleichen spöttischen Ausdruck. Dabei zeigte sie entzückende Grübchen. »Also ganz vernünftige hinterpommersche Junker, die ihre Pächter noch mit dem Ochsenziemer antreiben?« Als sie seine fassungslose Miene sah, schob sie eilig nach: »Entschuldigen Sie bitte, da bin ich wohl übers Ziel hinausgeschossen. Ich wollte Ihre Dienstherren nicht schlechtmachen. Natürlich muss ich mir die Leute erst selbst anschauen.«

Konstantin war so perplex, dass es ihm fast die Sprache verschlug. »Sie haben bereits negative Erfahrungen mit hinterpommerschen Junkern gemacht?«

»Sagen wir mal so«, gab sie kämpferisch von sich. »Ich habe in meinem Leben schon häufig mit noblen Herrschaften zu tun gehabt, und ich möchte nicht behaupten, dass sich das Noble unbedingt in ihren Charakteren widerspiegelt.«

Seine Augenbrauen zuckten. Er glaubte, sich verhört zu haben. Noch nie hatte es jemand gewagt, vor ihm so über seinen Stand zu sprechen. Sie klang, als würde sie von den Flugblättern mit sozialistischer Propaganda, die an Berliner Häuserwänden klebten, ablesen. Das versprach, wirklich interessant zu werden. Noch einen Satz mehr, und ihre Aussagen würden den Tatbestand der Majestätsbeleidigung erfüllen. Gerade als er ansetzte, sich namentlich vorzustellen, verwarf er den Gedanken. Mal sehen, wie weit sie sich noch vorwagte.

»Eigentlich sind es ganz freundliche Leute. Der alte Herr, seine Söhne und auch die Tochter sind sehr nett. Nur die Gutsherrin selbst ist etwas exaltiert. Aber nichts, was man nicht überleben würde.« Sie stehen gerade einem der Söhne gegenüber, hätte er hinzufügen können. Mit einem bissigen Lächeln im Gesicht würde er sie ins gezückte Messer laufen lassen.

Doch die junge Frau merkte wohl, dass sie sich zu weit vorgewagt hatte. Sie presste die Lippen zusammen, gerade so, als wollte sie sich eine weitere unartige Antwort verbieten.

Als sie Anstalten machte, wieder aufs Rad zu steigen, griff er den Lenker, um sie zurückzuhalten. Sie sollte doch für ihre Unverschämtheiten bestraft werden. Großvater hätte ihr wohl tatsächlich mit dem Ochsenziemer gedroht.

»Es lohnt sich, sie kennenzulernen.«

»Nun ja«, gab sie vorsichtig von sich, »vielleicht sind Ihre Dienstherren ja tatsächlich nette Leute.«

Sie taxierten sich gegenseitig mit ihren Blicken, als wollten sie abschätzen, wen genau sie vor sich hatten. Schließlich blieb Rebecca Kurscheidts Blick auf seinen Händen ruhen, die noch immer das Lenkrad festhielten.

Schnell löste er seinen Griff. »Es wäre doch immerhin möglich, oder nicht?«, gab er grimmig von sich.

»Möglich ... ja.« Ihre Stimme klang aufreizend ungläubig. »Ich denke, ich werde besser zurückkehren. Meine Kleidung ist ganz durchnässt, und ich friere, obwohl ich völlig durchgeschwitzt bin. Mit diesem matschigen Rocksaum würde ich schließlich auch kein normales Haus betreten, dann sollte ich diesen Anblick auch nicht den Herrschaften zumuten.«

Konstantin hätte sie am liebsten übers Knie gelegt wie ein unartiges Kind. »Woher kommen Sie?«

Sie drehte ihr Rad umständlich in die andere Richtung. »Aus Charlottenburg, direkt bei Berlin.«

»Berlin? Da hab ich ...« Sollte er jetzt das Geheimnis lüften? Lieber wollte er sich weiter einen Spaß daraus machen. Natürlich hätte er ihr sagen können, dass er, nachdem er seine einjährige Pflichtübung beim Militär absolviert hatte, in Berlin an der Königlichen Landwirtschaftlichen Hochschule studiert hatte. Nein, so eine unverschämte Person verdiente es, am Nasenring durch die Arena geführt zu werden.

»Da bin ich auch schon mal gewesen. Was hat Sie hierher verschlagen?«

Sie wandte sich ihm zu. »Ich bin eine Frau. Da Männer bei der Berufswahl immer bevorteilt werden, waren schon alle freien Stellen belegt bei Schuljahresanfang. Für uns Lehrerinnen bleiben dann nur die Stellen auf den abgelegenen Dörfern.« Aus ihren Augen funkelte der Kampfgeist. Obwohl sie offensichtlich darüber verärgert war, schien sie diesen Umstand zugleich als Herausforderung zu sehen.

»Die weit abgelegenen Stellen bei uns hinterpommerschen Junkern.«

»Sie scheinen sich ja sehr mit Ihrem Dienstherrn gemein zu machen.«

»Und Sie scheinen wirklich eine Menge gegen die pommerschen Landgrafen zu haben. Sind Sie Sozialistin?«

Sie schnaubte leise. »Natürlich nicht. Sonst würde ich ja wohl kaum Lehrerin im Staatsdienst sein dürfen!« Ihrer fordernden Miene nach zu urteilen, wartete sie nur darauf, dass er ihr etwas entgegenhielt.

Das gab Konstantin die Gelegenheit, sie länger zu mustern. Die blonden Haare steckten unter ihrem Strohhut, aber durch die Anstrengung hatten sich etliche Strähnen gelöst. Ihre vollen Lippen waren nicht geschminkt. Ihre Nase war grazil, was ihrem Gesicht etwas Niedliches verlieh. Dafür passte allerdings ihr energisches Kinn zu ihrem Charakter. Über ihren gesprenkelten hellbraunen Augen zogen sich in eleganten geschwungenen Linien die Augenbrauen. Rebecca Kurscheidt hatte ein bemerkenswert schönes Antlitz mit einer außergewöhnlichen Ausstrahlung.

Da er ihr nicht antwortete, schien es für sie einer negativen Antwort gleichzukommen. »Na gut, wir werden ja vermutlich wieder aufeinandertreffen. Geben Sie mir bis zum Erntedankfest Zeit, dann sage ich Ihnen, was ich von Ihren pommerschen Grafen halte.«

»Wieso bis zum Erntedankfest?«

»Ich bin Lehrerin aus der Überzeugung heraus, dass alle Menschen eine gute Bildung benötigen. Und dass alle Menschen eine gute Bildung verdient haben. Nach der Ernte werde ich wissen, ob das Ihrem Herrn Grafen auch wichtig ist oder ob er die älteren Kinder aus der Schule holt, um sie bei der Ernte helfen zu lassen.«

Für einen Moment stand ihm der Mund offen. Sein Großvater hatte die älteren Kinder immer zur Erntezeit aus der Schule genommen. Bisher hatte er nicht einen einzigen Gedanken daran verschwendet, es anders zu handhaben. »Ich freue mich schon auf unser nächstes Treffen.«

Jetzt lächelte sie leicht, hob ihr rechtes Bein über die Mittelstange und saß auf. »Bis zum nächsten Mal also«, rief sie über ihre Schulter und fuhr an. Sie kämpfte sich durch den Schlamm und den Matsch und die Löcher. Eine Frau mit Durchsetzungskraft.

Konstantin sah ihr nach, bis sie verschwunden war. Die älteren Kinder nicht aus der Schule holen? Das wäre ja noch schöner! Mit welcher Unverfrorenheit diese Person gute alte Traditionen infrage stellte. Sie sollte den Kindern besser keine Flausen in den Kopf setzen.

Irgendwas war an dieser unverschämten Person, das sein Blut in Wallung brachte.

Kapitel 3

Mitte Juni 1913

Feodora saß im Salon und blätterte fasziniert in der neusten Ausgabe der *Daheim*. Adolphis nannte es das Klatschblatt der Fürstenhöfe. Doch für sie war es Pflichtlektüre. Wie sonst sollte sie wissen, welcher königliche Junggeselle frisch weggeheiratet und welche junge Dame bei Hof eingeführt worden war? Es bedurfte einer gehörigen Portion energischer Entschlossenheit, die Kinder möglichst standesgemäß zu verheiraten. Und nichts wäre unschicklicher, als bei einem ihrer Besuche in Berlin oder Stettin oder Swinemünde eine höherstehende Dame mit einem veralteten Titel anzusprechen.

Außerdem war das Blatt reich bebildert. Hier in der pommerschen Einöde konnte man nie sicher sein, ob man nicht gerade etwas Entscheidendes verpasste – ob es nun eine neue Mode, der Tod eines Landesfürsten oder ein politischer Skandal war. In Hinterpommern war es ungleich schwieriger als in Sankt Petersburg, ein angemessenes gesellschaftliches Leben zu führen. Glücklicherweise war Adolphis keiner dieser Krautjunker, wie sie in der Hauptstadt abfällig genannt wurden. Diese Edelmänner, die in derben Stiefeln noch selbst den Stall ausmisteten, wenn gerade Not am Mann war. Bei Konstantin machte sie sich diesbezüglich sehr viel mehr Sorgen.

Die Guts- und Ritterhöfe lagen hier so weit auseinander, dass es sehr beschwerlich war, auf Visite zu fahren. Angenehme Besuche waren deshalb rar. Der Ballsaal, in dem Feodora früher einige Kinderbälle veranstaltet hatte, verstaubte so langsam. Es gab hier in der näheren Umgebung einfach nicht genug Auswahl an hochgestellten Familien, die man einladen konnte. Bei Kinderbällen brauchte man es da nicht ganz so genau zu nehmen. Überhaupt, fiel es Feodora ein, sollte sie mal wieder zu einem großen Diner laden. Ach nein, natürlich musste sie erst noch die Trauerzeit abwarten. Der Tod ihres Schwiegervaters brachte wirklich viele Unannehmlichkeiten mit sich.

Sie blätterte um. Oh, das wäre etwas für sie. Natürlich waren die abgebildeten Kleider viel extravaganter als die Stücke, die sie sich selbst auf der Friedrichstraße bestellt hatte. Feodora musste Rücksicht darauf nehmen, dass sie in einer ländlichen Gegend lebte. Eine zu exzentrische Kleidung war genauso wenig angemessen wie zu schlichte. Erfreulicherweise konnte sie sich auf ihren guten Geschmack verlassen. Sie erwartete ihre neue Garderobe bald, ebenso wie die Sachen für Katharina. Das unreife Fräulein musste endlich zur Dame erzogen werden. Je vornehmer die Kleider waren, desto eher würde sich ihre Tochter wie eine vornehme Dame benehmen. Zumindest war das ihre Hoffnung.

Die Tür ging auf. Caspers hielt das Silbertablett in der Hand. Wie er schon aussah! Die elegante Livree konnte nicht von den grantigen Gesichtszügen ablenken. Im Gegensatz zu seinem Haupthaar, das bereits licht wurde, schien sein Bartwuchs keineswegs beeinträchtigt zu sein. Adolphis hatte ihr im Vertrauen verraten, dass der Hausdiener sich zweimal täglich rasiere, weil ihm andernfalls bereits am Nachmittag ein dunkler Bartschatten wuchs. Nun, dann musste das zweite Mal für heute unmittelbar bevorstehen, denn er war schon ganz grau im Gesicht. Je älter er wurde, desto mehr erinnerte Caspers sie an einen ausstaffierten Totengräber.

Er trat an sie heran. »Frau Gräfin, dieser Brief ist gerade gekommen.«

Es war außerordentlich teures Papier, Büttenpapier mit einem aufwendigen Wasserzeichen. Überrascht setzte sie sich auf, als sie den Absender las.

»Haben Sie noch einen Wunsch?«

Feodora winkte stumm ab. Sie wollte alleine sein. Ihr Puls schlug so heftig, dass sie ihn spüren konnte. Noch bevor der Diener den Raum verlassen hatte, hatte sie bereits das Siegel gebrochen. Der Brief kam von Amalie Sieglinde von Preußen – Frau von Prinz Sigismund von Preußen und Mutter von Ludwig Theodor Kasimir von Preußen. Sie bekam ein persönliches Schreiben von einer Schwägerin des Kaisers. Aufgeregt las sie die Zeilen.

Ein hingerissener Ton entfuhr ihr. Dieses Mal musste sie Alexander recht geben. Anscheinend war es wie bei Aschenputtel. Katharina hatte vor den Augen Ludwigs von Preußen ihren Schuh verloren. Obwohl es nicht wörtlich im Brief stand, schien der kaiserliche Neffe entzückt gewesen zu sein. Die Prinzessin sprach davon, wie angetan ihr Sohn von dem Mädchen sei. Und dass Feodora, wenn sie wieder in Berlin sei, ihnen ihre Aufwartung machen solle. Man werde sich zum Tee zusammenfinden.

Feodora musste aufstehen, während sie den Brief abermals las. Natürlich wusste Amalie Sieglinde von Feodoras familiärer Verbindung zur Zarenfamilie, obwohl diese recht weitläufig war. Irgendein Großcousin von ihr hatte vor dreißig Jahren die Nichte eines Großfürsten geheiratet. War dies der Grund, warum die Prinzessin sich trotzdem für Katharina, die Tochter eines Landgrafen, interessierte? Oder war Ludwig tatsächlich von diesem kindlichen Geschöpf eingenommen? Letztendlich war das unerheblich, wenn es nur zum gewünschten Resultat führte.

Sie spürte Adolphis im kleinen Salon auf, in den sein Vater sich immer zur Erledigung der Korrespondenz zurückgezogen hatte. Irgendwie wirkte er zu klein für diesen wuchtigen Schreibtisch aus poliertem Mahagoni. Er gab vor, die Bücher zu studieren, in denen ihr Fideikommiss aufgezeichnet war. Fideikommiss, das war der gesamte unveräußerliche Familienbesitz bis hin zur letzten silbernen Zuckerdose. Vielleicht tat sie ihm Unrecht, und er versuchte wirklich, sich in die Angelegenheiten des Gutes einzuarbeiten.

»Mein geliebter Mann, da bist du ja.«

Adolphis drehte sich verwundert um und schraubte den Füller zu, mit dem er sich Notizen gemacht hatte. Mit einem Stirnrunzeln betrachtete er seine Frau.

»Nun mach doch nicht so ein überraschtes Gesicht. Lies, was ich gerade bekommen habe.« Sie reichte ihm den Brief.

Adolphis las ihn, schaute auf die Rückseite nach dem Absender, und ein breites Grinsen stahl sich auf seine Miene. »Na, siehst du. Unser Nesthäkchen hat schon den ersten Verehrer, ehe sie in die Gesellschaft eingeführt wird.«

»Na, siehst du? Das ist deine Antwort? Du weißt sehr genau, wem sie das zu verdanken hat. Sicher nicht ihrer burschikosen Art.«

»Selbstverständlich nicht. Natürlich hat sie alles der geerbten Anmut ihrer Mutter zu verdanken.« Adolphis schien die Worte nicht ironisch zu meinen.

»Ich werde ihr sofort zurückschreiben.« Feodora lief aufgeregt vor dem Schreibtisch auf und ab. »Nein, ich warte einige Tage. Es soll nicht so aussehen, als würde ich ihnen hinterherlaufen. Ich muss mir genau überlegen, was ich antworte. Ob es schicklich wäre, sie zu uns einzuladen? Dann würden sie zwei Tage Aufenthalt haben, und wir hätten mehr Zeit miteinander. Wenn ich nach Berlin fahre, wird es bei einem Nachmittagsbesuch bleiben.« Sie setzte sich in einen Sessel und starrte zum Fenster hinaus. »Aber natürlich muss ich ihrer Einladung nachkommen. Was meinst du?«

Adolphis wollte antworten, da fiel sie ihm schon ins Wort: »Ach, ich muss mir alles in Ruhe überlegen.«

»Du wirst schon die richtige Entscheidung treffen.«

»Wir waren gerade erst in Berlin.« Sie sprang auf und nahm den Brief wieder an sich. »Wie sähe das aus, wenn wir jetzt sofort wieder anreisen würden?«

»Es ist eine förmliche Offerte«, gab Adolphis zu bedenken. »Man schlägt doch nicht eine Einladung der kaiserlichen Familie aus.«

»Ach du, du machst es dir wie immer zu einfach. Es soll nicht so aussehen, als würde ich Katharina schnellstmöglich loswerden wollen. Als wären wir auf den Erstbesten angewiesen.«

Adolphis hielt den Mund, denn er wusste, dass, egal was er nun sagte, er sie nicht besänftigen können würde. Dann fiel ihm etwas ein: »Sie braucht auf jeden Fall ein angemessenes Kleid für diesen Anlass.«

»Da hast du allerdings recht.«

Seine hochgezogenen Augenbrauen zeigten, wie überrascht er über ihre Zustimmung war.

»Ich werde mit ihr nach Stettin fahren. Die Kleider, die ich für sie in Berlin in Auftrag gegeben habe, sind schön, aber zu schlicht. Und noch nicht fraulich genug. Nein, für diesen Anlass braucht sie etwas Außergewöhnliches. Ein Kleid, das unterstreicht, dass sie den Ansprüchen der kaiserlichen Familie gerecht wird.«

Adolphis sah sie schmunzelnd an. Feodora rauschte voller Elan hinaus. Wann immer sie Hochzeitspläne für die Kinder schmieden konnte, war sie glücklich.

* * *

Das Unterrichtszimmer war leer. Wo waren der Hauslehrer und ihre beiden jüngsten Kinder? Feodora lief hinunter in die Eingangshalle und klingelte. Caspers, das unliebsame Faktotum, erschien sofort.

»Ist der Unterricht etwa schon zu Ende? Es ist noch nicht einmal zwölf, und das Klassenzimmer ist leer.«

»Wenn ich mir erlauben darf. Ich glaube, Herr Matthis ist mit den beiden zum See gegangen, zur Botanikstunde.«

»Sagen Sie Mamsell Schott bitte Bescheid. Ich brauche meine Stiefel.«

Wenig später schritt Feodora durch einen Nebeneingang im alten Trakt hinaus in den Park, der im französischen Stil angelegt war. Es gab mehrere symmetrische Rasenflächen und in der Mitte ein Rondell, wo sich Wege aus vier Richtungen trafen. Bänke aus Marmor standen in der Mitte. Der Gärtner leistete gute Arbeit. Obwohl das Frühjahr mit schlechtem Wetter und spätem Frost aufgewartet hatte, blühten die Rosen in voller Pracht. Der zwischen die dornigen Sträucher gesetzte Heliotrop intensivierte die rosa und roten Blütenfarben. Außen umsäumte eine dichte Mauer aus Hainbuchen den Park, der drei Zugänge hatte – auf der Seite des Gebäudes, einen Zugang von der Gärtnerei aus und einen verdeckten Durchgang zu den Wirtschaftsgebäuden.

Jetzt, da Donatus tot und stumm war, könnte sie den Park endlich erweitern, wie sie es sich schon seit Jahren erträumte. Die angrenzenden Streuobstwiesen und die Gewächshäuser waren ihr schon lange ein Dorn im Auge. Im wahrsten Sinn des Wortes, denn wenn man aus den nach hinten gelegenen Fenstern schaute, sah man auf die gläsernen Ungetüme und knochig wuchernden Bäume. Und wenn es nach ihr ginge, würde man auch die Stallungen und die hohe Scheune im Schatten der Bäume, die den Sees umstanden, neu aufbauen lassen. Aber das würde zu teuer kommen.

Auch am Herrenhaus konnte sie wenig ändern, das verbat die Tradition. Die vordere Fassade war noch im Original belassen, auf der Rückseite war jedoch in jeder Periode etwas dazugekommen – ein Erker, ein Anbau, eine Verzierung. Es war beinahe so herrschaftlich wie ein Schloss, aber eben nur beinahe. Und weit entfernt von den Erinnerungen an die russischen Paläste ihrer Kindheit. Auch wenn sie selber in einem im Gegensatz zum Winterpalais eher bescheidenen Sankt Petersburger Stadtpalais groß geworden war. Sie kannte sich bestens damit aus, wozu ihr Name sie verpflichtete und zu was ein geschicktes Händchen fähig war. Sie würde baldmöglichst Pläne machen und diese mit dem Gärtner besprechen. Mit dem richtigen Drumherum würde sie ihrem Herrenhaus den nötigen Schliff geben, um es pompöser wirken zu lassen.

Zufrieden lächelnd lief Feodora über den Kiesweg. Am Ende des Weges waren die Hainbuchenbüsche versetzt gepflanzt, sodass es einen Durchgang gab, der dennoch den Blick vom Park auf die störenden Wirtschaftsgebäude versperrte. Rechts hinter dem Durchgang lag die Remise, in der die Kutschen und Zaumzeuge untergebracht waren und demnächst das Automobil parken würde. Links vom Durchgang lag der Stall für die Kutschpferde. Dahinter eine Anzahl weiterer Wirtschaftsgebäude. Geradeaus ging es zum See.

Direkt vorne am Holzsteg standen Hauslehrer Matthis und Alexander und steckten die Köpfe zusammen. Katharina war nirgendwo zu sehen. Doch jetzt glaubte Feodora, die Stimme ihrer Tochter in der Nähe zu hören. Sie lief auf das angelehnte Tor des Pferdestalls zu und trat hindurch. Wenig damenhaft lehnte Katka über dem Querstreben einer Pferdebox und unterhielt sich. Sie bemerkte nicht, wie Feodora näher kam.

»... alt genug bin, darf ich mit auf die Fuchsjagd. Das hat mein Vater mir versprochen. Waren Sie schon mal auf einer Fuchsjagd?«

»Selbstverständlich.«

Ihre Tochter unterhielt sich mit dem Kutscher. Anscheinend wollte Katharina unbedingt das Gespräch in Gang halten. »Und waren Sie schon mal auf der Fasanenjagd?« Ihre Botanisiertrommel hatte sie quer über den Oberkörper gehängt, als wäre sie ein Jäger, der seine Flinte eilig übergeworfen hatte.

»Sicher. Auf dem Gut, auf dem ich vorher angestellt war, werden die Pferde zur Jagd ausgebildet. Zur Jagd und fürs Militär.«

»Das muss so aufregend sein. Ich beneide Sie. Ich …«

Zum wiederholten Mal erwischte Feodora ihre Tochter, wie sie dem gut aussehenden Mann hinterherscharwenzelte. Das würde ab sofort ein Ende haben, ein für alle Mal. »Komtess!«

Katharina schreckte zurück. Ihr Bewusstsein über den fehlenden Anstand war ihr ins Gesicht geschrieben.

»Junges Fräulein, du kommst sofort mit mir mit.« Sie wartete nicht auf sie, sondern drehte sich um und lief hinaus. Hinter sich hörte sie Schritte.

Obwohl ihre Tochter es besser wusste, versuchte sie, so zu tun, als wäre nichts passiert. »Mama, was ist denn?«

Feodora antwortete nicht. Sie bestrafte ihre Kinder nicht in Sichtweite der Bediensteten. Auf keinen Fall würde sie ihr heute von dem Brief erzählen. Und schon mal gar nicht davon, dass sie gedachte, mit ihr nach Stettin zu fahren und ihr ein neues Kleid zu bestellen. Soll sich die Göre nicht einbilden, dass ein solch flegelhaftes Benehmen noch belohnt würde.

»Mama?«

Feodora ließ sie zappeln wie einen dem Abendessen geweihten Fisch an der Angel. Ihr voran rauschte sie ins Haus, schritt die Treppe empor und ging weiter, bis sie in Katharinas Mädchenzimmer stand.

Erst jetzt drehte sie sich um und fixierte ihre Tochter, die mit blassem Antlitz zum Stehen kam. Feodora holte weit aus. Ihre Handfläche klatschte gegen die Wange. Katharinas Kopf schleuderte nach hinten. Sie stolperte kurz, fing sich rechtzeitig, blieb aber gebückt stehen, während sie mit beiden Händen versuchte, ihr Gesicht zu schützen. Sie war schon seit Jahren nicht mehr von ihrer Mutter geschlagen worden. Ihr furchtsamer Blick erreichte Feodora. Der Schlag war hart gewesen. Hart genug, hoffte sie. Ausreichend hart, um ihr ein für alle Mal klarzumachen, dass es so nicht weiterging.

Ihre Tochter richtete sich auf. Ihre Wange glühte. Deutlich sah man die Spuren von der Hand. Feodoras Rubinring hinterließ einen dünnen roten Striemen.

Die bedachte sie mit einem vorwurfsvollen Blick. »Möchtest du mir erklären, was du da gemacht hast?«

Katharina kam ins Schwimmen. »Wir hatten gerade Botanikstunde ...«

»Im Pferdestall?«

»Nein, Matthis und Alex waren noch am See. Ich hatte schon alle Pflanzen gefunden, die ich suchen sollte.«

»Und wo sind die jetzt?«

»Ich hab sie ... ähm.«

»Wolltest du sie etwa im Pferdestall pressen?«

»Nein ... Ich hab sie ...« Sie griff nach ihrer Botanisiertrommel, als wollte sie bei ihr Schutz suchen.

»Und was wolltest du bei dem Kutscher?«

»Nichts ... Ich hab nur ... Ich wollte nach Hekate schauen. Ich wollte sie füttern, und dann hab ich ... Der Kutscher war zufällig da, und ich hab ... Ich wollte nicht unhöflich sein.«

»Lügnerin.« Feodora holte ein weiteres Mal aus und schlug zu, dieses Mal nicht ganz so wuchtig. Ihr Kopf bewegte sich kaum. Stumm taxierte sie ihre Tochter.

»Ich ... tu es nie wieder. Ich habe mich kindisch verhalten.« Sie strich sich mit den Fingern über die Wange. Es schmerzte, aber wohl nicht so sehr wie die Worte ihrer Mutter.

»Sollte ich dich noch ein einziges Mal bei einem solch ungehörigen Benehmen erwischen, schließe ich dich in deinem Zimmer ein bis zu dem Tag, an dem ich dich mit jemandem verheirate. Du solltest doch ein Mindestmaß an Zucht und Anstand gelernt haben!«

Tränen schossen dem Mädchen in die Augen, und sie blickte auf ihre Schuhspitzen.

»Schau mich an, wenn ich mit dir rede.«

»Jawohl, Mama.«

Feodora konnte nur hoffen, dass es Tränen über die mütterliche Schelte waren und nicht darüber, dass sie sich diesen Bauerntölpel aus dem Kopf schlagen musste. »Kannst du mir sagen, was du dir davon versprichst?«

Für diese Frage gab es keine in irgendeiner Weise angemessene Antwort, das wusste sogar Katharina. Sie kaute unschön auf ihrer Unterlippe.

»Lass das gefälligst. Du solltest dich nicht auch noch selbst verunstalten. Hol dir einen kalten Waschlappen und kühl dir dein Gesicht. Wie siehst du denn aus!« Wütend rauschte sie ab, hielt an der Türe kurz inne. »Du bleibst den Rest der Woche hier auf deinem Zimmer, wenn du keinen Unterricht hast.«

Wann würde Katharina endlich erwachsen werden? Als Feodora ins Vestibül trat, sah sie, wie Matthis und Alexander ein Stockwerk höher stiegen. Vermutlich wollten sie ins Unterrichtszimmer.

»Herr Matthis, auf ein Wort.«

Alexander drehte sich um. An ihrem Tonfall musste er erkannt haben, dass eine Predigt für den Hauslehrer fällig war. Er feixte vergnügt. »Da zieht ein Sturm auf. Besser, ich sichere mir gleich mal einen Logenplatz.«

»Alexander, geh bitte zurück in deine Klasse.« Feodora beachtete ihren jüngsten Sohn nicht weiter und wartete stumm, bis der Hauslehrer vor ihr stand.

»Können Sie mir bitte erklären, warum ich meine Tochter im Pferdestall vorfinde, wenn sie eigentlich Botanikstunde bei Ihnen hat?«

»Sie war bereits fertig, und sie ... sie ...« Matthis schien fieberhaft zu überlegen, wie er sich aus dieser Lage herauswinden könnte. »Sie wollte eigentlich zurückgehen und die Pflanzenpresse holen.«

»Und Sie haben nicht gesehen, dass sie in den Pferdestall gegangen ist?«

Matthis schüttelte den Kopf.

»Wenn Sie nicht einmal fähig sind, zwei Kinder im Zaum zu halten, dann sind Sie vielleicht nicht der Richtige für diese Aufgabe.«

Er starrte sie mit aufgerissenen Augen an. Natürlich wusste er, dass es überhaupt keinen Zweck hatte, ihr zu widersprechen. »Es wird nicht wieder vorkommen.«

»Natürlich wird es das nicht! Ein Mädchen in diesem Alter muss immer und stets unter der Kontrolle eines Erwachsenen stehen. Alles andere könnte katastrophale Folgen nach sich ziehen. Haben Sie das etwa vergessen?«

Matthis bekam einen hochroten Kopf. »Ich ... nein.«

»Nie wieder!« Feodora drehte sich um und ließ ihn stehen. Da war er immer so besserwisserisch und schaffte es nicht einmal, die grundlegenden Aufgaben eines Hauslehrers zu erfüllen.

Entrüstet stieg sie ins Erdgeschoss hinunter. Dass man aber auch immer alles alleine erledigen musste. Hatte sie nicht schon genug um die Ohren mit der Leitung dieses Hauses? Sie sollte besser aufpassen, dass sie sich nicht überanstrengte. Es kam ihr in den Sinn, dass sie bald mal wieder zur Kur fahren sollte. Dann fiel ihr ein, dass es in der Trauerzeit nicht schicklich wäre. Und Adolphis, der sicher würde mitkommen wollen, musste sich nun erst in seine neuen Aufgaben einarbeiten. Deshalb hatten sie schon die Reise an der Riviera, die sie für den September geplant hatten, abgesagt. Dabei hatte ihr Josephine in Berlin so sehr davon vorgeschwärmt. Und Leopoldine, Adolphis' jüngere Schwester, war das ganze Frühjahr dort gewesen. Obwohl diese Tatsache Feodora einen galligen Stich versetzte, war es ihr gerade recht gewesen, dass sie so kurzfristig nicht zur Beerdigung ihres Vaters hatte anreisen können. Leopoldine hatte eine glückliche Partie mit einem Fürsten gemacht und konnte manchmal gar zu vornehm tun. Ach, verdammt. Was hatte Donatus auch ausgerechnet jetzt sterben müssen?

Nichtsdestotrotz mussten nun alle notwendigen Maßnahmen eingeleitet werden. Feodora erinnerte sich, dass sie vorhin in dem Magazin ein wunderbares Kleid gesehen hatte, das einem Besuch bei der kaiserlichen Familie angemessen sein würde. Ihre Damenschneiderei in Stettin kannte die Maße von Katharina. Sie würde dieses Kleid in Auftrag geben, ohne dass ihre verzogene Tochter davon wusste.

Als sie wieder im Salon saß, griff sie erneut nach dem Heft und blätterte es durch. Da war es – ein Tageskleid, dennoch sehr elegant. Es war aus einem changierenden Taftmoiré. Auf dem kolorierten Foto umschmeichelte es den Körper einer Fürstin in der jetzt so modernen Empire-Linie. Mit dem bestickten Seidenchiffon an den Schultern wirkte es schon fast wie ein Abendkleid und war dennoch nicht zu elegant für den Nachmittagstee bei der kaiserlichen Familie. Die glänzenden Stickereien mussten natürlich farbenfroh sein, schließlich war Katharina keine alte Jungfer. Statt des fliederfarbenen Stoffes würde Feodora eine grüne Seide wählen, so grün wie die Augen, die Katharina und Anastasia von ihr geerbt hatten. Die aufgestickten Perlen mussten echt sein, das verstand sich. Für einen solchen Besuch konnte nichts zu kostspielig sein. Das war eine Chance, die Katharina möglicherweise nur ein einziges Mal in ihrem Leben bekam.

Jemand aus einer Herrscherfamilie heiratete keine gewöhnliche Adelige. Königshäuser vermählten sich unter ihresgleichen und schmiedeten damit politische Bande. Kein dynastisches Haus wollte, dass eine gewöhnliche Adelsfamilie aus einer ehelichen Verbindung Ansprüche auf den Thron ableitete. Deswegen war es außergewöhnlich, dass sich jemand aus dem Kaiserhaus für ihre einfache Grafentochter interessierte. Wenn sie also die Schwägerin des Kaisers besuchte, musste alles perfekt sein. Mehr als perfekt, denn ehrlich eingestanden waren die Chancen auf eine Vermählung eher gering. Katharina musste vollkommen aussehen, und sie musste sich vollkommen bewegen und vollkommen verhalten. Eine große Aufgabe lag vor ihr. Das perfekte Kleid war nur der erste Punkt auf einer langen Liste.

Feodora sah das Kleid im Geiste vor sich. Vermutlich würde es das teuerste Kleidungsstück werden, das sie jemals hatte anfertigen lassen. Aber wenn ihr Plan aufging, würde es sich tausend Mal rentieren.

Nein, sie konnte nicht nach Stettin fahren, sie musste in eine größere Stadt, die mehr Auswahl an Stoffen hatte. Sollte sie nach Danzig? Nein, sie würde direkt in Berlin ordern. Feodora betrachtete die Zeichnung. Es wäre angebracht, dass Mamsell Schott noch mal Katharinas Oberweite und ihre Hüfte maß, nur vorsichtshalber. Sie konnte nicht umhin zu bemerken, dass ihre Tochter zumindest körperlich zur Frau heranreifte. Sie lehnte sich zurück und ließ ihren Gedanken freien Lauf. Was, wenn Ludwig von Preußen ausreichend entzückt von Katharina war, um sie zu heiraten? Dann wären sie mit dem deutschen Kaiser verwandt!

18. Juni 1913

Raimund Thalmann hatte einen groben, länglichen Kopf und große Zähne – ein Pferdegesicht. Sein graues Haar war gelichtet wie eine Tonsur.

»Die Schafskälte ist vorbei. Ich hoffe, dass es morgen nicht regnet. Dann haben wir das Schlimmste überstanden.«

Konstantin warf seinem Angestellten einen fragenden Blick zu. Thalmann stand neben ihm, die Arme in die Hüften gestemmt, und begutachtete den Himmel, als würde er in den Wolken lesen wie in einer Zeitung. Schließlich setzte er ein zufriedenes Gesicht auf. »Der Sommer wird gut.« Da Konstantin seinen Gesichtsausdruck nicht geändert hatte, erklärte der Verwalter: »Wenn's regnet auf St. Gervasius, es vierzig Tage regnen muss.«

St. Gervasius war morgen, am 19. Juni. Thalmann kannte zu jedem einzelnen Monat, ja scheinbar zu jedem Tag eine Bauernregel.

»Aber es wird morgen nicht regnen.«

Seit dreiundzwanzig Jahren arbeitete Thalmann als Gutsverwalter. Davor hatte sein Vater diese Stellung innegehabt. Er hatte die Pflichten übernommen, da war Konstantin gerade geboren worden. Bisher hatte Thalmann seine Vorschläge geflissentlich übergangen, wenn er Großpapa begleitet hatte. Deswegen musste er ihm und allen anderen Untergebenen klarmachen, wer hier jetzt das Sagen hatte. Alle sollten schnell begreifen, dass mit dem Tod des Patriarchen ein neues Regiment eingezogen war. Auch wenn Papa nun offiziell der neue Patron war, hatte Konstantin sich vorgenommen, unablässig präsent zu sein. Das Ansinnen unterstrich er, indem er in zweckmäßiger Arbeitskleidung kam, die keinen Zweifel daran ließ, dass er selbst mit Hand anlegen wollte.

Unschlüssig blickte Konstantin in den Himmel. Es gab einige Wolkenformationen, die harmlos wirkten. Vielleicht würden sie sich im Laufe des Tages auflösen, vielleicht zogen in der Nacht neue auf. Thalmann klang überzeugt, und er wollte ihm gerne glauben. Die Eisheiligen, allen voran der heilige Pankratius, hatten ihnen im Mai Frost und Schnee beschert. Im Grunde genommen konnte er froh sein, einen Gutsverwalter wie Thalmann zu haben. Sein Schatz an Erfahrung war reich, und laut Großpapa lag er mit seinen Wetterprognosen sehr viel öfter richtig als falsch. Andererseits schienen die althergebrachten Bauernweisheiten das Einzige zu sein, auf das der Gutsverwalter baute. Zweimal schon hatte Konstantin versucht, mit ihm über die Anschaffung neuer Maschinen zu sprechen. Thalmanns abweisende Antworten waren so beständig wie seine Wettervoraussagen. Was würde man gewinnen, wenn man früher mit der Aussaat fertig war? Man würde doch höchstens Frostschäden riskieren.

Konstantin hegte den Verdacht, dass Thalmann nicht nur wegen der ehernen Bauernregeln gegen Maschinen war. Gegenüber ihm und seinem Vater hatte Thalmann einen riesigen Erfahrungsvorsprung. Sie waren auf ihn angewiesen, was ihm nur recht sein konnte. Doch sollte Konstantin die monströsen Maschinen anschaffen, dann würde Thalmann danebenstehen wie ein kleiner Junge in einer Schmiede. Das konnte ihm nicht gefallen. Allerdings würde Konstantin nicht klein beigeben, so viel stand fest. Früher oder später würden sich die Maschinen durchsetzen, oder man verlor den Anschluss an die Entwicklung im übrigen Kaiserreich.

Sein Blick wanderte zum Dach der Brennerei. Die Männer des Zimmermeisters hatten angefangen, die gebrochenen Balken abzubauen und herunterzuwerfen. Die Brennerei, in der schon seit Jahrzehnten ein Teil der Kartoffeln zu Schnaps gebrannt und ein Teil der Gerste zu Bier gebraut wurde, hatte beim letzten Sturm Schaden erlitten. Den ganzen Vormittag hatte der Zimmermann mit seinen Gesellen die intakten Dachschindeln abgetragen und die Dachkonstruktion abgestützt. Jetzt nahmen sie nach und nach die kaputten Balken heraus und würden sie im Laufe des Nachmittags durch neue ersetzen. Im Moment klaffte ein großes Loch im Dach.

Thalmann und er beobachteten, wie sie einen schadhaften Balken aus der Konstruktion heraushebelten. Auf einmal war ein gefährliches Knirschen zu hören. Die Stimmen wurden hektisch. Der Zimmermann rief den Gesellen allerlei Befehle zu. Der übrige Teil des Dachgiebels drohte abzusacken. Schnell war klar, dass die Mannschaft nicht ausreichen würde. Sofort setzten sich Thalmann und Konstantin in Bewegung, um von unten weitere Stützbalken nach oben zu reichen. Der Gutsverwalter stieg auf die hohe Leiter und blieb auf halbem Weg stehen. Konstantin nahm auf Anweisung des Zimmermannes verschiedene Balken zur Hand und gab sie Thalmann, der diese an die Männer auf dem Dachboden weiterreichte. Zwischen den einzelnen Handgriffen zog Konstantin sich seine Jacke aus. Trotz der Wolken am Himmel wurde ihm warm. Alles ging zügig vonstatten, als er eine ihm bekannte Figur auf einem Fahrrad sah.

Seit ihrer ersten Begegnung hatte er täglich an Rebecca Kurscheidt denken müssen. Einmal war er sogar an der Schule vorbeigeritten, in der stillen Hoffnung, ihr zu begegnen. Sich ihre Bestürzung vorzustellen, wenn sie erfuhr, dass sie sich dem hiesigen Gutsherrnsohn gegenüber in derart brüskierender Weise geäußert hatte, bereitete ihm größtes Vergnügen. Und doch bedauerte er, dass sie ihn nach dem Aufdecken seiner wahren Identität schlagartig mit anderen Augen sehen würde. Dieses Gefühl, für Rebecca Kurscheidt auf der falschen Seite der Gesellschaft zu stehen, war geradezu lächerlich und versetzte ihm dennoch einen Stich. Sowohl die kleine Täuschung wie auch seine Herkunft würde sie auf Distanz gehen lassen. Wieder und wieder hatte er sich gefragt, wie er sich beim nächsten Aufeinandertreffen verhalten sollte. Jetzt war es so weit.

Die Radfahrerin kam näher, sie würde nur wenige Meter neben ihnen auf der Straße vorbeifahren. Er hielt einen Balken in der Hand. Thalmann wartete von oben auf Anweisungen. Er konnte jetzt nicht weg. Außerdem freute er sich ungemein, sie wiederzusehen. Mehr, als er es sich eingestehen mochte. Und was war schon dabei, wenn sie ihn hier arbeiten sah? Von Weitem konnte sie nicht erkennen, dass seine Kleidung sehr viel teurer war als die der anderen Männer. Das allein würde ihn noch nicht enttarnen. Blitzschnell beschloss er, sie nicht hier und nicht heute mit der Wahrheit zu konfrontieren. Nicht im Beisein der Männer, die einem verbalen Schlagabtausch sicherlich höchst interessiert beiwohnen würden. Das würde den Respekt der Dorfbewohner ihr gegenüber untergraben. Konstantin sagte sich, dass er ja damit genau das Gegenteil verursachen könnte, was er mit seiner Aufdeckung bezweckte: die Richtigstellung der natürlichen Hierarchie.

Die junge Frau fuhr allerdings nicht vorbei, sondern steuerte ihr Rad auf das Gelände der Brennerei und blieb stehen.

»Guten Tag allerseits«, rief sie den Arbeitenden zu. Sie erkannte Konstantin, und ein Lächeln huschte über ihr Gesicht. »Ich bin auf der Suche nach dem Güstrow-Hof.«

Zügig gab er den Balken an Thalmann weiter. Der begrüßte sie mit einem stummen Nicken. Wenn ihn jetzt bloß keiner der Anwesenden unabsichtlich verriet!

»An der nächsten Weggabelung, direkt beim Steinkreuz, müssen Sie rechts ab. Dann ist es nicht mehr weit. Sie sehen den Hof rechter Hand liegen.«

»Danke.«

Für einen Moment sah sie so aus, als wollte sie noch etwas zu ihm sagen, da wurden von oben weitere Balken gefordert. Konstantin griff nach dem nächsten Balken und dachte erleichtert, dass er noch mal glimpflich davongekommen war, da mischte Thalmann sich ein.

»Was wollen Sie dort?«

»Ich bin die neue Dorflehrerin. Ich muss mit den Eltern über ihren Sohn sprechen.«

»Über Joseph?«

»Nein, über Tobias, den Großen.«

»Hat er was ausgefressen?«

»Im Gegenteil. Er macht sich außerordentlich gut in der Schule. Ich würde gerne mit den Eltern darüber sprechen, ob sie ihn auf eine höhere Schule schicken können.«

Konstantin vernahm einen abfälligen Laut von oben.

»Er ist der älteste Sohn. Seine Eltern können nicht auf ihn verzichten. Er muss alles lernen, damit er den Hof weiterführen kann. Was soll er da auf einer höheren Schule?« Ein finsterer Ausdruck lag auf Thalmanns Gesicht.

»Zum Beispiel mehr über neue landwirtschaftliche Methoden lernen«, gab die Lehrerin versöhnlich zu bedenken.

»Er kann bei seinem Vater alles lernen, was er wissen muss. Mehr Schuljahre wären nur vertane Zeit.«

»Das sehe ich nicht so. Und ich würde die Entscheidung gerne seinen Eltern überlassen.« Rebecca Kurscheidts Blick war kühn. Thalmanns Schweigen war Antwort genug. Sie stieg auf ihr Rad, und bevor sie anfuhr, drehte sie sich zu Konstantin um. »Danke nochmals für die Wegbeschreibung.« Schon holperte ihr Rad über den Kopfstein.

Thalmann packte endlich den Balken, den Konstantin ihm entgegenstreckte, reichte ihn weiter und stieg die Leiter herunter. »So ein verdammtes Weibsbild! Wenn ich so was sehe – eine Frau auf einem Fahrrad. Den Rock hochgezogen wie eine Dirne.«

Konstantin überkam der Wunsch, Rebecca Kurscheidt zu verteidigen, doch er hielt sich zurück.

Verärgert sprang Thalmann die letzten beiden Sprossen herunter. »Wo kämen wir denn hin, wenn jetzt alle Söhne der Pächter auf eine weiterführende Schule gehen dürften? Wer soll dann die ganze Arbeit machen?«

Darauf hatte Konstantin eine Antwort parat. Allerdings wollte er in aller Öffentlichkeit keine Dinge in die Welt setzen, die die Pächter nur verunsicherten. Er hatte sich ausführlich bei Albert Sonntag erkundigt. In Zukunft wollte er es wie die west- und ostpreußischen Gutsherren halten. Die Höfe der Pächter ohne Nachfolger wollte er übernehmen und in Eigenverantwortung bestellen lassen. Je mehr Land direkt vom Gutshof bewirtschaftet wurde, desto eher lohnte sich die Anschaffung von Maschinen.

Konstantin hatte das Gefühl, dass der Kutscher es nicht unbedingt positiv sah. Die strengen Gepflogenheiten im Osten waren allgemein bekannt, und er wollte nicht ausschließen, dass bei dem einen oder anderen Pächter mit Drangsal nachgeholfen worden war. Solcher Methoden würde er sich hoffentlich nicht bedienen müssen. Von Jahr zu Jahr entschieden sich mehr junge Leute, ihr Glück nicht auf dem elterlichen Pachthof zu suchen, sondern in die Stadt zu gehen und dort in Fabriken zu arbeiten, die weit mehr zahlten. Ein Umstand, der seiner Zukunftsplanung sehr entgegenkam, denn je kleiner die Zahl der Leute war, die auf das Gut angewiesen waren, umso besser. Tagelöhner, die für kleines Geld arbeiteten und die man in Zeiten, in denen man sie nicht brauchte, einfach wegschicken konnte, waren billiger. Die Pächter musste man mit durchfüttern, egal ob es Winter oder Sommer war. Egal ob die Ernte gut oder schlecht ausfiel.

Ihnen stand so viel an Deputat zu, dass sie sich davon ernähren konnten.

»Nun ja. Die Güstrows können es sich ohnehin nicht leisten, eins ihrer Kinder auf eine weiterführende Schule zu schicken, selbst wenn sie Tobias bei der Feldarbeit entbehren könnten.« Thalmann spukte abfällig auf den Boden. »Trotzdem, mir gefällt es nicht, dass dieses Weibsbild den Leuten Flöhe in die Ohren setzt. Sagen Sie Ihrem Herrn Vater, er soll mal ein ernstes Wort mit ihr reden.«

Jetzt reichte es. Thalmann überging ihn und glaubte sogar, ihm Anweisungen erteilen zu müssen. Das konnte er nicht durchgehen lassen. Und niemals im Leben hätte der Gutsverwalter es gewagt, in Anwesenheit seines Großvaters auszuspucken.

»Sie können sich darauf verlassen, dass ich mit meinem Vater darüber rede, wie wir das Gut für die anstehenden Herausforderungen wappnen. Sich über landwirtschaftliche Methoden weiterzubilden, sehe ich als unumgänglich an. Ist Ihnen immer noch nicht klar, wie die großen Höfe in Süddeutschland und an der französischen Grenze uns mit ihren neuen Methoden abhängen? Ich will nicht in zehn Jahren feststellen müssen, dass wir mit mehr Aufwand weniger Erträge einfahren. Wenn Ihnen die Anforderungen über den Kopf wachsen, sagen Sie Bescheid.«

Der Gutsverwalter schaute ihn zähneknirschend an. Ihm schien eine Antwort auf der Zunge zu liegen, von der er genau wusste, dass er sie besser nicht aussprach. Hatte Thalmann endlich begriffen, dass mit dem alten Patriarchen auch der alte Trott begraben worden war?

»Hier wird sich demnächst einiges ändern!«, prophezeite Konstantin. Merkwürdig nur, dass er bei seinen Worten unwillkürlich an Rebecca Kurscheidt denken musste. Was für eine bittersüße Zwickmühle war das mit ihr.

Juli 1913

Albert wischte sich über die Stirn. Eine flammenrote Abendsonne tauchte die Wolken in ihren Glutatem. Pommern – was für eine Landschaft. Im Sommer heiß und fruchtbar, im Winter konnte schon mal meterhoch Schnee liegen. Er nahm die Zügel kürzer, und die Pferde wurden langsamer. Vor dem Bahnhofsgebäude drückte er den Bremshebel nach vorn und stieg ab. Er hatte befürchtet, er sei zu spät gekommen, denn er hatte noch einen Abstecher nach Greifenau gemacht.

Mit Paula Ackermann hatte er Kaffee getrunken. Die Enkelin des Pastors hatte ihn am Sonntag nach der Messe eingeladen, ihren selbst gebackenen Kirschstreusel zu probieren. Er hatte hervorragend geschmeckt. Und sie hatte ihm von ihrem Pflaumenkuchen vorgeschwärmt. Es kam einer weiteren Einladung gleich.

So war er denn, wenn schon nicht in das Arbeitszimmer des Geistlichen, immerhin in seine Küche und in den Garten gelangt. Es hatte ausgereicht, um sich einen kurzen Überblick über die räumliche Aufteilung zu verschaffen. Die Fenster waren stabil, aber nicht unüberwindbar. Er musste nur eine günstige Gelegenheit abwarten. Albert hatte Zeit. Ein halbes Leben hatte er sich darauf vorbereitet, da kam es auf ein paar Wochen oder Monate nicht an.

Der Zug fuhr gerade im Bahnhof ein. Gottlob, er war noch rechtzeitig gekommen. Adolphis von Auwitz-Aarhayn war von Stettin nach Stargard gefahren und dort in die Kleinbahn umgestiegen.

Albert übernahm die große Reisetasche, die ein Page brachte.

»Ich hoffe, Sie hatten eine angenehme Reise.«

»Doch, doch. Sehr angenehm sogar. Es war ausgesprochen erfreulich«, frohlockte er doppeldeutig, während seine Finger auf die Weste trommelten.

Der Graf war vor drei Tagen wegen Bankgeschäften, wie er gesagt hatte, nach Stettin aufgebrochen. Vermutlich hatte er offiziell das Bankkonto des Vaters auf seinen Namen übertragen lassen. Ob das der Grund für die gute Laune seines Dienstherrn war? Er wäre nicht der erste Patriarch, der eine notwendige Reise mit den Annehmlichkeiten der Stadt verband.

Albert geleitete ihn zur Kutsche. Als er ihm die Tür öffnete, roch er reichlich Eau de Cologne. Duftwasser trug der Gutsherr für gewöhnlich nicht. Nun war klar, was der Grund für die überaus zufriedene Miene des Mannes sein musste. Billige Mädchen gab es in den Städten an allen Ecken. Gefallene Hausmädchen, häufig von ihren Dienstherren geschwängert und von der Dame des Hauses auf die Straße gesetzt. Stubenmädchen vom Lande, die entgegen aller verherrlichten Erzählungen keine Anstellung in einem Haushalt fanden und von Schleppern zur Prostitution gezwungen wurden.

»Na, Sonntag? Schon aufgeregt, dass bald das Automobil kommt?«

»Ich kann es gar nicht erwarten«, antwortete Albert wahrheitsgemäß.

»Ich könnte mir gut vorstellen, dass Sie mich in Zukunft per Automobil nach Stettin bringen. Erst die Droschke und dann der Wechsel der Bahnen. All das Umsteigen und Warten ist mir gar zu lästig.«

»Ganz wie Sie wünschen.« Albert stieg vorne auf den Kutschbock und löste die Bremse. Unverhofft hatte er die gleiche gute Laune wie der edle Herr. In Elbing war er gerne mit dem Automobil gefahren.

Sie erreichten das Anwesen, und Albert fuhr vor die Freitreppe. Er öffnete die Kutschtür und brachte die Reisetasche hinein, die Caspers sofort übernahm.

»Gibt es weitere Ausfahrten?«

»Die Herrschaften werden gleich zu Abend essen. Wir haben keinen Besuch, und ich denke nicht, dass danach noch jemand ausfahren will.«

Albert lenkte die Kutsche rüber zu den Wirtschaftsanlagen. In der Remise schirrte er die Pferde ab und führte sie zum Pferdestall. Ihm blieb genug Zeit vor dem Abendessen der Diener, die Tiere abzureiben und zu füttern. Doch bevor er zum Tor kam, hörte er eine wütende Stimme.

»… glaubst du, wer du bist? Mir in Anwesenheit des jungen Herrn Ratschläge erteilen zu wollen. Mach das nie wieder! Ich warne dich!«

Albert spähte durch den Spalt zwischen den Stalltoren. Johann stand dicht vor Eugen, dem Stallburschen. Der ließ seine Schultern hängen und wagte nicht hochzuschauen.

»Da will der Hund schlauer sein als der Jäger, was? Als wüsste ich nicht besser, was zu tun ist!« Plötzlich hob Johann seine Hand und schlug zu. Der Stallbursche bekam heftige Schläge ins Gesicht.

»Das soll dich lehren, das Wort gegen mich zu erheben. Du Judas.« Nun schubste er den Burschen unsanft gegen einen Pfeiler, sodass der heftig mit dem Kopf ans Holz knallte. Johann drehte sich weg und ging auf der anderen Seite des Pferdestalls hinaus.

Groß gegen klein – so etwas konnte Albert gar nicht leiden. Er wollte noch einen Moment warten, damit Eugen sich sammeln konnte, aber eins der Pferde wieherte. Sie wollten ihr Futter. Eugen hielt sich den Hinterkopf und schaute erschrocken auf. Er weinte. Als Albert durch das Tor trat, fuhr er sich mit dem Hemdsärmel übers Gesicht und versuchte, seine Schluchzer zu unterdrücken.

Als wäre nichts weiter passiert, führte Albert die beiden Pferde in ihre Boxen. Mit der Mistgabel warf Albert frisches Heu in jede der Boxen. Eugen stand niedergeschlagen daneben. Er verließ den Stall nicht, sagte aber auch nichts. Albert kämpfte mit sich. Das hier war nicht seine Angelegenheit. Und je eher der Junge lernte, für seine eigenen Interessen zu kämpfen, desto besser. Außerdem wusste er ja gar nicht, was vorgefallen war.

Andererseits – es gab auch die anderen, die, die Ermutigung brauchten, und die, die es niemals schafften, für sich selbst einzustehen. Zu welcher Gruppe Menschen gehörte Eugen? Seelenruhig stellte Albert die Mistgabel beiseite.

»Also, was ist passiert?«

Eugen sah zornig in die andere Richtung. Er war erstarrt, außerstande, sich zu bewegen.

»Johann hat wieder gesoffen, und wahrscheinlich hat er wieder etwas vergessen, nicht wahr?« Das war nicht schwer zu erraten, denn erstens war das nichts Ungewöhnliches, und zweitens hing eine leichte Alkoholfahne im Stall.

Nun drehte sich Eugen zu ihm. Seine Unterlippe bebte noch immer. Er schien mit sich zu ringen, was er sagen sollte.

»Du darfst dir nicht alles gefallen lassen.«

»Er ist derjenige, der mir die Arbeitsaufträge gibt. Ich muss ihm gehorchen.«

»Du musst ihn aber nicht decken, wenn er etwas falsch macht oder vergisst. Du siehst doch, er dankt es dir mit keinem Wimpernschlag.«

Wieder schien der Junge innerlich ein Gefecht auszutragen. Mitfühlend legte Albert eine Hand auf Eugens Schulter. Er war noch jung, gerade mal vierzehn Jahre. Albert erinnerte sich daran, wie er mit vierzehn Jahren gewesen war. Er war wütend gewesen auf alles und jeden. Auf die Welt, auf Gott und auf sein Schicksal. Damals hatte er sich geschworen, sich zu rächen. Deswegen hatte er sich eine Arbeitsstelle in der Nähe vom Dorf Greifenau gesucht.

Eugen war anders. Wenig selbstbewusst, rotblond, ein wenig dicklich, und sein linkes Augenlid hing leicht schief. Er war alles andere als stattlich, und das wusste er auch. Aber Albert hatte ihn als intelligenten und aufgeweckten Burschen kennengelernt. Vor allem mochte er ihn, weil er ein Herz für Tiere hatte. Und das konnte man wahrlich nicht über jeden Stallburschen sagen.

»Sag schon. Was war es dieses Mal?«

Noch widerstrebte es ihm, etwas zu verraten, doch dann sprudelte es nur so aus Eugen heraus: »Wir waren im Schweinestall, vorhin, zusammen mit dem jungen Herrn. ... Ich hab nur gesagt, dass wir mit einer anderen Boxenaufteilung die Schweine besser füttern könnten. Weil jetzt«, er schniefte lautstark und fuhr sich noch mal mit dem Hemdsärmel übers Gesicht, »weil es doch jetzt nur die vier Tröge in den Ecken gibt. Und dann gibt es die starken Schweine, die viel zu fressen bekommen, und die schwachen, die immer hintanstehen. Das hab ich nur gesagt, weil der gnädige Herr selber davon anfing, dass die Tiere so unterschiedlich genährt sind.«

»Also hast du einen Verbesserungsvorschlag gemacht.« Eugen nickte. »Und du hast auch nicht gesagt, dass Johann etwas falsch gemacht hat, oder?«

Der Junge schüttelte vehement den Kopf. »Gar nicht!«

Albert richtete sich auf und schaute aus der anderen Stalltür hinaus. Johann war in den Kuhstall gegangen, der sich direkt neben dem Stall für die Jungtiere befand. Weiter rechts davon lag der Schweinestall, noch ein paar Meter weiter war der Heuschober, nahe am See, falls ein Blitz einschlug.

Im Laufe seines Lebens hatte Albert gelernt, hinter die menschlichen Fassaden zu blicken. Johann war ein Säufer. Es würde nicht besser werden, auch wenn er dem Stallmeister ansehen konnte, wie sehr er sich das wünschte. Johann würde saufen, bis er daran zerbrach.

»Hör mal. Du weißt doch noch, was Mamsell Schott letzte Woche gesagt hat.«

Eugen wusste sofort, was er meinte: »Als Johann ... zu spät zum Essen kam?«

»Genau das. Sie hat sich furchtbar über ihn aufgeregt, und das macht ihm sehr zu schaffen. Er glaubt, dass er das Saufen verheimlichen kann. Jedes Mal, wenn es offensichtlich wird, wird er damit konfrontiert, dass er sich nicht im Griff hat. Dafür schämt er sich.«

»Wieso schlägt er mich dann? Ich hab doch gar nichts gesagt.«

»Weil er sich schlecht an der Mamsell abreagieren kann. Eigentlich ist er auf sie wütend, vor allem aber ist er wütend auf sich selber.«

»Was soll ich denn machen? Ich versuche, alles richtig zu machen.«

»Das ist auch gut so. Und das weiß hier auf dem Hof auch jeder. Du bist ein fleißiger Stallbursche. Aber es kommt der Zeitpunkt, da musst du dich entscheiden: Du musst dich wehren, sonst wird Johann ewig so weitermachen. Es nutzt nichts, wenn Caspers oder Mamsell Schott oder ich ihm den Kopf waschen. Wir werden nicht ewig hier sein. Das musst du selbst erledigen.«

Eugen schnaufte tief durch und wackelte unbestimmt mit dem Kopf. Er war noch nicht so weit, aber Albert war sicher, dass Eugen sich den Ratschlag gut durch den Kopf gehen lassen würde. Zumindest hoffte er das.

»Ich ... Soll ich die Pferde abreiben?«

»Das kann ich selber machen. Es sei denn, du willst mir unbedingt helfen, weil Johann gerade die Kühe füttert und du ihm nicht über den Weg laufen willst.«

Eugens Wangen waren feuerrot, und auch seine Augen waren

gerötet vom Heulen. Doch jetzt zog ein leises Grinsen über sein Gesicht. »Ich bin gerne bei den Tieren. Ich mach das schon.«

Albert musste ebenfalls grinsen. Der Junge hatte was drauf. Hoffentlich würde er sich früher oder später seinen Weg freikämpfen. Rotblond und pausbäckig stand er da, noch Spuren von Rotz unter der Nase. Sein Freund Gregor, wie er leibt und lebt – vor fast zwanzig Jahren, bevor ihn die Barmherzigen Schwestern mit einer Wurzelbürste geschrubbt hatten, bis das Blut geflossen war. Und Albert hatte hilflos danebengestanden. Warum man ihn verschont hatte, hatte er damals noch nicht gewusst. Dabei hatte er seinen Freund angestiftet, die Äpfel zu stehlen. Das Schlimmste war gewesen, den Frauen bei der Quälerei zusehen zu müssen, während Gregor irgendwann vor Schmerzen ohnmächtig geworden war.

Albert widerstand dem Drang, Eugen durch die Haare zu wuscheln wie einem Fünfjährigen, denn dafür war der Junge zu alt.

»Nächste Woche fange ich damit an, die Jungpferde für die Kutsche einzufahren. Du kannst mir dabei helfen, wenn du dazu Lust hast.«

Eugen nickte glücklich.

* * *

Ottilie Schott übergab Albert Sonntag den Monatslohn. Er bedankte sich, steckte die Scheine in die Tasche und ging gleichmütig aus dem Raum. Es wurmte sie, dass er elf Mark mehr bekam als sie. Er war gerade einmal halb so alt und noch keine zwei Monate in der neuen Anstellung. Trotzdem erhielt er zweiundsechzig und sie nur einundfünfzig Mark für einen ganzen Monat Arbeit. Natürlich würde sie sich nicht darüber beschweren, bei wem auch? Bei der Herrschaft? Es würde ein schlechtes Licht auf sie werfen. Und außer Caspers und Sonntag bekamen alle anderen weniger als sie. Die einzige Möglichkeit, ihren Lohn aufzubessern, war, sich eine bessere Stellung zu suchen.

Doch sie war nun sechsundvierzig, und die harte Arbeit hatte sie gezeichnet. Seit mehr als dreißig Jahren arbeitete sie zwölf Stunden am Tag, und oft genug waren es vierzehn oder sechzehn gewesen. Ihr Leben würde in Arbeit und Fleiß gewogen, viel mehr als in Glück oder unerfüllten Träumen. Vielleicht aber fiel auch ihre einzige Sünde strafend ins Gewicht. Ihre einzige, aber große Sünde. Nicht zuletzt deswegen überwachte sie die Dienstbotinnen mit Argusaugen, damit ihnen nicht etwas Ähnliches passierte. Damit sie nicht auch in einem Leben der verfehlten Träume und nicht enden wollender Arbeitstage landeten.

Seit einiger Zeit schmerzte im Winter ihr Kreuz, und im Sommer überkamen sie merkwürdige Hitzewallungen. Immer öfter fühlte sie sich am Nachmittag müde und verspürte das unabdingbare Bedürfnis, ihre Füße hochzulegen oder direkt ins Bett zu gehen. Dabei war sie immer eine der Fleißigsten gewesen.

Wer würde eine so alte Dienstbotin noch nehmen? Sie hatte zwar einiges gespart, aber lange nicht genug, um bis zu ihrem Lebensende die Hände in den Schoß legen zu können. Wenn sie es darauf anlegte, dass man sich im Alter um sie kümmerte, musste sie lange genug in einem Haushalt gearbeitet haben. Sie war seit dreizehn Jahren beim Grafen von Auwitz-Aarhayn. Sie würde sicherlich noch weitere zehn bis fünfzehn Jahre arbeiten müssen, bevor sie sich allmählich ganz von der Arbeit zurückziehen konnte. Die Rentenversicherung war erst vor zwei Jahren auf die Dienstboten erweitert worden. Und sie müsste vorher insgesamt dreißig Jahre eingezahlt haben. Davon würden erst Mädchen wie Wiebke und Clara profitieren. Also musste sie hierbleiben, damit sie sicher sein konnte, dass man sich bis zu ihrem Tod um sie kümmerte. Eines Tages würde ihr Schicksal in den Händen der anderen Dienstboten liegen.

Clara war die Nächste, die an ihren kleinen Schreibtisch trat. Mit ihr hatte sie noch ein Hühnchen zu rupfen. Streng schaute sie das Mädchen an, bevor sie in die Geldkasse griff. Sie zählte dreizehn Mark und fünfzig Pfennig ab und schob sie ihr kommentarlos hinüber.

Das Stubenmädchen wollte danach greifen und stutzte. »Aber wieso ...«, setzte sie aufrührerisch an, doch die Miene der Mamsell stoppte ihren Wortschwall.

»Clara, das ist das erste und letzte Mal, dass ich es dir sage: Wenn du dich noch ein einziges Mal am Wein der Herrschaften bedienst oder dich an anderen Dingen in irgendeiner Art und Weise vergreifst, musst du gehen. Und ich werde den Grund in dein Gesindebuch eintragen.«

»Aber es war doch Wiebke ...«

Die Mamsell schlug mit der flachen Hand auf die Tischplatte und stand auf. Ihr Gesicht war nur eine Handbreit von Claras Kopf entfernt. Sie flüsterte: »Ich habe dich gestern gesehen, wie du auf dem Absatz gestanden hast und eins der Gläser der Herrschaft leer getrunken hast. Ich fand es ohnehin reichlich merkwürdig, dass ausgerechnet Wiebke sich an der Karaffe vergriffen haben sollte. Aber wegen der Flecken auf ihrer Schürze habe ich nicht weiter nachgefragt. Doch als ich dich vorgestern auf dem Absatz gesehen habe, war mir alles klar. Du hast es Wiebke in die Schuhe geschoben, stimmt's?«

Clara senkte beschämt den Kopf. Ihr Gesicht nahm eine dunkelrote Farbe an. Ihre Antwort war ebenso leise: »Ich wollte nur ... Ich hatte schon so viele Ermahnungen. Sonst hätte ich es nicht getan. Es tut mir leid. Ich will ...«

»Ich will hoffen, dass du dich in Zukunft zusammenreißt. So ein Possenspiel werde ich dir nicht noch einmal durchgehen lassen. Haben wir uns verstanden?« Das Mädchen sollte froh sein, dass sie die Sache nicht an die große Glocke hängte.

Clara nickte und griff verschämt nach dem Geld.

»Einer der guten Teller hat eine ausgeschlagene Ecke. Deshalb bekommst du kein Geschirrgeld für diesen Monat. Glaub nicht, dass ich so etwas nicht merke. In Zukunft will ich direkt Bescheid bekommen, wenn etwas kaputtgeht.«

Clara schob ihre Unterlippe über die Oberlippe und biss sich ins Fleisch. Ottilie Schott konnte sehen, dass ihr der Tadel durch Mark und Bein ging. Sie hoffte, dass diese Drohung ausreichte. Wegen eines Vergehens entlassen zu werden, würde ihr eine weitere Zukunft als Dienstmädchen verwehren. Schließlich wurde so etwas in das Gesindebuch eingetragen, welches der nächsten Arbeitgeberin und auch der dortigen Polizeistelle vorgelegt werden musste. Dass Mamsell Schott es ihr einmal durchgehen ließ, war nur der Naivität des Mädchens geschuldet.

»Und ich meine es ehrlich. Bei der nächsten Lüge bist du raus.«

Clara nickte beipflichtend und schob sich das Geld in die Hand. Mit gesenktem Kopf verschwand sie zur Tür hinaus.

Wiebke trat ein. Ottilie legte ihr achtzehn Mark als Monatslohn plus eine Mark Geschirrgeld hin. Erstaunt trat sie einen Schritt zurück.

»Das nächste Mal, wenn Clara so eine Schummelei versucht, kommst du zu mir und sagst mir die Wahrheit. Du darfst so etwas nicht decken, sonst denken die Leute eines Tages, dass du bei so etwas mitmachst.«

Wiebke nickte dankbar, griff erleichtert nach dem Geld und verschwand aus ihrem Arbeitszimmer.

Sie zahlte Eugen einundzwanzig Mark aus und Hedwig elf. Was für eine himmelschreiende Ungerechtigkeit. Eugen arbeitete wirklich hart, aber Hedwigs Arbeit war nicht weniger beschwerlich. Sie nahm sich vor, ein gutes Wort für Hedwig einzulegen, sobald sie ihr erstes Jahr hier auf dem Gut vollendet hatte. Andererseits, was half es ihr? Hedwig gab ihr ganzes Geld an ihre

Tante ab, die sie vor einigen Jahren aufgenommen hatte, als Hedwigs Eltern an Tuberkulose gestorben waren. Ihre Tante bestand darauf, sich das Geld auszahlen zu lassen, bis Hedwig einundzwanzig war. Das waren noch fast neun Jahre, dabei hatte die Waise nur fünf Jahre bei der Tante gelebt. Es war bedauerlich, wie hartherzig diese Tante war. Aber das war nicht ihre Sache, und sie würde sich nicht einmischen.

Kilian war der Letzte, dann hatten alle ihren Lohn. Sie zahlte ihm dreiundzwanzig Mark aus. Den einbehaltenen Lohn und das Geschirrgeld von Clara legte sie beiseite. Caspers würde das Geld später abholen. Da war er immer sehr genau. Anfang des Monats gab er es dann der Herrschaft zurück, zumindest sagte er das. Ottilie hatte dem noch nie beigewohnt, was nun keine Überraschung war. Bei solchen Besprechungen über die Dienerschaft war sie so gut wie nie zugegen. Andererseits hatten weder der gnädige Herr noch die gnädige Frau den Umstand, dass sie einen Obolus für beschädigte Dinge zurückbekamen, jemals angesprochen. In ihren vorherigen Anstellungen war das in dieser Häufigkeit nicht Usus gewesen. Und schon mal gar nicht bei ihrer herzoglichen Dame, die so große Stücke auf sie gehalten hatte, dass ihre Verfehlung nicht einmal Eingang in ihr Dienstbuch gefunden hatte. Sie wäre heute sonst nicht hier. Zwar hatte sie damals das Gut verlassen müssen, aber ein ausgesprochen gutes Zeugnis bekommen, und so konnte sie als Dienstmädchen weiterarbeiten. Was mehr als großzügig gewesen war. Denn anders als bei ihren eigenen Fehltritten gingen die meisten Herrschaften in der Regel gerne mit den Fehlbarkeiten der Dienstboten hart ins Gericht.

Natürlich wurden die Dienstboten sanktioniert, wenn sie etwas kaputt machten, vor allem, wenn es aus Mutwilligkeit passierte oder sich allzu oft wiederholte. Aber in den letzten zwei Jahren hatte Ottilie das Gefühl, dass Caspers eine echte Leidenschaft entwickelt hatte, den Untergebenen bei kleinsten Vergehen Geld abzuziehen. Vergehen, die die Herrschaften bestenfalls mit einem Räuspern kommentieren würden. Sie fand es wirklich zu hart.

Ende Juli 1913

Es hatte aufgehört zu regnen. Alexander saß auf seinem Lieblingsplatz und schnupperte. Es roch nach frisch gemähtem Gras, nach lauen Sommerabenden und nach schwerer Erde, die den gefallenen Regen ausatmete. Früher hatte er seine Beine auf dem Fenstersims ausstrecken können.

Als Kind hatte er sich hier in das letzte Zimmer im alten Trakt geflüchtet, um seinem sadistischen Kindermädchen zu entgehen. Natürlich hatte es immer Schläge gesetzt, wenn er irgendwann wieder aufgetaucht war. Aber da die bösartige Frau ihn ohnehin geschlagen hätte, war er in der Summe am Abend mit weniger Hieben ins Bett gekommen. Niemals hatte ihn jemand hier gefunden, und er hatte seinen Platz nie jemandem anvertraut. Nicht einmal Katharina, wenn sie die Drangsalierung durch das Kindermädchen nicht mehr hatte aushalten können. Sie war zu jung gewesen. Sie hätte ihn verraten.

Er liebte diesen Platz, dieses Zimmer, in das alte Möbel ungeordnet hineingeschoben oder übereinandergetürmt wurden. Man musste sich einen Weg bahnen, hindurch zwischen alten Vertikos, Kommoden, ausgemusterten Schränken und Stühlen, an denen das Sitzpolster herausquoll. Einige gute Stücke waren mit großen Leinentüchern bedeckt, um sie vor Staub und Sonnenlicht zu schützen. Wegschmeißen durfte man von alledem nichts, schließlich gehörte jedes Stück zum unveräußerlichen

Familienvermögen und war ins Fideikommiss eingetragen. Vater hatte nur das Nießbrauchrecht, solange er lebte. Und danach würde es auf Konstantin übergehen. Aber etwas zu verschenken oder zu verkaufen, war keinem der beiden gestattet.

Im Erdgeschoss unten lagen Gästezimmer und Salons und der Ballsaal. Aber hier oben, in der ersten Etage des alten Traktes, kam niemand weiter als zu den Räumen, in denen seine Großeltern gelebt hatten. Noch immer hing der muffige Geruch in den Räumen. Ihr Erbe schien noch immer zu atmen. Weiter hinten waren die Räume leer und angestaubt oder mit alten Möbeln vollgestellt.

Er hatte seinen heimlichen Ort nur durch Zufall gefunden. Nachdem seine Amme sich verabschiedet hatte, hatte er tobend um sich geschlagen. Er war weggelaufen, einfach immer weiter, treppauf, treppab, weg von allen Erwachsenen. Weg von dem Kindermädchen, das er von der ersten Sekunde an nicht hatte leiden können. Irgendwie war er in diesem Zimmer gelandet. Als sein Blick dann aus dem Fenster gefallen war, hatte er gesehen, wie seine geliebte Amme mit der Kutsche weggebracht worden war. Sie hatte auch geweint, genau wie er.

Was danach gekommen war, war purer Horror gewesen. Die neue Erzieherin ließ ihn zur Strafe für Nichtigkeiten auf Erbsen knien, bis er vor Schmerzen umkippte. Oder er musste auf kantigen Holzscheiten knien, bis er kein Gefühl mehr in den Beinen hatte. Seine Mutter wollte kein Wort darüber hören. Wenn er sich beschwerte, bekam er hinterher nur eine Tracht Prügel mit dem Rohrstock. Sein Vater war oft wochenlang weg. Aber alleine schon seine Anwesenheit im Haus hatte den Schrecken gelindert.

Irgendwann hatte Alexander angefangen, sich hier oben zu verstecken. Hier am Fenster sah man den See, einen Teil der Wirtschaftsgebäude und zur anderen Seite raus nach vorne ein Stück der Chaussee. Hier war sein Ort, sein eigener und geheimer Ort, den er mit niemandem zu teilen bereit war. Und so war es über all die Jahre geblieben.

Es dämmerte, und die ersten Fledermäuse schossen durch die Luft. Eine Eule schrie in weiter Entfernung. Es hieß, dass bald jemand sterben würde, wenn die Eule dreimal schrie. Hatte die Eule vor Großvaters Tod geschrien?

Ein zweiter Schrei. Ein dritter. Vielleicht war ja er selbst gemeint. Vielleicht würde er einfach vor Langeweile und Unmut aus dem Fenster stürzen. Er wollte es hinausschreien, wenn er nur gewusst hätte, was.

Nächstes Jahr im Januar sollte er auf das Internat in Stettin kommen. Mama und Papa versprachen sich davon die beste Vorbereitung auf sein Jurastudium. Das wiederum sollte in eine höhere Beamtenlaufbahn münden. Mit etwas Geschick und Fleiß würde er es vielleicht bis in die kaiserlichen Ministerien schaffen.

Da er sich nicht mit den Burschen aus dem Dorf abgeben durfte, war er oft allein. Er freute sich darauf, mit Jungen seines Alters zusammen zu sein. Allerdings hatte er überhaupt keine Lust auf das sich dem Internat anschließende Studium. Das wäre sicher genauso trostlos wie seine Zukunftsaussichten. Erst einmal im preußischen Staatsdienst angekommen, würde er jahrelang in verstaubten Amtsstuben hocken müssen. Der diplomatische Dienst war noch am ehesten spannend, aber da musste man die Reise- und Logierkosten aus eigener Tasche finanzieren. Das konnten sich in der Regel nur Majoratsherren leisten, so jemand wie der Ehemann von Anastasia. Der war nicht nur der älteste, sondern auch noch der einzige Sohn des Rittergutes. Er hatte keine Brüder, denen er mit einer mageren Apanage den Lebensunterhalt finanzieren musste. Und seine drei Schwestern waren alle lohnend unter die Haube gebracht worden. Was für ein Glück.

Er könnte natürlich auch eine militärische Laufbahn einschlagen, genau wie Nikolaus, aber die waren ebenso mäßig bezahlt wie eine Stellung bei Hofe. Außerdem wollte er gar nicht zum Militär. Er konnte es gar nicht leiden, wenn man ihm Befehle erteilte. Was also sollte er tun? Dummerweise hatte er den Plänen seiner Eltern überhaupt nichts entgegenzusetzen.

Gewissenhaft schloss er das Fenster und schlich sich auf den Flur. Seit Großpapa tot war, kam hier nur noch sehr selten jemand her. Mutter würde sich vermutlich schon bald auf dieses vielversprechende Projekt stürzen – die Umgestaltung des alten Traktes. Aber dann wäre er ohnehin fast nur noch in Stettin.

Er sollte nun schlafen gehen, war aber noch kein bisschen müde. Irgendeine Kraft trieb ihn in letzter Zeit. Er wusste nicht, wohin er gehen sollte, aber er wusste, er wollte etwas tun. Etwas Bestimmtes. Etwas, das ihm Befriedigung verschaffen würde. Ziellos stromerte er durchs Haus.

Statt in sein Zimmer lief er rüber in den neuen Trakt, die Treppe hoch, bis er auf dem Flur vor seinem Klassenzimmer stand. Es lag im gleichen Geschoss wie die Dienstbotenzimmer, allerdings weiter hinten, und auf dem Flur gab es eine Tür, die immer abgeschlossen war. Matthis achtete peinlich genau darauf, dass niemand von den Dienstboten unbefugt sein Heiligtum betrat.

Gedankenversunken setzte er sich ans Klavier, das hinten am Fenster des Klassenzimmers stand, und fing an, eine Melodie zu spielen. Wieso ihm ausgerechnet jetzt Debussy in den Sinn kam, wusste er selbst nicht. Den dritten Satz, *Clair de Lune*, von Debussys bekannter Klaviersuite, hatte Anastasias Gouvernante häufig gespielt – damals, in den letzten Arbeitstagen seiner Amme.

Cäcilia Opitz war eine hingebungsvolle Ersatzmutter und in seiner frühen Kindheit immer für ihn da gewesen. Sie hatte ihn getröstet, wenn er gefallen war, ihn gepflegt, wenn er krank gewesen war. Sie hatte bei der Köchin heiße Schokolade für ihn erbettelt, auch wenn er schon eine gehabt hatte. Sie hatte ihn in den Schlaf gesungen.

Es gab keine einzige schlechte Erinnerung an sie, außer der, dass sie ihm eines Tages erklärt hatte, dass er mit fast vier Jahren nun alt genug sei, um ohne sie zurechtzukommen. Katharina war damals ein Jahr alt geworden und benötigte nun keine Amme mehr, sondern ein Kindermädchen. Währenddessen waren Tränen über ihre Wangen gelaufen. Schon damals hatte Alexander das Gefühl gehabt, dass sie nicht freiwillig gegangen war.

Sie hatte ihn in diesem riesigen Gemäuer ohne eine wärmende Seele zurückgelassen. Einzig Katka war ihm ans Herz gewachsen. Anastasia war ein richtiges Biest, und Konstantin und Nikolaus waren zu sehr auf ihre Karrieren bedacht. Bedauerlicherweise waren sie auf ihre jeweilige Art sehr erfolgreich. Ständig wurden sie ihm als Beispiel vorgehalten. Was blieb ihm, um Anerkennung und Ruhm zu ernten? Er wusste nur, wenn er Ministerialbeamter würde, müsste er vor Langeweile sterben. Und obwohl er auf seine Brüder neidisch war, wollte er weder Gutsherr werden noch eine militärische Laufbahn einschlagen.

Brausekopf, so nannten ihn seine Eltern immer. So ein Brausekopf, der einen eigenen Kopf hatte, kam bei dem gedrillten preußischen Beamtenapparat vermutlich nicht besonders gut an. Alexander spürte, was er wirklich suchte, lag jenseits von Macht und Ruhm. Er suchte etwas, das sein Herz wärmen konnte.

Den Fortgang der Amme hatte er nicht verwinden können. Auch wenn er heute nur noch selten an sie dachte, war ihm manchmal, als wäre ein Stück seiner Seele mit ihr gegangen. In dieser Zeit spendete die Musik ihm Trost, auch diesmal webte sie ihn allmählich in einen Kokon ein.

Alexander spielte das Stück dreimal, und gerade schwebten die letzten Töne durch den Raum, als er Schritte auf dem Flur hörte. Das war Matthis, der Hauslehrer. Schwere, tapsige Schritte kündigten ihn an.

Der untertänigste Untertan kam dort. Verachtung und Abscheu stiegen in Alexander auf. Matthis gab seinen Mitmenschen vielerlei Gründe, ihn nicht zu mögen. Er war besserwisserisch, obwohl er selbst ein ignoranter Sturkopf war. Er war gefangen in einem idealisierten Abbild seiner selbst, an das er nicht annähernd heranreichte. Seiner Meinung nach genügte sein Wissensschatz für jene humanistische Bildung, die er seinen adeligen Schützlingen eintrichtern durfte. Mehr als er brauchte man nicht zu wissen. Drängte man ihn mit unangenehmen Fragen in die Ecke, wurde er bösartig. Früher hatte er Alexander mit dem Rohrstock geschlagen, wenn er nicht in angemessener Weise mit ihm auf Französisch parliert hatte oder ihm gerade unnütze griechische Verben nicht eingefallen waren.

Er hasste Matthis abgrundtief. Nicht nur, weil er seine Arbeit damals noch unter Zuhilfenahme des Rohrstockes versehen hatte, so wie es die meisten Lehrer taten. Sondern weil Alexander wusste, wie viel Vergnügen es Matthis bereitet hatte, die Kinder zu schlagen.

Kaum zehn war er gewesen, als er begriffen hatte, dass er intelligenter als der Hauslehrer war. Nicht klüger oder gebildeter, dafür hatten ihm noch Jahre der Ausbildung gefehlt. Aber er konnte über seinen Horizont hinaus denken. Er hatte Fantasie, und er hinterfragte die Dinge. Eine Eigenschaft, die Karl Matthis gänzlich abging.

Was den Lehrer bekanntermaßen besonders wurmte, war die Tatsache, dass Alexander so viel besser Klavier spielen konnte.

Die Gouvernante hatte ihm das Notenlesen und das Spielen beigebracht, und die Musik schien ihm zuzufliegen. Als Alexander alt genug für den normalen Schulunterricht gewesen war, hatte Matthis den Klavierunterricht übernommen. Alexander wurde trotz der stümperhaften Unterweisung immer besser. Er lernte schnell, dass er nicht auf seinen Hauslehrer hören durfte, was das Musizieren anging. Matthis war unmusikalisch, und bestenfalls hämmerte er die Noten sauber im Takt herunter. Er besaß für die Musik genauso viel Empathie wie eine gelangweilte Köchin, die Mohrrüben schnitt.

Und so war es bald Alexanders größter Spaß, in der einen Minute begnadet zu spielen, um wenig später einen erbärmlichen Abklatsch seines Talentes wiederzugeben. Das machte Matthis wahnsinnig. Denn obwohl er den Unterschied sehr wohl hören konnte, war er nicht in der Lage, Alexander hinreichend zu erklären, was genau der Unterschied zwischen gutem und schlechtem Klavierspiel war. Immer wieder fragte Alexander ihn danach, als würde er selbst nicht verstehen, was er da tat. Und immer wieder geriet der Hauslehrer bei seinen Erklärungsversuchen ins Stammeln. Wie sollte er den Herzschlag eines Stückes verstehen, wenn er nicht einmal wusste, dass Musik ihren eigenen Puls hatte? Ein Stück konnte aufgeregt sein, vor Freude tanzen oder in Trauer versinken. Matthis wusste von alledem nichts. Er sah nur schwarze Punkte und Striche auf einem Notenblatt, die ihm eine Abfolge vorgaben.

Augenblicklich hatte Alexander keinen Sinn für diesen einfallslosen Menschen. Rasch stand er auf und öffnete leise den Schrank. Links neben den waagerechten Fächern, in denen sich Bücher aller Unterrichtszweige stapelten, gab es einen Hohlraum. Früher hatte er sich oft darin versteckt, aber mit seinen sechzehn Jahren war er fast zu groß dafür. Es war sehr eng, und Alexander musste sich mit einem Besen in die Ecke drücken. Er zog die Schranktür bis auf einen winzigen Spalt zu und versuchte, flach zu atmen.

Matthis' Schritte kamen näher. Dann stand er unmittelbar vor dem Klavier.

»Verflixt und zugenäht, wo ist denn dieser Teufelsbraten wieder?« Als wollte er sich versichern, dass er tatsächlich das Klavier gehört hatte, spielte er selbst drei Noten. »Er muss doch hier irgendwo sein.«

Bei diesen Worten wurde seine Stimme leiser. Als Alexander sich sicher war, dass der Lehrer sich weit genug entfernt hatte, schlüpfte er aus dem Schrank. Er würde sich einen Spaß daraus machen, den Hauslehrer in den Wahnsinn zu treiben.

Er nahm sich vor, heute Nacht aufzustehen und an Matthis' Tür zu kratzen. Das tat er gelegentlich – mal kratzte er, mal klopfte er an die Wände des Zimmers oder machte vor der Tür quietschende Geräusche mit einem rostigen Schloss, das er auf dem Dachboden gefunden hatte. Dann versteckte er sich und beobachtete aus einem Versteck, wie der Hauslehrer seine Schlafzimmertür öffnete – vorsichtig, wütend oder oft genug auch verängstigt. Obwohl Matthis immer so gebildet tat und sich seines analytischen Geistes rühmte, glaubte er insgeheim an Spukgeschichten und war fast so abergläubisch wie die Köchin. Morgen früh würde Alexander sich an den dunklen Augenringen und dem kaum zu unterdrückenden Gähnen des Lehrers erfreuen.

24. August 1913

Katharina strich sich ihr Haar aus der Stirn. Ihr war zu warm, und sie langweilte sich. Die Begeisterung ihrer Mutter für Rosen und andere Blumen teilte sie nicht. Sie besuchten eine Gartenausstellung, die anlässlich des fünfundzwanzigsten Thronjubiläums von Kaiser Wilhelm II. in Forst stattfand. Zehntausende Rosenstöcke und Tausende Dahlien wuchsen auf dem Gelände, das, wie Katharina zugeben musste, liebevoll mit den Blumen, Brunnen und Skulpturen gestaltet worden war.

Alle paar Meter jauchzte ihre Mutter entzückt auf, verwies auf die prachtvollen Farben, roch an einzelnen Blüten und machte sich gelegentlich in einem Büchlein Notizen. Einzig das angekündigte Spektakel hielt Katharinas Laune aufrecht. Und natürlich das Kleid, das sie vorgestern hatte probieren dürfen. Es war atemberaubend beziehungsweise es würde atemberaubend sein, wenn es fertig war.

Auf ihrer Zugfahrt in die Lausitz hatten sie in Berlin einen eintägigen Aufenthalt eingelegt. Erst am gestrigen Vormittag, als sie auf der Friedrichstraße flaniert waren, hatte Mama ihr erzählt, was sie seit Wochen beständig andeutete. Unentwegt ermahnte sie Katharina, sich würdig zu erweisen und endlich erwachsen zu werden. Ihre fortwährenden Versuche, die Körperhaltung, das Benehmen bei Tisch und den korrekten Griff nach der Kaffeetasse zu korrigieren, brachten Katharina schier um den Verstand.

Gestern war Mama endlich mit der Sprache herausgerückt. Sie hatten eine honorige Einladung erhalten. Und für diesen Anlass sollte sie ein neues Kleid bekommen. Katharina wusste nicht, was sie sagen sollte. Das Kleid war ein Traum. Noch war es nicht fertig, und sie hatte eine Stunde auf einem Podest gestanden, während Nadeln und letzte Kreidestriche gesetzt worden waren. Doch damit Katharina sich dort nicht verplappern konnte, hatte Mama ihr erst nach dem Besuch der Damenschneiderei die volle Wahrheit gesagt.

Amalie Sieglinde von Preußen hatte sie zum Tee eingeladen. Sie wollte das Mädchen kennenlernen, von dem ihr Sohn Ludwig so entzückt war. Auf ihrem Rückweg würden sie nochmals für zwei Tage in Berlin pausieren. Am ersten Nachmittag würde sie in der Damenschneiderei das fertige Kleid ein letztes Mal probieren. Am zweiten Tag waren sie zum Tee geladen – zur Visite im Prinzessinnenpalais!

Ludwig von Preußen – was für ein Name! Die Tatsache, dass Mama beständig wiederholte, wie wegweisend und ausschlaggebend ihr Besuch für ihre Zukunft sein konnte, ja, was es in letzter Konsequenz für Katharina und ihre gesamte Familie bedeuten konnte, wenn der Neffe des Kaisers sie weiterhin so entzückend fand, wie seine Mutter es in ihrem Brief geschrieben hatte, schüchterte sie zutiefst ein.

Auf der Rosenausstellung hatte sie zum ersten Mal seit Tagen Luft, einen eigenständigen klaren Gedanken zu fassen. Ludwig von Preußen – er sah nicht annähernd so gut aus wie Albert Sonntag. Zwangsläufig musste sie sich eingestehen, dass sie in den Kutscher verliebt war. Natürlich wusste sie um die Aussichtslosigkeit dieser Gefühle, selbst wenn Ludwig von Preußen sich nicht für sie entscheiden würde. Desillusioniert schwärmte sie nur noch aus der Ferne für den Bediensteten. Andererseits, der Neffe des Kaisers – das alleine schürte schon Ängste, genau wie er selbst, mit seinem eigentümlichen Blick. Ludwig von Preußen war ihr unheimlich. Katharina redete sich ein, dass sie ohnehin nur eine von mehreren Kandidatinnen war.

Als sie diesen Einwand einmal laut geäußert hatte, hatte ihre Mutter sie giftig angesprungen. Natürlich war das möglich. Genau deswegen war es doch so wichtig, den bestmöglichen Eindruck zu hinterlassen. Mama hatte ihre Anstrengungen daraufhin verdoppelt, Katharina vom Stellenwert der Begegnung zu überzeugen.

Wieder hielten sie vor einer Rose mit einer üppigen rosaroten Blüte von verschwenderischer Pracht. Begeistert notierte

Mama sich den Namen. Auf der anderen Seite des Beetes flanierte eine elegante Dame mit einem ausladend floral dekorierten Hut vorbei. Sie wurde von einem hochgewachsenen Jüngling begleitet. Genau wie Katharinas Mutter schien die Frau von jener Rose äußerst angetan zu sein, während der junge Mann ähnlich lustlos wie Katharina seinen Blick über den Park schweifen ließ.

Unvermittelt trafen sich ihre Blicke. Er schaute zu ihrer Mutter, schaute zu seiner Mutter, die sich ebenso etwas notierte, und lächelte Katharina an. Auch sie musste schmunzeln. Ihre geteilte Langeweile war zu offensichtlich. Seine Miene verzog sich zu einem spöttischen Ausdruck, und unmerklich zuckte er mit den Schultern. Die Dame ging weiter, und er schloss sich ihr an. Katharina folgte Mama in die andere Richtung. Doch sie sah noch zweimal zurück, und jedes Mal trafen sich ihre Blicke.

* * *

Am Nachmittag war es so weit. Alles strömte zum Ausstellungsgelände. In der Ferne sah man das Luftschiff LZ 13 Hansa heranschweben. Sie waren fasziniert. Wie die vielen Menschen um sie herum blieben sie stehen.

»Schau nur, Mama! Als würde eine riesige Zigarre am Himmel schweben.« Katharina konnte ihren Blick nicht abwenden. Es war das erste Mal, dass sie ein solches Gefährt am Himmel sahen. Bisher kannte sie davon nur Fotos und wollte nicht recht glauben, dass ein so großes und so schweres Teil sich wirklich in der Luft halten sollte. Unmöglich! Umso größer war ihr Staunen nun. Die metallene Schutzhülle über der Passagierkabine war fast hundertfünfzig Meter lang. Der silbrige Koloss manövrierte mit erstaunlicher Leichtigkeit am Himmel.

Mama war ebenso überwältigt. Sie bemerkten beide nicht, wie sich die Reihen auf der Wiese schlossen. Brüsk wurden sie von hinten angerempelt. Katharina prallte gegen den Vordermann, einen alten Mann mit dünnem Haar und ausgefranstem Mantel. Mama packte sie und riss sie zurück. In ihren Augen lag Furcht. Die Menschenmenge stand plötzlich dicht an dicht.

»Komm, Kind, wir gehen.« Ihre Mutter hakte Katharina unter. »Bitte ... Dürfen wir mal ... Machen Sie gefälligst Platz!«

Niemand reagierte auf sie. Mit einem Mal bewegte sich die Menschenmasse zur Seite. Katharina stieß einen ängstlichen Schrei aus. Jetzt wurde ihre Mutter zornig und drückte mit ihren Händen die Körper zurück. Ein anderer Mann, gekleidet wie ein Bergarbeiter, raunzte sie unfreundlich an.

»Was erlauben Sie sich!«, entglitt es ihr schrill. Fremde Leiber pressten von hinten und drängten sie voran.

»Mama!«

Unverhofft tat sich eine Lücke auf. Der junge Mann von vorhin bahnte sich seinen Weg, packte Katharina und ihre Mutter je an einer Hand.

»Wir machen Platz für Sie. Gehen Sie ruhig nach vorne«, rief er den Menschen freundlich zu. »Gehen Sie ruhig an uns vorbei. Bitte schön.«

Es wirkte. Die meisten traten zur Seite. Es dauerte nicht lange, und Katharina und ihre Mutter konnten ohne Hilfe aus dem Pulk heraustreten. Der junge Mann leitete Katharina und hielt schützend einen Arm vor sie, bis er bei der Frau mit dem großen Hut stehen blieb.

»Ich danke Ihnen vielmals. Ich muss um Entschuldigung bitten. Ich habe die vielen Leute nicht rechtzeitig bemerkt.« Ihrer Mutter war es sichtlich peinlich, von dem gut aussehenden und kostspielig gekleideten Jüngling gerettet werden zu müssen.

»Ich bitte Sie. Sie müssen sich nicht entschuldigen. Ich bin froh, dass ich helfen konnte. Darf ich Ihnen meine Frau Mutter vorstellen: Eleonora Urban. Ich bin Julius Urban.«

Die andere Dame, wenige Jahre jünger als Feodora, streckte ihnen höflich die Hand entgegen.

»Sehr angenehm.«

»Gräfin Feodora von Auwitz-Aarhayn zu Greifenau. Und das ist meine jüngste Tochter Katharina. Es ist mir wirklich äußerst unangenehm. Mit einem solchen Menschenauflauf hatte ich nicht gerechnet.«

»Es ist fast ein Volksfest. Julius hat direkt gesagt, wir sollten besser hier abseits stehen bleiben. Das Schiff ist groß genug, um es ebenso gut von hier sehen zu können.«

Sie blickten sich um. Der Zeppelin schwebte nur noch wenige Meter über dem Landeplatz. Die Kabine, in der sich Passagiere aufhalten konnten, näherte sich dem Erdboden. Zu viert betrachteten sie das Schauspiel, auch wenn Katharina bemerkte, dass der interessierte Blick von Julius Urban mehr ihr als dem Luftschiff galt.

»Ich könnte jetzt eine Erfrischung vertragen. Mama, du nicht auch?« Seine Mutter nickte, und er wandte sich sofort an die Gräfin. »Gerne würden wir Sie zu einem Tee oder einer Limonade einladen. Vorhin war in der Gastronomie kein einziger Tisch frei, aber ich denke, jetzt haben wir gute Chancen.«

»Oh ja, Mama. Bitte lass uns mitgehen. Ich habe Durst.«

Mama bedachte sie mit einem strafenden Blick. Eine wahre Dame würde nie öffentlich sagen, dass sie Durst hatte.

»Also ich meine … eine kleine Erfrischung würde uns guttun.« Katharina war bewusst, dass Gräfin Feodora von Auwitz-Aarhayn niemals mit einer Frau Urban eine Erfrischung einnehmen würde. Aber heute konnte Mama schlecht Nein sagen. Immerhin gebot es ein Mindestmaß an Höflichkeit.

Mama gab unwillig nach. »Das ist eine vorzügliche Idee. Ich muss ohnehin in Ruhe überlegen, für welche Rosen ich mich entscheiden soll. Ich habe viel zu viele Arten aufgeschrieben.«

Sie gingen zu einer kleinen Gastronomie. Die mit Kletterrosen bewachsene Pergola spendete ihnen ausreichend Schatten. Katharina bestellte Eistee, und während Mama sich mit Julius' Mutter in ihre Aufzeichnungen vertiefte, wandte der junge Mann seine Aufmerksamkeit ihr zu.

»Woher kommen Sie?«

»Hinterpommern. Unser Landgut liegt zwischen Stettin und Stargard. Und Sie?«

»Berlin, eigentlich eher Potsdam. Die Fabriken meines Vaters sind im Westen von Berlin, aber wir leben in Potsdam.«

»Berlin, da beneide ich Sie. Die Stadt bietet wirklich außerordentlich viel Abwechslung.«

Er lächelte sie wissend an. »Ja, das stimmt.«

Eine Pause entstand, und für einen Moment taten sie so, als würden sie dem Fachsimpeln ihrer Mütter über die schönste Rosenart zuhören. Feodora verkündete gerade, dass sie just den Entschluss gefasst habe, sich eine Orangerie im Park bauen zu lassen. Als Julius' Mutter erklärte, dass sie dieses Vorhaben vor drei Jahren in die Tat umgesetzt hatte, begannen die beiden sofort mit der Planung.

»Wir fahren morgen nach Berlin und bleiben dort zwei Tage, bevor es wieder nach Hause geht.« Katharina wusste nicht recht, wieso sie das gesagt hatte. Es klang fast wie eine Einladung zu einem Treffen.

»Wirklich? Wo sind Sie untergekommen?«

»Wir residieren gewöhnlich im Hotel Esplanade.«

Ein süffisantes Lächeln flog ihr zu. Hatte sie sich zu hochgestochen ausgedrückt? Oder lächelte er spöttisch, weil bekannt war, dass nur Adelige im Esplanade nächtigen durften? Himmel, wann würde sie endlich die goldene Mitte zwischen Kind und

Hofdame treffen? Mutter hatte vielleicht doch mit dem einen oder anderen Einwand recht.

»Es ist ganz wunderbar dort. Wir sind gelegentlich im Palmgarten zum Kaffee. Sind Sie häufiger in Berlin?«

Katharina schaute auf ihre Hände. Sie machte sich hier unmöglich. »Nein, eigentlich nicht.« Wem wollte sie etwas vormachen? Sie war und blieb eine Landpomeranze.

»Noch besser gefällt es uns aber im Victoria Café. Es ist auf der Friedrichstraße, direkt an der Ecke zu Unter den Linden. Eventuell trifft man sich dort zufällig.«

Er hatte ein so herzliches Lächeln, fernab der verstaubten Tradition, zu jeder Dame galant sein zu müssen. Es war ein offenes und ehrliches Lächeln. Ein Kribbeln wanderte über Katharinas Hals zum Scheitel. Julius Urban schien sehr von ihr eingenommen zu sein, und sie musste gestehen, dass es ihr ebenso ging. Groß und schlank, helles, welliges Haar, das leicht in den Nacken fiel. Er war nicht so muskulös gebaut wie Albert Sonntag, aber er war fast genauso groß. Er hatte eine markante, aber elegante Nase, sanfte blaue Augen und schön geschwungene Lippen.

»Ähm … Bitte, was haben Sie gesagt?«

Er lächelte strahlend. »Ich habe gerade die Schokoladentorte erwähnt, die ich Ihnen empfehlen würde, wenn Sie im Victoria Café sind. Die dürfen Sie sich nicht entgehen lassen.«

Sie fühlte, wie ihr Kopf in Flammen aufging. »Nein, nein … Ich werde es mir merken.«

Als könnte ihre Mutter in sie hineinschauen, unterbrach sie ihr Gespräch. »Katharina, Kleines. Wir gehen wohl besser zurück.« Die Gräfin stand auf.

»Können wir nicht noch bleiben?«

»Wir haben morgen eine anstrengende Fahrt vor uns.«

Julius und seine Mutter erhoben sich. Die Frauen gaben sich die Hand und verabschiedeten sich in geübter Höflichkeit.

Er nahm Katharinas Hand und legte seine zweite für einen kurzen Moment sanft auf ihre. »Ich würde mich sehr freuen, wenn wir uns noch einmal irgendwo über den Weg laufen würden. Manchmal geschieht das ja eher, als man glaubt, wenn das Schicksal es gut mit einem meint.« Seine Augen zwinkerten verschwörerisch.

Mit ihrer Mutter im Rücken blieben Katharina nicht viele Antwortmöglichkeiten. »Ich würde mich ebenfalls sehr freuen.«

Ich würde mich ebenfalls sehr freuen. Was war das denn für ein banaler Satz? Mehr brachte sie nicht zustande? Nicht ansatzweise drückte er aus, was Katharina gerade dachte. Es war, als hätte Julius Urban ihre kindische Verliebtheit zu dem Kutscher mit einem Handstreich vom Tisch gewischt. Sie schluckte, als sie merkte, wie Mama sich bei ihr einhakte, um sie leicht wegzuziehen.

»Ich danke Ihnen für Ihre Einladung und besonders für Ihre Rettung.« Sie gab Julius Urban ihre Hand, so kurz wie nur möglich, und wandte sich an seine Mutter. »Ich wünsche Ihnen viel Glück mit Ihren Rosen.« Rasch drehte sie sich um und ging. Katharina blieb gar nichts anderes übrig, als neben ihr zu gehen. Zielstrebig steuerte Mama auf den Ausgang zu.

»Möchtest du nicht noch deine Bestellung aufgeben?«

»Das erledige ich schriftlich. Der Nachmittag mit seiner Schrecksekunde hat mich doch sehr mitgenommen. Ganz nett, diese Person.«

Person! Person sagte Mama nur zu gewöhnlichen Menschen. »Person« hieß: Sie war nicht adelig. Nicht von ihrem Stand. Niemand, mit dem man sich beschäftigen musste oder sollte. Dabei wusste Katharina schon jetzt, dass Julius Urban sie in ihren Träumen besuchen würde.

* * *

»Himmel, was für Preise!« Mama echauffierte sich noch immer.

Katharina sah erstaunt auf. Sie fuhren in der Kutsche durch Berlin. Heute Vormittag hatten sie die Königliche Porzellan-Manufaktur besucht, wo sie eine Bestellung aufgegeben hatten. Mama bestand darauf, dass man nie wissen konnte, wann die nächste größere Festivität anstand. Dann hieß es, vorbereitet zu sein. Und das bedeutete wiederum, die zu Bruch gegangenen Teile aus dem edlen Kurland-Service zu ersetzen. Selten genug ließ ihre Mutter sich dazu herab, über Geld zu reden. Aber dass sie sich wirklich aufregte, erkannte sie daran, wie sie noch Stunden später ihren Sonnenschirm drangsalierte.

Doch Katharinas Gedanken hingen noch der flüchtigen Begegnung von gestern nach. Am Nachmittag waren sie mit einer Droschke durch den Tiergarten bis hinters Brandenburger Tor gefahren und hatten sich am Hotel Adlon absetzen lassen, um noch ein wenig über die Prachtstraße Unter den Linden zu promenieren. Kurz vor der Kreuzung zur Friedrichstraße hatte Katharina vorgegeben, schrecklichen Durst zu haben. Als habe er nur auf sie gewartet, hatte Julius Urban mit seiner Mutter im Victoria Café direkt am Fenster gesessen. Doch dann hatte auch ihre Mutter bemerkt, wer dort saß. Sie hatte Frau Urban höflich zugenickt, knapp auch ihrem Sohn, und bevor Katharina etwas hatte sagen können, hatte sie sie blitzschnell weitergezogen. Sie hatte ihrer Tochter versprochen, im Wintergarten ihres Hotels einen Eistee zu bekommen.

Die ganze letzte Nacht hatte Katharina wachgelegen und versucht, den Gesichtsausdruck von Julius Urban zu deuten. Er hatte erfreut und doch gleichzeitig bekümmert gewirkt. Hatte er darauf gehofft, sie würde vorbeikommen? Hatte ihr Auftauchen ihm bestätigt, dass sie ihn wiedersehen wollte? Ihr Herz hatte einen Sprung gemacht.

Und als sie jetzt gerade mit der Kutsche noch einmal an dem Café vorbeigefahren waren, hatte sie trotz Mamas Ermahnung aus dem Fenster gestarrt in der Hoffnung, noch einen Blick auf ihn zu erhaschen.

Sie fuhren am Königlichen Opernhaus vorbei und bogen in den Oberwall ein. Die Kutsche wurde langsamer.

Sofort wiederholte Mama, wie sie sich zu verhalten habe. Wie sollte sie Amalie Sieglinde von Preußen ansprechen und wie ihren Sohn? Machte sie den Knicks korrekt? Wie setzte sie sich möglichst elegant hin? Würde der Bruder des Kaisers dort sein?

In diesem Moment hielt die Kutsche vor dem herrschaftlichen Prinzessinnenpalais, in dem einige Familienmitglieder der Hohenzollern residierten, wenn sie in Berlin waren.

Es war schwülwarm. Das elegante Tageskleid aus meeresgrünem Seidenchintz, aufwendig bestickt mit Blumenornamenten und echten Perlen, umhüllte in der Empire-Linie ihren Körper. Es sah luftig aus und passte perfekt zu ihren grünen Augen und ihrem Teint.

Gestern war Katharina mit ihrer Mutter in der Damenschneiderei gewesen, und es war letzte Hand an das prächtige Kleidungsstück gelegt worden. Während sie sich den Nachmittag in der Stadt vertrieben hatten, war es ins Hotel gebracht worden. Noch nie hatte sie sich so erwachsen gefühlt wie gerade, als sie das Kleid angezogen hatte. Doch jetzt war ihr einfach nur furchtbar heiß.

Sie wurden in das herrschaftliche Prinzessinnenpalais eingelassen. Katharina kam sich sehr klein vor. Alles hier war pompös – die hohen Säulen, die Kronleuchter, sogar die floralen Kunstwerke, die die Flure schmückten, schienen ihr übergroß.

Von einem Lakaien wurden sie zum Salon geführt. Amalie Sieglinde von Preußen erwartete sie sitzend. Katharina überkam ein leichter Schwindel. Irgendwie schaffte sie es, ausreichend formvollendet die Schwägerin des Kaisers zu begrüßen. Sie tat es einfach ihrer Mutter nach.

Ludwig von Preußen stand in seiner schmucken Gardeuniform neben der Chaiselongue. Der Prinz beachtete ihre Mutter kaum, als er sie begrüßte, und ergriff Katharinas Hand. Galant führte er sie zum Mund und berührte ihren Handschuh fest mit seinen Lippen, was unschicklich war. Das wusste sogar Katharina, obwohl sie noch nicht viele Handküsse bekommen hatte.

Sie setzte sich neben ihre Mutter auf ein wuchtiges Brokatsofa. Ihr gegenüber saß Amalie Sieglinde von Preußen, ihre Miene eine Mischung aus Skepsis und Neugierde. So eingenommen der Prinz offenbar war, so wenig überzeugt schien seine Mutter von der Familie von Auwitz-Aarhayn.

Mamas Worte rauschten ungehört an Katharinas Ohren vorbei. Sie konnte sich nicht konzentrieren. Ludwig von Preußen, der wie angewurzelt neben seiner Mutter stand, starrte sie an. Sein Lächeln hatte etwas Raubtierhaftes. Katharina bemerkte, wie sich auf ihren Oberarmen Gänsehaut bildete.

Die beiden Frauen tauschten Fragmente höflicher Konversation aus, während Katharina sich von Sekunde zu Sekunde unwohler fühlte. Sie schätzte Ludwig auf über fünfundzwanzig und fragte sich, was er von ihr wollte. Er war viel zu alt, um sich für eine Zwölfeinhalbjährige zu interessieren. Außerdem würde er mindestens fünf Jahre auf sie warten müssen, bevor er sie ehelichen konnte, wenn er es denn überhaupt wollte. Eine lange Zeit für einen Mann im besten Heiratsalter.

Katharina wusste nicht, wohin mit ihrem Blick. Sie wollte ihn nicht unverwandt anschauen, da er nichts sagte. Andererseits wollte sie sich so vornehm verhalten wie nur möglich. Sie saß so verkrampft, dass ihr schon die Schultern wehtaten, und versuchte, dem Gespräch der beiden Frauen zu folgen. Mama erzählte über den Gutshof. Die hohe Dame fragte mehrere Male höflich nach, dann wechselten sie das Thema.

Feodora von Auwitz-Aarhayn, geborene Gräfin aus dem herrschaftlichen Geschlecht der Gregorius, durfte von ihrem Lieblingsthema erzählen – ihrer Verbindung zum Zaren. Normalerweise schmückte sie ihre familiäre Beziehung aus. Aber da sie wusste, dass Zar Nikolaus II. – über Queen Victoria, die Großmutter von Kaiser Wilhelm – mit ihrer Gastgeberin verwandt war, wagte sie sich nicht zu weit aufs Parkett. Amalie Sieglinde von Preußen war gewiss genauestens im Bilde darüber, wie ihre Familienbande zum russischen Monarchen geknüpft waren. Mama tat bescheiden, was Katharina nicht von ihr kannte.

Sie hatte sich nie Gedanken darüber gemacht, ob ihre familiäre Verbindung zum Zarenhaus ausreichte, um als Heiratskandidatin überhaupt ins Spiel zu kommen. Schließlich würde ein Neffe des herrschenden Kaisers eigentlich eine Frau aus einem anderen europäischen Herrscherhaus heiraten müssen. Katharina hatte allerdings das Gefühl, dass ihre weitläufige Verwandtschaft zum Zaren nicht ausreichte, denn Amalie Sieglinde von Preußen machte ein wenig beeindrucktes Gesicht. Während Mama erzählte, warf die Schwägerin des Kaisers ihrem Sohn immer wieder Blicke zu. Blicke, die bestätigten, dass Katharina nicht hochwohlgeboren genug war für ihren Sohn. Das war ihr nur recht. Letztendlich war sie nur eine einfache Komtess.

Unaufgefordert setzte sich Ludwig von Preußen neben sie. Er kam unangenehm nahe, und seine Stimme war beinahe ein Flüstern: »Interessieren Sie sich für Malerei?«

Was sollte Katharina darauf antworten? Jede moderne junge Frau aus gehobenen Kreisen musste sich zwangsläufig für Kunst und Kultur interessieren, denn außer diesen beiden Feldern blieb ihnen ja nichts. Politik oder berufliche Karriere waren keine Themen für Frauen, und die Kindererziehung wurde in ihren Kreisen den Angestellten überlassen. Dennoch interessierte sie sich nicht die Bohne für Malerei. Gezwungenermaßen drehte sie sich zu ihm hin.

»Ein wenig. Ich hatte allerdings noch keine Möglichkeit, mein Interesse zu vertiefen.« Je geschwollener sie sprach, desto besser kam es bei ihrer Mutter an.

»Sie sollten in das Neue Museum auf der Museumsinsel gehen, solange Sie in Berlin sind. Es ist außerordentlich reichhaltig an antiken Schätzen, wenngleich auch wenig Malerei darunter ist.«

Zurückhaltend lächelnd nickte Katharina. »Das will ich mir für meinen nächsten Besuch merken. Wir fahren morgen recht früh zurück.«

»Ich war erst letztes Jahr in Florenz. Eine phänomenale Stadt. Überall finden sich die antiken Statuen, Skulpturen und Brunnen der großen Meister. Michelangelo, Botticelli und ganz besonders Tizian. Kennen Sie das Gemälde *Die Venus von Urbino*? Nein? Was für eine Symbolkraft! Sie müssen in die Uffizien. Man war nicht in Florenz, wenn man nicht in den Uffizien gewesen ist.«

Katharina kam sich mit jedem Wort dümmer vor. Museumsinsel, *Venus von Urbino*, Uffizien?

»Natürlich war ich auch in der Accademia und habe mir den David angeschaut. Schließlich sagt man mir nach, dass wir uns ähneln.«

Ein verkrampftes Lächeln quittierte ihren Gemütszustand. Angesichts seiner Erzählungen fühlte sie sich ungebildet und kindisch. »David?«

Verstohlen betrachtete sie ihn. Ludwig von Preußen hatte tiefliegende dunkelbraune Augen, die wenig über ihn verrieten. Darüber waren seine hellen Augenbrauen kaum zu sehen.

Er hatte bereits eine hohe Stirn, hinter der sich seine brünetten Haare zurückzogen. Sein Bartwuchs war unregelmäßig, und seine kurze Nase fiel vor allem durch die großen Nasenlöcher auf.

»Die Skulptur von Michelangelo? Nein? Der David ist womöglich die berühmteste Skulptur der Welt, sicher eine der perfektesten. Michelangelo hat sich nach der Natur ausgerichtet. Der Meister hat eine Körperstudie geschaffen, die ohnegleichen ist. Eine wirklich gelungene Aktstudie.« Seine fleischigen Lippen verzogen sich zu einem Grinsen.

Heißes Blut schoss Katharina in den Kopf. Sie krallte ihre Hände so fest ineinander, dass die Knöchel weiß hervortraten. Sprach der Neffe des Kaisers ernsthaft mit ihr über einen nackten männlichen Körper? Dem er angeblich ähnlich sah? Schamesröte stieg ihr ins Gesicht. Sie musste husten, wollte es verhindern, verschluckte sich an ihrer Spucke, was dann doch in einem furchtbaren Hustenanfall endete.

»Katharina, Kind. Was ist los?« Die Stimme ihrer Mutter klang weniger besorgt als ärgerlich.

Katharina bekam von einem der anwesenden Diener eiligst ein Glas Wasser gereicht und trank. Ihr Atem beruhigte sich, doch sie konnte spüren, dass ihr Gesicht noch immer hochrot war. Das war allerdings eher dem peinlichen Thema als dem Husten geschuldet. Die beiden Damen hatten das anscheinend nicht mitbekommen.

»Kommen Sie.« Ludwig von Preußen erhob sich und hielt ihr die Hand hin. »Sie brauchen frische Luft.«

Feodora von Auwitz-Aarhayn lächelte ihre Tochter selig an und ermunterte sie mit ihrem Blick. Ängstlich folgte sie Ludwig. Er führte sie durch eine Zimmerflucht, bis sie draußen auf einem Balkon standen, der sich über die gesamte Rückfront erstreckte. Ein Park mit hohen Bäumen schloss sich an, begrenzt durch eine

Mauer. Weiter hinten sah man den Umriss der Oper. Katharina lief bis zur marmornen Balustrade und schaute hinunter in den Park.

Ludwig lehnte sich lässig neben sie und sah sie an. »Ihre grünen, mandelförmigen Augen gefallen mir. Sie verleihen Ihnen ein so entzückend exotisches Aussehen.«

Mandelförmige Augen. Papa scherzte gelegentlich, dass bei ihren Augen die wilden Mongolen der weiten russischen Steppe durchkamen. Noch nie hatte sie gedacht, dass sie ihren besonderen Reiz ausmachten. Sie lächelte verlegen.

»Wissen Sie, Sie gefallen mir ganz außerordentlich!« Sein Finger strich ganz sanft über die nackte Haut zwischen ihrem Kleid und ihren langen Handschuhen.

Katharina zuckte zurück. Solche Gedanken tauschten erst Paare, die bereits verlobt waren oder es ernsthaft in Erwägung zogen.

Amüsiert über ihre Keuschheit grinste er sie an. »Sie sind so herrlich naiv. Hier in Berlin sind alle schon so verdorben und aufgeklärt.«

Erklärte er ihr gerade, dass er sie begehrte, weil sie dumm war?

»Sie sind eine ausgesprochene Schönheit und doch noch so kindlich.«

Sein Blick erinnerte Katharina an Hunde bei der Jagd, kurz bevor sie von der Leine gelassen wurden.

Er stieß sich von der Balustrade ab und packte ihren Arm. »Kommen Sie. Ich zeige Ihnen etwas.« Schnurstracks ging Ludwig zur Treppe, die in den Park hinunterführte. Er zog sie einfach mit sich.

Katharina schaffte es nicht, sich aus seinem Griff zu winden. Er zog sie die letzten Stufen hinab und führte sie in den Schatten der Treppe. Hier unten waren sie vom Haus aus nicht mehr zu sehen. Und der Garten schien menschenleer.

Überfallartig legte er die Arme um sie, sodass sie gefangen war, unfähig, sich zu bewegen. Ihr Körper versteifte sich. Sie wollte sich wehren, ruderte aber nur mit den Unterarmen wenig hilfreich durch die Luft. Sein heißer Atem strich über ihre Wange.

»Katharina, ich war sofort von dir verzaubert. Du bist so entzückend kindlich, so schön und gleichzeitig so unschuldig. Und so herrlich hilflos.«

»Nein, ich bitte Sie.« Sie versuchte, sich wegzudrehen. »Nicht ... Bitte! Das dürfen Sie nicht!«

Das schien ihn nur noch mehr anzustacheln. »Ich darf alles, was mir gefällt. Und du gefällst mir sogar sehr.«

Sein Griff wurde fester. Er presste seinen Mund auf ihren. Sein Bart kratzte über ihre Haut. Katharina wollte schreien, doch sofort war seine Zunge tief in ihr und verhinderte jeden weiteren Laut.

Panisch riss sie ihre Augen auf. Ihr Körper wand sich unter der groben Umarmung wie eine Schlange. Doch er ließ nicht ab von ihr.

»Ja, so mag ich es am liebsten.« Wieder drückte er ihr seine Zunge zwischen ihre Lippen.

Sie versuchte erneut zu schreien, brachte jedoch nur merkwürdige Laute heraus. Unverhofft hörte sie ein Geräusch. Schritte auf dem Kies kamen näher. Ludwig ließ sie los und drehte sich von dem Ankömmling weg. Katharina konnte die merkwürdige Beule in seiner Hose kaum übersehen. Ein Gärtner schob eine Schubkarre um die Treppe.

»Eure Königliche Hoheit, ich hatte Geräusche gehört, und ... Ich dachte, dieses lästige Eichhörnchen wäre ... Ich ... Entschuldigen Sie vielmals.«

Ludwig gab einen verärgerten Ton von sich.

Katharina nutzte die Chance. Wenig damenhaft stürmte sie die Treppe hoch und steuerte auf die geöffnete Terrassentür zu, durch die sie gekommen waren. In dem blau gehaltenen Zimmer war niemand. Sie rannte zur Tür, lief in ein anderes Zimmer. Dieses hatte zwei Türen. Durch welche war sie vorhin gekommen? Wo war der Salon? Sie hielt ihr wunderbares Kleid gerafft. Ihre Strümpfe waren zu sehen. Es war ihr egal. Hauptsache, sie brachte so viel Abstand wie möglich zwischen sich und dieses Scheusal.

Sie wählte die nächstbeste Tür. Zwei Stubenmädchen sprangen auf. Sie kümmerten sich gerade um einen Fleck auf einem der Teppiche. Mit gebeugten Köpfen standen sie dort und sagten nichts.

Katharina ließ ihr Kleid sinken und strich es glatt. »Ich ... habe mich verlaufen. Wie komme ich zum Salon zurück?« Ihre Stimme bebte.

Eines der Mädchen, kaum älter als Katharina und von schmaler Statur, nickte stumm und ging ihr voran, bis sie vor einer Tür standen. Sie klopfte, öffnete die Tür und ließ Katharina hindurchtreten.

»Kind, was ...?« Ihre Mutter beendete den Satz nicht. Irgendetwas war vorgefallen, das war beiden Frauen klar. Doch um nichts im Leben wollte ihre Mutter das zum Gegenstand einer Unterhaltung werden lassen.

Für einen Moment hatte Katharina das Gefühl, dass man ihr genau ansehen konnte, was passiert war. Die Haut um ihren Mund fühlte sich wund an, die Haare waren leicht zerzaust. Wie sollte sie davon berichten, was geschehen war, ohne selbst in Verruf zu geraten? Geistesgegenwärtig sagte sie: »Ich habe mich verlaufen.«

»Wo ist denn mein Sohn?«, fragte Amalie Sieglinde von Preußen leicht pikiert. »Hat er Sie nicht begleitet?«

In dem Moment ging die Tür hinter ihr auf. Ludwig stand im Raum. »Aber da sind Sie ja, Katharina. Mein Versehen. Ich muss mich entschuldigen. Ich bin wohl zu schnell vorangegangen.«

Katharinas Knie waren butterweich. Sie konnte nichts mehr sagen. Ihr Mund war trocken, und ihre Hände flatterten. Sie wischte sich verschämt über die spröden Lippen. Noch immer spürte sie die Zunge von Ludwig von Preußen in sich. Ekelig! Mühevoll unterdrückte sie das Gefühl, sich übergeben zu müssen. Sie verspürte das dringende Bedürfnis, sich mit eiskaltem Wasser zu waschen. Wie er sie betatscht hatte! Es war widerlich gewesen. *Er* war widerlich!

Hoffentlich sah man ihr nicht an, wie es um sie stand. Bei dem Blick, mit dem ihre Mutter sie nun bedachte, brauchte sie sich allerdings keine Hoffnung zu machen. Doch es war egal, wenn ihr unhöfliches Verhalten nur dazu führen würde, dass Ludwig von Preußen sie in Ruhe ließ.

Kapitel 4

23. September 1913

»Köstlich. Ich wüsste nicht, wann ich jemals einen so leckeren Pflaumenkuchen gegessen hätte.« Albert log nicht einmal. In seiner Zeit im Waisenhaus hatte er Kuchen nur bekommen können, wenn er ihn von den Tellern der Diakonissen gestohlen hatte. Und mehr als einmal war er dafür fürchterlich verdroschen worden.

Er erinnerte sich noch an sein erstes Stück Torte, das er mit selbstverdientem Geld bezahlt hatte. Er hatte in einem Kaffeehaus in Kolberg die Delikatesse verschlungen, als wäre der Teufel hinter ihm her. Das gierige Schlingen beim Naschen von etwas Verbotenem war ihm in den Jahren, in denen er vom Glück vergessen worden war, in Fleisch und Blut übergegangen. Hinterher hatte es ihm furchtbar leidgetan, dass er diese süße Verführung nicht in aller Ruhe genossen hatte.

Paula Ackermann lächelte ihn selig an. »Was für ein Glück, dass ich die Pflaumen noch rechtzeitig geerntet habe. Der Garten sieht jetzt aus wie ein Schlachtfeld. Es sind ganze Äste abgerissen.«

Mitte September hatte ein schweres Unwetter in weiten Teilen des Kaiserreichs die Obsternte und die noch nicht abgeernteten Getreidefelder verwüstet. Nach dem Sturm zu Jahresbeginn und dem späten Frosteinfall im Mai hatte die Natur den Menschen und ihrer Ernte schon wieder einen harten Schlag versetzt.

»Möchten Sie noch ein zweites Stück?« Diese Bemerkung war weniger eine Frage als eine Feststellung. Schon streckte sie ihre Hand über den Tisch. Höflich reichte er ihr seinen leeren Teller. Ganz ohne Zweifel hatte sie das gute Geschirr für ihren Besucher herausgeholt. »Herzlichen Dank.«

»Dann haben Sie also schon im Waisenhaus den Kutscherberuf gelernt?« Sie gab ihm ein extragroßes Stück.

Albert nickte. Er hielt die Gabel schon in der Hand, legte sie dann aber wieder beiseite. »Ja, mit vierzehn. Nachdem ich die Volksschule beendet hatte, habe ich als Stallbursche im Pferdestall gearbeitet und dem Kutscher des Waisenhauses geholfen. Als der dann keine zwei Jahre später urplötzlich starb, hat man mich kurzerhand zu seinem Nachfolger gemacht.«

»Und dann sind Sie auf ein Gut gewechselt?«

»Nein. Mit siebzehn musste ich erst noch den zweijährigen Wehrdienst ableisten. Da war ich bei einer Kavallerie-Division. Habe also auch mit Pferden gearbeitet. Erst danach bin ich auf das Gut in der Nähe von Kolberg gewechselt als Kutscher. Und nach zwei Jahren habe ich eine Stelle in Westpreußen auf einem Trakehner-Gestüt in der Nähe von Elbing angetreten.«

»Das ist aber ganz schön weit weg von zu Hause.«

Albert räusperte sich. »Nun, ich hatte nie so ein schönes Zuhause wie Sie. Außerdem war es für mich eine ganz große Chance, auf einem Trakehner-Gestüt zu arbeiten. Ich habe nebenbei viel über die Pferdezucht gelernt.«

»Aber jetzt sind Sie doch wieder nur Kutscher, oder?«

»Das war ich immer. Nur Kutscher.« Albert sah kurz zur Seite. Er musste es ihr schlüssig erklären, denn er wollte nicht, dass irgendjemand hinter sein Geheimnis kam. Und Paula Ackermann schon mal gar nicht. »Auf dem Gestüt habe ich viele neue Dinge gelernt, aber irgendwie hat es mich doch nach Pommern zurückgezogen. Vielleicht auf der Suche nach dem bisschen Heimat, was ich in meinem Herzen fühle.«

Paula Ackermann bedachte ihn mit einem mitfühlenden Blick. Nicht, dass er es jemals nötig gehabt hätte, junge Frauen mit rührseligen Geschichten für sich gewinnen zu müssen. Trotzdem wusste er um die Wirkung seiner Worte. Er presste die Lippen aufeinander, als wollte er damit zeigen, wie schwer es ihm fiel, über seine Herkunft zu sprechen. Und es war nicht gespielt.

»Ich kann mich wirklich glücklich schätzen, so eine behütete Kindheit gehabt zu haben.«

Albert schaute sich neugierig um. Sie saßen in der guten Stube des Pfarrhauses. Draußen nieselte es, und ein ungemütlicher Wind zog um die Häuser. »Sind Sie hier aufgewachsen?«

»Nein, meine Mutter ist nach der Heirat nach Stargard gezogen. Mein Vater ist dort Kontorvorsteher. Aber wir haben meinen Großvater häufig besucht.«

»Und seit wann führen Sie Pastor Wittekind den Haushalt?«

»Erst seit Anfang des Jahres. Nach der Schule habe ich noch drei Jahre eine Haushaltsschule besucht.«

Und sie würde ihrem Großvater den Haushalt führen, bis ein gescheiter Mann daherkam, der sie heiratete. Das musste nicht weiter erwähnt werden, wie beiden bewusst war.

»Es muss für Sie hier in Greifenau langweilig sein, wenn Sie das Leben in einer Stadt gewohnt sind.«

Vehement schüttelte Paula Ackermann ihren Kopf. »Eigentlich genieße ich es, dass es hier nicht so turbulent ist.«

Sie schaute ihn an, als wartete sie darauf, dass er endlich das zweite Stück Kuchen aß. Er griff zur Sahneschüssel und nahm sich den letzten Rest. Er hatte beim ersten Stück schon ordentlich zugelangt.

»Soll ich noch etwas Sahne schlagen?«

Albert zögerte nicht lange. Genau darauf hatte er gehofft. Er legte die Kuchengabel, die er schon wieder in der Hand hatte, beiseite und lehnte sich zurück. »Möglicherweise ist das meine größte Sünde: Dass ich Kuchen und Torten aller Art liebe und am besten mit einem Berg Sahne.«

Möglicherweise war das jetzt gerade eine ganz große Lüge. Und er fragte sich oft, ob das, was er vorhatte, wenn schon nicht einer Sünde, dann aber wenigstens einer Straftat gleichkam.

Die junge Frau stand auf und lächelte ihn beglückt an. Sie war nett und hübsch anzusehen mit ihren warmen braunen Augen und dem dunkelblonden Haar. Er würde ihr keine Versprechen machen, die er nicht halten konnte. Er wollte sie nicht verletzen, und er wollte sie nicht enttäuschen. Deswegen würde er sehr umsichtig vorgehen. Seine Zurückhaltung war nicht gespielt, auch wenn er vermutete, dass sie auf ein Zeichen von ihm wartete. Ein Zeichen, dass er mit ihr flirten wollte. Vielleicht eine flüchtige, nicht zufällige Berührung ihrer Hände. Ein Blick, der zu lange gehalten wurde. Aber solange das nicht nötig war, würde er nichts dergleichen tun. Nichts lag ihm ferner, als Paula Ackermann zu verletzen. Sie hatte mit alldem nichts zu tun. Es war nicht ihre Schuld, und wie groß die Schuld ihres Großvaters war, würde er hoffentlich bald erfahren.

»Nur, wenn es Ihnen nichts ausmacht. Ich muss nicht vor sechzehn Uhr zurück am Bahnhof sein.« Dann würde er die Gräfin abholen müssen. Pastor Wittekind war bei einer Kindstaufe und würde sicherlich in den nächsten zwei Stunden nicht nach Hause kommen.

Albert schaute sich die Ankündigungen, die bei der lutherischen Kirche angeschlagen waren, immer ganz genau an. Die Einladung zum Kuchen hatte er nicht zufällig auf heute gelegt. Und es machte ganz den Eindruck, als wäre es auch der Pastorenenkelin recht, dass ihr Großvater nicht dabei war.

Er stand auf und lauschte auf Paula Ackermanns Schritte, als sie in den Keller hinabstieg. Hier unten im Erdgeschoss gab es nur drei Räume. Er schlich an einer angelehnten Tür vorbei.

Dahinter lag eine kleine, aber gemütliche Küche, wie er vorhin kurz gesehen hatte. Er war sich sehr sicher, dass sich hinter der dritten Tür, direkt vorne neben der Eingangstür, das Arbeitszimmer des Pastors befand. Gewiss würde der Geistliche es bevorzugen, seine Schäfchen nicht erst durchs ganze Haus oder nach oben führen zu müssen, um dort mit ihnen zu reden. Vorsichtig öffnete er die Tür und schlich sich in den Raum.

Ein wuchtiger Schreibtisch stand in der Mitte, daneben aus dem gleichen Holz ein mächtiger Schrank, der praktisch die ganze Wand einnahm. In einer Ecke stand ein Sofa mit zwei passenden Sesseln und einem kleinen Tischchen dazwischen. Zwei benutzte Tassen waren noch nicht weggeräumt worden. Vielleicht hatte Egidius Wittekind noch eine Unterredung gehabt, bevor er zur Kirche geeilt war.

Albert näherte sich dem Schrank. Es gab drei Schranktüren, und bloß in einer steckte ein Schlüssel. Eilig fühlte er, ob die Türen sich öffnen ließen. Die linke Tür ließ sich mit dem Schlüssel öffnen, und er passte auch für das zweite Schloss. Vermutlich würde er auch die dritte Tür aufschließen. Ihm blieb allerdings keine Zeit, sich den Inhalt anzuschauen.

Die zum Kirchenspiel gehörigen Bücher waren vermutlich in der Sakristei der Kirche untergebracht. Aber was er suchte, war nicht für fremde Augen oder einen möglichen Nachfolger des Pastors gedacht. Es würde hoffentlich hier aufbewahrt.

Er lauschte. Es konnte nicht lange dauern, bis Paula Ackermann mit der Sahne aus dem Kühlkeller kam. Mit zwei Schritten war er am Fenster und entriegelte die rechte Seite. Sein Blick flog über den Verschluss. Normale Verschlüsse, deren Eisenstangen per Hebel oben und unten in Eisenmanschetten gedrückt wurden. Er schloss das Fenster, zog leise die Tür hinter sich zu und setzte sich zurück auf seinen Platz, da hörte er schon die Stimme seiner Gastgeberin.

»Es dauert nur fünf Minuten. Ich schlag schnell die Sahne.« Sie warf ein bezauberndes Lächeln in den Raum und verschwand dann mit einem Steinkrug in der Küche.

Nun wusste er, wo er suchen musste. Und er wusste, wie er die Fenster öffnen könnte. Fehlte nur noch die geeignete Gelegenheit. Irgendwann würde der Pastor für mehrere Tage auf Dienstreise gehen müssen. Und es war kaum zu erwarten, dass er seine junge Enkelin alleine im Haus ließe. Paula Ackermann würde vermutlich die Gelegenheit wahrnehmen, um ihre Eltern in Stargard zu besuchen. Und so lange, bis sich diese Gelegenheit ergab, würde er hierherkommen, ihren Kuchen essen, mit ihr gepflegte Gespräche führen und darauf hoffen, dass sie ihm genau diese Information mitteilte.

28. September 1913

»Wir können von großem Glück sagen, dass das Gut eigene Tiere hat zum Schlachten. Ich weiß nicht, wie andere Leute diese Preise noch bezahlen können. Fleisch soll schon doppelt so teuer sein wie letztes Jahr, sagt meine Schwester.« Irmgard Hindemith schloss sorgfältig die Dose mit dem afrikanischen Kakaopulver. Die würde sie gleich wieder zurück in den abschließbaren Speiseraum bringen. Die Gräfin wollte warmen Kakao, und die Komtess hatte sich ihr angeschlossen. Wie immer, wenn Irmgard für die Herrschaften das tiefbraune, ölige Kakaopulver im Topf mit Zucker aufkochte, machte sie etwas mehr, als tatsächlich in die Porzellankanne passte. Sie freute sich schon auf die kleine Tasse afrikanischen Luxus.

»Das meiste Fleisch ist doch ohnehin nur für die Herrschaften. Ich könnte gut und gerne ein paar Portionen mehr gebrauchen«, gab Kilian aufmüpfig von sich.

»Du kannst dich wohl kaum beschweren, dass du nicht satt würdest.« Sie rührte gleichmäßig im Topf. Die Milch musste heiß sein, damit das Kakaopulver sich richtig auflöste, aber sie durfte die Milch auch nicht zu heiß werden lassen, damit keine Haut entstand.

»Ich hab nur gesagt, dass ich gerne mehr Fleisch essen würde.« Kilian grinste Bertha an, die ihm zuzwinkerte.

Das Küchenmädchen hatte den Wink verstanden. Sicherlich würde Bertha demnächst ein extra großes Stück an ihn verteilen.

»Und ich hätte gerne einen Neunstundentag, so wie die Hafenarbeiter ihn sich nun erkämpft haben. Aber vermutlich müssen wir beide noch etwas länger auf die Erfüllung unserer Wünsche warten«, gab die Köchin spöttisch von sich.

Bertha hatte gerade den Abwasch beendet. Kilian klopfte auf seine Hosentasche, und sie nickte. Die beiden verschwanden nach draußen auf den Hof, um in Ruhe zu rauchen.

Irmgard nutzte die Gunst der Stunde. Es war ein ruhiger Sonntagnachmittag, und die Familie saß im Salon. Das Dienstpersonal war schon heute Morgen geschlossen zur Sonntagsmesse gegangen. Mamsell Schott und Clara hatten sich den Nachmittag freigenommen. Hedwig legte oben in den Salons Holzscheite in den Kaminen nach. Herr Caspers kam gerade rechtzeitig nach unten, um das Tablett mit dem heißen Kakao in den Speiseaufzug zu stellen.

»Wie das duftet, nicht wahr?«, sagte Irmgard, als er darauf wartete, dass sie die vorgewärmte Kanne füllte.

»Sie haben schon wieder zu viel gemacht«, schalt der oberste Hausdiener sie.

»Nein, Herr Caspers. Das ist nur noch der Bodensatz.« Sie sah ihm genüsslich nach, schüttete sich den Rest in eine Tasse und trank. Sie musste damit fertig sein und die Tasse ausgespült haben, bevor er nachher wieder herunterkam.

Sie ließ sich auf einen Stuhl am Tisch in der Leutestube fallen. Ihr gegenüber saß Wiebke und nähte eine Bluse, die ihr gerissen war.

»Das kannst du wirklich sehr gut, Wiebke. Hat das schon mal jemand gesagt, dass du wirklich sehr geschickt bei Handwerksarbeiten bist?«

Wiebke sah auf und lächelte verhalten. Richtig stolz schien sie nie auf sich zu sein.

Für einen Moment blieb die Köchin stumm und überlegte. Sie knetete die Finger ihrer rechten Hand mit der linken. Dann zog sie einen Block und einen Stift heran.

»Ich muss eine lange Einkaufsliste für die Erntedankfeier schreiben.«

»Feiern wir dieses Jahr auch wieder hier? Oder nur im Ort?«

»Der Empfang wird am Vormittag hier auf dem Gut stattfinden. Und es soll reichlich zu essen und zu trinken geben. Die Pächter und ihre Familien wollen feiern, auch wenn es dieses Jahr herzlich wenig zu feiern gibt. Trotzdem, wenn dir ein Gutsherr gegenübersitzt, dann solltest du dir zweimal überlegen, was du sagst. Und wenn schon reichlich Bier geflossen ist, klappt das nicht mehr so gut mit dem Überlegen. Deswegen kannst du dir sicher sein, dass das Fest am Nachmittag in der Dorfschenke und auf dem Dorfplatz weitergehen wird.«

Irmgard nahm den Bleistift zwischen ihre Finger und stöhnte. Sie griff noch mal nach, und auch beim zweiten Mal wollte es nicht so recht klappen. Sie schrieb ein einziges Wort, bevor sie den Stift wieder weglegte. Entmutigt starrte sie auf ihre Finger, öffnete und schloss die Hände. Diese verdammte Gicht machte ihr immer mehr zu schaffen. Es war eine Familienkrankheit. Therese, ihre Schwester, die im Nachbarsdorf als Wäscherin für die Honoratioren arbeitete, klagte auch darüber. Und die kalte Jahreszeit fing jetzt gerade erst an. Irmgard Hindemith setzte den Stift noch einmal an, ließ es dann jedoch endgültig sein.

»Wiebke, tu mir bitte den Gefallen und schreib für mich die Liste. Ich diktiere sie dir.« Mit diesen Worten schob sie den Block und den Bleistift zu dem Stubenmädchen rüber.

Die schaute ganz erschrocken von ihrer Näharbeit auf. »Ich bin ... Ich muss noch ... Ich muss das unbedingt heute fertig machen.«

»Aber du hast doch noch alle Zeit der Welt.«

»Nein!«, kam es überraschend barsch zurück. »Nein, das geht jetzt nicht.«

»Mädchen! Was ist los mit dir?« Wiebke wirkte aufgescheucht. Sie sah aus, als wollte sie jeden Moment vom Tisch wegstürzen. »Das dauert doch keine zehn Minuten«, sagte die Köchin nun in einem versöhnlichen Ton.

Sie runzelte die Stirn. Was war da los? Wiebke schien plötzlich sehr nervös, und ihre Hände zitterten. Jetzt machte sie einen Knoten ins Garn, als wäre sie fertig. Was nicht stimmte. Die Naht war immer noch ein Stück auf.

Irmgard griff auf die andere Seite nach der dunkelblauen Bluse. Ohne an ihr zu ziehen, hielt sie sie fest.

»Wiebke, ich weiß genau, dass du genug Zeit hast. Was ist los? Du bist doch sonst so fleißig und immer und jederzeit bereit, anderen zu helfen.« Sie schaute die Rothaarige eindringlich an.

Wiebke blickte starr auf ihre Hände. Es schien, als würden ihr gleich die Tränen in die Augen steigen.

Leise stöhnend stand die ältere Frau auf und setzte sich auf der anderen Seite des Tisches neben das Mädchen. Sie legte einen Arm um ihre Schultern und rüttelte sie leicht.

»Erzähl mir, was los ist.«

Leise und stockend kam eine Antwort: »Ich ... Ich kann einfach nicht.«

»Was heißt das, du kannst einfach nicht? Es dauert nicht lang, um das …« Endlich ging Irmgard ein Licht auf. »Oh!« Sie ließ Wiebkes Schultern los und schaute sie direkt an. Schnell ließ sie ihren Blick durch das leere Zimmer wandern und senkte ihre Stimme. »Heißt das etwa, du kannst nicht richtig schreiben?«

Jetzt hob Wiebke ihren Kopf. Tatsächlich standen ihr die Tränen in den Augen, und ihre Unterlippe bebte. Doch sie sagte nichts und nickte nur ganz leicht.

»Gar nicht?«

Ihre Stimme war dünn und brüchig. »Fast gar nicht.«

»Was heißt: Fast gar nicht?«

»Ich kann Zahlen schreiben und ungefähr die Hälfte der Buchstaben.« Jetzt brach ein unterdrückter Schluchzer aus ihr heraus. »Die heiligen Schwestern haben uns immerzu putzen lassen. Sie haben gesagt, dass es wichtiger sei zu wissen, wie geputzt und gespült und gewaschen und gekocht wird. Etwas anderes würden wir ohnehin im Leben nicht machen. Und wenn wir nicht gearbeitet haben, mussten wir für die Vergebung unserer Sünden beten.«

»Was solltest du schon für Sünden im Heim begangen haben?« Es kam keine Antwort. Irmgard starrte in die Luft. Sie überlegte. »Und was ist mit Lesen? Kannst du lesen?«

»Kaum. Die Schwestern haben Lernen fast verteufelt. Wir haben selten andere Bücher in die Hand bekommen außer den Gesangsbüchern.«

»Du kannst nicht mal gescheit lesen?«

Wiebke zuckte mit den Schultern. »Bitte sagen Sie es nicht Mamsell Schott.«

»Wieso nicht?«

»Sonst glaubt sie noch, ich würde Fehler machen, wenn ich auf den Packungen … wenn ich die Wäsche einweichen muss … oder Schuhe putzen … Ich weiß genau, wie die Packungen aussehen. Ich hab mich noch nie vertan«, stammelte sie hilflos.

Irmgard atmete einmal tief durch. Es war ja nicht so, als wäre das eine große Überraschung. Sie war dreiundvierzig Jahre alt, und das bedeutete, sie stand seit fast dreißig Jahren in Diensten. Sie selbst hatte die Schule verlassen, da war sie vierzehn Jahre alt gewesen. Es war nicht unbedingt so, dass sie in ihren wenigen Jahren auf der Volksschule bedeutend mehr gelernt hätte als das Alphabet, ein wenig lesen und schreiben, die Grundrechenarten und Loblieder auf den Kaiser. Außerdem war Wiebke weiß Gott nicht der erste Mensch, den sie kennenlernte, der weder vernünftig rechnen noch lesen konnte.

»Also die Zahlen und einige Buchstaben. Kannst du denn das Abc lesen?«

Wiebke wischte sich übers Gesicht. »Das Abc und auch ein paar einfache Wörter. Aber Sie sagen es nicht Mamsell Schott, ja? Bitte!«

»Kannst du ganze Wörter schreiben?«

Wieder verzog sich das Gesicht des Stubenmädchens gequält. »Ich hab die Buchstaben geübt eine Zeit lang. Ich würde so gerne Briefe schreiben. Ich werde meine Geschwister vermutlich nie wieder in meinem Leben sehen.« Jetzt brach das Leid aus ihr heraus, und sie schluchzte laut.

»Was haben denn die damit zu tun?«, fragte Irmgard überrascht.

»Ich würde gerne die Waisenhäuser anschreiben und nach meinen Geschwistern fragen. Irgendwo müssen sie doch untergekommen sein. Und dann könnte ich mich durchfragen, wo sie jetzt leben. Deswegen hab ich auch geübt. Aber ich schaffe es einfach nicht. Ich werde nie auch nur einen einzigen Brief schreiben können. Ich bin einfach zu dumm.«

»Na, na, Mädchen. So schnell schießen die Preußen nicht. Du bist ja noch jung.«

Heftiges Kopfschütteln folgte. »Ich hab es versucht«, Wiebke räusperte sich, »ich hab es wirklich versucht. Ich kann die kleinen Buchstaben ganz gut, aber die großen wollen mir nicht recht gelingen. Und ich schaffe es nicht einmal, die wenigen Wörter, die ich lesen kann, zu schreiben.« Sie schniefte leise.

Irmgard Hindemith starrte auf den Schreibblock mit dem billigen Papier, der vor ihr lag. Dann betrachtete sie ihre knotigen Hände. Eine Idee schoss ihr durch den Kopf. Ach was, das war ja absurd. Sie konnte ja selbst kaum mehr als das arme Mädchen. Was so natürlich nicht stimmte. Ihre Bildung war durchaus begrenzt, aber sie konnte Zeitung lesen und Briefe schreiben. Sie konnte die Rechnungen vom Kolonialwarenladen überprüfen, ob sich der Händler, absichtlich oder unabsichtlich, vertan hatte. Sie konnte damit praktisch alles, was dieses Mädchen sich sehnlichst wünschte. Was sie aber nicht mehr konnte, war, einen Stift richtig halten. Sobald sie anfing zu schreiben, verkrampften sich ihre Finger.

»Pass auf, ich mach dir einen Vorschlag. Ich tu dir einen Gefallen, dafür tust du mir einen Gefallen. Mir ist es auch nicht so ganz recht«, sie ließ ihren Blick prüfend durch den Raum schweifen, denn sie wollte keine Zeugen für dieses Gespräch, »wenn die anderen sehen, welche Probleme ich mit meinen Händen habe. Die schwierigsten Aufgaben kann ich Bertha übertragen.« Und dafür musste sie ihr viel durchgehen lassen, manchmal viel zu viel. Kartoffeln schälen, Gemüse schneiden und Bohnen putzen war ohnehin die Aufgabe des Küchenmädchens. Und vieles andere auch.

»Noch schlage ich mich ganz gut, aber es wird nicht besser. Im Gegenteil. Ich will auch nicht, dass die Mamsell sieht, wie schlecht es mir geht ... Ich kann dir helfen. Wir setzen uns an unseren freien Nachmittagen zusammen, und du wirst jeden Tag vor dem Zubettgehen einen Buchstaben üben. Es wird natürlich eine ganze Zeit dauern, aber wir fangen ja auch nicht bei null an. Und im Gegenzug hilfst du mir bei Dingen, um die ich Bertha nicht bitten möchte.«

Wiebke schaute sie fragend an.

»Ist jetzt egal. Du wirst schon noch sehen. Vor allem brauche ich deine Hilfe beim Nähen. Mit diesen Fingern krieg ich keine gerade Naht mehr zustande. Es gibt etliche Kleidungsstücke, die ich nicht mehr anziehe, weil sie unbedingt geflickt werden müssten. Glaub mir, freiwillig laufe ich nicht ständig in den gleichen zwei Blusen rum.« Sie verzog den Mund zu einem schiefen Lächeln.

Das Gesicht des Hausmädchens erhellte sich. »Aber das mache ich doch gerne. Natürlich helfe ich Ihnen.«

»Allerdings möchte ich nicht, dass die anderen das mitbekommen. Ich kann mir denken, dass es dir genauso geht.«

Jetzt stahl sich ein leises Lächeln auf das Gesicht der Rothaarigen.

»Soll ich dir was sagen: Ich wette, bevor das nächste Frühjahr kommt, hast du deinen ersten Brief geschrieben. Und wer weiß, heute in einem Jahr hältst du vielleicht schon einen Brief von deinen Geschwistern in Händen.«

Der Ausdruck auf Wiebkes Gesicht spiegelte pure Glückseligkeit wider.

4. Oktober 1913

»Es gibt immer Jahre mit schlechter Ernte. Aber dieses Jahr war wirklich eins der schlechtesten, die ich jemals erlebt habe.«

Konstantin nickte dem Pächter zu. Er musste ihm leider recht geben. Hoffentlich nahmen die Männer das nicht als schlechtes Omen für den Wechsel des Gutsherrn.

Die Erntekrone, geflochten aus den letzten geernteten Ähren, war von Thalmann auf den Hof getragen und dem Gutsherrn übergeben worden. Eine Blaskapelle hatte den Zug aus Pächtern und anderen Dorfbewohnern begleitet. Sein Vater hatte eine kleine Ansprache gehalten, dann wurde gegessen und getrunken.

Konstantin hatte den offiziellen Teil des Erntedankfestes verpasst, weil er Johann und Eugen bei der komplizierten Geburt eines Kälbchens geholfen hatte. Es war ohnehin besser, dass Vater sich bei seiner ersten Ansprache allein als neuer Gutsherr präsentieren konnte.

Dass Konstantin den großen Empfang auf dem Gutshof verpasst hatte, hatte allerdings noch einen weiteren Vorteil. Heute war der Tag, an dem Rebecca Kurscheidt ihn eigentlich als Sohn des gräflichen Gutsherrn kennengelernt hätte. Doch weil er im Stall geholfen hatte, war das nicht passiert. Auch wenn er sich das nicht offen eingestehen wollte: Er war froh, dass er das Aufdecken seiner wahren Identität noch einmal herauszögern konnte.

Jetzt stand er mit einigen der Pächter in der Dorfschenke. Sein Vater war der neue Gutsherr, der alles bestimmte. Aber sich an einem solchen Tag gar nicht blicken zu lassen, ging auch nicht. Als er vor einer halben Stunde die Dorfschenke betreten hatte, hatten ihn die meisten mit einem skeptischen Blick beäugt. Wenigstens hier wollte man unter sich sein. Konstantin hatte direkt klargemacht, dass er nur hier war, weil er aus begründetem Anlass die offiziellen Festivitäten verpasst hatte. Dann gab er eine Runde Bier aus, was alle gerne annahmen.

»So ist eben das Leben als Bauer. Gott gibt es, und Gott nimmt es.« Der alte Mann, der noch unter Konstantins Urgroßvater als ältester Sohn in eine Pacht nachgerückt war, pflichtete ihm nickend bei.

Schon lange hatte er nach einer Gelegenheit gesucht, um mit den Männern über den Einsatz von Maschinen auf den Feldern zu sprechen. Die Reaktion war wie erwartet sehr verhalten gewesen. Es stand noch jede Menge an Überzeugungsarbeit an. Für diese Menschen war das alles Zukunftsmusik. Keiner von ihnen würde sich eine solche Maschine leisten können, weshalb sie keinen Gedanken daran verschwendeten. Das Beste wäre, wenn er Fakten schaffen würde, auch auf die Gefahr hin, dass er sich bei Thalmann und seinem Vater unbeliebt machen würde. Er war davon überzeugt, dass die Neuerungen keine Geldverschwendung waren. Stand eine Maschine erst einmal bereit, würde er den ein oder anderen sicherlich dafür gewinnen können. Und der Rest würde sich irgendwann anschließen. Wenn Papa kein Geld dazugeben würde, dann würde er eben einen Teil seines Ersparten investieren.

Es war Zeit zu gehen und die Männer alleine weiter feiern zu lassen. Seine Aufgabe hier war erledigt. Konstantin setzte das leere Bierglas laut auf dem Tresen ab. Er warf noch ein paar aufmunternde Bemerkungen in die Runde und verließ die Schenke.

An den Tischen, die in der Dorfmitte aufgestellt waren, entdeckte er Matthis, der bei Bertha anscheinend gerade einen Annäherungsversuch unternahm. Wie so oft war er wohl übers Ziel hinausgeschossen, denn Konstantin sah, wie die dralle Küchenhilfe seine Hand wegschlug. Die Köchin und Mamsell Schott sahen sich an und lachten laut. Er musste auch grinsen. Das geschah Matthis recht. Der Hauslehrer zuckte allerdings nur lakonisch mit den Schultern und torkelte davon. Er schien reichlich angetrunken zu sein.

Neben dem langen Tisch stand Albert Sonntag, der Kutscher. Anscheinend versuchte Clara, seine Aufmerksamkeit zu erhaschen, indem sie ihm ein volles Glas Bier brachte. Konstantin musste bei diesem hilflosen Versuch schmunzeln. Albert Sonntag nannte man in Damenkreisen sicherlich gut aussehend. Doch der Kutscher bedankte sich nur höflich und richtete seine

Aufmerksamkeit wieder auf die Pastorenenkelin, die neben ihm stand. Mit einem zerknirschten Gesicht setzte Clara sich zu den anderen an den Tisch. Kilian und Eugen standen rauchend zusammen. Konstantin hatte den Stallburschen noch nie rauchen sehen. Und so, wie er sich gerade die Lunge aus dem Leib hustete, war es vermutlich das erste und letzte Mal. Caspers konnte er nirgendwo entdecken, aber er mischte sich ohnehin nie gern unters Volk. Konstantin ließ seinen Blick schweifen. Er entdeckte das rothaarige Stubenmädchen, das mit dem blonden Hausmädchen abseits stand und konzentriert auf etwas lauschte, das wenige Meter weiter passierte.

Dort sah er sie: Am Rand des Dorfplatzes, im Schatten einer Linde, hatte sie einige Stühle aufgestellt. Auf einem Stuhl vor den anderen saß ein Mädchen und las vor. Katka hatte ihm schon von der Idee der neuen Dorflehrerin erzählt. Sie hatte eine winzige Bibliothek in der Schule eingerichtet, in der sich die Schülerinnen und Schüler Bücher ausleihen konnten. So etwas hatte es hier bisher noch nicht gegeben. Außerdem hatte seine Schwester davon gesprochen, dass die Dorflehrerin zusätzlichen Leseunterricht am Nachmittag gab. Und hier auf dem Erntedankfest wollte sie beweisen, dass ihre Bemühungen auch Wirkung zeigten. Die Stühle vor dem lesenden Mädchen waren vollständig besetzt. Vermutlich die Familie der Kleinen. Die war anscheinend fertig, denn sie schlug das Buch zu.

Hinter ihr stand Rebecca Kurscheidt, die ihr aufmunternd eine Hand auf die Schulter legte und etwas sagte, das Konstantin nicht hören konnte. Jetzt klatschten alle, die Zuhörer standen auf, und eine Frau sprach mit der Lehrerin. Konstantin musste gestehen, dass die Dorflehrerin auf jeden Fall jemand war, der seinen Worten Taten folgen ließ. Das imponierte ihm.

Die kleine Menschenansammlung löste sich auf. Rebecca Kurscheidt blieb alleine zurück und blickte hoch zur Kirchturmuhr. Er verfolgte, wie sie zwei Stühle nahm und in Richtung Dorfschule trug. Das Schulhaus lag am Ende einer Querstraße des Dorfes. Die kleine Wohnung des Dorfschullehrers schloss sich direkt an das Haus an. Es wäre die perfekte Gelegenheit, sich ihr vorzustellen. Sie war nun alleine, und er würde sie nicht in der Gegenwart anderer vor den Kopf stoßen.

Konstantin zögerte. Etwas in ihm wehrte sich dagegen, eine Situation zu schaffen, in der Rebecca Kurscheidt auf Distanz zu ihm gehen würde. Thalmann hatte wie jedes Jahr die älteren Jungs für die Ernte aus dem Unterricht genommen. Soweit er wusste, hatte er Vater gar nicht weiter danach gefragt, weil es so selbstverständlich war. Konstantin hatte diese Angelegenheit völlig aus den Augen verloren, bis er vor drei Wochen mit der Nase darauf gestoßen worden war. Er hatte mit Thalmann die Felder abgeritten, die abgeerntet wurden. Erst dort war es ihm wieder siedend heiß eingefallen, was die neue Dorflehrerin davon halten würde. Sofort hatte er sich über sich selbst geärgert. Wer war sie schon, dass sie solche Ansprüche stellen konnte? Aber die Vorstellung, wie sie es ihm vorhalten könnte, bekam er nicht mehr aus seinem Kopf. Unbemerkt von ihr ging er in die andere Richtung davon.

Eigentlich wollte er zurück zum Herrenhaus. Aber als er den Dorfanger umrundete und ein paar hundert Meter weiter das Bauwerk vor sich aufragen sah, blieb er nachdenklich stehen. Wie eine steinerne Rüstung schirmte es seine Familie mit all ihren Ahnen vom Rest der Welt ab. Name, Geburtsrecht und Herrschaftsanspruch waren mit unsichtbaren Lettern in jeden einzelnen verbauten Stein gemeißelt. Schon von Weitem verkündeten die Mauern, mehr als nur eine schützende Hülle zu sein, die seit mehr als drei Jahrhunderten wechselnden Herrschern, tosenden hinterpommerschen Stürmen und undankbaren Vasallen trotzte.

Einem Impuls folgend spazierte er in einem großen Bogen um das Dorf herum. Er lief die Trift entlang – den Weg, auf dem die Kühe der Dorfbewohner zur Weide getrieben wurden. Unterwegs pflückte er einen Strauß Wiesenblumen. Kornblumen, Butterblumen, wilde Wicken und roten Mohn mit ihren letzten Blüten, bevor der Herbst ihr Dasein für dieses Jahr ganz besiegeln würde. Wie von einer unsichtbaren Hand geleitet fand er sich plötzlich auf einer gemähten Wiese hinter dem Schulhaus wieder. Verwundert betrachtete er den mickrigen Strauß in seiner Hand.

Was soll das, schalt er sich selbst. Was tat er da? Verdammt, was war nur mit ihm los? Auf der einen Seite wollte er Genugtuung für ihr ungehöriges Verhalten. Und auf der anderen Seite ... ja, was? Ständig stellte er sich vor, wie er mit Rebecca Kurscheidt streiten würde. In seinen Gedanken endete diese Vorstellung immer damit, dass sie klein beigab. Er gab sich einen Ruck. Ihm blieb nichts anderes übrig. Früher oder später musste er sich als Gutsherrnsohn vorstellen, und er sah gar nicht ein, sich vor ihr zu verstecken. Die Wildblumen wären ein Friedensangebot, aber wollte er das wirklich? Als hätte er sich die Finger verbrannt, ließ er den Strauß fallen.

Ohne zu wissen, wie er dieses Gespräch beginnen würde, ging er mit energischen Schritten auf das rote Backsteinhaus zu. Es war schließlich sein gutes Recht. Er durfte überall und jederzeit tun, was immer er für richtig erachtete.

Als er näher kam, bemerkte er die verwitterten Fensterrahmen. Im Winter wurde es sicherlich schrecklich kalt in der dem Schulhaus angeschlossenen Wohnung. Windgeschützt hinter einer Hecke entdeckte er ein kleines Tischchen mit einem einzelnen Stuhl. Hier saß sie wohl bei gutem Wetter und genoss die Sonne. Ihr Fahrrad lehnte an der seitlichen Mauer des Schulgebäudes.

Aus der Wohnung kamen Geräusche. Er blieb vor der angelehnten Tür stehen und klopfte. Es dauerte, bis sie an der Tür erschien, beladen mit einigen Büchern auf dem Arm. Sie schreckte zurück, als sie ihn sah.

Konstantin nahm seinen Hut ab. »Ich habe geklopft.«

»Äh ... Ja, tut mir leid. Ich war ganz in Gedanken. Heute ist so viel los.«

»Stimmt ja. Es ist Ihr erstes Erntedankfest.«

»Ich wollte noch ...« Sie stapelte die Bücher auf den Boden und nickte zögerlich. »Um ehrlich zu sein, bin ich froh, dass ich Sie alleine treffe. Ich wollte mich bei Ihnen entschuldigen.«

Für einen Moment blitzte der Gedanke auf, dass sie schon längst wusste, dass er der Sohn des Grafen war und es ihm trotzdem nicht übel nahm.

»Ich wollte nichts sagen, als wir uns bei der Brennerei getroffen hatten. Vor den anderen wollte ich es nicht ansprechen, aber ich muss Ihnen noch etwas zu unserer ersten Begegnung ... mitteilen. Sie müssen verstehen, in Charlottenburg und Berlin habe ich mich in wesentlich«, sie zögerte einen kurzen Moment und sah ihn prüfend an, »in wesentlich liberaleren Kreisen bewegt. Selbst als Frau konnte ich dort immer sehr offen reden. Ich muss gestehen, dass ich mir das Leben auf dem Lande nicht ganz so ...« Sie schien nach einem passenden Wort zu suchen.

»... rückständig vorgestellt habe?«, half Konstantin ihr aus.

»Wie auch immer. Ich habe den Eindruck, dass ich Ihnen gegenüber den Bogen überspannt habe.« Unsicher lächelnd wartete sie auf seine Reaktion.

Noch immer war Konstantin nicht klar, ob sie ihm das jetzt sagte, um sich beim Grafensohn zu entschuldigen, oder ob sie grundsätzlich der Meinung war, dass sie so nicht hätte reden dürfen. Da er nichts sagte, fuhr sie fort:

»Unsere Begegnung war in meiner ersten Woche in Greifenau. Seitdem sind einige Monate vergangen, und ich musste lernen, einen anderen Ton anzuschlagen. Aber ich würde gerne hierbleiben. Ich habe das Gefühl, dass ich den Kindern wirklich viel geben kann. Deshalb bitte ich Sie um Verschwiegenheit Ihrem Dienstherrn gegenüber.«

Also wusste sie es noch nicht. Wie schade. Gerne hätte er sich die nächsten Worte erspart.

Doch sie redete schon weiter: »Abgesehen davon, dass ich hier nicht ganz so offen reden kann, bin ich doch sehr überrascht davon, wie gut mir das Landleben gefällt. Es entspricht mir überraschenderweise sehr viel mehr als das Leben in der Stadt.«

Konstantin war hin- und hergerissen. Sie sah ihn mit einem gleichzeitig bittenden wie auch fordernden Ausdruck an.

»Sie haben Glück. Ich mag eigenständig denkende Frauen!« Er hatte immer noch die Wahl, sich vor der Wahrheit zu drücken.

»Ich danke Ihnen. Ich danke Ihnen wirklich! Es ist für mich als unverheiratete Frau ohnehin schon nicht ganz leicht, sich ...«

Sie verstummte, als jemand ihren Namen rief. Konstantin wusste sofort, wer das war: Pastor Wittekind näherte sich.

Jetzt war es also so weit. Jetzt würde sie ausgerechnet in der Gegenwart des Geistlichen erfahren, wer er wirklich war. Es ärgerte ihn, dass er die Gelegenheit vorher nicht wahrgenommen hatte. Zu dumm!

Doch Rebecca Kurscheidt riss die Tür auf. »Ich bitte Sie, kommen Sie rein. Verstecken Sie sich.« Blitzschnell packte sie ihn am Arm und zog ihn hinter die Tür. Sie stellte sich in den Türrahmen und begrüßte den Geistlichen freundlich. Konstantin atmete flach, damit er sich nicht verriet.

»Ich muss sagen, Sie haben Erstaunliches geleistet. Frau Kösterke hat mir gerade erzählt, wie gut ihre Tochter lesen gelernt hat.«

In Rebecca Kurscheidts Stimme schwang Überraschung mit, als sie antwortete: »Ich danke Ihnen sehr. Es liegt mir viel daran, gute Arbeit zu leisten.«

»Allerdings wollte ich Sie darauf aufmerksam machen, dass es natürlich die Knaben sind, die Sie mit Ihrer Unterstützung bedenken sollten. Für was sollten Mädchen schon lesen können? Für mehr als Rezepte brauchen sie es wohl kaum.«

Konstantin konnte praktisch fühlen, wie die junge Lehrerin sich versteifte. Anscheinend fehlten ihr die Worte. Oder aber, was Konstantin eher vermutete, es lag ihr eine Antwort auf der Zunge, von der sie wusste, dass sie sie besser nicht gab.

»Ich weiß, dass Sie eine Liste führen, auf der die Interessenten für Ihre Lese- und Rechennachhilfe stehen. Ich würde vorschlagen, dass Sie sich auf die Knaben beschränken. Und falls Sie dann noch überflüssige Zeit haben, sagen Sie mir einfach Bescheid. Ich suche immer nach helfenden Händen für die Armen- und Krankenpflege.«

Konstantin verkniff sich ein Lachen, denn er konnte sich nur zu gut vorstellen, wie schmerzhaft dieser unsensible Vorschlag die junge Frau treffen musste. Die blieb stumm.

»Dann sind wir uns ja einig.«

»Ich werde mir Ihren Vorschlag gründlich durch den Kopf gehen lassen«, schob sie nun eilig nach.

»Ja«, antwortete er bissig. »Lassen Sie es sich gründlich durch den Kopf gehen. Und bedenken Sie dabei, dass ich jederzeit meinen Einfluss geltend machen könnte, um einen Ersatz für Sie zu bekommen.«

»Das bedenke ich mittlerweile bei allem, was ich tue.« Ihr Ton war unterkühlt.

Konstantin ahnte, wie sich die beiden gerade mit Blicken duellierten. Doch das Gespräch war zu Ende, und er hörte, wie der Pastor sich mit energischen Schritten entfernte.

Rebecca Kurscheidt stand versteinert in der Tür. Erst jetzt ließ Konstantin seinen Blick durchs Zimmer gleiten. Auf der linken Seite gab es eine kleine Küche, die durch nichts außer einen Paravent von der rechten Raumseite getrennt war. Hinter einer Tür sah man die Treppe, die nach oben zum Schlafzimmer führte. In einer Ecke stand ein kleiner Schreibtisch samt Stuhl. Mittig im Raum gab es eine Sitzecke, die aus einem Sofa, einem einzelnen Sessel und einem Tischchen bestand und um einen Kanonenofen gruppiert war. Auf dem Tisch lag die *Vorwärts*, die Parteizeitschrift der Sozialdemokraten, wie Konstantin wusste. Also doch! Anscheinend ließ Rebecca Kurscheidt sich die Zeitschrift verpackt von ihren Eltern schicken, denn auf dem Umschlag daneben stand eine Charlottenburger Adresse.

Rebecca Kurscheidt trat in den Raum. Sie schloss die Tür nicht, denn das wäre ungehörig gewesen, mit einem fremden Mann alleine in einer Wohnung zu sein. Sie atmete tief durch, bevor sie sprach.

»Entschuldigen Sie diesen Überfall, aber Sie sehen ja, mit welchen Widrigkeiten ich zu kämpfen habe. Der Pastor hat sich auf mich eingeschossen. Er akzeptiert mich nicht, und alle drei Tage steht er vor der Tür und hält mir eine Litanei über die Verhaltensregeln in seiner Dorfgemeinschaft.«

Konstantin nickte verständig.

»Und mir als Frau insbesondere. Das fehlte mir noch, dass er einen fremden Mann vor meiner Tür vorfindet. Mir blieb nichts anderes übrig, als Sie zu verstecken. Ich hoffe, Sie verzeihen mir das.«

Er blickte ihr ins Gesicht und wusste plötzlich, dass er ihr ziemlich viel verzeihen würde – sogar die *Vorwärts*.

»Ja, unser Herr Wittekind kann manchmal sehr anstrengend sein. Keine Angst, ich verrate Sie nicht.«

Ihr erleichterter Blick wanderte zum Tischchen. Beiläufig zupfte sie ihr Tuch von den Schultern, tat so, als ließe sie es achtlos auf das Tischchen fallen, und verdeckte die Zeitschrift. Unschlüssig stand sie im Raum.

Vielleicht, ging es Konstantin durch den Kopf, wenn sie nun in Berlin wären, würde sie ihm eine Tasse Kaffee anbieten. Aber nach dem, was gerade hier passiert war, konnte er sich das nicht vorstellen.

»Das ist ein schönes Erntedankfest. Ich denke, ich sollte noch mal zurückgehen und mich unter die Leute mischen.«

»Ja, das wäre sicher eine gute Gelegenheit, sich auch den Pächtern vorzustellen, die weiter weg wohnen.«

»Und Sie? Gehen Sie auf das Fest zurück?«

Er zögerte. Dieser ehrliche Blick aus diesen funkelnden goldbraunen Augen. Jetzt war der Moment gekommen, um sich zu offenbaren. Doch sein Herz verweigerte ihm den Dienst. »Nein, ich kann nicht. Ich werde noch ... woanders benötigt.«

»Sie scheinen schwer beschäftigt zu sein.«

»Wie kommen Sie darauf?«

»Ich sehe Sie quasi nie im Dorf.«

Konstantins Gedanken gerieten ins Stocken. Natürlich nutzten die Dienstboten ihre freie Zeit gerne, um ins Dorf zu gehen. Aber was sollte er hier? Alle Einkäufe wurden von anderen übernommen. Hatte die Lehrerin etwa nach ihm Ausschau gehalten? Dieser Gedanke freute ihn ungemein. »Ja, Sie haben recht. Ich habe wirklich viel zu tun.«

Sie nickte. Für einen Moment entstand eine unangenehme Stille, in der ihm bewusst wurde, dass er nun entweder die Wahrheit sagen oder gehen musste. Hölzern kamen die Worte aus seinem Mund: »Dann wünsche ich Ihnen noch viel Vergnügen auf dem Fest.« Er drehte sich um und ging zur Tür. Er war schon fast raus, als sie noch etwas sagte.

»Ich habe ganz vergessen, Sie zu fragen, weshalb Sie gekommen sind.«

Wieder dieses Zögern. Es war mehr als nur ein Zögern, es war ein innerer Widerstand. Das war doch lächerlich! Er war der Sohn des Gutsherrn und konnte stolz darauf sein. Warum nur konnte er ihr diese einfache Tatsache nicht mitteilen? Sie sollte sich doch schämen für ihre Worte.

Anscheinend missdeutete sie sein Schweigen. »Ich meine, als Sie gerade vor der Tür standen: Was wollten Sie?«

»Ich muss Ihnen … Ich wollte Sie fragen, ob …« Sein Kopf gab einen Befehl, aber seine Zunge gehorchte dem Herzen. »… ob ich Sie zu einem kleinen Ausflug einladen darf. Kaffee und Kuchen im Nachbardorf oder gerne auch zwei Dörfer weiter. Wenn ich mit meinem Vorschlag nicht zu vorwitzig bin.«

Sie schien überrascht, aber keineswegs unangenehm überrascht. Ein hintergründiges Lächeln blitzte auf ihrem Gesicht auf.

»Gerne auch drei Dörfer weiter. Irgendwo, wo ich weder Pastor Wittekind noch einem seiner ergebenen Schäfchen über den Weg laufen würde.«

Mitte Oktober 1913

»Zitronen- und Orangenbäume brauchen wirklich viel Sonne und Wärme, gnädige Frau.« Skeptisch besah sich der Gärtner den Platz, an dem die Gräfin ihre Orangerie plante. Ein Architekt hatte den ausgewählten Platz in dem weitläufigen Park bereits abgesteckt.

Feodora seufzte vernehmlich. Sie mochte keine Widerworte, schon mal gar nicht von einem so ungebildeten Mann wie Jakob Bankow. Er war nur ein hinterpommerscher Gärtner. Was wusste der schon von exotischen Pflanzen?

»Das ist mir durchaus bewusst. Deswegen baue ich ja die Orangerie!«, gab sie spitz von sich. »Und selbstverständlich sind zwei Kamine eingeplant.«

Diese würden nicht nur den Pflanzen in der kälteren Jahreszeit als Wärmequelle dienen. Es wäre ihnen damit auch möglich, hier draußen Feste zu feiern, ohne auf die Sommermonate beschränkt zu sein. Wer wusste schon, wen man hier in den nächsten Jahren noch alles empfangen durfte? Zwar war ihr Besuch beim höchsten deutschen Adelsgeschlecht desaströs verlaufen. Aber wenn ein Prinz anbiss, konnte vielleicht auch noch ein zweiter anbeißen. Oder wenigstens ein Fürst. Wie auch immer, sie würde dafür sorgen, dass auch ihrer jüngsten Tochter eine ausgezeichnete Partie ins Haus stehen würde.

Da sich der skeptische Blick des Mannes nicht verflüchtigte, setzte sie nach: »Stellen Sie sich riesige Fenster vor – vom Boden bis weit über unsere Köpfe. Es wird mehr Glas als Mauern geben.«

Der Gärtner presste die Lippen aufeinander, als wollte er etwas besser für sich behalten. Anscheinend brachte er es nicht fertig, den Mund zu halten: »Wir haben hier ein wesentlich kälteres Klima als in der Rheinschiene.«

Feodora hatte ihm vorhin von den prächtigen Pflanzen erzählt, die sie bei ihrem letzten Kuraufenthalt in Baden-Baden in einer Glaskuppel gesehen hatte. »Als wir im August zu den Kaisertagen in Swinemünde waren, war es so heiß, dass ich dachte, ich wäre in Italien. Sie sehen also, auch wir haben durchaus mediterranes Klima.«

»Und welche Pflanzen haben Sie sich für den Laubengang ausgewählt?«, fragte er vorsichtig.

»Wisteria … Blauregen«, setzte sie nach, als sie das gequälte Gesicht des Gärtners sah. »In Baden-Baden blüht er in einer Pracht, die einen nur staunen lässt.«

Das Gesicht des Gärtners verzog sich erneut, doch dieses Mal drehte er sich schnell weg. »Wir werden sehen«, gab er sich geschlagen.

Bankow schien nicht überzeugt zu sein, aber Feodora wusste, letztendlich würde er das tun, was sie ihm anordnete. Sie hatte ihn geradewegs von der Wiese mit den Obstbäumen, die jetzt im Herbst beschnitten werden mussten, holen lassen.

»Ich freue mich schon auf meine ersten eigenen Orangen. Wie aufregend! So etwas ist ja hier kaum zu bekommen.«

Er nickte leidlich. »Es dauert allerdings seine Zeit, bevor diese Bäumchen Früchte tragen.«

Feodora seufzte ungehalten. »Ich bin Ihre Einwürfe langsam leid. Ich bin doch nicht die Erste, die jenseits der Alpen Orangen anbaut.«

»Ich werde mein Bestes tun, damit Sie Erfolg haben.«

»Zu Ihrer Information: Ich habe bereits eine Quelle, die mir mannshohe dreijährige Pflanzen liefern wird, direkt aus Italien, sobald die Orangerie fertig ist. Sie haben also noch etwas Zeit, sich das Wissen über die außergewöhnlichen Anforderungen bezüglich der Pflege dieser Pflanzen anzulesen.« Wenn er denn lesen konnte, setzte Feodora in Gedanken hinzu.

Beide drehten sich um, als Alexander sich näherte.

»Mama, ein Brief. Papa sagte, du würdest ihn sicherlich gerne sofort haben wollen.« Er reichte ihr den Papierumschlag und nickte dem Gärtner zu. »Und finden Sie das nicht etwas gewagt, hier oben im kalten Norden eine Orangerie zu bauen?«

Der Gesichtsausdruck des Gärtners wechselte zwischen genervt und zerknirscht. Kurz blickte er zu Feodora. »Es ist einen Versuch wert.«

Alexander grinste ihn wissend an. Der Spott stand ihm ins Gesicht geschrieben. »Tja, wenn meine Mutter sich etwas in den Kopf gesetzt hat, sind wir anderen machtlos. Und mein Vater sagt, solange meine Mutter nicht auf die Idee kommt, eine Fasanerie zu bauen, wäre ihm alles recht.«

»Alexander!«

Feodora entließ Bankow mit einer Handbewegung. Der Gärtner machte sich erleichtert auf den Rückweg.

»Der Brief ist von meiner Freundin Josephine aus Berlin. Ich bin sehr gespannt, was sie schreibt.« Schon hatte sie das Siegel gebrochen und überflog die Zeilen. Sie gab einen gequälten Ton von sich. Etwas schien ganz und gar nicht zu ihrer Zufriedenheit zu sein.

»Mama, was ist?«

»Nichts, was dich unmittelbar betrifft.«

»Da bin ich ja beruhigt. Ich kann ja schließlich nicht immer an allem schuld sein.«

Feodora bedachte ihn mit einem mahnenden Blick. »Mein werter Sohn. Du wirst nur des Unrechts beschuldigt, das du auch begangen hast, oder? Es ist nicht unsere Schuld, dass du anscheinend nur Flausen im Kopf hast.«

»Ich versuche mich eben gelegentlich an neuen Dingen. Was kann ich dafür, wenn ich nicht immer perfekt darin bin? Dieses Talent habe ich wohl von dir geerbt.«

»Was soll das bedeuten?«

Er breitete seine Arme aus und zeigte auf den abgesteckten Platz im Park. »Du weißt doch, dass du keinen grünen Daumen hast.«

»Jetzt gehst du eindeutig zu weit. Solange du noch nichts selber geleistet hast, solltest du deinen Mund nicht so weit aufreißen.«

Wütend stampfte sie davon. Trotzdem konnte sie noch hören, wie Alexander sagte: »Die armen Pflanzen. Ich bedaure sie jetzt schon.«

* * *

Katharina lag auf dem Bett und las den Brief von Julius Urban zum wiederholten Mal. Es war nicht das erste Schreiben, das sie von ihm erhalten hatte. Letzten Monat hatte er eine Postkarte geschickt aus Washington, davor eine aus Genf. Anscheinend durfte er seinen Vater begleiten, wann immer er wollte. Dafür wurde ihm sogar schulfrei gewährt.

Katharina beneidete ihn. Nicht nur, weil er so viel in der Welt herumkam, was sie außerordentlich aufregend fand. In seinem ersten Brief hatte er ihr erzählt, welche Cafés er ihr in Berlin noch empfehlen würde. Natürlich hatte er davon geschrieben, wie schade es gewesen sei, dass sie anscheinend keine Zeit gehabt hätten, sich bei ihrem flüchtigen Wiedersehen in Berlin zu ihnen zu gesellen.

Seitdem fragte sie sich ständig, wann sie das nächste Mal nach Berlin fahren würden und wie sie es arrangieren konnte, dabei auf Julius Urban zu treffen. Andererseits hatte sie sehr schlechte Erinnerungen an ihren letzten Aufenthalt in dieser quirligen Metropole.

... lässt meine Mutter Sie aufs Herzlichste grüßen. Sie würde sich sehr darüber freuen, Sie und Ihre Frau Mama bei uns in Potsdam willkommen zu heißen. Es wäre eine nette Gelegenheit, Ihrer Frau Mutter die prachtvollen Pflanzen in der Orangerie zu zeigen.

Letzte Woche habe ich gemeinsam mit meinem Freund Christian den Union-Palast am Kurfürstendamm in Charlottenburg besucht. Ein großes, wunderschönes Lichtspieltheater. Waren Sie schon mal in einem solchen Haus? Sonst würde ich Sie gerne bei Gelegenheit dorthin entführen.

Oh, bitte. Ja. Sofort. Katharina seufzte. Wenn man sie ließe, sie würde sofort mitgehen. Was hatte sie dagegen zu berichten? Wie ihr ältester Bruder Vater die Feldplanung für das kommende Jahr darlegte? Oder wie Alexander die Bediensteten foppte? Ihr Leben war schmerzlich langweilig. So sehr, dass sie sich fast schämte, etwas darüber zu schreiben.

Sollte sie etwa davon berichten, wie sie lernte, ein Heim tadellos zu führen oder schöne Blumenarrangements zu erstellen? Eher schon, dass sie perfekt Französisch, Russisch und Englisch sprechen konnte. Aber was würde er dazu sagen, dass sie Klavier üben musste, während er auf einem luxuriösen Passagierschiff den Atlantik querte? Dass sie Zeichen- und Gesangsstunden bekam, statt nach Amerika zu reisen. Für sie war schon ein Ausflug nach Stargard oder Stettin immer eine willkommene Abwechslung in ihrem alltäglichen Einerlei. Das Aufregendste waren noch die Tanzstunden und seltene Kinderbälle, die bei anderen Adelsfamilien stattfanden. Mama war es mittlerweile zu aufwendig, sie zu organisieren.

Ich würde mich überglücklich schätzen, wenn wir in Zukunft wieder einmal aufeinanderträfen. Schreiben Sie mir bitte, wann Sie das nächste Mal in Berlin weilen. Dann würde ich meine Mutter bitten, dass sie einen Besuch Ihrer Familie bei uns arrangiert. Ich bin mir sicher, dass Sie nicht enttäuscht sein würden.

Ich bin mir sicher, dass sie nicht enttäuscht sein würden. Was sollte das bedeuten? Vater hatte sich letztens noch darüber ausgelassen, dass diese neureichen Industriellen mit ihrem Reichtum protzten wie Sechsjährige mit einem neuen Spielzeug. Die unausgesprochenen Riten der Ersten Gesellschaft sog man mit der Atemluft auf, die in edlen Häusern durch die Räume wehte. Niemand brachte einem bei, wie man sich von Stand benahm. Man wusste es einfach. Hohe Geburt konnte man nicht lernen. Für Papa würde Julius Urban nie dazugehören, egal wie viel Geld sein Vater besaß.

Auf seinen ersten Brief hatte sie vage geantwortet. Sie hatte ein wenig vom Gut erzählt, von ihrem Hauslehrer und wie sehr sie sich wünschte, so ein aufregendes Leben wie er führen zu können. Aber sie war sich sicher, dass sie mit keinem Wort Hoffnung in ihm geweckt hatte, dass mehr aus ihrer Bekanntschaft entstehen könnte.

Es war ohnehin schon eher ungewöhnlich, dass er ihr so frank und frei einfach Briefe schrieb. Was stellte er sich vor: dass sie ein freundschaftliches Verhältnis pflegen könnten? Das war wohl kaum statthaft. Er machte einen sehr intelligenten und aufgeweckten Eindruck. Sicher war er nicht so naiv zu denken, es würde mehr daraus werden können. Niemand, der ihre Mutter leibhaftig erlebt hatte, könnte so dumm sein zu glauben, dass sie ihre jüngste Tochter in eine Ehe der linken Hand, außerhalb des adeligen Standes, gab. Und um ehrlich zu sein, gestand Katharina sich ein, hatte sie selbst noch nicht einen Tag in ihrem Leben einen Gedanken daran verschwendet. Wenn sie an Julius Urban dachte, war es wie ein Traum, der völlig unabhängig von ihrem wirklichen Leben existierte. Was bezweckte Julius Urban also mit seinen Briefen?

Sie hörte die unverkennbaren Schritte ihrer Mutter und schob den Brief eilig unter ein Kissen. Schnell griff sie nach ihrem Buch.

»Katka, was machst du?«

»Ich lese etwas für den Literaturunterricht. Ich bin gerade bei Thalia, einer der neun Musen.« *Hermann und Dorothea* war nun nicht gerade die Art Lektüre, die Matthis vorschlug, aber immerhin war es von Johann Wolfgang von Goethe.

Mama nickte beruhigt. »Leg das weg. Es gibt etwas Wichtiges zu besprechen.« Seufzend ließ sie sich auf der Bettkante nieder. »Ich habe einen Brief von meiner Freundin Josephine bekommen. Du weißt schon, die wir im Mai getroffen haben. Wir müssen dringend wieder nach Berlin.«

Überrascht sprang sie auf und riss die Hände hoch. »Aber ja. Unbedingt.«

Mama schaute sie erst erstaunt an und schüttelte dann ihren Kopf. »Ich bin mir wirklich nicht sicher, ob du dieser Sache gewachsen bist.«

Katharina setzte sich wieder gesittet hin. Sicher ging es um etwas, das mit Etikette und Benehmen zu tun hatte.

»Sie berichtet mir in dem Brief davon, dass Ludwigs Mutter, Amalie Sieglinde von Preußen, sich anscheinend anderweitig nach möglichen Heiratskandidatinnen für ihren Sohn umschaut.«

Feodora seufzte. »Nicht, dass diese Entwicklung überraschend wäre. Erstens war es schon außergewöhnlich, dass wir überhaupt eingeladen worden sind. Und zweitens war dein Verhalten mehr als katastrophal. Kein Wunder, dass wir nichts mehr von den von Preußens gehört haben.«

Sie wedelte mit dem Brief vor ihrem Gesicht. »Josephine schreibt mir, dass Ludwigs Mutter sehr viele Hofbesuche macht und Ludwig auch viel an den Königshäusern in Europa herumreist. Ich muss sagen, ich bin wirklich enttäuscht. Bei unserer Zusammenkunft hatte ich doch wirklich den Eindruck gewonnen, dass Ludwig dir sehr zugetan war.«

Es fühlte sich an, als würde ein schwerer Stein von ihrem Herzen fallen. Das war ja wunderbar!

»Das ist natürlich ganz und gar schrecklich.« Ihre Mutter schaute sie fordernd an. »Wir müssen etwas unternehmen.« Anscheinend wartete sie darauf, dass ihre Tochter ihr zustimmte.

Aber das konnte Katharina nicht. Nach der Szene im Prinzessinnenpalais hatte sie tagelang darüber nachgedacht, ihrer Mutter zu erzählen, was vorgefallen war. Aber jedes Mal, wenn sie versuchte, diese unschicklichen Vorkommnisse gedanklich in Worte zu fassen, gab sie ihr Vorhaben auf. Wie sollte sie ihrer Mutter erklären, was unterhalb der Treppe passiert war? Stillschweigend hatte sie in den letzten Monaten darauf gehofft, dass Ludwig das Interesse verlieren würde.

»Wir müssen nach Berlin und uns noch mal in Erinnerung bringen. Und dieses Mal darf dir nicht so ein Patzer wie beim letzten Mal unterlaufen!« Die Stimmlage ihrer Mutter ließ keinen Zweifel an ihren Absichten aufkommen.

Katharinas Kehle schnürte sich zu. Nein, das wollte sie nicht. Auf gar keinen Fall wollte sie noch mal Ludwig ausgeliefert sein. Mutter wusste ja nicht, wie er war. »Mama, ich ...«

»Keine Widerrede. Ich werde mir etwas einfallen lassen. Josephine hat mir davon berichtet, dass man Amalie Sieglinde von Preußen mit mindestens drei ehrenwerten Damen mitsamt ihren Töchtern gesehen hat. Ich muss mir einen eleganten Schachzug einfallen lassen. Ich werde ...«

Katharina sprang auf. »Nein, ich werde nicht mitkommen.«

»Oh doch, das wirst du!«

»Du weißt ja nicht, was wirklich vorgefallen ist. Ich habe mich gar nicht verlaufen!«

Feodora legte ihren Kopf schief. Anscheinend war ihr eine entscheidende Information vorenthalten worden. »Sprich weiter.«

»Er hat mich ... Er macht mir Angst.«

»Ach, papperlapapp. Das ist Kleinmädchengeschwätz.«

»Nein, Mama! Du musst mich anhören. Er hat versucht ... mich zu küssen!«

Ein Lächeln überzog Gräfin Feodoras Gesicht. »Aber das ist ja ganz wunderbar!«

»Nein, das ist es überhaupt nicht.«

»Katka, Kind. Ich weiß natürlich, dass es unsere Schuld ist. Dein Vater und ich haben dir beigebracht, dass du dich vorbildlich und damenhaft verhalten musst und immer, aber wirklich immer auf deine Ehre achtgeben musst. Und natürlich bestehe ich weiterhin auch darauf, dass es so bleibt. Aber wenn der Neffe des Kaisers versucht, dich zu küssen, dann ...«

»Er hat es nicht nur versucht. Er hat es getan.« Tränen traten Katharina in die Augen. »Er hat mich gepackt und festgehalten. Und dann ...«

Ihre Mutter schien unsicher, was sie von ihren Worten zu halten hatte. »Aber ein romantischer Kuss ...«

»Da war überhaupt nichts Romantisches daran. Im Gegenteil. Es war ganz ekelhaft. Er hat mir seine ... Zunge in den Mund gezwängt.« Sie schluchzte laut auf.

Feodora stand auf und legte einen Arm um ihre Schultern. »Na, na, es wird schon nicht so schlimm gewesen sein.«

Katharina riss sich los. Ihre Stimme zitterte, und ihr Gesicht war puterrot. »Doch, es war schlimm. Es war ganz ekelhaft. Er hat mich festgehalten, und er hat meine ... oberhalb der Taille, hat er mich gepackt, dass es wehtat. Und er hat mir die Zunge in den Mund gesteckt. Und seine Hose war ... sie war ganz merkwürdig ...«

Feodora riss eine Hand vor ihr Gesicht. »Ich möchte nicht, dass du über so etwas sprichst.«

Katharina sah, wie ihre Mutter blass wurde. Das kam bei ihr höchst selten vor. Sie stand auf, krallte ihre Finger ineinander und ging im Zimmer auf und ab, ohne ihre Tochter anzusehen.

»Ich weiß nicht, was noch passiert wäre, wenn nicht ein Gärtner zufällig um die Ecke gekommen wäre.«

Ihre Mutter winkte ab. Sie wollte nichts davon hören. Plötzlich hielt sie inne und machte einen spitzen Mund. Anscheinend hatte sie einen Entschluss gefasst.

»Katharina, mein Kleines. Wir werden ein andermal darüber sprechen. Du scheinst mir doch zu aufgewühlt zu sein, um dieses Problem sachlich zu durchdenken.«

»Da gibt es nichts mehr, worüber ich nachdenken muss. Ich bin froh, wenn ich ihn nicht mehr sehen muss. Und wenn er eine andere heiratet, dann wünsche ich ihm alles Glück der Welt.«

Mama schien noch etwas sagen zu wollen, griff dann aber nur nach dem Brief ihrer Freundin und trat an die Tür. »So beruhige dich doch. Wir werden uns später noch einmal darüber unterhalten.« Beinahe schon aus dem Zimmer, kam sie noch mal zurück. »Und ich möchte nicht, dass du mit irgendjemandem darüber redest. Verstehst du mich? Mit niemandem! Auch nicht mit deinem Vater.« Sie wartete, bis Katharina nickte, und schloss resolut die Tür.

Als würde sie es jemals über sich bringen, ihrem Vater von einem derlei abscheulichen Verhalten zu erzählen. Eher würde sie vor Scham im Boden versinken.

Katharina ließ sich aufs Bett fallen, wischte sich die Tränen weg und starrte vor sich hin. Sie kannte kein einziges Mädchen ihres Standes, das nicht davon träumte, einen Prinzen zu heiraten. Mit einem Mal wurde ihr klar, dass Ludwig von Preußens Verhalten diesen Traum für sie zerschlagen hatte. Lieber wollte sie bettelarm als alte Jungfer ihr Leben fristen, als seine Frau zu werden.

Mama stellte schon länger taktische Überlegungen an, wie sie am förderlichsten zu verheiraten wäre. Und es war klar, dass sie keine Rücksicht auf etwaige Gefühle nehmen würde. Katharina mochte sich dennoch nicht vorstellen, dass diese Schilderung sie unbeeindruckt ließ.

Im November würde sie dreizehn Jahre alt werden, und nur mit Erlaubnis der Eltern konnte ein Mädchen vor ihrem einundzwanzigsten Lebensjahr heiraten. Für adelige Frauen war es durchaus üblich, mit achtzehn oder neunzehn zu heiraten. Sich früher zu binden, hatte einen unschicklichen Anstrich, als wäre man dazu gezwungen, wofür es nur eine anstößige Erklärung gab. Ihr blieben also fünf Jahre, in denen alles Mögliche passieren konnte. Und was, wenn nicht – stahl sich die Furcht in ihre Gedanken. Nein, Mama musste ein Einsehen haben. Doch ihre Angst blieb.

Als würde Julius' Brief ihre Sorgen besänftigen können, schob sie ihre Hand unter das Kissen und holte ihn hervor. Sie legte sich auf den Rücken, drückte den Brief an ihre Brust und schloss die Augen. Sie könnte ihm zurückschreiben, jetzt sofort. Tatsächlich kribbelte es in ihren Fingern, ihm zu schreiben, wie es ihr gerade erging. Auch wenn es absurd klang, in Julius glaubte sie jemanden gefunden zu haben, der sie verstehen würde wie vielleicht sonst niemand auf der Welt. Natürlich durfte sie nichts Konkretes erwähnen. Doch sie konnte ihm schreiben, wie gefangen sie sich fühlte. Nein, wenn sie das tat, ihm ihre Gefühle offenbarte, dann würde er daraus die falschen Schlüsse ziehen.

Wenn er doch nur einen Titel hätte. Wenn er zum Militär ginge, sich ehrenvoll in irgendeiner Schlacht schlagen und vom Kaiser höchstpersönlich in den Adelsstand erhoben würde – das würde ihr gefallen.

Andererseits gab es gerade keine Schlachten zu schlagen. Und er würde nicht ewig auf sie warten. Sie durfte sich keiner falschen Hoffnung hingeben. Sie hatte Glück gehabt, dass jedes

Mal, wenn sie Post von ihm erhalten hatte, ihre Mutter nicht zugegen gewesen war. Keine Frage, Mama würde dem Treiben nicht lange zusehen. Katharina durfte ihr Glück nicht überstrapazieren.

Julius Urban war schmuck anzusehen, ganz ohne Zweifel. Seine strahlenden Augen, sein ebenmäßiges Gesicht, diese sprudelnde Energie, die er ausstrahlte. Er musste zwei oder drei Jahre älter sein als sie, war gut gebildet und vermögend und geistreich. Ohne Zweifel war er weltgewandt und schien das Leben auf eine Weise zu genießen, die Katharina sehr gefiel. Doch all das galt nichts gegen seinen einzigen Makel: Er war nicht von blauem Blut. Und damit war jegliche weitere Überlegung ad absurdum geführt.

Katharina schwang sich auf und versteckte Julius' Brief in einem abschließbaren Kästchen in ihrer Wäschekommode. Außerdem hatte sie gerade ein größeres Problem zu lösen. Sie ahnte, dass das Thema Ludwig von Preußen noch lange nicht erledigt war.

Mitte Oktober 1913

»Aber wenn ich es doch sage. Ich war es nicht. Der junge Herr muss es gewesen sein.« Clara ahnte, worauf es hinauslief. Das war so ungerecht!

»Soll ich etwa hingehen und den jungen Grafen fragen, ob er die Sauciere heruntergeworfen hat? Vielleicht auch noch absichtlich, wie du es andeutest?« Caspers bedachte sie mit einem bösen Blick.

Sie wusste, sie sollte nun besser den Mund halten. Doch ihre Wut war so groß, dass sie nicht an sich halten konnte. »Aber ich schwöre es, ich war es nicht!«

»Du weißt doch ganz genau, wie kostbar dieses Geschirr ist. Ich müsste dir eigentlich drei Monate das Geschirrgeld abziehen, und damit wäre der Schaden immer noch nicht bezahlt.«

Clara hob erneut an, sich zu wehren. Doch Caspers schnitt ihr das Wort ab. »Keine Widerrede mehr. Genug ist genug. Wir sind hier nicht in einem Debattierclub.«

»Aber ich habe doch nicht ...«

»Jetzt reicht es. Ich ziehe dir drei Monate Geschirrgeld ab. Nicht, dass du es nicht ohnehin verdient hättest.«

Na bitte. Sie hatte es doch gewusst. Für den obersten Hausdiener war die Sache damit erledigt. Er nahm die polierten Kristallgläser, die auf einem Tablett standen, und ging aus dem Raum. Man hörte seine Schritte auf der Treppe.

Kaum dass er außer Hörweite war, hieb sie wütend mit der Faust auf den Tisch. »Und ich war es nicht!«

»Clara! Du solltest dein Schicksal nicht herausfordern. Herr Caspers wird seine Meinung nicht mehr ändern.«

»Drei Monate Abzug des Geschirrgelds, finden Sie das gerecht, Mamsell Schott? Wo ich nicht mal schuld bin. Herr Alexander hat mich ganz merkwürdig angegrinst, als ich reinkam. Und dann hat er mir sogar ein Kompliment gemacht. Und als er aus dem Raum war, da hab ich es erst gesehen.«

Ottilie Schott zögerte kurz, aber sagte dann bestimmt: »Du hast mich gehört. Und das ist auch mein letztes Wort.« Sie nahm die große schwarze Kladde, in die sie alle Ausgaben eintrug, und ging den langen Flur entlang in ihren Raum.

»Das ist so ungerecht.« Clara schaute sich in dem Zimmer um, ob ihr den niemand zu Hilfe eilen wollte. Das Mittagessen war gerade zu Ende, und die meisten waren schon wieder an die Arbeit gegangen. Wütend und gleichzeitig resigniert starrte sie vor sich hin.

Kilian setzte sich ihr gegenüber und legte seine Füße auf den nächsten Stuhl. »Wir wissen doch alle, wie gemein Herrlein Alexander sein kann.« Wenn sonst niemand in der Nähe war, dann nannte er die Söhne des Grafen despektierlich Herrleins.

»Du bist besser ruhig. Wenn einer von den beiden das mitkriegt, könnten sie dir von heute auf morgen kündigen.« Albert Sonntag mischte sich ein. Seine Stimme klang warnend, aber auch wohlwollend.

»Das ist mir egal. Ich finde immer eine neue Anstellung«, gab Kilian trotzig zurück.

»Sei dir da mal nicht so sicher.«

»Sie haben doch auch sofort eine neue Stelle gefunden.«

»Ich habe aber eine höhere Qualifikation vorzuweisen. Ich möchte nicht damit angeben, doch ein Trakehner-Gestüt macht immer sehr viel Eindruck. Außerdem besitze ich einen Führerschein, was man noch nicht von allzu vielen Kutschern behaupten kann.«

Clara beobachtete die beiden jungen Männer. Kilian war offenbar nicht mit dem einverstanden, was der Kutscher ihm da erzählte. Erbost stand er auf.

»Und deshalb meinen Sie, Sie wären etwas Besseres als ich?«

Albert lehnte sich nach hinten und schmunzelte. »Ich bin ganz sicher nichts Besseres. Was ich dir sagen will, ist: Da draußen gibt es Tausende von Leuten, die als Hausbursche genauso gut geeignet wären wie du. Und die es für die Hälfte deines Gehaltes tun würden. Überleg es dir also gut.«

Jetzt platzte Kilian endgültig der Kragen. »Es ist ungerecht. Wir schuften hier wie die Rindviecher. Warum haben die da oben es so viel besser als wir?«

Überrascht riss Clara die Augen auf. So viel Hitzigkeit kannte sie sonst nicht von dem Hausburschen. Aber Kilian war nicht der Einzige, der sich über diese Zustände beschwerte. Nicht der einzige Dienstbote in diesem Haus und ganz sicher nicht der einzige im Kaiserreich.

»Vergiss nicht, wessen Hand dich füttert«, mahnte die Köchin, die mit Bertha den Tisch abräumte. »Sie sind nun mal wohlgeboren. Gott hat es so gewollt.«

Kilian stieß empört den Atem aus. »Ach ja? Ausgerechnet solche soll Gott bevorzugen? Was ist mit der Kotze-Affäre oder der Eulenburg-Affäre?«

»Kilian!« Irmgard Hindemith schlug empört ihre Hände auf die Wangen. »Nicht hier in diesem Haus. Davon will ich hier nichts hören.« Die Köchin senkte ihre Stimme. »Und eins sag ich dir: Wenn Herr Caspers oder gar der Herr Graf davon erfährt, dass du solche Dinge hier unten verbreitest, dann gnade dir Gott. Dann bist du noch vor dem nächsten Abendessen auf der Straße.« Sie bekreuzigte sich eilig, als hätte sie den Teufel gesehen.

Was meinte Kilian wohl damit? Kotze-Affäre? Eulenburg-Affäre? Wer hatte da eine Affäre mit wem? Sie würde ihn fragen, wenn keiner der älteren Dienstboten anwesend war.

Sie bemerkte, wie ein amüsiertes Grinsen über Albert Sonntags Gesicht zog. »Das ist schon lange her, aber ich kann Kilian verstehen. Wenn die Herrschaft über ein Volk sich durch Gottes Wille rechtfertigt, ist es umso unverständlicher, wenn der Adelsstand sich so unvereinbar zu Gottes Geboten verhält. Sie sind beileibe nicht gottgefälliger als unsereins.«

Irmgard Hindemith schaute den Kutscher schräg an, ganz als hätte sie nicht erwartet, dass ausgerechnet er ihr in den Rücken fallen würde.

Der zuckte unschuldig mit den Schultern. »Nicht nur widernatürliche Liebschaften, auch Scheidungen in fast allen europäischen Königshäusern, Affären und sogar Ehen mit ...« Er warf einen skeptischen Blick in ihre Richtung. Hielt er sie etwa für zu jung für solche Informationen? »... uneheliche Kinder, Rechnungen, die nicht bezahlt werden, Völlerei und andere Skandale. Da wird einmal quer über alle zehn Gebote geritten. Unsereins hat gar nicht die Zeit für so viele Sünden.«

»Herr Sonntag, ich muss doch sehr bitten.« Irmgard Hindemith hörte sich jetzt schon nicht mehr so überzeugt an. Dennoch bekreuzigte sie sich schnell. »Ihnen ist doch sicherlich bewusst, dass es an Majestätsbeleidigung grenzt, was Sie da sagen.«

»Ich sag nur, was alle wissen. Es steht sogar in den Zeitungen. Und die Schreiber würden sofort im Kerker landen, wenn sie es nicht beweisen könnten?«

Die Köchin machte ein zerknirschtes Gesicht. »Es ist noch nie was Gutes dabei rausgekommen, wenn man die göttliche Ordnung infrage stellt.«

Kilian und Albert tauschten einen Blick, den Clara nicht recht deuten konnte.

»Und du, Kilian, solange du nicht Graf bist, nimmst du gefälligst die Füße vom Stuhl.« Mit diesen Worten flüchtete die Köchin aus der Leutestube.

Der Hausbursche grinste triumphierend, stellte aber die Füße zurück auf den Boden. Er schaute sich zu Bertha um, die an die Tür gelehnt interessiert gelauscht hatte. Mit einer Kopfbewegung bedeutete er ihr, dass er nach draußen wollte, eine Zigarette rauchen. Die beiden verzogen sich.

Albert hörte noch, wie Bertha leise fragte: »Was ist denn die Kotze-Affäre?«

»Ich werde hier auch nicht ewig für die Herrschaften schuften«, gab Clara trotzig von sich. Sie wollte wieder Teil dieser erwachsenen Diskussion sein. »Sobald ich einundzwanzig bin, werde ich kündigen und in die Stadt gehen.«

Eigentlich hatte sie erwartet, dass Albert nun auch ihr beipflichtete, doch der sagte nichts. Noch ein Versuch.

»Ich geh nach Danzig. Oder vielleicht gehe ich sogar nach Berlin. Die Fabrikarbeiterinnen verdienen dreimal so viel wie wir hier. Und sie müssen nur zehn Stunden am Tag arbeiten, zwei Stunden weniger als wir.« Tatsächlich hatte sie solche Überlegungen jeden Abend, wenn sie müde zu Bett ging.

Er nickte zustimmend. »Dann hast du das also alles gut durchgerechnet?«

Clara stutzte. »Was denn durchgerechnet?«

»Na, was dir an Geld bleibt, wenn du Miete für ein kleines Zimmer zahlen musst. Dann das Geld für Gas und Strom, falls du überhaupt Gas haben solltest zum Kochen. Natürlich musst du dein Essen selbst bezahlen. Essen ist teuer. Und in der Stadt ist es besonders teuer.«

Verlegen presste Clara ihre Lippen aufeinander. Daran hatte sie natürlich nicht gedacht.

»Die Zimmer sind winzig, und die Toilette musst du dir mit wildfremden Menschen teilen.«

Sie wollte das nicht hören. Sie wollte nicht, dass er ihr ihre Träume kaputt machte. »Woher wissen Sie das?«

Doch er ging gar nicht auf ihre Frage ein. »Die Kleidung musst du dir natürlich selbst kaufen. Und glaub mir, wenn du in einer Fabrik arbeitest und in einer großen Stadt wohnst, brauchst du sehr viel öfter neue Kleidung als hier. Hier wird dir die Dienstkleidung gestellt, und du brauchst nur ganz wenig eigene Kleidung. Ich bin ja noch nicht so lange hier, aber ich nehme an, du hast gelegentlich die getragene Kleidung von den beiden jungen Fräuleins bekommen, oder?«

Clara nickte. So war es. Selbst die getragenen Kleider der Komtess waren noch immer wunderschön.

»Neue Kleidung kann man sich kaum leisten. Das bedeutet,

dass du deine Sachen vermutlich in den Altkleiderläden kaufen musst.«

Clara sackte in sich zusammen. Wenn er doch nur endlich aufhören würde.

»Natürlich ist das verlockend, nur noch zehn Stunden pro Tag arbeiten zu müssen. Andererseits kannst du nicht einfach freimachen, wenn mal etwas wirklich Wichtiges ist. Wenn es deinen Eltern zum Beispiel schlecht geht oder deine Geschwister heiraten. Oder du zum Arzt müsstest, den du natürlich auch selbst bezahlen musst.« Er schaute sie mit einem fordernden Blick an.

Auf welcher Seite stand er denn nun eigentlich? »Aber ... Ich dachte, Sie wären gegen die Herrschaften.«

Albert lachte leise auf. »Die Welt ist viel komplizierter und viel vielschichtiger, als du es dir vorstellst.«

»Ich bin fast erwachsen!«, gab sie empört von sich.

»Ja, *fast* erwachsen.«

Clara wusste nicht, ob sie nun böse sein sollte oder glücklich, dass er überhaupt mit ihr sprach. Sie versuchte ein unsicheres Lächeln. Er würde ihr doch nicht diese Ratschläge erteilen, wenn ihm nichts an ihr lag. Oder?

Hektor, der frühere Kutscher, hatte sie gemocht. Mit ihm hatte sie flirten können. Er war zwar schon älter, aber er war der einzige Mann, der hier für solche Dinge infrage kam. An Kilian verschwendete sie keinen Gedanken, genauso wenig wie an Eugen. Das waren doch nur Jungs, keine Männer. Aber Albert Sonntag sah besser aus als jeder andere Mann, den sie kannte. Und sie begegnete ihm jeden Tag. Doch leider hatte er auf ihre – wie sie insgeheim zugeben musste – teilweise sehr holprigen Bemühungen um seine Aufmerksamkeit überhaupt nicht reagiert. Hatte er nun seine Meinung geändert? Schließlich musste auch ein Blinder sehen, dass sie nun bald erwachsen war!

Doch genau in diesem Moment setzte der Kutscher nach:

»Und dann sind da natürlich noch die anderen Dinge, mit der eine Frau in einer Großstadt rechnen muss.«

Eine Frau, hatte er gesagt. Stolz lehnte sie sich über den Tisch in seine Richtung und lächelte zuckersüß.

»Auch wenn man gut erzogen ist und nichts Böses im Sinn hat, kann man dort an schlechte Menschen geraten. An sehr schlechte Menschen.«

Sie runzelte die Stirn. Was meinte er?

Er bedachte sie mit einem eindringlichen Blick. »Es ist kein Zufall, dass, je größer eine Stadt ist, es umso mehr … gefallene Mädchen gibt.«

Clara schoss vom Stuhl hoch und lief dunkelrot an. »Ich habe nicht vor …« Das war doch wirklich die Höhe! Wie konnte er nur?! Sie würde doch niemals …

Doch bevor sie ausführen konnte, was sie ihm an den Kopf werfen wollte, kam Kilian hineingestürzt.

»Der Bulle! Er hat sich losgerissen!«

* * *

Mit einem Satz stand Albert, griff nach seiner Jacke und rannte hinaus.

Draußen sah er gerade noch, wie das massige Tier um die Ecke verschwand, und sprintete hinterher. Eugen und Johann standen vor dem Haupteingang des Herrenhauses. Johann hatte seine Jacke ausgezogen und riss sie ein ums andere Mal in die Höhe. Der Stier schien verunsichert darüber, in welche Richtung er sich wenden sollte, jetzt, da er frei war. Er schnaufte, stampfte mit den Hufen auf, schabte Löcher in den Kies und drehte sich mal nach rechts, mal nach links. Er wich zurück, warf nur einen kurzen Blick auf Albert, der sich langsam in Richtung der Remise bewegte, und trottete einer plötzlichen Eingebung folgend den Hauptweg entlang zur gepflasterten Chaussee, als wollte er einen Sonntagsspaziergang unternehmen. Johann und Eugen waren sofort hinterher, wobei Johann mit seinem wilden Geschrei und dem Schwenken seiner Jacke dafür sorgte, dass er den Bullen nur schneller vor sich hertrieb. Schon bog er auf die mit Birken bestandene Allee ein.

»Kilian, du holst drei, vier lange Seile. Und ein Gewehr. Ich werde mit dem Pferd versuchen, ihm den Weg ins Dorf abzuschneiden«, rief Albert dem Burschen zu.

Albert rannte in den Pferdestall, sattelte in rasender Geschwindigkeit ein Kutschpferd und ritt über einen Nebenweg in Richtung Dorf. Über die abgeernteten Felder hinweg konnte er sehen, wie der Bulle auf der Chaussee unbeeindruckt seinen Weg fortsetzte, als erwartete ihn am Ende des Weges eine Belohnung.

Johann war schneller als Eugen. Er wedelte ständig mit seiner Jacke durch die Luft. Gelegentlich blieb der Bulle stehen, senkte die Hörner und machte den Eindruck, als wollte er sich jeden Moment auf Johann stürzen. Unbeirrt ritt Albert weiter. Er musste verhindern, dass der Bulle ins Dorf kam. Hoffentlich beeilte Kilian sich mit dem Gewehr. Vermutlich blieb ihm nichts anderes übrig, als das wertvolle Tier zu erschießen. Er erreichte die Dorfstraße auf dem Nebenweg.

Wenige Menschen waren auf der Straße. Eine alte Frau fegte vor ihrem Haus das Pflaster. Zwei größere Kinder standen um die Dorfpumpe herum und warteten darauf, ihre Eimer mit Wasser zu füllen. Ein Junge schulterte gerade das Tragholz, mit dem er die zwei Eimer nach Hause schleppen würde.

»Runter von der Straße. Der Bulle ist los!« Albert ritt an ihnen vorbei.

Sofort ließen sie ihre Eimer fallen und liefen Richtung Krämerladen. Die Alte bekreuzigte sich und verrammelte ihre Tür.

Hundert Meter weiter stand ein langer Leiterwagen, vor dem ein Pferd angeschirrt war. Wie im wilden Westen ritt Albert darauf zu und stoppte erst kurz davor. Ein Bauer, den er nicht kannte, kam gerade aus der Poststube.

»Schnell. Der Bulle ist los. Er läuft aufs Dorf zu. Wir müssen den Leiterwagen quer stellen.«

Der Bauer, grau und mit zerfurchtem Gesicht, begriff sofort. Es war sicher nicht der erste ausgebüxte Bulle, den er erlebte. Jeder wusste, was so ein Berg aus Fleisch und Muskeln anstellen konnte, zumal wenn er wütend war. Es konnte Verletzte, ja sogar Tote geben.

Schnell setzte sich der Mann auf den Kutschbock und folgte Albert Richtung Ortsanfang.

»Es ist zu spät.«

Der Bulle hatte die ersten Häuser schon erreicht. Unschlüssig pendelte er von der linken zur rechten Straßenseite, als wäre er auf der Suche nach etwas. Genau vor ihm ging eine Tür auf. Eine Frau trat heraus, schrie entsetzt auf und schlug die Tür schnell hinter sich zu.

Der Schrei gefiel dem Tier gar nicht. Es schnaubte und brachte seine Hörner in Stellung. Aber da die Frau nun wieder drinnen war und sich nichts mehr bewegte, wusste er nicht, wohin mit seiner Wut.

Da entdeckte er den Leiterwagen, den Albert mit dem Bauern fünfzig Meter weiter quer zur Straße zum Stehen brachte. Albert drückte einem Dorfjungen die Zügel seines Pferdes in die Hand, damit er es nach hinten in Sicherheit bringen konnte. Der Bauer schirrte in Windeseile sein Pferd ab, und ein anderer Junge fand sich, der es von der Dorfstraße wegbrachte.

Der Bulle stürmte auf den Leiterwagen zu. Der krachte laut und wurde in die Höhe gehoben, als er gegen ihn prallte. Das Tier verhakte sich mit seinen großen Hörnern in den schrägen

Seitensprossen, was es nur noch viel wilder machte. Es stampfte rückwärts und zog den Wagen dabei ein Stück mit sich, bis es seine Hörner endlich wieder frei hatte. Johann und Eugen blieben in einiger Entfernung stehen. Wo blieb denn Kilian, verflucht noch mal?

Der Bulle begab sich wieder in Position und stieß ein weiteres Mal zu. Albert und die anderen, die hinter dem Wagen standen, sprangen zurück.

»Ich brauch die Decke.« Schon kletterte Albert vorsichtig auf den Leiterwagen. Er wartete nicht auf die Zustimmung des Bauern, sondern breitete eine Decke aus, die im Wagen lag.

»Was wollen Sie mit der Decke?«

»Ich werde versuchen, sie über seinen Kopf zu werfen. Wenn er nichts mehr sieht, wird er sich hoffentlich beruhigen.«

»Sie sind lebensmüde«, sagte der Bauer überzeugt.

»Wenn er Ihren Sohn erwischen würde, würden Sie sich wünschen, Sie hätten einen Lebensmüden wie mich an Ihrer Seite.« Mit der Decke in den Händen wartete er auf den nächsten Angriff.

Johann fluchte laut, und der Bulle drehte sich um. Locker lief er ein paar Meter in Johanns Richtung, als brauchte er noch Zeit zu überlegen, was er mit dem Stallmeister machen könnte. Johann schwenkte wild seine Jacke. Albert war schier unbegreiflich, was er damit bezwecken wollte.

»Wir müssen ihn ruhig kriegen. Alle sind still, und keiner bewegt sich«, rief Albert.

Der Bulle drehte sich zu dem Rufenden um und nahm Anlauf. Er krachte heftig in den Leiterwagen hinein. Obwohl Albert noch im letzten Moment versucht hatte, die Decke über dem riesigen Schädel zu platzieren, flog er im nächsten Moment schon durch die Luft. Der Atem blieb ihm weg, als er auf dem Rücken landete. Und dann krachte noch der Leiterwagen auf die Seite. Er verfehlte seinen Fuß nur um wenige Zentimeter. Der Bauer schrie, und Johann schrie ebenfalls.

Der Bulle stampfte die Dorfstraße hoch und runter, immer wenige Meter in eine Richtung, und war vollends verwirrt. Hinter sich entdeckte Albert Kilian, der endlich mit dem Gewehr und den Seilen angerannt kam.

Johann brachte sich eilig hinter dem gestürzten Leiterwagen in Deckung. Kilian reichte Albert schnell das Gewehr. Er gab Eugen eins von den Seilen und versuchte selbst mit einem zweiten Seil einen Lassotrick. Er verfehlte den Bullen um Meter. Albert kniete sich hin und nahm das Gewehr in den Anschlag.

Als er das Tier anvisiert hatte, schob sich jemand dazwischen. Eugen, das Seil locker über die Schulter gelegt, ging langsam mit ausgebreiteten Händen auf den Bullen zu.

»Bist du wahnsinnig?«, schrie Johann.

Albert hielt ihm sofort den Mund zu. »Sei um Himmels willen ruhig. Je aufgeregter der Bulle ist, desto wütender wird er. Wir müssen ruhig und langsam sein.«

»Dieser Scheißjunge. Er ist an allem schuld«, zischte Johann leise, bevor er endlich verstummte.

Der massige Bulle schaute Eugen an, stampfte langsam mit seinen Hufen auf, scharrte über den staubigen Boden. Doch dann, als hätte er plötzlich keine Lust mehr auf diesen Kampf, drehte er sich um und verschwand zwischen zwei Häusern.

Eugen ging ihm nach.

Albert musste sich erst einmal sortieren. Er klopfte sich den Staub von der Kleidung und nahm von Kilian ein weiteres Seil entgegen.

»Du bleibst hier!«, befahl er Johann. »Du machst das Tier nur nervös.« Gemeinsam mit dem Hausburschen folgten sie Eugen vorsichtig.

Der Bulle stand in einem Gemüsegarten hinter einem der Häuser. Eugen ging weiter langsam auf ihn zu und redete leise auf ihn ein. Albert konnte nicht hören, was er ihm sagte, aber der Bulle schien sich zu beruhigen. Er trottete noch wenige Meter weiter, soff aus einem Zinneimer Regenwasser und blickte Eugen dann und wann an, um sich von seiner Harmlosigkeit zu überzeugen.

Albert wies Kilian eine Position zu, auf die er sich begeben sollte. Er schlich auf eine andere und nahm den Bullen wieder ins Visier. So ein herrlich kraftvolles Tier. Wirklich schade, vermutlich blieb ihm nichts anderes übrig, als ihn zu erschießen.

Doch Eugen hatte sich dem Bullen unbeirrt bis auf drei Meter genähert. Nun ging er in die Hocke und wartete. Er murmelte leise etwas, und irgendwie schien sich das Tier immer mehr zu beruhigen. Genüsslich fraß es an einem Petersilienstrauch, als würde es auf seiner Wiese stehen. Eugen bewegte sich nicht auf ihn zu, streckte aber die Hand mit etwas Gras darauf aus. Ganz allmählich kam das Tier näher. Schließlich ließ er sich von ihm füttern. In Zeitlupe stand Eugen auf und streichelte den massigen Hals des Tieres.

Der Bulle ließ sich das gerne gefallen. Als Eugen ganz vorsichtig nach seinem Nasenring griff, schüttelte er zweimal den Kopf, doch beim dritten Mal ließ er es einfach zu. Liebevoll redete Eugen weiter mit dem Tier, während er sein Seil am Nasenring verknotete. Ohne weiteren Widerstand ließ das Tier sich abführen. Albert rieb sich kurz die Augen. So etwas hatte er noch nie gesehen. Verwundert folgte er den beiden.

Eugen führte den Ausreißer zwischen den Häusern zurück auf die Dorfstraße. Die Leute starrten ihn furchtsam an, aber alle waren mucksmäuschenstill. Unbegreiflicherweise trottete der Bulle friedlich neben Eugen her.

»Da hat er aber noch mal Glück gehabt. Es hätte sonst was passieren können. Der dumme Junge. Lässt einfach das Gatter auf.« Johann steckte sich eine Zigarette an und spendierte sogar Kilian eine. Er schien sichtlich erleichtert.

Albert, das Gewehr noch immer im Anschlag, bekam sein Pferd zurück und gab Kilian die Zügel. In gehörigem Abstand liefen sie hinter dem Tier, nachdem Albert den Bauern versichert hatte, dass der Gutshof für den Schaden am Leiterwagen aufkommen würde.

Sie hatten kaum das Dorf verlassen, da deutete Kilian mit dem Kopf übers Feld. »Das Herrlein kommt. Hat sich bestimmt so lange versteckt, bis er sicher sein konnte, dass es nicht mehr gefährlich ist.«

Auf dem gleichen Nebenweg, den Albert vorhin genommen hatte, ritt der jüngste Grafensohn. Er sah sie auf der Chaussee und kam in einem weiten Bogen über das Feld geritten.

»Waldner. Haben Sie wieder getrunken?«

Johann fand zu seiner gewohnten Schweigsamkeit zurück. Er wartete, bis der Bursche bei ihnen angekommen war.

»Ich hab Sie was gefragt.« Alexander von Auwitz-Aarhayns Blick ging immer wieder nach vorne, wo Eugen in Seelenruhe neben dem Bullen lief.

»Nein, gnädiger Herr. Ich hab keinen Tropfen angerührt.«

»Ach, erzählen Sie nichts. Ich hab es zufällig oben am Fenster beobachtet. Sie waren als Letzter beim Bullen drin. Sie haben vergessen, den Riegel am Gatter zu schließen.« Das Gatter für die Bullen hatte einen extradicken, langen Riegel. Bei diesen majestätischen Tieren konnte man nicht vorsichtig genug sein.

Johann stand vor dem Reiter, den Kopf gesenkt und wusste nichts mehr zu antworten.

Der junge Adelige sah die beiden anderen fragend an. »Ist im Dorf alles in Ordnung? Ist jemand verletzt worden?«

»Der Leiterwagen von einem der Pächter ist arg mitgenommen. Wir haben versucht, mit dem Wagen den Weg zu blockieren.«

Der Sohn des Grafen nickte, als würde er seine Zustimmung zu diesem Vorgehen geben. Sein Blick fiel auf das Gewehr. »Sie brauchten nicht zu schießen?«

»Nein, gottlob.« Albert wies mit dem Kopf nach vorne. »Dank Eugens besonnener Art war das nicht nötig.«

»Er hat einfach mit ihm geredet, und das Vieh hat sich beruhigt. So als könnte er zaubern oder als hätte er es hypnotisiert«, erklärte Kilian genauer, was vorgefallen war.

Der Reiter schenkte dem merkwürdigen Paar weiter vorne einen längeren Blick. »Waldner, wenn so etwas noch mal passiert, dann sorge ich dafür, dass mein Vater Ihnen den Schaden in Rechnung stellt.« Er schnalzte und wendete das Pferd. »Ich werde mich um den Schaden kümmern.« Er ritt Richtung Dorf davon.

Genau wie Kilian wartete Albert auf Johanns Erklärung. Doch der schulterte sein Seil und sagte nur: »Schlimme Sache. Wir können froh sein, dass es so glimpflich ausgegangen ist.«

30. Oktober 1913

»Tyras! Cyrus!« Adolphis rief die Hunde zu sich. Und zu den Treibern: »Wir ziehen weiter. Hier ist keine gute Stelle.«

Die beiden Deutschen Doggen hatte er als Erbe von seinem Vater übernommen, auch wenn die Hunde nicht besonders gut auf ihn hörten. Noch hatten sie ihren ehemaligen Herrn nicht vergessen. Und obwohl Großvater sie streng erzogen hatte, waren sie doch ein unzertrennliches Trio gewesen. Papa setzte auf die Erziehung, die die Rüden bereits genossen hatten, aber letztendlich verwöhnte er sie zu sehr. Er brüstete sich gerne mit diesen vornehmen Hunden, hatte es aber immer noch nicht geschafft, dass sie ihm aufs Wort gehorchten.

Den ganzen Vormittag schon hatten sie auf der Jagd verbracht, aber noch immer wenig Abschüsse vorzuweisen. Ein Dutzend Perlhühner, einige Rebhühner, Kaninchen und zwei fette Hasen, einen Fuchs, mehrere Wildtauben und immerhin zwei Wildsauen waren die spärliche Ausbeute. Vater suchte natürlich nach einem kapitalen Hirsch oder doch wenigstens nach einer Hirschkuh.

Alexander ließ seinen Blick über den Waldrand schweifen. Die tiefen dunklen Wälder waren der Kraftort seines Großvaters gewesen. Das Herz des Gutes und der Ort, an den sein Großvater sich zurückgezogen hatte, wenn er wichtige Entscheidungen hatte treffen müssen. Alle hatten gewusst, wenn Großpapa von seinem Spaziergang zurückgekommen war, gab es nichts mehr zu bereden. Er war stark gewesen. Und gleichzeitig starrsinnig in seinen Überzeugungen.

Am ehesten kam Nikolaus nach ihm. Er würde Großpapa alle Ehre machen, da war sich Alexander sicher. Und in fünfzig Jahren auf ein ebenso unbeugsames Leben zurückblicken. Vater war ganz anders, und Konstantin schlug keinem der beiden Männer nach.

Die Treiber der Jagdgesellschaft, eine Zusammensetzung aus Pächtern, Waldarbeitern und Tagelöhnern, gingen voran. Irgendwo wurde ein Horn geblasen. Einer der Treiber hatte wohl ein größeres Tier aufgestöbert. Papa signalisierte ihm, er solle sich beeilen. Dabei war das nichts für ihn. Er mochte nicht gerne auf wehrlose Tiere schießen. Tiere, die bei der Anzahl der Jagdhunde und der Vielzahl an Waffen und Treibern keine Chance hatten.

Letztes Jahr hatte er den Fehler gemacht, den Gedanken laut zu äußern. Wie viel Verachtung in dem Blick gelegen hatte, den sein Großvater ihm daraufhin zugeworfen hatte. Papa hatte versucht zu schlichten, indem er es auf Alexanders Unreife geschoben hatte. Aber er hatte förmlich spüren können, was ebenfalls in Vaters Kopf vor sich gegangen war: Alexander war nicht der Sohn, den man sich als Erben wünschte.

Es machte ihn wütend, all diesen Erwartungen entsprechen zu müssen, ohne dass ihn jemand fragte, was er wollte. Andererseits war er ganz froh, dass ihn niemand fragte. Denn was hätte er antworten sollen?

Er schulterte seine Büchse und schlug eine Abkürzung durch ein dichtes Waldstück ein. Gelegentlich schoss er einen Fasan oder eine Ente, und ansonsten gab er vor, dass das Jagdglück ihn im Stich ließ. Von allen Jagdtrophäen hatte Vater mehr als ein Drittel geschossen. Auch wenn er sonst wenig Elan bei der Erfüllung der Pflichten eines Gutsherrn zeigte – die Jagd war etwas, das ihm außerordentliches Vergnügen bereitete. Vater konnte es gar nicht abwarten, dass Saison war.

Gleichermaßen gelangweilt wie unwillig stapfte Alexander durch das Unterholz. Das benachbarte Rascheln wurde leiser. Er musste einen Schritt zulegen, wenn er nicht den Anschluss verlieren wollte. Er rannte ein paar Meter und hüpfte über einen umgestürzten Baumstamm.

Ein unmenschlicher Schmerz schoss durch seine Glieder. Während er ins nasse Laub fiel, brüllte er aus Leibeskräften. Fast gelähmt von rasenden Schmerzen hob er den Kopf. Eine rostige eiserne Zwinge bohrte sich in seinen linken Unterschenkel. Die Pein war so übermächtig, dass ihm schwarz vor Augen wurde.

»Alexander?« Vaters Stimme. Er kniete neben ihm, sein Gesicht dicht vor ihm. Benommen sah er zu ihm auf.

»Mein Junge. Komm zu dir!«

Um ihn sammelten sich die Gäste, die Freiherren der benachbarten Güter. Alle starrten ihn an. Redeten durcheinander.

Zwei Waldarbeiter machten sich schon an der Zwinge zu schaffen. Alexander schrie auf. Sie ließen ab.

Sein Körper bestand nur noch aus einem einzigen höllischen Inferno. Vor lauter Qualen kam sein Atem nur keuchend. Vater half ihm, seinen Oberkörper zu heben. Aber er ließ sich sofort wieder zurückfallen. Er wimmerte.

»Du bist in eine alte Bärenfalle getreten.«

Schweiß lief ihm trotz der kühlen Witterung die Stirn herab, vermischte sich mit Tränen. Er biss die Zähne aufeinander, um nicht wieder laut loszuschreien. Seine Hand krallte sich in die seines Vaters. Der Atem kam stoßweise.

»Die Falle muss hier schon seit drei Wintern liegen. Ich erinnere mich vage, dass Großpapa damals etwas von einem Bären erzählt hat«, erklärte Konstantin. Er hockte neben Vater und winkte Albert Sonntag heran.

»Jetzt!«

Zusammen mit den beiden Waldarbeitern versuchten der hochgewachsene Kutscher und Konstantin, die mächtigen Eisenzähne auseinanderzuziehen. Normalerweise wurden sie mit einer mächtigen Eisenstange auseinandergehebelt.

Als hätte sein letztes Stündchen geschlagen, schossen Alexander verschiedenste Gedanken durch den Kopf: Er könnte sein Bein verlieren. Dann wäre er ein Krüppel. Was schlimm wäre – andererseits würde dann niemand mehr etwas von ihm erwarten. Alexander schrie laut, als wollte er diese feigen Gedanken vertreiben.

Die beiden jungen Männer hatten es endlich geschafft, die Bärenfalle zu lösen. Konstantin schob die zerfetzte Hose über seinen blutigen Unterschenkel. Vater presste die Lippen aufeinander. Es sah wohl nicht gut aus. Er ließ Alexanders Hand los und stand auf.

»Sonntag, glauben Sie, Sie können ihn tragen? Wenigstens bis an den Waldrand?«

Der hochgewachsene Kutscher nickte. »Ich kann es versuchen.«

Vater schickte zwei der Treiber los. Der eine sollte im Gut Bescheid sagen, der andere den Doktor holen. Die Besucher standen glotzend um ihn herum.

»Alexander, versuch aufzustehen.« Konstantin bot ihm seine Hand an. Er spürte, wie sein Vater ihm die Hände unter die Schultern schob.

Gequält und unter Schreien kämpfte Alexander sich in die Aufrechte. Grob schubste er Albert Sonntag beiseite. »Ich schaff es alleine aus dem Wald raus«, keuchte er. »Konstantin, stütz mich!«

Sein Bruder sah ihn skeptisch an, stellte sich aber sofort an seine Seite. Vater packte ihn rechts. Er humpelte gerade mal einen Schritt voran, schrie vor Schmerzen laut auf und sackte in sich zusammen.

»Alex, mein Junge.«

Doch er schüttelte nur den Kopf. Er versuchte es noch ein weiteres Mal, aber es nutzte nichts. Es würde Stunden dauern, bis sie auf diese Weise aus dem Wald heraus wären. Und vorher wäre er wahrscheinlich vor Schmerzen gestorben. Bei jeder kleinsten Bewegung rollte eine quälende Welle durch seinen Körper. Er wollte am liebsten wieder ohnmächtig werden.

»Alex, lass dich tragen«, flüsterte Konstantin ihm leise zu. »Wir schicken die anderen weg.« Natürlich wusste sein Bruder genau, warum er sich zierte.

Für einen Moment kämpfte Alexander mit sich und gegen die Schmerzen. Ein Rinnsal frischen Blutes lief über seine Schuhe. Ganz unmerklich nickte er.

»Die Jagd ist beendet. Ihr alle da, ihr nehmt das Wild und bringt es zurück«, bellte Konstantin die Treiber an.

Sie hatten bisher nur neugierig herumgestanden und geglotzt, griffen aber sofort nach den Stangen, auf denen die Jagdbeute aufgehängt war. Das Schwarzwild wurde von je vier Männern gepackt.

»Meine Herren, wir sehen uns am Herrenhaus wieder. Gehen Sie bitte auch schon vor«, bat der Vater seinen Besuch.

Die Männer drehten sich weg, murmelten Worte, die Alex nicht verstand.

»Sollten wir die Jagdgesellschaft nicht ganz auflösen, Papa?«

Vater sah Konstantin bitter an. »Nein, wir lassen das erlegte Wild zur Strecke auflegen und werden es nach dem Diner bei Fackelbeleuchtung besichtigen wie üblich. Wenn wir nun ganz abblasen, machen wir die Sache nur größer, als sie ist.«

Es dauerte einige Minuten, bis alle außer Sicht waren. Erst jetzt trat Albert Sonntag näher an ihn heran.

Der Kutscher legte seine Arme unter seine Schultern und in seine Kniekehlen.

»Seien Sie bloß vorsichtig. Und machen Sie schnell«, gab Alexander ungehalten von sich.

Vorsichtig, Schritt für Schritt, stapfte der in Richtung Waldrand, flankiert von Konstantin und seinem Vater, die ihm den Weg wiesen oder auf herausstehende Wurzeln aufmerksam machten.

Alexander stöhnte die ganze Zeit – vor Schmerzen, aber auch, weil es so unerträglich demütigend war. Als wäre er ein Mädchen, das auf der Wiese gestolpert war und sich den Knöchel verstaucht hätte. Seine Tränen der Enttäuschung versteckte er hinter wilden Schreien. Was sollte nun aus ihm werden?

Kapitel 5

Ende November 1913

Albert kam mit seinem billigen Pappkoffer die Hintertreppe herunter. Die Gräfin war schon vor einigen Wochen nach Ostpreußen gereist, um ihrer ältesten Tochter in der Zeit vor der Niederkunft beizustehen. Im Haus war es ungewohnt ruhig. Gestern hatte er sogar Kilian geholfen, die Winterfenster in den bewohnten Zimmern einzusetzen. Adolphis von Auwitz-Aarhayn würde heute wegfahren, und er würde ihn begleiten.

Irmgard Hindemith stand in der Küchenstube, dort, wo normalerweise das Essen angerichtet wurde, hinter dem rothaarigen Stubenmädchen, das über einem Block kauerte.

»Du musst weitermachen. Du bist gar nicht schlecht. Niemand wird an einem Tag ein Meister.«

»Aber ich übe doch nun schon seit Monaten. Und ich mache immer noch so viele Fehler. Können Sie mir nicht einfach weiter die Briefe schreiben?«

»Du weißt doch, wie sehr mir die Finger dabei wehtun. Das ist doch der Plan bei der Sache, dass du schreiben lernst, nicht nur für dich, sondern auch für mich.«

»Ich werde sie ohnehin nie finden.«

»Ach, Unfug. Sie können schließlich nicht vom Erdboden verschwunden sein. Irgendwann findest du sie schon.«

Albert räusperte sich. Die beiden fühlten sich offenbar ertappt, denn sie blickten ihn betroffen an. Wiebke schob den Schreibblock und einen Bleistift verschämt unter ein Küchentuch.

»Ich wollte nicht stören. Ich wollte mich nur verabschieden. Wir fahren gleich.«

Irmgard Hindemith schob ihren Körper vor den des Mädchens, als wollte sie es schützen. »Ist Herr Caspers noch oben in der ersten Etage?«

»Ja, er ist gerade mit dem Packen fertig. Kilian bringt jetzt den Koffer runter.«

Die Köchin nickte nur. Die beiden schienen darauf zu warten, dass er die Küchenstube verließ.

»Wir sind dann in drei Tagen zurück.« Auch wenn er neugierig war, was die beiden verheimlichten, würde er nicht fragen. Er konnte sich nicht vorstellen, dass sie etwas Schlechtes taten. Außerdem hatte jeder ein Anrecht auf Geheimnisse. Er hatte ja auch eines. »Ich wollte nur fragen, ob ich etwas aus der Stadt mitbringen soll.«

»Ein paar neue Mäusefallen wären gut. Ich habe mal wieder eine in der Speisekammer gesehen. Und wenn man eine sieht, dann sind es zehn, die sich durchfressen.«

»Auch Gift?«

»Nein, lieber nicht. Das macht mich immer ganz nervös.«

Er legte seinen Kopf schief, um einen Blick auf das Stubenmädchen erhaschen zu können. »Wiebke, ich habe gesehen, dass du die Kolportageromane von Clara liest. Ich kann dir gerne eins meiner Bücher leihen.«

Wiebke lugte hinter der Köchin hervor. Sie war puterrot im Gesicht.

»Geh ruhig in mein Zimmer. Dort auf dem Regal stehen einige Bücher. Du kannst dir aussuchen, was du willst.«

»Danke, Herr Sonntag. Das ist sehr freundlich.«

Frau Hindemith schien mit seinem Vorschlag sehr einverstanden zu sein, denn sie lächelte zufrieden. »Wir ... wir frischen nur ein wenig Wiebkes Schulwissen auf.«

»Das kann ja nie schaden. Ich habe damals im Waisenhaus den kleineren Kindern beim Lesenlernen geholfen.«

»Ach wirklich?« Plötzlich schien Wiebke sehr interessiert. »Und ... haben Sie ihnen auch das Schreiben beigebracht?«

»Ja, natürlich.« Plötzlich wusste er, was die beiden verheimlichten. Irmgard Hindemith brachte vermutlich die Schreibfähigkeiten des Stubenmädchens auf Trab. Jetzt fiel es ihm wieder ein, was sie ihn vor ein paar Monaten gefragt hatte. Deswegen hatte sie ihn nie nach der Adresse seines Waisenhauses gefragt.

»Wolltest du nicht an die Waisenhäuser schreiben wegen deiner Geschwister?«

Wiebke zuckte zusammen. Die Köchin antwortete für sie: »Wir haben Briefe nach Stettin und Stargard geschickt. Leider haben wir von dort nur Absagen bekommen.«

»Ich könnte versuchen, weitere Adressen herauszubekommen, wenn ich in Stettin bin. In meinen freien Stunden. Dann würde es sich wirklich lohnen, weiter schreiben zu üben.«

Obwohl das Stubenmädchen einen hochroten Kopf hatte, erschien auf ihrem Gesicht ein hoffnungsvoller Ausdruck.

»Das wäre sehr nett.«

Sie hörten, wie sich die Tür des Hinterausgangs öffnete und wieder zuschlug. Albert machte eine Geste, aus der die Frauen schließen konnten, dass ihr Geheimnis bei ihm gut aufgehoben war. Hedwig, das spindeldürre Hausmädchen, kam mit einer leeren Tasse in der Hand zurück.

»Kind, sag nicht, du hast wieder die Katzen gefüttert.«

Verhuscht drückte sich die Blonde an die Mauer. »Ich hab Mimi und Lieschen nur ein ganz klein bisschen Sahne gegeben.«

Irmgard Hindemith hob die Hände zum Himmel, als wollte sie Gott anflehen. »Und da wundere ich mich, dass die Katzen dick sind und die Mäuse durch den Keller huschen. Das war jetzt das allerletzte Mal, dass ich es dir sage: Das ist die dicke Rote, und es ist die große Schwarze. Sie bekommen keine Namen, und sie werden nicht gestreichelt. Füttere sie nicht, damit sie hungrig bleiben. Wir sind doch kein Tierpark. Sie leben hier nur, damit sie Mäuse fangen.« Sie wandte sich an Albert. »Tja, vielleicht bringen Sie doch besser auch noch Gift mit. Sicher ist sicher.«

Er nickte, verabschiedete sich von allen und ging. Draußen stand Kilian schon mit dem großen Lederkoffer vor dem frisch polierten Wagen. In den letzten Tagen hatte Albert ihn in jeder freien Minute gefahren. Heute stand die erste größere Fahrt an. Da wollte er einen guten Eindruck hinterlassen. Der Graf plante, nach Stettin zu fahren. Albert musste sich eingestehen, doch ein wenig nervös zu sein. Bei seiner ersten langen Fahrt wollte er auf keinen Fall einen Fehler machen. Deshalb hatte er sogar noch spätabends auf dem rutschigen Kopfsteinpflaster der Landstraße geübt, um seine Fahrpraxis aufzufrischen.

Albert verstaute seinen Koffer auf dem Beifahrersitz. Über den herrschaftlichen Koffer hinten auf der Ablage breitete er ein dickes Wollvlies. Seit gestern Abend schneite es leicht.

Der junge Herr humpelte vor die Eingangstür und blickte auf ihn herab. Alexander von Auwitz-Aarhayn hatte sich mit keinem Wort bei ihm bedankt, dass er ihn aus dem Wald getragen hatte. Im Gegenteil, er schien noch wochenlang seinen Unmut darüber kundtun zu müssen, dass Albert ihn wie einen kleinen Jungen getragen hatte. Dem Burschen war es höchst unangenehm gewesen. Stattdessen hatte er geschimpft und fluchend seine Wut über das Unglück an ihm ausgelassen. Wie typisch für ihn, wie typisch für seinesgleichen.

Drei Wochen war Graf Alexander ans Bett gefesselt gewesen, was seiner Laune nicht gerade gutgetan hatte. War er bisher lediglich ein Unruhestifter gewesen, bekam die Dienerschaft es seit seinem Unfall mit bodenloser Bitterkeit zu tun. Wenn es nur irgend möglich war, ging man ihm aus dem Weg. Seine Wunden hatten sich leicht entzündet. Wann immer der Arzt Jodoform aufbrachte und die Wunde neu verband, waren seine Schreie durch das ganze Haus zu hören gewesen. Der Doktor verabreichte ihm anständige Dosen Heroin. Nur mit diesem starken Schmerzmittel hatte er die nächsten Tage durchgehalten. Gottlob hatte sich die Wunde nicht weiter entzündet. Eine Krankenschwester, die jeden Tag vorbeischaute und die Verbände wechselte, hatte Schlimmeres verhindert. Seit ein paar Tagen humpelte er auf Krücken und mit einem dicken Verband missgelaunt durchs Haus und schnauzte jeden an, dem er habhaft werden konnte.

Jetzt schaute er mit einem unerfreulichen Blick auf den Wagen, als würde Albert eine besondere Gunst zuteil, die er nicht verdient hätte. Erstaunlicherweise klangen seine Worte eher interessiert als schlecht gelaunt: »Wie fährt man so einen Wagen?«

Für einen Moment überlegte Albert, was er antworten sollte. Wollte der Junge eine verkürzte Einführung in das Bedienen eines Automobils? Was stellte er sich vor?

Da es ihm mit einer Antwort anscheinend nicht schnell genug ging, schob der junge Graf hinterher: »Ich meine, braucht man die Füße?«, kam es kratzig heraus.

Das steckte dahinter. Der Junge wollte wissen, ob er jemals in der Lage sein würde, selbst den Wagen zu fahren. Vermutlich hatte er von oben zugesehen, wie Albert einige Male mit Graf Konstantin die Auffahrt auf und ab gefahren war.

»Nein. Mit einem Zeiger am Lenkrad reguliert man das Handgas. Das hier außen ist der Bremshebel.«

Als würde ihn die Antwort beruhigen, setzte Alexander in etwas freundlicherem Ton nach: »Wie schnell fährt der Wagen eigentlich?«

»Auf einer guten Straße bekomme ich ihn sicherlich bis auf über sechzig Stundenkilometer hoch.«

Der junge Graf nickte beeindruckt. »Ich kann es Papa nicht verdenken. Wäre ich mit Mama verheiratet, würde ich mir auch eine schnelle Fluchtmöglichkeit zulegen.«

Ohne eine Antwort abzuwarten, drehte er sich um und verschwand im Haus. Albert grinste heimlich, denn nun trat der Graf aus der Tür. Sichtlich froh gelaunt stieg er die Treppe hinab.

»Und, Sonntag? Sind Sie startklar?«

»Jawohl.« Albert öffnete ihm die Tür und ließ ihn einsteigen. Sie fuhren los. Der Graf schien es zu genießen, nicht von Zug zu Zug umsteigen zu müssen, sondern in einer Tour bis vor das Hotel chauffiert zu werden.

* * *

Wie lange dieses Arrangement schon andauerte, konnte Albert nicht sagen. Allerdings schien es schon eine ganze Weile so zu laufen. Natürlich hatte er bisher nichts davon mitbekommen, weil er den Grafen mit der Kutsche immer nur bis zum Bahnhof nach Stargard gebracht hatte. Seit er vor über einem halben Jahr auf Gut Greifenau angefangen hatte, war der Graf schon etliche Male für ein paar Tage nach Stettin gefahren.

Er hatte seinen Dienstherren im Hotel abgesetzt, und beide hatten eine Pause gemacht. Albert hatte schnell in der Kutscherstube etwas gegessen, während der Herr Graf sich rasch frisch gemacht hatte. Er wolle außerhalb essen, hatte er gesagt.

Wie gewünscht fuhr Albert nun den Wagen vor und ließ den Grafen einsteigen. Eine Wolke aus Eau de Cologne umhüllte ihn. Jetzt dirigierte er Albert durch die Stadt und ließ ihn plötzlich halten. Endlich erfuhr Albert, was den Mann so häufig in die Kreisstadt führte. Es waren nicht etwa geschäftliche Dinge, die er hier zu erledigen hatte, auch wenn er es geschickt verstand, immer einen Vorwand zu finden.

Annabella Kassini war eine schöne Frau. Natürlich reichte sie nicht an die erhabene Schönheit von Gräfin Feodora heran, aber sie war bedeutend jünger, hatte ein sehr viel zugänglicheres Gemüt und schien willig. Die letzten zwei Nächte hatte der Graf in der Wohnung seiner Kurtisane genächtigt. Und obwohl er zweimal pro Tag ins Hotel fuhr, wohl nur, um zu schauen, ob es eine Nachricht von zu Hause für ihn gab, verbrachte er die meiste Zeit mit der jungen Dame.

Albert hatte sehr schnell gemerkt, dass Adolphis von Auwitz-Aarhayn dem Vergnügen zugeneigt war und dem schönen Geschlecht nicht widerstehen konnte. Er fragte sich, wie er es so lange vor seiner Frau und auch vor dem alten Vater hatte verbergen können. Offensichtlich verfügte er über eine üppige Apanage und musste niemandem Rechenschaft ablegen.

Was wohl sein Sohn Konstantin dazu sagen würde, dass der Vater so viel Geld für sein persönliches Vergnügen verschleuderte? Nun, Albert würde es nicht verraten. Erstens stand es ihm nicht zu. Und zweitens hatte der Graf sich seine Verschwiegenheit mittels einiger Extrascheine gesichert. Damit es ihm während der Zeit in Stettin nicht zu langweilig werde, hatte er augenzwinkernd gesagt. Natürlich hatte der Herr Graf es nicht Schweigegeld genannt, sondern großzügiges Trinkgeld. Aber ohne es auszusprechen, wussten beide, wofür es gedacht war.

Und doch musste er stundenlang gelangweilt auf ihn warten. Albert beobachtete die kleine Gasflamme, die die Scheiben der Straßenlaterne erhitzte. Schneeflocken, die sich auf das Glas setzten, schmolzen in kleinen Rinnsalen die gusseiserne Stange herunter. Es war kalt. Er zog sich die Handschuhe aus und rieb die Hände aneinander. Zu Weihnachten könnte er sich selbst große Schaffellhandschuhe schenken, jetzt mit dem Extrageld. Der gewachste Regenmantel, auf den er so lange gespart hatte, lag bereits zu einem kleinen Paket verschnürt in seinem Schrank.

Mit fünfzehn hatte er zum allerersten Mal ein richtiges Geschenk bekommen. Nicht die gebrauchten Kleider der größeren Waisenkinder, die traditionell zu Weihnachten an die anderen verteilt wurden. Es gab ein etwas besseres Essen, und es wurden Lieder gesungen. Eine echte weihnachtliche Stimmung wollte in dem Heim der vergessenen Kinder jedoch nicht aufkommen. Jedes einzelne dieser Kinder wünschte sich gerade zu Weihnachten in eine dieser Familien, die zusammen um den geschmückten Weihnachtsbaum standen, Lieder sangen und bei Kerzenschein lachten. Man setzte sich zum Vater auf den Schoß, um ein Geschenk auszupacken, und die Mutter streichelte einem liebevoll über die Haare. Im Waisenhaus war man großzügig mit der Verteilung trauriger Tage, aber wohl keiner reichte mit seiner Schwermut an den Heiligen Abend heran.

Als er fünfzehn war, hatte Agathe, eins der größeren Mädchen, ihm einen selbstgestrickten Schal geschenkt. Natürlich strickte sie viel, Socken und Pullover für die anderen Kinder, aber vor allem Dinge, die sich auf dem Markt verkaufen ließen. Doch Albert wusste aus verlässlicher Quelle, dass sie die Wolle für seinen Schal selbst bezahlt hatte. Der Schal kratzte, und die dunkelrote Farbe gefiel ihm nicht recht, aber er freute sich unendlich über sein erstes persönliches Geschenk. Stolz trug er es, bis es zu warm dafür wurde. Fortan beschloss er, sich wenn möglich selbst zu beschenken, und das nicht nur, weil Agathe das Waisenhaus ein halbes Jahr später verließ.

Er hielt sein Versprechen. Er half einer alten Witwe, wann immer es seine Zeit zuließ, und bekam dann und wann ein paar Groschen zugesteckt. Am Ende des Jahres kaufte er sich ein Taschenmesser. Es war nicht besonders gut, aber für mehr hatte es nicht gereicht. Da das Waisenhaus auf die Spenden und Almosen der Stadt und der Bürger angewiesen war, konnte es ja nicht angehen, dass man verdientes Geld behalten durfte. Eigentlich hätte er alles abgeben müssen.

Dem Taschenmesser waren ein paar Kleinigkeiten gefolgt, die sich gut verstecken ließen. Erst als er auf dem Gut in Kolberg gearbeitet hatte, hatte er sich ein paar gute Schuhe leisten können. Sowohl in Kolberg als auch in Elbing hatte sich viel Geld sparen lassen. Er rauchte nicht, er trank nur wenig, und selten genug ging er zum Rummel oder zum Wanderzirkus. Den einzigen Luxus, den er sich gönnte, waren Bücher. Über das Jahr überlegte er, was er sich als Nächstes leisten wollte. Mit dem neuen Automobil würde er vermutlich des Öfteren länger auf der Straße stehen und vor irgendwelchen Animierkneipen auf den Gutsherrn warten. Ein Paar dicke Fellhandschuhe würde ihm gute Dienste leisten.

Vor drei Stunden war Adolphis von Auwitz-Aarhayn mit der jungen Dame in dem Etablissement verschwunden. Sie hatten bereits in einem etwas anrüchigen Restaurant zu Abend gegessen und sich dann zu dieser Nachtbar fahren lassen.

Albert fragte sich, ob er wohl das Produkt einer solchen Verbindung war. Dieser Gedanke schmerzte sehr. Dennoch lag es nahe, dass es so oder ähnlich gewesen sein musste. Eine Frau von niederem Stand, geschwängert von einem betuchten Mitbürger. Irgendjemand, dem Pastor Wittekind schließlich aus der Patsche geholfen hatte. Einem betuchten Herrn, einem wohlhabenden Bürger oder vielleicht auch einem alten Studienfreund. Es konnte jeder sein, der Geld hatte. Vermutlich nicht allzu viel Geld, denn offensichtlich war der Geldsegen nach zwölf Jahren versiegt. Was mit seiner Mutter geschehen war, wusste er ebenso wenig. Sie konnte bei seiner Geburt gestorben sein. Viele der anderen Kinder waren von ihren Müttern mitten in der Nacht in größter Verzweiflung vor die Stufen des Waisenhauses gelegt oder gesetzt worden. Das musste bei ihm anders gewesen sein, denn er wusste, dass der Geistliche seine Hand im Spiel gehabt hatte. Natürlich lag es nahe, dass Donatus von Auwitz-Aarhayn sein Erzeuger gewesen war. Andererseits, er hatte den Mann zwar nur sehr kurz noch erlebt, aber er war ihm dennoch wie ein Mann erschienen, der zu seinem Wort stand. Jemand wie Donatus von Auwitz-Aarhayn würde nicht nach zwölf Jahren plötzlich die Zahlungen für seinen unehelichen Spross einstellen. Vielleicht war sogar Pastor Wittekind selbst sein Vater, auch wenn er es angesichts der Statur und des Aussehens des Mannes für wenig wahrscheinlich hielt.

Möglicherweise übersah Albert etwas, denn beide Erklärungen waren so naheliegend. Was, wenn es gar nicht ein Mann gewesen war, der Pastor Wittekind beauftragt hatte? Eine edle Dame, die in ihrer Jugend einen Fehltritt riskiert hatte? Vielleicht war seiner Mutter nach einigen Jahren einfach das Geld ausgegangen. Oder sie hatte geheiratet und konnte nicht unbemerkt die Zahlungen weiterlaufen lassen. Vielleicht, und der Gedanke schmerzte ihn noch mehr, war sie aber jemand wie Annabella Kassini. Eine Frau, deren finanzielle Möglichkeiten mit jedem Jahr, das sie älter wurde, immer beschränkter wurden.

Annabella Kassini, der Name der Dame war vermutlich genauso falsch wie ihre langen Wimpern. Aber das alles ging ihn nichts an. Graf von Auwitz-Aarhayn hatte seinen Spaß, er bekam zusätzliches Geld, und ansonsten sollte es ihm gleichgültig sein, wie sein Dienstherr seine Zeit verbrachte. Er war beileibe nicht der erste Mann von edlem Geblüt mit einer Kurtisane, bei dem Albert angestellt war.

Eine Tür wurde aufgestoßen, und warmes gelbes Licht flutete auf die Straße, die bereits von einer dünnen Schneeschicht bedeckt war. Erst sah Albert nur dunkle Schemen, dann erkannte er den Grafen. Dahinter, scheinbar kaum in der Lage, sich von dem Vergnügen loszureißen, kam Annabella Kassini. Wenig elegant schlang sie eine Pelzstola um ihre Schultern. Sie war offensichtlich betrunken. Albert sprang aus dem Wagen und öffnete die Wagentür. Er merkte sofort, dass irgendetwas nicht stimmte.

Missgelaunt stieg Adolphis von Auwitz in den Fond des Wagens. Annabella trippelte ihm hinterher, lachte zu laut und zu schrill, beschwerte sich dann, dass er nicht durchrutschte und ihr den Platz frei machte. Mit einem Schmollmund stöckelte sie zurück auf die andere Seite. Albert beeilte sich und öffnete ihr dort die Tür.

»Herzlichen Dank, mein galanter Charmeur.« Sie kicherte, als hätte sie einen besonders guten Witz gemacht. Dabei strich sie ihm mit dem Seidensatin ihrer Handschuhe über das Kinn. Albert zuckte unangenehm berührt zurück. So ein Verhalten wäre dem Grafen sicherlich nicht recht, auch wenn der vorgab, nichts davon mitbekommen zu haben.

Albert stieg vorne ein. Anscheinend war der Abend für den Grafen zu Ende. Er nickte nur, was für ihn so viel hieß wie: zurück zur Wohnung, die er für Annabella Kassini angemietet hatte. Die Frau, er schätzte sie auf Mitte zwanzig, schmiegte sich champagnertrunken an den Grafen. Dabei faselte sie unzusammenhängendes Zeug, das Albert wahrscheinlich auch nicht verstanden hätte, wenn er direkt danebengesessen hätte. Der Graf drückte sie zurück auf ihre Seite des Wagens.

Albert fuhr sie unverzüglich zur Wohnung. Doch als er vor dem Haus hielt und erst Annabella und dann Adolphis die Wagentür aufhielt, stieg der zu seiner großen Überraschung nicht aus.

Annabella stöckelte bereits über das Pflaster und bekam gar nicht mit, dass der Graf ihr nicht folgte. Albert warf einen fragenden Blick durch die offene Wagentür. Doch die Miene seines Dienstherrn sagte alles.

»Zum Hotel«, kam es knapp aus dem Wageninneren. Albert schloss die Tür, achtete nicht darauf, dass Annabella Kassini sich nun umdrehte, verwunderte Laute von sich gab und in ihre

Richtung schwankte. Er stieg ein, startete den Wagen und fuhr davon.

Der Graf wollte nichts sagen, und er würde nicht fragen. Doch es dauerte nur wenige Abzweigungen, da schien der hohe Herr sich Luft machen zu müssen.

»Was denkt diese blöde Kuh sich eigentlich?« Ein empörtes Schnaufen folgte. »Man reicht ihr den kleinen Finger, aber sie will den ganzen Arm. Da hat sie sich aber geschnitten, die feine Dame«, stieß er verächtlich aus. Er sprach laut, mehr zu sich selbst als zu Albert. »Spielt Spielchen, als müsste ich darum betteln, was ich längst bezahlt habe. Die wird sich noch wundern. Der dreh ich den Hahn ab!« Für einige Zeit blieb er stumm, dann schob er noch einen Satz hinterher, der endgültig klang: »Ich bin ihrer längst überdrüssig.«

Albert überlegte einen Moment, ob er etwas sagen sollte. Ob er fragen sollte, wie lange das schon mit Annabella Kassini lief. Doch dann entschloss er sich, das zu tun, was man von jedem ergebenen Kutscher erwarten würde: über die Geheimnisse seiner Herrschaft die Decke der Verschwiegenheit auszubreiten.

Ende November 1913

Frost lag auf den Feldern und tauchte die Landschaft in ein kaltes Weiß. Konstantin fragte sich, was er hier machte. War es Dummheit oder Freiheit? Rebecca Kurscheidt kam den Feldweg herauf, rutschte auf einer gefrorenen Pfütze fast aus, fing sich aber und lief weiter. Sie war schon so nahe, dass er sehen konnte, wie sich ein Lächeln auf ihrem Gesicht ausbreitete, als sie aufblickte.

Gestern am Frühstückstisch hatte er erzählt, dass er sich einige Felder an der Grenze ihrer Grafschaft ansehen wollte. Tatsächlich hatte sich niemand für seine Ausflüchte interessiert. Trotzdem hatte die ganze Geschichte etwas Aufregendes, etwas Verbotenes. Es war eine heikle Angelegenheit für ihn. Vermutlich ging es ihr ähnlich, doch aus anderen Gründen. Außerdem stand für sie sehr viel mehr auf dem Spiel.

Er stieg vom Kutschbock herunter. »Ich hatte schon fast befürchtet, dass Sie nicht kommen würden.« Konstantin hatte ihr lediglich einen Brief geschrieben mit der Einladung und dem Treffpunkt. Da er wusste, dass ihr Brief ihn nicht erreichen würde, wenn sie dem Kutscher des Gutes zurückschrieb, hatte er erwähnt, dass er auf jeden Fall dort warten würde.

Und da war sie nun. Sie trug ein braunes Kostüm mit einem langen Rock aus dickem Tweedstoff, darüber einen Mantel, der aus Berlin stammen musste. Er wirkte viel zu modern für die ländliche Gegend. Ihre festen Schuhe waren bereits feucht geworden.

»Ich bin gespannt, wohin Sie mich entführen werden. Allzu weit bin ich in der Gegend noch nicht herumgekommen.« Sie lächelte ihn an, und für einen Moment wussten beide nicht, wie sie sich begrüßen sollten. Sollten sie sich förmlich die Hand geben? Konstantin öffnete der Kutschtür.

»Sie dürfen sich hinten hineinsetzen wie eine echte noble Dame.« Da sie etwas merkwürdig schaute, setzte er sofort nach: »Dort drinnen wird Sie niemand sehen können.«

Das schien sie zu überzeugen, ohne ein weiteres Wort stieg sie ein. Konstantin setzte sich auf den Kutschbock des Zweispänners und fuhr los. Er hatte sich ein Café in Stargard ausgesucht. Zwar wäre es eine gute Stunde Fahrt, aber die Gefahr, dort entdeckt oder erkannt zu werden, war wesentlich geringer als in den umliegenden Dörfern.

* * *

»Ich habe von Ihrer Heldentat gehört.«

Sie saßen in dem Café, hatten Kuchen gegessen und sich mit Kaffee in der warmen Stube aufgewärmt. Bisher hatten sie nur über unverfängliche Dinge geredet. Konstantin hatte sie mit vielen Fragen über Charlottenburg und Berlin, ihre Ausbildung und ihren Beruf von verräterischen Themen ablenken können. Je länger er mit ihr sprach, desto faszinierter war er von Rebecca Kurscheidt. Sie hatte so wenig von der gekünstelten Höflichkeit der jungen Damen, die ihm seine Mutter vorstellte. Noch nie hatte er sich mit einer Frau so angeregt über Landwirtschaft, Politik oder Theater unterhalten. Doch jetzt sah Konstantin sie irritiert an.

»Die Geschichte mit dem freilaufenden Bullen«, fügte sie erklärend hinzu.

Die Geschichte. Alexander hatte bei Tisch davon erzählt, was er gesehen und was er bei den Pächtern über Albert Sonntag und den Stallburschen gehört hatte.

»Ach das. Das war nicht der Rede wert«, log er. Es war seine erste echte Lüge gegenüber Rebecca. Außer dass er Rebecca einen falschen Namen genannt hatte – Albert Sonntag. Er gab sich weiter als Kutscher des Gutes aus. Sonst hatte er sich immer nur sehr vage geäußert und nichts gesagt, was nicht den Tatsachen entsprochen hatte. Aber sosehr es ihn drängte, endlich mit seiner wahren Identität herauszurücken, etwas in seinem Kopf stellte sich quer. Er konnte die ganze Zeit nur daran denken, wie enttäuscht Rebecca Kurscheidt sein würde. Doch je länger er ihr zuhörte, umso faszinierter war er von ihr. Es quälte ihn, sich selbst dabei zusehen zu müssen, wie sehr er sich immer weiter in eine haltlose Situation hineinmanövrierte.

»Da hab ich aber etwas anderes gehört. Die Kinder konnten sich am nächsten Tag überhaupt nicht beruhigen. Sie sollen wie ein Cowboy auf dem Leiterwagen gestanden haben.«

»Tatsächlich war es der Stallbursche, Eugen, der den Bullen dann ganz friedlich nach Hause geführt hat. Aber vermutlich war das für die Kinder nicht so aufregend, weil der Bulle einfach lammfromm neben ihm hergelaufen ist.«

»Der Junge scheint ein echtes Händchen für Tiere zu haben.«

Genau das hatte Alexander auch gesagt. Und dass es die Schuld des Stallmeisters gewesen sei, dass der Bulle ausbüxen konnte. Konstantin hatte dem Stallburschen gratuliert und Caspers angewiesen, ihm ab sofort monatlich eine Mark mehr auszuzahlen.

»Wir haben wirklich Glück gehabt. Das Wichtigste ist, dass niemand verletzt wurde. Und Eugen bekommt als Dank sogar mehr Lohn.« Vielleicht, wenn er es schaffte, die Gutsfamilie als fürsorgliche Patriarchen darzustellen, wäre Rebecca gnädiger gestimmt – wann immer sie die Wahrheit erfahren würde.

»Wie ist er so, der Herr Graf?«

Konstantin merkte, wie ihm der Schweiß ausbrach. »Ich ... Ich weiß wirklich nicht, ob ich darüber reden soll.«

Rebecca legte den Kopf schief und schmunzelte. »Keine Angst. Ich werde nicht wieder so haltlose Reden schwingen wie bei unserer ersten Begegnung. Und ich mache es mir sicherlich zu einfach, wenn ich jeden ostelbischen Junker verteufele. Ich sehe ja ein, dass die Menschen sympathisch sein können, wenn man sie persönlich kennenlernt. Trotzdem sind sie die Vertreter und Statthalter eines von Grund auf ungerechten Systems.«

Konstantin machte den Mund auf, aber wusste nicht, was er antworten sollte. »Das ist ein sehr weites Feld.« Mehr brachte er nicht heraus.

»Ich akzeptiere, dass Sie Ihre Arbeit gerne machen. Dass Sie nicht über ihn sprechen mögen. Aber Sie müssen akzeptieren, dass ich es einfach nicht gutheißen kann, dass er die Zwölf- bis Vierzehnjährigen während der Ernte von der Schule freistellt.«

»Es war hier schon immer üblich.«

»Das Gut und der Gutsherr haben genug Geld, um für diese Arbeit Saisonarbeiter einzustellen. Warum muss man Schüler dafür heranziehen?«

»Vielleicht ... ist es dem Grafen gar nicht bewusst, welchen Einfluss das auf das Leben der Heranwachsenden hat.«

Nun schien sie doch ungehalten zu werden. Sie atmete einmal tief durch, bevor sie antwortete: »Das würde dann aber nicht für Fürsorge und Voraussicht sprechen, oder?« Unterdrückte Wut schwang in ihrer Stimme mit.

Was sollte er darauf entgegnen? »Ich habe gehört, dass sie sich nun Maschinen anschaffen wollen. Vielleicht erübrigt sich dadurch das ganze Problem.« Auch wenn er bisher keinen Gedanken daran verschwendet hatte, dass ein Kauf von Maschinen diese Nebenwirkung haben würde. »Ein neues Automobil haben sie schon.«

»Davon habe ich gehört. Ich hab es sogar schon mal von Weitem gesehen. Aber hätte man das Geld nicht besser anlegen können?«

Wem sagte sie das? Konstantin hätte das Geld lieber in eine Landmaschine gesteckt, obwohl es ihm viel Vergnügen bereitete, mit dem Automobil zu fahren.

»Es ändert sich so viel, vielleicht wird sich das ja auch in naher Zukunft ändern.«

»Sprechen Sie gelegentlich mit dem Grafen über solche Dinge?«

»Gelegentlich.« Konstantin merkte, wie schon wieder eine heiße Welle durch seinen Körper ging. Er sollte ihr jetzt besser die Wahrheit sagen. Doch der einzige klare Gedanke, den er fassen konnte, war, dass er sie küssen wollte. Und das eine schloss zwangsläufig das andere aus.

»Wirkliche Änderungen wird es erst geben, wenn das Dreiklassenwahlrecht abgeschafft wird, das die Adeligen, Großindustriellen und das reiche Bürgertum begünstigt.«

Ein Thema, bei dem sie bei Konstantin auf Granit biss. »Es hat schon immer Änderungen gegeben, selbst bei den ostelbischen Junkern«, sagte er eine Spur zu scharf.

Doch Rebecca ließ sich nicht beeindrucken. »Von alleine werden sie ihre Privilegien ganz sicher nicht aufgeben. Man muss sie dazu zwingen.«

Sie wartete, ob er etwas antworten wollte, aber Konstantin blieb stumm. Er sah sie einfach nur an. Mit einem Mal fasste er Mut. Seine Hand glitt über den kleinen runden Tisch und legte sich über ihre Finger. Für einen Moment sahen sie sich nur an, dann zog sie ihre Hand ein Stück zurück. Konstantin bemerkte, wie sie sich im Café umschaute, ob jemand etwas mitbekommen hatte, was nicht der Fall war. Aber in ihrem Blick schwang mehr mit. Es war nicht nur die Befürchtung, dass jemand sie beobachten könnte. An ihrem Gesichtsausdruck erkannte er, dass er nicht der unabhängige und freigeistige Mann war, den sie sich vorstellte. Dachte sie, er sei nicht souverän genug? Glaubte sie, dass er vor seinem Dienstherrn kuschte?

»Ich werde den Grafen fragen. Ich werde ihm sagen, wie wichtig eine gute Schulbildung ist.«

Sie lächelte, und er schob seine Hand wieder ein Stück vor über den Tisch. Und dieses Mal zog sie ihre Hand nicht zurück.

* * *

Sie kamen auf dem Feldweg an dem kleinen Hain an, wo er sie am Vormittag abgeholt hatte. Nur eine kurze Weile hatten sie Händchen haltend im Café gesessen, dann war es Zeit gewesen zurückzukehren. Nachdrücklich hatte Rebecca darauf bestanden, dass sie das nächste Mal die Rechnung übernehmen würde. Konstantin widersprach ihr nicht, denn er war glücklich, dass sie ein nächstes Mal nicht infrage stellte. Er saß oben auf dem Kutschbock und sinnierte darüber, was er ihr zum Abschied sagen würde. Ob er *es* ihr zum Abschied sagen würde.

Nein, diesen Tag wollte er nicht ruinieren. Aber er nahm sich ganz fest vor, es ihr beim nächsten Mal zu erklären, vielleicht wieder in diesem Café. So weit weg vom Dorf Greifenau war sie darauf angewiesen, mit ihm zurückzufahren. Sie würde ihn nicht einfach stehen lassen können. Er hielt an, stieg vom Kutschbock und öffnete ihre Tür. Es dämmerte bereits. Das Dorf lag etwas unterhalb im Tal. Ohne zu zögern, nahm er wieder ihre Hand.

»Vielleicht wieder in zwei Wochen? Wieder sonntags, direkt nach der Messe?« Natürlich musste Rebecca Kurscheidt sich sonntags morgens in der Kirche sehen lassen, aber nach dem Frühgottesdienst hatte sie den ganzen Tag frei. Es wäre Zeit genug, wieder nach Stargard zu fahren.

»Sind Sie sicher, dass Sie dann wieder Zeit haben?«

Er stockte. Natürlich. Ein Kutscher hatte genau wie alle anderen Bediensteten nur alle zwei Wochen frei, aber häufig wurde Albert Sonntags freier Tag verschoben, wenn etwas Besonderes anlag. Wenn die Herrschaften ausfahren wollten oder irgendwo hingebracht werden mussten.

»Bisher habe ich noch keine anderweitigen Verpflichtungen.«

»Bekomme ich wieder eine schriftliche Einladung?« Sie schmunzelte entzückend.

»Natürlich.« Plötzlich erschienen ihm vierzehn Tage eine sehr lange Zeit. So viele Tage mit vermeintlich vergebener Hoffnung. Zu viele Stunden, die er mit der quälenden Frage, wie sie reagieren würde, verbringen würde. Die er von Dingen träumen würde, die vielleicht nie eintreten konnten.

»Rebecca. Ich muss Ihnen etwas gestehen.«

Ihre Augen schauten aufrichtig interessiert. Wie sehr er hoffte, dass sich ihre Sicht auf ihn nicht ändern würde. Er holte tief Luft, als er ein Bellen hörte. Der Mensch war so weit entfernt, dass man ihn kaum sehen konnte. Aber jemand kam mit seinem Hund den Feldweg entlang. Er schluckte. Das ließ ihm nicht genug Zeit. Nicht ausreichend Zeit, es ihr wirklich gründlich zu erklären. Um sie davon abzuhalten, sich einfach wegzudrehen und zu gehen und ihn nie wieder eines Blickes zu würdigen. Deshalb zog er sie nun hinter die Kutsche.

Er griff beide Hände. »Rebecca, ich …« Ihr ruhiger Blick lag auf ihm. »Ich …« Ganz langsam zog er sie näher zu sich heran. Sie hob den Kopf, schien einverstanden zu sein mit dem, was nun folgte.

Seine Lippen strichen sanft über ihren Mund.

Langsam. Bedächtig. Vorsichtig.

Er wollte sie nicht erschrecken.

Dann endlich küsste er sie. Und spürte, wie ihre Lippen seinen Kuss erwiderten. Diese Erwiderung war so elektrisierend, dass er sich kaum zurückhalten konnte. Am liebsten wollte er sie leidenschaftlich an sich ziehen. Er glaubte zwar nicht, dass Rebecca eine Frau war, die ihn empört von sich stoßen würde. Trotzdem, er wollte nichts riskieren. Deshalb schob er seine beiden Hände zärtlich über ihr Haar, küsste sie auf die Stirn, küsste sie auf beide Augenlider und fasste sie bei den Händen.

»Ich freue mich schon sehr auf unser nächstes Treffen.« Er ließ sie los, prägte sich ihr entflammtes Antlitz ein und stieg auf den Kutschbock. Sie trat zur Seite, und er fuhr davon. Beseelt vor Glück. Und gequält von dem Wissen um seine Unehrlichkeit.

22. Dezember 1913

»Alexander, nimm gefälligst den Fuß von der Chaiselongue!«

»Er tut immer noch weh.«

Katharina kontrollierte sofort ihre eigene Sitzhaltung. Mama war vor zwei Tagen aus Ostpreußen von Anastasias Rittergut heimgekehrt, und mit ihr war wieder ein strenges Regiment eingezogen.

»Ein bisschen Schmerz ist kein ausreichender Grund für schlechtes Benehmen.« Die Gräfin ließ sich überaus grazil nieder.

Nikolaus war gestern Abend aus Berlin eingetroffen. Absichtlich heftig ließ er sich neben Alexander auf das Polster fallen. Ihr jüngster Bruder stieß einen Schmerzenslaut aus.

»Und, Kleiner? Wie sieht dein Plan für die Zukunft aus, jetzt, da du ein Krüppel bist?« Nikolaus schaute auf den Verband, der noch immer Alexanders linken Fuß zierte.

Alexander presste die Lippen aufeinander. Katharina ahnte, dass er am liebsten seinem älteren Bruder an die Gurgel gesprungen wäre.

»Nikolaus!«, kam es scharf von Mama. »Das mit dem guten Benehmen gilt genauso für dich. Ich will solche Worte hier nicht hören. Der Arzt hat gesagt, dass die Sehnen zwar schwer verletzt sind, dass sie aber mit der Zeit wieder zusammenwachsen werden.« Sie bedachte ihren mittleren Sohn mit einem warnenden Blick.

Nikolaus tat so, als wollte er sich benehmen, was ganz und gar nicht der Fall war, wie Katharina aus leidlicher Erfahrung wusste.

»Ich hatte so sehr gehofft, Seite an Seite mit dir im Osten für unser neues Land zu kämpfen. Du willst doch auch ein eigenes Gut, nicht wahr?« Er stupste Alexander am Fuß an, dass dieser aufjaulte. Mit einem Fausthieb rächte Alex sich, doch Nikolaus verzog keine Miene. Er schien den Schmerz noch zu genießen.

»Ich werde Gutsbesitzer. Der Vater eines Kameraden ist Vorsitzender bei der Preußischen Ansiedlungskommission.«

»Und woher willst du das Geld für den Kauf bekommen?«

»Hörst du mir nicht zu? Ich werde es mir erstreiten. Es kann jetzt nicht mehr lange dauern, bis es zum Krieg kommt.«

»Also bist du nur noch zwei Bataillone toter Bauern von einem eigenen Gutshof entfernt?«

»Alexander! Hör auf, so zu reden. Und du, Nikolaus, du weißt, ich höre so etwas nicht gerne. Ich möchte nichts herbeireden, was unsere Familie entzweien könnte.«

»Mach dir nur keine Sorgen, Mama. Ich werde mir mein Landgut verdienen. Und Alexander kann sich ja immer noch beim preußischen Landtag Geld leihen, um ein abgewirtschaftetes polnisches Landgut zu erstehen.«

»Ich habe kein Interesse daran, Kühe zu melken und Felder zu bestellen.« Alexander stand auf, schaffte es allerdings nicht so elegant, wie er es vorgehabt hatte, und strauchelte, bevor er sich auf seine Krücke stützen konnte. Nikolaus lachte.

Er war wirklich so ein gehässiger Kerl. Katharina konnte seine Überheblichkeit nicht länger ertragen. »Was willst du überhaupt mit einem Landgut? Du liebst doch das Militär.«

»Ich werde die Kühe ja nicht selber melken und die Felder nicht mit meinen Händen bestellen. Dafür habe ich dann meine Leute. Und jemanden, der sich in meiner Abwesenheit um alles kümmert und die Bauern antreibt.« Nikolaus grinste seinen Bruder boshaft an. »Das könntest du doch zum Beispiel übernehmen. Leute ankläffen ist doch deine Spezialität.«

»Wohl eher deine!« Konstantin betrat gerade gemeinsam mit Vater den Salon. »Willst du dich so deinen dir unterstellten Soldaten gegenüber benehmen, wenn du Offizier bist?«

Eingeschnappt stand Nikolaus auf. Auch Katharina verzog ihr Gesicht. Das war so typisch. Seine jüngeren Geschwister traute er sich zu ärgern, doch bei seinem älteren Bruder wagte er keine Gegenrede.

Mama klatschte leise in die Hände. »Da seid ihr ja endlich. Dann können wir gleich hinübergehen und essen. Und um Alexander mache ich mir gar keine Sorgen. Vater wird schon dafür sorgen, dass er eine anständige Karriere machen kann.«

»Genau. Papa wird für mich eine ehrbare und öde Schreibtischanstellung finden und du für mich eine manierliche Frau. Ich könnte mir kein glücklicheres Leben vorstellen.« Alexanders Stimme triefte vor Sarkasmus.

»Ich hoffe allerdings, dass sich dein Vater in Zukunft mehr ins Zeug legt, was deine Karriere angeht.« Mama warf Papa einen fordernden Blick zu. »Ich habe das Meinige getan – für meine Töchter.«

Seit ihrer Rückkehr aus Ostpreußen sprach sie praktisch von nichts anderem mehr: Anastasia hatte eine Tochter geboren.

Herr Caspers trat ein, zwei Briefe auf einem Silbertablett, die an Mama adressiert waren.

Sie nahm beide in Empfang, runzelte bei einem die Stirn und öffnete den anderen. »Ein Brief von meinem Bruder. Stanislaus schreibt, dass sie auf dem Weg sind. Vermutlich treffen sie morgen hier ein.« Sie öffnete den zweiten Brief und las. Sonderlich erfreut sah sie nicht aus.

»Von wem ist der andere Brief?«

»Von dieser Urban, die wir auf der Rosen-Ausstellung in der Lausitz getroffen haben.« Sie las weiter und schüttelte den Kopf. »Sie plant, Ende Februar eine Ausstellung in Stettin zu besuchen.« Feodora stieß einen kleinen abfälligen Laut aus. »Unfassbar. Sie fragt doch tatsächlich an, ob ich bereits mit dem Bau meiner Orangerie begonnen habe. Dann würde sie sich diese gerne bei der Gelegenheit anschauen. Diese impertinente Person. Lädt sich tatsächlich selbst ein.« Jetzt schlug sie eine Hand vor den Mund, was ihre spitze Empörung kaum bremste. »Und nicht nur das. Sie trägt uns die zweifelhafte Ehre an, mit ihnen gemeinsam Silvester zu feiern in Potsdam.«

»Wer ist das überhaupt?«

»Eleonora Urban? Irgendeine Neureiche. Der Sohn war wohl sehr eingenommen von Katharina.«

Der Sohn – Julius. Julius Urban. Aber ja, es stimmte. Er schien sehr eingenommen von ihr gewesen zu sein. Katharina wagte nicht zu lächeln, obwohl ihr Herz es befahl.

»Neureiche Industrielle?«

»Sie sind in der Schwerindustrie«, erklärte Katharina. »Sie stellen Maschinenteile für Kraftwerke her. Sie haben sogar ein Werk in Russland.«

»Woher weißt du das?«, fragte Feodora überrascht.

Jetzt bloß kein falsches Wort sagen. »Das hat mir der Sohn erzählt, als wir zusammen Eistee getrunken haben.«

»So?« Mama schien ganz und gar nicht davon begeistert, wie euphorisch ihre Tochter klang.

»Und wie schwerreich sind sie genau?«, fragte Vater interessiert.

»Ich weiß nur, dass sie mehrere Fabriken in Berlin haben. Ein Werk steht wohl tatsächlich in Russland, und ich glaube, sie haben noch eins in Washington. Oder planen es dort. Das weiß ich nicht genau. Aber sie leben in Potsdam.«

Nikolaus schnaubte laut. »Russland und Amerika. Das ist mal wieder typisch. Solche Leute kennen keinen Patriotismus. Diese Industriellen haben zu viel politische Macht. Ohne Scham nutzen sie die russische Aufrüstungspolitik zu ihren Gunsten. Krupp zum Beispiel liefert sogar Waffen und Schiffe nach Russland und baut dort Rüstungsanlagen. Das ist undeutsch. Sie verdienen

Geld damit, dass sich die Feinde des Kaiserreichs gegen uns wenden können.«

»Nikolaus, auch wenn ich solche Leute ablehne: Hör bitte auf, gegen den russischen Zaren zu wettern. Immerhin ist er ein entfernter Verwandter von dir. Und der Cousin unseres Kaisers.«

»Ein Cousin dritten Grades.« Als wäre das dann nicht mehr so schlimm.

»Ich war und bin immer stolz auf meine Verbindung zum Zarenhaus gewesen. Und ich warne dich: Solche Worte will ich in diesem Haus nicht hören. Schon gar nicht, wenn meine Brüder und ihre Familien zu Besuch sind. Und dir, Fräulein, möchte ich zu bedenken geben, von welchem Stand du bist.« Feodora neigte den Kopf. »Ihre Kleidung sah recht teuer aus, und sie schien gebildet zu sein. Das kann allerdings kein Ersatz für die richtige Herkunft sein.«

»Da gebe ich dir natürlich recht. Nichts kann ein Ersatz für eine hochwohlgeborene Herkunft sein«, stimmte Papa ihr zu.

»Ich muss mir etwas einfallen lassen, wie ich dieser Person höflich absagen kann.«

Katharinas gute Laune verpuffte. Es wäre so schön gewesen, Julius wiederzusehen.

»Natürlich werden wir Silvester hier verbringen. Ich könnte sie immerhin zum Tee bitten und ihr die Orangerie zeigen, wenn sie schon in Stettin ist. Ich nehme an, das wäre nicht allzu unhöflich. Zumal sie schreibt, dass sie alleine kommen wird.« Sie warf Katharina einen warnenden Blick zu.

Tja, dann war es auch egal, ob Mama seine Mutter einlud, wenn er sowieso nicht mitkam.

Nikolaus konnte es nicht lassen. »Diese Aufsteiger mit ihren gekauften Reserveoffizierspatenten glauben doch alle, sie wären schon Männer von Ehre. Einen Dreck sind sie. Das solltest du dir mal schön hinter die Ohren schreiben, Schwesterchen.«

Katharina schaute betreten zur Seite. Wenn sie sie doch nur alle in Ruhe lassen würden.

Doch bevor sie in den Salon gingen, hielt Alexander sie zurück. Er flüsterte: »Glaub ihm kein Wort. Von wegen Ehre und dergleichen. Ich hab mich letzte Woche mit dem Sohn des Amtsarztes aus Stettin unterhalten. Er hat mir Dinge aus der Ausbildung erzählt, da wird einem ganz schlecht. Gerade die bürgerlichen Rekruten werden geschunden wie Vieh. Ihnen werden die Knochen gebrochen, oder sie werden bewusstlos geschlagen. Das ist nichts, was sich noch mit hartem Drill erklären lässt. Das ist einfach nur Menschenschinderei. Und es soll überall so sein, im ganzen Land. Männer von Ehre! Von wegen.«

Katharina verzog angeekelt ihr Gesicht. Das war mal wieder typisch Alexander, dass er ihr solche Sachen kurz vor dem Essen erzählte.

24. Dezember 1913

Der große Christbaum in der Eingangshalle war über und über mit Silberkugeln, Lametta und Naschwerk, mit vergoldeten Nüssen und Äpfeln geschmückt. Mehrere Dutzend Kerzen warfen ihren warmen Schein auf die Anwesenden. Alexander saß im Salon und spielte Klavier. Alle anderen standen vorne in der Eingangshalle und sangen – die Familie genau wie die Bediensteten. Feodoras russische Familie hielt sich im Hintergrund und blieb stumm. Sie sprachen zwar gut Deutsch, aber da sie nach dem julianischen Kalender lebten, würden sie erst in dreizehn Tagen ihr Weihnachten feiern.

Gerade waren die Geschenke verteilt worden, die zuvor auf großen Tischen mit weißen Tischdecken platziert worden waren. Katharina hatte einige Kleidungsstücke aussortiert und an Wiebke, Clara und Hedwig verschenkt. Sie würden sie umarbeiten müssen, damit sie nicht mehr so fein wirkten. Obwohl sie bezweifelte, dass Hedwig ihr Kleid tragen könnte. So dünn, wie das Mädchen war, würde der Stoff vermutlich einfach an ihr hinabrutschen. Dafür bekam Clara einen weit geschnittenen Mantel, denn Katharinas Kleider passten dem Stubenmädchen nicht. Die Köchin, die Mamsell und Bertha hatten Stoff bekommen, um sich selbst etwas zu nähen. Nicht einmal wenn sie die Nähte ausließen, würden ihnen die Kleider von Mama oder ihr passen.

Heute Vormittag hatte Katharina mit ihrer Mutter in einer Blindenanstalt Geschenke verteilt und an der Weihnachtsfeier teilgenommen. Vater und Konstantin waren zu einigen Pächtern gefahren und hatten dort Kleinigkeiten für die Kinder vorbeigebracht.

Katharina ließ unauffällig ihren Blick schweifen. Die männlichen Bediensteten standen in der Reihe hinter den Frauen. Albert Sonntag hatte eine überraschend schöne Singstimme, die aber leider Caspers Gekrächze nicht ganz übertönen konnte. Die Männer hatten allesamt neue Hemden geschenkt bekommen. Und Caspers zudem noch neue Schuhe. Als oberster Hausdiener musste er schließlich jederzeit mehr als nur vorzeigbar aussehen. So richtig glücklich wirkte keiner von ihnen.

Alexander hatte einen neuen Sattel für sein Pferd bekommen. Nikolaus war ganz aus dem Häuschen. Er hatte einen Feuerstutzen bester Büchsenmacherkunst bekommen. Katharina fand die Machart des Gewehres mit den Holzschnitzereien und den Metallgravuren wunderschön. Sie selbst hatte ein Schmuckstück von ihrer Großmutter bekommen, eine goldene Halskette mit eingefassten Rubinen. Auch wenn es sehr wertvoll war, das

Erinnerungsstück ihrer Großmutter sah aus wie das Schmuckstück einer älteren Dame. Schließlich klang das Lied aus.

»Ich wünsche allen ein gesegnetes Weihnachtsfest. Bedanken wir uns beim Herrn für all die Gaben und unsere Gesundheit.« Es war das erste Mal, dass es Vater zukam, diesen Segen zu sprechen.

Alexander, der in die Halle gehumpelt kam, schnaubte kurz, als gäbe es nichts, für das er sich bedanken müsste.

Papa warf ihm einen mahnenden Blick zu. »Nun denn. Wohlan.« Auf das Stichwort löste sich die Versammlung auf. Die Familien gingen in den großen Salon, und einige der Dienstboten machten sich bereit, das Festessen aufzutischen. Erst danach würden sie alle zusammen feiern können.

Katharina betrat als Erste den Raum. Das silberne Besteck funkelte im warmen Kerzenschein, die polierten Kristallgläser warfen Lichtreflexe durch den ganzen Raum. Auf jeder Fensterbank stand eine Weihnachtspyramide aus Holz, deren Flügel durch die Kerzen zum Drehen gebracht wurden. Es war erhebend.

Fjodor, der jüngste Sohn von Mamas Bruder Stanislaus, ging langsam zu Alexander. »Wie ist das passiert?«

»Ein Jagdunfall«, gab Alexander mürrisch von sich.

»Du erzählst unserem Cousin nicht die ganze Wahrheit, Brüderchen. Es war zwar auf der Jagd, aber er ist in eine alte Bärenfalle getappt. Die lag dort schon über drei Jahre.«

»Warst du etwa dabei?«, stieß Alexander wütend aus.

»Bei euren privaten Schießübungen? Das habe ich gar nicht nötig.«

Alexander wandte sich an seinen Cousin. »Vor drei Jahren hat sich ein Braunbär aus dem Osten in unserem Wald herumgetrieben. Damals haben wir Fallen verteilt. Diese muss übrig geblieben sein.«

Fjodor lächelte. »Dann wolltet ihr den russischen Bären zur Strecke bringen?«

»Du kannst ganz beruhigt sein, wir haben ihn nicht gekriegt.« Alexander mochte seine Cousins. Als Kinder hatten sie schon in Sankt Petersburg zusammen in der Newa geangelt und waren hier durch die Wälder gestromert.

»Vermutlich ist er vor lauter Angst von ganz alleine wieder verschwunden.«

Fjodor drehte sich brüsk zu Nikolaus. Die beiden duellierten sich mit Blicken. Sie waren im gleichen Alter und beide beim Militär, nur eben bei einer gegnerischen Armee.

Sein russischer Cousin grinste überlegen. »So würde es euch auch ergehen, wenn ihr gegen Russland in den Krieg ziehen würdet. Ihr stellt die Falle auf und tappt schließlich selbst hinein.«

»Vermutlich war es ein feiger polnischer Bär.« Vater wollte vermitteln. Er wusste, wie sehr seine Frau es hasste, wenn sich solche Gespräche entsponnen.

Doch Nikolaus konnte das nicht auf sich sitzen lassen. »Wir haben es gar nicht nötig, euch anzugreifen. Eure Arbeiter mit ihren ewigen Streiks werden euch schon den Garaus machen.«

»Das ist in der Tat ein großes Problem. Seit 1905 sind wir nicht mehr zur Ruhe gekommen. Aber dein Namensvetter greift hart durch. Ich mach mir da gar keine Sorgen.«

»Donner und Doria. Gibt es keine erfreulicheren Gesprächsthemen?« Papa mochte es grundsätzlich nicht gerne, wenn über Politik debattiert wurde.

»Ich will heute Abend nicht ein Wort Säbelgerassel mehr hören. Ihr schwatzt uns den Krieg noch herbei«, schaltete sich nun auch Feodora ein. »Katharina, kannst du bitte für einen kurzen Moment mit mir kommen.« Das war keine Frage, sondern ein Befehl.

Katharina, die sich gerade zu Tisch setzen wollte, folgte ihrer Mutter mit einem mulmigen Gefühl in die Bibliothek.

Mama blieb mitten im Raum stehen, faltete die Hände und sah ihre Tochter prüfend an. »Und?«

»Und was?«

»Wage es nicht, mich für dumm zu verkaufen. Also, was war in dem Paket?«

»Ein Geschenk.« Sie machte eine kleine Pause, aber sprach sogleich weiter: »Ein Miniatur-Zeppelin.«

Feodora hob ihre Augenbrauen. »Ich nehme an, es soll eine romantische Erinnerung an eure erste Begegnung sein?«

Katharina wäre am liebsten im Boden versunken. »Das nehme ich auch an.«

»Und was stand in dem Brief? Er hat dir doch sicher einen Brief mitgeschickt.«

Jetzt kam sie richtig ins Schlingern. »Dass er ... sich gerne ... an unser Treffen erinnert. Und hofft, dass es mir genauso ergeht. Deshalb wollte er mir zur Erinnerung den Zeppelin schenken.«

»Ein Kinderspielzeug aus Blech! Etwas Passenderes hätte er dir kaum schenken können. Denn du benimmst dich wie eine Sechsjährige.« Ihr Blick hätte nicht bissiger sein können. »Ich schiebe es auf dein junges Alter, dass du ihm nicht sofort bei der ersten Begegnung unumwunden klargemacht hast, dass er sich keine Hoffnungen zu machen braucht. Du schreibst ihm und schickst dieses Blechteil zurück. Du wirst dich bedanken, aber ihm deutlich machen, dass du keinen weiteren Umgang mit ihm wünschst.«

Sie hob die Hände, als würde sie den Himmel anflehen. »Wie dumm nur. Gerade gestern habe ich einen Brief an seine Mutter in die Post gegeben. Ich habe ihr geantwortet, dass sie im Februar kommen kann. Aber vielleicht ist das ja genau die richtige Gelegenheit, um ihr klarzumachen, wie aussichtslos ihr Unterfangen ist. Ich könnte mir gut vorstellen, dass seine Eltern ihn auf dich angesetzt haben. Er wäre nicht der erste Neureiche, dessen Eltern sich eine Verbindung von Stand erhoffen. Das ist doch der Traum von all diesen Emporkömmlingen.«

Katharina nickte stumm.

»Ich hoffe, wir haben uns in diesem Punkt verstanden. Ich verbiete dir jeden weiteren Kontakt mit ihm, auch den brieflichen. Du kannst nur standesgemäß heiraten. Dafür werde ich Sorge tragen.«

»Aber nicht Ludwig von Preußen!«, brach es aus Katharina heraus.

Die Gräfin kniff ihre Augen zusammen, bis nur noch schmale Schlitze zu sehen waren. »Es ist meine heilige Pflicht als Mutter, dafür zu sorgen, dass du die bestmögliche Verbindung eingehst. Und meines Erachtens ist das Ludwig von Preußen. Aber du kannst dich beruhigen. Dank deines famosen Fauxpas habe ich nichts mehr von seiner Mutter gehört. Und jetzt komm. Das Essen wird jede Minute aufgetragen.«

Niedergeschlagen folgte Katharina ihrer Mutter in den Salon. Nicht, dass sie den Zeppelin besonders schön fand. Es war eher etwas, was man einem Knaben schenken würde. Aber es war eine sehr nette Aufmerksamkeit, und das Modell war filigran gearbeitet. Es konnte nicht billig gewesen sein. Das Wichtigste allerdings war, dass Julius Urban in seinem Brief geschrieben hatte, wie hingerissen er von ihr sei und wie gern er sie wiedersehen wolle. Der Miniatur-Zeppelin war auch nicht das eigentliche Geschenk. Tatsächlich hatte er sie zu einer Zeppelinfahrt eingeladen, natürlich mit einer Begleitperson, die auch ihre Mutter sein durfte.

Katharina blieb nichts anderes übrig, als das Modell zurückzuschicken. Und sie würde ihm schreiben, einen Brief, den ihre Mutter gutheißen würde. Sie setzte sich an den Tisch und versuchte, sich ihre Niedergeschlagenheit nicht anmerken zu lassen. Je älter sie wurde, desto stärker wurde der Kampf, der in ihr tobte. Jeden Tag, so schien es ihr, stellte sie ein Tabu mehr infrage. Wie sie sich standesgemäß zu verhalten hatte. Wen sie wann wie grüßen musste. Wen sie nett finden durfte und wen nicht. All diese Vorgaben, sogar mit Menschen ausharren zu müssen, die man schrecklich fand. Mit ihrem Stand waren so viele Privilegien verbunden, die die meisten anderen Menschen nicht genossen. Sie durfte und konnte so viele Dinge tun, die anderen verwehrt waren oder die sie sich erst gar nicht leisten konnten. Sie hatte Geld und Bildung und ein angenehmes Leben. Und doch fühlte sie sich wie eine Gefangene. Wieso durfte sie Julius Urban nicht wenigstens näher kennenlernen, um sich ein eigenes Urteil zu bilden?

Es wäre ja nicht so, als würde sie sich für einen lumpigen Bauern interessieren. Vermutlich hatte Julius' Familie ein größeres Vermögen als Vater. Letzte Woche noch hatte sie am Frühstückstisch einem Gespräch zwischen Konstantin und Papa gelauscht, in dem ihr Bruder vehement darauf gedrängt hatte, sich den neuen Zeiten anzupassen. Natürlich hatte er damit nur den technologischen Fortschritt gemeint. Falls Papa zu sehr auf die althergebrachten Abläufe bestehen würde, könne das Gut in eine finanzielle Schieflage geraten. Konstantin hatte seine Rede in den schillerndsten Farben gehalten und mit ausschweifenden Beispielen von anderen Gütern unterfüttert. Er hatte ihr geradezu Angst gemacht. Sorgen, die sie sich mit einem Julius Urban an der Seite sicher nicht machen musste.

Sie kannte ihn nicht gut, aber wann immer sie an ihn dachte, bekam sie ein wohliges und zugleich mulmiges Gefühl im Magen. Nicht, dass sie schon viel Kontakt gehabt hätte zu jungen Männern, wenn man von ihren Brüdern absah. Aber im Gegensatz zu den wenigen anderen Begegnungen fand sie Julius erfrischend und unterhaltsam. Er schrieb höfliche, aber witzige Briefe. Und in einem war sie sich sicher: Das Herz eines Romantikers schlug in seiner Brust ... und vielleicht sogar für sie.

Clara trat mit einer großen Suppenterrine in den Raum, und Caspers folgte ihr mit Glacéhandschuhen. Nun würde die Vorsuppe verteilt. Katharina fing ein knappes Lächeln von dem Stubenmädchen auf, als ihre Blicke sich trafen. Plötzlich hatte sie eine Eingebung. Sie würde den Brief schreiben, den ihre Mutter wollte. Aber sie würde noch einen zweiten Brief schreiben, den Mama ganz sicher nicht zu lesen bekommen würde. Clara hatte viel übrig für bunten Glasschmuck oder ein paar Groschen extra.

29. Dezember 1913

»Wie wohltuend es ist, sich nicht immer verstecken zu müssen.« Die Laternen warfen ihr gelbes Licht auf den Bürgersteig. Obwohl es eiskalt war, hatten Konstantin und Rebecca ihre Handschuhe ausgezogen und schlenderten Hand in Hand durch die Straßen von Charlottenburg. Ihre Hände waren oft rau von der Schulkreide, aber jetzt spürte Konstantin ihre weiche Haut. Sie hatten sich erst nachmittags getroffen, weil Rebecca ihrem Vater versprochen hatte, ihn ins städtische Familienhaus zu begleiten. Die soziale Einrichtung beherbergte Obdachlose und Kranke, und ihr Vater ging dort einmal die Woche hin, um die Kranken kostenlos zu behandeln. Doch sie hatte es pünktlich zum Treffpunkt geschafft, wo sie sich erst etwas steif begrüßt hatten. Nachdem sie jedoch den ersten Kuss getauscht hatten, war die Fremdheit wie weggeflogen.

Rebecca lächelte ihn an, und er sah die Zustimmung in ihrem Gesicht. »Das ist wirklich eins der Dinge, die mich in Greifenau sehr stören. Man steht ständig unter Beobachtung.«

»Das ist allerdings so.«

»Ich war vorgestern in der Wilmersdorfer Straße im neuen Warenhaus Tietz und habe mich dort mit angemessener Kleidung eingedeckt.«

»Was verstehst du unter angemessene Kleidung?«, gab Konstantin belustigt von sich.

»Nicht ganz das, was Pastor Wittekind unter angemessener Kleidung verstehen würde, aber es geht in die Richtung.« Rebecca lachte glockenhell. Tatsächlich wirkte sie hier in Charlottenburg so viel befreiter.

Sie hatte nichts davon gesagt, dass sie ihn ihren Eltern vorstellen wollte. Und ehrlich gesagt war Konstantin sehr erleichtert darüber. Seine Lügen sollten nicht noch größere Kreise ziehen. Trotzdem war er kurz an dem Haus vorbeigegangen, wo ihre Eltern mit der jüngeren Schwester wohnten. Er wollte sich ein Bild machen, wie Rebecca ihr bisheriges Leben verbracht hatte. Die Familie wohnte in einem schönen Vorderhaus. Doch hinter dem Durchgang konnte man die engstehenden Mietskasernen schon erahnen.

Er selbst hatte sich in einer kleinen Pension in Berlin-Mitte eingemietet. Falls Rebecca auf die Idee kommen sollte, ihn bis zu seiner Unterkunft zu geleiten, durfte er nicht in einem der üblichen noblen Hotels logieren. Mit der Untergrundbahn war er bis zum Bahnhof Bismarckstraße in Charlottenburg gefahren. Auch so eine Erfahrung. Zuvor war er erst einmal ein kurzes Stück mit seinem Vater gefahren, und das auch nur, um es mal auszuprobieren. Doch vorhin hatte er neben Büroangestellten, Sekretärinnen und Arbeitern gesessen und das geschäftige Treiben genossen.

Er war früh aufgestanden und hatte sich bei drei Firmen umgeschaut, die Landmaschinen herstellten. Zuletzt hatte er sich für eine österreichische Saatmaschine entschieden. Sie war bestellt und angezahlt. Das würde er Papa schonend beibringen müssen, und er würde sich Zeit damit lassen. Und wenn Vater partout dagegen wäre, würde er das Geld aus seinem eigenen Ersparten zahlen, hatte er überlegt. Erst vor zwei Jahren hatte ihm ein kinderloser Großonkel ein nettes Sümmchen hinterlassen. Zusammen mit einem Teil seiner Apanage reichte es, um die Maschine zu bezahlen. Früher oder später würde Konstantin beweisen, dass er mit seinen Methoden recht hatte.

Kurz bevor er nach Charlottenburg gefahren war, hatte er in einem kleinen Restaurant zu Mittag gegessen, danach eine Zeitung gelesen und Kaffee getrunken. Er fühlte sich beinahe, als wäre er wirklich nur ein kleiner Chauffeur. Niemand verbeugte sich vor ihm, und niemand machte ihm auf der Straße Platz. Dreimal war er heute mit Leuten zusammengestoßen, weil er es nicht gewohnt war, dass die Leute ihm nicht Platz machten. Es war ein faszinierendes Rollenspiel.

Konstantin hatte vorgegeben, er wolle in Berlin einen alten Studienkameraden besuchen, was von seiner Familie niemand infrage gestellt hatte. Allerdings war es merkwürdig gewesen, nur Kleidung einzupacken, die schon etwas älter aussah und vor allem nicht allzu teuer wirkte. Caspers hatte eine verwunderte Miene gemacht, als er ihm eröffnet hatte, dass er seinen Koffer bereits gepackt hatte. Selbstredend stellte er keine Nachfragen.

Auch Rebecca hatte es nicht angezweifelt, dass er sich für einige Tage freinehmen durfte. Sollte die Herrschaft tatsächlich das Haus verlassen wollen, gäbe es immer noch Eugen, den Stallburschen, der die Kutsche fahren konnte. Das hatte er ihr erklärt. Konstantin versuchte, so wenig wie möglich zu lügen.

Doch mit seiner Ankunft in Berlin schob er alle Skrupel beiseite. Er wollte diese Zeit genießen. Das war seine Chance, Rebecca wirklich kennenzulernen. Er wollte wissen, wie sie war, wenn sie nicht ständig unter Beobachtung stand oder sich verstecken musste. Sie hatten sich seit ihrem ersten Ausflug nach Stargard noch zweimal getroffen. Aber erst hier in der Stadt, in der sie aufgewachsen war, bewegte sie sich wirklich frei.

»Dort in der Straße ist das Café Albrecht. Sie haben leckeren Kuchen, und es ist schön warm.« Mit verfrorenen Fingern zeigte Rebecca auf die andere Seite.

Automobile und Kutschen querten ihren Weg. Das Pflaster schimmerte im Schein der Lampen. Sie standen am Gehsteigrand und warteten, dass sie die belebte Straße überqueren konnten. Eine Kutsche fuhr vorbei, und blitzartig sackte Konstantin das Herz in die Hose. Er hatte das Gesicht erkannt, und er hatte auch das Erkennen in dem anderen Gesicht wahrgenommen. In der Droschke saß ein früherer Studienkollege von ihm. Der Wagen stoppte jäh wenige Meter weiter. Konstantin musste schnell handeln.

»Komm schnell. Das schaffen wir.« Er zerrte Rebecca fast grob an der Hand über die Straße. Ein Automobil kam quietschend vor ihnen auf dem Pflaster zum Stehen, da waren sie schon auf der anderen Seite. Konstantin warf noch einen Blick über die Schulter, während er mit Rebecca in die kleine Straße einbog. Sein Studienfreund war ausgestiegen und blickte sich suchend auf der Straße um, dann stieg er wieder in die Droschke. Damit hatte Konstantin allerdings nicht gerechnet, dass er hier in Charlottenburg jemandem begegnen würde, den er kannte.

Sie rannten bis zum Café, als wäre es ein großer Spaß. Bevor sie hineingingen, hielt Konstantin sie zurück. Auf der Straße war gerade niemand zu sehen. Er umarmte Rebecca und küsste sie innig. »Ich wünschte, wir könnten immer so zusammen sein.«

»Ja, das wünschte ich auch. ... Aber du weißt, dass ich das nicht kann. ... Jetzt noch nicht. ... Es ist meine erste Stelle, und ich möchte gerne erst einige Jahre arbeiten.«

Konstantin stutzte für einen Moment, dann musste er lachen.
»Was ist? Warum lachst du mich aus?«
»Ach nichts.«
»Nun sag schon.«
»Ich hab nur … Ich musste nur gerade daran denken, was Pastor Wittekind dazu sagen würde, wenn er uns so sehen könnte.« Schon wieder eine Lüge. In Wahrheit hatte er daran gedacht, dass Rebecca ihnen mit ihren Worten unzweifelhaft eine gemeinsame Zukunft in Aussicht gestellt hatte. Der Schreck von gerade war verschwunden. Eine wohlige Wärme breitete sich in Konstantins ganzem Körper aus. Sie wollte noch einige Jahre arbeiten, bis …

Dieses »bis« konnte nur bedeuten, dass sie schon über eine Heirat nachgedacht hatte. Und das freute ihn maßlos, selbst wenn er diese Möglichkeit für ziemlich unwahrscheinlich hielt. Sofort verschlechterte sich seine Laune. Was tat er dann hier? Machte er sie nicht zu seiner Kurtisane, wenn er diese Möglichkeit ausschloss?

»Was ist?«, fragte sie, als sie seine düstere Miene sah.
»Es ist … dass ich so schnell schon wieder fahren muss.« Lügen. Nichts als Lügen! Er küsste sein Unbehagen einfach weg.

Lachend befreite Rebecca sich aus seiner innigen Umarmung. »Aber bis dahin haben wir ja noch etwas Zeit.«

Diese entzückenden Grübchen, die Konstantin so liebte, erschienen. Ihre Atemwolken vermischten sich zu einer. Dann zog sie ihn zwei Meter weiter, und gesittet betraten sie nacheinander das Café.

Sie bestellten Kaffee und Kuchen, obwohl es schon fast Abendbrotzeit war. Doch Rebecca hatte ihren Eltern versprochen, in einer Stunde zu Hause zu sein und mit ihnen zu essen.

»Sehr gemütlich, muss ich sagen.« Konstantin sah sich in dem Jugendstilkaffeehaus um. Es gefiel ihm wirklich, auch wenn es um Klassen schlichter war als das, was er normalerweise gewohnt war.

»Wann fährst du wieder zurück?«

»Übermorgen. Mein Zug geht mittags.«

»Morgen hab ich nicht den ganzen Tag Zeit. Ich hab meinem Vater versprochen, ihm nachmittags in seinem kleinen Krankenhaus in der Kirchstraße zu helfen. Aber übermorgen haben wir noch den Vormittag.«

Konstantin nickte. Wie er schien sie jede Stunde zu zählen, die sie miteinander verbringen konnten. Plötzlich erschien ihm das wie der wahre Luxus – die Zeit mit ihr. Jede Minute war ein kostbares Geschenk. Das erinnerte ihn an etwas.

Er griff in seine Manteltasche und holte ein kleines Päckchen heraus. Wortlos stellte er es vor Rebecca.

»Was ist das?«

»Na, es war doch Weihnachten. Es ist natürlich ein Weihnachtsgeschenk.«

»Aber ich habe gar nichts für dich.«

»Du brauchst mir nichts zu schenken. Diese drei Tage mit dir sind mir Geschenk genug. Nun pack schon aus«, setzte er nach, als sie sich nicht rührte. Konstantin war neugierig, wie sie auf dieses Geschenk reagieren würde.

Sie schob das Band beiseite und wickelte ein kleines Kästchen aus. Sie öffnete das Etui aus Pappe und sog scharf den Atem ein. »Aber die sind ja …«

Konstantin wartete neugierig darauf, wie sie den Satz beenden würde. Aber sie sagte nichts mehr. »… wunderschön?«, fragte er nach. Sie sagte immer noch nichts. »Passen genau zu deinen gesprenkelten braunen Augen?«

»Die sind viel zu teuer. Wie kannst du dir so etwas leisten?«

Verdammt. Daran hatte er gar nicht gedacht, als er die wunderbaren Silberohrringe mit den eingefassten Bernsteinen gekauft hatte. Er hatte nur daran denken können, wie sehr ihn dieses braungoldene Farbenspiel an Rebeccas Augen erinnerte. »Der Bernstein soll echt sein, hat man mir gesagt. Aber das Silber ist ziemlich sicher kein echtes Silber«, redete er sich heraus. Wieder eine Lüge.

»Dann bin ich beruhigt.« Sie griff nach einem Ohrstecker und hielt ihn sich vor die Augen. »Ich muss schon sagen, für falsches Silber ist es wirklich gut gearbeitet. So fein ziseliert.«

»Und? Gefallen sie dir sonst?«

»Sonst? Natürlich gefallen sie mir. Sie sind wunderschön.« Sie rieb sich ihre Hände, die noch etwas kalt waren, und holte dann die billigen Buntglasstecker aus ihren Ohrläppchen. Vorsichtig steckte sie ihre neuen Ohrringe an und drehte ihren Kopf. »Und, wie sehe ich aus? Passen sie zu mir?«

Konstantin schaute sie an. Ihre braunen Augen sprühten lebhaft unter ihren geschwungenen Augenbrauen. Niemand ist so schön wie ein Mensch im Augenblick des puren Glücks. Er wollte diesen Moment einfrieren für alle Zeiten. »Du bist die wunderschönste Frau, die ich jemals gesehen habe.«

Ihre Blicke verflochten sich miteinander. Ein leises Lächeln erschien auf ihrem Gesicht. So gerne hätte er sie jetzt in seine Arme genommen und geküsst. Aber hier im Café ging das nicht. Nicht einmal in Berlin würde ein anständiges Paar so etwas tun. Sie sagte nichts und schaute ihn einfach nur glücklich an. Das war der Moment, in dem ihm klar wurde, dass er sie tatsächlich liebte. Er liebte Rebecca Kurscheidt. All ihrer sonderbaren Ideen und sozialen Ansichten zum Trotz.

Eine Kellnerin erschien mit ihrem Kaffee und dem Kuchen, und der innige Moment verflüchtigte sich. Rebecca nahm die Ohrringe wieder ab.

Entschuldigend erklärte sie: »Ich möchte nicht, dass meine Eltern denken, ich würde mein Geld zum Fenster hinauswerfen.

Mein Vater würde das gar nicht gerne sehen, und meine Mutter würde mir vorrechnen, wie lange sich eine arme Familie davon ernähren könnte.«

»Du scheinst wirklich sehr strenge Eltern zu haben.«

Sie lächelte wieder. »Ganz so schlimm ist es nicht.« Sie rührte sich Sahne in die Tasse und sah ihn an. »Und bei dir? Wie sind deine Eltern?«

Albert Sonntag hatte ihm erzählt, dass er in einem Waisenhaus groß geworden war. Er wusste genau, wenn er das sagen würde, würde er eine rote Linie überschreiten. Das war eine so faustdicke Lüge, dass sie ihm nicht über die Lippen kam. Sein Blick schweifte hilfesuchend hinaus auf die Straße, wo gerade ein Junge vorbeiging. Es war ein Zeitungsverkäufer mit der Abendausgabe. Er blieb kurz stehen und drückte sein Gesicht an die Scheibe. Sein sehnsuchtsvoll hungriger Blick wanderte durch das warme Kaffeehaus mit seinen verführerischen Süßigkeiten. Über seinen Schultern hingen vorne und hinten Pappschilder, auf denen die neuesten Schlagzeilen zu lesen waren.

Zabern-Affäre weitet sich aus.

Mit niedergeschlagenem Blick löste er sich von der Scheibe und ging weiter.

»Was sagt deine Familie zu dieser ganzen Geschichte?«

»Meine Familie?« Für einen Moment stockte Konstantin der Atem.

»Ja, deine Gutsherrnfamilie. Kriegst du manchmal was mit, wenn sich dein Arbeitgeber mit seinen Söhnen unterhält, im Automobil oder in der Kutsche? Ich wüsste gerne, was diese Leute von den Vorfällen in der elsässischen Stadt denken.«

Konstantin versuchte, sich seine Erleichterung nicht anmerken zu lassen. Er musste nicht irgendwelche Eltern für sie erfinden. »Der Gutsherr selbst ist relativ unpolitisch. Er interessiert sich kaum für solche Sachen, zumal Elsass-Lothringen ja nun wirklich am anderen Ende des Reichs liegt.«

Das war nicht einmal gelogen. Vater interessierte diese ganze Geschichte nicht. Er hatte Nikolaus, als der Weihnachten lauthals das Verhalten der preußischen Offiziere verteidigt hatte, mehr oder minder stehen lassen. Konstantin hatte sich darüber echauffiert, wie willkürlich das Militär gegen die Bevölkerung im elsässischen Zabern vorging. Ein Leutnant hatte Ende Oktober die dortige Bevölkerung beleidigt. Die Menschen hatten daraufhin dagegen protestiert, wonach es zu gewalttätigen Übergriffen des Militärs auf die Zivilbevölkerung und Willkürmaßnahmen gekommen war. Die ganze Geschichte schaukelte sich immer weiter in die Höhe.

»Und unserem Kaiser ist die ganze Sache egal. Wir kleinen Leute sind ihm egal.«

Konstantin sagte nichts. Alles, was ihm als Entgegnung einfiel, schien so falsch zu sein. Genauso falsch wie ihre Ansichten.

»Du warst doch sicher auch beim Militär? Ist es typisch? Verhalten sich alle Offiziere so?«

Konstantin war ein Einjähriger. Da er aus gutem Hause war, eine wissenschaftliche Befähigung nachweisen konnte und zudem über das Geld verfügte, sich selbst einkleiden zu können, hatte er die aktive Dienstpflicht von zwei Jahren auf eins verkürzen können. Drei weitere Jahre blieb er in Reserve. Er wusste, wie die Bürgerlichen oder auch die Arbeiter schikaniert wurden von den höheren Offizieren. Aber schon zu erzählen, dass er ein Einjähriger war, würde ihn verraten.

»Ich war die ganze Zeit über mehr oder weniger in Pommern, in Stolp vor allem. Ich habe keine Ahnung, was die Offiziere im Elsass reitet.«

»Aber das sind doch auch Leute von hier.«

Konstantin ergriff ihre Hand. »Lass uns nicht über Politik sprechen.«

Sie zog sie weg. »Ich kann aber nicht verstehen, warum es dir egal ist. Findest du das etwa gerecht? ... Diese ganze adelige Brut mit ihren Vorrechten.« Sie klang bitter.

Er musste schlucken. Er senkte den Blick zu seinen Schuhen. *Adelige Brut*, wie verächtlich sie das gesagt hatte. Erst allmählich hob er wieder den Kopf. »Wieso trifft dich das so? Du hast doch damit nichts zu tun.«

Rebecca sah ihn verständnislos an. »Was würdest du sagen, wenn mich ein Leutnant einfach so mit der Waffe bedrohen, schmutzige Dinge über mich sagen oder mich von der Straße weg verhaften, mich verprügeln würde und dann noch nicht einmal zur Rechenschaft gezogen würde? Findest du das etwa statthaft?«

»Nein, natürlich nicht.« Konstantin wusste nicht, was er antworten sollte. Es war schier unvorstellbar, dass ihm persönlich so etwas passieren konnte. Wie tief war der Graben, der sie trennte! Nicht im Entferntesten hatte Konstantin jemals daran gedacht, wie sie sich fühlen musste bei dem Gedanken.

»Der mittlere Sohn, Nikolaus, ist beim Militär. Er steht absolut dahinter. Allerdings hat er sich sehr mit seinem ältesten Bruder gestritten, der ganz und gar nicht seiner Meinung ist.«

»Der Älteste, ist das dieser Konstantin?«

Ein dicker Kloß saß in seinem Hals. »Ja, genau. Konstantin.«

»Und der ist liberaler?«

»Liberaler als alle anderen. Er denkt sehr fortschrittlich, und ich habe das Gefühl, dass er sich immer mehr Reformideen zuwendet.«

»Na, das wäre mal was Erfreuliches.«

Gegensätzliche Welten zerrten ihn in verschiedene Richtungen. Er wurde schier in zwei Teile gerissen. »Er ist wirklich sehr nett, der Älteste, weißt du? Modern und aufgeschlossen.« Seine Stimme klang ganz kratzig.

»Ähm«, entgegnete sie desinteressiert. »Also, was wollen wir morgen machen? Treffen wir uns wieder hier? Ich kann dir die Universität zeigen. Oder willst du lieber zum Charlottenburger Schloss?« Rebecca lächelte ihn an und drückte noch einmal seine Hand unter dem Tisch. »Oder wir gehen zur städtischen Volksbibliothek. Früher bin ich dort jede Woche gewesen und habe mir Bücher ausgeliehen. Daher habe ich meine Idee mit dem Bücherregal in der Schule.« Sie lehnte sich zu ihm herüber, als würde sie ihm ein Geheimnis verraten wollen. »Für heute Abend habe ich etwas Besonderes in Planung. Du wartest an der Straßenecke auf mich, und dann gehen wir ins Marmorhaus.«

»In das große Kino am Kürfürstendamm?«

Rebecca nickte. »Es hat im März eröffnet, kurz bevor ich in Greifenau angefangen habe. Ich war erst einmal drin.«

»Darfst du denn abends alleine weg?«

»Ich sage meinen Eltern, dass ich mit meiner Schwester und ihren Freundinnen gehe.«

»Und deine Schwester? Werde ich sie kennenlernen?«

»Höchstens kurz. Meine Schwester und ihre Freundinnen wollen heute Abend in den Luna-Park, den Vergnügungspark hier in der Nähe. Sie darf nicht ohne mich gehen und ich nicht ohne sie.« Rebecca zuckte neckisch mit den Schultern. »Praktisch, nicht wahr?«

Sie lächelte ihn so selig an, dass es schmerzte.

Silvester 1913/14

»Was für ein Sturm! Ich hab noch so gerade den letzten Zug erwischt. In Stargard haben sie auf dem Bahnhof erzählt, dass es an der Ostsee zu einer Sturmflut kommt. Und auch der Eisenbahnverkehr ist stellenweise bereits unterbrochen wegen Überschwemmungen. Ich kann froh sein, dass ich es noch hierher geschafft habe.«

Albert pflichtete dem jungen Adeligen bei. Vorhin war er wegen dem heftigen Wind fast von der schneebedeckten Straße abgekommen. Er selbst war heilfroh, als das schlossähnliche Herrenhaus in Sichtweite kam. Durch die großen Fenster besiegte goldgelbes Licht die Dunkelheit. Drinnen war es warm, und die Fenster und Türen sperrten den schneidenden Wind aus.

Für heute hatte er Feierabend. Er konnte es sich in der Leutestube mit den anderen, die nicht oben im Salon Getränke servierten, richtig gemütlich machen. In Westpreußen hatte er bei großen Diners servieren müssen. Dazu hatte er eigens eine dunkelrote Livree und weiße Glacéhandschuhe bekommen. Aber hier brauchte er das nicht. Morgen Vormittag würde er die Herrschaften zur Neujahrsmesse ins Dorf bringen. Bis dahin würde niemand das Haus verlassen wollen. Bei diesem Sturm schon dreimal nicht.

Genau vor der Freitreppe brachte er den Wagen zum Stehen und ließ Konstantin von Auwitz-Aarhayn aussteigen. Er nahm den Koffer, den er ausnahmsweise auf den Rücksitz des Wagens gestellt hatte, und trug ihn ins Haus. »Bringen Sie den Koffer bitte in mein Zimmer. Ich möchte ihn später alleine auspacken.«

»Sehr wohl.«

Albert ging durch den Dienstboteneingang hinein. Im Flur stand ein Besen. Er würde dort bis Heilige Drei Könige stehen bleiben, wenn die Raunächte vorbei waren. So sollte verhindert werden, dass sich böse Geister ins Haus schleichen konnten, hatte ihm Irmgard Hindemith am Weihnachtsabend erklärt.

Vor drei Tagen hatte er mitbekommen, wie die Köchin Clara furchtbar zusammengestaucht hatte, was gar nicht ihre Art war.

Das Stubenmädchen hatte auf einer Wäscheleine Handtücher zum Trocknen gehängt. Frau Hindemith, die zutiefst abergläubisch war, hatte sie bestürzt heruntergerissen. Da könnten sie ja direkt draußen Betttücher über die Wäscheleine hängen. Wenn man das tue, dann würde sich jemand im kommenden Jahr erhängen. Clara war bleich geworden und hatte die Tücher über den Ofenbügel gehängt.

In der Leutestube saßen Hedwig, Kilian, Bertha und die Köchin und spielten das pommersche Tellerspiel. Das kannte Albert noch aus dem Waisenhaus, wo es aber heimlich gespielt worden war. Jemand deckte heimlich vier Teller über ein Geldstück, einen Ring, über ein Püppchen und über ein Häuflein Erde. Der Spieler oder die Spielerin wurde hineingerufen und deckte einen der Teller auf. Je nachdem, was darunter lag, sollte es im bevorstehenden Jahr zu einem Geldsegen, einer Verlobung, einem Kind oder zum Tod kommen.

Caspers, Wiebke und Clara waren oben damit beschäftigt, die Gläser der Herrschaften und ihrer russischen Verwandtschaft aufzufüllen. Die Mamsell war nicht zu sehen. Es hatte heute ein opulentes Mahl gegeben. Kurz vor Mitternacht würde noch ein leichtes Souper aufgetragen. Wie er Irmgard Hindemith kannte, hatte sie bereits alles vorbereitet.

Statt den Koffer in die Gepäckstube, wo die Koffer aufbewahrt und die Schuhe geputzt wurden, zu bringen, ging er die Hintertreppe hoch in den Familientrakt, legte den Koffer auf einen Sessel im Schlafzimmer des jungen Grafen und verschwand nach unten.

»Möchten Sie einen Schluck Punsch?«, begrüßte ihn die Köchin mit roten Wangen, als er in die Leutestube trat.

»Ich muss noch mal hinaus, den Wagen in die Remise stellen. Aber es hat keine Eile. Ich könnte mich gut erst einen Augenblick aufwärmen.« Trotz der dicken Lederhandschuhe hatte er eiskalte Finger bekommen, weil er seine dicken Schaffellhandschuhe beim Fahren nicht tragen konnte. Er zog seinen gewachsten Wettermantel, den er über seiner Jacke trug, aus. Den Mantel hängte er über einen Stuhl, auch wenn Caspers das gar nicht gerne sah. Aber ziemlich wahrscheinlich würde er in den nächsten Stunden kaum hier unten auftauchen. »Ich nehme einen kleinen Schluck.«

Johann und Eugen brachten von draußen einen kalten Wind mit herein. Sie traten sich am Dienstboteneingang den Dreck von den Gummistiefeln, zogen saubere Schuhe an und kamen herein. Johanns Blick ging sofort zu dem großen Topf mit dem warmen Alkohol. Eugen dagegen setzte sich zu Kilian. Der hatte eine Tasse mit heißer Schokolade vor sich stehen. Alkohol für die jungen Bediensteten gab es nur um Mitternacht und dann auch nur in Maßen. Schließlich musste morgen früh alles seinen gewohnten Gang gehen.

Albert trank eine halbe Tasse. Die Wärme kroch zurück in seinen Körper. Doch dann wurde er unruhig. Der Sturm draußen schien immer stärker zu werden. Besser, er brachte den Wagen schnell noch in die Remise, bevor ein Verdeck wegriss oder ein anderer Schaden entstand.

»Ich bin gleich wieder da.« Er zog sich an und ging den langen Flur entlang. Eine heftige Windböe fegte ihm die Chauffeursmütze vom Kopf, als er vor die Tür trat. Sie rollte über den Schnee. Er hechtete hinterher. Endlich blieb sie an einem Strauch hängen. Er packte die Kopfbedeckung. Es hatte wieder angefangen zu schneien. Der Wind spielte mit den schweren Schneeflocken, die es kaum schafften, auf dem Boden zu landen, und wild durcheinandergewirbelt wurden. Ganz wie die wilde Hatz, die übers Land jagte, von der die abergläubische Köchin gesprochen hatte. Mit kalten Fingern schlug er den Kragen hoch, deswegen sah er sie nicht sofort, als er um die Ecke trat.

Die Schuhe, die sie trug, wirkten für dieses Wetter lächerlich. Es waren silbern glänzende Riemenschühchen. Ihr langes Kleid wurde größtenteils von einem Mantel verdeckt. Über ihren Hut hatte sie ein großes Tuch gezogen. Sie stand oben vor dem geschlossenen Portal und wartete. Ihr Gesicht war dem Gebäude zugewandt, aber es war die affektierte Art, wie sie ihre Hände bewegte, während sie sich das Tuch vom Hut zog, die sie verriet. In diesem Moment öffnete sich die Tür, und sie sprach mit Caspers.

Albert brauchte einen Moment, um seine Gedanken zu sortieren. Annabella Kassini war ganz sicher nicht zur Silvesterfeier von Adolphis von Auwitz-Aarhayn eingeladen. Einem Impuls folgend rannte er los. Caspers wollte gerade die Türe schließen, als er von außen dagegen stieß.

»Sonntag! Was erlauben Sie sich!« Caspers blickte entrüstet.

Albert orientierte sich schnell. Er sah, wie sie ihren Mantel zusammen mit dem Schal einfach auf den Boden gleiten ließ. Sie wartete nicht erst auf den Diener, damit er ihr die Kleidung abnahm. Sie wusste, so viel Zeit würde ihr nicht bleiben.

Er rannte los. Fast wäre er mit seinen feuchten Schuhen auf den Bodenfliesen ausgerutscht, fing sich aber im letzten Moment und klatschte gegen die Tür zum Salon. Ohne darauf zu warten, dass der oberste Hausdiener sie ankündigen würde, platzte Annabella Kassini in die Feier.

Jemand spielte Klavier, und er hörte mehrere Menschen vergnügt plaudern. Vielleicht hätten einige sie nicht bemerkt, wenn Albert nicht gegen die Tür gepoltert wäre. Jetzt blickten alle in ihre Richtung. Sie stand dort, mit nassen Schuhen, in einem eleganten Abendkleid und einem extravaganten Hütchen. Nur wenn man genau hinsah, erkannte man, dass das Abendkleid aus nicht annähernd so gutem Stoff war wie das der Gastgeberin. Die Schuhe wirkten abgetragen, und ihr Schmuck war auffällig, aber nicht teuer.

Im Bruchteil einer Sekunde nahm Albert die Eindrücke auf: Dem Grafen entglitten die Gesichtszüge. Völlig fassungslos und entsetzt starrte er in die Richtung seiner Kurtisane. Feodora von Auwitz-Aarhayn schien empört über die Störung, wusste aber wohl noch nicht recht, was sie von dem unerwarteten Besuch halten sollte. Alexander grinste verschmitzt. Auf den Mienen aller anderen erschien ein mehr oder weniger fragender Blick. Niemand hatte zu so fortgeschrittener Stunde mit einem weiteren Gast gerechnet. Und schon mal gar nicht bei diesem Wetter.

Rasch trat Annabella Kassini an Clara heran und nahm eine mit Champagner gefüllte Schale vom Tablett. Als wollte sie ihnen zuprosten, hob sie das Glas. »Ich möchte Ihnen allen ein erfreuliches neues Jahr wünschen, ganz besonders …«, und dabei richtete sie ihren Arm mit dem Glas in Richtung Gutsherr, »ganz besonders …«

Weiter kam sie nicht. Albert packte sie von hinten. Mit einer Hand hielt er ihr den Mund zu. Den anderen Arm schlang er um ihre Taille. Das Glas fiel herunter und zerbrach. Der Champagner verteilte sich über Teppich und Steinfliesen. Annabella Kassini begriff noch nicht so recht, was gerade passierte.

»Ich bitte tausendfach um Entschuldigung. Das hätte niemals passieren dürfen. Meine … Bekannte verträgt einfach keinen Alkohol.«

Jetzt erkannte Annabella Kassini Alberts Stimme, und ihr wurde klar, was er versuchte. Sie begann sich zu wehren, trat nach hinten aus, traf ihn auch, aber all das Drehen und Wenden nutzte ihr nichts. Albert Sonntag war stärker als sie. Da er ihr die Hand auf den Mund presste, konnte sie nichts richtigstellen. Sie brachte nur unverständliche Laute hervor. Was sie eigentlich sagen wollte, konnte Albert sich denken, genau wie der Gutsherr, dem jegliche Farbe aus dem Gesicht gewichen war.

»Wie können Sie es zulassen, dass ...« Zutiefst empört über diese Störung schritt die Gräfin auf ihn zu.

»Wir wollten feiern, und ich wollte nur schnell noch etwas aus meinem Zimmer holen, da hat sie sich wohl aus dem Wagen geschlichen und ...«

Endlich stürzte der Patriarch an seiner Frau vorbei. Sein Blick war eindringlich. Auf seiner Stirn glänzte Schweiß. Er hatte genau begriffen, was Albert gerade für ihn tat. Trotzdem klang seine Stimme barsch.

»Nun machen Sie schon. Bringen Sie dieses verrückte Weibsbild hier weg. Wir wollen uns unsere schöne Feier durch so einen Eklat nicht verderben lassen. Schaffen Sie sie aus dem Haus. Wir sprechen morgen darüber.«

Albert schleifte die Frau aus dem Zimmer, und der Gutsherr schloss hinter ihnen die Tür.

Drinnen sagte jemand etwas. Albert konnte es nicht verstehen. Allerdings folgte ein erlösendes Lachen, und er nahm an, dass der Gutsherr mit einer amüsanten Bemerkung die Situation gerettet hatte. Annabella Kassini schlug um sich, traf ihn tatsächlich im Gesicht und riss ihm mit ihren Fingernägeln eine kleine Schramme in die Haut neben dem linken Auge. Er fasste sie anders, sodass sie ihre Arme nicht mehr bewegen konnte. Für einen Moment konnte sie schreien, dann hatte er schon wieder seine Hand auf ihrem Mund.

Caspers sah ihn völlig entsetzt an, als wäre er im Leben nicht auf die Idee gekommen, dass jemand seiner Angestellten sich eine derartige Unverfrorenheit leisten könnte. Doch darauf konnte Albert jetzt keine Rücksicht nehmen. Das würde er später klären müssen.

»Den Mantel und den Schal«, wies er Caspers an, der gerade zu einer Predigt ansetzen wollte. »Schnell, bevor sie die Bude hier zusammenschreit.«

»Wie können Sie es wagen!« Trotzdem brachte er die gewünschten Dinge. Albert hatte Annabella Kassini in der Zwischenzeit bis zur Haustür gedrängt.

»... sich für Frischverliebte gehört. Ich werde mal ein Machtwort sprechen.« Der Gutsherr war aus dem Salon getreten. Weltmännisch drehte er sich um, schloss die Tür und bewegte sich plötzlich blitzschnell.

»Um Gottes willen, Sonntag, bringen Sie sie fort.«

Albert zerrte sie die Stufen herunter, rutschte fast auf dem Schneematsch aus, fing sich gerade noch.

»Gnädiger Herr, ich kann gar nicht sagen, wie entsetzt ich über diesen Vorfall bin. Ich werde sofort alles für Sonntags Abschied veranlassen.«

Adolphis von Auwitz-Aarhayn drehte sich mit erhobenem Finger zu Caspers. »SIE! Sie haben sie überhaupt erst hereingelassen. Ein weiteres Wort, und ich werde mir überlegen, wer hier seinen Hut nehmen muss.«

Albert verfrachtete Annabella Kassini in den Wagen. Er drückte ihr Mantel und Schal in die Hand. Doch sie fing sofort wieder an, wütend zu kreischen. Jetzt nahm er mit Finger und Daumen einer Hand ihren Kiefer in die Zange.

»Einen Ton noch, Madame, und ich stopfe den Schal in Ihren Mund.« Seine Finger drückten so fest, dass sie nicht antworten konnte.

Adolphis von Auwitz-Aarhayn erschien auf der anderen Seite, wo ihn die neugierigen Blicke aus den Fenstern des Salons nicht erhaschen konnten.

»Sonntag, ich bin Ihnen zu größtem Dank verpflichtet. Wir werden morgen über alles reden, aber jetzt schaffen Sie sie hier weg. Es ist mir egal, wo Sie sie hinbringen.« Er zog zwei Goldstücke aus der Hosentasche. »Vierzig Goldmark werden wohl reichen für ein Hotel oder um sie in den Zug zu setzen.« Er drückte

Albert die schimmernden Zwanzig-Mark-Münzen mit dem Konterfei des Kaisers in die freie Hand. »Bloß weg mit ihr.« Und zu seiner ehemaligen Kurtisane sagte er: »Lass dich hier nie wieder blicken, oder ich zeige dich an. Dann bist du dran wegen Prostitution!«

Das endlich schien Wirkung zu zeigen. Annabella Kassini sank in sich zusammen. Der Gutsherr schmiss die Wagentür laut zu. Vielleicht war es aber auch der heftige Wind, der sie ihm aus der Hand riss.

Albert nickte ihm zu. Für den kurzen Moment, den er vorne die Kurbel betätigte, musste er sie alleine lassen. Der Gutsherr wusste das und behielt sie im Auge. Sobald der Wagen ansprang, stieg Albert ein und fuhr los.

Er wischte sich den matschigen Schnee von den Schultern. Ihr Schluchzen war echt. Wut und echte Verzweiflung.

Sie hatten das Dorf Greifenau lange hinter sich gelassen, als er das erste Mal mit ihr sprach.

»Was haben Sie sich davon versprochen? Haben Sie geglaubt, so würden Sie ihn zurückbekommen?«

»Zurückbekommen? So ein Unfug. Ich wollte mich rächen. Wie alte Schuhe, die durchgelaufen sind, hat er mich weggeworfen.«

»So dumm können Sie doch nicht sein, dass Sie nicht wussten, dass es genau so kommen würde. Früher oder später.«

»Pah! Was wissen Sie schon? Von einem Tag auf den anderen musste ich meine Sachen packen. Mein Vermieter hat einen Brief von ihm bekommen, kurz nach unserem letzten Treffen. Auf die Straße gesetzt hat er mich. Einfach so. Als wäre ich ein räudiger Köter, dem man einfach einen Tritt versetzen kann.«

Albert seufzte. Ja, das sah Adolphis von Auwitz-Aarhayn ähnlich. Er ging allem Unangenehmen aus dem Weg und scheute die direkte Konfrontation. Aber sie hatte genau gewusst, mit wem sie sich einließ. Diese Herren waren doch alle gleich. Der Graf war sicher nicht der Erste, von dem Annabella Kassini sich hatte aushalten lassen. Aber mit zunehmendem Alter wurde es schwieriger. Vielleicht ahnte sie, dass er ihr letzter Gönner gewesen sein könnte oder zumindest der letzte wirklich wohlhabende Gönner.

»Wieso haben Sie das für ihn getan?« Aus ihrer Stimme sprach Wut, aber auch Anklage und Verwunderung.

Albert biss sich auf die Lippe. Ja, wieso hatte er den Grafen gerettet? War er nicht ebenso wie Annabella Kassini jemand, der sich von dummen Ideen leiten ließ? Folgte nicht auch er einem inneren Antrieb, der nichts mit logischen Überlegungen zu tun hatte, sondern ihn zwanghaft steuerte? Albert wollte nie wieder in seinem Leben Hunger leiden müssen und nie wieder frieren. Er wollte sich nie wieder wie ein Stück Dreck vorkommen, wie ein Hund im Zwinger, dem einmal am Tag ein Napf vors Maul geworfen wurde. Er war kein Dreck. Er war ein Mensch. Und vermutlich genau die Familie, die gerade so festlich feierte und opulent gegessen hatte, hatte ihn zu dieser Kindheit verdammt. Wieso also hatte er den Grafen gerettet? War es aus einem Instinkt heraus geschehen? War es etwas, was ein Bruder für den anderen tun würde? Wenn der Graf denn sein Halbbruder war. War es das gewesen – das Gefühl einer Verbindung? Das Gefühl, ihm verpflichtet zu sein? Familiärer Zusammenhalt? Ganz sicher würde er nicht mit dieser Kokotte darüber sprechen.

»Wohin soll ich Sie bringen?«

Sie sagte keinen Ton, während sie sich den Mantel überzog. Ihr war kalt, genau wie ihm.

Er fuhr ein paar Kilometer in Richtung Stargard, bevor er es noch einmal versuchte. »Ich bringe Sie zum Bahnhof.«

»Es fahren keine Züge mehr. Der Sturm hat alles lahmgelegt. Es wäre sowieso zu spät für jeden Zug.«

Sie musste mit dem gleichen Zug gekommen sein wie der junge Graf, vermutlich allerdings in der Holzklasse. »Dann also wohin?« Jetzt fing sie wieder an zu schluchzen. »In ein Hotel?«

»Ich hab kein Geld. Ich bin völlig abgebrannt. Oder glauben Sie, sonst würde ich auf eine derart idiotische Idee kommen?«

Albert sagte nichts und atmete tief durch. Er brachte Annabella Kassini letztendlich in ein Gasthaus vor den Toren von Stargard, drückte ihr die zwei Goldmünzen in die Hand und verabschiedete sich rasch. Wenn er sich beeilte und nicht vom Weg abkam, würde er gerade noch rechtzeitig zum Champagner kommen.

Als er am Herrenhaus ankam und direkt in die Remise fuhr, hörte er die Glocken der Dorfkirche. Er kämpfte sich durch dichtes Schneegestöber vorwärts. Auf der Freitreppe standen schon die Männer, der Graf und seine Söhne sowie die russischen Besucher. Die Komtess und ihre Tante waren in dicke Mäntel gehüllt. Sogar die Gräfin trotzte in einem Pelzmantel dem unverschämt rauen Wetter. Die Männer hielten ihre Flinten und schossen in den Himmel. Es knallte laut. All das Getöse galt nur einem Zweck: Es sollte böse Geister vertreiben. Offensichtlich unterschätzte Albert völlig, wie viele böse Geister sich auf dem Land herumtrieben.

Kapitel 6

Anfang Januar 1914

»Und was soll ich sagen, wenn ich gefragt werde, wer mir die Briefe schreibt?«

»Sag doch einfach, es ist ein Cousin von dir.«

Clara schaute Katharina zweifelnd an. »Aus Potsdam?«

»Könnte das nicht möglich sein?«

Clara zuckte mit den Schultern. »Ich habe noch nie erwähnt, dass ich Familie in Potsdam habe. Und vermutlich werden ab sofort öfter Briefe kommen, oder?«

Katharina dachte nach. In ihrer Hand hielt sie einen Brief für Julius Urban. Sie hatte ohnehin schon ein schlechtes Gewissen, ihre Mutter so zu hintergehen. Wenn das aufflog, wäre der Teufel los. Und wenn Claras Geschichte aufflog, würde unweigerlich auch sie entlarvt. »Wie wäre es mit einer Cousine?«

»Eine Cousine ist besser als ein Cousin.«

»Dann werde ich ihm schreiben, dass er einen weiblichen Namen als Absender benutzen soll. Und dass er billiges Papier nehmen soll.« Die Briefe, die sie bisher von Julius bekommen hatte, waren auf teurem Büttenpapier geschrieben. Auch etwas, was Verdacht erregen würde.

Clara nickte. »Das wäre auf jeden Fall sehr viel unauffälliger. Und ich könnte ja sagen, dass eine entfernte Cousine von mir dort als Dienstmädchen neu angefangen hat.«

Das Stubenmädchen war nervös, genau wie Katharina. Sie hatte nun etliche Tage auf eine Gelegenheit gewartet, Clara beiseitezunehmen. Doch während der Feiertage hatte sich

Wiebke um sie gekümmert und ihr die Haare frisiert. Und wenn Clara gelegentlich oben in den Herrschaftszimmern zu tun gehabt hatte, war immer Mamsell Schott in der Nähe gewesen. Heute hatte sie es nicht mehr ausgehalten. Nach dem Unterricht war sie runter in den Keller geschlichen und hatte Clara abgefangen. Nun standen sie vorne am Dienstboteneingang im Dunkeln.

»Gut, dann ist es also abgemacht.« Sie drückte dem Stubenmädchen den Brief und eine Münze in die Hand. »Es darf wirklich niemand erfahren.«

»Es kann allerdings etwas dauern, bis ich wieder ins Dorf komme. Wenn die Köchin etwas braucht, schickt sie meistens Bertha. Und eilige Briefe werden meist von Kilian zur Post gebracht.«

Katharina wollte nicht noch mehr Leute in ihr Geheimnis einweihen. »Dann schicke ich dich. Ich schreibe noch den zweiten Brief, und dann gebe ich dir heute Abend einen Auftrag. Du sollst morgen im Laufe des Tages mit meinen Schuhen zum Schuster gehen.«

»Sehr gerne.« Für das Stubenmädchen sprang weit mehr heraus als nur etwas Extrageld. Bis auf den sonntäglichen Gottesdienst hatte sie nur alle vierzehn Tage einen Nachmittag frei. Im Dorf Erledigungen für die Herrschaft zu besorgen, war für sie wie ein kleiner Ausflug.

»Dann ist es also abgemacht. Aber zu niemandem ein Wort! Nicht einmal Wiebke darf es mitkriegen.«

Clara nickte wieder. In dem Moment zuckten beide zusammen. Von der Leutestube aus hörte man die Klingel des Dienstboteneingangs, vor dem sie im Dunkeln standen. Auf der anderen Seite der Tür war jemand. Katharina überlegte fieberhaft, was sie nun machen sollte.

»Ruf, du seist schon zur Klingel gegangen.«

Clara ließ den Brief in ihrer Schürzentasche verschwinden. Katharina drückte die Klinke herunter und öffnete die Tür. Davor stand ein Mann. Er trug zerschlissene Kleidung, die viel zu dünn war für das bitterkalte Winterwetter.

Zehn Tage nach Silvester hatte ein heftiges Unwetter die pommersche Ostseeküste getroffen. Dünen waren fortgerissen worden durch eine Sturmflut, die so heftig gewesen war, dass sogar ein kleines Fischerdorf vom Rest der Welt abgeschnitten worden war. Und in Kolberg waren Teile der Strandpromenade zerstört worden. Hier lag der Schnee hüfthoch, und die Hose des Mannes war bis zu den Oberschenkeln durchnässt. Er zitterte.

Sein fragender Blick wurde unsicherer, als er Katharina sah. Er hatte wohl nicht damit gerechnet, hier unten jemanden von der Herrschaft anzutreffen. Eilfertig nahm er seine Mütze ab. »Ob ... Sie wohl eine warme Mahlzeit für mich hätten? Ich kann auch dafür arbeiten.«

Stumm drängte Katharina sich an dem armen Kerl vorbei und verschwand hinter einer Schneewehe, bevor Mamsell Schott sie sehen würde. Die kam nun mit eiligen Schritten näher.

»Was wünschen Sie?«, fragte Clara.

»Ich wollte fragen, ob Sie etwas Arbeit und zu essen für mich haben.«

Der Weg von den Stallungen zum Dienstboteneingang war vom Schnee befreit worden, aber es gab keinen Weg nach vorne zum Eingangsportal. Katharina blieb stehen und duckte sich. Sie trug ein Tageskleid aus Wolle. Und selbst wenn sie passend angezogen wäre, hätte sie sich durch hüfthohe Schneemassen kämpfen müssen. Eigentlich hatte sie geglaubt, sie könnte zum Vordereingang wieder hereinkommen. Von ihrem Versteck aus konnte sie die Stimme von Mamsell Schott hören.

»Nein. Wir haben genug Leute im Haus.«

»Bitte. Ich mache auch jede Arbeit. Egal was.«

»Wir beschäftigen keine Landstreicher, sonst stehen morgen drei vor der Tür.«

Wann waren die endlich fertig? Katharina schüttelte sich. Die Kälte ging ihr durch Mark und Bein. Wie musste es erst diesem Mann ergehen? Er tat ihr leid. Eiskalt zog es ihr von den Schuhen, die fast knöcheltief im Schnee steckten, durch den Körper. Sie wollte wieder ins Haus. Es war hier draußen unter null Grad.

»Ich sage es niemandem weiter. Wenn Sie nur eine Mahlzeit hätten. Ich mache jede Arbeit«, bettelte der Fremde.

Das konnte hier noch länger dauern. Sie rieb sich die Hände. Plötzlich hatte sie eine Eingebung. Mamsell Schott würde sich vielleicht wundern, aber sie würde ihr keine Fragen stellen. Und schon mal gar nicht würde sie sie dafür schelten, dass sie sich in diesem Aufzug nach draußen wagte. Katharina schob sich geduckt ein Stück des freigeschaufelten Weges lang. Außer Sichtweite der Hintertür richtete sie sich auf und ging zurück, als käme sie geradewegs von einem Spaziergang.

»Komtess?!« Mamsell Schott schaute überrascht.

»Ich war nur kurz schauen, ob die Pferde es auch warm genug haben. Es ist ja wirklich furchtbar kalt.«

»Gnädiges Fräulein, Sie haben mit Pferden Mitleid. Haben Sie auch Mitleid mit einem armen Mann. Ich kann arbeiten. Ich mache alles, was Sie wünschen, für Essen und ein warmes Plätzchen.«

Katharina schob sich an ihm vorbei ins Haus. »Kommen Sie erst einmal herein und wärmen Sie sich auf.«

Sein überraschter Blick erzählte von vielen Dutzenden Absagen, die er wohl schon erfahren hatte.

»Oh ... Danke! Das ist zu gütig.« Es klang ein wenig verwirrt.

»Geben Sie dem Mann eine warme Suppe und lassen Sie ihn sich aufwärmen.«

Mamsell Schott schaute sie verblüfft an. Verblüfft, dass sie in diesem Aufzug draußen gewesen war, aber auch perplex, dass Katharina den Mann einlud.

»Wenn er sich aufgewärmt hat und seine Kleidung wieder trocken ist, dann kann er die Auffahrt vom Schnee befreien. Mein Vater hat sich heute Morgen darüber beschwert, dass der Wagen auf dem Eis gerutscht ist.«

Verwirrung stand Mamsell Schott ins Gesicht geschrieben. Bisher hatte Katharina sie höchstens um etwas gebeten, aber nie einen Auftrag erteilt. Ein warmes Gefühl wallte durch ihren Körper, und es war nicht nur die Wärme des Dienstbotentraktes. Es war auch das gute Gefühl, etwas getan zu haben, was sie erwachsener sein ließ.

»Sehr wohl.«

Der Mann trat mit einem erleichterten Lächeln ein, nickte Katharina noch einmal dankend zu und wartete auf weitere Anweisungen.

»Bring den Mann in die Küche. Sag Frau Hindemith Bescheid.« Die Anweisung galt Clara. Die ging voran, und der Mann folgte ihr.

»Gnädiges Fräulein, wenn ich so frei sein darf? Jeden Tag klopft einer an. Wir können sie nicht alle durchfüttern.«

Katharina musste an das denken, was Konstantin gestern beim Frühstück aus der Zeitung vorgelesen hatte. Die Winterarbeitslosigkeit im Deutschen Reich stieg stetig. Sie war nicht mehr so hoch gewesen seit 1910.

»Mamsell Schott, Nächstenliebe ist ein Gottesgebot.«

Die Angestellte schaute sie an, als wäre sie nicht mehr ganz bei Trost. Katharina wollte vermeiden, dass es zu einer Diskussion darüber mit ihrer Mutter kam, deshalb schob sie nach: »Die Aufgaben im Haus und im Stall werden schließlich nicht weniger. Kilian und Eugen kommen kaum damit nach, den Schnee zu räumen. Und mein Vater muss morgen recht früh nach Stettin. Der Mann soll dafür sorgen, dass der Weg bis zur Chaussee frei ist. Und frei bleibt. Er kann im Stall schlafen und so lange für warme Mahlzeiten arbeiten, bis der Schnee schmilzt.«

»Ich werde direkt Herrn Caspers Bescheid sagen.«

Erleichtert stieg Katharina die Treppe hoch. Sie ging in ihr Zimmer und nahm sich das Briefpapier. Sie würde Julius nun einen zweiten Brief schreiben und Clara heute Abend den Auftrag erteilen. Außerdem hatte sie einem Mann Arbeit und Essen gegeben. Es fühlte sich gut an, erwachsene Entscheidungen zu treffen.

22. Januar 1914

»Mein herzlichstes Beileid zu Ihrem Verlust. Ich glaube, wir haben uns seit dem Tod Ihres Vaters nicht mehr gesehen, oder?«

Papa dankte dem Herrn und legte eine Hand auf Konstantins Schulter. »Darf ich Ihnen meinen ältesten Sohn vorstellen? Konstantin.« Gestern Abend waren sie in Stettin angekommen.

Der Mann kam Konstantin vage bekannt vor. Graf von Merseburg oder so ähnlich. Der Besitzer eines Rittergutes in der Nähe von Köslin, wenn er sich recht erinnerte. Konstantin reichte Graf von Merseburg die Hand. Er wurde begutachtet und geprüft.

»Dann rückt jetzt wohl die nächste Generation nach.« Der ältere Mann nickte wohlwollend und wandte sich wieder Konstantins Vater zu. »Sie haben drei Söhne, nicht wahr? Das ist höchst erfreulich. Ich habe nur einen Sohn und zwei Töchter. Und bislang nur drei Enkelinnen. Ein höchst misslicher Umstand.«

»Ihr Sohn kann aber doch nicht viel älter sein als meiner. Ich würde mir an Ihrer Stelle keine Sorgen machen. Da gibt es noch reichlich Gelegenheit für einen Stammhalter.« Papa lachte über seinen doppeldeutigen Witz.

»Haben Sie schon Nachwuchs der übernächsten Generation?«

»Meine älteste Tochter hat gerade ein Mädchen geboren. Konstantin hier ist noch nicht verheiratet. Ich muss ihm wirklich mehr Mademoiselles vorstellen. Er ist mir eine große Hilfe auf dem Gut, aber manchmal glaube ich, dass er an nichts anderes denkt.«

Graf von Merseburg bedachte Konstantin mit einem begeisterten Blick. »Besuchen Sie mich einmal auf meinem Gut. Ich habe zwei ausnehmend hübsche Töchter.«

»Meine Gattin wird überaus erfreut sein, das zu hören.« Vater schmunzelte zweideutig. Er wusste, was Konstantin von dieser Art von Heiratsvermittlung hielt.

In dem Moment kam Bewegung in die Menge der Männer, die rauchend und trinkend im Salon gewartet hatten. Es wurde zum Bankett gerufen. Sie hatten einen ermüdenden Tag hinter sich, der mit patriotischen Reden und aufgeregten Zwischenrufen gespickt gewesen war. Vater hatte ihm mindestens drei Dutzend Männer vorgestellt, die er noch nicht gekannt hatte. Das Treffen der Deutschkonservativen Partei, im Wesentlichen eine Versammlung von adeligen Großgrundbesitzern, war für Vater am ehesten eine Gelegenheit, alte Bekannte wiederzutreffen, eine Abwechslung auf der Speisekarte zu haben und abends auszugehen. Er sah keine Notwendigkeit, Politik zu machen. Auch Konstantin war vor zwei Jahren mit brennendem Eifer in die Partei eingetreten. Seit Jahren schon hatte er sich darauf gefreut, nach dem Studium Großpapa zum pommerschen Landesparteitag begleiten zu können.

Doch seitdem hatte sich vieles geändert. Er würde seinen Großvater nie mehr begleiten können. Und die flammenden Reden zugunsten der Monarchie hatten für ihn nun einen schalen Beigeschmack. Der Parteitag in Stettin stand unter dem Motto »Kaisermacht oder Parlamentsherrschaft?«. Das Fragezeichen war eher rhetorischer Natur. Heute hatte man beschlossen, den Kampf gegen demokratische Reformen aktiv aufzunehmen.

Während sie in den Bankettsaal gingen, flüsterte Papa ihm zu: »Merseburg verwässert die Wahrheit. Ich kenne seine Mädchen. Auch wenn ich sie vor ein paar Jahren zum letzten Mal gesehen habe, kann ich mir nicht vorstellen, wie aus den beiden plötzlich blühende Schönheiten geworden sein sollen.« Er räusperte sich und senkte seine Stimme weiter. »Außerdem habe ich vorhin gehört, dass er große Ernteeinbrüche hatte in den letzten drei Jahren. Eine Mitgift fiele nicht annähernd so üppig aus, wie deine Mutter es sich vorstellt.«

Konstantin war dankbar, dass sein Vater so pragmatisch dachte. Dann trennten sich ihre Wege. Die Tischordnung sah vor, dass Konstantin einige Stühle von seinem Vater entfernt sitzen würde.

»Was für eine blödsinnige Idee, das Dreiklassenwahlrecht abzuschaffen. Wie soll das gehen? Was stellen sich die Sozis vor? Sollen wir demnächst im Reichstag mit Bauern und Fabrikarbeitern über Zollbestimmungen und Weltpolitik diskutieren?« Sein Tischnachbar schien seine Ansprache an ihn adressiert zu haben. »Von denen können ja einige nicht einmal schreiben und lesen.«

Eine leichte Beklemmung legte sich um sein Herz. Konstantin wusste nicht, was er antworten sollte. Der Mann hatte schließlich recht. Aber nun hörte er im Hinterkopf Rebeccas Stimme, die an seiner statt antwortete. In Preußen hatten die Großgrundbesitzer eine politische Macht, die ihrer zahlenmäßigen Stärke in keiner Weise entsprach. Sie stellten nur einen Bruchteil der Bevölkerung dar, hatten aber das Sagen in allen Belangen. Bisher hatte er diese Vorherrschaft nie infrage gestellt. Wie sollte man mit Leuten über die Besetzung der Dardanellen-Meerengen als möglichen Kriegsgrund zwischen Russland und dem Osmanischen Reich sprechen, wenn die nicht mal wussten, wo genau sich Berlin befand? Rebecca lag so oft falsch. Gerne hätte er mit ihr darüber debattiert, aber was würde sie von einem Kutscher halten, der sich für die Interessen der Großgrundbesitzer einsetzte? Es ärgerte ihn, so zwischen die Stühle geraten zu sein. Deshalb antwortete er schlicht: »Da haben Sie allerdings recht. Viele von ihnen können nicht lesen und schreiben.«

Der Tischnachbar nahm das als Zustimmung. Gerade wurde die Vorsuppe aufgetragen.

»Technischen Reformen bin ich allerdings ganz und gar nicht abgeneigt. Setzen Sie schon Maschinen auf Ihren Feldern ein?« Konstantin wollte die Chance nutzen, sich umzuhören, wie die anderen Großgrundbesitzer zu diesem Thema standen.

»Wir haben gute Erfahrungen gemacht mit einer automatischen Dreschmaschine. Sie ersetzt zwar nicht alle Arbeiter, aber wir können auf gut die Hälfte der Männer verzichten. Und Sie? Setzen Sie auch Maschinen ein?«

»Bald. Wir haben gerade eine Saatmaschine bestellt.«

»Sehr gut. Unterhalten Sie sich mal mit Traubstein. Meines Wissens nach arbeitet der seit drei Jahren mit Pflügen. Das Beste wird sein, wenn Sie einen Polaken anstellen, der die Maschine bedienen kann. Die Pächter sind einfach zu rückständig. Das wird bei Ihnen in Hinterpommern nicht anders sein als bei uns in Westpreußen.«

»Einen polnischen Saisonarbeiter! Eine gute Idee«, gab Konstantin zufrieden von sich. Doch sein Lächeln gefror, als er Vaters Miene erblickte. Der starrte ihn an, als hätte er etwas ganz Ungehöriges getan. Verdammt. Er hatte nicht gewollt, dass Vater es auf diese Weise erfuhr.

Sein Tischnachbar klopfte ihm anerkennend auf die Schulter. »Genau solche Leute brauchen wir: fortschrittlich im Handeln und Traditionalist in der Haltung.«

Erst jetzt entspannte sich die steinerne Miene des Vaters. Er hob sein Weinglas, prostete ihnen zu und trank es in einem Zug leer.

23. Februar 1914

»Zuweilen sieht man im Sommer von unserem Garten aus unseren Kaiser oder seine Frau Auguste Viktoria vorbeifahren. Das Neue Palais liegt keine fünfzehn Minuten Fußweg von unserer Villa entfernt.«

Katharinas Blick wechselte von Frau Urban zu Mama. Für einen kurzen Moment hatte es den Anschein, als würde diese Information ihre Mutter beeindrucken. Und auch die elegante wie gleichsam geschmackvolle Aufmachung von Julius' Mutter würde Mama keinen Anlass zur Kritik geben. Und doch hatte sie den ganzen Morgen darüber geschimpft, dass diese Person heute zum Tee kommen würde und dass sie es gar nicht abwarten könne, sie wieder zu verabschieden.

Papa hatte die Dame noch begrüßt, sich dann aber gleich unter einem Vorwand verabschiedet. Die Frauen würden größtenteils über Rosenzüchten und die Orangerie reden, was ihn überhaupt nicht interessierte.

»Das ist ja sehr erfreulich. Haben Sie auch gelegentlich persönlichen Kontakt zum Kaiserpaar?«

Eleonora Urban nahm ein Stück vom Gebäck, das gereicht wurde. »Nein, das nicht. Wir sehen sie höchstens mal, wenn sie die Oper besuchen. Es ist ja nicht so, als würde die kaiserliche Familie ihre Erledigungen in Potsdam persönlich verrichten.« Ein höfliches Lachen ertönte. Sie gab sich wirklich alle Mühe, es Mama recht zu machen.

Und Mama gab sich wirklich alle Mühe, ihr unterschwellig die Kluft aufzuzeigen, die zwischen ihrer Familie und der reichen Industriellenfamilie bestand.

»Tja ... also. Die Familie Ihres Mannes hat schon früher Maschinen für Fabriken hergestellt. Und Ihre Eltern? Was hat Ihr Vater gemacht?«

Katharina biss sich auf die Zunge. Schon wieder so eine Frage.

Frau Urban schluckte den Keks herunter. »Mein Vater führt mit meiner Mutter zusammen noch immer ein Hotel in Cammin, direkt am Marktplatz. Die allererste Adresse in dieser Stadt.«

Mamas Augenbrauen gingen für einen Moment in die Höhe. Das musste reichen, um dem Besuch zu zeigen, was sie davon hielt. Sie trank mit der Tochter eines Hotelbesitzers Tee. Allmählich wurde sie ungeduldig.

Die Standuhr spielte eine kurze Melodie. Zeit für Mama, den Besuch loszuwerden.

»Oh, Sie haben auch eine Roentgen und Kinzing aus Neuwied. Wunderbare Uhren. Die Familie meines Mannes hat auch eine.«

»Wirklich? Aus dem 18. Jahrhundert? Dann sind sie schon so lange begütert?«

»Nein«, lenkte Frau Urban ein. »Sie haben die Spieluhr erst vor ein paar Jahren erworben.« Besser konnte man »neureich« nicht umschreiben.

»Ich liebe sie«, versuchte Katharina, diesen unschönen Moment zu überwinden. »Wir haben so selten Musik hier im Haus, wenn wir uns nicht selber ans Klavier setzen. Sie spielt eine so schöne Melodie.«

Mama stellte ihre Tasse barsch auf den kleinen Beistelltisch. »Nun, vielleicht schauen wir uns jetzt die Orangerie an. Die Mauern stehen schon, und das Gebälk für das Dach wurde erst letzte Woche aufgelegt.« Sie stand auf und gab damit das Zeichen. Seit Frau Urban das Haus betreten hatte, war kaum eine Stunde vergangen.

Katharina seufzte innerlich. Sie hatte sich so sehr auf die Begegnung gefreut, aber wie herablassend Mama Frau Urban behandelte, war ihr peinlich. Sie würde Julius einen heimlichen Brief schreiben und sich dafür entschuldigen.

Caspers brachte ihnen die Mäntel, die Mama vorsorglich hatte bereitlegen lassen. Sie wollte nicht eine Minute länger als nötig mit ihrem Besuch verbringen.

»Sie haben wirklich ein geschicktes Händchen, was Blumenarrangements angeht«, sagte Frau Urban mit Blick auf den Blumenstrauß, der im Vestibül stand. Sie ließ sich einfach nicht einschüchtern von Mutters schlechtem Benehmen. In jeder nur denkbaren Weise blieb sie überraschend höflich. Sie hatte Mama sogar ein kleines Präsent aus Potsdam mitgebracht.

Als Mama vorhin die glänzende Schachtel geöffnet hatte, hatte es ihr tatsächlich für einen Moment die Sprache verschlagen. Es war ein Rosenstock, die Wurzeln noch in einem Klumpen Erde, die in ein feuchtes Tuch gewickelt war. Selbst Katharina wollte mit den Augen rollen. Man brachte doch niemandem Blumen mit, der eine eigene Gärtnerei hatte. Was für ein Fauxpas!

Doch dann hatte Eleonora Urban erklärt, dass diese englische Rose eine exklusive neue Züchtung war, die sogar im Buckingham-Palast wuchs. Mama hatte zum allerersten Mal ein ehrlich gemeintes freundliches Wort für ihren Besuch übrig gehabt.

»Die Blumenarrangements werden nach meinen Vorgaben gefertigt, aber natürlich habe ich hier leider nicht so eine große Auswahl an wirklich schönen Blüten. In Berlin kann man sicher das ganze Jahr über ausgefallene Blumen bekommen.« Das waren Mamas abschließende Worte zum Verweilen im Herrenhaus.

Sie gingen die rückwärtige Treppe hinunter und durch den Park, in dem derzeit noch nicht viel blühte. Narzissen und Krokusse steckten gerade erst ihre Köpfchen aus der Erde. Einzig die Schneeglöckchen blühten schon. Mama ging eiligen Schrittes voran und blieb dann wenige Meter vor der Orangerie stehen.

»Tja, das wäre sie also. Meine Orangerie!« Als könnte sie mit diesen knappen Worten ihren Besuch herauskomplementieren.

»Wunderbar! Haben Sie schon die Scheiben in Auftrag gegeben? Ich musste damals ewig auf meine Scheiben warten. So große Scheiben müssen ja speziell gefertigt werden.«

Mama gab einen leisen, undefinierten Laut von sich. Katharina schloss daraus, dass sie sich darum noch gar nicht gekümmert hatte.

»Danke für den Hinweis. Bis zum Herbst, wenn die ersten Pflanzen reingeholt werden müssen, werden sie sicherlich fertig sein.«

Frau Urban nickte, und ohne von Mama eingeladen worden zu sein, hob sie ihren Rock und stieg die kurze Treppe hinauf. »Als ich meine Glasscheiben endlich bekommen habe, ist eine beim Einbau kaputtgegangen. Ich hoffe, Sie haben mehr Glück. Ich musste dann noch einmal drei Monate warten, bevor ich meine Orangerie in Betrieb nehmen konnte.«

Sie stieg durch eine der Öffnungen im Mauerwerk, die für die Fensterrahmen und die Scheiben vorgesehen waren. Sich einmal um sich selber drehend, begutachtete sie das Dachgebälk.

»Ich sehe, Sie haben sich nun also tatsächlich für ein Oktagon entschieden. Das ist wirklich die beste Möglichkeit, den Pflanzen so viel Sonne wie möglich zukommen zu lassen.«

Mama schaute etwas pikiert. Sie hatte gar nicht erzählt, dass Frau Urban ihr diesen Tipp gegeben hatte. »Im Mai bekomme ich die ersten Pflanzen aus Italien geliefert. Dreijährige Orangen- und Zitronensträucher.«

»Welche Rosen haben Sie denn in der Lausitz bestellt? Ich habe natürlich viel zu viel bestellt. Ich weiß gar nicht genau, wo ich sie überall unterbringen soll.« Sie lachte über ihren verzeihlichen Fehler.

»Ich kann sie Ihnen gerne zeigen. Mein Gärtner zieht sie vor, in den Gewächshäusern.«

»Sehr gerne.« Eleonora Urban trat aus der Baustelle heraus, da hatte Mama sich schon umgedreht und dampfte bereits in Richtung Gewächshäuser ab.

Frau Urban bedachte Katharina mit einem warmen Lächeln und hakte sie unter. »Wir haben nicht nur eine Uhr, die Melodien spielt. Wir haben ein Grammophon. Julius ist ganz begeistert. Wir würden uns wirklich sehr freuen, wenn Sie uns einmal in Potsdam besuchen kämen. Ganz besonders mein Sohn würde sich freuen. Er ist übrigens doch mitgereist, aber ich wollte ihn nicht mit hierherbringen. Ich war mir nicht sicher, ob Ihrer Mutter das recht wäre.« Sie sprach sehr leise, so leise, dass ihre Mutter ihre Worte nicht verstehen konnte. Langsam folgten sie Mama.

»Wo ist er jetzt?«

»In dem Gasthof in Stargard, in dem wir logieren. Er schaut sich heute die Stadt an.«

»Dann bestellen Sie ihm meine herzlichsten Grüße.«

»Das werde ich.« Sie tätschelte liebevoll Katharinas Hand. »Das werde ich.«

Mama drehte sich zu ihnen um. Ein strafender Blick traf Katharina.

Doch Frau Urban wiederholte es noch einmal laut: »Wir würden uns außerordentlich freuen, wenn Sie uns einmal in Potsdam besuchen kämen.« Sie wandte sich an Mama. »Wenn Ihr Gatte es wünscht, würde mein Mann ihm gerne unsere Fabriken zeigen.«

Mama verzog das Gesicht, als hätte sie auf eine Zitrone gebissen. »Natürlich. Wenn es sich einmal ergibt.« Sie bedachte Katharina erneut mit einem strengen Blick. »Vergiss deine Hausarbeiten nicht.«

Katharina blieb stehen und löste sich aus dem Arm. »Frau Urban, ich habe mich wirklich sehr über Ihren Besuch gefreut. Leider habe ich noch einiges für den morgigen Unterricht vorzubereiten.«

»Aber natürlich. Es hat mich sehr gefreut, Sie wiederzusehen.«

»Grüßen Sie Ihren Mann und Ihren Sohn recht herzlich von mir.« Katharina hoffte, dass Mama nicht zu unfreundlich zu ihrem Besuch sein würde. Sie hegte große Hoffnung, Julius Urban doch eines Tages wiederzusehen.

26. Februar 1914

Es war später Nachmittag, und es dämmerte bereits, als Albert Sonntag vor der Tür zur Küche des Pfarrhauses stand. Die Tür führte nach hinten in den Garten. Paula Ackermann hatte ihm vor zwei Wochen erzählt, dass der Besuch des Pastors beim zuständigen Probst anstand. Pastor Wittekind würde drei Tage fortbleiben. Sie selbst würde in dieser Zeit ihre Eltern besuchen. Es passte perfekt. Gerade hatte er die Gräfin zum Zug gebracht.

Niemand würde es bemerken, wenn er ein wenig länger für den Rückweg brauchte.

Albert griff in seine Manteltasche und holte einen Schraubenzieher hervor. Mit wenigen Griffen hatte er die Tür aufgehebelt. Es war dunkel im Haus, aber noch fiel genug Licht durch die Fenster, um sich orientieren zu können. Vorsichtig horchte er in den Raum hinein. Verlassene Stille schlug ihm entgegen. Schnell zog er seine Stiefel aus, an denen Schneematsch klebte. Auf Socken schlich er nach vorne in das Arbeitszimmer des Geistlichen. Es war kalt hier drin. Seit gestern Vormittag war nicht mehr geheizt worden.

Der große Aktenschrank war abgeschlossen. An keiner der drei Türen steckte ein Schlüssel. Mist! Der wuchtige Schreibtisch war aufgeräumt. Albert zog die Schublade unter der Arbeitsplatte auf. Papiere, Umschläge und mehrere Federhalter, zwei Tintenfässer mit blauer und roter Tinte, dreierlei Stempel und andere Schreibutensilien lagen dort. In einem Metallkästchen stieß er auf mehrere Schlüssel. Ein dunkler Eisenschlüssel passte in die Schrankschlösser.

Ohne Probleme öffnete er die drei Schranktüren und begutachtete, was dort drin lag. Massenweise Akten in braunen Umschlägen, Stapel von Briefen und etliche Aktenordner. Vorsichtig schnippte er an seinem Feuerzeug und überprüfte systematisch im Licht der Flamme die Beschriftungen der Ordner.

Das Allermeiste hatte einen kirchlichen Bezug, entweder Angelegenheiten des Sprengels, des Dekanats oder der Propstei. Auf den Aktenordnern standen Stichworte wie Taufregister, Heiratsregister, Konfirmandenregister – alles geordnet nach Jahren. Nichts, was ihn interessierte. In dem Metallkästchen lagen noch drei weitere Schlüssel. Er probierte und konnte mit dem zweiten die Türen der seitlichen Unterschränke des Schreibtisches öffnen.

Hier war es weniger akribisch geordnet. Im rechten Unterschrank standen etliche Pappkartons. In einem fanden sich persönliche Briefe. Er überflog die Absender – nichts. Erst im dritten Pappkarton fand er einen daumendicken Umschlag, auf dem nur zwei Wörter geschrieben standen – Waisenhaus Kolberg. Ganz, wie er gehofft hatte: Der ordnungsliebende Wittekind hatte die Unterlagen nicht weggeschmissen.

Ruhelos warf Albert einen Blick aus dem Fenster. Die Dorfstraße weiter runter vor dem Laden stand ein Pferdegespann. Mehr Bewegung war nicht zu erkennen. Er hockte sich auf den Boden und breitete die Unterlagen aus. Das Feuerzeug flammte erneut auf. Seine Hände zitterten. Endlich würde er erfahren, in wessen Auftrag die Schicksalsgöttin ihm solch bösen Streich gespielt hatte.

Er war gerade zehn Jahre alt geworden, als sich das Verhalten der Schwestern ihm gegenüber gravierend verändert hatte. Er hatte nie begriffen, warum er so viel besser behandelt worden war als die meisten anderen Kinder. Es gab nur ein Mädchen, drei Jahre jünger als er, das einen ähnlich guten Stand gehabt hatte. Sie wurden nicht allzu hart geschlagen, überhaupt wurden sie seltener bestraft, bekamen ausreichend zu essen und richtige Geschenke zu Weihnachten. Doch dann, ohne einen erkenntlichen Grund, änderte sich die Sonderbehandlung zum Schlechten, und weitere zwei Jahre später hörte sie ganz auf.

Eine Woche nach seinem zwölften Geburtstag ließ ihn die Schwester Oberin rufen. Kaum in ihrer Stube angekommen, fing sie fürchterlich an zu schimpfen. Sie ließ sich über seine liederliche Mutter aus. Und dass er die Sünden der Eltern in sich tragen würde und deshalb selbst ein verdorbener Mensch sei. Als er nachfragte, was er falsch gemacht habe, schlug sie ihm die Bibel um die Ohren. Sie beschimpfte ihn weiter. Sie hörte erst auf, ihn zu schlagen, als seine Lippe blutete. Als wollte sie das heilige Buch nicht beschmutzen.

Er war daran gewöhnt, dass die anderen körperlich gezüchtigt wurden. Ihn hatte man bisher weitestgehend verschont. Natürlich war es nicht das erste Mal, dass er blutete. Er war ein wilder Junge und kannte aufgeschürfte Knie und andere Blessuren. Er hatte auch schon Wunden in Schlägereien mit anderen Jungs davongetragen. Einmal war er böse von einem Apfelbaum gefallen, auf den er gerne heimlich mit Gregor geklettert war. Es war allerdings das erste Mal, dass er blutete, weil ein Erwachsener ihn geschlagen hatte. Aber all das Blut konnte ihn nicht von dieser interessanten Information ablenken. *Seine edle Herkunft würde ihm jetzt auch nichts mehr nutzen.* Das hatte sie ihm gesagt, während ihm die Bibel um die Ohren geflogen war. Seine edle Herkunft – was immer das auch bedeutete.

Die nächsten Jahre waren schrecklich. Albert behielt Narben auf dem Po und den hinteren Oberschenkeln, wo man ihn Dutzende Male oder öfter mit dem Rohrstock verprügelte. Alle Kinder wurden regelmäßig geschlagen und nun auch er. Fast schien es ihm, als wollten die barmherzigen Schwestern all die Bestrafungen wettmachen, denen er in den ersten zehn Jahren ganz und in den folgenden zwei Lebensjahren wenigstens noch teilweise entgangen war.

Als er dreizehn war, wäre er fast gestorben. Weil er ein Stück Brot in den Schlafsaal geschmuggelt hatte, musste er im Januar stundenlang barfuß im Schnee stehen. Mit einer Lungenentzündung hatte er im Bett gelegen. Sein bester Freund Gregor hatte ihm abends erzählt, dass eine der Aufseherinnen zu einer anderen gesagt habe, man würde keinen Arzt holen. Seit sein Gönner ihn hatte fallen lassen, durfte man für ihn kein Geld mehr ausgeben. Er war nur noch ein zusätzlicher Esser.

Irgendwie hatte er die nächsten Jahre überlebt, aber in ihm reifte eine Wut heran über diese Ungerechtigkeit. Mit vierzehn brachte er den Mut auf, in die Schreibstube der Schwestern einzubrechen. Dreimal war er dort gewesen, bis er fand, wonach er suchte.

Leider konnte er nur zwei Briefe des Pastors an die Leiterin des Waisenhauses finden, in denen der Geistliche erklärte, dass sein betuchter Gönner weniger und zwei Jahre später dann gar nichts mehr zu zahlen bereit war.

Dieser Pastor hieß Egidius Wittekind und lebte in dem Dorf Greifenau. Damals hatte er geschworen, dass er Wittekind aufspüren und sich rächen würde.

In der Folgezeit setzte er alles daran, sich zum Kutscher ausbilden zu lassen. Erst war er der Kutscher im Waisenhaus, musste dann aber zwei Jahre seinen Wehrdienst absolvieren. Diese Jahre waren schrecklich gewesen, war man doch der Allmacht der adeligen Offiziere ausgeliefert. Anschließend nahm er eine Stelle als Kutscher auf einem Gut in der Nähe von Kolberg an.

Schon mit einundzwanzig war er für einen Tag nach Greifenau gereist, um sich umzuschauen. Er hatte den Pastor gesehen, nur einige Jahre jünger als heute. Damals hatte er sich das Gut Greifenau vom Tor aus angeschaut. Er wusste nicht, welcher adelige Herr sein Erzeuger war, aber es lag nahe, dass es der Patriarch des Landgutes war.

Diese Bilder von dem großen herrschaftlichen Haus hatten seinen Hass geschürt. Die da drin lebten, hatten alles, und er gar nichts. Er war ärmer als arm, denn er hatte nicht einmal Familie. Sein Hass war gewachsen, bis er glaubte, daran zugrunde zu gehen. Bis er an nichts anderes mehr denken konnte. Bis es alles an Leben in ihm erstickte.

Das war der Moment, in dem er sich dazu entschloss, fortzugehen. So weit weg wie möglich. Einem glücklichen Umstand verdankte er seine Stelle auf dem Trakehner-Gestüt in Westpreußen. Doch in den Jahren war seine Seele nicht zur Ruhe gekommen. Er konnte die Gedanken nicht abschütteln, seine Rachegelüste nicht begraben. Sosehr er sich auch bemühte, konnte er seinen Eltern nicht verzeihen. Sie waren nicht gestorben wie die Eltern so vieler anderer Kinder im Waisenhaus. Sie hatten ihn nur einfach nicht gewollt. Hatten ihr eigenes Kind verstoßen. Lieblos, hartherzig.

Ihm wurde klar: Sein Herz würde nicht ruhen, bevor er nicht wusste, wer sie waren und warum sie ihm das angetan hatten. Deshalb hatte er diese Stelle angenommen, um die Wahrheit über die damaligen Vorkommnisse herauszufinden. Er wusste, dass Pastor Wittekind maßgeblich in diese Sache verstrickt war. Alles andere war reine Vermutung.

Doch als er nun den braunen Umschlag berührte, zuckte er zurück, als hätte er sich seine Finger verbrannt. Nicht hier. Er wusste nicht, wie er reagieren würde. Er war ganz sicher, gefunden zu haben, was er so lange gesucht hatte. Er würde die Unterlagen ganz in Ruhe studieren.

Sein Feuerzeug schnappte zurück, es wurde wieder dunkel. Er packte die anderen Papiere wieder in den Karton und schob sich den Umschlag in den Mantel. Er schloss die Schranktüren, legte die Schlüssel zurück und vergewisserte sich, dass er nichts hatte liegen lassen.

An der Terrassentür stieg er in seine Stiefel und zog die Tür hinter sich zu. Es sah fast genauso aus wie vorher. Nur ein kleiner Kratzer in der weißen Lackfarbe gab Aufschluss über das Geschehene. Paula Ackermann würde vermutlich noch nicht einmal Verdacht hegen, dass jemand das Haus betreten hatte. Pastor Wittekind hingegen würde irgendwann merken, dass die Unterlagen fehlten. Es würde nicht sofort auffallen. Albert vermutete, dass Wittekind heutzutage nicht mehr allzu oft danach suchen würde. Die Geschichte mit dem Waisenhaus war vor über dreizehn Jahren von Wittekinds Seite aus beendet worden.

Albert trat um die Ecke. Mittlerweile war es fast ganz dunkel geworden. Im Haus gegenüber brannte kein Licht. Links davon schien in allen Häusern schummriges Licht. Rechts die Straße hinunter wurde die Bebauung dünner. Das nächste Haus stand fünfzig Meter die Straße hinunter. Er sah niemanden und ging rasch auf die Straße. Doch er kam nur wenige Meter weit, als er seinen Namen hörte.

»Herr Sonntag. So warten Sie doch, Herr Sonntag.«

Er drehte sich um und erkannte Bertha. Sie trug einen schweren Korb bei sich. Woher kam sie plötzlich? Sie überquerte die Straße und blieb schnaufend vor ihm stehen. Sie musste just in dem Augenblick aus dem freistehenden Haus gekommen sein.

»Was für ein Glück, dass ich Sie hier treffe. Sie sind doch sicher mit dem Wagen da.« Neugierig blickte sie sich um, woher er wohl gekommen war.

Albert wusste nicht, was er antworten sollte. Er hatte den Wagen hinter einem kleinen Hain in der Nähe des Dorfes geparkt. Zu Fuß war er über die Felder gestapft, aber jetzt war es so dunkel, dass er den Weg zurück über die Felder nicht mehr finden würde. Deshalb hatte er sich entschieden, die Dunkelheit zu nutzen, um über die Dorfstraße zum Wagen zurückzugehen. Seine Stiefel waren schlammverschmiert. Seine Hose hatte er vorhin in die Socken gestopft, sodass sie noch immer leidlich sauber waren und die Erde an seinen Schuhen fast verdeckte.

»Ja, natürlich.«

»Wo ist denn der Wagen?«

»Ich habe ihn außerhalb des Dorfes geparkt.«

»Wieso?« Das Küchenmädchen war genauso neugierig, wie es fleißig war.

»Kannst du ein Geheimnis für dich behalten?« Er kannte Bertha nun seit über einem halben Jahr. Wie eine Spinne im Netz fing sie Informationen und Berichte jeder Art ab. Sie wusste, was in den oberen Etagen passierte, und sie wusste, was sich in den Ställen und bei den Pächtern und im Dorf tat. Sie handelte Informationen wie eine Obstverkäuferin auf dem Markt. Zur Not schmückte sie Gerüchte bei Bedarf so weit aus, dass es beinahe übler Nachrede gleichkam, nur damit die Geschichte spannender klang. Sie würde schwerlich ein Geheimnis für sich behalten können. Oder wollen.

»Du darfst es aber niemandem erzählen!«

»Nun sagen Sie schon. Was wollten Sie beim Pastor?«

»Der ist mir ehrlich gesagt egal. Ich wollte seine Enkelin besuchen.«

»Das wird Clara aber gar nicht gerne hören.« Die Schadenfreude klang in ihrer Stimme durch.

»Sie soll es ja auch nicht hören.«

Bertha murmelte etwas und fühlte sich offensichtlich ertappt. »Also Paula Ackermann, was?«

»Sie war leider nicht da. Aber da ich weiß, dass der Pastor weg ist, wollte ich kein großes Aufheben um einen Besuch machen. Deshalb habe ich den Wagen woanders geparkt.«

»Keine Angst, ich verrate Sie schon nicht.«

»Sie wusste nicht, dass ich kommen wollte.«

»Da hat sie sich aber sicher über die Überraschung gefreut.«

»Wie ich sagte: Sie war nicht zu Hause. Außerdem hatte ich auch nichts Ungebührliches vor.«

»Selbstverständlich nicht«, entgegnete sie ungläubig. Bertha nahm den schweren Korb in die andere Hand. »Sie wird sicher traurig sein, wenn sie das erfährt.«

»Wie sollte sie es denn erfahren?« Albert blieb stehen und blickte Bertha in die Augen.

»Ich dachte nur gerade ... Wenn sie es wüsste, hätte sie sich sicher gefreut. Ich werde niemandem etwas erzählen«, setzte sie eilig nach.

»Ich weiß, dass du nichts rumerzählen wirst. Sonst würde sicher jeder sofort fragen, was du in dem Haus gegenüber gemacht hast.« Sie konnte nur von da gekommen sein. »Sicher solltest du nach dem Einkauf sofort zurückkommen.«

Er blickte in den Korb. Der war gefüllt mit allerlei braunen Packpapiertüten, in denen vermutlich Mehl und Zucker und andere Dinge waren. Obenauf lag eine Packung mit Backpulver. »Wartet Frau Hindemith schon auf dich?«

»Ich hab nur ... jemanden besucht. Ganz kurz. Ich war kaum zwei Minuten in dem Haus. Sie werden mich doch nicht verraten?«

Ganz sicher war sie länger dort gewesen. Berthas Klönschnack war nicht in zwei Minuten zu erledigen.

»Nein.« Er war sich nicht ganz sicher, ob sie sich daran halten würde. Aber wenn sie etwas weitererzählte, würde er nicht dessen verdächtigt werden, was er sich wirklich hatte zuschulden kommen lassen. Er blieb stehen, schob sein Gesicht nahe an ihres heran und schnupperte. »Rieche ich etwa Schokolade? Ich hätte nicht gedacht, dass sich die alte Bienzle Schokolade leisten kann.«

Bertha schaute ihn ertappt an. »Ich verrate Sie ganz bestimmt nicht!«, schwor sie nun.

Albert führte sie bis zum Wagen und half ihr hinein.

Im Haus angekommen, folgte er ihr in den Dienstbotentrakt. Die Köchin kam aus der Küche geschossen.

»Wo bleibst du denn mit dem Backpulver? Ich steh hier mit dem Teig und warte. Wie soll ich denn das Brot noch heute Abend fertigbekommen? Wo warst du so lange?«

Bertha schaute ihn hilfesuchend an.

»Ich habe sie auf der Straße gesehen und mitgenommen. Aber dann hat das Automobil gestreikt, und sie hat mir geholfen, es wieder in Gang zu kriegen. Alleine hätte ich es nicht geschafft.«

Bertha lächelte wonnig. Die Köchin war zwar noch immer nicht zufrieden, aber hatte dieser Antwort nichts entgegenzusetzen. Das hoffte Albert wenigstens. Aber das Wichtigste war, dass Bertha sie nun für Verbündete hielt. Verschworen in einem Geheimnis, das sie nicht kannte.

Doch der gestohlene Umschlag brannte auf seinem Herzen. Zum ersten Mal spürte er Angst davor, dieses Geheimnis zu lüften.

Kapitel 7

7. März 1914

»Ich kann es wirklich nicht verstehen. Russland macht uns die Häfen dicht, aber wir erlauben ihnen, Rind- und Schweinefleisch zu exportieren.« Vater sah erbost von seiner Zeitung auf. Er blickte Konstantin auffordernd an, als müsste er dafür eine Erklärung haben.

Alexanders Bruder kaute an seinem Frühstücksbrot. »Fleisch ist überall teuer geworden. Es gibt zu wenig Angebot. Vielleicht sollten wir unsere Viehzucht erweitern. Wir könnten noch einen zusätzlichen Stall bauen. Ich wäre für Schweine. Die lassen sich besser mästen. Für Rindvieher müssten wir zu viele Felder in Weide umwandeln.«

Vater verzog den Mund. »Wir wollen doch einen Schritt nach dem anderen machen. Ich habe Angst, dass wir über deine vielen Neuerungen noch stolpern und uns die Nase blutig schlagen. Erst die Maschine, jetzt lässt du ein neues Arbeiterhaus bauen und nun auch noch mehr Schweine?«

»Ich hab ja auch nur gesagt, dass wir darüber nachdenken sollten.«

»Das wäre doch dann die Entscheidung der Pächter.«

Konstantin verneinte. »Ich würde es lieber selber machen.«

»Schweine züchten?«, gab Alexander belustigt von sich. Es war Samstagmorgen, und er würde gleich Unterricht haben.

Matthis saß zwei Plätze weiter und hörte dem Gespräch aufmerksam zu. »Der junge Herr hat recht. Die Fleischpreise sind in den letzten drei Jahren enorm gestiegen.«

Katharina saß am Tisch und starrte gelangweilt vor sich hin. Sie schien das alles nicht zu interessieren.

Aber Vater warf Matthis genervte Blicke zu. Seine besserwisserischen Kommentare hatten ihm gerade noch gefehlt.

»Es würde auf jeden Fall das Risiko besser verteilen. Wenn wir zusätzlich Schweine züchten würden, wären wir nicht mehr ganz so abhängig vom Wetter.« Wie immer wusste sein Bruder ganz genau, was er vorhatte.

»Was für ein Unfug! Das hat dein Großvater schon vor zwanzig Jahren abgelehnt. Wenn die Ernte schlecht ausfällt, haben wir erst recht nichts, was wir den Tieren verfüttern können. Willst du statt Getreide nun Grünfutter anbauen?«

»Wir könnten Silage einlagern, wenn die Zeiten gut sind.« Konstantin klang, als wäre er es langsam leid, immer wieder gegen den Vater kämpfen zu müssen. Alexander hatte vor einigen Tagen den Tisch verlassen, als sein ältester Bruder sich mit seinem Vater über die Anschaffung einer neuen Maschine gestritten hatte. Vater war erbost gewesen, nicht so sehr über die Anschaffung an sich, sondern dass Konstantin das einfach über seinen Kopf hinweg entschieden hatte.

»Hm, lass mich darüber nachdenken.« Auch Vater schien genervt davon, wieder und wieder über Dinge reden zu müssen, die ihn nicht interessierten. »Alexander, wie war es gestern im Hospital? Was hat der Arzt gesagt?«

Alexander war gestern in Stettin bei einem Chirurgen gewesen. Vater hatte darauf bestanden, dass sich ein Spezialist sein Gelenk ansah. »Er hat gestern noch mal eine Röntgenaufnahme gemacht. Und er sagt, dass es besser aussieht als noch vor vier Monaten.«

Katharina lächelte ihn an. Die Einzige, die wirklich interessierte, wie es ihm ging. Selbst Vaters Interesse schien nie darüber hinauszugehen, außer wenn er eine Untersuchung arrangieren oder seine Rechnungen zahlen musste.

»Und du? Hast du auch das Gefühl, dass es besser wird?«

Alexander nickte. »Es tut zwar immer noch weh, aber ich kann meine Fußspitze schon wieder alleine anheben.«

»Na also. Du bist ja noch jung. Doktor Reichenbach hat sicher recht, wenn er sagt, dass es sich rauswächst. In zwei Jahren merkt man vielleicht gar nichts mehr.«

In zwei Jahren würde Alexander achtzehn Jahre alt sein. Er hatte sich so sehr darauf gefreut, auf das Gymnasium nach Stettin gehen zu können, aber wegen seiner Verletzung hatten seine Eltern beschlossen, ihn hierzubehalten. Matthis musste ohnehin wegen Katharina bleiben. Da konnte er auch beide weiter unterrichten. Vielleicht, wenn er sich ausreichend erholte, durfte er zum nächsten Jahr nach Stettin wechseln.

»Ja, gut möglich«, antwortete Alexander ohne Enthusiasmus. Das war vielleicht das einzig Gute an seiner Verletzung, dass er, wenn er ein Krüppel bliebe, nicht zum Militär musste. Niemand konnte ihn deshalb noch für unehrenhaft halten. Andererseits hasste er sich dafür, ein Krüppel zu sein.

»Ich sehe nicht ein, warum Alexander nicht auch Landwirtschaft studieren soll. Schließlich ist er auf einem Gut aufgewachsen. Man weiß ja nie, was noch kommt.«

Alexander bedachte seinen älteren Bruder mit einem dankbaren Blick. Zwar hatte er überhaupt kein Interesse daran, sich um Schweinezucht und Fruchtfolge zu kümmern, aber wenigstens ignorierte Konstantin ihn nicht einfach.

»Oder du könntest Lehrer werden. Im Grunde genommen bist du ja nicht dumm.«

»Im Grunde genommen?« Vaters strafender Blick traf Matthis.

»Der junge Herr ist gelegentlich ... faul.«

Alexander schnaubte empört. »Lehrer!« Als wenn das für ihn infrage käme.

»Lehrer ist ein ehrenwerter Beruf«, verteidigte Matthis sich.

»Zumal wenn man Hauslehrer ist. Etwas anderes ist es natürlich, wenn man Dorflehrer wird. Das würde ich auch ablehnen.«

»Wie macht sich denn eigentlich diese neue Lehrerin?«, fragte Vater.

Rebecca Kurscheidt hatte sich Vater und Mutter im letzten Sommer vorgestellt. Alexander hatte ein wenig gelauscht und direkt bemerkt, dass die drei wohl nicht warm miteinander werden würden. Vater interessierte es nicht weiter. Ihm war es völlig egal, wer die Dorfkinder unterrichtete. Mama hingegen hatte etwas merkwürdig darauf reagiert, dass sie nun eine Lehrerin bekamen. Für sie war das eine Herabsetzung, weil die Schulbehörde dachte, ihre Grafschaft hätte keinen richtigen Lehrer nötig.

Aber diese Kurscheidt hatte sich gut geschlagen, was Alexander durchaus gefiel. Sie blieb stets höflich, aber bestimmt. Einige ihrer Vorschläge gingen Mama zwar zu weit, aber schließlich hatte sie eingesehen, dass die Frau alles andere war als eine zweite Wahl.

Sein Bruder horchte auf. Das Thema schien auch Konstantin zu interessieren.

»Ich glaube, sie arbeitet ganz passabel.«

Konstantin schaute Matthis perplex an, dann sagte er: »Ich würde sogar sagen, mehr als passabel.« Das klang schon fast böse. »Ich habe mitbekommen, dass sie den Kindern, die es möchten, nachmittags zusätzlichen Unterricht gibt. Stimmt das?«

»Das mag wohl so sein«, gab Matthis zerknirscht von sich.

»Doch, doch. Wittekind hat es selbst erzählt. Sie gibt auch drei Jungs zusätzlichen Mathematikunterricht.«

»Wozu das wohl gut sein soll?«

»Zum Beispiel, um zu berechnen, wie viel Saatgut sie für ihre Hufe Feld brauchen. Ich kann nicht verstehen, wieso Sie so auf die Frau herabschauen.«

»Ich schaue nicht auf sie herab. Ganz und gar nicht. Nein, im Gegenteil: Ich bewundere sie. Eine so schöne Frau hätte so viele andere Chancen im Leben. Stattdessen wählt sie eine Stelle in einer kulturellen Einöde.«

Energisch faltete Vater seine Zeitung zusammen. »Kulturelle Einöde? Möchten Sie mir das bitte näher erläutern?«

»Ich meine ja nur ... Immerhin gibt es hier ja nicht wirklich viel kulturell Erhebendes. Keine Theater- oder Musikveranstaltungen.« Matthis geriet mächtig ins Schlingern.

»Möglicherweise genießt sie die Natur.«

»Ich wollte damit nur zum Ausdruck bringen, dass sie sicherlich mit ihrer Bildung und ihrem Aussehen sehr viel bessere Perspektiven gehabt hätte.«

»Dann sind wir doch froh, dass sie sich für uns entschieden hat«, gab Konstantin mit einem deutlich ironischen Unterton von sich.

Es schien Alexanders Bruder gar nicht zu gefallen, wie Matthis über die Dorflehrerin sprach. Merkwürdig, denn sonst hatte er sich nie für dieses Thema interessiert.

Ihm selbst war das alles allerdings absolut gleichgültig. Alexander hatte die Frau drei- oder viermal im Dorf gesehen, und sie schien ihm recht sympathisch zu sein. Andererseits hatte Matthis recht: Ein Dorflehrer war von niedrigerem Stand als ein Hauslehrer. Und eine Dorflehrerin allemal. Er stand auf und nickte den anderen zu. Er bemühte sich sehr, soweit es die Krücke zuließ, normal zu gehen, wenigstens bis er zur Tür hinaus war.

Langsam stieg er die Treppe in den zweiten Stock hinauf. Im Klassenzimmer setzte er sich an das Klavier. Bis Matthis und Katharina kommen würden, wollte er üben. Er musste üben. Wenigstens das wollte er nicht aufgeben, dass er weiter Klavier spielen konnte, und dazu gehörte es, dass er mit seinem Fuß die Pedale bedienen konnte. In dieser tristen Zeit war die Musik seine einzige Freude.

Er ärgerte sich über Matthis. Lehrer, pah! So wenig hielt er von ihm. Jeden Tag, den er diesen Menschen weniger ertragen musste, wäre ein guter Tag. Eines Tages würde er es ihm schon zeigen. Plötzlich hatte er eine Eingebung. Papa hatte aus Stettin ein schönes neues Zigarettenetui mitgebracht. Silbern mit einer schönen Gravur. Was, wenn eines der Stubenmädchen das beim Wäschesortieren in der Kommode des Hauslehrers finden würde? Das wäre ein großer Spaß.

9. März 1914

»Ich weiß wirklich nicht, was uns das bringen soll.«

Konstantin lag eine Erwiderung auf der Zunge. Doch er verkniff sich den bösen Seitenhieb. »Gegenüber der herkömmlichen Breitaussaat können wir bis zu dreißig Prozent Saatgut sparen.«

Thalmann gab einen wenig erfreuten Laut von sich. Der Gutsverwalter war überhaupt nicht davon begeistert. Konstantin hatte nichts anderes erwartet.

»Wir brauchen viel weniger Leute. Auch können die Vögel nicht mehr die Saat rauspicken.«

Auch das schien Thalmann noch nicht zu überzeugen. Vor allen Dingen beäugte er kritisch den polnischen Saisonarbeiter, den Konstantin angestellt hatte. Tomasz Ceynowa, ein Kaschube aus Danzig, stand etwas abseits und rauchte.

»Wir werden mit den Feldern, die wir selber bestellen, anfangen. Wenn die Pächter Interesse haben, können wir ihnen danach die Maschine zur Verfügung stellen.«

»Umsonst?«

»Die Maschine schon, aber ich will nicht, dass sie von Leuten bedient wird, die keine Ahnung davon haben. Für Ceynowa müssen sie den Lohn zahlen.«

»Das wird ihnen nicht gefallen!«

»Darauf nehme ich keine Rücksicht. Wenn die Pächter die Saatmaschine haben wollen, müssen sie für die Arbeitskraft bezahlen. Und wir werden das Land von Parsenow damit bestellen. Ich hab mit dem Alten schon alles besprochen.«

Der Pächter war mittlerweile zu alt, um den Hof noch selbst zu bestellen. Parsenows Sohn aber war genau wie seine Frau an Tuberkulose gestorben. Die Enkel waren noch zu klein, um den Hof zu übernehmen.

»Soll das etwa heißen, der Hof wird nicht weiterverpachtet?«

»Genau das soll es heißen. Jeder Pächter kann einen Sohn einsetzen, aber wenn ein Hof frei wird, werden wir nicht weiterverpachten. Ab sofort werden wir so viel Land wie möglich selber bestellen.«

»Und wer genau soll das übernehmen?«

Konstantin ließ einen vernehmbaren Seufzer hören. »Wanderarbeiter.«

»Und wo sollen die dann schlafen?«

»Na, genau dafür lasse ich doch beim Pumpwerk das Arbeiterhaus errichten.«

Erst vor drei Jahren hatte Großvater eine Pumpanlage zwischen Dorf und Herrenhaus bauen lassen, die durch eine Windkraftanlage angetrieben wurde. Die Anlage versorgte das Gutshaus und sämtliche Stallungen mit bestem Trinkwasser. Mittels Pumpstation kam das Wasser ins Herrenhaus. Eine Segnung, die gut angekommen war. In den nächsten Jahren sollten die Häuser im Dorf angeschlossen werden.

Aber Konstantin hatte das Geld für ebendiese Investition schon anderweitig verplant. Die Wasserleitungen im Dorf würden eben ein paar Jahre später gelegt. Die Menschen hatten nun Jahrhunderte ohne fließend Wasser gelebt, da würden sie es weitere fünf Jahre auch noch schaffen.

Es war ohnehin besser zu warten. Allenthalben wurden im Kaiserreich Elektrizitätswerke gebaut. Gut Greifenau bezog seinen Strom aus Stargard, aber außerhalb der Stadt waren nur die Gutshöfe und einige öffentliche Anlagen wie Bahnhöfe und dergleichen angeschlossen. Aber irgendwann würde auch hier in der Nähe ein Elektrizitätswerk gebaut, und dann würde man auch die übrigen Häuser anschließen. Dann konnte man diese Leitungen direkt mit den Wasserleitungen zusammen verlegen.

»Wie sollen die Wanderarbeiter verpflegt werden?«, fragte Thalmann unzufrieden, weil er die Antwort ahnte.

»Das kann Ihre Frau machen. Sie kann für sie kochen und würde in der jeweiligen Zeit dafür natürlich extra bezahlt.«

»Meine Frau? Meine Frau ist vollends damit beschäftigt, die Meierei am Laufen zu halten.«

»Dann werden wir eben eine zusätzliche Magd anstellen. Daran wird es ja wohl kaum scheitern.«

Der Gutsverwalter machte ein zerknirschtes Gesicht. Es passte ihm ganz und gar nicht, was Konstantin anstrebte. Für ihn war es gut so, wie es war. Die heimischen Pächter hatten Arbeit, bekamen dafür ihr Deputat und einen geringen Anteil des Erlöses. Außer in Jahren mit sehr schlechter Ernte reichte es immer für alle aus. Er wollte sich nicht mit dahergelaufenen Wanderarbeitern auseinandersetzen und schon mal gar nicht mit irgendwelchen Polen.

»Wo soll der wohnen?«, fragte er mit einem abfälligen Nicken in Richtung Ceynowa.

»Er kommt für den Anfang bei unseren Dienstboten unter. Wir fangen heute mit diesem Feld an. Ich werde die Pferde lenken, Sie die Maschine. Ceynowa wird kontrollieren, ob die Maschine richtig funktioniert. Wenn es richtig läuft, wird er Sie einweisen.«

»Er wird *mich* einweisen?«

Der Gutsverwalter wäre ihm am liebsten an die Gurgel gesprungen, so sah er aus. Er sollte sich von einem Polen zeigen lassen, wie man eine Landwirtschaftsmaschine bediente. Das war natürlich allerhand. Andererseits war Konstantin es allmählich leid, wieder und wieder mit Engelszungen auf den älteren Mann einreden zu müssen. Er war schließlich der Sohn des Gutsherrn. Thalmann hatte sich gefälligst nach seinen Befehlen zu richten.

»Kennen Sie sich denn mit dieser Art Maschinen aus?«

Thalmann schnaubte verächtlich.

»Sie sollten sich besser mit der Maschine vertraut machen. Oder wollen Sie sich später vor den Pächtern lächerlich machen?« Diese Kröte musste Thalmann wohl oder übel schlucken. »Die Maschine war nicht billig. Ich will nicht, dass sie jemand durch unsachgemäßen Gebrauch kaputt macht.«

Konstantin trat an die Saatmaschine heran. Es war eine Welsia, ein Modell, das sich rasend schnell im Reich verbreitete. Er war verärgert, dass der Gutsverwalter ihm mit seinen Einwänden diese schöne neue Maschine verleidete. Stolz tätschelte er den Stahl.

Tomasz Ceynowa trat heran. Ohne große Umschweife begann er zu erklären: »Mit der Säschare wird die Rinne ins Saatbeet gezogen, und durch die Rohre kommen über die Nockenwalze die Samenkörner. Dadurch wird die Saat gleichmäßig tief ins Erdreich eingebracht.« Er zeigte auf ein kleines Teil. »Hiermit kann man einstellen, wie tief die Furche sein soll. Mit der nachlaufenden Schleppschare wird automatisch Erde darüber geschoben.«

»Das weiß ich alles«, gab Thalmann barsch von sich.

Ceynowa warf Konstantin einen skeptischen Blick zu. Er antwortete mit einem leichten Nicken. Der Pole schnappte sich einen Sack mit Saatgut, holte aus seiner Hosentasche ein Messer hervor und schnitt den Sack auf. Geschickt, als hätte er das schon hundertmal gemacht, verteilte er den Inhalt in dem Auffangbehälter, drückte mit den Händen das Getreide gleichmäßig auseinander und klappte den länglichen Behälter zu.

»Dann kann es losgehen.« Der Kaschube stand neben der Sämaschine. Er blickte keinem der beiden Männer ins Gesicht. Ihm war bewusst, was für eine schlechte Stellung er als polnischer Saisonarbeiter hatte. »Bei den ersten zwei Durchgängen muss man die Maschine immer auf die jeweiligen Bedingungen einstellen. Wie fest ist die Erde? Ist sie feucht oder trocken? Wie viel Saatgut soll durch die Rohre eingeführt werden?«, erklärte Ceynowa sachlich.

»Das kann man sich bei der Handaussaat auch alles sparen.«

»Wir können uns sparen, dass die Kinder der Pächter dem Bauern hinterherlaufen müssen, um die Erde über das Saatgut zu treten und die Vögel abzuhalten. Und jetzt will ich keinen einzigen Widerspruch mehr hören. Haben wir uns verstanden?«

Mit seinem Blick hätte Thalmann ein Loch in Konstantins Jacke brennen können. Er sagte nichts mehr, aber er pflichtete Konstantin auch nicht bei. Stattdessen stellte er sich hinter der Maschine auf und blickte die beiden Männer beleidigt an.

Konstantin stapfte durch die feuchte Erde zu den beiden Pferden, die dort angeschirrt waren. Eigentlich würde ein Pferd reichen, aber er wollte unbedingt, dass heute alles möglichst perfekt lief. Wenn er Thalmann vorführen könnte, wie praktisch und arbeitseinsparend die Saatmaschine war, würden sich viele weitere Konflikte erst gar nicht ergeben. Er schickte ein kleines Stoßgebet gen Himmel.

Ceynowa stellte sich direkt neben eines der großen Räder, seine Hand lag auf dem Saatgutbehälter. Er nickte ihm zu.

Konstantin griff eins der Pferde beim Kummet, schnalzte, und die Rösser setzten sich in Bewegung. Die kleinen Pflugscharen griffen in die Erde und zogen sich langsam in die gewünschte Tiefe. Auf der Hälfte der Feldlänge hielt Konstantin die Pferde an und kam neugierig nach hinten.

Die Erde war schon über das Saatgut geschoben. Nur bei der letzten Ellenlänge konnte man sehen, wie tief die Getreidekörner lagen. Für Konstantin sah es perfekt aus, und auch Ceynowa machte einen zufriedenen Eindruck.

»Das ist viel zu tief. Da weiß die Pflanze ja nicht mehr, wo oben und unten ist. Außerdem ist es viel zu viel Saatgut. So spart man nichts ein!«

Ceynowa versuchte noch, mildernd einzuschreiten. »Das können wir ganz leicht einstellen, wenn wir hier …«

Konstantins Hand bot ihm Einhalt. Seine Stimme war laut. »Jetzt reicht es. Sie können nach Hause gehen oder wohin auch immer. Sie wollen es nicht lernen, dann werden Sie es auch nicht lernen. So jemanden wie Sie kann ich nicht gebrauchen.«

»Was soll das heißen? Entlassen Sie mich?«

Konstantin blickte ihn starr an.

»Sie können mich gar nicht entlassen. Nur Ihr Vater kann das. Und zu dem werde ich jetzt gehen.« Er zögerte noch einen Moment, ob Konstantin jetzt einlenken würde, aber er blieb stumm und starr. Was glaubte er? Dass Konstantin ein kleiner Junge war, der Fracksausen bekam, wenn ihn jemand bei seinem Vater verpetzte?

Thalmann drehte sich um und stapfte zum Feldweg zurück. Als er endlich außer Hörweite war, wandte Konstantin seinen Blick ab und schaute Ceynowa eindringlich an.

»Mein bestes Argument für die Saatmaschine und für Ihren Lohn wird sein, wenn ich meinem Vater heute Abend sagen kann, dass wir das ganze Feld geschafft haben.«

Wie auf Kommando ließen die beiden Männer ihren Blick über die Schollen schweifen. Mit der Handaussaat wäre das gut und gerne Arbeit für zwei Tage, abhängig davon, wie schnell die Kinder arbeiteten. Ohne ein weiteres Wort ging Konstantin nach vorne zum Pferd. Er wartete, bis der Pole die Saattiefe neu eingestellt hatte, und dann machten sie sich an ein hartes Stück Arbeit.

12. März 1914

Rebecca wollte vor Empörung aufschreien. Man hatte Rosa Luxemburg zu einer einjährigen Haftstrafe verurteilt, weil sie die Zustände in der Armee kritisiert hatte. Zudem hatte sie die Arbeiter aufgefordert, sich gegen einen Krieg zu wenden, der von Tag zu Tag wahrscheinlicher wurde. So weit weg vom Geschehen fühlte Rebecca sich einsam und von der Welt abgeschnitten. Und dennoch, genau hier war ihr Platz. Genau hier bei den Menschen, die man gerne vergaß.

Tatsächlich genoss sie diese absolute Stille, die sich abends über das Dorf legte. Die Luft war frisch, der Himmel klar und weit. Die Wolken wiesen den Menschen den Tagesplan. Waren sie hell, konnten sie ungestört arbeiten. Waren sie dunkel und regenverhangen, wurden oft schon am Morgen die Pläne geändert. In Berlin oder auch in Charlottenburg war das Wetter egal. Ob nun die Sonne schien, es regnete oder schneite: Die Arbeiter gingen in die Fabriken, und auch alle anderen Menschen taten das, was sie zu tun hatten.

Hier war das anders. Rebecca genoss die langen Spaziergänge oder auch, dass sie nur vor die Tür treten musste, um auf eine blühende Wiese zu schauen. Diese Landschaft streichelte ihre

Seele. In den letzten Tagen hatten die ersten Vögel angefangen, ihre Lieder zu trällern, und nun begannen sie mit dem Nestbau. Der Frühling stand vor der Tür, und sie sehnte sich nach warmen Tagen.

Rebecca legte Feuerholz nach. Es war später Nachmittag. Eigentlich sollte heute Tobias Güstrow kommen. Sie wollte ihm Nachhilfe in Mathematik geben. Er war nicht erschienen. Es passierte häufiger, dass die Kinder einfach fortblieben, nicht nur vom Nachhilfeunterricht, sondern auch aus der Schule. Am nächsten Tag hörte sie dann die Begründungen: Unkrautjäten auf den Feldern im Sommer und Erntehilfe im Herbst. Im Winter hatten einige ihren Vätern bei Reparaturen der Gerätschaften zur Hand gehen müssen. Jetzt im Frühjahr waren einige fortgeblieben, weil sie beim Aussäen helfen mussten.

Tobias würde ihr morgen sicherlich etwas in der Art sagen. Es war frustrierend. Sie fühlte sich wie Don Quijote. Sie kämpfte gegen Windmühlen im wahrsten Sinne des Wortes. Tobias, der so begabt war, hatte letztes Jahr etliche Termine ausfallen lassen, weil er seinen Vater zum Müller hatte begleiten müssen.

Sie nahm die *Vorwärts* vom Sofa, um sie unter dem Tisch zu verstecken. Sie wollte hierbleiben. Nicht nur, weil sie sich selbst beweisen wollte, dass sie etwas verändern konnte. Und nicht nur, weil ihr die Landschaft so gut gefiel. Auch weil sie sich verliebt hatte. Albert Sonntag war nicht nur sehr attraktiv, ihre geheimen Treffen waren auch sehr aufregend und rissen sie aus ihrem gleichförmigen Alltag.

Gelegentlich fand sie Zettel unter ihrer Tür durchgeschoben, mit Nachrichten über einen Treffpunkt oder mit Liebesbezeugungen. Seltener kleine Briefe, wenn er einige Tage keine Zeit hatte. Ihre gemeinsamen Stunden in Charlottenburg hatte sie genossen. So könnte es sein, wenn man mit einem Mann richtig zusammen war. Aber dafür würde sie später noch Zeit haben. Sie war froh, dass er ihre Heimlichtuerei mitmachte. Das würde nicht jeder Mann verstehen. Manchmal schien er selbst ein Spiel daraus zu machen.

Mit einem Fidibus zündete sie eine Kerze an. Das Schuljahr war Ostern zu Ende, und sie musste sich langsam Gedanken machen über die Zeugnisse. Sie saß noch nicht am Schreibtisch, als sie Schritte hörte. Da klopfte es auch schon.

»Guten Tag, Frau Kurscheidt.«

»Herr Matthis?! Ich möchte fast sagen: Guten Abend.« Was wollte er schon wieder? Sie öffnete die Tür nur einen Spaltbreit. Sie wollte weder den Herrn noch die Kälte einlassen.

»Ich dachte, ich bringe Ihnen das hier vorbei. Als kleine Lektüreempfehlung. Vielleicht wollen Sie es ja im nächsten Schuljahr in Ihrem Unterricht nutzen.«

Er reichte ihr ein dickes Buch – die *Buddenbrooks*. Sie hatte mal erwähnt, dass sie gerne Thomas Mann las. Umso unverständlicher war, dass er glaubte, sie kenne dieses Werk nicht. Ihr Lächeln war gezwungen. »Ich komme kaum nach, all Ihre Empfehlungen zu lesen.«

Seit sie sich im Februar zufällig im Kolonialwarenladen im Nachbardorf über den Weg gelaufen waren, schien der Hauslehrer eine Neigung für sie entwickelt zu haben. Erst hatte sie noch gedacht, dass er sich einfach gerne mit jemandem unterhielt, der gebildet war und dennoch nicht zur hochherrschaftlichen Familie gehörte. Aber seit seinem vorletzten Besuch schwante ihr allmählich etwas. Zu allem Überfluss war er hochnäsig. Immer wieder schwärmte er ihr in höchsten Tönen von seiner Anstellung bei den Herrschaften vor. Als wäre es eine Gottesgnade. Warum sie denn unbedingt die Bauernkinder unterrichten wolle, hatte er zuvor gefragt. Es sei doch nun wirklich viel erquickender, abends mit den Herrschaften am Tisch zu sitzen und zu parlieren. Parlieren, päh! So was Hochgeschraubtes. Glaubte er, bei ihr damit Eindruck schinden zu können? Oder dass er mit Beleidigungen ihr Herz gewinnen konnte?

Jetzt schlang er sich demonstrativ die Hände um den Körper. Ja, es war kalt. Aber keinesfalls würde sie ihn hereinlassen. Alleine mit ihm in dem von allen Seiten einsehbaren Klassenraum zu stehen, war ihr schon nicht recht gewesen. Aber ganz sicher würde sie ihn nicht in ihre Stube lassen.

Er rieb sich die Hände. »Ganz schön frostig, was?«

»Obwohl es heute milder ist als gestern.«

»Und ... was lesen Sie gerade?«

Keins der Bücher, die er ihr gegeben hatte, hatte den Weg auf ihren Nachttisch gefunden. Sie stapelten sich unberührt neben ihrem Schreibtisch. Klassiker von Kleist, Lessing und Schiller – als wenn sie es nötig gehabt hätte, von ihm Leseratschläge annehmen zu müssen.

»Gerne würde ich mit Ihnen einmal den Austausch suchen.«

Sie schaute ihn perplex an.

»Also ich meine selbstverständlich den literarischen Austausch. Natürlich ist die Gutsherrnfamilie außerordentlich gebildet, von der Familienseite der Gutsherrin sogar in russischer Literatur. Sie wissen ja sicher, dass die Gräfin mit dem Zaren verwandt ist.«

»Weitläufig.«

»Meinen Sie jetzt weitläufig verwandt oder dass es Ihnen weitläufig geläufig ist?« Er musste über sein Wortspiel grinsen.

»Sowohl als auch.«

»Nun ja, aber man tauscht sich doch lieber unter seinesgleichen aus.«

»Oh. Tatsächlich? Aber wieso kommen Sie dann bei mir kleinen Dorflehrerin vorbei?«

»Ich ... Da haben Sie mich wohl missverstanden. Ob ich mich wohl für einen kurzen Moment aufwärmen dürfte?«

»Ich würde Sie nur zu gerne hineinbitten«, obwohl er sofort Anstalten machte einzutreten, blieb sie in der Tür stehen, »aber Sie wissen ja selber, dass das nicht schicklich wäre.«

Er schaute blöd. »Ja, natürlich. Das habe ich nicht bedacht.« Er öffnete zwei Knöpfe an seinem Mantel und griff hinein. »Für Sie.«

Rebecca nahm die Schachtel zögerlich an. »Pralinés!«

»Ich habe mich erinnert, dass Sie Schokolade gekauft hatten, als wir uns letztens über den Weg gelaufen sind.«

»Das ist aber wirklich sehr aufmerksam von Ihnen.« War es nicht sehr unhöflich, ihn nun immer noch draußen in der Kälte stehen zu lassen? Doch jetzt hörten sie schwere Schritte. Rebecca verbarg die Pralinés hinter ihrem Rücken.

Es war der Zimmermeister des Dorfes. Rebecca kannte ihn, weil sie drei seiner Kinder unterrichtete. »Guten Tag, Herr Mücke. Was für eine Überraschung!«

Mücke war ein wortkarger Mann. Er grüßte nur nickend, sah von Rebecca zu Matthis und zurück.

»Ich habe den Auftrag bekommen, neue Fensterrahmen für die Schule und Ihre Wohnung zu fertigen.«

Rebecca machte überrascht große Augen. »Tatsächlich? Wer hat das in Auftrag gegeben?«

»Der junge Herr Graf. Der älteste Sohn.«

»Konstantin von Auwitz-Aarhayn«, half Matthis aus.

Der Zimmermann nickte dem Hauslehrer brummend zu.

»Das ist ja erstaunlich, die Herrschaften haben gar nicht darüber geredet.«

»Zumindest nicht in Ihrer Gegenwart«, gab der Zimmermann erstaunlich beleidigend in Richtung Hauslehrer von sich.

Matthis hatte wirklich ein Talent, sich unbeliebt zu machen. Das strahlte sogar in Richtung Dorf aus.

»Konstantin von Auwitz-Aarhayn, was für eine Überraschung! Ich habe den Herrn zwar noch nie persönlich getroffen, aber richten Sie ihm bei Gelegenheit meinen Dank aus.«

Mücke nickte wieder. »Ich wollte nur Bescheid geben, dass ich morgen Mittag zum Ausmessen komme, wenn es Ihnen recht ist. Nach dem Unterricht, versteht sich. Und hier dann auch.« Er schaute sich den verwitterten Fensterrahmen links von der Eingangstür an. »Wird verdammt noch mal auch Zeit. Das muss ja ziehen wie Hechtsuppe.«

»Das tut es.«

Zimmermann Mücke nickte knapp und drehte sich um.

Noch bevor er weggehen konnte, sagte Rebecca schnell: »Herr Matthis, ich danke Ihnen dann wirklich sehr für die Unterrichtsmaterialien. Aber diesen Roman kenne ich natürlich.« Sie gab ihm das Buch zurück. »Ich wünsche Ihnen noch einen guten Heimweg.«

Matthis machte ein zerknirschtes Gesicht, musste aber einsehen, dass hier heute nichts mehr zu erreichen war.

»Sagen Sie mir gerne Bescheid, wenn Sie mit einem der anderen Bücher fertig sind. Vielleicht finden Sie in den Osterferien die nötige Muße.«

»Da fahre ich für ein paar Tage meine Eltern in Charlottenburg besuchen. Ich werde wenig Gelegenheit zum Lesen haben. Ich bedanke mich. Guten Abend.«

Sie schloss die Tür und zog sich schnell ein Schultertuch über. Ihr war reichlich kalt geworden. Sie würde direkt noch ein dickes Holzscheit nachlegen.

Das war wirklich sehr nett von diesem Konstantin von Auwitz-Aarhayn. Sie hatte sich den ganzen Winter über die zugigen Fenster geärgert. Jedes Kind musste an jedem Schultag ein Holzscheit mitbringen. Das war hier so üblich. Damit bekam sie das Klassenzimmer gerade so warm. Auf die Idee, nach neuen Fensterrahmen zu fragen, wäre sie nie gekommen. Nicht in ihrem allerersten Jahr hier.

Sollte sie Albert nach dem jungen Gutsherrn fragen? Besser nicht. Er war immer sehr wortkarg, was die Gutsherrnfamilie anging. Anscheinend hielt er es für seine Pflicht, sie zu verteidigen. Wann immer Rebecca sich über die Taten der Herrschaften oder ihren begünstigten Stand ärgerte, wechselte er das Thema. Er war eben loyal, und diese Eigenschaft gefiel ihr an ihm. Sie durchschaute seine Motive nicht, aber so war er eben. Vielleicht war genau das ein Teil dessen, was – neben dem guten Aussehen und den höflichen Manieren – seine Attraktivität ausmachte: dass er so geheimnisvoll war.

Außerdem brachte er etwas Aufregung in ihren vom Dorfleben geprägten Alltag. Sie liebte es zu unterrichten. Sie musste aber zugeben, dass sie bis auf ihn keinen anderen Menschen gefunden hatte, mit dem sie sich auf Augenhöhe austauschen konnte. Er war sehr belesen, was er vermutlich seiner Tätigkeit als Kutscher verdankte. Rebecca wusste, dass Kutscher oft stundenlang auf ihre Herrschaften warten und parat stehen mussten. Lesen war eine passende Beschäftigung, um sich die Zeit zu vertreiben.

Die meisten Dorfbewohner beäugten eine weibliche Lehrkraft skeptisch. Einige blickten sogar abschätzend auf sie herab, weil sie eine Frau war, die ihren Lebenssinn offensichtlich nicht in der Erfüllung der Ehe suchte.

Albert dagegen fand ihren Wunsch, etwas Sinnvolles zu leisten, überhaupt nicht abwegig. Und niemals beklagte er sich darüber, dass sie sich ständig verstecken mussten, wenn sie zusammen waren. Und auch wenn es tatsächlich sehr unangenehm werden könnte, falls sie jemand aus dem Dorf beim Turteln erwischen würde: Genau das machte auch einen Teil des Reizes aus, mit ihm zusammen zu sein.

18. März 1914

Clara klopfte. So wie Mamsell Schott sie vor einer halben Stunde zu sich beordert hatte, verhieß es nichts Gutes.

»Herein.«

Beklommen trat Clara in das kleine Arbeitszimmer ein. Mamsell Schott saß an dem Tisch, an dem sie ihre Schreibarbeiten erledigte und auch den Lohn auszahlte. Leise schloss Clara die Tür und trat näher. Auf der Holzplatte lagen einige Kerzenstummel und ihr blaues Gesinde-Dienstbuch. Schlagartig wurde ihr heiß.

Mamsell Schott schaute sie mit strengen Augen an. »Du weißt sicherlich, wieso ich dich hierher beordert habe?«

Nervös verknotete Clara ihre Hände hinter dem Rücken. »Nein.«

»Ich habe dich gewarnt.«

Clara wusste nicht, was sie antworten sollte.

»Du darfst nichts, aber auch gar nichts nehmen, was dir nicht gehört. Auch keine Reste, und seien sie noch so klein.«

»Ich weiß.«

»Und? Sind das etwa deine Kerzen?«

Sie schüttelte den Kopf. Mit dem bloßen Auge war zu erkennen, dass es die guten Wachskerzen waren und nicht die billigen Paraffinkerzen, die die Dienerschaft zugeteilt bekam. Tränen traten ihr in die Augen.

»Ich hab es dir gesagt, und so leid es mir tut: Dieses Mal muss ich Konsequenzen ziehen. Erst war es der Wein, jetzt sind es Kerzenstummel.«

»Es sind doch aber nur kleine Stummel.«

»Wenn ich es dir wieder durchgehen lasse, dann ist es beim nächsten Mal etwas Wertvolleres.«

Clara blieb stumm. Verstohlen wischte sie sich eine Träne von der Wange.

»Du lässt mir doch keine Wahl«, sagte Mamsell Schott jetzt etwas nachsichtiger. »Wenn du beim nächsten Mal erwischt wirst und es die gnädige Frau erfährt, dann wird sie mich fragen, ob mir vorher nie etwas aufgefallen ist. Soll ich sagen, dass ich dich immer verwarnt habe, aber den Dingen weiter ihren Lauf gelassen habe?«

Clara schluchzte auf.

Mamsell Schott seufzte nur. »Wieso überhaupt? Was willst du mit so vielen Kerzen?«

»Ich lese abends noch.« Die Elektrizität hatte bereits in den Räumen der Herrschaften und hier unten in der Küche und den anderen Arbeitsräumen Einzug gehalten. Doch für die Schlafzimmer der Dienerschaft erachtete man es für nicht nötig. Die Leute arbeiteten von morgens früh bis abends spät und fielen am Ende des Tages nach zwölf oder mehr Stunden harter Arbeit in ihre Betten. Was sollte man gutes Geld investieren, wenn die Dienstboten sich doch ohnehin kaum dort oben aufhielten?

»Deine Pfennigromane!«

»Ich habe doch sonst nichts, was mir Freude macht.«

»Clara, es ist vielleicht nicht meine Entscheidung, was du dir für dein Geld kaufst. Aber wenn du morgens übermüdet bist, dann liegt das sehr wohl in meinem Verantwortungsbereich. Wie oft habe ich dir gesagt, dass du abends nicht noch lesen sollst?«

Das Stubenmädchen antwortete nicht.

»Und lohnt es sich, dafür den Dienst zu verlassen? Mit einem Eintrag ins Gesindebuch, der dafür sorgt, dass du in keinem anständigen Haus jemals noch eine Stellung findest?«

Schlagartig wurde Clara klar, was das bedeutete. Sie musste zurück nach Hause, in die kleine Bauernkate, in der ihre Eltern noch weitere vier Mäuler zu stopfen hatten. Was sollte sie ihnen sagen? Wie groß würde die Enttäuschung sein? Nur die wenigsten Kinder der Pächter schafften es, vom Herrenhaus in Dienst genommen zu werden. Es war eine Ehre, eine Ehre, die sie nun beschmutzt hatte. Eine Diebin zur Tochter. Vermutlich würden ihre Eltern sie einfach fortschicken, damit niemand ihre Schande mitbekam. Diese Erkenntnis ließ ihr den Atem stocken. Was sollte sie machen? Das durfte nicht Wirklichkeit werden.

»Ich hab sie nicht genommen. Ich habe sie ... bekommen.«

Mamsell Schott stutzte. »Von wem?«

Die Gedanken rasten wild durch ihren Kopf. Clara rang mit sich. Es durfte einfach nicht sein. Nie, nie wieder würde sie etwas nehmen, schwor sie bei allen Heiligen. Bitte, dieses eine Mal musste sie noch glimpflich davonkommen.

»Vom gnädigen Fräulein.«

»Von der Komtess?«

»Ja, wir haben ... über die Elektrizität gesprochen. Und so kamen wir auf die Kerzen. Ich sollte ihr neue Kerzen holen, und sie hat gesagt, ich könne ihre haben.«

»Aber sie hat doch eine Lampe.«

»Die eine reicht ihr aber nicht, wenn sie im Bett liest.« Das war nicht einmal gelogen. Auf dem Nachttisch neben dem Himmelbett stand ein Kandelaber für fünf Kerzen.

»Im Bett?«

Clara nickte. Mehr Lügen wollten ihr nicht über die Lippen. *Bitte, bitte, bitte, lieber Herrgott.* Mamsell Schott sollte es ihr einfach glauben, und sie würde nie wieder etwas nehmen. »Ich wollte nichts sagen, weil ich dachte, dass ... weil ich nicht wollte, dass Wiebke sich zurückgesetzt fühlt. Nur weil ich etwas von dem gnädigen Fräulein geschenkt bekomme.«

»Du scheinst in letzter Zeit überhaupt ein seltsam enges Verhältnis zu der Komtess zu pflegen.«

Clara verzog überrascht ihre Augenbrauen.

»Ständig sollst du zu ihr kommen, Erledigungen machen und Dinge aus dem Dorf besorgen.«

»Ich glaube, es ist, weil sie sich einsam fühlt. Weil sie doch hier niemanden hat, mit dem sie ... sich austauschen kann.«

»Und dann wählt sie ausgerechnet dich? Über was unterhaltet ihr euch? Doch wohl hoffentlich nicht über die billigen und liederlichen Geschichten aus deinen Heftchen!«

»Nein.«

Die Hausdame bedachte sie mit einem mehr als skeptischen Blick.

»Wir ... unterhalten uns über ... Mode und Berlin und ... und über die Prinzessin.«

Mamsell Schott überlegte stumm. Dann nahm sie das Gesindebuch und blätterte es durch. »Für den Moment will ich dir glauben. ... Sollte sich aber herausstellen, dass das nicht wahr ist, dann wird es alles Eingang in dein Gesindebuch finden. Und du warst die längste Zeit bei uns.«

»Ja, natürlich.« Erleichterung breitete sich in Claras Körper aus.

»Geh wieder an deine Arbeit.«

Sie nickte und verließ eilig das Zimmer. Draußen atmete sie tief durch.

»Na, was hast du dieses Mal wieder angestellt?«

Clara schrak zusammen. Glücklicherweise war es nur Kilian. Er legte gerade einen Teppich im Flur ab. Heute wurden die Teppiche aus der ersten Etage ausgeklopft, was zu Hedwigs Aufgaben gehörte. Aber weil die Bodenbeläge so schwer waren und Hedwig so zierlich, musste der Hausbursche sie heraustragen.

»Nichts. Es ist nichts«, antwortete sie beklommen. Sie konnte fühlen, wie Schuld und Lüge auf ihre Stirn geschrieben standen. Eigentlich war es jetzt am Nachmittag an der Zeit, Näharbeiten an der Kleidung der Herrschaften zu verrichten. Das erledigte aber immer Wiebke, weil sie so viel besser darin war. Was

Clara zupasskam, auch wenn sie deswegen auf zwei Stunden sitzende Tätigkeit verzichten musste.

Sie musste jetzt die Winterkleidung ausbürsten. Eine gute Gelegenheit, Katharina von Auwitz-Aarhayn abzupassen. Der Unterricht war für heute beendet, und sie war sicher irgendwo im Haus. Mamsell Schott würde sie früher oder später fragen. Clara betete inbrünstig, dass ihr das gnädige Fräulein helfen würde. Und wenn nicht, dann war es jetzt sowieso egal.

Sie griff nach einer Kleiderbürste und stieg die Hintertreppe hoch. Im Familientrakt war es ruhig. Der Graf war außer Haus, und die Gräfin erledigte in der Bibliothek ihre wöchentliche Korrespondenz. Wo der jüngste Sohn sich herumtrieb, wusste sie nicht, und sie hoffte inständig, dass sie ihm nicht begegnete. Seit der Geschichte mit der Sauciere, die er heruntergeworfen hatte, fiel sie nicht mehr auf seine Schmeicheleien herein. Was war der Grund, dass er ihr so etwas anhängen musste? Sie mochte ihn nicht, nicht mehr. Außerdem war er jetzt sowieso ein Krüppel.

Als Clara nach dem Klopfen hereingerufen wurde, atmete auch die junge Dame erleichtert aus. Katharina von Auwitz-Aarhayn lag auf ihrem Bett.

»Clara, hast du mich erschreckt.« Vermutlich hatte sie in dem Brief gelesen, den Clara ihr vorgestern heimlich übergeben hatte.

Die schloss die Tür. Verlegen knabberte sie an ihrer Unterlippe. Wie sollte sie anfangen?

»Was ist? Hast du noch einen Brief für mich?«

Clara schüttelte den Kopf.

»Was ist dann?« Plötzlich setzte sie sich erschrocken auf. »Hat uns jemand entdeckt? Meine Mutter?«

»Nein, das ist es nicht. Aber ich ... ich habe eine Dummheit gemacht.«

»Aber was denn?«

»Ich lese doch abends immer. Und ich ... ich hab ... also ich hab die Kerzenstummel, die bei der letzten Festtafel übrig geblieben sind, an mich genommen.«

Katharina von Auwitz-Aarhayn blickte sie stumm an.

»Und Mamsell Schott hat es gemerkt. Und jetzt muss ich vielleicht gehen.«

»Gehen? Was? Nein, du darfst nicht gehen.«

»Deswegen habe ich auch gel... Ich habe Mamsell Schott gesagt, dass Sie mir die Kerzenstummel geschenkt haben.«

Ihre Blicke gingen zum Kerzenständer, der neben dem jungen Fräulein stand. Die Kerzen waren bis zur Hälfte heruntergebrannt. Es klang wenig glaubwürdig, weil sie schon länger in diesem Zustand waren.

»Und dann soll ich der Hausdame nun diese ... Geschichte bestätigen, wenn sie fragt?«

Clara stürzte ans Bett und warf sich vor ihr auf die Knie. »Oh, bitte. Ja. Sonst muss ich gehen. Und nicht nur das. Es wird in meinem Gesindebuch eingetragen, und ich werde nie wieder eine Arbeit in einem guten Haushalt finden. Ich flehe Sie an.«

Katharina von Auwitz-Aarhayn brauchte einen Moment. »Dann soll ich für dich lügen?«

Wut stieg in Clara auf. Log sie nicht ständig für sie? Jedes Mal, wenn sie einen Brief heimlich nach oben brachte? Und jedes Mal, wenn sie unter einem falschen Vorwand das Haus verließ, um einen nach Potsdam adressierten Brief abzuschicken?

»Es sind doch nur ein paar Kerzenstummel!«

Noch immer schien die junge Dame nicht überzeugt.

»Wenn ich weg bin, wer soll Ihnen dann die Briefe geben? Wiebke kann ja noch nicht mal richtig lesen.«

»Wiebke kann nicht lesen?«

Eigentlich hatte sie das gar nicht verraten wollen, aber ihre Bedrängnis ließ keine Skrupel zu. »So gut wie gar nicht. Was, wenn sie einen Brief an die falsche Person weitergibt?«

Noch immer nicht recht überzeugt, zögerte die Komtess. Auf einmal klopfte es. Beide erstarrten.

»Wer ist da?«, fragte Katharina von Auwitz-Aarhayn, was ungewöhnlich war, denn normalerweise bat sie immer sofort herein.

»Mamsell Schott.«

»Bitte, ich flehe Sie an«, flüsterte Clara inständig.

Endlich schien sich das Mädchen einen Ruck zu geben. »Einen Augenblick bitte.«

Sie sprang auf, riss die Kerzen aus der Halterung und schleuderte sie unters Bett. Dann setzte sie sich an das Schminktischchen. »Ja, bitte.«

Mamsell Schott trat ein und staunte nicht schlecht, als sie Clara im Zimmer sah, die schon wieder auf den Füßen stand.

»Ich wollte nur den Hut des gnädigen Fräuleins holen. Ich bin gerade dabei, die Wintersachen auszubürsten.«

»Dann tu es endlich und trödle nicht rum.« Ihr Blick wanderte sogleich zu dem leeren Kerzenhalter. »Hast du nicht gesagt, du hättest neue Kerzen eingesteckt?«

Clara machte große Augen. Mist, verdammter. »Das hab ich wohl vergessen.«

»Nein, das ist meine Schuld. Ich wollte neue Kerzen haben. Doch dann hab ich sie erst noch ins Dorf geschickt, mir etwas zu kaufen.«

»Etwas zu kaufen?«

»Ist daran etwas auszusetzen?«, gab die Komtess überraschend brüsk von sich. »Mir reicht es, wenn ich bis zur Dämmerung neue Kerzen habe. Ich danke dir.« Sie drehte sich wieder zu Mamsell Schott. »Was wollten Sie denn von mir?«

Clara bekam gerade noch mit, wie die Mamsell sich räusperte.

»Entschuldigen Sie die Störung. Ich wollte nur wissen, ob Sie besondere Wünsche für Ihr Reisegepäck haben.«

Katharinas Gesicht hellte sich auf. »Packen Sie auf jeden Fall alle neuen Kleider ein.«

25. März 1914

Katharina schaute raus auf die Straße. Sankt Petersburg lag noch immer unter einer weißen Schneedecke. In Greifenau hatte schon vor Wochen die Schneeschmelze eingesetzt. Sie seufzte wohlig. Mama war in ihrer Heimat immer so viel erträglicher als zu Hause.

Kurz entschlossen hatte ihre Mutter vor zehn Tagen die Reise anberaumt. Katharina hatte nur eine vage Ahnung, was sie plötzlich dazu veranlasst hatte. Es ging wohl um zwei Balkankriege und irgendeinen Friedensvertrag, der gerade unterzeichnet worden war. Das letzte Mal waren sie vor zweieinhalb Jahren hier gewesen. Danach war es Mama zu unsicher erschienen, obwohl sie sich beständig danach sehnte, ihre Familie zu sehen.

Vorgestern waren sie mit der Eisenbahn angekommen. Sie wohnten bei Mamas ältestem Bruder, Onkel Stanislaus, und seiner Frau Oksana. Ihr Stadtpalais lag am unteren Ende des Newski-Prospekts, der Champs-Élysées der nördlichsten Hauptstadt der Welt. Als sie das letzte Mal hier gewesen waren, hatte Fjodor, der jüngste Sohn und Katharinas Cousin, noch hier gewohnt. Mittlerweile war auch er beim Militär, genau wie Nikolaus.

Gestern hatten sich ihre vielen Verwandten praktisch die Klinke in die Hand gegeben. Abends hatte es ein großes Diner gegeben. Heute waren sie gemeinsam über den Prachtboulevard flaniert und hatten sich die überbordende Schönheit der Zarenstadt angeschaut.

Im Zug, kurz bevor sie Sankt Petersburg erreicht hatten, hatte Mama bereits in den guten alten Erinnerungen geschwelgt. Und plötzlich, als würde sie denken, dass Katharina nun endlich erwachsen genug für diese Geschichte sei, hatte sie vom Herbst 1888 erzählt. Damals hatte Papa seine erste Reise nach Sankt Petersburg unternommen. Nachdem er Mama kennengelernt hatte, verlängerte er seinen Aufenthalt auf unbestimmte Zeit. Anfang Juli 1889, mitten in den Weißen Nächten von Sankt Petersburg, in denen die Sonne nicht untergeht, wurde geheiratet. In ihrer Hochzeitsnacht erstrahlte der Himmel in einem königlichen Blau. Obwohl es fast taghell war, stand der Mond goldgelb am Himmel und strahlte sanft, als hätte jemand eine Kerze in ihm angezündet. Es musste ein Fest von mystischer Romantik gewesen sein, das erst am frühen Morgen mit einem silbrigen Glühen am Himmel beendet worden war. Mama wurde ganz rührselig, als sie davon erzählte. Es klang, als wäre es Liebe auf den ersten Blick gewesen, denn nur wenige Monate nach ihrer ersten Begegnung waren sie schon verheiratet gewesen. Man konnte es beinahe überstürzt nennen. Doch dass jedes Wort stimmte, merkte Katharina daran, dass Mama und Papa hier in Sankt Petersburg immer in ungewöhnlicher Harmonie einander zugetan waren.

Heute Vormittag hatten Katharina und Alexander mit zwei ihrer Cousins alleine durch die Stadt streifen dürfen. Das hatte Mama noch nie erlaubt. Es war das erste Mal in ihrem Leben, dass Katharina ohne einen Erwachsenen unterwegs gewesen war. Sie hatte es sehr genossen, auch wenn die Jungs ganz andere Interessen gehabt hatten als sie. Sie hatten ihr kaum eine Viertelstunde in einem einzigen Modegeschäft gegönnt. Aber es war Katharina letztendlich egal gewesen. Sobald ihre Mutter endlich alle Verwandten gesehen hatte, würde sie mit ihr und Tante Oksana über den Newski-Prospekt flanieren und sich all die Geschäfte mit ihren Luxusauslagen anschauen. Und ganz bestimmt würde Katharina das eine oder andere neue Kleidungsstück bekommen.

Die Tür ging auf, und tatsächlich traten die beiden gerade in den Salon.

»Mein Kleines, du bist ja schon fertig.« An Mamas Blick erkannte Katharina, dass sie mit ihrer Kleiderwahl zufrieden war.

»Ich beneide dich wirklich um deine Töchter. Ich hätte so gerne Töchter gehabt.«

»Du kannst auf deine vier Söhne stolz sein.«

»Und du auf deine Tochter auch. Sieh nur, wie sehr sie aufgeblüht ist in den letzten zwei Jahren. Sie wird noch eine wahre Schönheit wie ihre Mutter. Schon fast eine richtige Dame. Bald werden sich die Söhne der reichsten Fürsten um sie streiten.« Tante Oksana trat an sie heran und hob ihr Kinn. »Wie alt bist du nun?«

»Dreizehneinhalb«, antwortete Katharina wahrheitsgemäß.

»Setz ihr keine Flausen in den Kopf. Sie hat manchmal sehr eigensinnige Ansichten.« Das war so typisch, dass ihre Mutter jegliches Kompliment direkt kleinredete. Trotzdem war ihre Stimme nicht so streng wie sonst.

Die beiden ließen Katharina am Fenster stehen und setzten sich. »Wo ist dein Vater?«

»Er wartet mit Alex und Onkel Stanis nebenan im Rauchsalon.«

Oksana stand sofort wieder auf und klingelte. »Dann lass ich uns die Mäntel bringen.«

Wenige Minuten später saßen sie in zwei Schlitten. Alexander saß mit Papa und Onkel Stanislaus in der vorderen Kutsche und sie mit Mama und ihrer Tante in der hinteren. Die beiden

Frauen waren in Pelzmäntel aus weißem Hermelin gewandet. Katharina trug zwar nur einen Wollmantel, aber bekam einen Muff und eine Mütze aus dem edlen Pelz geliehen. Der Kutscher deckte sie mit dicken Wolldecken zu. Es war eiskalt, und die Sterne am Himmel glitzerten wie polierte Diamanten.

Ihre Mutter sah unfassbar elegant aus. Katharina merkte zum ersten Mal, dass sie ein klein wenig neidisch auf ihre Schönheit war. Immerhin hatte sie die dunklen Haare ihrer Mutter geerbt. Dunkle Haare galten in ganz Europa als Schönheitssymbol.

Der Schlitten fuhr los. Hier in Sankt Petersburg schien Mama so gelöst und lächelte fast den ganzen Tag. Es war, als würde ihre russische Seele hier auftanken und die Luft ihrer Heimat ihre Härte abmildern. Vielleicht war es aber auch nur das Leben in einer quirligen Großstadt, an welches Mama gewöhnt war, bevor es sie in die hinterpommersche Einöde verschlagen hatte.

»Und was meinst du? Glaubst du, es hätte Zweck?«

Tante Oksana schaute ihre Mutter an. »Ich habe gehört, dass es eine lange Warteliste gibt, wenn man sich von ihm behandeln lassen will. Zweimal habe ich ihn aus der Entfernung gesehen. Ich bin ihm persönlich nie vorgestellt worden.«

»Und wenn ich einen Brief an die Zarin schreibe, in dem ich darum bitte, dass sie mir einen Termin bei Rasputin verschafft?«

»Wie lange bleibt ihr noch?«

»Ich wäre gerne bis nach Ostern geblieben, aber Adolphis will zurück. Er sagt, es würde keinen guten Eindruck machen, wenn er in seinem ersten Frühjahr allzu lang abwesend sei.«

Tante Oksana schüttelte ihren Kopf. »Ostern. Das würde allerdings auch nichts nutzen. Ich habe gehört, man soll Monate warten müssen. Und selbst dann kann es sein, dass er einen nicht empfängt. Er soll extrem launisch sein.«

»Aber wenn er tatsächlich Wunder bewirken kann, wie man behauptet?« Mama schien wirklich traurig zu sein. »Ich habe das

Gefühl, dass bei Alexander nur noch ein Wunder helfen würde. Es ist jetzt schon ein halbes Jahr her, und sein Fuß macht ihm immer noch große Schwierigkeiten.«

Die russische Gräfin nahm Mamas Hand. »Manchmal dauert es eben länger. Du musst Geduld haben.«

»Es sah überhaupt nicht so schwerwiegend aus direkt nach dem Unfall. Jetzt befürchte ich, dass er für den Rest seines Lebens humpeln wird.«

»Das wäre allerdings schlimm.«

Eine Stille trat ein, und man hörte, wie die Schlittenkufen über den Schnee glitten. Das dumpfe Schleifen der Eiskristalle und das leise Geläut der Glocken am Pferdegeschirr verbreiteten eine fast weihnachtliche Stimmung. Katharina liebte es schon seit Kindertagen, durch die verschneiten Straßen von Sankt Petersburg zu fahren. Doch heute war sie merkwürdig ergriffen. Die Stadt war erhellt von Fackeln und Straßenlaternen. Der Schnee glitzerte. Feine Schneeflocken rieselten vom Himmel.

Vielleicht sprach Mama deshalb von Wundern. Vielleicht bewirkte diese eigentümliche Atmosphäre dieser mystischen Stadt, dass man an Wunder glaubte in dieser zauberhaften Märchenlandschaft. In Berlin war es hektisch und laut und voller Leute. Aber hier sah man keine armen Bettler auf den Straßen. Hier wurde dafür gesorgt, dass die Prachtstraßen ihren luxuriösen Schein behielten.

Der Schlitten wurde langsamer. Sie waren da. Der Kutscher kam, nahm die Decken ab und öffnete die Tür. Als Katharina ausstieg, wäre sie fast ausgerutscht, so glatt war es immer noch. Beeindruckt ließ sie ihren Blick über das Mariinski-Theater schweifen. Was für ein imposantes Gebäude! Katharinas Staunen wuchs mit jedem Schritt. Was für eine Pracht! Was für ein Luxus! Innen schien die Decke mit opulenten Kristalllüstern dem russischen Sternenhimmel Konkurrenz machen zu wollen.

Jemand kam und nahm ihnen die Mäntel, die Pelze und ihre Mützen ab. Galant führte Papa ihre Mutter zu ihren Balkonplätzen. Katharina war furchtbar aufgeregt. Mit viel Glück würde die Zarenfamilie oder ein Großfürst in der kaiserlichen Loge sitzen.

Im Zuschauerraum angekommen, blieb Katharina der Mund offen stehen. Ein riesiger Kronleuchter in Form einer Krone schmückte die Mitte der aufwendig bemalten Decke. Die Balkone waren überreich mit schimmerndem Gold verziert. Die Bühne war verborgen hinter einem außergewöhnlich bemalten Vorhang. Katharina konnte sich kaum sattsehen.

Selbst Alexander mit seiner beständig mürrischen Laune schien angetan zu sein von der außergewöhnlichen Pracht. Sie setzten sich nebeneinander auf die hinteren Plätze. Ihre Eltern begrüßten zusammen mit Tante und Onkel russische Bekannte. Alexander bückte sich und wischte sich Schnee von den Schuhen, während Katharina sich umschaute. Diese Schönheit war mehr als beeindruckend. Doch plötzlich blieb ihr Blick an einer Stelle haften.

Er schaute sie schon die ganze Zeit an.

Ihr Herzschlag setzte aus.

Das konnte doch nicht wahr sein.

Stolz hatte sie Julius geschrieben, dass sie nach Sankt Petersburg reisen würde. Aber natürlich nur, weil sie zeigen wollte, dass auch sie gelegentlich aus ihrer provinziellen Heimat rauskam. War er ihretwegen hier? Es konnte doch kein Zufall sein, dass er just auf der anderen Seite saß. Er saß einen Balkonrang höher als sie auf der anderen Seite und schien kein bisschen überrascht, sie zu sehen.

»Katharina?!«

Erschrocken drehte sie sich zu Alexander. »Was ist?«

»Träumst du? Ich hab dich zweimal gefragt, ob du ein Taschentuch dabeihast.«

Katharina öffnete ihr kleines Täschchen und gab es ihm. Sie musste ihren Blick abwenden, als Mama kam. Er wäre zu verräterisch gewesen. Doch sobald ihre Mutter vor ihr Platz genommen hatte, wagte sie es, ihren Kopf zu drehen. Julius verhielt sich ganz unauffällig. Er blickte sie einfach nur so inbrünstig an, dass ihre Knie schlotterten, obwohl sie doch saß.

Das Licht wurde gedimmt. Liebevoll umschloss die Dunkelheit ihr Geheimnis. Katharina spürte Julius' Anwesenheit, als hätte er seine Arme um ihren Körper gelegt. Die Musik hob an, und jeder einzelne Ton streichelte ihre Haut. Die Klänge begleiteten sie in ihren Tagträumen.

* * *

In der Pause fing sie an zu zappeln. Was, wenn er sie ansprechen würde? Was, wenn Mama ihn entdeckte? Was, wenn Frau Urban einfach mit ihrem Sohn vorbeikommen würde, um sie zu begrüßen? Nicht auszudenken, was Mama davon halten würde. Es würde ihr die Laune verhageln, vermutlich für den restlichen Aufenthalt in Sankt Petersburg. Und sie würde keinen einzigen Schritt mehr vor die Tür machen dürfen. Am besten, sie blieb hier sitzen, um dem möglichen Eklat aus dem Weg zu gehen. Doch Mama kam noch einmal herein und ihre Aufforderung mitzugehen, ließ keinen Einspruch zu.

Im Foyer drehte sie sich hektisch um. Julius war nirgendwo zu sehen. Mama und Papa begrüßten in einem fort irgendwelche Leute. Endlich sah sie ihn. Gemeinsam mit seiner Mutter kam er von der anderen Seite.

Alexander drückte ihr ein Glas Champagner in die Hand. »Lass es nicht Mama sehen.«

Nervös versuchte sie, Julius im Auge zu behalten, während sie gleichzeitig nach ihrer Mutter Ausschau hielt. Die steuerte gemeinsam mit Tante Oksana geradewegs auf sie zu. Doch kurz bevor sie ihre Kinder erreichte, wurde sie angesprochen.

»Gräfin Auwitz. Das ist ja eine Überraschung!«

Mama wandte sich um, und für einen Moment fürchtete Katharina, dass Frau Urban sie angesprochen hatte. Doch ein strahlendes Lächeln erschien auf dem Gesicht ihrer Mutter.

»Nein, so was aber auch! Die Familie Ritterhorst.« Mama schien sehr angetan zu sein, die elegante Dame und den Herrn im Frack hier zu sehen. Sie wandte sich ab, und Tante Oksana wurde vorgestellt. In Sankt Petersburg lebten viele Tausend Deutsche. Hier gab es so prächtige Feiern, die niemand von Rang und Namen verpassen wollte.

Im gleichen Moment spürte Katharina eine Berührung. Ein Stück Papier wurde ihr in die Hand gedrückt. Ein warmer Druck schloss sich um ihre Finger, und sie ballte die Hand zur Faust, sodass niemand die heimliche Botschaft entdecken konnte. Ein Schauer ging ihr durch und durch. Er stand neben ihr, direkt neben ihr. Die Berührung endete. Als hätte man ihr die Sonne eines warmen Sommertages entzogen. Sie atmete zweimal tief durch, bevor sie wagte, sich umzudrehen.

Da stand Julius schon wieder am anderen Ende des Foyers auf einem Treppenabsatz. Sein inniges Lächeln brachte ihr Herz zum Tanzen. Er legte seinen Zeigefinger an die Lippen und verschwand zwischen den anderen Besuchern. Der Zettel brannte wie eine Flamme in ihrer Hand. Was wollte er ihr so heimlich mitteilen?

Kapitel 8

25. März 1914

Alles schlief. Die Familie war seit Tagen in Sankt Petersburg, und die Dienerschaft freute sich über zwei ruhige Wochen. Sie hatten zwar keine Freizeit, doch alles lief etwas entspannter. Selbst die Mamsell und Herr Caspers ließen die Zügel etwas lockerer. Natürlich wurden nun die Zimmer auf Vordermann gebracht, in denen sich die Familie sonst häufig aufhielt. Aber die Abendessen waren geselliger und entwickelten sich zu Spieleabenden. Nach dem Essen musste meistens keiner mehr an die Arbeit. Sobald die Familie kurz vor dem Osterfest in der zweiten Aprilwoche zurückkommen würde, würden sie wieder alle Hände voll zu tun haben.

Heute war Albert sehr spät nach Hause gekommen, weil er noch Besorgungen in Stargard hatte machen müssen. Dann hatte das Automobil auf der Fahrt Mucken gemacht. Morgen früh würde er einige Teile aus dem Motor ausbauen und säubern. Zeit genug hatte er nun dazu.

Doch jetzt hatte ihn der Hunger hinuntergetrieben. Er hatte einen Kanten Brot gefunden, alle anderen Lebensmittel waren in der Kühlkammer und anderen Lagerräumen eingeschlossen. Nur das Brot für die Dienerschaft wurde im Fliegenkasten in der Küche gelagert. Er hatte noch eine Blechkanne mit kaltem Hagebuttentee gefunden und machte sich einen Becher auf dem Kachelofen warm.

Mit dem Brot und dem Tee setzte er sich an den Tisch in der Leutestube. Er schob die Karbidlampe, die er mitgebracht hatte, ein wenig zur Seite und zog den braunen Umschlag heran. Bisher hatte er die Unterlagen von Pastor Wittekind noch nicht angesehen. Wie oft schon hatte er den Umschlag zur Hand genommen, doch immer war in ihm Widerwille aufgekeimt. So sehr hatte die Erlangung dieser Unterlagen im Mittelpunkt seines Denkens gestanden. Jetzt, wo er sie in Händen hielt, musste er überraschend feststellen, dass er sich regelrecht vor dem Inhalt fürchtete.

Was, wenn ihm nicht gefiel, was er entdeckte? Was, wenn ausgerechnet Pastor Wittekind sein Vater war? Schon bei ihrer ersten Begegnung war er ihm unsympathisch gewesen.

Zwei Briefe von Wittekind hatte Albert damals in den Unterlagen der Schwester Dominika, der Oberin, gefunden. Er war vierzehn Jahre alt gewesen und gescheit genug, endlich hinter die Wahrheit seiner Abstammung blicken zu wollen. Der eine Brief war datiert gewesen auf Mai 1899. Damals war Albert gerade zehn geworden. Wittekind hatte der Leiterin des Waisenhauses mitgeteilt, dass der adelige Herr seine Zahlungen nun verringern würde. In dem anderen Brief, der zwei Jahre jünger war, wurde ihr mitgeteilt, dass ab sofort gar keine Zahlungen mehr kommen würden. Ob und wenn ja, wie Schwester Dominika darauf reagiert hatte, wusste Albert nicht. Mehr Informationen gab es nicht. Zumindest hatte er damals nichts weiter in seiner Akte gefunden.

Was, wenn die Existenz dieses besagten adeligen Herrn nur vorgeschoben gewesen war? Zuzutrauen war es dem Pastor. Möglicherweise hatte er selbst einen Fehltritt begangen und dann alles darangesetzt, ihn zu vertuschen. Nach Paula Ackermanns Erzählungen war ihr Großvater schon früh Witwer geworden, da war Paulas Mutter noch ganz klein gewesen. Albert war im Mai 1889 geboren worden, zumindest war es so in seiner Akte eingetragen. Da musste Pastor Wittekind schon seit etlichen Jahren verwitwet gewesen sein. Hatte der Geistliche in seiner Einsamkeit einen moralischen Fehltritt begangen?

Alberts Hand lag auf dem braunen Umschlag. Er glaubte das nicht. Wittekind erschien ihm nicht wie ein Mann, der für seine Fehler einstehen würde. Er hätte erst gar kein Geld geschickt. Der Pastor machte auf ihn einen so geizigen wie selbstgerechten Eindruck. Albert wünschte sich inbrünstig, dass er nicht sein leiblicher Vater war.

Der naheliegende Gedanke war natürlich, dass Donatus von Auwitz-Aarhayn sein Vater war. Der Pastor hatte ihm unterstanden. Aber vielleicht hatte Wittekind nur einem Freund ausgeholfen, oder der Gutsherr hatte sich mit einem Gefallen für jemanden Dritten an den Geistlichen gewandt.

Und seine Mutter? Vielleicht war seine Mutter die Kurtisane von Donatus von Auwitz-Aarhayn gewesen. So eine Person wie Annabella Kassini. Vielleicht war seine Mutter aber auch eine Hochwohlgeborene gewesen. Alles schien im Rahmen des Möglichen.

Jedes Mal, wenn Albert zu dem Umschlag griff, war es, als würde er sich die Finger verbrennen. Zu oft hatte er den Umschlag gleich nach dem Öffnen wieder zugeschlagen – oder erst gar nicht geöffnet. Plötzlich, nachdem er sich jahrelang nach der Wahrheit verzehrt hatte, hatte er Angst vor ihr. Aber heute war es so weit. Er würde es nicht weiter hinauszögern.

Er nahm noch einen Bissen von dem Brot. In den Dienstbotenzimmern war Essen verboten. Aber da ohnehin alle anderen die Gunst der Stunde nutzten, früher ins Bett zu gehen und später aufzustehen als normalerweise, würde er hier von niemandem gestört.

Bedächtig öffnete er den Umschlag. Zuoberst lag ein Brief von Schwester Dominika, der Oberin. Albert schob ihn beiseite. Sie hatte schließlich auch nicht gewusst, wer sein Gönner gewesen war. Er würde den Brief später lesen. Solange sein Mut anhielt, sollte er nach einem Hinweis auf seinen Vater suchen.

Etliche Zahlungsbelege kamen zum Vorschein. Dutzende. An Wittekind und von Wittekind. Also hatte Wittekind von einem Dritten Geld erhalten! Das schloss ihn selbst als Erzeuger aus. Was für eine Erleichterung! Er war nicht der Sprössling dieses kleingeistigen Pfaffen. Albert schnaufte leise auf.

Er kontrollierte die Daten der Bankbelege und das Datum der letzten Postanweisungen an das Waisenhaus. Auf jedem einzelnen war ein Datum notiert. Etwas irritierte ihn. Er blätterte zurück, wieder vor, und endlich begriff er.

Die letzte Zahlung an Wittekind hatte im Mai 1910 stattgefunden – zu Alberts einundzwanzigstem Geburtstag. Da stand es. Es war offensichtlich Geld an den Pastor geflossen, bis Albert mündig geworden war. Aber der Geistliche hatte das Geld nur in den ersten zehn Jahren vollständig und in den folgenden zwei Jahren nur noch teilweise weitergegeben. Die letzten neun Jahre hatte er einfach alles einbehalten.

Albert keuchte laut. Was für eine Schandtat! Der Geistliche hatte einem armen Waisenkind sein ihm zustehendes Geld vorenthalten. Er sollte sich zu Tode schämen. Dieses Geld hätte für eine sorgenfreie Kindheit und Jugend gereicht. Er hätte keinen Hunger leiden müssen, keine Schläge hinnehmen und vielleicht sogar eine Ausbildung machen können, die für eine bürgerliche Existenz gereicht hätte.

Der tiefe Groll, der seit Jahren in ihm wucherte, sprang auf den Pastor über. Was für eine verlotterte Gesinnung, und predigte den Menschen das Himmelreich. Ihm wurde regelrecht übel. Albert trank einen Schluck Tee, hoffte, dass sich sein Magen beruhigen würde. Dann ging er die Zahlungsbelege einzeln durch.

Auf keinem der Papierbögen fand er einen oder gar seinen Namen. Das uneheliche Kind war in dem ganzen Spiel völlig unwichtig gewesen. Trotzdem lief ein nervöses Ziehen bis unter seine Schädeldecke. Die Belege stammten von der gleichen Bank, zu der er noch vor zwei Wochen Adolphis von Auwitz-Aarhayn gefahren hatte. Er blätterte weiter, bis er im Jahr 1903 angekommen war. Eine kleine Notiz stand dort auf einem der Belege.

»Donatus hat sich erkundigt.«

Donatus hat sich erkundigt. Der Donnerschlag! Also doch. Der verstorbene Gutsherr war sein Vater. Hatte er es doch geahnt.

Wie versteinert blickte Albert auf diese Worte. Mehrmals atmete er tief durch. Wieder wallte der Groll in ihm auf. Wieder kroch die Übelkeit in seine Magengegend. Hier saß er, nach unten in die Dienstbotenetage verbannt, und war doch genau wie sein Dienstherr der Sohn des alten Patriarchen. Der viel jüngere Halbbruder des Gutsherrn.

Er wusste, was das Gesetz in einem solchen Fall vorsah – für einen *filius nullius*, ein uneheliches Kind. Nach dem Bürgerlichen Gesetzbuch war er nicht einmal mit seinem Vater verwandt, geschweige denn konnte er Anrechte auf den Gutshof anmelden. Überhaupt würde es sich ja nicht einmal beweisen lassen. Wittekind war der Einzige, der es noch bezeugen konnte, und der war ganz sicher nicht auf seiner Seite. Alberts Mund war trocken. Er nahm einen Schluck Tee.

Brot und Tee – wie oft war das sein Frühstück gewesen. Brot, dünn bestrichen mit Butter, lauwarmer Haferschleim und ungesüßter Tee. Bevor er zehn wurde, hatte er von seinen Eltern geträumt. Bevor er elf wurde, hatte er von schönen Weihnachtsgeschenken und Süßigkeiten geträumt. Ab seinem zwölften Lebensjahr waren seine Träume von Essen bestimmt gewesen. Nicht einmal in seinen Träumen war er satt gewesen. Er hatte immer Hunger gehabt. Er war morgens hungrig aufgewacht, den ganzen Tag über hatte der Magen geknurrt, und abends war er hungrig zu Bett gegangen. Mit dreizehn hatte er von Schweinebraten geträumt. Als er vierzehn war von Kartoffelbergen mit zerlassener Butter. Als er fünfzehn war, hatte er nicht von jungen Mädchen, sondern von Schmalzschnitten geträumt. Er hatte Äpfel, Kirschen und Pflaumen geklaut. Nach der Schule war er oft aus Kolberg herausgelaufen, um heimlich Kartoffeln auf den Feldern auszugraben, die er abends im spärlichen Kaminfeuer ihres Schlafsaales gegrillt hatte. Er hatte ganze Nachmittage beim Metzger gearbeitet für ein einziges Würstchen.

Donatus von Auwitz-Aarhayn besaß ein riesiges Herrenhaus und große Ländereien. Er war so unermesslich reich, und doch hatte er ihm den angemessenen Stand versagt. Er konnte nur hoffen, dass der alte Patriarch seine heilige Strafe bekommen hatte. Plötzlich bedauerte er den Tod des alten Mannes. Tausende Male hatte er sich vorgestellt, wie er vor seinem Vater stehen und sich ihm offenbaren würde. Wie entsetzt der Mann sein würde oder auch verängstigt und auf jeden Fall alles von sich weisen würde. Ob Donatus von Auwitz-Aarhayn ihn angehört hätte? Ob er sich über seinen Sohn gefreut hätte? Ach, Humbug. Das waren Träumereien. Hatte er nicht über zwei Jahrzehnte lang Geld für ihn bezahlt, ohne ihn ein einziges Mal zu besuchen? Er wollte nichts von ihm wissen. Vermutlich hätte er ihn mit der Schrotflinte vom Hof gejagt.

Jetzt war es also raus – nach Jahren des Zweifelns, der Sehnsucht und der Wurzellosigkeit. Jetzt wusste er, wer sein Vater war. Wie fühlte sich das an? Albert saß starr vor den Unterlagen. Er fühlte nichts. Selbst der Groll und die Übelkeit schienen verschwunden. Sein Mund war trocken, sein Kopf leer. Da war plötzlich gar nichts mehr. Taub. Sein ganzer Körper war taub, als hätte ihm etwas alle Empfindungen geraubt.

Er hatte geflucht. Er hatte gehasst. Er hatte seinem imaginären Vater mit jedem Schlag der Axt, wenn er Holz hacken musste, den Kopf abgetrennt. Geweint hatte er nie, nicht um seinen Vater, nicht um seine Mutter. Keine Träne würde er seinen wertlosen Eltern opfern, hatte er sich geschworen. Seine Tränen waren schon aufgebraucht gewesen, da war er noch keine zehn.

Im Waisenhaus hatte er als Stallbursche gearbeitet, als der Kutscher eines Tages einfach vom Bock gefallen war. »Herzversagen«, hatte der Arzt damals gesagt. Und so war er als Sechzehnjähriger von einem Tag auf den anderen zum Kutscher aufgestiegen. Groß und kräftig genug war er damals gewesen, nur sehr viel dünner als heute. Mit siebzehn hatte er das Waisenhaus verlassen.

Doch sein Hass hatte ihn begleitet, sogar bis nach Westpreußen. Auf dem herrschaftlichen Gestüt in Elbing hatte er viele Freiheiten genossen. Es gab immer reichlich zu essen, und er lernte sogar, ein Automobil zu fahren. Aber all das half ihm nicht, seiner andauernden seelischen Qual zu entkommen. Vorher hatte es ihn bedrückt, nur eine Tagereise von dem Dorf Greifenau entfernt zu sein und nichts tun zu können. In Elbing bedrückte es ihn, so weit entfernt zu sein. Seine unstillbare Sehnsucht und sein Hass verließen ihn nie. Er musste dieses Geheimnis lüften, wenn er je frei sein wollte. Er musste sich der Frage seiner Herkunft stellen, wollte er je mit seinem eigenen Leben anfangen. Deswegen war er zurückgekehrt.

In Stargard war er genau zur richtigen Zeit aufgetaucht. Hektor Schlawes hatte Ende April gekündigt. Eigentlich hätte sein Vorgänger noch bis zum 30. Juni dienen müssen, denn Dienstboten wechselten ihre Stellungen nur vierteljährlich. Aber anscheinend hatten der alte und auch der neue Patriarch es Schlawes übel genommen, dass er sein Glück woanders suchen wollte. So hatte er gehen müssen, als die Herrschaften wenige Wochen später nach Berlin gereist waren. Und mit ihrer Rückkehr hatte Albert angefangen.

Albert hatte schon seit Anfang Januar in Stargard gewohnt und Fahrten für einen alten Droschkenfahrer übernommen. Ansonsten hatte er Ausschau nach entsprechenden Stellenangeboten in der Nähe von Greifenau gehalten. Dass er ausgerechnet beim Gutsherrn von Greifenau in Stellung gegangen war, konnte kein Zufall sein. Das Schicksal musste sich etwas dabei gedacht haben.

Endlich löste Albert sich aus seiner Starre. Die Unterlagen waren fein säuberlich sortiert. Albert blätterte bedächtig zu den Papieren hinter den Zahlungsbelegen. Dieser Stapel war wesentlich dünner. Da lag er – ein Brief von Donatus von Auwitz-Aarhayn an den Pastor:

Dann ist ja nun alles nach Maßen geregelt. Halten Sie mich informiert.

Der alte Patriarch hatte nicht viele Worte gemacht. Dahinter lag ein früherer Brief:

Vernünftiger Vorschlag. Kolberg ist weit genug entfernt.
Behalten Sie das Kind dort im Auge. Wie besprochen werde ich Ihnen eine jährliche Zuwendung zukommen lassen.

Das Kind. Hatte es ihn nicht einmal interessiert, dass er einen Sohn hatte? Und keine einzige Silbe über seine Mutter. Wer war sie? Was war mit ihr geschehen? War sie bei der Geburt gestorben? Vielleicht würde ihm der allererste Briefwechsel Auskunft darüber geben. Datiert auf 15. Juni 1888.

Mein werter Wittekind, wir haben etwas zu besprechen, das keinen Aufschub duldet. Mein Zweitältester hat eine Dummheit begangen. Eine Dummheit, wie sie ungestüme junge

Männer nun mal begehen. Für Adolphis ist schon gesorgt. Alles andere muss ich Ihnen übertragen. Ich will kein Aufhebens. Kommen Sie heute Nachmittag zu mir.

Die Worte hallten in seinem Gehirn nach. *Für Adolphis ist schon gesorgt.* Nicht Donatus war sein Vater! Es war Adolphis! Der damals junge Mann hatte eine Dummheit begangen, wie sie ungestüme junge Männer nun mal begehen. *Mein Zweitältester.* Der älteste Sohn, Adolphis' Bruder Engelbrecht, eigentlich Erbe des Gutes, war aber wenig später an Diphtherie gestorben, wie Albert aus dem Küchengetratsche von Bertha wusste.

Daran war nun nicht mehr viel zu deuten. Donatus hatte lediglich hinter seinem Sohn aufgeräumt. Und Wittekind hatte ihm dabei geholfen, die illegitime Verbindung des Grafensohnes mit wem auch immer zu vertuschen.

Adolphis von Auwitz-Aarhayn, den er jeden Tag sah. Den er fast jeden Tag kutschierte. Adolphis, von dem er wusste, dass er eine Kurtisane gehabt hatte. Und sie war sicher nicht die erste gewesen.

Das änderte alles! Ein Stich fuhr in sein Herz. So sehr liebte der Graf seine anderen Kinder und hatte ihn doch verstoßen.

Ihm war, als würde er keine Luft mehr bekommen. Steif stand Albert auf und ging hinaus auf den Hof. Die Nacht war kalt. Er spürte es kaum. Über ihm tat sich ein sternenklarer Himmel auf. Der Mond schimmerte hoch oben wie eine polierte Silbermünze. Der Himmel belohnte ihn mit seiner verschwenderischen Pracht. Das Schicksal hatte ihn zur rechten Zeit hierhergeführt.

Als würde eine unsichtbare Kraft ihn leiten, lief er um das Gebäude herum auf die andere Seite. Sein Blick ging hoch zum Fenster, hinter dem sein Vater normalerweise schlief. Es drängte ihn, Graf Adolphis von Auwitz-Aarhayn sofort mit der Wahrheit zu konfrontieren. Gut, dass er gerade so weit weg war.

Hass aus zwei Jahrzehnten zerrte an seinem Inneren. Er wollte schreien oder etwas zerschlagen. Er wollte seinem Vater die Faust in den Magen rammen und hoffte doch auf eine freudige Umarmung, mit der sein Vater den heimgekehrten Sohn empfangen würde. Diese Kräfte rissen ihn entzwei. Er fühlte wieder die Übelkeit, die in ihm hochstieg. Schnell lief er zu einer Rasenfläche und übergab sich.

Langsam kam er wieder zu sich: Donatus von Auwitz-Aarhayn – sein Großvater –, der ihn verleugnet und versteckt hatte. Adolphis von Auwitz-Aarhayn – sein Vater –, dem sein Erstgeborener völlig gleichgültig war. Und Egidius Wittekind – der Geistliche – hatte seine Hand über diese Lüge gehalten und Geld unterschlagen!

Rachegelüste breiteten sich wie ein warmes Feuer in seinem Körper aus. Donatus war tot und würde seine gerechte Strafe hoffentlich von Gott erhalten. Aber Adolphis und dem Pastor würde Albert ein weltliches Strafgericht zuteilwerden lassen. Sie sollten leiden, so wie er gelitten hatte.

Also, was würden seine nächsten Schritte sein?

25. März 1914

Brrr, war das kalt. Bertha richtete ihr Nachthemd und verknotete den Morgenmantel. Sie schüttete etwas Wasser ins Loch. Sie hasste es, nachts auf die Toilette zu müssen, ganz besonders, wenn es noch so kalt war. Leise schloss sie die Tür. Sie hatte gestern Abend noch von dem Katenschinken genascht. Weil der so salzig war, hatte sie Durst bekommen und noch reichlich Wasser getrunken. Das hatte sie nun davon.

Andererseits, wo sie doch gerade wach war, konnte sie die Gunst der Stunde nutzen und die Sahne trinken, die sie sich gestern noch abgeschöpft hatte. Das tat sie manchmal, etwas beiseiteschaffen und für den nächsten Morgen verstecken. Wenn Frau Hindemith erst einmal in der Küche war, konnte sie nicht einfach so alles nach Belieben nehmen. Aber wenn die Gelegenheit günstig war, stellte sie etwas in eine dunkle Ecke hinter die gespülten Krüge oder versteckte etwas in der Schublade mit den Küchengerätschaften. Sie war noch nie aufgeflogen. Und das würde sie auch nicht, so lange sie morgens die Erste war, die in der Küche anfing. Sie stand auf, bevor der Hahn krähte, und sie war unten in der Küche, wenn die Gänse mit ihrem hungrigen Geschnatter anfingen. Die Gänse, das war Pommern. Gänse und Kartoffeln und Getreide. Pommern galt als Speisekammer des Deutschen Reichs, und sie war die Herrin über die Speisekammer eines der großen pommerschen Güter. Natürlich war sie nicht wirklich die Herrin, sie hatte aber täglich Zugang. Ein gutes Gefühl.

Auf Pantoffeln schlich sie die Hintertreppe hinunter. Der Mond schien durch die kleinen Fenster. Das Licht reichte aus, damit sie nicht stolperte. Unten angekommen schlurfte sie um die Ecke in Richtung Küche, doch blieb sie sofort wie angewurzelt stehen. Da war Licht.

Sie schob sich bis zur Tür der Leutestube und lugte um die Ecke. Eine Karbidlampe stand auf dem Tisch, daneben lagen Papiere. Der Raum allerdings war leer. Verwundert trat Bertha näher. Sie wusste, wem die Gasleuchte gehörte. Sonntag hatte sie immer im Automobil bei sich. Ohne etwas zu berühren, schaute sie auf die Papiere. Sie las:

Vernünftiger Vorschlag. Kolberg ist weit genug entfernt. Behalten Sie das Kind dort im Auge. Wie besprochen werde ich Ihnen eine jährliche Zuwendung zukommen lassen.

Sie erkannte die Schrift. Der verstorbene Gutsherr hatte das geschrieben, man erkannte es auch an dem teuren Papier. Hatte Donatus von Auwitz-Aarhayn etwa Albert Sonntag geschrieben? Das konnte nicht sein. Der Brief war auf das Jahr 1888 datiert.

Mit spitzen Fingern hob sie den Brief an. Wittekind stand vorne drauf, nur das eine Wort.
Wittekind.
Behutsam legte sie den Brief zurück. Nun hob sie doch einige umgedreht liegende Unterlagen hoch. *Waisenhaus Kolberg* stand auf dem Umschlag. Eilig schob sie alles zurück an seinen Platz. An der Hintertür kam jemand herein. Sie verschwand in die düstere Küche. Geschwind versteckte sie sich hinter der Tür und linste durch den Ritz. Jemand ging in die Leutestube, sortierte noch etwas auf dem Tisch, blies die Lampe aus und stieg leise die Hintertreppe hoch. Sie brauchte nicht viel Licht, um zu erkennen, wer das war. Nur Albert Sonntag warf so einen großen Schatten.

Erst als sie seine Schritte nicht mehr hörte, kam sie hinter der Tür hervor. Im Düsteren tastete sie sich vor bis ans Ende des langen Tisches, auf dem sie tagsüber die Speisen zubereitete. Von hier einen Schritt rüber zur Anrichte, die in der Ecke stand. Da waren die tönernen Krüge, die Hedwig morgen früh mit frischer Milch füllen würde. Doch dahinter stand ein kleines Tongefäß. Man würde darin ein Gewürz vermuten, aber es war mit herrlichem Rahm gefüllt. Bertha ließ es sich schmecken.

Was hatte Albert Sonntag mit dem alten Patriarchen zu schaffen gehabt? Und was mit Wittekind? Sie leckte den letzten Rahm aus dem Gefäß und stellte ihn wieder hinter die Krüge.

Jetzt fiel es ihr wieder ein. *Egidius Wittekind, Greifenau* – das hatte auf dem alten Zettel gestanden in einer kindlichen Schrift. Er hatte am ersten Arbeitstag des Kutschers unter seinem Stuhl gelegen. Jetzt plötzlich fügte sich diese Information mit den anderen zu einem schlüssigen Bild. Vermutlich hatte Albert Sonntag sich das notiert, als er noch ein Kind gewesen war. *Waisenhaus Kolberg* – dort war Albert Sonntag schließlich aufgewachsen.

Nun fiel ihr die Geschichte ein, die ihr die alte Bienzle aus dem Dorf bei ihrem letzten Besuch erzählt hatte. Gotthilf Mühlstein aus dem Nachbardorf war vor gar nicht allzu langer Zeit spätabends beim Pastor gewesen. Annegret, seine älteste Tochter, war dabei gewesen. Er hatte sie quasi aus der Kutsche gezerrt, so die Bienzle. Das Mädchen hatte sich gesträubt, mit ins Haus zu gehen. Herauskommen hat sie sie nicht mehr gesehen. Aber keine zwei Wochen später hatte sie gehört, dass Annegret ins Niederschlesische gefahren sei, um dort die kranke Schwester der Mutter zu versorgen. Natürlich konnte das stimmen, aber genauso gut konnte es bedeuten, dass die Arme in anderen Umständen war, und bevor man ihr das ansehen würde, musste sie verschwinden.

Bertha hatte von solchen Einrichtungen gehört, die gefallene Mädchen aufnahmen. Und was man hörte, war schlimm. Im Leben wollte sie nicht riskieren, in ein solches Heim zu kommen. Man ging alleine rein, und man kam auch alleine wieder raus – irgendwann. Dann waren die Kinder schon längst woanders untergebracht, bei kinderlosen Paaren oder, wenn es gerade ein Überangebot gab, auch in Waisenhäusern.

Die arme Mühlstein war sicherlich nicht das erste gefallene Mädchen, das der Herr Pastor ins Niederschlesische oder wohin auch immer vermittelt hatte. Darauf würde Bertha eine ganze Schinkenwurst verwetten.

26. März 1914

Die ganze Nacht hatte sie kein Auge zugetan. Dieser kleine Zettel brachte ihr ganzes Leben durcheinander. Jetzt würde sich zeigen, ob sie mutig genug war. Mutig genug, die Regeln zu durchbrechen. Andererseits war es so hoffnungslos romantisch, was Julius vorschlug, dass sie sich nicht dagegen erwehren konnte. Sie musste es schaffen. Wo, wenn nicht hier, würde sie ohne ihre Mutter unterwegs sein können. Aber eins war klar: Alex musste ihr helfen.

Es war noch früh, als sie aufstand. Leise huschte sie über den Flur. Sie klopfte nicht, sondern öffnete einfach die Tür und drückte sich ins Zimmer. Noch etwas war ihr bewusst: Ihr Bruder würde einen Preis für diesen Gefallen einfordern, und der würde hoch sein.

Alexander erzählte Mama etwas von einer Ausstellung im Russischen Museum, auf deren Besuch die beiden Cousins sicher keine Lust haben würden. Nach dem Essen ließen sie sich zum Michailowski-Palast bringen, in dem das Museum untergebracht war. Von dort waren es nur wenige Minuten zu Fuß.

Das Grandhotel Europe war nicht zu übersehen. Es war das größte und schönste und älteste Luxushotel in ganz Sankt Petersburg. Natürlich war die Familie Urban dort abgestiegen. Es beeindruckte Katharina immer wieder, was sich seine Familie leisten konnte.

Julius Urban wartete schon auf sie. Er kam ihnen direkt in der Empfangshalle entgegen, stutzte kurz, als er ihre Begleitung sah, und kam dann auf sie zu. »Sie sind tatsächlich gekommen!« Für einen Moment wusste sie nicht, was sie antworten sollte. »Komtess.« Er fasste ihre Hände und hob sie an die Lippen. Doch sofort ließ er sie wieder los. »Und Sie müssen der jüngste Sohn des Grafen sein, oder?«

»Hat meine Schwester etwa schon alle Familiengeheimnisse preisgegeben?« Alexander schüttelte Julius' Hand.

Es entstand eine unangenehme Pause, aber dann wies Julius in eine Richtung. »Darf ich Sie zu einem Tee oder einer Schokolade einladen?«

Sie gingen in das Café des Hotels. Katharina war überwältigt von den riesigen bunten Mosaikfenstern, die das Café schmückten. Sie gaben ihre Mäntel ab und setzten sich. Sofort kam ein Mann in Livree und nahm ihre Bestellung auf Deutsch auf. Offensichtlich kannte er Julius schon.

»Schönes Hotel. Ich war noch nie hier.« Alexander sah sich beeindruckt um.

»Wir wohnen ja immer bei unseren Verwandten, wenn wir hier sind«, erklärte Katharina schnell.

Verlockende Klänge ertönten aus einer Ecke des Raumes. Ihr Bruder drehte sich Richtung Musik. Ein Pianist saß dort und spielte. Alex war sofort gebannt.

Das gab Katharina Zeit, verborgene Blicke mit Julius auszutauschen. Doch als Alex sich wieder zu ihnen drehte, sprach der ihn direkt an.

»Man munkelt, dass Rasputin, der Heiler der Zarin, hier oft nächtigt.«

»Und vermutlich nicht allein«, gab Alexander leicht anzüglich von sich.

Julius zuckte mit den Schultern. »Davon weiß ich nichts. Aber ich würde ihn wahrscheinlich auch nicht erkennen, selbst wenn er mir über den Weg laufen würde.«

»Oh doch. Er soll unverkennbar sein. Ungewaschene lange Haare, riesig groß und merkwürdig nachlässig gekleidet, dafür dass er mit dem Zarenhaus verkehrt.«

»Ich werde es mir merken.«

»Wo ist Ihre Frau Mutter?«, fragte Katharina.

»Sie ist in der Neuen Eremitage. Wir sind das erste Mal in Sankt Petersburg. Sie möchte so viel wie möglich sehen.«

»Und Ihr Vater? Wo ist der?«, fragte Alexander neugierig.

»Er wäre gerne mitgekommen, aber er ist noch in Amerika. Geschäfte.«

Alex nickte. Amerika. Geschäfte.

Ein Diener brachte heiße Schokolade und Kuchen.

»Большое спасибо! *Balschóje Spaßíba.*«

»Sie sprechen Russisch?«, fragte Julius erstaunt.

»Natürlich. Meine Mutter ist in Sankt Petersburg geboren und aufgewachsen. Als Kind habe ich hier oft die Sommermonate verlebt.«

»Faszinierend.«

Zum ersten Mal spürte Katharina, dass ihre Kindheitserinnerungen für ihn außergewöhnlich waren. So hatte sie es noch nie gesehen.

»Und selbst wenn sie geborene Deutsche wäre, würde ich vermutlich Russisch sprechen. Auch Französisch, Englisch und Italienisch gehören zu meinen Unterrichtsfächern.«

Alex schaltete sich ein: »Meine älteren Brüder und ich mussten sogar Griechisch und Latein lernen.«

»Und Sie nicht?« Julius war ganz auf Katharina konzentriert.

»Nein, ich muss dafür Sticken lernen und Blumenarrangements stecken. Wie es sich für eine Dame gehört.« Sie lächelte verlegen. Wenn man es aussprach, klang es noch viel lächerlicher, als es ohnehin schon war.

»Dann sind Sie häufiger in der Zarenstadt?«

»Wir sind zweieinhalb Jahre nicht mehr hier gewesen. Meine Mutter hat darauf bestanden, noch dieses Frühjahr hierherzufahren. Ich glaube, sie macht sich wirklich große Sorgen, dass es zu einem Krieg kommen könnte. Es gibt so viele Gerüchte, und überall wird mit den Säbeln gerasselt. Sie wollte unbedingt ihre

Familie sehen, bevor es vielleicht für längere Zeit unmöglich wird«, erklärte Alex.

Katharina schaute ihren Bruder überrascht an. Davon wusste sie gar nichts. Aber in Gegenwart von Frauen sprach Papa generell nicht über militärische Themen.

Sie aß den letzten Rest ihres Kuchens. Als hätte Julius Urban nur darauf gewartet, setzte er sich aufrecht hin. »Sollen wir dann los?«

Katharina lachte aufgeregt. Wie romantisch! Auf dem Zettel hatte etwas von einer Schlittenfahrt gestanden.

»Ich würde gerne noch ein Stück Kuchen essen. Warum bleiben wir nicht hier? Der Pianist ist außergewöhnlich gut. Ich höre selten so gute Musik. Katka, du liebst doch auch Musik. Lass uns noch bleiben.«

Katharina sackte in sich zusammen. Es war schon ein großes Zugeständnis von Alex, ihren heimlichen Ausflug zu decken. Sie musste tun, was immer er wollte. Nur so konnte sie bei Julius Urban sein.

Doch der stand auf. »Wissen Sie was? Bestellen Sie doch einfach, was Sie wollen. Ich mache mit Ihrer Schwester eine Schlittenfahrt. Und Sie können solange die Klaviermusik genießen.«

Alex schaute ihn skeptisch an. »Was ich will?«

»Champagner. Oder Wodka, wenn Ihnen das lieber ist.« Der Industriellensohn grinste verschwörerisch. »Am Büfett gibt es auch Kaviar und Austern. Oder mögen Sie lieber Süßes? Sie servieren einen exzellenten Gâteau au chocolat. Bedienen Sie sich. Essen und trinken Sie, so viel Sie wollen. Was Sie wollen. Wir sind vor Sonnenuntergang zurück. Das verspreche ich.«

»Wirklich?«

»Machen Sie sich keine Gedanken.«

Das war eine echte Verlockung. Zu Hause bekamen sie nicht allzu viel Süßes. Und außer einem kleinen Glas Wein zum Essen gab es für die jüngeren Grafenkinder Alkohol nur zu besonderen Gelegenheiten wie Weihnachten oder Silvester oder wenn es etwas zu feiern gab. Julius ahnte vermutlich nicht, was er ihrem Bruder da in Aussicht stellte. Er konnte alleine wie ein echter Erwachsener in einem Café sitzen, sich kulinarischen Genüssen hingeben und dabei vortrefflicher Klaviermusik lauschen.

Alexander lehnte sich in die Polster und breitete weltmännisch seine Arme über die Lehnen. »Das lass ich mir gefallen. ... Ach, Katka. Macht bitte keine Dummheiten, die ich nicht auch machen würde.« Er lachte laut auf. »Das bedeutet, ihr habt eine ziemlich große Auswahl an Dummheiten, die ihr begehen könnt.« Sein Blick suchte schon den Livrierten.

Der Schlitten wartete draußen auf sie. Julius Urban half ihr beim Einsteigen, setzte sich neben sie und breitete ein großes Wollplaid über ihren Knien aus, da ging es auch schon los.

»Was für eine fantastische Idee!«

Ein leises Schmunzeln huschte über sein Gesicht. »Sie haben mir geschrieben, wie wenig Aufregung Sie in Ihrem Leben haben. Ich dachte, so eine kleine Schlittenfahrt würde die gewünschte Abwechslung bringen.«

Katharina nickte zustimmend.

»Dann habe ich also das richtige Arrangement getroffen?«

»Ja, das haben Sie.«

Zufrieden lehnte er sich rüber, griff ihre Hand und hauchte ihr einen Kuss auf die Haut. Ein Kribbeln durchzog ihren ganzen Körper. Die Luft war frostig, und ihre Münder hauchten kleine Atemwölkchen aus. Doch durch ihren Körper strömte eine warme Woge.

Ohne ihre Hand loszulassen, fragte er: »Ich würde dich gerne duzen, wenn das nicht zu unverschämt von mir ist.«

»Nein, gar nicht«, antwortete sie ohne Zögern.

»Die Tatsache, dass du mir heimlich Briefe schreibst, hat mir Mut gemacht. Mut zu glauben, dass es dir gefallen würde, wenn ich dich hier überraschen würde.«

Am liebsten hätte sie laut losgelacht vor Glück. Aber sie war ihr Leben lang darauf gedrillt worden, ihren Gefühlen keinen freien Lauf zu lassen. Trotzdem lächelte sie selig.

»Da es für dich so schwierig ist, nach Berlin zu kommen, habe ich gedacht, dann muss ich dich eben hier ausführen. Ich hoffe, es ist standesgemäß genug für dich.«

»Es ist perfekt so, wie es ist.« Die Worte kamen von Herzen. Es gab keinen anderen Ort auf der ganzen Welt, an dem sie in diesem Moment sein wollte.

»Du kennst dich doch bestimmt bestens aus? Wohin sollen wir fahren?« Er zeigte ein derart gewinnendes Lächeln, dass ihr ganz mulmig wurde. Sie gab dem Kutscher einige Anweisungen auf Russisch, und der Schlitten setzte sich in Bewegung. Er fuhr zurück zum Newski-Prospekt und auf die andere Seite eines Kanals.

Sie näherten sich einer wunderschönen Kirche. »Das ist die Bluterlöserkirche, auch Blutskirche genannt. Mit ihren bunten und goldenen Zwiebeltürmchen stellt sie alle anderen Gebäude der Stadt in den Schatten, denn sie verkörpert die russische Seele der Stadt.«

»Wunderschön.«

Sie fuhren weiter, den Kanal entlang, dann durch den Sommergarten, der von einer weißen Schneedecke eingehüllt war. Bei der Newa bog der Schlitten auf die Uferpromenade ein.

»Wäre es Januar oder Februar, würden wir mit dem Schlitten auf der Newa fahren können. Jetzt ist das Eis vermutlich nicht mehr dick genug.«

»Wirklich?«

Auf dem noch immer zugefrorenen Fluss sah man jetzt nur einige wenige Personen und einen einzelnen Schlittschuhläufer. Katharina rieb ihre Hände aneinander. Ihre Handschuhe steckten noch in der Manteltasche. Julius umfasste beide Hände und wärmte sie. Obwohl ihr ohnehin schon schwindelig war, weil sie ihm so nahe war, elektrisierte diese Berührung ihren gesamten Körper.

Ihm überhaupt zu begegnen, wäre ihr gestern um diese Zeit wie ein Wunder vorgekommen. Und jetzt hielt er mit seinen weichen Händen ihre umschlossen, als wäre es das Selbstverständlichste der Welt.

Als würden seine Hände etwas in ihr heilen. So geborgen hatte sie sich seit Jahren nicht mehr gefühlt. Ihr Kindermädchen war eine harte Frau gewesen. Mama hatte früh aufgehört, sie in den Arm zu nehmen, und vor ein paar Jahren hatte auch Papa verkündet, er werde sie ab sofort nicht mehr auf den Schoß nehmen. Heute wurde sie nur noch berührt, wenn die Mädchen ihr die Kleidung anzogen oder ihre Haare hochsteckten.

Ein fast vergessenes Gefühl durchströmte sie. Sie wollte mehr davon. Sie wollte es immerzu. Es heilte ihre Seele, ihre Ängste, ihre Einsamkeit. Julius sollte sie nie wieder loslassen. Und so, wie er sie jetzt ansah, schien er das auch nicht vorzuhaben.

Einem verrückten Impuls folgend lehnte sie sich an ihn. Er legte einen Arm um sie, behielt aber ihre Hände in seiner anderen. Sie fuhren langsam weiter. Der Schlitten glitt vorbei am Marmorpalast bis zum Eremitage-Theater, vorbei an der Alten und der Kleinen Eremitage bis zum Winterpalast. Katharina erzählte mit leiser Stimme zu jedem Gebäude etwas.

»Und dort wohnt der Zar?«

»Ja. Im Sommer ist er im Sommerpalast oder vermutlich eher außerhalb von Petersburg. Aber jetzt stehen die Chancen gut, dass er dort irgendwo hinter diesen Mauern ist.«

»Und können wir nicht einfach klopfen und ihm Guten Tag sagen? Du bist doch schließlich mit ihm verwandt.«

Überrascht setzte Katharina sich auf. »Woher weißt du das?«

»Ich glaube, deine Mutter hat es meiner Mutter erzählt.«

»Weiß deine Mutter von unserem Ausflug?«

Er lachte. »Sie hat es mir selbst vorgeschlagen. Sie wollte schon immer mal nach Sankt Petersburg. Und ... na ja ... bei dem Schnee lag eine Schlittenfahrt nahe.«

»Und sie hat nichts dagegen?«

»Warum sollte sie etwas dagegen haben?«

Ja, warum sollte Julius' Mutter etwas gegen diese Verbindung haben? Von seiner Seite aus war es ein vorteilhaftes Arrangement, ein edles Fräulein zu heiraten. Sie selbst würde bei einer Heirat alle Titel verlieren, doch die Urbans hätten damit einen Fuß in die Tür des Adels gesetzt. Nikolaus hatte bei seinem letzten Besuch etwas sehr Abfälliges über reiche Bürgerliche erzählt, die sich mit viel Geld und Gefälligkeiten in den Adelsstand einschleichen wollten. Katharina schüttelte den Kopf. Das konnte sie sich bei Julius nicht vorstellen. Niemand konnte sie so ansehen, wie er es tat, und dabei lügen.

Sie überquerten eine Brücke und schauten sich die zugefrorene Newa von oben an. Für einen Moment waren sie beide still. Und wenn Nikolaus doch recht hatte?

»Und dein Vater? Weiß er auch davon?«

»Nun, er weiß, dass ... ich dir sehr zugetan bin. Es ist ihm doch aufgefallen, dass ich in letzter Zeit mit meinen Gedanken nicht immer dort bin, wo er mich haben will. Und er hat mir dazu geraten. Nicht zu dieser Schlittenfahrt, aber dazu, etwas zu unternehmen.«

»Was meint er mit ›etwas zu unternehmen‹?«

Julius griff wieder nach ihrer Hand. Mit dem Daumen streichelte er zärtlich ihre Haut. Dann lächelte er zaghaft. »Mama hat auf dieser Blumenausstellung gemerkt, dass ich mich ... für dich interessiere. Deshalb hat sie mich auch am nächsten und am übernächsten Tag nach Berlin ins Victoria Café begleitet.«

»Ihr wart sogar zweimal dort?«

Er zuckte mit den Schultern. »Ich wollte dich unbedingt wiedersehen.«

»Wie schade, dass es nicht geklappt hat.«

»Ich habe dich gesehen, ganze zehn Sekunden lang. Und du hast mir zugelächelt. Dafür hat es sich doch gelohnt, dort auf dich zu warten.« In seiner Stimme lag kein bisschen Hohn oder Spott.

»Nach deinen ersten Briefen hat Papa mir geraten, dich mir aus dem Kopf zu schlagen. Ich war wohl etwas niedergeschlagen.«

Katharina wusste gar nicht, welchem Gefühl sie Vortritt lassen sollte: Dem puren Glücksgefühl? Dem Wissen, dass gerade etwas ganz Einzigartiges in ihrem Leben passierte? Oder einem Taumel, dass sie nicht fassen konnte, was er ihr gerade beichtet?

»Als dann dein erster heimlicher Brief kam, habe ich Hoffnung geschöpft. Anscheinend so viel Hoffnung, dass es sogar meinem arbeitsamen Herrn Vater aufgefallen ist. Dann hat er allerdings zufällig mitbekommen, dass du mir den Zeppelin zurückgeschickt hast.«

»Das musste ich tun. Mutter hat es nicht erlaubt, dass ich ihn behalte.«

»Ich weiß, aber als Vater sah, wie enttäuscht ich war, als ich das Paket ausgepackt habe, hat er mir ordentlich den Kopf gewaschen. Er hat gesagt, ein Mann müsse dafür sorgen, dass er weiß, woran er bei der Frau ist. Und er hat mir geraten, etwas zu unternehmen, damit ich es rauskriege. Und wenn …«, tatsächlich verhaspelte er sich, »… und wenn die Frau meine Gefühle nicht erwidere, dann sei es besser, es früher als später zu wissen.«

Die Frau. Er hat mich eine Frau genannt. Die Gedanken tollten wild durch Katharinas Kopf. *Meine Gefühle erwidert.* All ihre Träume wurden mit einem Schlag wahr.

»Wie schön, dass deine Eltern dich so unterstützen.«

»Meine Eltern wollen schließlich nur das Beste für mich.«

»Meine Eltern ...« Ha! Sollte sie das ernsthaft sagen? Ihre Eltern wollten auch nur das Beste für sie. Allerdings verstanden sie darunter etwas Grundverschiedenes.

»Meine Mutter würde mich windelweich prügeln, wenn sie wüsste, dass ich hier mit dir sitze.« Wieso sagte sie so was? Nicht, dass es nicht wahr gewesen wäre. Aber so etwas schickte sich einfach nicht.

»Ich werde es ihr nicht verraten.«

Katharina fasste nach seiner Hand. Sie fühlte sich wie in einem Märchen. »Wann fahrt ihr wieder nach Berlin?«

»Übermorgen früh. Wir müssen zurück. Ich soll meinen Vater in die Schweiz begleiten.«

Katharina nickte. In die Schweiz. Er führte ein so aufregendes Leben. Beneidenswert.

Sie überquerten eine zweite Brücke. Sie waren an der Haseninsel angekommen. Der Schlitten blieb am Ufer gegenüber der Insel stehen.

»Da drüben ist die Peter-und-Paul-Festung. Und siehst du, direkt gegenüber, auf der anderen Flussseite, ist der Winterpalast und links daneben die Eremitage.«

Doch er schaute kaum hin. Sein Gesicht war ihrem ganz nahe. Ihre Hände zitterten, als er danach griff.

»Katharina, ich glaube, mein Vater hat mir einen guten Ratschlag erteilt. Ich muss wissen, ob du das Gleiche ... oder wenigstens etwas Ähnliches fühlst wie ich. Ich ... Ich habe mich verliebt ... und ich ...«

Er kam nicht dazu, den Satz zu beenden. Katharina drückte ihm einen Kuss auf die Lippen. Sie wusste nicht, woher sie den Mut nahm. Ihre Lippen berührten sich. Es war ein plumper Kuss. Doch ihr Herz raste. Es fühlte sich an wie ein Versprechen für die Ewigkeit. Sie schauten sich lange in die Augen, stumm, denn ihre Blicke sagten genug.

Katharina erschrak, als die Glocken anfingen zu läuten, so laut war es.

»Das kommt von der Peter-und-Paul-Kathedrale. Dort drin liegen die Gebeine von Zar Peter dem Großen.«

»Scheint, als hätte er uns gerade seine Zustimmung gegeben«, sagte Julius und küsste sie direkt noch mal. Dieses Mal küsste auch Katharina viel sanfter.

Die Sonne verschwand hinter einem Haus, und es wurde schlagartig kälter.

»Es ist schon spät.« Sie rief dem Kutscher etwas zu, dann übersetzte sie: »Wir fahren am besten schnurstracks geradeaus über den Newski-Prospekt zurück.« Selig saß sie neben Julius, der sie in seinen Armen hielt. Sie wollte noch nicht zurück. Der Schlitten drehte und fuhr zurück über die beiden Brücken.

Plötzlich, als sie gerade am Winterpalast vorbeifuhren, wurde es unruhig auf der Straße. Die Pferde scheuten, der Schlitten brach zur Seite aus. Sofort richteten sich beide auf. Der Kutscher versuchte, die Pferde zu beruhigen. Eine Menschenmenge stand dort, und von den Seiten strömten immer mehr nach. Männer, die aufgebracht waren. Arbeiter, die Plakate hochhielten.

»Was steht da?«, wollte Julius wissen.

»Irgendwas mit Zensur ... gegen die Pressezensur.«

Die meisten Leute umrundeten den Schlitten. Einige fluchten laut, weil sie mitten im Weg standen. Fäuste wurden in ihre Richtung gereckt. Immer mehr Menschen, viele in Lumpen gekleidet, zogen an ihnen vorbei. Es gab Gesänge und Sprechchöre. *Nieder mit dem Zaren,* übersetzte Katharina verstört.

Der Kutscher versuchte, irgendwie aus dem Tumult herauszukommen. Die Pferde scheuten immer wieder. Es waren einfach zu viele Menschen, die zu dicht an ihnen vorbeigingen.

Katharina stand auf und suchte nach einem Ausweg. Direkt hinter dem Schlitten lief eine Frau, hohlwangig und für dieses Wetter viel zu dünn bekleidet. Sie hielt zwei dürre Kinder an den Händen, sah Katharina ins Gesicht und spuckte vor ihr aus.

Julius drückte Katharina in den Sitz zurück. »Keine Angst. Ich beschütze dich.«

Doch von der Seite kamen zwei Männer geradewegs auf sie zu. Katharina krallte ängstlich ihre Finger in Julius' Jacke.

Der Erste riss die Schlittentür auf, der Zweite packte Julius am Kragen und zog. Der stemmte sich gegen ihn. Katharina zog ihn in die andere Richtung.

»Fahren Sie. So fahren Sie doch endlich«, schrie sie den Kutscher an.

Der war vollauf mit den Pferden beschäftigt. Eins stieg gerade hoch. Die Menschen vorne stoben auseinander. Der Schlitten wurde durchgerüttelt.

Plötzlich fielen Schüsse. Die Menschen duckten sich. Die Männer ließen von Julius ab. Ein Soldat stürmte mit gezückter Waffe auf sie zu und schimpfte gellend. Ein zweiter Soldat erschien. Er feuerte über die Köpfe der Leute hinweg.

Julius drückte sie tief in den Sitz hinunter. »Was sagt er? Was ist los?«

Katharina übersetzte: »Wir müssen umkehren. ... Da vorne ... direkt auf dem Palastplatz sind Aufständische.« Sie hörte weiter zu. Der Soldat rief nun auch anderen Kutschern etwas zu. Sie sollten zusehen, dass sie hier wegkamen.

Der Schlitten hatte endlich Platz zu drehen und fuhr eilig davon. Sie wurden tief in die Sitze gedrückt. Erst als sie sich von dem wütenden Mob entfernt hatten, setzten sie sich wieder auf.

»Mein Gott, war das knapp.«

Zurück am Ufer der Newa fuhren sie wieder die Strecke, die sie vorhin gekommen waren. Aus unerfindlichen Gründen mussten sie beide lachen. Galgenhumor. Sie waren noch mal davongekommen. Katharina schaute sich Julius' Jacke an.

»Da ist ein kleiner Riss in der Naht.«

»Macht nichts. Ich gebe es im Hotel in die Näherei. Morgen früh ist der Schaden schon wieder behoben. Aber du!«

Mit beiden Händen fasste er ihr Gesicht und streichelte zärtlich ihre Wangen. »Ich hätte es mir niemals verziehen, wenn dir etwas passiert wäre.«

Er küsste sie. Wieder brach ein befreiendes Lachen aus ihr heraus.

»Ich hatte solche Angst um dich. Ich hab gedacht, sie holen dich aus der Kutsche und du landest auf dem Boden. Mitten zwischen ihnen.« Jetzt floss doch noch eine Träne.

Ihre Rettung musste mit einem weiteren Kuss besiegelt werden. Dann griff Julius nach der Decke, die in den Fußraum der Kutsche gerutscht war, und breitete sie über sich aus.

»Vielleicht treffen wir uns das nächste Mal doch besser in Berlin.«

»Ich hab keine Ahnung, wann ich das nächste Mal nach Berlin komme. Und wenn, bezweifle ich sehr, dass ich Gelegenheit haben werde, dich zu treffen.« Ihre Stimme drückte aus, was sie mit Worten nicht sagen konnte.

»Ich werde mir etwas einfallen lassen. Schreibt mir nur, wann du wo bist.«

»Vermutlich kommen wir schon bald wieder hierher.«

»Nun, den Schrecken mal beiseite, finde ich, dass Sankt Petersburg die wunderbarste Stadt der Welt ist.« Da war es wieder, sein umwerfendes Lächeln. Seine Haare waren verwuschelt, sein Gesicht gerötet, und ihr beider Puls hatte sich noch nicht wieder beruhigt. Es war knapp gewesen, aber das hier war besser als jeder ihrer Tagträume.

»Außerdem will meine Mutter unbedingt das Bernsteinzimmer

im Katharinenpalast besichtigen. Wenn das möglich ist. Und mit etwas Glück hat sie heute auch noch nicht die goldene Pfauenuhr gesehen. Die Chancen, dass ich also auf jeden Fall noch mal nach Sankt Petersburg kommen muss, stehen gar nicht so schlecht.«

Die Sonne stand schon tief. Hohe Häuser tauchten sein Gesicht in Schatten. »Die blaue Stunde. Nicht Tag, nicht Nacht. Eine unbestimmte Zeit, in der alles geschehen kann.« Sein Atem kam immer näher, und seine Hände legten sich sanft um ihren Kopf. Er küsste sie ein letztes Mal. Zärtlich tupften seine Lippen auf ihre. Als würde er ihre heimlichen Wünsche besser kennen als sie selbst.

»Ich werde einen Weg finden«, versprach er ihr unbedarft.

Das Licht der Gaslaternen flackerte in seinen Augen. Katharina spürte etwas, das sie für immer verwandelte. Julius Urban war jemand, der genau wusste, was er wollte. Und er wollte sie. Katharina wusste, dass sie ihn auch wollte. Er hatte ihrer kleinen behüteten Welt einen kräftigen Schubser in die richtige Richtung gegeben.

Zum ersten Mal spürte sie eine Art heftiges Begehren. Was sie unter normalen Umständen vermutlich sehr erschreckt hätte, in Anwesenheit von Julius gab es ihr jedoch ein gutes Gefühl. Es fühlte sich richtig an. Und erwachsen. Und erstaunlicherweise fühlte es sich kein bisschen schmutzig an.

Ich werde einen Weg finden. Seine Worte rannen wie flüssiges Glück durch ihren Körper. Sie war vollkommen verzaubert.

Der Schlitten näherte sich dem Hotel von der anderen Seite aus. »Bleib sitzen. Ich hole deinen Bruder.«

»Ich hoffe, dass er nicht vollkommen betrunken ist.«

»Und wenn schon.« Er ging hinein, und wenige Minuten später kam er zusammen mit Alexander hinaus. Ihr Bruder stieg ein und ließ sich schwer in den Sitz fallen. Tatsächlich schien er leicht angetrunken zu sein.

Julius nahm ihre Hand und führte sie zum Mund. »Bis dass das Schicksal uns wieder zusammenführt«, verabschiedete er sich wehmütig.

Katharina wusste überhaupt nicht, was sie sagen sollte. Sie konnte kaum ihre Tränen zurückhalten. Dann fuhr der Schlitten los. Sie schaute sich so lange nach ihm um, bis er nach einer Abbiegung verschwand.

»Sehr spendabel, dein bürgerlicher Verehrer.«

Katharina war gleichzeitig zum Lachen und Weinen zumute.

»Hm«, murmelte sie leise. Es war ihr völlig egal, was Alex sich alles bestellt hatte. Wenn nur Mama nichts auffiel. »Aber sei zu Hause still. Sonst merkt Mama noch, dass du Alkohol getrunken hast.«

»Das würde sie wohl kaum kümmern, wenn sie wüsste, was du getan hast.«

Katharina schaute perplex hoch. »Du hast versprochen, nichts zu verraten.«

Sein süffisantes Lächeln machte sie wütend. Natürlich würde er nichts verraten. Er wollte sie nur wissen lassen, wie groß ihre Schuld ihm gegenüber war.

»Ach, du bist unmöglich, weißt du das?«

Alexander ließ seinen Kopf nach hinten fallen und sagte nichts. Doch plötzlich, nach einer Schweigeminute, merkte er erstaunlich sachlich an: »Schlag ihn dir aus dem Kopf. Er ist ein netter Kerl und offensichtlich stinkreich. Aber das wird nie im Leben was.«

Katharina schüttelte missmutig den Kopf und blickte störrisch in die weiß gepuderten Straßenschluchten.

»Du hattest deinen Spaß, aber jetzt denk mal nach. Im Leben würde Mama es dir nicht erlauben, ihn zu heiraten. Nicht einmal Papa würde dir das erlauben.«

»Wieso eigentlich nicht?«, platzte es patzig aus ihr heraus. »Wieso soll es möglich sein, dass ich einen strohdummen, langweiligen und bettelarmen Adeligen aus der hintersten Provinz heirate, aber einen reichen, gut aussehenden, charmanten und wohlerzogenen Bürgerlichen nicht? Ich verstehe das nicht.«

»Wirklich? Ich verstehe nicht, wieso du das nicht verstehst. Dabei liegt es doch so klar auf der Hand.«

»Ach ja. Dann erklär es mir doch bitte.«

Alex setzte sich aufrecht hin und deutete auf die Umgebung. »All dieser Reichtum, dieser Luxus, dieses unnütze Nichtstun, dem wir alle ausgeliefert sind. Womit haben wir das verdient?«

Katharina schaute ihn fragend an. Sie presste ihre Lippen zusammen, denn ihr fiel keine plausible Erklärung ein.

»Weil Gott uns ausgewählt hat. Weil wir, wir Menschen von Stand, besondere Menschen sind. Weil wir Gottes Wohlwollen verdienen … mit unserem besonderen Wohlverhalten. Oder warum sonst sollten sie uns nicht allen die Köpfe abschlagen wie in Frankreich? Alle die, die nichts zu beißen haben? Zu viele Kinder, zu viele Mäuler, zu wenig Brot und nicht einmal Schuhe.« Er lallte ein kleines bisschen.

»Und was hat das mit Julius zu tun?«

»Gott hat den Kaiser auserwählt. Der Kaiser ist unser Garant, der Garant des Adels. Wenn wir uns mit den anderen Klassen gemein machen: Welche Rechtfertigung haben wir dann noch für unsere Privilegien? Wenn wir also Gottes Auserwählte sind, müssten wir uns doch eigentlich auch so verhalten.« Er ließ sich wieder zurück in den Sitz fallen. »Andernfalls … Stell dir vor, diese Logik würde in sich zusammenbrechen.«

Katharina schaute ihren Bruder an. Meinte er das ernst, was er sagte? Er schien nicht halb so besoffen zu sein, wie sie geglaubt hatte. Obwohl, solche ketzerischen Worte würde er doch wohl nur in einem völlig besinnungslosen Zustand von sich geben, oder?

Demonstrativ schaute sie in eine andere Richtung. Schon schweiften ihre Gedanken wieder ab zu Julius. Sie schmeckte noch immer seinen Kuss auf ihren Lippen. Jeder Meter, den sie sich von ihm entfernte, bereitete ihr körperlichen Schmerz. Ihr Körper stand in Flammen. Sie war als Mädchen aus dem Haus gegangen und kehrte als Frau zurück.

Plötzlich erschien das Gesicht der Frau mit den zwei Kindern vor ihrem inneren Auge. Alle hatten sie so ausgesehen. Ausgezerrt, hohlwangig, hungrig. Arm. Ärmer als die Armen im Deutschen Kaiserreich. Die traurigen Kinder. Sie hätte ihnen etwas geben sollen. Dann erinnerte sie sich wieder, wie die Frau vor ihr ausgespuckt hatte. Das würde sie so schnell nicht vergessen. Und jetzt zeigte ihr auch noch ihr eigener Bruder die Lücken in der Herrschaftslogik auf.

Das Schicksal hatte sie mitten ins wirkliche Leben geschmissen. Es schien ihr, als wäre sie heute schlagartig erwachsen geworden, in mehrfacher Hinsicht.

Mitte April 1914

»Nein, nicht diesen hier. Der ist schon ganz abgetragen.« Beinahe beleidigt drückte Feodora Mamsell Schott den Hut in die Hand. »Man sieht doch, wie schäbig der Hut aussieht. Sie müssen ihn aufputzen!« Himmel, manchmal konnte sie regelrecht verzweifeln.

»Holen Sie mir den anderen, den mit den Veilchen. Er passt zwar farblich nicht ganz perfekt, aber es wird schon gehen. Frau von Klaff wird es ohnehin nicht bemerken. Sie sieht kaum noch etwas und ist zu eitel, ihre Brille aufzusetzen.«

»Sehr wohl.« Mamsell Schott verließ ihr Schlafzimmer.

Feodora betrachtete sich im Facettenspiegel. Wenn sie im August wieder zu den Kaisertagen nach Swinemünde reisen würden, würde sie sich dort bei der Modistin umschauen. Es war das beste Hutgeschäft, das sie kannte. Sie zupfte sich die Frisur, die die Hausdame ihr gerade gesteckt hatte, mit den Fingern zurecht. Zufrieden drehte sie ihren Kopf von rechts nach links. Dieses Jahr würde sie fünfundvierzig Jahre alt werden. Es war noch nicht ein einziges graues Haar zu sehen. Ihre Haare schimmerten wie schwarzes Ebenholz.

Mamsell Schott kam mit dem gewünschten Hut zurück.

»Welche Ohrringe möchten Sie dazu tragen?«

»Meine Lieblingsohrringe«, antwortete Feodora.

Mamsell Schott trat an die Kredenz und holte aus dem kleinen Schrank das Schmuckkästchen. Mit geschickten Fingern legte sie ihr die Ohrringe an. Die Steine des russischen Chromdiopsids wurden in den Minen der sibirischen Taiga gefördert. Das Grün funkelte wie Feodoras Augen.

»Wie macht er sich eigentlich so, der Kutscher?«

Wenn Mamsell Schott über die Frage überrascht war, so merkte man es ihr nicht an. Sie zuckte mit den Schultern. »Ich denke, er hat sich gut eingelebt. Er ist fleißig und denkt mit. Am Anfang hatte ich so meine Bedenken, dass es wegen ihm Schwierigkeiten mit den Mädchen geben könnte.«

»So? Wieso?«

»Nun, selbst ich in meinem fortgeschrittenen Alter muss sagen, dass er sehr gut aussieht.«

Auch Feodora musste das insgeheim zugeben, selbst wenn es ihr schwerfiel. Allerdings war ihr in letzter Zeit aufgefallen, dass er manchmal nicht ganz so höflich war wie in den ersten Monaten. Sie konnte sich natürlich täuschen. Als sie Adolphis danach gefragt hatte, hatte der gesagt, ihm sei nichts aufgefallen. Aber Adolphis war immer viel zu nachsichtig mit den Dienstboten. Wäre es nach ihr gegangen, hätte der Kerl noch in der Silvesternacht seine Papiere bekommen. Adolphis hatte den Mann regelrecht verteidigt. Offensichtlich hatte ihr Mann Angst, dass er so schnell niemand anderen finden würde, der ein Automobil steuern konnte.

Schott sprach weiter: »Das haben unsere Mädchen natürlich auch bemerkt. Man muss ihm zugutehalten, dass er sie in keiner Weise zu irgendetwas ermuntert.«

Feodora nickte zufrieden. Vielleicht war es genau das, was auch bei Katharina gewirkt hatte. Sie hatte nicht den Eindruck, dass Katharina ihm noch hinterherlief. Denn dass sie plötzlich folgsam geworden war, glaubte Feodora nicht. Ganz im Gegenteil: In letzter Zeit gab sie außergewöhnlich häufig Widerworte. Sie war eben in dem schwierigen Alter. Das würde sich auswachsen, genau so, wie es sich bei Anastasia ausgewachsen hatte. Als sie so alt gewesen war, endlich verheiratet zu werden, war ihre älteste Tochter folgsam wie ein Hündchen gewesen. Und genauso würde es hoffentlich mit Katharina kommen.

Feodora stand auf und wollte gerade den Raum verlassen, als es klopfte. Die Hausdame sah nach und tauchte mit dem silbernen Tablett wieder auf.

»Herr Caspers hat einen Brief hochgebracht. Er ist gerade gekommen.«

Feodora griff zu dem Brief und dem Brieföffner, der ebenfalls auf dem Silbertablett lag. Sie stutzte, als sie den Absender sah. So lange und so heiß ersehnt, dass sie schon kaum noch daran geglaubt hatte.

Eilig schickte sie Mamsell Schott mit einer kurzen Handbewegung aus dem Raum und öffnete den Brief. Jetzt wollte sie ungestört sein.

Noch im Stehen las sie den Brief. Ein spitzer Ausruf entfuhr ihr vor lauter Entzücken. Amalie Sieglinde von Preußen hatte ihr geschrieben. Fast ein Jahr hatte sie nun nichts mehr von ihr gehört. Nachdem ihre Freundin Josephine sie im Herbst informiert hatte, dass sich Ludwigs Mutter nach einer standesgemäßen Heiratskandidatin umsah, hatte sie der Prinzessin noch zweimal geschrieben. Doch eine Antwort hatte sie nicht erhalten. Nun schrieb Amalie Sieglinde von Preußen ihr, dass ihr leider die Zeit gefehlt habe, um zu antworten.

Natürlich wusste Feodora, dass das nicht stimmte. Nach Josephines Informationen hatte die Schwägerin des Kaisers mit mehreren europäischen Herrschaftshäusern Kontakt gesucht. Allesamt Königshäuser mit Töchtern, die ebenfalls auf eine standesgemäße Hochzeit mit einem dynastischen Haus hofften.

Doch das war jetzt egal. Was zählte, war dieser Brief. Die Königliche Hoheit beteuerte, wie hingerissen sie von Katharina sei – was ganz sicher nicht der Fall war nach dem Eklat, den Katharina bei ihrem Besuch im letzten Jahr verursacht hatte. Augenscheinlich hatte die Schwägerin des Kaisers in der Zwischenzeit niemanden gefunden, der ihr und ihm zusagte. Es war ihr nach wie vor ein großes Rätsel, warum der Neffe des Kaisers ausgerechnet ihre kindliche Tochter ins Herz geschlossen hatte. Egal, ausschlaggebend war nur, dass er es getan hatte. Und dass Amalie Sieglinde von Preußen sich nun wieder an Feodora und Katharina erinnerte.

Die Schwägerin des Kaisers schrieb, sie plane für den Frühsommer einen Aufenthalt in Berlin und Potsdam. Danach werde sie zur Sommerfrische an die Ostsee reisen, und sie kündigte ihren Besuch auf Gut Greifenau an. Ludwig werde sie und ihren Mann begleiten und freue sich schon darauf, Katharina wiederzusehen. Feodora entfuhr ein weiterer entzückter Schrei.

Und sie solle ihr mitteilen, schrieb sie weiter, wann es ihr passen würde, irgendwann im August. August! Das war ausgezeichnet!

Feodora faltete den Brief zusammen und steckte ihn in ihre Handtasche. Sie kontrollierte noch einmal ihr Aussehen und ging hinunter. Katharina war schon unten im Salon und wartete auf sie. Das Mädchen legte ihre Stickarbeit beiseite und stand auf.

»Zeig mal her.«

Katharina zeigte ihr die Handarbeit. Es war ein Deckchen zum Aufhängen an einer Wand.

Feodora las. »Mach es wie die Sonnenuhr, zähl die heiteren Stunden nur? Was soll das? Bist du eine Bauernmagd? Sticke gefälligst etwas, das dir angemessen ist. Einen Seidenschal mit Blumenmotiv.«

»Es soll ein Geschenk werden«, murmelte Katharina leise.

»Wem solltest du denn so etwas schenken wollen?«

»Alexander. Ich dachte, er könnte etwas Aufmunterung gebrauchen.«

Feodora schüttelte verständnislos ihren Kopf. Ihre Tochter hatte wirklich absonderliche Ideen. Immerhin trug sie das schöne neue blaue Kleid. Feodora hatte sie extra darauf hingewiesen, dass Frau von Klaff einen Neffen hatte, der nur wenige Jahre älter war als sie. Sie kannte ihn zwar nicht persönlich und hatte sich noch keinen Eindruck von dem jungen Mann machen können, aber das war auch nebensächlich. Nachdem sie keine Antworten auf ihre Briefe an die Schwägerin des Kaisers erhalten hatte, war sie davon ausgegangen, dass ihre Hoffnungen auf eine Vermählung mit Ludwig von Preußen vergeblich waren. Deshalb machte sie bei Frau von Klaff nun schon das dritte Mal in diesem Jahr Visite, was eher ungewöhnlich war.

»Wo ist dein Vater?«

»Ich glaube, er ist unten in der Waffenkammer. Vorhin ist ein Paket vom Büchsenmacher gekommen.«

»Komm mit.« Feodora drehte sich um und stieg die Treppe hinab in den Dienstbotenbereich.

So unangekündigt schreckte das alle auf wie die Hühner. Bertha und die Köchin knicksten erschrocken und eilten mit den Töpfen, die sie gerade durch den Flur trugen, in die Küche. Kilian, links und rechts zwei Körbe mit Holzscheiten schleppend, trat eilig beiseite. Dieses hellblonde Mädchen, das immer schon morgens früh durch ihre Zimmer huschte, flitzte erschrocken um die Ecke, als wäre ihr der Teufel begegnet.

Mamsell Schott, die in der Leutestube gesessen hatte, den Hut vor sich, den sie nun neu aufputzen wollte, wie Feodora zufrieden bemerkte, kam herausgeschossen.

»Gnädige Frau?«

»Ich suche meinen Mann. Er soll in der Waffenkammer sein.«

»Sehr wohl.« Die Mamsell drehte sich um und ging ihr und Katharina voran.

Nicht, dass Feodora nicht gewusst hätte, wohin sie sollte. Am Ende des Flures lag die kleine Kammer. Schott öffnete die Tür und ließ sie eintreten.

Caspers saß auf einem Holzstuhl vor einem länglichen Tisch. Er hatte seine Livree ausgezogen und trug dunkle Ärmelschoner. Er reinigte gerade eine Flinte. Sofort stand er auf und verneigte sich. Adolphis stand daneben und schaute überrascht.

»Würden Sie uns wohl für einen Moment alleine lassen?«

Schott und Caspers nickten, und beide gingen hinaus. Feodora wartete, bis sich die Tür hinter ihnen schloss.

»Was führt dich hier herunter, meine Liebste?«

»Ich mache es ganz kurz, da wir nun eigentlich fahren wollen. Aber ich wollte euch davon in Kenntnis setzen, dass ich just einen überaus erfreulichen Brief erhalten habe.« Sie machte eine bedeutsame Pause. »Amalie Sieglinde von Preußen hat mir geschrieben. Sie werden uns im August besuchen.«

In Adolphis Gesicht tauchte ein Lächeln auf. »Aber das ist ja fantastisch!«

Katharina wurde augenblicklich bleich.

»Und im Sommer. Im August, der schönsten Zeit. Die Felder werden voll mit reifem goldenem Korn stehen.« Adolphis verzog seinen Mund. »Aber dann sind fast alle in der Sommerfrische.«

»Genau das habe ich auch schon bedacht. Außerdem ist Katka noch nicht bei Hofe eingeführt. Wir können keinen Ball veranstalten. Deshalb plane ich ein Sommerfest.«

»Aber natürlich. Veranstalten wir ein Sommerfest.« Adolphis schaute Katharina an. »Und du freust dich gar nicht?«

Das Mädchen gab sich einen Ruck. »Ich mag ihn nicht. Und ich werde ihn auf gar keinen Fall heiraten.«

»Katharina, das hast du nicht zu entscheiden.« Mama schaute sie böse an.

»Meine Brüder dürfen das auch frei entscheiden. Anastasia hat sich auch frei entscheiden dürfen. Und ich werde diesen Mann nicht heiraten.«

»Aber mein liebes Mädchen …«

Feodora unterbrach ihren Mann. »Deine Brüder sind Männer. Und Anastasia hat eine ausgesprochen gute Wahl getroffen mit Graf von Sawatzki. Ich traue dir nicht zu, ein ebenso glückliches Händchen zu haben. Du hast viel zu viele Flausen im Kopf.«

»Ich kann ihn nicht ausstehen.«

»Na, na. Das kann ja alles noch kommen. Du kennst ihn ja kaum«, versuchte Adolphis zu vermitteln.

Zornesröte flammte in Katharinas Gesicht auf. »Ich kenne ihn besser, als mir lieb ist.« Barsch drehte sie sich um und ging hinaus.

Feodora war schon versucht, ihr hinterherzurufen, hielt sich aber zurück. Nicht hier unten bei den Dienstboten.

»Was soll das bedeuten: ›Ich kenne ihn besser, als mir lieb ist‹?«

Feodora sah ihren Mann an. Er wäre sicherlich empört, wenn sie ihm erzählen würde, was letztes Jahr in Berlin passiert war. »Sie macht nur gerade das schwierige Alter durch. Du weißt doch, wie launisch Mädchen dann sein können. Sie kommt noch immer nicht damit klar, dass sie nun zur Frau heranreift.«

»Oh, das!«, gab Adolphis vielsagend von sich. Das war ein Thema, in das er sich ganz sicher nicht einmischen würde.

Vor anderthalb Jahren hatte seine Tochter ihre erste Blutung bekommen. Die unfähige Gouvernante hatte zuvor keinen Ton über dieses Thema verloren. Eines Tages war Katharina in einer Lache aus Blut aufgewacht. Sie hatte geschrien wie am Spieß. Als Feodora in Katharinas Zimmer gekommen war, hatte die Gouvernante verzweifelt versucht, das Mädchen zu beruhigen.

Sogar Adolphis und die Jungs waren schon in der Tür gestanden, alarmiert durch die Schreie. Aber als ihr Mann gesehen hatte, was los war, hatte er die Jungs sofort weggeschickt und selbst den Raum verlassen.

Feodora hatte nicht lange Federlesen gemacht und die Gouvernante entlassen. So ein wichtiges Thema nicht vorzubereiten, war eine grobe Verfehlung gewesen. Da konnte sie die Erziehung ja direkt selber übernehmen.

»Diese heikle Materie liegt natürlich ganz in deinen Händen, mein Schatz.« Adolphis hob seine Hände, als wollte er etwas abwehren.

Genau das hatte Feodora erreichen wollen. »Es wird sich schon wieder rauswachsen«, gab sie siegesgewiss von sich.

Ende April 1914

Konstantin zog an den Zügeln. Ceynowa sollte doch schon viel weiter mit dem Feld sein. Stattdessen stand das Pferdegespann mit der Maschine still, und der Arbeiter kroch auf den Knien übers Feld. Das war höchstens zu einem Viertel bestellt. Als Ceynowa Konstantin gewahr wurde, stand er auf.

»Wieso sind Sie alleine?«

»Schulze und Stieglitz sollen woanders helfen.« Es klang resigniert. Schulze und Stieglitz waren Saisonarbeiter, die im neuen Arbeiterhaus wohnten.

»Wieso? Alleine können Sie die Maschine nicht richtig bedienen.« Konstantin sah seinen Arbeiter an. Er war von oben bis unten mit Erde beschmiert.

»Ich weiß.«

»Also?« Konstantin ahnte, was kommen würde.

»Ihr Gutsverwalter. Er war fast den ganzen Morgen hier. Ungefähr ein Dutzend Mal hat er mich die Maschine neu einrichten lassen. Immerzu passte ihm etwas nicht. Die Saattiefe sei zu hoch oder zu tief. Zu wenig Erde, die nachgeschoben wurde, oder die Erde war ihm zu grob. Erst hieß es, ich würde Saatgut verschwenden. Dann war es ihm wieder zu wenig. Ich kann es ihm nicht recht machen. Schließlich hat er gesagt, ich solle aus zwei Furchen alles wieder rausholen. Ich müsse es mit der Hand einbuddeln. Allein. Solange sollten die zwei Arbeiter woanders weitermachen.«

Thalmann! Mit jedem Wort wuchs seine Wut. Konstantin schnaubte. Das ging weit über das hinaus, was er dulden würde. Niemand mochte einen polnischen Fremdarbeiter, damit hatte er gerechnet. Die polnischen Einwohner, die hier im Osten des Kaiserreichs noch immer auf dem Gebiet des ehemaligen polnischen Königreichs lebten, waren ein Störfaktor, mit dem man sich notwendigerweise arrangieren musste. Vor allem diese katholischen Kaschuben waren kaum geduldet. Das war ihm bewusst. Trotzdem, der Mann war fähig, davon hatte er sich selbst überzeugt. Außerdem war er günstig.

Andererseits passte das nur zu gut zu dem Bild, das sich ihm heute den ganzen Tag über bot. Keiner der Pächter wollte die Drillmaschine einsetzen. Hatte er bis gerade gedacht, die Männer hätten Vorbehalte, weil sie einen Fremden auf ihre Felder lassen sollten, kam ihm gerade ein ganz anderer Verdacht.

»Ich werde mich darum kümmern. Es wird nicht noch einmal vorkommen. Falls dennoch etwas Ähnliches wieder passieren sollte, dann befehle ich Ihnen ausdrücklich, mich umgehend aufzusuchen. Egal was los ist: Sie lassen alles stehen und liegen und kommen zu mir. Haben wir uns verstanden?«

»Wenn Sie es so möchten.«

»Allerdings!« Sein Pferd schien Konstantins Zorn zu spüren. Es tänzelte nervös über die Ackerfurche. »Machen Sie dieses Feld fertig. Und zwar so, wie Sie es gewohnt sind. Ich schick Ihnen gleich noch zwei Leute. Sie nehmen keine Befehle mehr an, von niemandem mehr, außer von mir.« Dann drückte er seine Fersen in die Flanken des Tieres und sprengte über das Feld davon.

Albert Sonntag polierte das Automobil vor dem Herrenhaus. Konstantin sprang vom Pferd und drückte Sonntag die Zügel in die Hand.

»Satteln Sie es ab.«

Sonntag zögerte. »Ihr Vater will jeden Moment fahren. Ich warte schon auf ihn.«

»Da seien Sie mal ganz unbesorgt. Die Zeit haben Sie auf jeden Fall noch. Nun bringen Sie es schon in den Stall.« Er hatte keine Lust auf weitere Widerreden.

Wütend stürmte er die Freitreppe hoch und riss die Eingangstür auf. Caspers kam gerade aus dem großen Salon.

»Wo ist mein Vater?«

Bevor der Hausdiener antworten konnte, verriet ihn sein Blick. Vater war dort, wo er gerade herkam. Konstantin wartete seine Antwort nicht ab, da sah er schon, was Caspers ihm noch zurief. Raimund Thalmann saß Vater gegenüber. Beide schauten auf.

Er schritt lang aus und blieb genau vor dem Gutsverwalter stehen. »Können Sie mir verraten, was das soll?«

Thalmann stand langsam auf. »Ich habe soeben mit dem Gutsherrn darüber gesprochen.« So, wie er »Gutsherr« betonte, lag nahe, was er andeuten wollte. Graf Adolphis von Auwitz-Aarhayn war sein Vorgesetzter, derjenige, der die Geschicke des Gutes zu lenken hatte. Konstantin war nur der Sohn.

Konstantin kochte vor Zorn. »Und? Was haben Sie ihm gesagt? Dass Sie unseren Arbeiter, der mit unserem Geld bezahlt wird, daran gehindert haben, sein Werk zu tun? Dass Sie beständig alle meine Anweisungen boykottieren? Dass Sie die Pächter unter Druck gesetzt haben, damit sie bloß nicht auf mein Angebot mit der Saatmaschine eingehen?«

»Ich verbiete mir diese Anschuldigung. Ich habe die Pächter nicht unter Druck gesetzt.«

»Sondern?« Konstantin schrie fast.

Thalmann wandte sich an Vater, der bisher nichts gesagt hatte. »Ich habe lediglich gesagt, dass die Saatmaschine nicht gut funktioniert.«

»Nicht gut funktioniert? Hat sie denn nicht gut funktioniert, als wir das erste Feld bestellt haben? Ein großes Feld – an einem Tag! Das soll nicht gut sein?«

Thalmann wurde zunehmend unsicher. Konstantin konnte sich vorstellen, wie das Gespräch bis hierher verlaufen war.

Vermutlich hatte er Vater Falschinformationen aufgeschwatzt, und der hatte zu allem Ja und Amen gesagt. Thalmann hatte wohl nicht damit gerechnet, dass er hier auf Konstantin treffen würde.

»Aber heute ist alles schiefgelaufen. Ich habe Ihrem Herrn Vater schon gesagt, dass dieser Pole ...«

»Dieser Pole ist fleißig, und er kennt sich mit der Maschine aus. Das ist alles, was ich wissen muss. Was mir dieser Pole allerdings erzählt hat, ist, dass Sie ihn haben auf den Knien rumrutschen lassen, weil die Saat Ihrer Meinung nach nicht tief genug eingesät worden ist. Stimmt das?«

»Konstantin, bitte. Können wir das nicht ein anderes Mal besprechen? Ich muss nun wirklich fahren.« Vater war wenig geneigt, offen Partei zu ergreifen.

Doch jetzt verteidigte Thalmann sich selbst. »Nicht rumrutschen. Er sollte nur das wieder in Ordnung bringen, was er verbockt hatte.«

»Sie haben ihn ein Dutzend Mal angewiesen, die Saattiefe zu ändern. Ich habe gesehen, wie Ceynowa die Tiefe bei uns eingestellt hat. Da gab es kein Problem. Nach ein wenig Feinjustierung war es genau richtig eingestellt.«

»Vielleicht war der Boden einfach unproblematischer bei unserem Versuchsfeld.«

»Unproblematischer? Das ist doch Blödsinn.«

»Sie haben einfach noch nicht die Erfahrung, die ich habe. Man muss eben von Acker zu Acker schauen, mit was für Erde man es zu tun hat. Der Boden von heute hat einen höheren Lehmanteil. Da pappt die Erde mehr zusammen.«

Jetzt reichte es Konstantin endgültig.

»Ich bin hier aufgewachsen. Ich bin schon als Fünfjähriger mit meinem Großvater über die Felder gezogen. Und Sie wollen mir unterstellen, ich würde meinen eigenen Grund und Boden nicht kennen?« Für einen Moment wünschte Konstantin sich, eine Peitsche zur Hand zu haben. Er hätte dem Mann gerne eine Lektion erteilt.

Thalmann merkte, dass er bei ihm nicht weiterkam. Er wandte sich an den Grafen. »Ich habe Ihnen alles gesagt, was Sie meiner Meinung nach wissen sollten. Ich warte dann auf Ihre Anweisungen.«

Er nickte Konstantin noch knapp zu, drehte sich auf dem Absatz um und ging.

Der blickte ihm nach. Er war so geladen, am liebsten hätte er ihm eine Pistolenkugel hinterhergeschickt.

»Konstantin, kannst du nicht mit ihm Frieden schließen? Er war meinem Vater doch immer eine wertvolle Hilfe.«

»Unter Großvater hat er genau das gemacht, was der ihm gesagt hat. Aber jetzt tut er so, als wüsste er alles besser.«

»Aber er hat doch mehr Erfahrung. Das kannst du doch nicht abstreiten.«

»Er hat lediglich begrenzte praktische Erfahrung. Ich aber habe eine fundierte Ausbildung. Und ich blicke in die Zukunft unseres Gutes. Er denkt immer nur bis zur nächsten Ernte.«

»Er macht doch alles richtig.«

»Nein, er macht nur alles so, wie er es von jeher gewohnt ist.«

»Aber das kann doch nicht so falsch sein.«

»So vieles könnte man verbessern. Müsste man verbessern! Das weiß er auch. Der einzige Grund, warum er sich sträubt, ist, dass er nicht einsehen will, dass du und ich nun hier das Sagen haben. Männer, die er nur als Knaben ansieht. Weil er sie als Knaben kennengelernt hat.«

Vater ließ sich zurück in den Sessel fallen. »Mit dieser Unruhe muss nun Schluss sein. Ich bin der Gutsherr, und ich fälle die Entscheidungen. Also, vertrag dich mit Thalmann und höre auf ihn.«

Konstantin schaute seinen Vater ungläubig an.

»Du hast mich ganz recht verstanden. Ich habe hier das Sagen. Und ich sage dir: Tu, was er dir vorschlägt. Du musst ja nicht gerade seinen Befehlen gehorchen. Aber ich will keinen weiteren Streit. Du hast dich bis hierhin durchgesetzt. Das muss reichen! Sei so gut, Konstantin. Ich bitte dich.« Vater stand wieder auf und schien nun endgültig gehen zu wollen.

Doch der schüttelte nur den Kopf. »Wir haben jetzt schon alle Felder ausgesät, die wir direkt vom Gut aus bestellen. Letztes Jahr um die Zeit war es kaum die Hälfte.«

»Letztes Jahr um die Zeit hast du gerade dein Studium in Berlin beendet.«

»Ich habe mich immer mit Großvater unterhalten, wenn ich da war. Und ich weiß es, selbst wenn du es nicht weißt!«

Vater schien unentschlossen, ob er nun einfach gehen und seinen Sohn hier stehen lassen sollte. Doch Konstantin hatte noch ein schlagkräftiges Argument.

»Sollte es in den nächsten Jahren irgendwann zum Krieg kommen, dann muss ich von einem Tag auf den anderen an die Front. Und ein Großteil deiner Pächter auch. Wer wird sich dann um die Felder kümmern?«

Der Einwand traf den Grafen völlig überraschend. Das war mal wieder typisch, dass sein Vater daran nicht einen Gedanken verschwendet hatte.

»Dann wirst du froh sein, wenn du einen jungen und kräftigen Arbeiter wie Ceynowa hast, der nicht für den Kaiser an die Front ziehen muss. Sonst kannst du hier nämlich alles alleine machen – gemeinsam mit Thalmann und ein paar anderen alten Pächtern.«

Wutschnaubend drehte Konstantin sich um, stürmte zur Tür und riss sie auf. Der Flur war menschenleer. Er lief durch die Eingangshalle und die Freitreppe hinunter. Dort begegnete er

Albert Sonntag, der offensichtlich getan hatte, was ihm gesagt worden war: sein Pferd in den Stall zu bringen.

Doch gerade jetzt hatte Konstantin eine ausgezeichnete Idee. Was Thalmann konnte, konnte er schon lange. Er würde die Pächter beeinflussen. Wenigstens einen von ihnen.

»Ist Zeus schon abgesattelt?«

»Eugen wollte sich sofort darum kümmern.«

Konstantin lief an ihm vorbei. Wenn er sich beeilte, konnte er sofort losreiten.

Kapitel 9

Anfang Mai 1914

Ich habe Antwort bekommen. Die von Preußens werden voraussichtlich am 26. August hier ankommen. Abends gibt es dann ein Bankett, nur unsere Familien, damit sich alle besser kennenlernen können.«

Katharina wusste genau, was ihre Mutter damit andeuten wollte. Die Familie hatte sich zum Mittagessen versammelt. Caspers schöpfte die klare Consommé auf ihren Teller und ging weiter zu Matthis.

»Und am nächsten Tag wird das Sommerfest stattfinden. Ich habe die Gästeliste schon fertig.« Feodora wandte sich an Konstantin. »Ich habe noch einige Plätze frei. Wenn du also einen bestimmten Wunsch hast, welches edle Fräulein ich noch einladen soll, dann sag es mir. Es wäre auch für dich eine perfekte Gelegenheit zu zeigen, in welchen Kreisen wir uns bewegen.«

Ihr ältester Bruder sagte nur: »Ich überlege es mir«, machte dabei aber ein derartig gequältes Gesicht, dass Katharina überrascht war. Das konnte sie nicht verstehen. Er hatte doch jede Freiheit. Katharina wünschte sich, ebenso frei wählen zu können wie Konstantin und ihre anderen Brüder.

»Sie bleiben zwei Nächte. Nachdem sie wieder fort sind, werden wir nach Heiligendamm fahren. Die Kaisertage in Swinemünde sind dann eh längst vorbei. Allerdings wird uns diese Familie mit etwas Glück und dem selbstlosen Einsatz unserer Jüngsten demnächst ohnehin näher rücken.«

Katharina nahm einen Löffel von der Kraftbrühe. Sie musste unbedingt sofort an Julius schreiben. Wenn er es früh genug wusste, würde er sicherlich seine Eltern überzeugen können, ebenfalls für ein paar Tage nach Heiligendamm zu reisen. Eine perfekte Gelegenheit, ihn wiederzutreffen. Dieses Mal würde sie darauf bestehen, Clara mitzunehmen. Das Stubenmädchen wollte ohnehin gerne mal an die Ostsee. Und als ihre Aufpasserin würde sie nichts verraten, wenn Katharina sich mit Julius traf.

»Ich werde im August hierbleiben«, beeilte Konstantin sich zu sagen. »Jemand muss sich um alles kümmern, so kurz vor der Ernte.«

Vater nickte verständig. Es machte den Eindruck, also wäre er mit Konstantins Entscheidungen einverstanden, so lange er sich nicht groß um etwas kümmern musste.

»Ich finde, du solltest mitkommen. So langsam mache ich mir Gedanken um dich. Du arbeitest zu viel.« Mama meinte damit eigentlich, dass sie langsam unruhig wurde, weil ihr Ältester so gar keine Anstalten machte, sich eine Frau zu suchen.

»Keine Angst. Ich komme schon zu meinem Vergnügen. Da fällt mir ein: Ich habe Post bekommen. Ich werde vielleicht Ende Juni für einige Tage einen alten Studienfreund besuchen.«

Mama wollte etwas sagen, aber er unterbrach sie vorher:

»Ich werde nur vier Tage fort sein.«

»Wo trefft ihr euch? In Berlin? Du könntest etwas für Nikolaus mitnehmen.«

»Nein, nicht in Berlin«, gab er vage von sich.

»Weißt du, Nikolaus bemüht sich, in der Garde-Kavallerie-Division unterzukommen.«

»Noch ist nichts entschieden, aber früher oder später wird er es bestimmt schaffen. Er hat gute Kontakte«, gab Vater stolz zwischen zwei Löffeln Suppe von sich.

Die Tür ging auf. Alexander kam hereingehumpelt.

»Wo warst du? Der Essensgong ist schon vor einer halben Stunde erklungen.«

»Ich musste mich noch etwas erholen«, gab er vage von sich. Er mied den Blick des Hauslehrers.

Matthis und er hatten heute Vormittag einen bösen Streit gehabt. Worum es genau gegangen war, hatte Katharina nicht verstanden. Matthis hatte gerade wortreich die Reichsgründung und die Kaiserkrönung im Versailler Schloss von 1871 erklärt. Alexander und er hatten sich daraufhin in einem Disput über den Verlauf des vorangegangenen Kriegs heißgeredet. Katharina hatte da schon längst nicht mehr zugehört.

Seit seinem Unfall war ihr Bruder extrem launisch. Mal war er sanft wie ein Lamm, mal war er aufbrausend wie ein wilder Bulle. Es war sicher nicht leicht für ihn, als junger Mann nicht mehr wehrfähig zu sein. Sein Zustand wurde kaum besser.

Letztens hatte sie ein Gespräch zwischen Konstantin und ihrer Mutter belauscht, bei dem ihr Bruder dazu geraten hatte, Alexander solle dringend von Heroin auf ein anderes Schmerzmittel wechseln. Dieses so heroische Mittel, nach dem es auch seinen Namen bekommen hatte, als Medikament ein wahrer Tausendsassa, zeige doch mehr Nebenwirkungen als zunächst vermutet. Konstantin hatte erzählt, dass schon zwei Jahre zuvor auf der ersten Opiumkonferenz ein Verbot diskutiert worden war. Katharina hätte zu gerne gewusst, woher er dieses Wissen besaß. So etwas konnte doch nur ein Arzt wissen.

Weder ihr jüngster Bruder noch der Hauslehrer hatten den heutigen Streit erwähnt. Matthis hatte nur sein Gesicht verzogen. Er wusste, dass er bei Auseinandersetzungen immer den Kürzeren zog, solange Papa mit am Tisch saß.

Alexander setzte sich, bekam von Caspers die Consommé aufgetischt und griff nach dem Löffel. Als er wieder aufsah, schaute er Katharina verschwörerisch an. Dieser Blick. Sie wusste sofort, er hatte etwas ausgefressen.

Als Matthis mit dem ersten Gang fertig war, musste er sich doch wohl irgendwie einbringen. »Was sagen Sie zu der Probe-Mobilmachung der russischen Landwehrtruppen?«

Vater schien angesprochen zu sein. Er sah nachdenklich aus. »Was mir viel mehr Sorgen bereitet, sind die Einfuhrzölle, die das russische Parlament beschlossen hat. Zoll auf unser Getreide. Was soll das?«, gab er empört von sich und blickte Konstantin an.

»Das gefällt mir auch nicht, allerdings kommt es nicht überraschend. Wir erheben schon lange hohe Einfuhrzölle. Sie tun nur das, was wir auch tun.«

»Das kommt einer Kriegserklärung gleich. Einen solchen Wirtschaftskrieg kann Russland niemals gewinnen.«

»Zumal die Masse der Streikenden von Monat zu Monat zunimmt!«, erklärte Matthis. »Das wird dem Zaren noch das Rückgrat brechen. Wenn dann die deutschen Truppen …«

Plötzlich donnerte ein Löffel auf den Teller. Das gute Porzellan zerbrach in Einzelteile. Alle sahen sich nach Feodora um. Caspers schoss sofort heran und wollte mit seinem Serviertuch das Kleid der Gräfin vor der verlaufenden Kraftbrühe retten. Doch die schlug ihre Faust auf den Tisch.

»Ich will kein einziges Wort mehr hören. Krieg, Krieg, Krieg. Immer nur Krieg. Seid ihr denn alle toll geworden?«

»Feodora, Liebste …«

»Versteht das denn wirklich niemand hier am Tisch, wie sehr dieses Geschwätz an meinen Nerven rüttelt? Der eine Teil meiner Familie sitzt hier im Reich, und der andere Teil lebt in Russland. Und jeden Tag ist vom Krieg die Rede. Jeden Tag! Als wärt ihr alle ganz besoffen von dem Gedanken, dass es nicht schnell genug losgehen kann.«

Niemand sagte mehr etwas. Katharina war geradezu von dem Gefühlsausbruch ihrer Mutter erschüttert. So etwas hatte sie noch nie erlebt. Es schien ihr wirklich nahezugehen.

»Soll ich etwa schweigend dabei zuschauen, wie sich meine Söhne im Feld wiederfinden gegen die Söhne meiner Brüder?«

Alexander löffelte seine Kraftbrühe, als ginge ihn das nichts an. Matthis schaute wie hypnotisiert zum Fenster hinaus, und Konstantin blickte Vater an. Die Aufgabe, seine Frau zu beruhigen, nahm ihm niemand ab.

»Feodora, du hast natürlich vollkommen recht.« Vater schien nach den passenden Worten zu suchen. »Und weil du vollkommen recht hast, wird es auch nicht dazu kommen. Der Kaiser selbst hat genau wie du einen Teil seiner Familie in Russland und einen anderen Teil in England. Schon alleine deswegen wird es nicht zum Krieg kommen. Wir sollten wirklich nicht ständig darüber reden.«

Feodora atmete tief durch. Erst jetzt ließ sie zu, dass Caspers die Scherben wegräumte und die vergossene Flüssigkeit auftupfte. Sie erhob sich.

»Mir ist der Appetit vergangen. Und ab sofort möchte ich, dass ihr auf meine Gefühle Rücksicht nehmt. Ich will bei Tisch kein Wort mehr dazu hören.« Nach dieser Ansprache rauschte sie zur Tür hinaus.

Alle schauten ihr stumm hinterher.

Caspers war endlich fertig mit der Beseitigung der Misere und fing an, die anderen Teller einzusammeln.

»Der nächste Gang, gnädiger Herr?«, fragte er leise.

Vater nickte nur, wandte seinen Blick an Matthis. »Ich hoffe, dass Sie in Zukunft bei der Wahl der Themen besser nachdenken. Auch mich erquickt es nicht gerade, ständig über den Krieg reden zu müssen, zumal ja auch in den Zeitungen kein anderes Thema mehr zu finden ist.«

»Sehr wohl«, gab Matthis kleinlaut zu.

Alexander warf Katharina einen triumphierenden Blick zu. Das war Öl ins Feuer seiner Fehde mit dem Hauslehrer. Aber da schien noch mehr zu sein. Als alle mit dem Essen fertig waren und Alexander als Letzter gemeinsam mit Katharina den Raum verließ, raunte sie ihm zu: »Was ist? Was hast du getan?«

»Was meinst du?«

»Spiel nicht den Ahnungslosen. Du hast doch was verbockt.«

Alexander grinste diabolisch.

»Sag schon. Ich verrate dich auch nicht.«

»Du kennst doch Mamas Rubinbrosche? Ich hab sie gerade bei Matthis im Zimmer versteckt.«

Katharina machte ein verständnisloses Gesicht, bis ihr aufging, was er da versuchte.

»Du willst, dass man ihn beim Stehlen erwischt?«

»Sei leise, verdammt noch mal.«

»Das kannst du nicht machen«, wisperte Katharina.

»Ich hab es schon mal versucht mit dem silbernen Zigarettenetui von Vater. Aber da hat er es gemerkt. Dieses Mal habe ich das Teil besser versteckt.«

»Alex!«, gab Katharina entrüstet von sich.

»Willst du den Kerl nicht auch lieber heute als morgen loswerden?«

»Natürlich, aber doch nicht so.«

»Wie denn dann? Vater hat gesagt, dass er mich mit dem lahmen Fuß nicht ins Internat lässt. Wenn es nicht besser wird, muss ich ihn vielleicht noch zwei Jahre ertragen. Zwei Jahre!«

»Bei mir sind es sogar vier Jahre, und ich würde trotzdem nicht zu solchen Mitteln greifen.«

»Überleg mal: Wenn Matthis fortmuss und Vater keinen Ersatz findet, der ihm zusagt, dann darf ich vielleicht doch noch auf eine richtige Schule. Ich könnte endlich auf das Internat in Stettin. Oder Danzig! Du könntest auf ein Lyzeum.«

Das klang wie ein Versprechen auf ein irdisches Paradies. Eine wunderbare Vorstellung. Sie würde endlich Mamas strenger Aufsicht entgehen und wäre mit Mädchen gleichen Alters zusammen. »Ich verrate dich nicht.«

22. Mai 1914

»Werte Frau Plümecke, wir danken Ihnen für Ihren Brief. Es ist natürlich sehr bed…« Wiebkes Wangen glänzten rot. Sie bemühte sich redlich. »Bedanken?

Irmgard Hindemith schaute auf die Zeilen. »Nicht raten. Wie heißt das Wort?«

»Bedeu… bedauerlich! Es ist natürlich sehr bedauerlich, dass Sie und Ihre Geschwister damals getrennt wurden. Ihre Schwester Ida Plümecke ist 1905 bei uns in Bel… in Belgard untergekommen, genau wie Ihre Brüder.«

Wiebke ließ den Brief sinken und strahlte. »Ich hab sie gefunden. Ich hab endlich meine Schwester gefunden.« Tränen standen in den Augen des rothaarigen Mädchens.

Irmgard tätschelte ihre Schulter. »Siehst du? Ich hab es doch gesagt. Früher oder später findest du sie. Schließlich können sie sich nicht in Luft auflösen.«

»Vor mehr als vier Jahren hat Ihre Schwester Ida auf einem Gut in der Nähe von Dramburg als Hausma… Hausmädchen angefangen. Eins unserer älteren Mädchen hat noch leidlich Kontakt mit ihr. Sie ist seit einem Jahr auf einem Gutshof in der Nähe von Deutsche Krone ….«

»Deutsche Krone? Das ist ja schon Westpreußen.«

»Oje. Ob ich sie dort finde?«

»Lies weiter.«

»… in der Nähe von Deutsche Krone beschäftigt, auf dem Gut Marienhof.« Wiebke schluckte. »Ich kann ihr endlich schreiben. Ich werde sofort anfangen.«

»Später. Jetzt kommen gleich alle zum Essen.« Als sie Wiebkes enttäuschtes Gesicht sah, setzte sie hinzu: »Ich wette, heute Nachmittag hast du genug Zeit, um den Brief schon mal anzufangen.«

Wiebke nickte. So viel Geduld würde sie wohl noch aufbringen. Sie hörten Schritte, und schon kam Albert Sonntag mit Eugen und Johann herein.

»Sind wir zu früh?«

In dem Moment tauchte Bertha auf, einen dampfenden Kochtopf in den Händen.

»Gerade richtig.« Irmgard setzte sich.

Wenige Augenblicke später erschien Mamsell Schott, und als sie den gedeckten Tisch sah, ging sie zum Gong und läutete ihn. Innerhalb von wenigen Minuten saßen alle. Ein dicker Gemüseeintopf wurde verteilt, und die Dienstboten aßen schweigend. Erst als die Ersten satt waren, wurde die Unruhe bemerkbar. Irmgard Hindemith sah auf. Kilian und Eugen tuschelten. Das bemerkte auch Caspers.

»Was gibt es denn Interessantes? Wollt ihr uns nicht an euren Gedanken teilhaben lassen?«

Sowohl Kilian als auch Eugen schwiegen betreten. Johann Waldner aß stumm seinen Eintopf weiter, als ginge ihn das nichts an. Die plötzliche Aufmerksamkeit war ihnen sichtbar unangenehm.

Albert Sonntag ergriff das Wort: »Wir haben gerade darüber gesprochen, dass die sozialdemokratischen Abgeordneten des Reichstages vorgestern beim Kaiserhoch sitzen geblieben sind.«

Caspers beäugte die vier Männer, als hätten sie selbst diesen Frevel begangen. »Und zu welchem Schluss sind Sie gekommen?«

»Wir sind zu keinem Schluss gekommen. Wir haben nur darüber gesprochen.«

»Dann verurteilen Sie dieses Verhalten nicht zutiefst?«

Langsam wurde es auch dem Kutscher unangenehm. Er rutschte auf seinem Stuhl herum. »Selbstverständlich.« Als wäre damit alles gesagt.

»Ich werde mich freiwillig melden, wenn der Krieg anfängt«, sagte Kilian eilfertig.

»Erstens gibt es noch keinen Krieg. Und zweitens bist du noch zu jung. Du musst mindestens siebzehn Jahre zählen.« Mamsell Schott schien von seinem Eifer nicht angetan.

»Ich werde in sechs Monaten siebzehn.«

»Ich sehe ja ein, dass du eine Pflicht gegenüber dem Vaterland hast. Aber hast du nicht auch eine Pflicht gegenüber deinem Dienstherrn?«

Kilian biss sich auf die Lippen. Er wollte natürlich nicht den Eindruck machen, als wollte er hier nicht mehr arbeiten. Auch wenn alle wussten, wie unzufrieden er mit seiner Stellung war.

Caspers schaltete sich ein: »Ich an deiner Stelle würde darauf warten, was der Graf dazu sagt. Wenn er das Gefühl hat, du wärst an der Front besser aufgehoben als hier, dann wird er deinem Entschluss sicherlich nicht im Wege stehen.«

Kilian nickte, schien aber doch nicht ganz überzeugt zu sein.

»Ich habe letzter Tage gehört, wie sich der junge gnädige Herr mit dem Grafen unterhalten hat. Beide gehen davon aus, dass ein Krieg sowieso nur wenige Monate dauern würde, wenn überhaupt. Nicht, dass du alles stehen und liegen lässt und in der Nacht verschwindest. Und ehe du an der Front ankommst, ist der Krieg schon wieder aus. Was machst du dann?«

Irmgard Hindemith hatte selten so viele Worte auf einmal aus Albert Sonntags Mund gehört.

Kilian sagte nichts mehr, stattdessen griff er zu Brot und Butter.

»Und Sie, Herr Sonntag, wie stehen Sie zum Wehrdienst?«, fragte Irmgard neugierig.

»Wenn das Vaterland mich ruft, werde ich natürlich gehen. Aber ich sehe keinen Grund, mich freiwillig zu melden.«

»Nennen Sie das etwa patriotisch?«, fragte Caspers verblüfft.

»Und werden Sie sich freiwillig melden?« Albert Sonntag schaute den obersten Hausdiener fordernd an.

»Ich? Ich bin ja schon viel zu alt. Ich bin weit über fünfundvierzig. Da besteht keine Wehrpflicht mehr.«

Albert Sonntag antwortete darauf nicht, aber alle wussten, was er dachte. Es war leicht, Vaterlandsliebe einzufordern, wenn man sich nicht selbst in Gefahr bringen musste.

»Für den Deutsch-Französischen Krieg war ich ja noch zu jung«, stotterte Caspers nun. Als müsste er sich rechtfertigen. »1870 war ich gerade mal acht Jahre alt.«

Irmgard schaute ihn verwundert an. So verunsichert hatte sie ihn noch nie erlebt.

»Und ... und ich habe meine zweijährige Wehrpflicht vollständig abgeleistet.«

»Das habe ich natürlich auch. Zwei Jahre aktive Dienstpflicht bei der Infanterie«, entgegnete Albert nun. »Dabei habe ich viel gelernt über die Hierarchie beim Militär. Ich weiß, dass ich nur Kanonenfutter wäre. Wie alle anderen hier am Tisch auch.«

Niemand wollte noch etwas sagen. Das Thema war einfach zu heikel. Glücklicherweise hörte man in dem Moment die Hintertür. Es konnte nur noch Tomasz Ceynowa sein. Alle anderen Dienstboten saßen bereits.

»Bin ich zu spät?«

»Setzen Sie sich. Das Essen ist noch warm.«

Man konnte Bertha anmerken, dass sie keine große Lust hatte, den Polen zu bedienen. Sie gab zwei Kellen Eintopf auf den Teller und reichte ihn weiter.

Valerie Ceynowa setzte sich ans hintere Tischende zu Hedwig und den anderen beiden Mädchen, wo man ihm gemäß der Rangfolge einen Platz zugewiesen hatte.

Plötzlich war jemand am Tisch, der in den Augen aller ein Vaterlandsverräter war. Der Kaschube würde ganz sicher nicht im Falle eines Krieges ihre Partei ergreifen. Er war ja sogar katholisch! Eher traute man ihm zu, die Herrschaften im Schlaf zu meucheln.

Er aß zwei Löffel und schaute überrascht auf. Niemand sagte etwas. Unangenehm berührt schlug er die Augen nieder und aß weiter.

»Dass wir uns das gefallen lassen müssen, dass man uns so einen hier ins Nest setzt!«, zischte Irmgard leise der Mamsell zu. Die saß ihr zwar direkt gegenüber, aber es war sicher nicht leise genug gewesen, damit Ceynowa es nicht mehr hören konnte.

»Es ist die Entscheidung der Herrschaften, wir haben es zu respektieren«, entgegnete Caspers ohne jeden Enthusiasmus.

Albert Sonntag stand auf. »Sehr lecker, der Eintopf.« Nach diesen Worten verließ er den Raum. Etwas schien auf seine Stimmung geschlagen zu haben.

Mamsell Schott schaute ihm hinterher. »Ich hätte ihn für einen Mann mit mehr Ehrgefühl gehalten.«

Irmgard war nicht ganz mit ihrer Aussage einverstanden. »Ich hab allerdings auch schon gehört, dass es für die unteren Schichten in der Armee böse zugehen soll.«

Irgendwie schien das ein Thema zu sein, das die Menschen spaltete. Niemand sagte noch etwas, nur hinten am Tisch ging das Gespräch weiter.

Bertha tuschelte mit Kilian, der sich den Teller noch mal füllen ließ. Clara redete auf Wiebke ein, bis der strafende Blick der Mamsell sie traf. Sofort wurde sie stumm. Irmgard konnte sich denken, dass das Mädchen wieder versucht hatte, ihre Arbeit mit Wiebke zu tauschen wie so oft. Hedwig hatte ohne jede Aufforderung ihren Teller komplett leer gegessen und hörte nun aufmerksam zu.

Johann Waldner stand auf und boxte Eugen unfein gegen die Schulter. »Sei nicht so faul. Du bist fertig mit essen, also steh auf und komm.«

Eugen folgte ihm aufs Wort, rieb sich aber heimlich die Stelle, auf die er geschlagen worden war. Der Mamsell schien etwas auf der Zunge zu liegen, aber sie sagte nichts. Stattdessen stand sie auf, direkt gefolgt von Caspers, und nach einer Aufforderung an alle, wieder pünktlich an ihre Arbeit zu gehen, verließen sie das Souterrain. Hedwig und Wiebke folgten ihr sogleich. Lächelnd umrundete Wiebke den Tisch, eine Hand fühlte in ihrer Schürzentasche nach dem Brief.

»Bis nachher«, verabschiedete sie sich leise von der Köchin. Jetzt saßen nur noch Kilian, Clara und Ceynowa am Tisch. Kilian ließ es sich schmecken, und auch der Pole war bereits mit dem ersten Teller fertig. Er lächelte Clara an.

»Ist das eine neue Frisur?«

Clara errötete. »Es ist Ihnen aufgefallen? Ich hab meine Haare heute anders geflochten.«

»Natürlich ist es mir aufgefallen«, entgegnete Ceynowa charmant.

Clara lächelte selig. »Wollen Sie noch Nachschlag?«

»Gerne.« Der Mann nickte.

Clara stand eilfertig auf, was man von ihr sonst gar nicht gewohnt war. Sie nahm den Teller und hielt ihn Bertha hin, die schon angefangen hatte, das gebrauchte Geschirr abzuräumen.

Ob das Küchenmädchen eifersüchtig war oder ob sie Claras Verhalten grundsätzlich nicht guthieß, war Irmgard nicht klar. Barsch nahm sie den Teller an sich und füllte ihn. Doch statt ihn Clara zurückzugeben, stellte sie ihn mitten auf den Tisch.

»Der Herr kann sich sein Essen sicher selbst holen, oder?«

»Aber natürlich kann ich das«, antwortete der Pole, ohne eine Miene zu verziehen.

Bertha räumte die Butter weg, sodass Ceynowa sein Brot trocken essen musste. Irmgard sah noch aus den Augenwinkeln, wie Ceynowa Clara einen belustigten Blick zuwarf.

»Clara! Musst du nicht auch wieder an die Arbeit?« Wenn die Mamsell nicht da war, war es ihre Pflicht, so glaubte Irmgard wenigstens, auf die Mädchen aufzupassen.

»Hm«, brummte Clara und ging.

Die Köchin wartete, bis das Mädchen den Raum verlassen hatte.

»Sie benehmen sich besser anständig«, warnte sie den Polen.

»Dann trauen Sie mir also zu, mich anständig zu benehmen?«, gab der scharfzüngig von sich. »Ich dachte schon, Sie halten mich so oder so, ungeachtet wie ich mich verhalte, für unanständig.« Aus seiner Miene sprach eine leise Ironie.

Was für eine Unverschämtheit! Irmgard funkelte ihn böse an und drehte sich dann weg.

Ende Mai 1914

»Dann ist es abgemacht?«

Güstrow nickte. Er wusste wohl nicht so ganz genau, was er von Konstantins Vorschlag halten sollte. Der hielt ihm die Hand hin, und der Pächter schlug ein.

»Dann holen Sie mal Ihren Ältesten.«

Der alte Güstrow verließ die Stube. Konstantin war gerade gekommen, als sie in der Küche zu Abend gegessen hatten. Er war selten genug in einem Pächterhaus. Die gute Stube war karg eingerichtet. Ein Büfettschrank, hinter dessen Gläsern das Porzellan stand, was in diesem Haus wohl als das Gute bezeichnet wurde. Ein Bord an der Wand, auf dem eine leere Porzellanvase darauf wartete, benutzt zu werden. Auf der anderen Wandseite hing ein besticktes Deckchen in einem schlichten Holzrahmen, auf dem stand: »*Sich regen bringt Segen.*«

Draußen im Flur hing: »*Gott schütze dieses Haus, und alle, die gehen ein und aus.*«

In der Mitte des Raumes stand ein runder Tisch mit vier Stühlen. In einer Ecke ein altersschwaches Sofa mit drei Kissen. Eine Häkeldecke lag über den Polstern, vermutlich um die durchgescheuerten Stellen zu verdecken. Die Wand neben dem Kamin war dunkel vom Ruß.

Konstantin fragte sich für einen Moment, ob er nicht verrückt war. Nein, er tat das nicht für Rebecca. Schon gar nicht tat er das, um Tobias Güstrow eine Chance zu geben, die ein Junge seines Standes sonst kaum jemals im Leben bekommen würde. Er tat das nur, um sich durchzusetzen gegen seinen Vater und gegen Thalmann.

Es klopfte, und eine Frau trat ein. Frau Güstrow, die schnell noch ein Kleinkind von der Tür verscheuchte. Jetzt trug sie nicht mehr die verdreckte Schürze, die sie getragen hatte, als er vorhin überraschend hier aufgetaucht war.

»Darf ich Ihnen etwas anbieten? Einen Kaffee vielleicht?«

Für einen Moment war Konstantin versucht zuzustimmen. Doch seit er mit Rebecca verkehrte, wusste er, dass Kaffee ein Luxusartikel war. Echten Kaffee würde er hier vermutlich nicht bekommen, und wenn doch, dann würde er den Gegenwert eines kompletten Abendessens der Familie trinken.

»Hätten Sie vielleicht einen Schluck Wasser für mich?«

Tatsächlich erschien auf dem Gesicht der Frau ein erleichterter Ausdruck. »Sehr gerne. Ich bringe es sofort.«

Als sie rausging, kam Güstrow mit seinem ältesten Sohn zurück.

»Hier ist er also.«

Tobias Güstrow, ein schlaksiger Vierzehnjähriger mit dunklen, kurzgeschorenen Haaren, schaute ihn zweifelnd an. Er sagte keinen Ton.

»Ich habe gehört, du sollst in der Schule ausgezeichnet sein.«

Der Junge wusste nicht, was er darauf sagen sollte. Er zuckte mit den Schultern und brachte nur einen unverständlichen Ton hervor.

»Sprich anständig mit dem gnädigen Herrn«, mahnte ihn sein Vater.

Tobias nickte untertänig. »Ja, es macht mir sehr viel Freude.«

»Du bist gut in Mathematik?«

Wieder nickte er nur und wurde vom Vater angestupst. »Jawohl. In Mathematik. Und ich kann auch sehr gut lesen und schreiben.«

»Etwas mehr als das, wenn ich deiner Lehrerin glauben darf.«

»Frau Kurscheidt hat Ihnen von mir erzählt?«

»Sei nicht vorwitzig«, mahnte ihn der Vater.

»Lassen Sie ihn nur. Deine Lehrerin … hat es jemandem erzählt … den ich gut kenne.« Er sah den Jungen an. Er selbst hatte seine Hauslehrer gehasst und ebenso die Lehrer im Internat. In Tobias' Alter hatte Konstantin es gar nicht abwarten können, endlich keinen Unterricht mehr zu haben. Wie es wohl war, wenn man sich danach sehnte, zur Schule gehen zu dürfen?

»Also, ich habe mit deinem Vater besprochen, dass wir in Zukunft mehr gut ausgebildete Arbeiter brauchen. Er hat zugestimmt, dass du auf eine weiterführende Schule gehen kannst.«

Die Augen des Jungen wurden ganz groß. »Nach Stargard?«

»Wohin, das solltest du am besten mit deiner Lehrerin besprechen, die sich damit besser auskennt. Aber ja, wieso nicht nach Stargard?«

Die Augen leuchteten. »Ich danke Ihnen. Ich danke Ihnen vielmals für diese Gelegenheit.«

Tobias Güstrow war wirklich schlau. Er hatte sofort begriffen, dass es der Grafensohn war, der das Geld dafür aufbrachte. Rebecca hatte sich bei Tobias' Vater schon eine Abfuhr eingehandelt.

Die Tür ging auf, und Tobias' Mutter trat ein. Sie trug ein Glas Wasser auf einem Tablett.

»Bitte sehr.« Sie blieb neugierig stehen.

»So, Mutter. Unser Ältester geht weiter zur Schule. Auf eine höhere Schule.«

Konstantin trank einen Schluck.

Die Frau blieb sprachlos. Zweifel, Ungläubigkeit und auch Angst wechselten sich in ihrer Miene ab.

»Aber, Vater, wer soll dir jetzt auf dem Feld helfen im Herbst, wenn Ernte ist?« Das große Geschenk musste einen Haken haben, und natürlich hatte Tobias den sofort enttarnt.

»Da mach dir mal keinen Kopf drum. Das regle ich mit deinem Vater. Aber erst einmal: Herzlichen Glückwunsch.« Er hielt Tobias die Hand hin, die dieser zögernd schüttelte.

»Und mach uns keine Schande, hörst du?«, sagte der Vater.

»Ich erwarte Großes von dir«, sagte nun auch Konstantin aufmunternd.

Plötzlich wusste niemand mehr, was er noch sagen sollte. Konstantin verabschiedete sich und duckte sich unter den niedrigen Türrahmen. Tobias blieb mit seiner Mutter an der Haustür stehen. Er konnte sein Glück kaum fassen.

Sein Vater begleitete Konstantin zum Pferd.

»Morgen früh kommt dann Ceynowa. Rechnen Sie im Frühherbst mit der Mähmaschine. Und keinen Ton zu den anderen über das, was wir besprochen haben.«

»Sie können sich auf mich verlassen.«

Konstantin stieg auf. Es war dem Mann anzusehen, dass er noch immer nicht verstand, was hier gerade passiert war. Vermutlich hätte er allem zugestimmt, gleich was der Grafensohn von ihm verlangte. Aber Schul- und Kostgeld für seinen Sohn und im Tausch dafür einen Arbeiter mit Maschine gestellt zu bekommen, mit dem er die Felder in der Hälfte der Zeit bearbeiten konnte, war ein merkwürdiger Handel. Er würde noch einige Zeit darüber nachdenken, wer hier eigentlich gerade das kürzere Streichholz gezogen hatte, aber das konnte er genauso gut alleine.

Vor dem Haus versammelte sich die siebenköpfige Familie. Tobias, sein jüngerer Bruder Joseph und noch drei Mädchen, eins davon noch ein Kleinkind auf dem Arm eines älteren Mädchens. Und er hoch oben auf dem Ross. Eine Ahnengalerie der Machtverhältnisse. War es je anders gewesen? Könnte es anders werden? Bei ihrem Anblick wurde Konstantin schmerzlich bewusst, wie sehr ihr Wohl in seinen Händen lag. Seine Schutzbefohlenen, so hätte Großvater sie genannt. Aber machte sie das nicht unmündig wie kleine Kinder?

Konstantin verabschiedete sich und ritt los. Er war gerade in der richtigen Laune für das, was er als Nächstes vorhatte.

Es war schon wieder zehn Tage her, seit er Rebecca das letzte Mal gesehen hatte. Er hatte sie an ihrem Treffpunkt abgeholt, und sie waren auf der anderen Uferseite des Plönesees spazieren gewesen. Die zehn Tage kamen ihm wie eine Ewigkeit vor. Je länger dieses Versteckspiel dauerte, desto schwerer lag es ihm im Magen. Im Winter war es weniger schwierig gewesen, weil da die Feldarbeit ruhte. Aber jetzt im Frühjahr war er ständig unterwegs. Immerzu schaute er sich um. Ob es schon jemandem auffiel, dass er seine Runden vor allem vormittags drehte, wenn Schule war? Rebecca würde ihm da kaum über den Weg laufen. Nachmittags blieb er zu Hause oder erledigte Dinge in den Ställen am Gutshof oder höchstens auf weit entfernten Pachthöfen. Er musste das endlich klären. Und er hatte sich etwas überlegt, eine günstige Gelegenheit. Eine Gelegenheit, bei der sie nicht weglaufen konnte, egal wie verärgert sie sein würde.

Es war schon spät, beinahe neun Uhr. Die Dämmerung setzte gerade ein, und die Sonne warf lange Schatten, weshalb er sich überhaupt traute, sie heimlich zu besuchen. Von hinten ritt er über das Feld heran und band das Pferd bei einer höhergelegenen Hecke an. Die letzten Meter schlich er Richtung Schulgebäude, als er im letzten Moment eine Bewegung sah. Ihre Haustür war offen, und jemand stand davor. Konstantin schlich sich näher ran.

»... finde es wirklich nicht angemessen, dass Sie zu so später Stunde vor meiner Tür aufkreuzen.«

»Ich verstehe nicht, was Sie meinen.« Das war die Stimme des Hauslehrers. Was machte Matthis hier?

»Oh doch. Sie verstehen es sehr wohl.« Rebecca schien wütend zu sein. Das erkannte Konstantin an ihrer Stimme.

»Wollen Sie mich kompromittieren? Ist das Ihr Ziel, dass sich die anderen Leute das Maul zerreißen, weil ich abends noch Herrenbesuch bekomme?«

Konstantin schlich sich noch etwas näher und duckte sich hinter einer kleinen Weißdornhecke.

»Aber ich wollte doch gar nicht ...«

»Es ist mir völlig egal, was Sie wollten oder nicht. Sie wissen ganz genau, was Pastor Wittekind sagen würde, wenn er Sie so spät noch vor meiner Tür antreffen würde.«

»Aber ich bin doch gar nicht drin.«

»Wenn Sie mir in Zukunft noch mal Ihre Lektüre vorbeibringen wollen, dann nur, wenn ich mit den Kindern noch im Schulraum bin. Allerdings benötige ich keinerlei Vorschläge von Ihnen, wie ich meinen Unterricht zu gestalten habe.«

»Aber ich hab doch nur ...«

»Ich weiß, was Sie wollen. Und es wird nicht geschehen, so viel kann ich Ihnen versprechen.«

Konstantin ballte eine Siegesfaust.

»Sie verstehen mich miss. Ich ...«

»Ich verstehe Sie ganz und gar nicht miss. Wenn ich Sie missverstehen würde, dann würde das in letzter Konsequenz bedeuten, dass Sie mir nicht zutrauen, meinen eigenen Lesestoff zu wählen. Und ich möchte mir nicht vorstellen, dass Sie mich für so dumm und ungebildet halten.« Ihre Stimme klang fordernd.

»Hier auf dem Land bekommt man doch nichts Gescheites zu lesen. Und ich wollte Ihnen doch nur die Klassiker nahelegen.«

»Ich habe studiert, genau wie Sie.«

»Ja, aber ein Lehrerinnenseminar ist doch nicht zu vergleichen mit einem echten Studium.«

Konstantin musste sich beherrschen, dass er nicht losprustete. Jetzt saß Matthis hüfttief in der Patsche, und da würde er so schnell nicht mehr herauskommen. Rebecca hatte ihm schon zweimal von den Besuchen des Hauslehrers erzählt und wie enerviert sie von ihm war. Konstantin hatte diese Information trotzdem beunruhigt. Matthis war standesgemäß ein sehr viel passenderer Heiratskandidat für Rebecca als er. Er konnte ihm gefährlich werden. Doch so, wie Matthis sich benahm, verflogen all seine Bedenken.

»Warten Sie einen Moment.« Rebeccas Stimme war eisig. Die Tür ging zu, und Konstantin hörte, wie Matthis ungeduldig schnaufte. Dann ging die Tür wieder auf. Durch die Hecke konnte Konstantin erkennen, dass sie einen Stapel Bücher balancierte.

»Hier. Das sind Ihre. Ich benötige sie nicht. Die Bücher, die ich gerne lesen möchte, lasse ich mir von meinen Eltern aus Charlottenburg schicken. In Berlin bekommt man wirklich alles.« Barsch drückte sie ihm den Stapel Bücher in die Hände.

»Ich bin zu Fuß. Ich kann doch jetzt nicht all die Bücher mitschleppen.«

»Sie konnten sie doch auch hierherschleppen.«

»Aber das sind doch wirklich zu viele auf einmal.«

»Finden Sie, es sind zu viele? Warum haben Sie sie mir erst gebracht?«

»Ja, aber ...«

Rebecca nahm ihm die Hälfte wieder ab. »Die können Sie morgen abholen, nach dem Schulunterricht. Ich erwarte Sie dann – im Klassenraum!«

»Morgen, direkt nach dem Unterricht, da bin ich noch nicht frei.«

»Dann eben später. Aber ganz sicher nicht bei Anbruch der Nacht.« Ihre Worte ließen keinen Zweifel an ihrer Entschlossenheit, ihn endgültig loszuwerden.

»Na gut. Dann ... Ich wünsche Ihnen noch eine gute Nacht.« Matthis drehte sich um und ging am Haus vorbei nach vorne zur Straße.

Konstantin wartete noch einen Moment, bevor er sich aus seiner Deckung wagte. Er sah Matthis mit schweren Schritten die Straße entlanggehen. Als er schließlich zwischen den Häusern verschwunden war, spähte Konstantin durchs Fenster. Rebecca räumte in der Küche auf. Es würde wahrscheinlich nicht mehr lange dauern, bis sie ins Bett ging.

Die Stube war karg eingerichtet. Von seinem Besuch in Charlottenburg wusste er, dass Rebecca um einiges komfortabler aufgewachsen war. Nicht nur, weil die Häuser in Berlin und Umgebung schon zu weiten Teilen elektrifiziert waren und fließend Wasser hatten. Die Zimmer waren größer, hatten Tapeten und einen Steinfliesenboden. In der Schulwohnung war eine Bretterdiele über den festgestampften Boden gezogen worden, und die Wände waren gekalkt.

Rebecca hier zu beobachten, wie ihr dieser Mangel offenbar nichts anhaben konnte, in dem festen Glauben, etwas Gutes und Richtiges zu tun, und dafür all die Entbehrungen auf sich zu nehmen – dafür liebte er sie umso mehr.

Er war sehr froh darüber, dass er wenigstens die Fensterrahmen hatte erneuern lassen. Sonst konnte er ihr kaum mehr Luxus anbieten. Nicht, solange er sich ihr nicht offenbart hatte.

Es sei denn, er würde gegen alle Konventionen verstoßen, die ihr und ihm auferlegt waren. In seinem Herzen wusste er, dass er das früher oder später tun sollte. Sich Rebecca in seinem Zuhause vorzustellen, war schwierig. So oft träumte er davon, wie Rebecca in seinem Bett lag. Doch wenn er diese Vorstellung auch nur auf ein einziges anderes Zimmer des Herrenhauses erweiterte, wurde sie abwegig. Rebecca in seinem Heim – das passte nicht. Und doch war es sein Heim. Er war in dem festen Glauben aufgewachsen, dass er hier leben würde, bis der Tod ihn zu seinen Vätern holte.

Da er ein Mann war, wurde bei der Heirat eine Bürgerliche ebenfalls in den Adelsstand erhoben. Und als Erbe des Gutes würden sie hier leben müssen. Wie würde sich Rebecca in seiner Welt zurechtfinden? Immer vorausgesetzt, sie wollte ihn überhaupt noch, sobald sie die Wahrheit erfahren hatte. Und wenn sie ihn dann noch wollte, wäre es ein ewiger Kampf, allen voran mit Mama, aber auch mit allen anderen. Mama würde vermutlich direkt mit ihm brechen, wenn er verkündete, er wolle eine Dorflehrerin heiraten. Und nicht nur seine Familie. Für seinen gesamten Stand wäre er ein Abtrünniger.

Aber bei aller Liebe konnte er sich Rebecca nicht vorstellen, wie sie an langweiligen Teegesellschaften teilnahm, stundenlang über die neueste Hutmode redete oder vor jedem Höherstehenden knickste. Zumal man sie vermutlich meiden würde, als hätte die Familie sich eine ansteckende Krankheit geholt. Rebecca würde es ein Leben lang zu spüren bekommen, dass sie nicht als gleichrangig angesehen wurde. Ihre alte Welt würde sich aber auch für sie verschließen. Wie würde es einer ehemaligen Dorflehrerin im Dorf ergehen, aus deren Mitte sie so hoch aufgestiegen war? Wie also sollte er ihre beiden Welten vereinen?

Bevor er sich an dieses Problem wagte, musste er erst ein anderes lösen. Er klopfte leise.

Die Tür wurde wütend aufgerissen. »Was ist denn noch?«

Konstantin lächelte. »Ich hab gerade noch deinen Besuch gesehen.«

Rebecca war noch immer aufgebracht. »Und genauso gut könnten ihn andere beobachten. Ich hoffe, er hat endlich verstanden, dass er nicht mehr kommen darf.« Sie ließ ihn schnell eintreten.

»Und wenn er es nicht verstanden hat, könnte ich ein Wörtchen mit ihm reden.«

Jetzt legte Rebecca ihren Kopf schief und schmunzelte endlich. »Und würde uns das nicht verraten?«

Würde uns das nicht verraten? Wie schön es war, dass sie von »uns« sprach. »Ich weiß, du musst morgen wieder früh aufstehen, aber ich konnte es nicht mehr erwarten, dich zu sehen.« Er nahm ihre beiden Hände, führte sie zum Mund und küsste sie. Dann schlang er seine Arme um sie, und ihre Münder fanden zueinander. Es war ein so erfüllendes Gefühl. Konstantin bestärkte es, das Richtige zu tun.

Er tat einen Schritt zurück, immer noch ihre Hände haltend. »Ich möchte dir gerne immer so nah sein können.«

»Du weißt doch, ich kann das nicht. Ich kann nicht mit dir zusammen sein und als Dorflehrerin weiterarbeiten.«

»Ich weiß. Deshalb habe ich mir etwas überlegt.«

Rebecca schaute ihn neugierig an. Konstantin erwiderte ihren Blick intensiv. Er atmete tief durch. Rebecca würde wissen, was er mit seinen nächsten Worten andeutete.

»Wie wäre es, wenn wir zusammen für ein paar Tage wegfahren würden?«

»Wohin?«

»Irgendwohin an die Ostsee. Du könntest sagen, dass du zu deinen Eltern fährst.«

»Wann?«

»Ende Juni, das Wochenende nach der Sommersonnenwende. Kannst du dir da freinehmen?«

»Ich ... glaube nicht.«

»Wieso nicht?« Sie hatte gefragt, wohin und wann. Ganz abgeneigt schien sie nicht zu sein. Und natürlich wusste er, warum sie Bedenken hatte. »Wir geben uns als Mann und Frau aus. Ich besorge uns Ringe, die wir anziehen können. Ich weiß von einer abgelegenen Pension in Ahlbeck, die es nicht ganz so ernst nimmt mit der polizeilichen Anmeldung von Gästen.«

»Dann planst du es schon länger?«, gab Rebecca erstaunt von sich.

Konstantin zog sie an sich und nahm sie in die Arme. Sie vergrub ihr Gesicht in seiner Halsbeuge. Ihr Haar duftete nach ihr. In dem Moment wurde sein Sehnen nach einer körperlichen Vereinigung mit ihr so stark, dass er sich kaum noch zurückhalten konnte. »Ich denke ständig daran. Ich möchte immerzu mit dir zusammen sein. Ich möchte dich endlich so kennenlernen, wie nur ein Mann und eine Frau sich kennenlernen können.«

Rebecca schmiegte sich noch enger in seine Arme.

»Und du? Geht es dir nicht ebenso?«

Sie sagte immer noch nichts.

»Wenn ich zu forsch bin, sag es mir. Wenn du das nicht möchtest, sag es mir. Aber ich glaube zu spüren, dass du es ebenso willst wie ich.«

»Es ist ... zu riskant.«

»Ich regle das mit der Pension.«

»Das ist es nicht.«

»Was dann? Dass uns jemand dort entdeckt?«

»Das befürchte ich gar nicht.« Ihre Stimme klang rau.

»Was dann?«

Sie zögerte. »Was, wenn ich ... wenn wir ... Ich meine, stell dir vor, ich müsste nach ein paar Wochen feststellen, dass ich ...«

Konstantin lehnte sich zurück und schaute ihr ins Gesicht. »Du meinst, wenn ich dich schwängern würde?«

Sie nickte beklommen.

Ein zärtliches Lächeln erschien auf seinem Gesicht. »Auch dafür trage ich Sorge. Ich hab etwas besorgt, etwas ...« Himmel, war das vertrackt! Er wartete darauf, dass sie etwas sagen würde, aber sie blickte ihn weiter unsicher an.

»Ich ... ich habe erwartet, dass du es nicht willst. Jetzt noch nicht. Nicht mit mir. Aber wenn es nur Bedenken sind, dass wir entdeckt werden könnten oder dass du in gesegnete Umstände kommen könntest, dann bin ich der glücklichste Mann der Welt.«

»Nicht mit dir? Du dummer Kerl. Mit wem denn sonst?« Rebecca lachte laut auf. »Nein, ich möchte es auch. Aber du weißt, wenn etwas passiert, könnte es mein ganzes Leben verändern und nicht zum Guten.«

Jetzt nickte er. Er wusste nur zu gut, was für eine Tortur ledigen jungen Müttern bevorstand. Mehr als einer seiner Studienkameraden hatten eine Bedienstete geschwängert, was für sie selbst meist keine Auswirkungen gehabt hatte. Die Frauen allerdings waren verloren.

»Ich werde mich um alles kümmern. Und ich werde für alles Sorge tragen. Versprochen!«

Sie schmiegte sich wieder an ihn. »Dann werde ich dafür Sorge tragen, dass ich Ende Juni ein paar Tage zu meinen Eltern fahren muss.«

5. Juni 1914

»Katharina! Schnell. Zieh dich um!«

Mama kam hereingestürmt. Aus lauter Gewohnheit war Katharina versucht, ihren Lesestoff unter dem Kissen zu verstecken. Doch sie blätterte gerade nur in einer Zeitschrift, die sie sich von Mama ausgeliehen hatte. Sie legte das Blatt aufs Bett.

»Du immer mit deinem Lesen. Du verdirbst dir noch die Augen.« Schon zog sie Katharina vom Bett.

Aufgescheucht wie ein Huhn kam die Mamsell hinter ihr ins Zimmer geschossen. »Das neue hellblaue Kleid?«

»Ja, sehr gute Wahl. Katka, schnell. Zieh dich aus.« Sie drehte ihr Tochter um und fing persönlich an, ihr das Kleid aufzuschnüren.

»Was ist denn, Mama?«

»Wir haben höchsten Besuch.«

»Wer? Wer ist da?«

»Ludwig von Preußen gibt uns die Ehre.«

Katharina erstarrte. Darauf war sie nicht vorbereitet. Sie hatte geglaubt, sie hätte noch bis zum Sommerfest Zeit, sich eine überzeugende Entschuldigung einfallen zu lassen. Eine Krankheit vielleicht. Oder einen Schwächeanfall. Aber für all das war es nun zu spät.

»Wusstest du von seinem Besuch?« Ihre Mutter zerrte ihr das Kleid über die Schultern und riss es runter.

»Sei nicht albern. Glaubst du, dann würde ich dich auf die letzte Sekunde umziehen? Er ist gerade überraschend eingetroffen. Papa hält ihn hin, bis du so weit bist.«

Schon fielen das Unterkleid und der Korsettschoner. Als die Mamsell gerade eintrat, riss ihre Mutter fest an den Korsettschnüren.

»Mama ... ich krieg keine Luft mehr.«

»Du musst doch elegant und damenhaft aussehen.«

Katharina blähte ihren Oberkörper so weit mit Luft auf, wie es ging. Mit gepresstem Atem sagte sie: »Es nutzt doch aber nichts, wenn ich vor ihm ohnmächtig werde.«

»Ach, papperlapapp. Du wirst nicht ohnmächtig. Ich verbiete es dir.« Ohne die Schnüre zu lockern, stülpte sie ihr den Korsettschoner wieder über.

Die Mamsell trat heran.

»Lassen Sie das Unterkleid. Einfach nur das Kleid anziehen«, wies sie die Mamsell an.

Wie befohlen hielt die Mamsell ihr das neue Kleid vor. Sie stieg hinein, und die beiden Frauen zogen es hoch. Mamsell Schott schnürte ihr das Kleid zu, während Mama es ihr zurechtzupfte.

»Mama. Du lässt mich aber nicht mit ihm allein. Versprichst du es?«

»Ich werde höchstpersönlich darauf achtgeben, dass er dir nicht zu nahe tritt.« Feodora seufzte auf. Fast zärtlich streichelte sie ihre Wange. »Kind, ich lasse doch nicht jemanden mein höchstes Gut beschädigen.« Dann griff sie ihr von vorne ins Dekolleté und schob geschickt die erblühenden Brüste weiter hoch.

»Mama!«

»Zeig, was du hast. Er sucht schließlich nach einer Frau, nicht nach einem Fechtkameraden.«

Oh, wenn sie doch nur ohnmächtig werden könnte, dachte Katharina ängstlich.

Wenige Minuten später standen sie unten vor dem großen Salon. Ein dicker Kloß saß ihr im Hals. Sie wollte da nicht rein. Sie wollte ihm nicht einmal die Hand geben, diesem Scheusal. Ihre Mutter ging voran.

Ludwig von Preußen hielt mitten im Gespräch mit Papa inne. Papa bedachte sie mit einem stolzen Blick.

»Sie sehen entzückend aus.« Der Neffe des Kaisers kam auf sie zu.

Schon war er bei ihr und drückte ihr einen Kuss auf die Hand. Dass er dabei ihrem Dekolleté so nahe kam, dass er es mit seinen Fingern streifte, bekam ihre Mutter nicht mit.

Steif trat Katharina einen Schritt zurück. Sie zog, doch er ließ ihre Hand nicht los. Er lächelte sie an, dann krochen seine Blicke geradewegs unter den Stoff und umkreisten ihre Brüste. Katharina wurde rot bis unter die Haarspitzen. Endlich ließ er ihre Hand los und trat ebenfalls zurück.

»Sie sind noch liebreizender als das letzte Mal, falls das überhaupt möglich ist.«

Katharina sah, wie ihre Eltern triumphierende Blicke wechselten. Sie hätte schreien mögen.

Alexander kam zur Tür hereingehumpelt, ebenfalls umgezogen und ganz ohne Krücken, wie Katharina bemerkte. Er begrüßte den Prinzen, der kaum Notiz von ihm nahm. Die Mamsell erschien, Gebäck, Tee und Kaffee auf einem Tablett. Clara half tragen.

Katharina wollte dem Mädchen ein Zeichen geben, dass sie draußen warten sollte, falls Ludwig wieder etwas Unerhörtes wagte. Aber als sie das zweite Tablett hinstellte, warf sie Ludwig nur einen eingeschüchterten Blick zu und verschwand. Die Mamsell selbst servierte gemeinsam mit Caspers.

Sie setzten sich alle, Ludwig ihr gegenüber auf die Chaiselongue. Katharina bekam kaum einen Schluck Tee herunter, und das lag nicht nur an dem engen Korsett.

»Dann werden Sie heute Abend noch auf Schloss Wildenbruch erwartet?«, fragte Vater.

»So ist es. Ich soll für meinen Onkel dort nach dem Rechten sehen. Im Moment wohnen dort keine Familienmitglieder, aber es gehört dem preußischen Königshaus.«

»Wie weit ist Ihr Weg dann noch?«

»Ich glaube, die Kutsche braucht weniger als drei Stunden bis dorthin.«

»Mir war gar nicht bewusst, dass wir so nahe von hier ein preußisches Schloss haben«, sagte Mama aufgeregt.

»Und sogar eins, das von den Tempelrittern selbst erbaut wurde. Es wird leider etwas vernachlässigt. Aber vielleicht komme ich demnächst ja öfter.«

Ludwig blickte Katharina an, als hätte sie es zu entscheiden. Da konnte er aber lange warten. Sie sagte nichts, und sie lächelte auch nicht wohlwollend. Katharina konnte es kaum abwarten, dass er wieder verschwand.

Die Tür ging auf, und Hauslehrer Matthis erschien. Auch er hatte sich Staatsrobe angelegt. Allerdings schienen weder Mama noch Papa mit ihm gerechnet zu haben.

»Karl Matthis aus Köslin. Der Lehrer von Katharina«, sagte Vater missgestimmt. »Er wollte sich Ihnen nur kurz vorstellen.«

Matthis kapierte offensichtlich nicht, was Papa eigentlich damit sagen wollte, nämlich: Mach, dass du fortkommst.

Er ging zur Chaiselongue. Ludwig machte keinerlei Anstalten aufzustehen. Offensichtlich rang der Lehrer mit sich, ob er Ludwig von Preußen die Hand geben sollte, entschied sich dann aber richtig für eine Verbeugung.

»Karl Matthis. Zu Ihren Diensten.«

»Zu meinen Diensten?«, gab Ludwig spöttisch von sich. »Sie scheinen mich mit meinem Onkel zu verwechseln.«

»Ähm ... ja. Entschuldigen Sie, Eure Hoheit. ... Ich darf Ihnen sagen, dass Ihre Wahl ausgezeichnet ist. Katharina ist ein sehr gescheites Mädchen.«

Mama schnappte laut nach Luft. Ludwig schaute den Mann entgeistert an.

»Matthis!«, sagte Vater scharf. Dem Hauslehrer stand es nicht zu, in der Gegenwart eines Familienmitgliedes der kaiserlichen Familie über den Geisteszustand seiner Tochter zu berichten. Oder gar dem Neffen des Kaisers Absichten in den Mund zu legen. Papa ruckte mit dem Kopf, und endlich kapierte Matthis seinen Affront.

»Nun, entschuldigen Sie die Störung. Ich wollte nur ... ganz kurz ... die Gelegenheit ...«

Vater unterbrach ihn. »Ja, wir wissen, was Sie wollten. Und nun bitte.« Er wies Richtung Tür.

Die Tür schloss sich hinter ihm. Alexander, der bisher nichts gesagt hatte, grinste feixend bis über beide Ohren.

»Entschuldigen Sie diese Impertinenz.«

»Aber gar nicht. Er hat ja recht. Ich finde meine Wahl ebenfalls ausgezeichnet.« Ludwig bedachte Katharina mit einem hungrigen Blick.

Vater stand auf und goss dem Besuch selbst eine Tasse Kaffee ein. »Es ist sehr bedauerlich, dass Sie meinen ältesten Sohn nicht kennenlernen werden. Er ist in der Grafschaft unterwegs.«

»Dann ist Ihr Gut erfreulich groß. Daran gibt es doch nichts auszusetzen. Außerdem muss ich mich entschuldigen. Ich hätte mich vorher ankündigen sollen. Aber meine Anreise kam so kurzfristig. Gestern Morgen erst war ich bei meinem Onkel und habe den Auftrag erhalten. Gestern Nachmittag bin ich schon aufgebrochen.«

Zeit genug für ein Telegramm, dachte Katharina bissig. Sie musste etwas tun. Das Gespräch steuerte in eine verhängnisvolle Richtung. Gleich würde Mama ihn noch für seine Rückfahrt einladen. Außerdem sollte er ruhig sehen, dass sie nicht mit ihm einverstanden war.

»Ich hätte vermutet, dass man die Strecke bis Schloss Wildenbruch mit der Ostbahn und der Kleinbahn an einem Tag schafft.«

Mama sah aus, als hätte sie der Schlag getroffen. Auch Vater schien überrascht davon, wie brüsk sie sprach. Und selbst Ludwig starrte sie für einen Moment an.

»Vermutlich. Aber dann wäre mir ja die Gunst Ihrer Gegenwart entgangen.« Er ließ wirklich nicht locker. Fast schien es, als würde sie ihn mit ihrer Gegenrede zusätzlich anstacheln.

Katharina stand abrupt auf. Ihr war so heiß, dass sie wirklich das Gefühl hatte, jeden Moment umzukippen.

»Ich fühle mich nicht gut. Leider muss ich mich entschuldigen.« Entschlossen trat sie an Ludwig heran. Sie hatte sich so dicht vor ihn gestellt, dass es ihm nicht möglich war aufzustehen. Völlig überrumpelt schaute er zu ihr auf. »Ich bedanke mich für Ihr Kommen.«

»Katharina! Ich weiß nicht, was ...«

»Ich habe dir doch schon heute Morgen gesagt, dass es mir nicht gut geht.« Sie machte einen Knicks, drehte sich um und ging eiligen Schrittes Richtung Tür, vorbei an Mamsell Schott, die ihre Verblüffung kaum zurückhalten konnte. Vorbei an Caspers, der hektisch herumzappelte, weil er nicht wusste, ob er nun dem jungen Fräulein die Tür öffnen sollte oder besser nicht.

Mama schnappte laut nach Luft. Doch Katharina ließ sich nicht verunsichern. Sie lief weiter, hatte die Klinke schon in der Hand, als Ludwig etwas sagte.

»Aber so warten Sie doch.«

Da war Katharina schon aus der Tür und lief los. Doch hinter sich hörte sie Schritte. Das konnte doch wohl nicht wahr sein. Er verfolgte sie. Schnell wandte sie sich Richtung Flur, vorbei an der Bibliothek, dem kleinen Salon und dem Gartenzimmer. Sie stürzte um die Ecke und rannte an einigen Türen vorbei. Bevor er sie sehen konnte, musste sie in einem der leeren Gästezimmer verschwinden. Geschwind riss sie eine Tür auf und verschanzte sich dahinter. Pochenden Herzens blieb sie an der Tür stehen und horchte.

Doch anscheinend war sie zu langsam gewesen. Neben ihr wurde die Klinke heruntergedrückt, und die Tür öffnete sich.

»Mein liebes Fräulein.« Schon stand Ludwig im Raum. Ohne lästige Zeugen schien er jede Contenance zu verlieren. Er packte Katharina an den Handgelenken und zog sie zu sich.

»Nein!«

Er versuchte, sie zu küssen, ließ ein Handgelenk los und packte ihr Kinn. Katharina stieß ihn von sich. Sie rangelten, was ihm besonders viel Spaß zu machen schien. Offensichtlich gefiel es ihm, dass sie sich wehrte. Grinsend drückte er sie gegen eine Wand und schob ein Knie zwischen ihre Beine.

»Du undankbares Stück. Ich könnte jede haben. Und du stellst dich an wie eine Kuh, die von einem Bauern bestiegen werden soll.« Trotz seiner rauen Worte lachte er.

Katharina war nun tatsächlich nahe daran, das Bewusstsein zu verlieren. Das Korsett war schon so eng, die Anstrengung der Verteidigung nahm ihr den Atem. Nun presste er sie mit seinem ganzen Gewicht an die Tapete. Sie atmete hektisch und bekam trotzdem nicht genug Luft. Als er seine Hand über ihren Mund schob, versuchte sie, ihm ins Fleisch zu beißen.

»Für dich habe ich sogar meine Mutter umgestimmt. Aber weißt du was: Wenn ich dich einfach hier und jetzt nehme, dann brauche ich dich nicht einmal mehr zu heiraten.«

Katharina wollte einen Schrei ausstoßen, aber seine Hand war so fest vor ihren Mund gepresst, dass sie klang wie ein winselnder Hund. Das verstärkte ihre Anstrengungen noch. Allmählich ging ihr wirklich der Atem aus.

»Gnädiges Fräulein?«

Der Druck ließ nach. Ludwig wandte sich ab, ließ sie aber dennoch nicht los. In der Tür stand das dünne blonde Hausmädchen. Einen Putzeimer in der einen und einen Feudel in der anderen Hand trat sie aus einem Nachbarraum durch die Verbindungstür. Wieder stieß Katharina einen Schrei aus, dieses Mal etwas lauter. Ludwig ließ von ihr ab. Katharina schnappte nach Luft.

Hedwig schlotterte am ganzen Körper. Ihr Gesicht lief puterrot an, und der Blecheimer fiel scheppernd auf die Steinfliesen. Das schmutzige Wasser spritzte.

Ludwig sprang beiseite. Er starrte die Kleine an, als wollte er sie gleich hier mit Haut und Haaren fressen.

»Katharina?« Das war ihr Vater.

»Katka.« Mamas Rufe waren weiter entfernt.

»So eine Schweinerei!«, rief Ludwig nun und riss selbst die Tür auf. »Haben Sie denn nur unfähiges Personal?«

Vater trat in den Raum, völlig verstört. Was war hier los, schien sein Mund stumm zu fragen.

»Ich wollte Ihrer Tochter gerade mein Geschenk umlegen, als dieses Weib hier den Eimer mit dem Putzwasser genau zu meinen Füßen auskippt.« Seine Stiefel und seine Bundhose hatten einige Spritzer abbekommen.

»Um Gottes willen, wie bedauerlich.« Mama schob sich ins Zimmer, wich der Wasserlache aus und sah Katharina vorwurfsvoll an.

Vater blickte noch immer ratlos von einem Anwesenden zum nächsten. Das arme Hausmädchen schnappte nach Luft wie ein Karpfen auf Land. Sie war nicht in der Lage, irgendetwas zu sagen oder zu tun, geschweige denn sich zu verteidigen.

Mamsell Schott und Caspers erschienen. Die Mamsell riss Hedwig sofort den Feudel aus der Hand und putzte das Wischwasser auf.

»Ich werde sofort veranlassen, dass Ihre Kleidung gereinigt wird. Caspers ...«, wollte Mama gerade den Hausdiener anweisen, als Ludwig sie unterbrach.

»Nein, nicht nötig. Es ist ohnehin meine Reisekleidung«, gab er nun in einem versöhnlichen Ton von sich. »Ich habe nun nur noch eins zu erledigen, bevor ich Ihre Gastfreundschaft überstrapaziere.« Er griff in seine Hosentasche und zog ein feines Seidentuch heraus. Eine wunderschöne Bernsteinkette mit einer goldenen Schließe kam zum Vorschein.

Mama atmete scharf ein, genau wie Katharina, allerdings aus unterschiedlichen Gründen. Eine derartige Schenkung von einem unverheirateten Mann an eine ledige Frau kam einem In-Aussicht-Stellen einer Verlobung gleich. Es war zwar nicht ausgesprochen und nicht endgültig, aber alle anderen Absichten wären höchst unschicklich gewesen.

»Als ich diese Kette sah, erinnerte sie mich an die Komtess. Eine echte Ostseeschönheit.« Er trat wieder näher an Katharina heran. »Kommen Sie, ich lege sie Ihnen direkt um. Ich muss sehen, wie sie auf Ihrer Haut schimmert. Dann habe ich etwas, wovon ich in den nächsten Monaten träumen kann.«

»Nein, ich ...« Katharinas Hand ging zum Hals. Sie musste beinahe würgen.

»Katharina, nun zier dich nicht so. Was soll das denn?«, befahl ihre Mutter scharf.

Als würde sie zum Schafott geführt, ging Katharina zwei Schritte und drehte sich genau neben ihrem Vater um. Wenn

Ludwig jetzt noch etwas Unsittliches versuchen würde, dann … ja, was dann? Würde ihr Vater tatsächlich etwas unternehmen? Bestimmt doch. Sie musste ihn einweihen. Er würde sie verstehen. Er würde sie doch sicher vor ihm schützen.

Sie spürte die Finger des Rohlings, der den Hautkontakt absichtlich verlängerte, als er an der Öse herumfummelte. Endlich war er fertig. Katharina drehte sich um. Ein lodernder Strick um den Hals hätte nicht heißer auf ihrer Haut brennen können.

»Perfekt. Genau so habe ich es mir vorgestellt.«

Alle erwarteten, dass sie nun etwas sagen würde, sich bedanken würde, aber sie blieb stumm. Stattdessen drückten ihre Augen unverhohlenen Hass aus. Katharina schaffte es tatsächlich, ihre Augen nicht abzuwenden. Doch all ihre Gegenwehr schien ihn merkwürdigerweise noch zu befeuern.

»Sie haben wirklich eine heißblütige Tochter.« Die Zunge leckte kurz über seine Lippen.

Mama wollte einfach nur alles ungeschehen machen. Sie trat vor die Tür. »Katharina, du gehst dich nun ausruhen. Darf ich Sie noch zu einer Tasse Tee einladen? Ich weiß gar nicht, wie ich all Ihr Ungemach wiedergutmachen kann.«

»Nein danke. Ich habe alles erledigt, was ich mir vorgenommen hatte. Fräulein Katharina, wir sehen uns dann im August.«

Er ergriff ihre Hand, doch bevor er ihr wieder einen feuchten Kuss aufdrücken konnte, zog Katharina ihre Hand weg.

Er tat so, als hätte er diesen Affront gar nicht bemerkt. Er wandte sich an Vater: »Sie müssen entschuldigen, dass ich hier nicht noch länger verweile, aber ich muss meine Aufgabe erledigen und dann zurück nach Berlin. Ich werde meinen Onkel begleiten. Er reist in wenigen Tagen mit Großadmiral Alfred von Tirpitz nach Wien. Wichtige Gespräche, Sie verstehen?«

»Selbstverständlich. Wichtige Gespräche, das geht vor.« Vater sah immer noch leicht irritiert aus.

»Wir freuen uns schon, Sie und Ihre Familie im August empfangen zu dürfen.« Mama war schon wieder so charmant wie gewohnt.

Katharina war übel. Mit Ludwig von Preußen als Ehemann würde sie ihr Lebtag todunglücklich sein! Und eins war nun klar: Mama würde ihre Pläne nie aufgeben.

5. Juni 1914

Feodora hätte sie alle erwürgen mögen, selbst ihren Gatten. Wie konnte er nur so nichtsnutzig danebenstehen und nichts unternehmen? Um Katharina würde sie sich später kümmern, erst einmal war Matthis dran.

Immerhin hatte Adolphis vor wenigen Minuten Caspers, Mamsell Schott und Matthis in den Salon gebeten. Er war vollkommen mit Feodoras Vorschlag einverstanden. Jetzt standen alle herum und warteten darauf, dass Alexander endlich den Raum verließ. Der Junge hatte sofort etwas gewittert. Natürlich wäre es für ihren Sohn ein Fest, dabei zuzusehen, wie sein Lehrer gemaßregelt wurde, doch das hier ging ihn nichts an.

Die Tür schloss sich hinter ihm, und Adolphis räusperte sich. Doch noch bevor er etwas sagen konnte, platzte es aus Feodora heraus:

»Ich kann gar nicht fassen, was ich in der letzten Stunde alles erlebt habe.« Sie legte sich theatralisch die Hand aufs Herz, als müsste sie gleich in Ohnmacht sinken. »Da macht uns jemand von königlichem Blut die Aufwartung und dann so etwas!«

»Feodora, meine Liebste, ich mach das schon.«

Adolphis musterte seine Bediensteten ganz genau. »Herr Caspers. Mamsell Schott. Wir werden gleich noch über das Vorkommnis im Gästezimmer mit dem Hausmädchen reden müssen. Aber zunächst zu Ihnen, Herr Matthis.«

Jetzt stand er auf und ging mit ausgestrecktem Zeigefinger auf den Hauslehrer zu. »Sie!« Genau vor seinem Gesicht fuchtelte Adolphis hin und her, als wollte er ihm den Finger ins Gesicht stoßen. »Ich werde Sie nicht mehr in unserer Gesellschaft dulden.«

»Aber wieso ... Ich habe doch nur höflich sein wollen ...«

»Sie haben wiederholt gezeigt, dass Sie offensichtlich nicht über ausreichend Etikette verfügen. Ab sofort sind diese Räume für Sie tabu. Bis ich einen Ersatz für Sie gefunden habe, essen Sie unten mit dem Personal.«

Er wandte sich an den Hausdiener. »Caspers, sorgen Sie dafür, dass Herr Matthis ab sofort unten mitversorgt wird. Wie Sie das anstellen, ist mir einerlei. Geben Sie ihm die Essenszeiten durch, damit er den Unterricht solange noch danach ausrichten kann.«

»Aber ich habe doch wirklich ...« Matthis wirkte geschockt.

»Niemand hat bisher offiziell bestätigt, dass der Neffe des Kaisers meine jüngste Tochter zur Auserwählten erkoren hat. Und Sie tun so, als wären sie bereits verlobt.«

Adolphis' Stimme klang zwar bitterernst, aber in Feodoras Augen war er viel zu zahm. Sie brauste auf.

»Sind Sie sich eigentlich im Klaren über das Ausmaß Ihrer Unbesonnenheit? Was, wenn er sich nun gegen meine Tochter entscheidet, allein, weil er glaubt, wir seien schon so siegesgewiss, dass sogar unsere Lakaien die Kunde von den Dächern pfeifen?« Am liebsten wollte sie ihm die Augen ausbrennen. Sie konnte sich gar nicht all das vorstellen, was sie ihm hätte Schändliches antun wollen.

»Aber Sie haben doch selber davon gesprochen ...«

»Offensichtlich sind Sie sich nicht annähernd im Klaren darüber, wie sensibel dieses Thema gehandhabt werden muss. Bis zu einer offiziellen Verlobung darf nichts, aber auch gar nichts nach draußen dringen.«

Wieder blieb Adolphis viel zu nachsichtig.

»Aber ich habe doch gar nicht ….«

»Mit Ihrer unvorsichtigen Äußerung haben Sie vielleicht alles kaputt gemacht.« Feodora hätte platzen mögen, so wütend war sie.

»Das glaub …«

»Hab ich Sie nach Ihrer Meinung gefragt?«

Jetzt, wo er gefragt wurde, blieb Matthis plötzlich stumm. Adolphis atmete tief durch, ging zurück zu seinem Sessel und setzte sich. Feodora wartete darauf, dass er die Sache beendete.

»Ich werde unverzüglich eine Annonce aufsetzen. Sobald wir einen Ersatz haben, werden Sie gehen. Und für die verbleibende Zeit rate ich Ihnen dringlichst, sich zu benehmen.«

Mit Genugtuung beobachtete Feodora, wie Matthis mit sich kämpfte. Er wollte sich verteidigen, wusste aber genau, dass das Fallbeil niedergegangen war. Es gab nichts mehr zu retten.

»Sie können jetzt gehen«, entließ Adolphis den Mann.

Alle warteten, bis er zur Tür hinausgeschlichen war.

»Und nun zu dem anderen unseligen Vorfall.« Ihr Mann wandte sich den beiden Dienstboten zu. »Kann mir jemand von Ihnen erklären, was da genau passiert ist?«

Mamsell Schott trat einen Schritt vor. »Ich hatte heute Morgen Hedwig angewiesen, die unteren Gästezimmer zu putzen. Sie waren routinemäßig dran. Das war noch, bevor der Besuch kam.«

»Sie haben nicht daran gedacht, sie von dort wegzubeordern?«, fragte Feodora spitz.

Mamsell Schott schüttelte den Kopf. »Nein.« Sie zögerte. »Ich habe wirklich nicht damit gerechnet, dass der hohe Besuch in die hinteren Zimmer ... Er hat doch gesagt, dass er nur zum Kaffee bleibt. Andernfalls hätte ich Hedwig natürlich sofort ...«

»Ja, ja! Schon gut. Darum geht es auch eigentlich nicht«, unterbrach Adolphis sie. »Das Mädchen war da und hat geputzt. Ich frag mich nur, warum es sich nicht zurückgezogen hat, als es sah, dass Herrschaften in der Nähe waren.«

Mamsell Schott zögerte wieder. »Ich kann es mir auch nicht so recht erklären.«

»Ich möchte mit ihr sprechen. Holen Sie das Mädchen her.«

»Das wird nicht nötig sein«, sprang Feodora schnell ein. Ihr schwante, dass dabei Aspekte zum Vorschein kommen könnten, die ihr Mann nicht zu wissen brauchte. »Ich werde das erledigen, Adolphis. Überlass es nur mir, es geht schließlich um weibliches Dienstpersonal.«

»Trotzdem«, insistierte er. »Irgendetwas scheint mir da nicht ganz koscher gewesen zu sein.«

»Lass nur, mein Liebster. Ich werde mich um alles kümmern, auch um unsere Tochter.« Himmel, nun lass schon gut sein, Adolphis!

»Wenn ich so frei sein darf, etwas zu sagen.« Caspers machte eine kurze Pause, bis Adolphis nickte. »Hedwig ist erst seit ein paar Monaten bei uns. Sie ist hohen Besuch noch nicht gewöhnt. Und nebenbei bemerkt ist sie nicht die Hellste.«

»Und da haben wir schon die Erklärung. Siehst du, Adolphis? Alles klärt sich auf.«

Der Graf schien nicht ganz überzeugt zu sein, andererseits wusste Feodora, dass er sich nicht gerne mit Fragen des Dienstpersonals herumschlug.

»Hmm, na gut«, gab er brummig von sich. »Und sorgen Sie dafür, dass Matthis sich da unten benimmt. Sollte es zu Unruhe kommen, möchte ich darüber informiert werden.«

»Sehr wohl.« Caspers verneigte sich und ging.

Mamsell Schott begann damit, das Kaffeegeschirr wegzuräumen. Zufrieden folgte Feodora Caspers aus dem Raum.

* * *

Kaum dass sich die Tür hinter den beiden geschlossen hatte, setzte Mamsell Schott das silberne Tablett auf das kleine Tischchen zurück. »Ich müsste mit dem gnädigen Herrn noch etwas besprechen.«

Adolphis schaute auf. Hatte das Mädchen doch etwas beobachtet? Sollte er Katharina danach fragen oder war das Thema zu heikel? Er machte sich nicht gut bei solchen Weibersachen. Aber irgendwas war in dem Gästezimmer vorgefallen. Außerdem fand er es reichlich überraschend, wie unverzeihlich unhöflich Katharina sich schon vorher verhalten hatte.

»Ja, bitte?«

Mamsell Schott schaute auf ihre Hände und druckste herum.

Dieses Verhalten bestätigte seine Befürchtungen. »Was hat Hedwig erzählt?«

Mamsell Schott hob erstaunt den Kopf. »Hedwig? Gar nichts. Es geht nicht um das Mädchen.« Sie verschränkte ihre Hände. Anscheinend hatte sie sich endlich zu etwas durchgerungen. »Ich wollte eigentlich nur sagen, dass Hedwig und auch die anderen Mädchen und ebenso die Küchenhilfe sich eigentlich ganz gut machen.«

Adolphis hob erstaunt die Augenbrauen. »Nun, wegen diesem einen Vorfall müssen wir nicht so tun, als wenn es sonst nicht gut laufen würde. Ich bin im Allgemeinen recht zufrieden. Und Matthis ... der fällt nicht in Ihren Verantwortungsbereich.«

Wieder verknoteten sich die Finger der Mamsell. »Ich wollte es auch nur sagen, weil ich finde, dass Herr Caspers häufig ungebührlich viel Lohn einbehält. Die Mädchen machen gar nicht so viel kaputt. Und auch Kilian nicht.«

»Was meinen Sie mit: Lohn einbehält?« Adolphis rutschte unruhig auf seinem Sessel herum. Probleme. Diese Dienstboten machten nur Probleme.

»Na, den Lohn, den er einbehält, wenn etwas kaputtgeht oder etwas falsch läuft.«

»Reden wir hier vom Geschirrgeld? Es wäre mir gar nicht aufgefallen, dass es so viel wäre.«

»Das Geschirrgeld ist nicht so viel, aber das andere schon.«

»Ich bin mir nicht sicher, worüber wir hier gerade sprechen. Wollen Sie mir das bitte näher erläutern?«

»Nun, wenn bei Tisch das Silber nicht gut genug geputzt ist oder in der Küche mal ein Ei herunterfällt und Herr Caspers sieht das, gibt es Lohnabzug.«

»Ein Ei in der Küche? Wollen Sie mir ernsthaft sagen, dass wir hier in einem Haus sind, das gut und gerne zwanzig Leute verköstigt, und da darf nicht mal ein Ei herunterfallen?«

»Ich achte wirklich sehr auf Disziplin und dass die Mädchen sich gut benehmen. Dass alles immer und jederzeit reinlich ist. Ich möchte sogar sagen, dass ich in einem Haus arbeite, in dem alle den hohen Ansprüchen gerecht werden. Trotzdem finde ich, dass die Sanktionen doch ...«, Mamsell Schott dachte anscheinend nach, wie sie etwas höchst Unangenehmes schicklich ausdrücken konnte, »doch unangemessen hoch sind im Vergleich zu anderen Häusern, in denen ich bereits gearbeitet habe.« Sie atmete tief durch. Endlich war es raus.

Verstört stand Adolphis wieder auf. Er brauchte einen Moment, um die Teile zu einem Bild zusammenzufügen. »Und dieser Lohnabzug, der wird unseren Ausgaben dann gutgeschrieben?«

Für einen kurzen Moment presste Mamsell Schott die Lippen aufeinander, bevor sie sprach: »Das denke ich doch.«

Es hörte sich eher an wie eine Frage als wie eine Bestätigung.

»Ich werde Caspers danach fragen, und dann werden wir sehen, was er dazu sagt. Aber könnten Sie mir ein Beispiel geben, um welche Beträge es sich in der Regel handelt?«

Sie nickte. »Da ich den monatlichen Lohn auszahle, mache ich mir natürlich immer entsprechende Notizen. Es sind keine hohen Beträge. Es sind eher die … Häufigkeit und die Anlässe, die ich nicht gerechtfertigt finde.«

»Kommen Sie morgen früh damit zu mir.«

Feodora würde morgen nicht zu Hause sein. Er hatte keine Lust, sich wegen einer solchen Lappalie mit ihr herumzustreiten. Denn eins war gewiss: Wenn sie glaubte, dass Caspers Geld unterschlug, und seien es noch so geringe Summen, wäre es für sie ein willkommener Anlass, ihn endlich loszuwerden.

Die Mamsell nickte beflissentlich und hob das Tablett. »Soll ich Ihnen frischen Kaffee bringen?«

»Nein danke.« Der Sinn stand ihm jetzt doch mehr nach etwas Hochprozentigem. Er schaute ihr nach, bis sie die Tür hinter sich schloss. Natürlich wusste er nicht, wie das in anderen Haushalten gehandhabt wurde. Und das weibliche Personal unterstand Feodoras Führung, aber Caspers fiel in seinen Bereich.

Die Leute arbeiteten jeden Tag zwölf Stunden oder mehr. Das eine oder andere würde wohl dabei kaputtgehen. Aber wie sollte ein Mädchen, das ein Kleid falsch plättete und es damit ruinierte, es jemals ersetzen? Sollte sie drei Jahre lang ohne Lohn leben?

Wenn sich allerdings sein Verdacht bestätigte, hatte er ein Problem. Caspers war ihm egal, aber in diesem Moment musste er sich eingestehen, dass er noch niemals einen Blick hinter die Kulissen des Hauses geworfen hatte. Caspers arbeitete seit über einem Dutzend Jahren hier, und seit acht Jahren leitete er dieses Haus. Er sorgte dafür, dass immer alles geregelt war, schon bevor es Adolphis selbst überhaupt einfiel, dass es etwas zu regeln gab.

Er war nicht darauf erpicht, ausgerechnet jetzt, wo ihm schon die komplette Gutsverwaltung übertragen war, auch noch beim Personal Probleme lösen zu müssen. Trotzdem oder gerade deswegen sollte Feodora davon nichts erfahren. Sie regte sich doch immer furchtbar darüber auf, wie lange die Dienstboten brauchten, um sich einzuarbeiten. Und jemand von Caspers Format musste erst einmal gefunden werden. Außerdem wusste er ganz genau, dass die Leute in der Stadt besser bezahlt wurden. Wen würde er als Ersatz bekommen können? Sicher niemanden, der seinen Job besser versah als der langjährige Hausdiener. Nein, nein! Er würde das mit Caspers klären, irgendwie. Er goss sich extra viel Obstbrand ein.

Kapitel 10

5. Juni 1914

»Und? Hast du schon etwas von deinen Geschwistern gehört?« Albert konnte das stumme Leiden des Stubenmädchens nur zu gut verstehen.

Wiebke drehte sich erschrocken um. Sie stand in der Küche und hielt einen Zettelblock und einen Bleistift in der Hand. Beides ließ sie schnell in ihrer Schürzentasche verschwinden. Als sie sah, wer sie angesprochen hatte, trat ein erleichterter Ausdruck auf ihr Gesicht.

»Nein, noch nicht. Aber ich habe nun die Adresse meiner Schwester herausbekommen. Ich habe am Sonntag den ganzen Nachmittag an meinem Brief gesessen. Ich hab ihn direkt am Montag aufgegeben.«

»Das hört sich doch gut an. Und vielleicht weiß sie ja dann auch, wo deine Brüder abgeblieben sind.«

»Das hoffe ich sehr. Aber was, wenn es ihr so geht wie mir?«

»Was meinst du damit?«

»Was, wenn sie auch nicht lesen oder schreiben kann?«

»Dann wird sie bestimmt jemanden finden, der ihr hilft. Vielleicht ...« Albert, der an der Küchentür lehnte, drehte sich plötzlich verwundert um. Hauslehrer Matthis kam die Treppe herunter.

»Kann ich Ihnen helfen? Wir essen jeden Moment.« Er sagte es nur zur Vorsicht, damit dieser arrogante Schnösel nicht glaubte, ihm zuliebe würde jemand von den Bediensteten auf seine Mahlzeit verzichten.

Doch der Hauslehrer starrte ihn nur säuerlich an. Hinter ihm erschien die Mamsell, die direkt an ihm vorbeiging und den Essensgong für die Angestellten läutete. Matthis ging rüber zur Leutestube.

Wiebke und Albert tauschten noch einen überraschten Blick, dann gingen sie ebenfalls rüber und nahmen ihre Plätze ein. Kilian und Eugen erschienen und drückten sich an Matthis vorbei, der im Türrahmen stehen geblieben war. Hedwig kam mit eingezogenen Schultern direkt hinter Clara in den Raum.

»Hedwig, wir müssen nach dem Essen miteinander sprechen«, sagte Mamsell Schott.

Der Kleinen stiegen Tränen in die Augen.

»Keine Angst. So schlimm wird es schon nicht«, flüsterte Bertha ihr zu, die gerade mit einem Topf dicken Eintopfs erschien. »Das erkenne ich an ihrer Stimmlage.« Sie zwinkerte Hedwig zu, die sich trotzdem so klein wie möglich machte.

»Kommt Johann?«, fragte Caspers in die fast vollständige Runde.

Eugen schüttelte den Kopf. »Ich weiß nicht. Er ist mit dem Hufschmied und dem Polen auf die hintere Koppel gegangen. Sie schauen sich die Zugpferde an.«

Irmgard Hindemith erschien mit der Butter. Sie setzte sich, aber auch sie starrte wie gebannt in Richtung Tür.

Caspers stellte sich an seinen Platz, blieb aber stehen. »Herr Matthis?«

Matthis trat mit erhobenem Kopf ein.

»Sie können für heute den Platz von Johann Waldner einnehmen.« Caspers deutete auf den Stuhl gegenüber von Eugen. »Morgen werden Sie einen festen Platz zugeteilt bekommen.«

»Sollte ich nicht neben Ihnen sitzen, hier oben?«

»Der gnädige Herr hat es meinem Ermessen überlassen, wo Sie sitzen werden.« Caspers verzog keine Miene.

»Aber der Rangfolge nach ...«

»Der Rangfolge nach müssten Sie oben bei den Herrschaften sitzen. Aber da Sie sich diese Stellung selbst verwehrt haben, werden Sie hier den Platz einnehmen, den ich Ihnen zuweise.«

Matthis sah einen Augenblick so aus, als wollte er sich mit Caspers messen, doch dann gab er auf. »Also gut.« Er setzte sich auf seinen angewiesenen Platz.

Den anderen Bediensteten stand die Neugierde ins Gesicht geschrieben. Auch Albert hätte gerne gewusst, was passiert war. Der Neffe des Kaisers war überraschend zu Besuch gekommen. Es hatte einen Zwischenfall in einem der unteren Gästezimmer gegeben, in den Hedwig verwickelt gewesen war. Mehr war nicht bekannt.

Um der größten Unruhe vorzubeugen und sicherlich auch aus einer Art Genugtuung heraus, setzte Caspers nach. »Herr Matthis wird dieses Haus bald verlassen. Bis der gnädige Herr einen Ersatz für ihn gefunden hat, wird er hier unten bei uns speisen.«

Die Degradierung hätte nicht deutlicher sein können. Kilian grinste verstohlen. Alle schauten den Hauslehrer verwundert an. Die Niederlage stand ihm ins Gesicht geschrieben. Und es gab niemanden mehr, bei dem er sich über die Häme hätte beschweren können. Albert konnte nicht gerade behaupten, dass er es bedauerte.

Gerade als Mamsell Schott das Tischgebet aufsagte, ging die Hintertür auf, jemand zog sich die Stiefel aus und wusch sich in der Küche die Hände. Plötzlich standen Johann Waldner und Tomasz Ceynowa in der Tür.

»Wir sind doch früher fertig geworden«, erklärte Ceynowa ihr Eintreffen.

»Was macht der auf meinem Platz?«, fragte Waldner unwirsch.

»Nun, Herr Matthis, dann werden Sie sich bitte an das hintere Ende des Tisches bequemen müssen.« Caspers stand wieder auf und wies Matthis mit dem Finger einen Platz an. »Rückt dahinten zusammen. Bertha, holst du bitte noch ein Gedeck?«

Ceynowa ging anstandslos nach hinten, aber Waldner wartete direkt hinter Matthis darauf, dass der sich erhob. Er musste den Platz für den Stallmeister räumen. Und neben einem polnischen Saisonarbeiter am untersten Ende des Tisches essen. Mehr Demütigung war nicht möglich. Mit gesenktem Blick stand er auf und wartete an dem unteren Ende des Tisches darauf, dass Bertha ihm noch ein Gedeck ans Tischende brachte. Kilian wurde angewiesen, noch einen Stuhl zu holen, und es dauerte ewig, bis er sich endlich setzen konnte. Hedwig rückte mit Clara und Wiebke an der Längsseite des Tisches zusammen.

Bertha fing an, den Eintopf auszugeben. Es wurde in Stille gegessen, aber die Neugierde kroch wie ein dicker, fetter Wurm über den Tisch. Amüsierte Blicke wanderten über den Tisch. Die Jüngeren grinsten unverhohlen, unsicher, ob sie sich nun freuen sollten oder ob Matthis ihnen schon bald hier unten die Laune verderben würde.

Als alle noch mal Eintopf und Butter und Brot genommen hatten, konnte Clara nicht mehr an sich halten.

Albert hörte, wie sie leise flüsterte: »Wieso sind Sie denn nach hier unten verbannt worden?«

»Das hat mir der kleine Sch... Ich bin mir sicher, dass Herr Alexander mir das eingebrockt hat. Er hat es schon immer auf mich abgesehen«, gab Matthis leise zurück.

»Wirklich? Ist das so?«, rief Caspers rüber. Er schien die Aussage in Zweifel zu ziehen.

»Sie kennen nicht alle Fakten, Herr Caspers. Herr Alexander hat mich wiederholt schlechtgemacht bei den Herrschaften. Und vor Kurzem hat er sich sogar erdreistet, mir Dinge der gnädigen Herrschaft unterzuschieben. Er wollte, dass man mich des Diebstahls bezichtigt. Aber ich habe es früh genug gemerkt und alles zurückgegeben.«

»Und inwiefern hat das mit dem zu tun, was heute Nachmittag passiert ist?«

»Herr Alexander ... Er hat sich doch bestimmt wieder gegen mich stark gemacht.«

»Soweit ich mich erinnern kann, und ich war ja nun dabei, genau wie Mamsell Schott, haben Sie sich der Königlichen Hoheit gegenüber in unangemessener Form geäußert. Und da dies nicht Ihr erster verbaler Ausrutscher war, hat der Graf nun Konsequenzen gezogen. Ich kann mir wirklich nicht erklären, was der junge gnädige Herr nun damit zu tun haben sollte.«

»Er ... Ich ...« Matthis blickte in die Runde. Außer Ceynowa, der seine Suppe löffelte, schauten ihn alle an. »Es gibt weitere Erklärungen, aber ich bin nicht gewillt, sie in dieser Runde zu erörtern.« Er stand auf. »Danke, ich habe keinen Hunger mehr.« Er ging am Tisch vorbei, verfolgt von sämtlichen Augenpaaren.

»Hat es Ihnen bei uns hier unten nicht geschmeckt?«, fragte Bertha spöttisch.

Sein Mund zuckte. Was sollte er sagen? Natürlich war er feineres Essen gewohnt und mehrere Gänge.

Irmgard Hindemith drehte sich zu ihm um. »Es kommt aus der gleichen Küche, und es wird von den gleichen Händen zubereitet.«

»Es war sehr ... es hat gemundet.« Matthis drehte sich weg, und schon hörte man seine eiligen Schritte auf der Hintertreppe.

Bertha und Clara prusteten gleichzeitig los, und auch Kilian fiel mit ein. Caspers machte ein strenges Gesicht, aber zur Überraschung aller sagte er nichts.

»Wir sollten diese Situation besprechen«, sagte Mamsell Schott zu ihm, »sobald Sie fertig sind.«

»Ich bin fertig«, sagte Caspers und stand auf. Die beiden verließen den Raum.

Als hätte sie nur darauf gewartet, schob Clara sich ein Stück rüber zu Tomasz Ceynowa. Sie tuschelte vertraulich mit ihm. Albert konnte sich nicht vorstellen, dass es der Mamsell gefallen würde. Und der Köchin auch nicht. Sie wollte gerade etwas sagen, als es klingelte.

Wer würde da so spät noch kommen? Bettler, Hausierer und Bauchladenverkäufer kamen immer über Tag. Bertha, die eh schon angefangen hatte, den Tisch abzuräumen, stellte den Topf ab und ging.

»Das glaub ich ja nicht. Was für eine Überraschung!«, schallte es freudig durch den Flur.

Selbst Clara und Ceynowa schauten überrascht auf.

»Komm rein. Willst du etwas zu essen? Wir sind gerade fertig geworden.« Bertha strahlte glücklich, als sie zurückkam. Für einen Moment schien sie selbst ihre schiefen Zähne vergessen zu haben.

Kilian drehte sich um. »Hektor!«

Hektor, das musste sein Vorgänger sein. Der Mann, der nur wenige Jahre älter als Albert war, grüßte in die Runde. Clara stand sofort auf und kam näher.

»Komme ich ungelegen?« Er klopfte Kilian auf die Schulter. »Mensch, Junge. Du wächst ja immer noch. ... Eugen, wie geht es? ... Waldner.« Er nickte dem Stallmeister hölzern zu. Die Mädchen begrüßte er alle mit einem freundlichen Nicken, nur Clara gab er die Hand. »Du wirst auch jeden Tag schöner.«

»Setz dem Mädchen keine Flausen in den Kopf«, mahnte Frau Hindemith, aber es klang nicht wirklich ernst gemeint.

Schon erschien Bertha mit einem frischen Gedeck. »Komm, setz dich auf meinen Platz.«

Und im Nu hatte er einen vollen Teller dampfenden Eintopfs vor sich stehen. Er saß Albert gegenüber.

»Da Sie auf meinem Platz sitzen, dürften Sie mein Nachfolger sein, was?«, gab er zwischen zwei Löffeln von sich. Der Mann hatte Hunger. »Hektor Schlawes.«

»Albert Sonntag. Ich bin seit letztem Mai hier.«

»Und? Wie kommen Sie so mit unserem Patron klar?«

»Hektor. Der alte gnädige Herr ist tot«, sagte die Köchin schnell, bevor er sich zu Dummheiten hinreißen ließ.

»Tot?« Er blies auf seinen heißen Eintopf. Sonderlich bewegt schien er nicht zu sein.

»Im Mai. Er ist von einem Baum erschlagen worden.«

»Hm …« Er mampfte. »Das tut mir leid.« Mampf. »Und sonst … Läuft es mit dem jungen Grafen gut?«

»Der junge Graf ist nun Konstantin von Auwitz-Aarhayn. Und der Sohn vom Patron ist nun der Patron«, erklärte Bertha eilfertig. »Ansonsten geht hier alles seinen gewohnten Gang. Aber nun erzähl schon. Wie ist es dir ergangen?«

Clara nahm neben ihm Platz. Zu Alberts Überraschung blickte Bertha sie biestig an. Es war wohl eine alte Buhlerei, die Irmgard Hindemith schon kannte. Sie stand auf und bot Bertha ihren Platz an. Nun musste Hektor sich von einer Seite zur anderen drehen, um beiden Frauen zu genügen.

Albert schaute dem Treiben vergnügt zu.

Schlawes legte den Kopf schief. Bevor er Berthas Frage beantwortete, nahm er noch mal zwei Löffel, bis der Teller leer war. Sofort sprang Clara auf und füllte nach.

»Am Anfang ging es einigermaßen. Ich war in Danzig bei einer Arztfamilie als Kutscher angestellt.« Schlawes lächelte Clara dankbar an.

»Arzt? Da hast du bestimmt auch oft zu Unzeiten rausgemusst«, gab Bertha mitfühlend von sich.

Hektor Schlawes nickte. »Genau. Nach ein paar Monaten habe ich mich dann entschlossen wegzugehen. Ich wollte ja sowieso mal nach Berlin.«

»Du warst in Berlin? Oh, wie aufregend«, sprudelte es aus Clara heraus.

»Nun lass ihn doch erzählen«, maulte Bertha.

»Tja, also Berlin …« Er nahm schnell noch zwei Löffel Eintopf.

Albert hätte wetten mögen, dass es nicht besonders glücklich für ihn gelaufen war. Es waren zu viele Leute in den großen Städten. Zu viele Menschen, die alle das gleiche Glück suchten – eine gutbezahlte Arbeit und eine billige Wohnung.

»Tja, ich hab einfach kein Glück gehabt. Ich hab nicht Fuß fassen können.«

Schnell griff er sich noch ein Brot.

»Zunächst habe ich für jemanden Mietdroschke gefahren, aber der hat mir zu wenig bezahlt. Aber ich wäre besser bei ihm geblieben. Danach ging es nur noch bergab. Die Arbeitslosigkeit ist groß und wächst weiter. Berlin ist …«

Er schüttelte den Kopf und schob sich schnell noch einen Löffel Eintopf in den Mund. Als könnte er damit die Erinnerung an den Hunger runterschlucken.

»Ich hab Handzettel verteilt und für Geschäfte ausgerufen. Ich bin den ganzen Tag für einen Teller warme Suppe mit Plakaten die Straßen hoch und runter gelaufen. Zuletzt hab ich Kohle geschleppt.«

Damit hatte wohl niemand gerechnet. Clara sah ihn überrascht an.

»Berlin ist ein Moloch, der alles verschlingt, erst das Geld, dann die Moral.«

»Möchtest du einen selbstgemachten Likör?«, bot Bertha an. Es schien der richtige Moment für eine Aufmunterung zu sein.

»Gerne.« Er löffelte schnell weiter. Während er den Teller leerte, sagte niemand etwas.

Dann fasste Kilian sich ein Herz. »Und jetzt? Willst du wieder hier anfangen?«

Er schüttelte den Kopf. »Nein, ich kann mir nicht vorstellen, dass der Graf dem zustimmen würde. Sie waren ziemlich enttäuscht, um nicht zu sagen erbost, als ich gekündigt hatte.«

Bertha erschien mit einer Flasche, in der eine träge orange Flüssigkeit hin und her schwappte. Sanddornlikör – gleichermaßen Trostspender wie Medizin. Sie schüttete ihm und auch sich selbst ein kleines Gläschen ein.

»Und wir? Bekommen wir nichts?«, giftete Clara.

»Du bist noch viel zu jung, um Alkohol zu trinken.«

»Bin ich nicht!«

»Dann mach dir doch deinen eigenen Aufgesetzten. ... Prost. Auf deine Gesundheit. Und auf deinen ... auf mehr Erfolg.«

Schlawes hielt das Glas hoch, trank aber noch nicht. »Ich gehe nach Amerika.«

Bertha, die schon am Likör genippt hatte, verschluckte sich.

»Ja, ich habe beschlossen, nach Amerika auszuwandern. Ich bin es leid, hier immer nur von der Hand in den Mund zu leben. Hier können wir uns doch den Buckel krumm arbeiten und kommen im Leben auf keinen grünen Zweig. Aber in Amerika, in Amerika, da können fleißige Leute weit kommen.«

»Amerika!«, echote Clara wie hypnotisiert.

»Ich bin hierhergekommen, um noch mal meine Familie zu besuchen. Ich will sie noch mal sehen. Man weiß ja nie, wie lange es dauert, bis man wiederkehrt. Wenn man überhaupt wiederkehrt.«

»Hast du dir das auch gut überlegt?« Irmgard Hindemith war nicht ganz so überzeugt.

»Ein Freund von mir ist schon drüben. Er hat mir eine Postkarte geschickt, als ich noch in Danzig war. Ich soll nach Nevada kommen, auf eine Ranch, wo Mustangs gezüchtet werden. Da suchen sie noch Männer.«

»Du wirst Cowboy?« Es war das erste Mal, dass Eugen etwas sagte. Er klang begeistert.

Schlawes nickte. »Ich schicke euch eine Postkarte, wenn ich drüben bin. Ich …«

»Nanu?« Plötzlich stand Mamsell Schott im Raum.

Hinter ihr erschien Caspers. »Was ist denn hier los?« Er bedachte die Likörgläser mit einem strafenden Blick.

»Herr Caspers. Mamsell Schott.« Schon stand Hektor auf und begrüßte die beiden angemessen. »Ich wollte nur mal vorbeischauen und mich verabschieden. Ich habe gerade erzählt, dass ich nach Amerika auswandere.«

»Tatsächlich?« Caspers klang nicht so, als wäre er von der Sinnhaftigkeit dieser Unternehmung überzeugt.

»Auch wenn ich Ihnen alles Glück dafür wünsche, muss ich das Wiedersehen nun doch unterbrechen. Clara. Wiebke. Seid ihr oben schon fertig? … Na, dann husch.«

»Kilian, du doch auch. Oder hast du schon frei?«, gab Caspers gewohnt säuerlich von sich.

Die drei Angesprochenen erhoben sich, ebenso Hedwig und Eugen. Waldner stand ebenfalls auf. Er konnte seinen Blick nicht vom Likör abwenden. Auch Albert stand auf. Er musste noch nach den Pferden sehen. Hektor rappelte sich hoch und ließ das Brotstück in seiner Jacke verschwinden. »Ich komm gleich wieder«, sagte er zu Bertha und zwinkerte ihr zu.

Das Küchenmädchen grinste glückselig.

Doch als Albert durch den Flur ging, bekam er mit, wie Clara und Hektor Schlawes sich flüsternd miteinander unterhielten.

»Komm mit mir nach Amerika. Hausmädchen werden dort überall gesucht.«

»Ich will aber gar kein Hausmädchen mehr sein.«

»Das ist doch das Gute an Amerika. Dort kannst du machen, was du willst.«

»Was ich will?«

»Was du willst! Du musst nicht länger Dienstbotin für irgendeine reiche Lady sein.«

»Wirklich?«

»Vielleicht wirst du selbst eine reiche Lady. In Amerika ist alles möglich.«

Das Mädchen zögerte, hin- und hergerissen zwischen Träumen und Bedenken. »Ich muss mir das überlegen.«

»Ja, überleg es dir gut. Ich komme in ungefähr drei Wochen wieder hier vorbei, und dann musst du dich entschlossen haben. Anfang Juli geht mein Schiff ab Bremerhaven.«

Albert hielt den beiden die Hintertür auf. Clara verabschiedete sich herzlich an der Tür. Sie musste nach oben. Doch in der Tiefe des Flures entdeckte Albert Bertha, die Likörflasche noch in der Hand. Sie wischte sich über die Wangen und drehte sich weg.

Mitte Juni 1914

Sie hatte es geahnt. Papa war heute Vormittag für zwei Tage nach Stettin gefahren. Als hätte ihre Mutter nur darauf gewartet, sie endlich schutzlos für sich zu haben. Der Unterricht heute Vormittag war ohne besondere Vorkommnisse verlaufen. Wenn man mal davon absah, dass Matthis seit seiner Verbannung in die Dienstbotenetage sehr niedergeschlagen wirkte. Was Alexander zu mehr und mehr Widerspruch anstachelte. Aber ihr Bruder hatte nicht recht behalten: Vater suchte nach einem Ersatzlehrer. Sie wurde nicht auf ein Lyzeum geschickt, und ihr Bruder musste sich vorläufig auch den Gedanken an ein Internat aus dem Kopf schlagen.

Schon das Mittagessen war merkwürdig einsilbig verlaufen. Katharina hatte nun eigentlich Klavierstunde. Ihre Mutter war gerade ins Musikzimmer gekommen und hatte Matthis fortgeschickt.

Ihre Hände waren blutleer, als Mama sie aufstehen ließ. Katharina zögerte. Ihre Mutter schaute sie erbost an.

»Nun, ich warte.«

Katharina wusste genau, was sie von ihr wollte. Dieses Mal würde sie nicht die Unbedarfte spielen. Es hatte bis jetzt ohnehin noch nie zu etwas Gutem geführt.

»Er hat mich wieder unsittlich berührt.«

Ihre Mutter holte aus. Obwohl Katharina zurückwich, erwischte sie sie noch mit ihren Fingern an der Wange. Die Haut brannte.

»Lüg mich nicht an.«

»Ich lüge nicht. Als wir alleine im Gästezimmer waren, da hat er mich an die Wand gepresst. Und er hat sein Knie zwischen meine Beine gezwängt.«

Ihre Mutter holte wieder aus, und dieses Mal wich Katharina nicht zurück. Dieses Mal hob sie ihren linken Arm und wehrte damit den Schlag ab.

»Du undankbares Stück.«

»Du hast dein Versprechen gebrochen. Du hast gesagt, du würdest es nicht zulassen, dass er mich je wieder unsittlich berührt!«

Feodora riss ihre Augen auf. »Jetzt bin ich daran schuld? Wer ist denn weggelaufen? Wärst du bei uns geblieben, wäre das nicht passiert!«

»Er hat mit seinen Fingern mein Dekolleté gestreift. Schon bei der Begrüßung. Du hast keine zwei Meter entfernt gestanden, und du hast mich nicht beschützt.«

Für einen kurzen Moment schien ihre Mutter verunsichert. Doch schnell hatte sie sich wieder gefangen. »Er ist eben sehr von dir angetan.«

»Ich werde diesen Mann nicht heiraten!«

»Du wirst tun, was deine Eltern dir sagen!«

»Ich werde diesen Mann *nicht* heiraten!«

»Wie kannst du es wagen zu widersprechen! Du weißt offensichtlich überhaupt nicht, was sich gehört.«

»Offensichtlich weiß ich es besser als Ludwig von Preußen.«

»Er ist der Neffe des Kaisers!«

»Er ist abscheulich.«

Mama war überraschend schnell. Schon hatte sie mit der einen Hand ihr rechtes Ohr gepackt und zog sie mit der anderen Hand an den Haaren. Es tat weh. Ihre Mutter zwang sie auf die Knie.

Ihre Stimme war so eindringlich wie ein scharfes Messer. »Hör mir gut zu! Wenn Ludwig von Preußen dich will, dann wirst du ihn heiraten. Und ich dulde keine Widerrede mehr. Haben wir uns verstanden?«

Katharina presste die Lippen aufeinander. Auf keinen Fall würde sie klein beigeben. Dieses Mal nicht. In allen anderen Dingen war es ihr egal.

»Eigentlich hast du so jemanden wie ihn gar nicht verdient. Aber deine Schönheit reicht ihm anscheinend, und sicherlich ist es ihm völlig egal, wie hoch deine Mitgift sein wird. Verschwendest du auch nur einen Gedanken an deine Familie? Denkst du an Nikolaus, welche Karriere du ihm versperrst mit deiner Widerspenstigkeit? Oder glaubst du etwa, dein Verhalten wäre Anastasias Mann förderlich?«

Für einen Moment stutzte Katharina, darüber hatte sie noch gar nicht nachgedacht. Doch dann sah sie das Gesicht von Ludwig von Preußen vor sich. Ekelerregend. »Selbst wenn ich meinen Mann nicht bestimmen kann: Ich werde dieses Tier nicht heiraten!«

Der Kopf ihrer Mutter kam ganz nahe. Ihr Flüstern wurde zu einem bedrohlichen Zischen. »Du wirst tun, was ich dir sage. Wenn du im August beim Sommerfest nicht die Höflichkeit in Person bist, dann gnade dir Gott.«

Katharina wollte etwas erwidern, aber ihre Mutter riss ihr fast das Ohr ab. Sie wimmerte laut auf.

»Wenn nicht, stecke ich dich Anfang September in ein russisches Kloster. Wir werden uns von dir abwenden. Wir alle, auch Vater. Du wirst auf dich selbst gestellt sein und für den Rest deines Lebens die Tage bei Wasser und Brot barfuß den Steinboden schrubben dürfen. Dein Leben wird eine einzige Entbehrung werden. Das ist dann der gerechte Tausch. Denn mit deinem Verhalten sorgst du dafür, dass unsere ganze Familie, deine Eltern wie deine Brüder, das kaiserliche Wohlgefallen entbehren müssen. Sogar deine Schwester und ihren Mann wird es treffen.«

Der Druck ließ etwas nach.

»Also überleg dir gut, was du tust. Du hast noch eine einzige Chance. Nur eine. Wenn ich je wieder ein ungehöriges Wort aus seinem Mund zu jemandem aus der kaiserlichen Familie höre, sitze ich am nächsten Tag mit dir in der Kutsche. Aber vorher prügle ich dich windelweich.«

Es gab kein Ausweichen, keine Entschuldigung und keine Diskussion. Katharina wusste, dass ihre Mutter es ernst meinte. Trotzdem nickte sie nicht. Sie sagte keinen Ton.

»Das Sommerfest ist deine letzte Chance. Verdirb sie dir nicht.« Ihre Mutter ließ sie los. Sie drückte ihren Rücken durch und faltete ihre Hände vor dem Körper.

»Glaub nicht, dass dein Vater dir hilft. Es ist ganz allein meine Entscheidung. Er ist mit allem einverstanden.« Ihr Blick fiel durch das Fenster. »Denkst du jemals daran, was du diesem Gut schuldest? Was du all den Menschen schuldest, die für dein Wohlergehen arbeiten? Nein! Du bist tatsächlich so naiv zu glauben, all dieser Reichtum und deine Privilegien würden dir geschenkt. Aber so ist es nicht. Du hast dafür Pflichten zu erfüllen. Und wenn du diese Pflicht nicht erfüllen willst, dann musst du deinen Reichtum und deine Privilegien eben entbehren.«

Feodora strich sich ihr Kleid glatt, zupfte sich die Ärmel zurecht und drehte sich um. Kaum war sie rausgegangen, da trat Matthis wieder ein. Überrascht musterte er Katharina, die noch immer auf den Knien war. Die interessierte sich nicht für Matthis' Blick. Sie verdeckte das Gesicht mit ihren Händen und blieb dort hocken.

Tatsächlich war sie erstaunt, dass sie nicht weinte. Im Grunde genommen kam das alles nicht überraschend. Sie wurde ihrem Stand gemäß skrupellos verschachert wie ein besonders fettes Schwein auf einem Viehmarkt. Generationen von Frauen vor ihr war es so ergangen. Mama hatte recht: Sie genoss Privilegien, und im Gegenzug dazu hatte sie ihren Dienst zu leisten. Zum ersten Mal dachte sie daran, ob es ihrer Mutter genauso ergangen war. Hatte sie Vater heiraten müssen? Stritten sie sich deshalb so unerbittlich, weil Liebe nie ein Teil der Abmachung gewesen war?

Trotzdem hatte Mama sich verrechnet. Sie war nicht naiv. Sie war erwachsen genug, um sich ausrechnen zu können, was für ein Leben ihr mit Ludwig von Preußen bevorstünde. Eher würde sie in ein russisches Kloster gehen.

»Darf ich Ihnen aufhelfen?« Matthis berührte sie an der Schulter.

»Lassen Sie mich in Ruhe.« Sie schlug seine Hand weg und stand alleine auf. Es gab für sie nur noch eine Frage zu beantworten: War sie bereit, den ihr zugedachten Preis für ein privilegiertes Leben zu zahlen, oder verzichtete sie auf diese Vorrechte? Erstaunlich kaltblütig fällte sie eine Entscheidung. Sie verzichtete auf den Namen und den Titel. So einfach würde es sein. Zur Not würde sie ein paar Jahre in einem russischen Kloster unterkommen, aber danach würde sie nie wieder in Armut leben müssen. Julius' Familie war reich. Und wer weiß, vielleicht wurde es nicht einmal so schlimm. Sie wäre schließlich nicht die erste Adelige, die unter ihrem Stand heiratete und trotzdem nicht ganz verstoßen würde. Katharina strich sich die Haare glatt und setzte sich auf den Schemel vor dem Klavier. »Was soll ich spielen?«

Nie wieder würde sie vor jemandem Schwäche zeigen. Sie war ihrer Mutter fast dankbar, dass es dazu gekommen war. Endlich hatte sie sich zu einer Entscheidung durchgerungen.

Mitte Juni 1914

»Also, dann ist doch alles geklärt. Du hast eine Unterkunft, und du hast die Fahrkarte.« Die anderen Schüler waren gerade gegangen. Rebecca stand mit Tobias Güstrow vor dem Schulhaus in der Sonne.

»Ich hoffe nur, dass ich Sie nicht enttäusche. Dass ich die gnädigen Herrschaften nicht enttäusche.« Tobias wirkte unsicher.

»Vor dem Unterricht brauchst du keine Angst zu haben. Das schaffst du. Das weiß ich. Du bist sehr intelligent. Aber ...«

Sie sah den Bauernjungen skeptisch an. Er war hier in Greifenau geboren. Er war hier groß geworden, und er hatte nie etwas anderes gesehen. Zweimal im Jahr begleitete er seinen Vater nach Stargard auf den Viehmarkt. Mehr kannte er nicht von der

Welt. Er wusste, wie hart sie war. Aber er wusste nicht, wie böse sie sein konnte. Besser, sie bereitete ihn auf das vor, was ihm blühen würde.

»Die eigentliche Schwierigkeit wird nicht der Lehrstoff sein. ... Du wirst vermutlich in deiner Klasse der erste, ziemlich sicher aber der einzige Sohn eines Pächters sein. Die anderen werden dir das Leben schwermachen.«

»Das hat meine Mutter auch gesagt.«

»Deine Mutter ist eine kluge Frau. Du musst dich darauf vorbereiten, dass deine Mitschüler dir alle möglichen Steine in den Weg legen werden.«

»Aber wieso nur?«

»Weil du für sie eine Gefahr darstellst.« Wie sollte Rebecca ihm das erklären, ohne wie eine Sozialistin zu klingen? »Sie wollen nun mal keine Arbeiter und Bauern, die gut gebildet sind.« Früher oder später würde er von alleine darauf kommen, dass gebildete Leute sich nicht so leicht ausbeuten ließen.

»Ja, aber wieso?«

Rebecca schnaufte. Ihr Leben hier auf dem Dorf war ein stetiger Balanceakt. »Das Wichtigste ist, dass du dich nicht von ihnen provozieren lässt. Sie werden versuchen, dich wie einen groben Bauerntölpel aussehen zu lassen. Sie werden versuchen, dich in Prügeleien hineinzuziehen. Und am Ende sollst du es gewesen sein. Oder sie werden versuchen, dir etwas in den Tornister zu stecken, um es wie Diebstahl aussehen zu lassen. Sei auf der Hut. Halte dich aus allem raus, sei höflich und sei im Unterricht aufmerksam. Das ist deine beste Versicherung.«

Eine Kutsche kam von hinten vorbeigefahren. Rebecca ließ sich sofort ablenken. Es gab hier nicht viele elegante Kutschen. Sie hatte den Gutsherrn und auch die Gutsherrin in dem ganzen Jahr kaum ein halbes Dutzend Mal vorbeifahren sehen, und das immer nur von ferne.

Gelegentlich sah sie den jüngsten Gutsherrnsohn in der Kutsche. Nachdem der Schnee getaut war, wurde er wegen seiner Verletzung häufig zu Doktor Reichenbach gebracht. Doch er wurde meist von einem rotblonden Stallburschen, Eugen, wie Albert ihr verraten hatte, gefahren. Er selbst musste für die Herrschaften parat stehen. Und die kamen so gut wie nie ins Dorf.

Deswegen machte ihr Herz einen Sprung, als sie nun sah, wie die Kutsche sich näherte. Doch der Mann oben auf dem Kutschbock war gar nicht Albert. Er war ein Stück größer, und das Gesicht war ihr unbekannt.

Er sah kurz zu ihr herunter, nickte freundlich und war schon vorbei. Rebecca war so erstaunt, dass sie nicht einmal gesehen hatte, wer in der Kutsche saß. Es war bestimmt Besuch von außerhalb, der zum Gutshof fuhr. Aber warum waren sie nicht auf der Chaussee geblieben, sondern hatten einen Umweg durchs Dorf gemacht?

»Weißt du, von wem die Kutsche ist?«

»Die ist vom Gut«, antwortete Tobias.

»Von unserem Gut?«

Er nickte.

»Haben Sie denn zwei Kutscher?«

»Keine Ahnung. Ich kenne nur ihn, Sonntag.«

»Ihn? Sonntag? Aber das war doch gar nicht Sonntag.«

Tobias sah sie verunsichert an. Dann zuckte er mit den Schultern. »Ich dachte, er hieße Sonntag. Ich kann meinen Vater mal fragen.«

»Nein, brauchst du nicht.« Um Himmels willen! Sollte nur niemand glauben, sie würde sich nach dem Kutscher des Gutes erkundigen. Das würde nur zu ungutem Gerede führen.

»Ich hab mich einfach nur vertan.« Sie klopfte Tobias aufmunternd auf die Schulter. »Also, denk daran, was ich dir gesagt habe. Lass dich nicht provozieren. Das wollen sie nur.«

Tobias nickte wieder.

»Sei ein bisschen selbstbewusster. Je selbstbewusster du auftrittst, desto weniger nehmen sie sich heraus. Aber sei auch nicht arrogant.«

Hach, sie würde ihn am liebsten begleiten und beschützen. Sie wusste, die weiterführende Schule würde für ihn kein Zuckerschlecken werden. Trotzdem freute sie sich ungemein. Ein kleines bisschen stolz auf das, was sie bewirkt hatte, war sie auch.

Sie drehte sich um und sah der Staubwolke nach, die die Kutsche aufgewirbelt hatte. Irgendetwas kam ihr merkwürdig vor. Sie hätte schwören können, dass die Kutsche von ihrem Gutsherrn genauso aussah.

Letzte Woche hatten im Kaufladen zwei junge Mädchen vor ihr gestanden, die miteinander getuschelt hatten. Als Alberts Name gefallen war, hatte Rebecca nicht anders gekonnt, als zu lauschen. Die beiden hatten gekichert, als sie sich über das gute Aussehen des Kutschers ausgelassen hatten. Was hätte Rebecca da sagen sollen, natürlich hatten sie recht. Trotzdem hatte ihr das Gerede einen Stich versetzt.

Was, wenn Albert nicht auf sie warten würde? Wenn es ihm zu lang würde, dieses Versteckspiel, diese Heimlichkeiten? Wenn er mit ihr zum Tanzen wollte oder mit ihr in aller Öffentlichkeit zu Kaffee und Kuchen gehen wollte? Das alles stand ihm zu. Er würde eine kleine Wohnung zugewiesen bekommen, wenn er heiratete. Was, wenn er nicht mehr auf sie warten wollte?

Und sie? Wie lange wollte sie darauf warten, eigene Kinder zu bekommen? Und warum sollte sie nicht weiterarbeiten, wenn sie Kinder hatte? Männer taten das doch auch. Sie könnte sich eine Kinderfrau nehmen, wenn sie es sich mit ihrem Mann leisten könnte. Sie könnte das alles schaffen, wenn man sie nur ließe. Aber die schnöde Wahrheit war: Niemand würde sie dann noch als Lehrerin arbeiten lassen.

Andererseits, die meisten Bediensteten, gerade hier auf dem Lande, heirateten erst mit dreißig oder später. Vorher sparte man sich genügend Geld für einen Grundstock zusammen. Musste auch erst einmal eine gewisse Stellung erreichen, um sich eine Familie leisten zu können. Ein paar Jahre hatte sie noch Zeit. Aber ob Albert wirklich so lange warten würde? Nun, vielleicht würde das anstehende Wochenende an der See Antworten bringen. Sie wurde schon nervös, wenn sie nur daran dachte.

20. Juni 1914

Theodor Caspers schluckte. Sein spitzer Adamsapfel hüpfte hoch und runter, dass es beim Zuschauen schmerzte. Adolphis fragte sich, ob er denn gar nicht damit gerechnet hatte, dass es irgendwann auffallen würde.

»Ich gehe davon aus, dass Sie bisher nur die Gelegenheit verpasst haben, mir dieses Geld zurückzuzahlen.«

»Natürlich!« Die Stimme klang brüchig.

Vor zwei Wochen hatte Mamsell Schott ihm ihre Aufzeichnungen vorgelegt. Seit mehr als zehn Monaten notierte sie die Vorkommnisse. Doch auch schon davor musste es nach ihren Aussagen immer wieder Abzüge dieser Art gegeben haben. Anscheinend lief das schon sehr lange so.

»Haben Sie denn nichts zu Ihrer Verteidigung vorzubringen?« Adolphis wurde ungeduldig.

Caspers hatte seine Hände hinter dem Rücken und knackte mit den Knöcheln. Sein Gesicht war hochrot, und seine Augen sprangen fast heraus. Er würde doch wohl nicht hier in der Bibliothek vor seinen Augen ohnmächtig werden? Einen solchen Zwischenfall beabsichtigte Adolphis ganz und gar nicht.

Wenigstens konnte Feodora nicht hereinplatzen. Sie war mit dem Zimmermeister und seinen Männern draußen bei der Orangerie. Die riesigen Glasscheiben waren gestern angeliefert worden. Die Scheiben hatten ein Vermögen gekostet. Aber Adolphis wusste, solange Feodora ihren Willen bekam, hatte er ein friedliches Leben. Zwei Jahrzehnte Ehe mit ihr hatten ihn gelehrt, wie unangenehm es werden konnte, wenn sie zur russischen Furie wurde. Nicht einmal sein Vater war dagegen angekommen. Immerhin hatte er sich nicht über sie auslassen können, denn schließlich war er es gewesen, der ihre Verbindung besiegelt hatte.

»Herrje, Caspers! So sagen Sie doch etwas!«

»Ich wollte es Ihnen mit der nächsten … Ich werde es Ihnen zurückzahlen. Auf Heller und Pfennig.«

Adolphis seufzte auf. Er wäre dem Ganzen am liebsten aus dem Weg gegangen. Aber einer Unterschlagung durch einen Dienstboten musste er nachgehen.

»Also geben Sie es zu?«

Caspers nickte geknickt.

»Natürlich werden Sie es zurückzahlen. Das steht außer Frage. Was ich aber wissen will, ist: Warum?«

»Ich bin untröstlich. … Ich habe das nie … Ich habe einfach nicht gut genug nachgedacht. … Ich dachte immer, wenn ich irgendwann nicht mehr arbeiten kann … Wenn ich zu alt werde oder krank … «

Caspers stotterte sich etwas zurecht, dass es Adolphis selbst unangenehm war. Mit hündischer Unterwürfigkeit verbeugte er sich dabei bei jedem einzelnen Wort.

»Erst Matthis und jetzt Sie. Es steigt mir wirklich über den Kopf.« Adolphis warf verzweifelt die Hände in die Luft. Als hätte er nicht schon genug Dinge, um die er sich kümmern musste. Caspers gab einen undefinierbaren Laut von sich.

»Nun hören Sie schon auf. Ich werde Sie nicht rausschmeißen.«

Der Hausdiener hörte auf mit seinen Verbeugungen und sah ihn überrascht an.

»Sie müssen mir versprechen, dass es nie wieder zu irgendwelchen Unregelmäßigkeiten kommt. Nicht zu den allerkleinsten!«

Caspers war den Tränen nahe. »Nie wieder, ich verspreche es. Ich werde es nie wieder tun. Und ich werde … das Geld so schnell wie möglich … so schnell … so schnell ich es …« Die Stimme des Bediensteten versagte.

»Was soll das heißen: So schnell Sie es können? Wenn Sie sich für schlechte Zeiten etwas zurückgelegt haben, muss es doch da sein. Wo haben Sie es?«

»Ja … sicher … gespart. Ich habe es … natürlich … gespart. Ich muss nach … Starg… nach Wollin … auf die Bank.«

»Was denn nun? Stargard oder Wollin?«

»Ich habe von Stargard aus die Postscheckanweisungen gemacht, aber meine Bank ist in Wollin. Ich glaube, ich muss dort persönlich vorsprechen, wenn … ich … einen höheren Betrag …« Seine Stimme brach. Er räusperte sich. Verschluckte sich. Hustete trocken. »Also … wenn ich … das Geld abheben will.«

Adolphis trank einen Schluck Obstbrand. Das war das einzig Erfreuliche an der ganzen Situation. Er hatte einen Grund, sich mit einem guten Branntwein zu stärken. Himbeerbrand aus der letzten Ernte, er schmeckte vorzüglich.

Der oberste Hausdiener ließ seinen Kopf hängen wie eine Geranie, die lange nicht gegossen worden war.

»Um Gottes willen! Bewahren Sie Haltung.«

Oder war es vielleicht doch sicherer, ihn hinauszuwerfen? Wenn er sich derart benahm, würde es Feodora auffallen. Und wenn sie auch nur einen Hauch von der Unterschlagung witterte, dann wäre es nicht nur Caspers' letzter Tag. Er selbst würde sich auf einen Sturm von Anschuldigungen vorbereiten dürfen. Darauf hatte er noch viel weniger Lust, als sich einen neuen Diener suchen zu müssen.

»Und nun die zweite Bedingung.« Er leerte das Glas. Caspers schaute ihn aus rot unterlaufenen Augen an. Fast sah er aus, als hätte er gesoffen.

»Die zweite Bedingung ist, dass es niemand erfahren darf. Niemand unten und auch niemand hier oben!«

Caspers nickte. »Aber was ist mit Mamsell Schott?«

»Natürlich steht es außer Frage, dass Mamsell Schott sich korrekt verhalten hat. Von der Unterschlagung zu wissen und nichts zu unternehmen, damit trüge sie selbst die Schuld. Nein, sie hat getan, was getan werden musste.«

Caspers nickte wieder.

»Andererseits will ich unten keinerlei Unfrieden oder Zwistigkeiten.«

»Verstehe.«

»Das bedeutet, dass Sie Mamsell Schott keinen Groll nachtragen. Ich möchte, dass im Haus alles wie gewohnt läuft. Ich habe bereits mit ihr besprochen, dass ich diese ganze ... unselige Geschichte mit Ihnen kläre.«

Eine enorme Erleichterung zeigte sich auf Caspers' Gesicht.

»Es geht die Mamsell nichts an, wie oder wann wir das klären. Ich habe sie Stillschweigen schwören lassen. Aber natürlich wird sie mir berichten, falls es zu weiteren ...« Er schaute Caspers an, der wie ein geprügelter Hund vor ihm stand. »Sie wissen schon. Ich gehe davon aus, dass solche Vorkommnisse nie wieder auftreten.«

»Natürlich nicht. Nie wieder.«

Adolphis stand auf und schenkte sich noch etwas Brand

nach. Er schwenkte das Glas und beobachtete, wie die klare Flüssigkeit in schmalen Säulen herabfloss. Wirklich ein erstklassiger Brand.

»Das war alles. Sie können jetzt gehen.«

Caspers wollte sich gerade abwenden, als Adolphis noch etwas einfiel. »Wann werden Sie nach Wollin fahren?«

Der hagere Mann schluckte schon wieder heftig. »Ich hatte eigentlich vor … wenn die Familie nicht im Hause ist. … Im August … zu den Kaisertagen. Ich kann natürlich auch früher …«, setzte er schnell nach.

Adolphis winkte ab. So dringend war es nicht. Dass der oberste Hausdiener sich in der Zeit, in der die Familie abwesend war, einige freie Tage genehmigte, war nichts Ungewöhnliches. Ein irregulärer freier Tag dagegen hätte nur Fragen seitens Feodora nach sich gezogen.

»Schon gut. Ende August reicht mir. Und Caspers …«

»Jawohl?«

»Benehmen Sie sich normal. Sie stehen ja da wie ein alter Wischmopp. Behalten Sie Würde.«

* * *

Theodor Caspers schlich die Hintertreppe hinauf. Er schloss die Tür zu seinem Zimmer und ging vor dem Bett in die Knie. Sein Herz galoppierte. Die Hände flatterten. Sein ganzer Körper wurde von heftigem Zittern geschüttelt. Meine Güte, er konnte kaum glauben, was gerade passiert war. Und er konnte kaum glauben, dass er es überlebt hatte. Er würde nicht entlassen werden. Als wollte er beten, faltete er seine Hände.

Das schmucklose Messingkreuz hing über der Tür, aber keinesfalls wollte er in diese Richtung schauen. Zu sehr schämte er sich. Er konnte es sich selbst nicht erklären, warum er das getan hatte. Es hatte vor so langer Zeit angefangen, erst nur ab und an mit sehr kleinen Beträgen. Aber es war so einfach, verführerisch einfach. Und es fiel überhaupt niemandem auf. Hatte er gedacht.

Als der Graf ihn vorhin gefragt hatte, hatte er sofort gewusst, dass es falsch wäre, etwas zu leugnen. Vielleicht hatte ihn allein seine Ehrlichkeit gerettet. Seine Ehrlichkeit, pah! Wo war er schon ehrlich gewesen? Nicht zu seinen Untergebenen. Er konnte es gar nicht verstehen. Warum bekam er nicht seine Papiere? Warum beförderte ihn der Graf nicht mit einem festen Tritt auf die Straße? Nun denn, er würde sich sicher nicht beschweren. Er würde es nie wieder tun, gelobte er.

Doch wie sollte er jetzt Ottilie Schott gegenübertreten? Er musste es aber. Er musste sich ihr gegenüber ganz normal verhalten. Wie sollte er das bewerkstelligen? Wie sollte er sich jetzt noch würdevoll in der Gegenwart des Grafen und der Gräfin bewegen? Auch das würde er irgendwie hinkriegen. Das alles war nicht das Schlimmste. Das Schlimmste war, dass er das Geld nicht hatte.

Zumindest einen großen Teil davon hatte er nicht mehr. Er hatte etwas gespart. Aber das Allermeiste hatte er verspielt. Er hatte schon immer gespielt. Als junger Kerl hatte er auf alles gewettet, auf das sich wetten ließ: Boxkämpfe, Hunderennen, sogar Hahnenkämpfe. Wann immer er eine lockere Mark in der Tasche gefühlt hatte, hatte er ein Los bei den Bauchladenverkäufern erstanden.

Deswegen hatte er die Stelle hier angenommen, auf Gut Greifenau. Hier gab es keine Losbuden, keine Hunderennen und keine Boxkämpfe. Die gelegentlichen Jahrmärkte in umliegenden Städten besuchte er erst gar nicht, weil er dort möglicherweise auf die Hausbediensteten treffen könnte. Solange er hier in der Einöde lebte, kam er kaum in Versuchung.

Jedes Mal, wenn er einen Teil seines Gehaltes anwies, nahm er sich vor, dass er ab jetzt eisern sparen würde. Und jedes Mal, wenn er seinen zweiwöchigen Jahresurlaub nahm, verspielte er fast alles beim Pferderennen. So hatte es sich eingebürgert, dass er den anderen Bediensteten immer öfter Geld abgezogen hatte, um diese Verluste auszugleichen.

Es dauerte, bis er sich beruhigt hatte. Er stand auf, klopfte sich den Staub von der Hose und tauchte seine Hände in das kalte Wasser. Er spritzte sich das kühle Nass ins Gesicht. Sein Blick fiel auf den kleinen Spiegel. Erbärmlich! Das war alles, was nach über fünfzig Jahren von seinem Leben geblieben war. Eine erbärmliche Darstellung, gut versteckt hinter förmlicher Strenge und vorgegaukelter Disziplin.

Der gnädige Herr hatte recht. Er durfte sich nichts anmerken lassen. Er musste sich zusammenreißen, auch wenn es ihm gerade gegenüber der Mamsell schwerfallen würde. Er hatte keine Wahl. Er würde weiterhin der oberste Hausdiener sein, ab sofort nur etwas gnädiger. Ansonsten musste er sich etwas einfallen lassen, wie er das Geld zusammenkratzen würde.

Als er die Hintertreppe hinunterging, begegnete ihm der Hauslehrer.

»Herr Caspers«, grüßte Matthis ihn knapp und ging weiter.

Theodor Caspers blieb auf dem nächsten Absatz stehen. Innerlich war er zusammengezuckt. Das Schicksal des Hauslehrers führte ihm vor Augen, wie es ihm ergehen könnte.

Matthis haderte mit seinem Schicksal. Es war ihm an der Nasenspitze anzusehen, wie es ihm dort unten bei ihnen erging. Eigentlich ein Plappermaul, das jeden berichtigte, zurechtwies oder unverlangt mit Wissen auftrumpfte, war er dort unten überraschend einsilbig. Er wollte sich nicht mit ihnen unterhalten, um sich nicht mit ihnen gemein zu machen. Sein Schweigen war seine letzte Bastion gegen den Abstieg.

Noch gab es keinen Ersatz für den Hauslehrer, aber es konnte jeden Tag so weit sein. Dreimal schon waren Bewerbungsschreiben aus Berlin und Danzig gekommen. Theodor wusste es, überbrachte er doch die Briefe. Bisher war noch niemand dabei gewesen, der dem Hausherrn zugesagt hätte. Der Graf hatte sich tatsächlich noch nicht einmal zu einem Bewerbungsgespräch durchringen können.

Adolphis von Auwitz-Aarhayn war so ganz anders als sein Vater. Der alte Patron hätte ihn auf jeden Fall vor die Tür gesetzt und vermutlich noch verhaften lassen. Sein Sohn aber fällte nicht gerne Entscheidungen, und er änderte nicht gerne Dinge, die bisher gut gelaufen waren. Vermutlich war das das Ausschlaggebende, warum der Graf sich nicht gegen ihn gewandt hatte: Solange im Haus alles wie am Schnürchen lief, würde er keine zusätzliche Arbeit haben.

Er musste das hinkriegen. Er war Theodor Caspers, der oberste Hausdiener, Butler und Kammerdiener des gnädigen Herrn. Niemand durfte ihm etwas anmerken. Er straffte seine Haltung und ging hinunter in den Dienstbotenbereich. Es war Zeit fürs Abendessen.

Zwei der Mädchen und Kilian saßen schon. Gerade kamen Waldner und Eugen herein. Bertha war noch beim Auftischen.

Frau Hindemith stand mit Wiebke in der Küche. Das Stubenmädchen las aus einem Brief vor.

»Ich bin so … fr… froh, dass du mich gefunden hast. Nun weiß ich englisch ….«

»Nicht raten«, mahnte die Köchin mit einer Engelsgeduld.

»Ent… endlich. Nun weiß ich endlich, wo du bist.« Wiebke lächelte glücklich.

»Ich habe auch Kom… Kontaaaa… Kontakt zu Paul und Otto. Otto ist Stallknecht im Osten von Pommern, nahe dem Leba See an der Ostsee. Paul arbeitet in einer Schmiedeee…

Schmiedewerkstatt in Stolp. Ich selbst bin ... Stubenmädchen auf Gut Marienhof.«

»Bravo!« Theodor meinte sein Lob ganz ehrlich.

Die beiden Frauen drehten sich wie auf Kommando um.

»Wiebke hat endlich einen Brief von ihrer Schwester bekommen.«

»Ida ... Ida Plümecke.«

»Das habe ich mir gedacht. Dann hat sich das heimliche Lernen also gelohnt?«

Wiebke wurde rot, aber lächelte, als sie nickte.

Hinter sich hörte er Schritte. Schritte, die er im Finstern erkannt hätte. Es war Ottilie Schott.

Aufregung peitschte durch sein Blut. Wusste die Mamsell, dass er vorhin die Unterredung mit dem Grafen gehabt hatte? Wann war Ottilie Schott beim Grafen gewesen? Lauerte sie schon seit Tagen oder gar Wochen auf ein verdächtiges Verhalten von ihm? Er trat beiseite, murmelte etwas und hielt seinen Kopf ungewohnt gesenkt. Nein, das durfte er nicht. Er musste Haltung bewahren.

Er hob seinen Kopf, aber als sich ihre Blicke trafen, war klar, sie wusste es. Sie war nicht einmal überrascht, dass er nicht sofort seine Sachen hatte packen müssen. Vermutlich hatte sie die Lage richtig eingeschätzt, dass der Graf Milde walten lassen würde wie so häufig.

»Mamsell Schott.«

Wollte sie etwas zu dem Thema sagen? Es schien, als würde ihr etwas auf den Lippen liegen, doch dann sagte sie nur: »Das Essen ist fertig. Ich läute jetzt den Gong.«

Er nickte und setzte sich auf seinen Platz.

Aus den Augenwinkeln schien sie ihn zu beobachten, aber sonst nahm keiner von ihm Notiz. Zumindest nicht mehr als sonst. Er würde das Abendessen überstehen. Er würde darüber schlafen können, und morgen früh hätte sich die größte Aufregung schon gelegt. Dann galt es nur noch ein Problem zu lösen: das fehlende Geld zu beschaffen.

Albert Sonntag und der Pole kamen noch rechtzeitig zum Tischgebet, dann begann die Dienerschaft mit dem Essen. Wie immer war es zunächst sehr ruhig. Doch nach dem ersten Teller Bratkartoffeln mit Speck wurde es unruhiger.

»Morgen ist Sonnenwendfeuer am Dorfausgang.« Clara hatte es laut genug gesagt, damit alle es hören konnten.

Niemand reagierte darauf, niemand außer Tomasz Ceynowa. »Gehst du hin?«

Clara wisperte: »Wenn ich darf.« Dann wurde sie lauter: »Herr Caspers, dürfen wir morgen Abend nach der Arbeit zur Sonnenwendfeier?«

Für einen Atemzug schien Theodor versucht, es ihr zu erlauben. Er hatte einiges gutzumachen. Doch als er zögerte, schaltete Mamsell Schott sich ein: »Auf keinen Fall.«

»Und wenn die anderen mitkommen?«

»Ich habe Nein gesagt. Es ist viel zu spät. Um die Zeit solltest du längst im Bett liegen. Oder hat dir die Gräfin erlaubt auszuschlafen, und ich weiß nichts davon?«

Clara rückte mit ihrem Stuhl nach hinten und schmollte. »Morgen ist Sonntag und mein freier Nachmittag.«

»Deswegen darfst du noch lange nicht überall alleine hin. Du bist erst fünfzehn.«

Theodor Caspers warf der Mamsell einen dankbaren Blick zu. Natürlich durfte Clara nicht mit diesem polnischen Saisonarbeiter zur Sonnenwendfeier. Wie hatte er auch nur eine Sekunde zögern können?

Überhaupt, er sollte in Erfahrung bringen, wie lange dieser Herr noch gedachte hierzubleiben. Eigentlich war mal angedacht gewesen, dass er nur für die Zeit der Aussaat bleiben würde. Doch jetzt neigte sich der Juni bereits dem Ende entgegen.

Als nach dem Essen alle aufstanden, fing er Tomasz Ceynowa ab.

»Ich wollte mich erkundigen, bis wann Ihr Vertrag läuft.«

Ceynowa biss sich auf die Unterlippe. Es war offensichtlich, dass es etwas gab, das er Caspers nicht mitteilen wollte. Schließlich sagte er: »Am besten bereden Sie das mit dem jungen gnädigen Herrn.«

»Wieso? Wieso können Sie mir das nicht sagen?«

Wieder stummes Nachdenken. »Es ist wirklich besser, wenn Sie ihn fragen.«

Theodor wurde wütend. Was sollte diese Scharade? »Das werde ich. Darauf können Sie sich verlassen.«

Es klang wie eine Drohung, aber im gleichen Moment wurde ihm bewusst, dass es eine Drohung ins Leere war. Vermutlich wusste Tomasz Ceynowa etwas, und der junge gnädige Herr hatte ihn gebeten, nicht darüber zu reden. Er verhielt sich also richtig.

Trotzdem, er konnte diesen Mann nicht leiden. Vielleicht, sann er nach, vielleicht konnte er ihn nicht leiden, weil man ihn wirklich mit nichts beleidigen oder aus der Fassung bringen konnte. Ein Charakterzug, um den Theodor Caspers den Polen wirklich beneidete.

23. Juni 1914

Der Buchhändler reichte ihr eine Landkarte von Preußen und den gewünschten Roman. »Es ist uns eine Ehre. Einen schönen Tag noch, wertes Fräulein.«

Katharina verbarg die Karte in Fontanes *Vor dem Sturm* und verließ den Laden. Alexander hatte solange Mamsell Schott in der Ecke beschäftigt, wo es Musiknoten gab.

Nachdem sie ihren Vater inständig bekniet hatte, durfte sie Alexander nach Stettin zum Krankenhaus begleiten. Mama war überhaupt nicht davon angetan, aber da war es schon entschieden gewesen. Und sie war im Moment zu sehr von der Fertigstellung der Orangerie in Anspruch genommen. Sie hatte zugestimmt, nachdem sie ihr Mamsell Schott als Aufpasserin mitgegeben hatte.

Im Krankenhaus auf einer Anhöhe vor den Toren Stettins war sein Unterschenkel von einem Spezialisten begutachtet worden. Doktor Reichenbach hatte Alexander einen Brief für den Spezialisten mitgegeben. Ihr Bruder hatte ihr heute Morgen verraten, dass er den Brief heimlich gelesen hatte.

Doktor Reichenbach bat darin um einen fachlichen Rat, zusätzlich zur Untersuchung. Er wollte seinem Patienten ein anderes Schmerzmittel als Heroin verschreiben, weil es zu diversen unerwünschten Nebenwirkungen gekommen war, und bat seinen Kollegen um seine Expertenmeinung und um ein Rezept für ein anderes Schmerzmittel. Alexander schien davon gar nicht begeistert zu sein.

Im Krankenhaus hatte Katharina nicht mit in den Behandlungsraum gedurft, und ihr Bruder hatte einen düsteren Ausdruck auf dem Gesicht gehabt, als er wieder erschienen war. Aber gesagt hatte er ihr noch nichts.

Sie verließen die Buchhandlung und gingen zur Mietdroschke, die draußen auf sie wartete. Katharina ließ sich in den Sitz fallen. Es war warm draußen, und sie schwitzte. Sie warf einen fragenden Blick rüber zu Alexander. Er war eingeweiht. Mamsell Schott hatte nichts Liederliches darin sehen können, in die Buchhandlung zu gehen. Katharina musste Fontanes Roman schließlich für den Unterricht lesen.

»Wir sollten zur Apotheke. Ich bin mir nicht sicher, ob wir das bei uns bekommen«, sagte Mamsell Schott.

»Ich verstehe nicht, warum ich überhaupt das Mittel wechseln soll.«

»Die Gräfin hat mich ausdrücklich angewiesen, eventuelle Medizin direkt hier in Stettin einzukaufen.«

Was sollte die Mamsell auch schon anderes sagen? Sie fuhren zu einer Apotheke in einer Seitenstraße der Jacobikirche, wo die Mamsell ausstieg. Alexander weigerte sich mitzukommen. Auch Katharina wollte partout nicht mit.

»Bitte bleiben Sie beide in der Droschke.« Es klang flehend. Nicht auszumalen, was mit der Dienerin passieren würde, wenn die beiden auf dumme Gedanken kämen.

Kaum war die Mamsell in der Apotheke verschwunden, fragte Alexander: »Und, hast du sie bekommen, deine Landkarte?«

Katharina nickte. »Ich fürchte nur, wenn es jemals so weit sein sollte, werden Mama und Papa genau wissen, welche Route ich nehme und welches Ziel ich habe.«

»Dann musst du sie täuschen. Mama muss den Eindruck gewinnen, dass du keinen Kontakt mehr zu diesem Industriellensohn hast. Du musst dir jemanden suchen, in den du vorgibst, verliebt zu sein. Jemanden von Stand. Einen, der Mama zusagen würde, falls dieser Ludwig dich nicht will.«

»Was nutzt mir das alles? Ich werde nie jemanden heiraten dürfen, den ich mir ausgesucht habe.«

»Das Witzige ist doch: Ludwig stammt aus einem dynastischen Herrschaftshaus. Wenn er dich heiratet, ist es eine morganatische Ehe. Du bist weit unter seinem Stand. Er müsste eigentlich jemanden aus den anderen europäischen Herrschaftshäusern ehelichen. Wenn also er mit dir eine morganatische Ehe eingeht, hat Mama natürlich nichts einzuwenden. Aber würdest du es tun, wäre der Teufel los.«

»Ja. Ich bin eine Frau. Für uns gelten andere Regeln.«

Alexander nickte. »Ich dagegen habe alle Freiheiten der Welt. Wer könnte freier sein als der nichtsnutzige dritte Sohn eines Landgrafen? Es ist schon fast unerträglich, wie frei ich bin.«

»Wieso sagst du das? Wieso machst du dich selber immer schlecht?«

»Weil es doch so ist.«

Katharina schaute aus dem geöffneten Fenster. Die Mamsell war immer noch nicht zu sehen. »Alex, wieso hilfst du mir? Ich meine, wieso tust du das für mich? Du hast ja selbst schon genug Schwierigkeiten.«

»Ich würde alles tun, wenn ich Mama damit eins auswischen kann.«

»Einfach nur so?«

»Einfach nur so?« Das klang bitter. »Nein, nicht einfach nur so.« Er prüfte auch noch mal, ob die Mamsell im Anmarsch war. Die Luft war rein.

»Letztes Jahr habe ich ein Gespräch mitbekommen. Als Mama sich in Berlin mit ihrer Freundin Josephine getroffen hat, habe ich mich hinter dem Sofa versteckt. Keiner hat mich bemerkt.« Er schaute noch mal raus. »Unsere liebe Frau Mama hat sich über mich ausgelassen. Wie schwierig ich sei. Immer nur Blödsinn im Kopf. Du weißt ja, wie sie über mich denkt.«

Katharina stimmte ihm stumm zu. Mama machte zum Leidwesen aller leider nie ein Geheimnis aus ihrer Meinung. »Als würde sie es stören. Sie sieht uns doch kaum eine Stunde am Tag, nur zum Essen oder wenn wir Besuch haben.«

»Na ja, in diesem Gespräch sagte sie, dass ich überflüssig sei. Konstantin habe seinen Militärdienst unbeschadet hinter sich gebracht. Nikolaus werde als Versicherung für das Gut reichen. Ich dagegen sei nur lästig und außerdem widerspenstig. ... Josephine schlug vor, dass ich Beamter werden solle. Und dass ich eine Stellung bei Hof anstreben solle. Weißt du, was Mama darauf geantwortet hat?«

Katharina schüttelte ihren Kopf.

»Da käme höchstens eine Stellung als Hofnarr infrage.«

»Oh.« Katharina wusste nicht, was sie sagen sollte. »Alex, du bist überhaupt nicht überflüssig. Ich fühle mich überflüssig. Was kann ich als Frau schon machen? Gar nichts.«

»Oh doch. Du bist das gut gepflegte Porzellan. Wenn Mama dich gewinnbringend verscherbelt, bedeutet das für unsere ganze Familie einen höheren Stand. Eine Linie von uns könnte im Gotha auf einer ganz anderen Seite auftauchen. Aber ich, vor allem jetzt mit dem lahmen Fuß: An wen sollte ich noch gewinnbringend verheiratet werden?«

»Besser, als wie eine Zuchtstute verschachert zu werden.«

Alexander machte ein warnendes Gesicht und deutete mit dem Kopf Richtung Fenster. Die Mamsell kam aus der Apotheke. Sie stieg ein, zwei braune Flaschen in der Hand. Sie wollte ihm die Flaschen geben, aber er griff nicht danach. Die Mamsell verstaute die Flaschen in ihrem Korb.

»Wir haben noch Zeit, bevor wir zum Bahnhof müssen. Wir könnten etwas spazieren gehen. Oder sollen wir zur Hakenterrasse fahren?«

Alexander schaute demonstrativ desinteressiert aus dem geöffneten Fenster. Die ärztliche Untersuchung hatte seine alten Schmerzen befeuert. Als er aus der Buchhandlung gekommen war, hatte er so stark gehinkt wie in den Wochen nach dem Unfall. Sicher war ihm gerade nicht nach einem Spaziergang.

»Oder lieber in den Kaiser-Wilhelm-Park?«

Auch Katharina hörte gar nicht so richtig zu.

»Wir sollten auf jeden Fall noch ins Hotel Victoria und dort etwas essen.«

»Ich würde mir gerne die Vulkan-Werft anschauen«, platzte Alexander plötzlich heraus.

»Die Werft. Also ich weiß nicht, ob man da so einfach hinfahren kann. Ich ...«

»Dann wenigstens zum Hafen. Vielleicht liegt dort gerade ein großes Schiff.«

Von Stettin, dem Mündungshafen der Oder, gingen viele Schiffe ab. Über den Dammschen See und das Stettiner Haff ging es durch die Kaiserfahrt nach Swinemünde, wo die Ostsee sich nach allen Richtungen öffnete. Auch fuhren die Schiffe auf dem gerade fertiggestellten Hohenzollernkanal über die Oder und die Havel bis nach Berlin.

»Oh ja, bitte. An den Hafen. Vor drei Tagen erst hat der Kaiser den Kanal eingeweiht.«

»Also dann zum Hafen.« Die Mamsell wies den Droschkenkutscher an loszufahren.

Katharina war gespannt. Sie würde sich alles ganz genau anschauen. Sollte es je dazu kommen, dass sie flüchten musste, würde sie die Eisenbahn nehmen. Erst nach Stettin, und von hier aus wäre sie in ungefähr zwei Stunden in Oranienburg, wo Tante Leopoldine wohnte. Wie viel ein Ticket kostete, hatte sie schon in Erfahrung gebracht.

Die jüngere Schwester von Papa lauerte immerzu auf eine Gelegenheit, Papa, vor allem aber Mama eins auszuwischen. In den wenigen Jahren, in denen sie bereits großjährig gewesen war, aber noch unverheiratet, und Papa so unverhoffter Dinge nach dem Tod des älteren Bruders als Erbe des Gutes nachgerückt war, hatte es nur Streit gegeben. Zwar hatte Großpapa damals noch gelebt und alle Fäden in der Hand gehalten, aber alleine Mamas Drängen, sich endlich zu verheiraten, hatte ihr Verhältnis zu Leopoldine stark beeinträchtigt. Mama hatte Angst gehabt, Leopoldine könnte eine alte Jungfer werden und sie müssten der

Schwägerin dann ein Leben lang Apanage bezahlen. Tante Leopoldine hatte dann doch noch geheiratet und zu Mamas Ärgernis auch noch einen Fürstensohn. Aber das Verhältnis blieb zerrüttet.

Würde Katharina bei ihr aufkreuzen, so hatte sie es sich überlegt, und Tante Leopoldine eine plausible Geschichte auftischen, warum sie es bei Mama nicht mehr aushielte, würde ihre Tante sie beschützen. Und Mama würde sich keine Blöße geben, eine Wahrheit zu erzählen, die die Familie gegebenenfalls zum Gespött der Hofbälle werden ließ.

Aber sollte es mit der Bahn nicht klappen, weil ihre Eltern natürlich auf genau den gleichen Gedanken kommen würden, dann wäre der Schiffsweg eine Alternative. Der Hohenzollerndamm, der über Eberswalde und Oranienburg nach Berlin führte, wurde von Ausflugsdampfern für die reiselustigen Wochenendausflügler befahren.

Alexander grinste sie an. Das hatte er geschickt eingefädelt. Sie hatte ihm wirklich viel zu verdanken. Aber sie kannte ihn gut genug. Sie wusste, dass Alex sich dessen bewusst war. Eines Tages würde er ihr die Rechnung für seine Dienste präsentieren. Sie hoffte, es würde ein Preis sein, den zu zahlen sie bereit und fähig war.

Kapitel 11

26. Juni 1914

»Dünenstraße. Wir sind bald da. Am Ende der Straße muss die Pension liegen.« Sie gingen weiter. Konstantin trug ihre beiden Reisetaschen. Mit dem Zug waren sie über Stargard und Stettin schließlich bis ins Seebad Ahlbeck gefahren. Die Ostseeluft war erfrischend.

Rebecca sah bezaubernd aus. Sie trug ein hellblaues Kleid und einen Strohhut. Es war frühsommerlich warm. Aber Konstantin brannte. Daran war der Brief schuld. Der Brief, in dem er Rebecca alles erklärte. Der Brief, der nun in der Innentasche seiner Jacke steckte. Er hatte ihn dutzendmal neu geschrieben, aber den Inhalt immer wieder verworfen. Wie würde sie auf die unliebsame Wahrheit reagieren?

Eine Kutsche kam ihnen entgegen und fuhr an ihnen vorbei.

»Ach, das wollte ich dich fragen. Habt ihr eigentlich einen zweiten Kutscher?«

»Einen zweiten Kutscher? Wie kommst du darauf?«

»Ich habe eine Kutsche durchs Dorf fahren sehen. Ich meine, es wäre die Kutsche vom Gut gewesen. Allerdings saß dort ein fremder Mann auf dem Kutschbock.«

Fieberhaft überlegte Konstantin, was er nun sagen sollte. Sollte er jetzt schon mit der Wahrheit herausrücken? Unter Umständen würde sie sich stehenden Fußes umdrehen und sofort zum Bahnhof zurückgehen. Es war noch nicht so spät. Vermutlich würde noch ein Zug zurück nach Stettin fahren.

»Das könnte Hektor gewesen sein, der frühere Kutscher. Hektor Schlawes. Er war noch mal kurz bei uns. Er hat sich verabschiedet, denn er will nach Amerika auswandern.« So weit Caspers' Erzählungen. »Vielleicht war ich gerade nicht da, und er ist um der alten Zeiten willen noch mal gefahren.«

»Ach so.« Diese Information schien ihr zu reichen.

Sie liefen noch ein paar Meter weiter, und da war es. Das letzte Haus am Ende der Straße. Direkt dahinter fing schon die Düne an. Die Straße war gesäumt von wunderschönen weißen Pensionen und Hotels in der so typischen Architektur der Ostseebäder. Dieses Haus war zwar weiß, aber ein altes, wenn auch größeres Fischerhaus. Es sah nicht nach einer Pension aus. Genau deswegen wusste Konstantin, dass sie richtig waren.

Sie blieben davor stehen. »Und wenn sie nun doch nach unseren Papieren fragen?«

Konstantin grinste. Auch er war aufgeregt. »Dann renn, so schnell du kannst.«

Sie klopften, und ein Mann machte ihnen auf. Wettergegerbtes Gesicht, graue Haare, der weiße Schnurrbart gelb vom Schnupftabak. Er schaute sie kurz an, dann winkte er sie mit einer Kopfbewegung hinein. Sie folgten ihm durch einen dunklen Flur, gingen eine enge Treppe hoch, und da war das Zimmer. Es gab ein großes Bett, einen schmalen Schrank und vor dem Fenster einen Tisch mit zwei Stühlen. In einer Ecke stand ein Ständer mit einer Waschschüssel, zwei Handtüchern und Seife.

»Toilette ist hinterm Haus. Treppe runter und dann durch die Hintertür. Hier ist das Licht dafür.« Er wies auf ein Sturmlicht mit Kerze auf dem Tisch. Daneben lag eine Packung Streichhölzer. Zwar gab es elektrisches Licht, aber der Raum war kärglich eingerichtet, und zwei der vier Wände waren schräg. Die Fenster gingen zur Düne raus. Das Meer lag keine fünfzig Meter von ihnen entfernt. Das Rauschen der Wellen würde ihr Wiegenlied werden.

Konstantin stellte die Taschen ab und ging wieder hinaus auf den Flur. Der Mann folgte ihm. Die Geldbörse gezückt, reichte Konstantin ihm einige Scheine.

»Drei Nächte?«

»Genau.«

Der Mann sah sich das Geld genau an, als würde er befürchten, dass es falsch sein könnte. Dann steckte er es in seine Hosentasche. Er gab Konstantin einen Schlüssel. »Für die Haustür. ... Wirklich ein schönes Fräulein, Ihre Frau.« Er grinste, und man sah eine Zahnlücke.

Konstantin hätte ihm am liebsten noch eine weitere Lücke in seine Zahnreihe geschlagen. Niemals würde der Kerl sich solche Unverschämtheiten einem Grafen gegenüber herausnehmen. Aber hier war er nicht der junge Graf von Auwitz-Aarhayn. »Ja, wirklich schön.«

Der Mann ging, und als er schon halb die Treppe runter war, rief er noch: »Frühstück gibt es morgen um acht. Unten in der Küche.«

Konstantin nickte. Was für ein windiger Kerl! Aber das gehörte wohl dazu, wenn man sich heimlich als unverheiratetes Paar irgendwo einnistete. Das Zimmer war gemessen an dem wenigen Komfort auch nicht gerade billig, aber für ihn war das natürlich kein Problem. Trotzdem oder gerade deswegen kam er sich verräterisch vor. Er betastete seine Jacke, in der der Brief steckte. Er wog schwerer als beide Reisetaschen zusammen. Der Inhalt drückte ihn nieder, als wäre es ein Abschiedsbrief an seine Liebste, bevor er den Freitod wählte. Er öffnete die Tür.

Rebecca stand über die Waschschüssel gebeugt und machte sich frisch. Sie hatte das Fenster schon geöffnet. »Ist das nicht fantastisch?«

Eine frische Brise wehte in den Raum. Rebecca hängte das Handtuch auf den Ständer. Ihren Hut hatte sie auf dem Tisch abgelegt. Es war ein merkwürdiger Moment.

»Ich komme mir so verrucht vor.«

»Ich auch«, erwiderte Konstantin. Sollte er es ihr jetzt gestehen?

Beide wussten nicht, was sie sagen sollten. Rebecca stellte sich ans Fenster und schaute hinaus. »Wundervoll.«

Er stand einfach nur starr im Raum und wusste nicht weiter. Sie drehte sich wieder zu ihm hin und lehnte sich an die Fensterbank. »Soll ich dir etwas Schönes erzählen? Einer von den Pächterjungs darf auf die weiterführende Schule. Anscheinend hat sich der älteste Sohn des Gutsherrn dafür stark gemacht, dass Tobias Güstrow in Stargard auf eine Schule gehen kann. Hast du was davon mitbekommen?«

»Ja, ich weiß davon. Der Junge wird auf Kosten des Gutes geschickt. Weißt du … der älteste Sohn …«

»Konstantin?«

»Ja, Konstantin. Er ist … wie soll ich sagen?«

»Ich hab schon einiges über ihn gehört. Ein neuer Besen, der gut kehrt.«

»Ach wirklich?«

»Er soll der netteste von den drei Söhnen sein. Allerdings müssen die anderen beiden solche Sauzähne sein, dass es vermutlich mit ihm auch nicht weit her ist.«

Konstantin hätte sich beinahe auf die Zunge gebissen. »Woher weißt du das?«

»Du kennst doch Bertha Polzin, das Küchenmädchen?«

Bertha? Er wusste, dass sie ein Küchenmädchen hatten, welches Frau Hindemith in der Küche half. »Natürlich.«

»Ich fürchte, sie ist ein ziemliches Plappermaul.«

»Ich dachte, du gibst nicht allzu viel auf Getratsche?«

»Eins der anderen Mädchen erzählt Ähnliches. Der Mittlere, der beim Militär ist, soll sehr arrogant sein. Und der jüngste Sohn ist wohl immer furchtbar mürrisch und ärgert alle.«

»Das kommt so ungefähr hin.« Hatte er je einen Gedanken daran verschwendet, was im Dorf über die Gutsfamilie erzählt wurde?

»Der älteste Sohn ist auf jeden Fall der netteste. Und er ist Reformen und Veränderungen aufgeschlossen. Das sollte dir doch eigentlich gefallen.«

Es ärgerte ihn, dass über ihn getratscht wurde. Es ärgerte ihn, dass Rebecca über ihn tratschte. Sie schien zu merken, dass ihm das Thema nicht gefiel, denn sie blieb stumm. Er wollte etwas sagen. Etwas, das nichts mit seinem Vorhaben zu tun hatte. Etwas, das die Zeit der Offenbarung hinauszögerte.

»Und weißt du auch, wer seit Kurzem in die Dienstbotenetage verbannt ist? Dein Hauslehrer Matthis.«

»Er ist nicht mein Hauslehrer! Aber ja, ich habe es bereits gehört.«

»Und besucht er dich noch?«

»Nicht in den letzten Wochen. Wahrscheinlich schämt er sich, mir gegenüber zugeben zu müssen, dass er nicht mehr mit den Herrschaften speisen darf.«

Der Ton, wie sie »Herrschaften« sagte, gefiel ihm nicht. Er zog seine Jacke aus und legte sie über den Stuhl. Dann trat er an die Waschschüssel und machte sich frisch. Es würde kompliziert werden, viel komplizierter als befürchtet.

Doch als er sich wieder zu ihr umdrehte, war ihr Blick entschuldigend. »Lass uns einfach eine schöne Zeit haben.«

Das war nicht das, was Konstantin vorhatte. Auch wenn es genau das war, was er am liebsten wollte. Wieder wusste er nicht, was er sagen sollte.

Sie trat näher und legte ihre Arme um seinen Hals. »Also,

nun, da wir zumindest für drei Tage und drei Nächte als verheiratet gelten, darfst du die Braut auch küssen.«

Sie wartete darauf, dass er seinen Kopf senkte. Sie küssten sich. Erst ganz vorsichtig, doch mit jedem einzelnen Kuss schien das, was sie trennte, hinweggefegt zu werden. Die trennende Mauer wurde mit jeder Welle, die ans Ufer brach, fortgespült. Konstantin fühlte, dass sie bereit war, sich ihm hinzugeben. Und genau das war das Einzige, was er im Moment wollte.

* * *

Der Seewind blies, und die Bierflaschen fingen an zu singen. Der Sand war schon kühl. Rebecca ließ ihn durch ihre Finger rieseln. Im Mondschein waren die Seebrücke und das nahegelegene Familienbad zu erkennen.

Es waren kaum noch Leute unterwegs, so spät war es schon. Nur vom Hunger getrieben waren sie aus dem Bett gekommen. In einem kleinen Fischerrestaurant am anderen Ende von Ahlbeck hatten sie gegessen und sich zwei Flaschen Bier einpacken lassen. So waren sie am Wasser entlangspaziert und hatten nach einem einsamen Plätzchen gesucht. Jetzt saßen sie zwischen dem Strandhafer und den gedrungenen Kiefern, die hier vereinzelt in den Dünen wuchsen. Keiner von ihnen sprach. Ihre Körper hatten miteinander gesprochen und alles gesagt. Jedes Wort würde nur den Zauber zerstören. Die Wellen spülten ihre vergänglichen Schaumkronen über den Sand. Das Meer glitzerte in ihren Augen. Der Sternenhimmel – eine Kathedrale der Ewigkeit. Der Moment war perfekt. Es gab nichts, was ihn perfekter machen konnte. Konstantin hatte jeden anderen Gedanken verdrängt.

28. Juni 1914

Wiebke starrte durch die Glasscheibe in den Laden. Dort drinnen hing der Zettel, auf dem die Abfahrtszeiten der Eisenbahn standen. Schade, sie konnte nichts erkennen, und der Laden war gerade geschlossen. Sie musste jemanden fragen – Albert Sonntag zum Beispiel. Der kannte sich bestens aus. Schließlich brachte er auch immer die Herrschaften an die Bahnhöfe. Vielleicht war er so nett, sich das nächste Mal, wenn er am Bahnhof war, zu erkundigen. Schließlich war er der Mensch, der am weitesten herumgekommen war, wenn man mal die Gutsherrnfamilie ausnahm. Und von denen würde Wiebke ganz sicher niemanden fragen. Nicht einmal das junge Fräulein.

Obwohl die Komtess immer sehr freundlich zu ihr war, bevorzugte sie doch Clara. Ganz besonders in letzter Zeit. Machte sie etwas falsch? Ach, sie wünschte sich, redseliger zu sein, aber meistens fiel ihr einfach nichts ein, was sie sagen konnte. Clara plapperte immer munter drauflos. Gut, sie sagte dann auch oft Dinge, für die sie gescholten wurde. Trotzdem, Wiebke hätte gerne etwas mehr Selbstbewusstsein gehabt. Was das überhaupt war, wusste sie erst, seit sie aus dem Waisenhaus herausgekommen war. Wirklich überraschend, wie Albert Sonntag es geschafft hatte, so zu werden, wie er war. Er war so weltgewandt wie ein Bürgerlicher. Dabei deutete schon der Name darauf hin, dass er überhaupt keine Familie hatte. Sonntag, Montag und Freitag, so nannte man in den Waisenhäusern für gewöhnlich die Kinder, die anonym abgegeben wurden.

Also Albert Sonntag. Er war immer freundlich zu ihr, auch wenn er grundsätzlich ein eher verschlossener, ja sogar mysteriös wirkender Mensch war. Er würde es sicher für sie in Erfahrung bringen. Und auch, wie viel es kostete. Das machte ihr fast noch mehr Angst. Die Vorstellung, den Kontakt hergestellt zu haben, und sich dann ein Treffen nicht leisten zu können. Sie war nun fast zwei Jahre hier und hatte gespart. Aber ob es reichen würde?

Ganz langsam ging sie über die Pflastersteine der Dorfstraße zurück Richtung Herrenhaus. Langsamkeit war ein Luxus, den sie sich nur selten gönnen konnte. Schlendern war Müßiggang und schon fast eine Sünde. Und sie genoss es. Es war ihr freier Nachmittag. Zurück im Gutshof würde sie Ida den nächsten Brief schreiben und ihr von ihrer Idee erzählen. Und Ida würde ihr antworten, ob es von ihrer Seite aus überhaupt infrage käme.

In ihrem ganzen Leben war sie erst dreimal mit dem Zug gefahren. Sie war noch nie aus dem Kreis herausgekommen. Ja, sie war in ihrem Leben noch nie irgendwo alleine gewesen, außer hier in diesem Dorf. Sie hatte Angst davor. Und doch reizte es sie. Sie sehnte sich danach, ihre Schwester wiederzusehen. Endlich wieder Familie haben. Endlich ein Stück ihrer Wurzeln wiederfinden. Fast befürchtete sie, dass, wenn sie Ida erst einmal umarmen konnte, sie ihre Schwester nie wieder loslassen würde.

Bestimmt wusste Ida mehr zu erzählen. Sie war damals schließlich schon acht Jahre alt gewesen, als man ihre Familie auseinandergerissen hatte. Ida konnte sich sicherlich besser an ihre Mutter, und vielleicht sogar an ihren Vater erinnern. Der war gestorben, als Wiebke gerade vier geworden war. Sie hatte kaum noch eine Erinnerung an ihn. Gut möglich, dass eins ihrer Geschwister Fotografien ihrer Eltern hatte. Es war nicht sehr wahrscheinlich, denn schließlich waren sie schon vor dem Tod des Vaters arm wie Kirchenmäuse gewesen. Im Waisenhaus hatte es nicht weniger zu essen gegeben als vorher. Gehungert hatte sie nach der Geborgenheit ihrer Familie.

1905, Wiebke war gerade sechs geworden, da starb ihre Mutter. Sie war krank gewesen. Wiebke wusste nicht einmal, woran sie gestorben war. Tante Hilde, eine Schwester der Mutter, die sie nie zuvor gesehen hatte, war gekommen und hatte sie ins Waisenhaus gesteckt. Das waren schlimme Tage gewesen. Fast alles von damals hatte sie vergessen. Nur dass Tante Hilde mit einer Frau im Waisenhaus gestritten hatte, wusste sie noch.

Sie hatte Wiebke in Stargard zurückgelassen. Mit den anderen drei Geschwistern war die Tante weitergezogen. Das Haus war überfüllt gewesen. Ihre Geschwister waren dann nach Stettin ins Waisenhaus gekommen, wie Ida ihr nun geschrieben hatte. Aber auch da konnten sie nur zwei Tage bleiben, dann hatte man sie weitergeschickt nach Belgrad, wo es noch drei freie Plätze gab. Mehr hatte sie nicht geschrieben, aber sicherlich würde sie ihr alles ausführlich erzählen, wenn sie sich träfen.

Ihre Gedanken schnatterten durch ihren Kopf: Wie lange man wohl bis Deutsche Krone brauchte? Ob sie an einem Tag hin- und zurückkam? Ob sie einen ganzen Tag freibekam oder sogar zwei? Wenn die Mamsell damit einverstanden war, würde sie sicherlich ein gutes Wort für sie bei der Gräfin einlegen. Vielleicht, wenn die Familie in Heiligendamm war. Dieses Jahr würde es später sein, weil erst noch ein Sommerfest stattfand für den Verlobten des gnädigen Fräuleins.

Nun, Verlobten durfte man nicht sagen. Genau deswegen war Matthis ja nach unten verbannt worden. Sie konnte dem Mann nichts abgewinnen. Er war unfreundlich und herrisch. Mit etwas Glück war er bald fort. Wie auch immer, sie hatte noch bis zum Fest im August Zeit, ihren Besuch in Deutsche Krone zu planen.

Wie sollte sie das bezahlen? Den Zug, dann eine Droschke oder vielleicht einen Bus. Wenn es zu weit war und sie über Nacht bleiben musste, würde sie am Ende noch eine Pension in Deutsche Krone bezahlen müssen. Tausend Fragen gingen ihr durch den Kopf. Aber es war schön, ihre Zukunft zu planen.

Was, wenn sie keine freien Tage bekäme? Dann würde sie es eben an einem Tag schaffen müssen. Vielleicht, wenn Ida sich den gleichen Tag freinähme, könnte man sich auf halbem Weg treffen. Ja, das war eine gute Idee. Und wenn sie nur wenige Stunden hätten. Egal. Für ein paar Minuten endlich eine Familie haben. Ob Ida das überhaupt wollte?

Wie ihre Schwester wohl heute aussah? Sie war ja schon fast achtzehn Jahre alt. Eine erwachsene Frau. Ida hatte auch rote Haare, genau wie Paul und Otto. Ob sie wohl auch Sommersprossen hatte? Meine Güte, so viele neue Gedanken schossen ihr kreuz und quer durch den Kopf.

Sie bog ab auf den Feldweg zum Herrenhaus. Hinter einem Haus suhlte sich ein Hausschwein in einer winzigen Pfütze. Es war so dick und fett, dass Wiebke vermutete, dass bestimmt schon in diesem Spätherbst sein letztes Stündchen schlagen würde. Links von ihr standen Kühe unter einer großen Buche im Schatten. Das waren schon die Kühe des Gutes. Ihre Euter hingen prall unter ihren Bäuchen, und ihre Mäuler kauten ohne Unterlass.

Es war ein beruhigendes Gefühl. Wiebke erinnerte sich daran, dass sie früher auch eine Kuh gehabt haben mussten. Zumindest glaubte sie das. Obwohl, eigentlich waren sie so arm gewesen, dass es wenig wahrscheinlich war. Aber sie erinnerte sich an lauwarme Kuhmilch, die frisch aus dem Euter gezapft worden war. Vielleicht hatte ein gnädiger Nachbar den Kindern etwas spendiert. Es gab so wenige gute Erinnerungen an ihre Kindheit. Als hätte jemand mit einem großen Schwamm durch ihr Gehirn gewischt und alles weggeputzt. Sie wusste so vieles nicht. Aber mit Ida würde sich das bestimmt ändern. Und wenn sie dann auch noch Kontakt zu Paul und Otto aufnehmen könnte, die würden sich an noch viel mehr erinnern.

Fröhlich spazierte sie weiter. Sie liebte den Sommer in Pommern. Die Felder wogten ihre prallgewachsenen Ähren. Auf den

Feldrainen wuchsen Schafgarbe, blaue Kornblumen, roter Klatschmohn, Johanniskraut und Kamille. Sie umrahmten die Felder mit ihrer üppigen wilden Buntheit. Gänsefamilien verkündeten laut schnatternd ihren Ausflug zum Dorfteich. Nicht mehr lange, und man würde im Wald hinter den Wirtschaftsgebäuden wilde Blaubeeren sammeln können. Sie liebte Blaubeeren. In ihrem letzten gemeinsamen Herbst war sie mit ihren Geschwistern Blaubeeren sammeln gewesen. Die Wälder waren voll davon gewesen, und sie hatten sich richtig satt gegessen. Ihre Mutter hatte nicht einmal geschimpft, als sie in ihren Körben so wenig mit nach Hause gebracht hatten. Vermutlich hatte sie schon geahnt, dass es keinen Sinn haben würde, Vorräte für den Winter anzulegen.

Ein paar Hundert Meter weiter vorne sah sie Clara und Ceynowa, die auch zurück zum Gut liefen. Clara sollte sich bloß nicht einbilden, dass sie nicht mitbekommen hatte, wie sie sich letzte Woche am späten Abend rausgeschlichen hatte. Sie hatte zur Sonnenwendfeier gewollt, vermutlich mit Ceynowa. Zwei Stunden später war sie zurückgekommen. Da die Hintertür nachts immer abgesperrt war, mussten sie durch ein Fenster geklettert sein. Wie dumm von Clara! Sie brachte sich immer wieder in Schwierigkeiten. Trotzdem beneidete sie das dunkelhaarige Stubenmädchen darum, dass sie sich viel mehr traute. Clara hätte sicher kein Problem, alleine mit dem Zug nach Deutsche Krone zu fahren.

Clara und Ceynowa bogen ab und gingen Richtung Remise und Ställe. Keine Ahnung, was sie noch vorhatten, aber Mamsell Schott erfuhr besser nichts davon.

Wiebke ging zur Dienstbotentür hinein und blieb im Flur vor einem Bilderrahmen stehen. Auszüge aus der preußischen Gesindeordnung hingen dort abgedruckt. Ganz leise, damit sie auch ja niemand hörte, las sie:

»Gemeines Gesinde, welches nicht ausschließend zu gewiesen ... zu gewissen bestimmten Geschäften gemietet worden, muss sich allen häuslichen Verrichtungen nach dem Willen der Herrschaft unterziehen.«

Dann kam ein Absatz und ein merkwürdiges Zeichen, das sie nicht kannte. Darunter ging es weiter:

»Die ganze Arbeitszeit und Arbeitskraft des Dienstboten steht alleso ... steht also der Herrschaft zur Verfügung; ein besonderer Lohn kann daher selbst dann nicht gefordert werden, wenn der Dienstbote außergewöhnliche Dienste, z. B. bei Krankheiten, leistet.«

Na bitte. Dieses Mal hatte sie es fast fehlerfrei geschafft. Zufrieden ging sie weiter in die Leutestube. Hauslehrer Matthis war dort, was ungewöhnlich war. Er kam sonst nur zum Essen herunter.

»Das bist du ja. Ich habe etwas auszubessern. Frau Hindemith sagte mir, dass du darin sehr geschickt bist.«

Wiebke fühlte sich überrumpelt. Sie wollte doch jetzt ihren Brief schreiben. Und auch wenn sie schon alle Buchstaben korrekt schreiben konnte, dauerte es immer sehr lange.

»Hier, siehst du? Da ist der Stoff gerissen.« Er hielt ihr seine Jacke entgegen.

Sie warf hilfesuchend einen Blick in den Raum. Albert Sonntag saß dort und las Zeitung. Nun, eigentlich hatte er aufgehört zu lesen und schaute zu ihnen rüber.

»Ich wollte aber doch jetzt ...«

»Nun nimm schon.« Der Mann wurde ungeduldig.

Als Wiebke gerade nach der Jacke greifen wollte, schaltete sich Sonntag ein: »Es ist nicht Fräulein Plümeckes Aufgabe,

Ihre Jacke zu nähen. Mal ganz abgesehen davon, dass es ihr freier Nachmittag ist.«

»Und es ist nicht Ihre Aufgabe, sich in die Gespräche anderer einzumischen«, gab der Hauslehrer eingeschnappt von sich.

Albert Sonntag schmunzelte. »Da haben Sie natürlich recht.« Er stand rasch auf und kam näher. »Wiebke, Herr Matthis hat mich an etwas erinnert. Ich wollte dich auch noch fragen, ob du mir etwas nähen kannst. An einer Hose ist eine Naht gerissen. Natürlich würde ich dir etwas dafür zahlen, weil es ja nicht deine Aufgabe ist und in deiner freien Zeit erledigt werden muss. Wären dir fünfzig Pfennig recht? Es ist nur eine kurze Naht.«

Wiebke war überrascht. Es kam häufig vor, dass andere sie darum baten, etwas zu nähen oder zu stopfen. Sie war die beste Näherin hier im Haus. Sie hatte schon mit acht Jahren im Waisenhaus das Nähen beigebracht bekommen. Wenn sie nicht sauber genug genäht hatte, waren die Schwestern nicht geizig mit Schlägen gewesen.

Bisher hatte sie immer alles gemacht, was man ihr gegeben hatte. Daran, Geld für diese freiwillige Zusatzarbeit zu nehmen, hatte sie noch nie gedacht.

»Aber gerne.« Wiebke drehte sich zu Matthis um, der ein zerknirschtes Gesicht machte. »Zeigen Sie mal her.«

Matthis zeigte ihr das Loch. Eine Ecke war in den Stoff gerissen. »Ich bin irgendwo hängen geblieben.«

Das war viel schwieriger. Sie musste Stoff unterlegen, und ein bisschen Kunststopfen war auch mit dabei. »Das mache ich Ihnen für zwei Mark.«

»Zwei Mark? Da kann ich mir ja gleich eine neue Jacke holen.«

Sonntag schaute sich die Jacke an. »Wo bekommen Sie eine so gute Jacke für zwei Mark?«

Matthis schnaufte. »Also gut, für zwei Mark. Hier.«

Wiebke griff nach der Jacke, und Matthis stampfte laut davon.

Albert Sonntag grinste verschwörerisch.

Wiebke wartete, bis der Hauslehrer außer Hörweite war. »Ich hätte auch eine Bitte an Sie. Ich nähe Ihnen die Hose auch umsonst, wenn Sie mir helfen.«

»Worum geht es denn?«

»Wissen Sie, ob man mit dem Zug nach Deutsche Krone kommt?«

»Ich denke doch. Du musst nach Stargard, dann mit der Kleinbahn über Callies nach Deutsche Krone. Wieso?«

»Meine Schwester wohnt dort in der Nähe. Und ich würde sie furchtbar gerne wiedersehen.«

»Das nächste Mal, wenn ich an einem Bahnhof vorbeikomme, werde ich mich nach den Zügen erkundigen. Und auch, wie viel ein Billett kostet.« Er schmunzelte. »Dann hole ich jetzt besser mal meine Hose.«

Er drehte sich um, ging ein paar Meter und kam wieder zurück. »Wenn es so weit ist, sag mir Bescheid. Falls ich nicht für die Herrschaften unterwegs bin, bringe ich dich zum Bahnhof.«

* * *

Bertha hatte das Gespräch zwischen Matthis, Albert Sonntag und Wiebke mitgehört. Sosehr es sie freute, dass der Kutscher dem arroganten Lehrer eins ausgewischt hatte, sosehr hoffte sie, dass sie nun in Zukunft nicht auch zahlen musste, wenn Wiebke ihr etwas ausbesserte. Natürlich konnte sie es selbst, aber niemand konnte so feine Stiche setzen wie die Rothaarige. Manchmal brachte sie es zustande, dass man einen Riss nicht einmal mehr erkennen konnte. So geschickt war sie selbst nicht.

Heute Nachmittag würde sie ohnehin nichts hinbekommen. Ihre Hände flatterten, so aufgeregt war sie. Vor drei Tagen war ein Brief von Hektor Schlawes an Clara gekommen. Sie hatte zufällig die Post in Empfang genommen. Den Brief hatte sie einfach eingesteckt und Clara nicht ein Sterbenswörtchen davon erzählt. Selbst wenn Hektor hier auf sie treffen würde, konnte niemand wissen, was sie getan hatte. Briefe kamen öfters weg. Oder verspätet an.

Nervös lauerte sie auf jedes Geräusch an der Tür. Seit das Mittagessen der Herrschaften vorbei war, hatte sie eigentlich ihren freien Nachmittag. Sie hatte sich mit diesem und jenem beschäftigt, immer ein Ohr in Richtung Hintertür. Hektor wollte heute vorbeikommen, und Clara sollte ihn wissen lassen, ob sie mitkommen wollte.

Clara wäre ja ohne Weiteres eine solche Dummheit zuzutrauen. Nicht, dass man das Stubenmädchen aus der Obhut des Gutes entlassen hätte, aber manchmal war sie wirklich eine dumme Gans. Besonders, wenn es um die Kombination von träumerischen Versprechungen und jungen Männern ging.

Bertha wollte sie nicht von irgendwelchen Dummheiten abhalten. Nur dass sie mit Hektor, ihrem Hektor, zusammen nach Amerika gehen würde, das konnte sie nicht zulassen. Das gönnte sie Clara nicht. Sie gönnte Clara noch nicht einmal, sich begehrt zu fühlen. Spätestens in zwei oder drei Wochen würde ihr schwanen, dass Hektor nicht mehr kommen würde. Dass er ein haltloses Versprechen gemacht hatte. Dass Clara ihm doch nicht so viel bedeutet hatte.

Jetzt schärfte sie die Messer. Das hätte sie natürlich nicht an ihrem freien Nachmittag tun müssen, aber sie musste einen Grund finden, sich hier unten herumzutreiben. Clara hatte sich nach dem Mittagessen schick gemacht und war ausgegangen. Bertha hatte heute Morgen nach dem Frühstück mitbekommen, wie Clara sich mit dem Polen verabredet hatte. Überhaupt, sie verdiente Hektor gar nicht. Sie hatte schon Albert Sonntag schöne Augen gemacht. Als der sie hatte kalt abblitzen lassen, hatte sie sich an Tomasz Ceynowa rangemacht.

Wiebke war gerade hochgegangen, Sonntag holte seine Hose, Kilian und Eugen trieben sich irgendwo herum. Irmgard Hindemith besuchte ihre Schwester im Nachbardorf. Von der Mamsell und dem Hausdiener Caspers war nichts zu sehen. Wenn er doch nur endlich käme! Rastlos legte Bertha das mittlerweile sehr scharfe Messer auf den Zubereitungstisch und lief zur Hintertür. Sie rauchte erst eine Zigarette, dann eine zweite. Endlich sah sie in der Ferne die Silhouette, die sie so sehr herbeigesehnt hatte. Und doch versetzte sein Anblick ihr einen Stich ins Herz. So sehr hatte sie darauf gehofft, ihn noch einmal sehen zu können. Und trotzdem hatte sie gefleht, er möge Clara tatsächlich vergessen. Nun, es war niemand sonst zu sehen auf der Abkürzung zum Dorf, die übers Feld führte.

Bertha wollte ihm schon entgegengehen, aber entschied sich dagegen. Er hatte Clara gefragt, ob sie mit nach Amerika gehen wolle, nicht sie. Nicht, dass sie gegangen wäre, aber sie wäre gerne gefragt worden. Dafür sollten sie nun büßen, er und Clara.

Sie steckte sich noch eine Zigarette an und tat so, als würde sie nur zufällig neben den Kisten mit den leeren Flaschen und dem Handkarren, der immer an der Hintertür geparkt war, stehen. »Hektor, was machst du denn hier?«

Er druckste ein wenig herum. »Ich wollte mich noch mal von allen verabschieden. Heute geht's nach Stettin und weiter nach Berlin. Mit dem Zug.« Er drehte sich suchend um, aber es war niemand zu sehen. »Und morgen werde ich dann nach Bremerhaven reisen. Mein Schiff geht am Dienstagabend.«

Er wollte gerade zur Hintertür hinein, als Bertha sagte. »Ist keiner da. Alle ausgeflogen.«

»Und … Clara? Ist sie da?«

»Nein, sie ist mit ihrem neuen Verehrer spazieren gegangen.«

Hektor Schlawes warf ihr einen überraschten Blick zu. »Was denn für ein Verehrer?«

»Ein Pole. Ein Saisonarbeiter.« Bissig lächelnd zeigte sie sogar ihre schiefen Zähne.

Hektor sah aus, als wollte er mehr wissen, aber da musste er schon fragen. Von alleine würde sie nicht mehr erzählen.

»Ich hatte ihr einen Brief geschrieben.«

Bertha zuckte mit den Schultern, als wüsste sie von nichts und als ginge sie das auch nichts an.

»Ich hätte doch gedacht, dass sie wenigstens persönlich hier auf mich wartet.«

»Du kennst ja Clara. Auf sie ist eben kein Verlass.« Doch dann zog sie einen Brief hervor. Einen Brief, den sie selbst geschrieben hatte. Unterschrieben war er allerdings mit »Clara«. Es würde Bertha wundern, wenn Hektor Claras Schrift kennen würde.

»Ach, den soll ich dir aber geben.«

»Von Clara?«

Bertha nickte, als würde sie es überhaupt nicht interessieren.

Als Hektor den Brief aufmachte und las, steckte sie sich noch eine vierte Zigarette an. Wenn sie so weitermachte, würde ihr noch schlecht werden.

Hektor machte von Zeile zu Zeile ein missmutigeres Gesicht.

»Und, was schreibt sie?« Als würde sie nicht jedes einzelne Wort kennen.

Betrübt faltete er den Brief zusammen und steckte ihn weg. »Nichts Wichtiges. … Sie wünscht mir Glück für Amerika.«

»Wo hast du dein Gepäck?«

»Ich hab's im Dorf untergestellt. Ich … muss jetzt auch.«

Bertha nickte. »Schreib uns mal aus Amerika.«

»Das mach ich. Grüß du alle anderen.«

Er nahm seine Mütze ab, wischte sich über die Stirn. Mit einem abschließenden Nicken drehte er sich um und ging.

Bertha blickte ihm hinterher, bis er hinter den Bäumen des kleinen Wäldchens, das den Gutsbereich mit dem See vom Dörfchen trennte, verschwand. Keinen Wimpernschlag später tauchte plötzlich Clara auf. Das Stubenmädchen kam um die Ecke, dort, wo die Remise stand. Bertha warf ihre Zigarette in den leeren Blumentopf, der für die Kippen bereitstand. Sie drehte sich um und ging hinein. Sie wollte Clara nicht begegnen. Niemand sollte die Tränen in ihren Augen sehen.

29. Juni 1914

Die Sonne stand hoch über dem Meer. Golden streckte sie ihre strahlenden Fühler nach der Welt aus und kündigte heiße Sommertage an. Rebecca saß auf einem Stuhl vor dem offenen Fenster. Sie hatte nur ein dünnes Nachthemd an. Das Nachthemd, das sie die letzten zwei Nächte nicht einmal getragen hatte.

Zwei Tage hatten sie wie in einer Seifenblase gelebt. Am Samstag waren sie schwimmen gegangen im Familienbad, das unweit ihrer Pension lag. Im Dorf hatten sie Flundern gegessen, die Strandkörbe gezählt und die schöne Standuhr auf dem Platz vor der Seebrücke bewundert. Auf der Seebrücke hatten sie in der Nachmittagssonne Kaffee getrunken und am Abend den Sonnenuntergang genossen.

Gestern waren sie den ganzen Weg nach Heringsdorf spaziert. An der Heringsdorfer Seebrücke, auf der Odin-Brücke, hatten sie die großen Dampfer beobachtet, die hier anlegten. Von hier aus konnte man bis Rügen, Kopenhagen oder Bornholm reisen.

Doch dort hatte es Rebecca nicht gefallen. Heringsdorf war für reiche Leute, wie sie sagte, nicht für ihresgleichen. An der Promenade lag das Strandcasino und daneben eine Vielzahl so eleganter wie teurer Läden. Es gab sogar einen großen Tanzsaal. Die Gebäude hier waren weitaus vornehmer als in Ahlbeck, vor allem das Hotel Atlantic überstrahlte alles mit seinem Glanz. Das noble Seebad besaß einige Tennisplätze und eine eigene Pferderennbahn. Hierher kamen die gut betuchten Gäste, nach Ahlbeck kam das Volk.

Auf dem Rückweg hatten sie ihre Schuhe ausgezogen, wofür sie von etlichen Sonntagsausflüglern missbilligende Blicke geerntet hatten. Aber es war einfach zu verführerisch gewesen, mit den nackten Füßen durch den weißen Sand zu laufen. Zurück in Ahlbeck waren sie noch einmal schwimmen gegangen und hatten abends ein Picknick am Strand gemacht – mit Rotwein und Käse und frischen Erdbeeren.

Diese zwei Tage waren die schönsten in seinem ganzen Leben gewesen, und noch nie hatte er sich so frei gefühlt. Er wollte sie festhalten. Wenn er es vermocht hätte, hätte Konstantin die Zeit angehalten.

Sie hatten sich gerade wieder geliebt, nach dem Frühstück, und danach waren sie nicht mehr aus dem Zimmer rausgekommen. Gleich mussten sie es räumen. Dann würden sie einen letzten Spaziergang am Strand machen, auf dem Weg zum Bahnhof. Noch lag er im Bett.

»Und wenn wir einfach für immer hierbleiben?« Sie trank einen Schluck Wasser aus einer Flasche.

Er stand auf. Ein Kuss war seine Antwort.

»Schade, das alles hier ist nur Schein.«

»Nur Schein? Wieso? Es ist doch alles real.«

»Nein, ich meine ... zu denken ... man könnte ewig so leben ... so ...«

»Am Strand spazieren gehen und es sich gut gehen lassen?« Konstantin könnte ihr so ein Leben bieten.

»Ja. Jeden Tag das Meer sehen. Schwimmen gehen. Bei den Fischern frischen Fisch kaufen. Es klingt so einfach.«

»Und willst du das?«

Sie sah ihn an. In ihren Augen konnte er die Bestätigung lesen, die er suchte. Ja, sie wollte mit ihm hierbleiben. Sie wollte ein Leben mit ihm.

»Ich möchte zwischen den Kiefern und den Buchen spazieren gehen. Ich möchte mit dir Bernstein sammeln, und ich möchte die Nächte so verbringen, wie wir die letzten zwei Nächte verbracht haben.« Und doch, in ihrer Stimme schwangen Zweifel mit.

»Aber …?«

»Aber ich will auch unterrichten. … Ich habe dich das nie gefragt, aber … Wie lange wirst du auf mich warten?«

Da war er nun: der Augenblick der Offenbarung.

Kein Ton kam über seine Lippen. Er sah sie einfach nur an. Sie verschwendete keinen einzigen Gedanken daran, etwas anderes könnte zwischen sie treten. Sie suchte die Schuld an der Heimlichkeit ihrer Beziehung nur bei sich. Wie ungerecht das war!

Zweifel stahlen sich in ihre Miene. Glaubte sie, er würde nicht mehr lange warten wollen? Konstantin kniete sich hin und nahm ihre Hände. »So lange es dauert. Ich …«

Jetzt. Der Brief. Seine Offenbarung.

Durch das offene Fenster hörten sie Stimmen. Eine Gruppe Kinder tollte am Haus vorbei. Wenige Hundert Meter entfernt am östlichen Ortsrand, nur getrennt durch die mit Kiefern bewachsenen Dünen, lag das neue Kaiser-Wilhelm-Kinderheim. Eine Stiftung des Kaisers für Arbeiterkinder aus Berlin. Wilhelm II. hatte das Heim letztes Jahr persönlich eingeweiht. Rebecca lehnte sich aus dem Fenster und beobachtete die vorbeiströmende Gruppe. Sie lachten ausgelassen und spielten Fangen.

»Alle Kinder sollten so glücklich sein dürfen.«

Für die Liebe, die sie allen Kindern gegenüber hegte, liebte Konstantin sie noch mehr. Wie würde es werden, wenn sie eigene Kinder hätten? Rebecca würde ihre Kinder ganz sicher nicht einer Kinderfrau überlassen. Das konnte er sich nicht vorstellen.

Konstantin konnte sich noch sehr gut daran erinnern, wie er als Kind in diesem großen Haus gelebt hatte. Seine Mutter war immer mit so vielen anderen Dingen beschäftigt gewesen. Vor seinem Großvater hatte er lange Jahre Angst gehabt. Großmama war hart und herzlich gleichzeitig gewesen, was ihn immer wieder in große Verwirrung gestürzt hatte. Nur Vater war ein gern gesehener Gast in der Kinderstube gewesen, aber leider war er oft unterwegs gewesen. Bis er zehn war, hatte Konstantin drei verschiedene Kindermädchen gehabt. Sein ganzes Leben schon hatte er sich nach einem Menschen gesehnt, den er für immer festhalten konnte. Der ihn nicht verlassen würde. Der für immer bei ihm blieb. Rebecca war dieser Mensch, und er würde sie nie mehr loslassen.

»Sollen sie die Tage genießen. Ich hoffe, dass der Aufenthalt hier ihnen zeigt, dass es ein besseres Leben geben kann. Und dass es wert ist, dafür zu kämpfen.«

Konstantin wagte einen Blick nach draußen.

»Aus Berlin und Charlottenburg weiß ich, dass diese Kinder oft tagelang nicht die Sonne sehen. Die Häuser in ihren Vierteln sind so eng gebaut, und in die klammen Hinterhöfe kommt nicht genug frische Luft, geschweige denn genug Sonne.«

»Wirklich?« Daran hatte Konstantin noch nie gedacht. War das so?

»Und warum? Nur damit die reichen Immobilienhändler noch mehr Geld machen. Es ist eine Schande, was sie ihren Mitmenschen antun. Diese Herrenmenschen.«

Konstantin fühlte sich wie von einer Kugel getroffen. Nun, er war kein Immobilienhändler, aber ein Immobilienbesitzer. Schließlich gehörten so gut wie alle Gebäude und Höfe in den umliegenden Gemeinden von Gut Greifenau seiner Familie.

»Und wenn du dich nun in einen von ihnen verlieben würdest?«

»Wie sollte das denn passieren?« Rebecca lachte laut auf. »Ich könnte mich nie in einen Adeligen verlieben. Außerdem hab ich doch dich. Du reichst mir für den Rest meines Lebens.«

Sein Traum würde zu Staub zerfallen, wenn das Geheimnis ans Licht trat. Und doch ... er musste es ihr endlich sagen. Solange sie noch so weit weg von zu Hause waren.

»Ich muss dir noch etwas sagen. Ich will ...« Oh, Herr im Himmel, schenk mir weise Worte. Vorsichtige Worte, die sie nicht direkt von mir forttreiben. »Ich will ... Willst du mich heiraten?«

Rebecca schaute ihn stumm an. Ihre hochgezogenen Augenbrauen zogen sich zusammen. In ihrer Miene spiegelten sich ihre widersprüchlichen Wünsche.

»Noch nicht jetzt. Erst ... wenn du so weit bist. Und wenn du mich ... besser kennst. Aber ich will, dass du weißt, dass ich dich heiraten möchte, egal was kommt.«

»Egal was kommt? Das klingt ein wenig dramatisch.« Für einen Moment schaute sie ihn nur an. Dann endlich kam das erlösende Wort über ihre Lippen.

»Ja.« Sie glühte plötzlich. Ein Strahlen überzog ihr Gesicht, und dann lachte sie jubilierend auf. »Ja, ich freue mich schon heute auf den Tag, an dem wir heiraten werden.«

Rebecca beugte sich zu ihm und nahm sein Gesicht in die Hände. »Es gibt niemand anderen, mit dem ich den Rest meines Lebens verbringen will.«

Konstantin legte seine Hände über ihre. Er zitterte. »Du willst das auch, ja?«

Sie lachte wieder auf, als hätte er etwas Dummes gesagt. »Natürlich. Und ich muss dich nicht besser kennenlernen. Ich weiß, dass du der Mensch bist, mit dem ich mein Leben verbringen möchte.«

Als wäre sein Mund vertrocknet. Er fühlte sein Herz pochen. Sein Blut stampfte durch die Schläfen. Er musste ihr jetzt die Wahrheit sagen. Es war so weit. »Es gibt etwas ...«

Plötzlich erklang harsches Klopfen. Sie schauten sich überrascht um. Es klopfte noch mal. Konstantin stand auf und zog sich schnell die Hose und ein Hemd über. Er öffnete die Tür einen Spalt. Draußen stand eine ältere Frau im Kittel mit einem Kopftuch.

»Ich muss jetzt hier sauber machen.« Keine Begrüßung, kein höfliches Nicken.

»Aber wir ...«

»Es ist weit nach Mittag. Die Kirchturmuhr hat schon zwei Uhr geschlagen.«

Konstantin hörte, wie Rebecca aufsprang.

»Oh, das tut mir sehr leid. Wir haben vermutlich die Zeit vergessen. Wir sind gleich so weit.«

Die Frau sagte nichts, schaute aber missbilligend. Konstantin schloss die Tür.

Rebecca hatte die Unterwäsche schon an, schmiss die letzten Dinge in ihre Reisetasche und warf sich eilig ihr Kleid über. »Unser Zug. Um Himmels willen, wenn wir den verpassen!«

Wenige Minuten später traten sie vor die Tür. Der Blick, den die Frau Rebecca zuwarf, grenzte an eine Beleidigung. Sie wusste genau, was hier vorging, und missbilligte es. Aber sie verdiente hier ihren Unterhalt, also würde sie nichts sagen.

Konstantin trug ihre Reisetaschen. Eilig liefen sie die Straße entlang. Ein letzter Spaziergang am Strand blieb ihnen verwehrt. Doch bevor sie in Richtung Bahnhof abbogen, blieb Rebecca stehen und sah ein letztes Mal zum Meer. Der Wind fegte den feinen Sand über den Strand.

»Wir werden wiederkommen«, versprach er ihr. Er wollte wirklich, dass es so kam. Er wollte es aus tiefstem Herzen. Sie warf ihm einen Blick zu, der ihm bestätigte, dass sie es auch wollte. Sie gingen wieder weiter. Schnell näherten sie sich dem Bahnhofsgebäude, vor dem ein Zeitungsjunge auf und ab ging.

»Das Attentat von Sarajevo!«, schrie er.

Konstantin und Rebecca wechselten einen besorgten Blick.

»Ermordung des öster...« Der Junge unterbrach sich, um einem Herrn die Zeitung zu reichen und das Geld zu kassieren.

Konstantin griff in seine Hosentasche und gab dem Knaben ein Zehn-Pfennig-Stück. Eine Zeitung wechselte den Besitzer. Rebecca wollte schon hineinschauen, aber Konstantin drängte zur Eile. Ein Zug pfiff zur Abfahrt. Sie rannten die letzten Meter. Als sie sich im Abteil der zweiten Klasse in die Sitze fallen ließen, fuhr der Zug schon an. Konstantin verstaute die Reisetaschen im Gepäcknetz, als Rebecca einen unheilvollen Schrei ausstieß.

»Was ist passiert?«

Statt einer Antwort drehte Rebecca die Zeitung so, dass Konstantin die riesige Schlagzeile lesen konnte.

Attentat in Sarajevo auf den österreichisch-ungarischen Thronprinzen und seine Frau

Rebecca las vor: »Erzherzog Franz Ferdinand und seine Gemahlin wurden gestern Opfer eines Attentats durch serbische Nationalisten. Bei ihrem Besuch in Sarajevo wurde auf das österreichisch-ungarische Thronfolgerpaar geschossen.«

Rebeccas Stimme kippte. Sie schlug sich die Hand vor den Mund.

Konstantin griff nach der Zeitung. »Gräfin Sophie trifft der erste Schuss. Das zweite Projektil durchschlägt den Hals des Thronfolgers.«

Auch ihm versagte fast die Stimme. Rebecca liefen Tränen über die Wangen. Er griff nach ihrer Hand, aber konnte seine Augen nicht von den schwarzen Buchstaben abwenden, die so viel Unheil verkündeten. Missglücktes Bombenattentat ... las er. Er flog über die Zeilen. Gavrilo Princip ... bosnischer Serbe ... Terrorist ... großserbische Agitation ... Serbiens panslawistische Schutzmacht Russland ...

»Sie sind tot?!« Rebecca schluckte.

»Warum geht ihr Tod dir so zu Herzen?«

»Ihr Tod?« Rebecca wischte sich unwirsch die Tränen fort. »Nicht ihr Tod, sondern das, was er bedeutet.« Sie blickte ihn stumm an, als bedürfte es keines weiteren Wortes.

Und tatsächlich wusste Konstantin, was sie meinte: Krieg!

»Jetzt haben sie endlich einen Grund, um ihren Krieg zu beginnen.« Rebecca schüttelte verzweifelt ihren Kopf. »Sie werden skrupellos diese Morde zum Vorwand nehmen, um den beiden Toten Millionen anderer Tote folgen zu lassen.«

»Rebecca, das kannst du nicht wissen.« Er wollte sie beruhigen, aber er wusste es doch besser. Ganz Europa redete seit Jahren den Krieg herbei, als könnten sie es gar nicht abwarten. Der Etat für die Rüstung des Reichs wuchs von Jahr zu Jahr.

»Wir werden sehen. ... Jetzt, da es so greifbar nah erscheint, werden sich alle noch mal gründlich überlegen, ob sie ihre Länder und Nachbarn mit Blut überziehen wollen.« Er klang nicht halb so überzeugt, wie er es beabsichtigt hatte.

»Du bist ein Narr, wenn du das glaubst!«

Konstantin konnte darauf nichts entgegnen, denn Rebecca hatte ja recht. Der feine Sand zwischen seinen Zähnen schmeckte wie ein Souvenir aus längst vergangenen guten Tagen.

23. Juli 1914

Theodor Caspers saß an seinem Schreibtisch und verzweifelte. Er würde das Geld nie und nimmer zusammenbringen. Wieder und wieder hatte er die Unterlagen seiner Bank geprüft. Und wieder und wieder hatte er zusammengerechnet, was er in diesem Jahr schon überwiesen hatte. Es reichte nicht. Was sollte er jetzt dem Grafen sagen?

Seine Bank würde ihm nichts leihen, dafür war er einfach nicht solvent genug. Er könnte einen privaten Kredit aufnehmen. Allerdings wusste er genau, wie so etwas lief. Dann würde er zwischen Haifischen schwimmen. Einen solchen Kredit zurückzahlen zu müssen, würde ihn für den Rest seines Lebens beschäftigen. Es war sonst ganz und gar nicht seine Art zu trinken. Doch mit jedem Abend, den er länger über seinem Problem brütete, trank er mehr von dem billigen Wein.

Er war die letzten paar Tage morgens kaum aus dem Bett gekommen. Seine Sorgen ließen ihn nicht schlafen. Er musste das Problem lösen, auch wenn er überhaupt keine Ahnung hatte, wie. Es war zum Haareraufen.

Schon wieder war es später Abend geworden, beinahe schon Nacht. Er sollte nun schlafen gehen. Es würde nichts besser machen, wenn er seinen Dienst übernächtigt und nachlässig verrichtete. Aber was würde das noch ausmachen, wenn er das Geld nicht zusammenbekäme?

Als es leise klopfte, ruckte er überrascht hoch. Schnell ließ er die Flasche billigen Wein und das Glas unter dem Tisch verschwinden. Er ordnete seine Frisur, zupfte noch mal an seinem Hemd und rief leise: »Herein.«

Es war ausgerechnet Mamsell Schott, die ihn sprechen wollte. Unbemerkt, wie er hoffte, legte er die Ausgabenkladde über seine Bankauszüge.

»Was gibt es denn?« Je häufiger er über seinem Problem brütete, desto barscher wurde er ihr gegenüber. Schließlich hatte er ihr diese Misere zu verdanken.

Sie schloss die Tür hinter sich und setzte sich ihm ungefragt gegenüber. »Ich denke, wir sollten einmal reden.«

Theodor schluckte. Bis jetzt hatte sie keinen einzigen Ton darüber verloren, genau wie er. Oberflächlich war es einfach so weitergelaufen. Offiziell wusste Mamsell Schott nicht, was er mit dem Herrn Grafen besprochen hatte. Wie das Problem gelöst wurde.

Aber Ottilie Schott war nicht dumm. Sie konnte sich natürlich denken, dass der Graf – nachgiebig wie er war – ihn zwar nicht hinauswerfen würde, sich aber trotzdem das Geld auf Heller und Pfennig zurückzahlen ließ.

»Worüber?« Er konnte sich einfach nicht die Blöße geben. Schon griff er zu seinen Fingern und zog daran. Es knackte.

Sie räusperte sich. »Ich habe mit dem Herrn Grafen darüber gesprochen, dass ich finde, dass es zu verhältnismäßig vielen Bestrafungen kommt. Bestrafungen der finanziellen Art.«

Als er immer noch nichts sagte, setzte sie nach: »Ich habe mir so meine Gedanken darüber gemacht, monatelang. Ich vermute, dass Sie nun viel Geld zurückzahlen müssen. Nebenbei bemerkt machen Sie in den letzten Tagen den Eindruck, als wären Sie in größten Schwierigkeiten.«

Sie hätte ihn nicht schwerer treffen können. Alle bekamen es also mit. Alle merkten, dass etwas nicht stimmte. Er war blamiert.

»Ist das so?« Jede Silbe schmerzte.

»Ist es etwa nicht so?«

Sie sah ihn milde an. Das war mehr, als er ertragen konnte. Er konnte es nicht. Er konnte es nicht zugeben. Sie wusste es zwar, aber er konnte es einfach nicht über die Lippen bringen. Stattdessen saß er einfach da und starrte sie an.

Sie machte gar nicht den Eindruck, als wollte sie ihm eins auswischen. Das irritierte ihn noch mehr.

»Was also wollen Sie jetzt von mir?«

Sie setzte sich aufrecht hin und legte ihre Hände im Schoß übereinander. »Ich wollte Ihnen anbieten, das Geld auszulegen, sollte Ihnen noch ein bestimmter Betrag fehlen.«

Seine Augen wurden groß. Erst schwärzte sie ihn an, und dann wollte sie ihm das Geld leihen?

»Wie meinen Sie das?«

Sie zuckte versöhnlich mit den Schultern. »Es ist nur ein nett gemeintes Angebot.«

»Ich werde aus Ihnen nicht schlau.«

»Das ist ganz einfach. Was ich will, ist Gerechtigkeit. Die Männer und Mädchen hier arbeiten lang, den ganzen Tag, das ganze Jahr, und das wird vermutlich für den Rest ihres Lebens so bleiben. Und sie arbeiten hart. Das Geld, das sie dafür bekommen, ist ohnehin wenig genug.«

Sie sah ihn an, aber weil er immer noch nichts sagte, setzte sie nach: »Wir sind doch so schon geschunden genug. Wir müssen doch wenigstens zusammenhalten gegen die da oben.«

Gegen die da oben?! Zu jeder anderen Gelegenheit hätte Theodor Caspers nun eine gehörige Rede vom Stapel gelassen, aber mit einem Mal verstand er Ottilie Schott. Sie alle waren in eine Welt hineingeboren worden, in der man sich besser schnell damit arrangierte, dass Wohlstand und Freiheit für andere vorbehalten waren. Ottilie Schott wollte einfach nur das bisschen Gerechtigkeit, das ihnen zustand.

Seine Fassade bröckelte. Er sackte in sich zusammen, und seine Finger zitterten. Er griff hinunter, holte sein Glas hervor und trank einen Schluck. Sein Verhalten schien jedes Wort von ihr zu bestätigen. Seine Schuld wie seine Schulden.

»Ich weiß, Sie möchten so wenig wie möglich darüber reden.

Nennen Sie mir einfach die Summe, und wir werden in Zukunft alles ein wenig anders gestalten.«

Für einen langen Moment war er einfach nur starr. Da war er, der rettende Strohhalm. Sei nicht dumm, sagte eine Stimme im Hinterkopf, das ist die Rettung, nach der du verzweifelt suchst!

Theodor stand langsam auf, griff zu einem zweiten Glas und schüttete ihr Wein ein. Sie nahm lächelnd das Glas entgegen. Vielleicht war es der Ausdruck ehrlich gemeinter Hilfe, der ihren Mund umspielte, der ihm den letzten Ruck gab.

»Ich ... wäre Ihnen zu tiefstem Dank verpflichtet, wenn Sie mir eine gewisse Summe leihen könnten. Ganz sicher dürfen Sie davon ausgehen, dass ich mich bessern werde. In jeder Hinsicht.«

Ottilie Schott schaute ihn offen an und nickte. Doch als sie einen Schluck nehmen wollten, hörten sie plötzlich lautes Rufen. Ihre Köpfe schossen in Richtung Tür. Beide stellten den Wein ab und liefen auf den Flur.

»Feuer! Es brennt. Die Scheune brennt!«

Caspers vergaß alles und stürzte zur Hintertreppe. Ottilie Schott folgte ihm. Irgendjemand schrie die Treppe hinunter.

Caspers hörte lautes Gepolter, da kamen die Ersten schon die Stufen herabgestürzt. Kilian war vorneweg, gefolgt von Albert Sonntag, und direkt dahinter kam der junge Graf Konstantin.

Theodor fing Kilian ab. »Wie siehst du denn aus!?«

Der Hausknecht war nur bekleidet mit einer Hose und Schuhen. Atemlos sagte der: »Der gnädige Herr Alexander hat uns geweckt. Anscheinend brennt die Scheune. Ich muss los. Ich muss die Feuerglocke läuten, damit die Leute aus dem Dorf kommen.«

Schon riss er sich los und rannte durch die Hintertür raus. Auch der junge Graf stürzte spärlich mit einem Unterhemd, einer Hose und Schuhen bekleidet die Treppe herunter.

Mamsell Schott neben ihm knüpfte ihre Jacke auf. »Ich zieh mich um. Ich geh gewiss nicht mit meinen guten Sachen zum Löschen.«

Theodor sah noch, wie Herr Alexander die Treppe herunterhumpelte. Er ging in sein Arbeitszimmer zurück und legte eilig seinen guten Frack ab.

23. Juli 1914

Konstantin und Albert Sonntag rannten gleichauf durch den Park. Schon hörte man, wie die Feuerglocke ging. Oberhalb der Hecke sahen sie den orangerot lodernden Schein der Flammen.

»Die Eimer. Wir müssen erst die Eimer holen«, rief Konstantin. »Und Leitern.«

»Das ist alles in der Remise.«

Gemeinsam rannten sie durch den Durchgang in der Hecke und bogen nach rechts ab. Albert Sonntag wusste ganz genau, wo er was finden konnte. Es ging alles sehr schnell.

Kurze Zeit später standen sie vor der Scheune. Schon leckten die ersten Flammen außen an dem Holz. Dreißig Meter entfernt standen die Pferde auf der Koppel. Sie wieherten unruhig. Die Kühe im angrenzenden Stall brüllten, die Schweine quiekten, und das Feuer fraß sich gierig und ohrenbetäubend laut weiter.

Es war kaum noch Heu in der Scheune, wie Konstantin wusste. Noch trocknete das geschnittene Grün auf den Feldern. Voll würde die Scheune erst wieder in einigen Wochen sein. Aber das bisschen, was dort noch lag, war knochentrocken. Die rechte Seite der Scheune brannte schon bis hoch in den Dachstuhl. Das Tor stand auf. Konstantin schaute hinein. Durch die Flammen war die Scheune im Inneren taghell. Überall war Qualm.

Konstantin wollte gerade loslaufen, um die ersten Eimer Wasser aus dem See zu schöpfen, da sah er, wie sich etwas bewegte. Er ging in die Scheune. Der Rauch biss in seinen Augen. Hustend und mit zugekniffenen Augen ging er vor. Sonntag wollte ihn zurückhalten.

»Da ist jemand.«

Sonntag blieb dicht hinter ihm. Doch bald hatte der Rauch jede Sicht versperrt. Konstantin tastete sich vor. Schon lief er in einen Menschen hinein. Es war der Stallbursche, Eugen Lignau. Der Junge schleifte etwas oder jemanden über den Boden. Er hustete sich die Lunge aus dem Leib. Die Luft war zum Schneiden.

Konstantin hielt sich das Hemd vor den Mund, doch der Hustenreiz wurde stärker. Seine Augen tränten. Er konnte kaum etwas sehen.

»Es ist Waldner ... Johann Waldner.« Eugen stand keuchend vor ihm. Der Junge bekam kaum noch Luft. Doch statt zu husten, fing er nun an zu würgen. Dann war er plötzlich verschwunden. Konstantin bückte sich. Eugen war zusammengebrochen. Bewusstlos war er zu Boden gesunken.

Nur zwei Armlängen entfernt krachte ein Stück Zwischenboden herunter.

»Sonntag!«, schrie Konstantin aus Leibeskräften.

Der Kutscher packte ihn am Arm. Er hatte direkt neben ihm gestanden. Konstantin brüllte in sein Ohr: »Sie nehmen Waldner, ich den Jungen!«

Konstantin wartete gar nicht auf eine Antwort. Sofort packte er Eugen unter den Armen. Er war nicht sehr schwer, sicher sehr viel leichter als Waldner. Die Füße schleiften über den Boden.

Doch er war kaum einen Meter gekommen, da krachte eine glimmende Holzplanke von oben auf sie herunter. Der Körper wurde ihm aus den Armen geschlagen. Ein Funkenregen stob beim Aufprall hoch, direkt in sein Gesicht. Er kniff die Augen zusammen. Verdammt, tat das weh. Konstantin wischte sich die glühenden Funken aus dem Gesicht, als er einen unangenehmen Geruch wahrnahm. Seine Haare hatten Feuer gefangen. Er schlug sich auf den Kopf, bis er das Gefühl hatte, dass dort nichts mehr sein konnte. Sofort bückte er sich nach Eugen.

Das glühende Holzscheit lag noch auf dem rechten Arm. Konstantin stieß es mit dem Fuß weg und klopfte auf die Kleidung und die Haut, dort, wo es so aussah, als würde es glimmen. Die Luft war so heiß, dass sie seine Haut versengte, ohne dass er den Flammen nahe kam. Seine Lungen brannten. Mit angehaltenem Atem schleifte er den Körper Stück für Stück ins Freie. Blind und ohne Orientierung zog er den Stallburschen aus dem Inferno. Als er kühlere Luft um sich spürte, ließ er los und fiel keuchend auf die Knie.

Sein Vater stürzte auf ihn zu. »Konstantin, bist du verrückt? Ins Feuer zu gehen!«

Er konnte ihn nicht sehen. Der Rauch biss in seine Augen. Sie brannten wie Feuer. »Wasser!«

»Schnell, gebt mir einen Eimer Wasser«, rief der Vater.

Eins der Stubenmädchen kam auf ihn zu und stellte ihren Eimer ab. Konstantin tauchte seinen Kopf hinein. Es tat so gut. Er spülte sich die Augen aus, packte dann den Eimer und schüttete den Inhalt über Eugen. Auf den Kopf, auf seinen Oberkörper, aber vor allem auf den Arm. Der Junge schien noch immer bewusstlos zu sein, oder war er tot?

»Alex!« Er entdeckte seinen Bruder in einiger Entfernung, gemeinsam mit Katharina, die ihm ebenfalls entgegenlief. Mit beklommenen Gesichtern betrachteten sie das Inferno.

»Der Junge. Kümmert euch um ihn. Er hat ...« Konstantin musste selbst husten. »Er hat viel Rauch abbekommen.«

Alexander stand erst bewegungslos da, aber dann bückte er sich runter. »Vater, hilf mir. Wir tragen ihn hinein.«

Doch schon war Katharina bei ihm und nahm die Beine. »Ich mach das schon.«

»Die Mamsell soll sich drinnen um ihn kümmern. Und danach holt ihr Waldner und tragt ihn rein.« Alexander und Katharina nickten und hoben Eugen Lignau an.

Konstantin kroch auf allen vieren rüber zu Albert Sonntag, der sich nach frischer Luft hechelnd über Johann Waldner beugte. »Wie sieht es aus?«

»Er lebt, aber er wird eine Rauchvergiftung haben. Vermutlich.«

»Spannen Sie die Kutsche an, und holen Sie den Doktor. Und zwar schnell. Er soll nach Eugen Lignau schauen. Er hat eine große Brandverletzung.«

Albert Sonntag nickte, stand hustend auf und lief eilig davon. In dem Moment fingen auch endlich die Glocken der Kirche an, Sturm zu läuten. Sie hatten die Feuerglocke des Gutes gehört. Gott sei Dank!

Konstantin drehte sich um. Seine Augen brannten noch immer, aber immerhin konnte er wieder sehen. Für einen Moment beobachtete er die Szenerie. Es war zwar nicht besonders windig, aber der über dem Feuer aufsteigende Funkenregen schwebte direkt in Richtung der anderen Stallungen. Das Feuer wurde von Sekunde zu Sekunde lauter und hungriger. In seiner brennenden Wut würde es alles verschlingen, die Welt und alle Sünder darauf. Gänsehaut kroch seinen Körper hinauf. Als er seinen Blick abwandte, sah er, wie die ersten Dorfbewohner eintrafen. Alle brachten sie Zinneimer und große Schüsseln.

Noch immer auf Knien sah er, wie Vater versuchte, die Männer und Frauen zu koordinieren, aber es war zu viel Durcheinander. Einige liefen in die Scheune hinein, um die Flammen zu löschen, während andere eine viel zu kurze Leiter an der linken Seite des Heuschobers anlegten. Vermutlich wollten sie die Dachseite mit Wasser übergießen.

Konstantin kam endlich auf seine Füße. Thalmann erschien, ebenso nachlässig angezogen wie alle anderen. »Ich hab einen Dorfjungen losgeschickt. Er reitet ins Nachbardorf zur Feuerwache, falls sie die Glocken nicht gehört haben sollten.«

»Sie sollen ...«, hustete Konstantin, »sie sollen die Tiere wegbringen und die Dächer von den benachbarten Ställen nass machen. Die Scheune ist sowieso verloren. Hauptsache ... Hauptsache, das Feuer springt nicht über.«

Kilian rannte an ihm vorbei. »Kilian! Bring die Kutschpferde auf die vordere Koppel. Und sieh zu, dass dir keins entwischt.«

Der Hausbursche warf ihm seinen Eimer zu und lief über den Platz. Konstantin hielt einen Moment inne, bevor er über die Köpfe der Leute hinwegschrie: »Eimerketten. Bildet Eimerketten!«

Wo blieb denn die Feuerwehr aus dem Nachbardorf mit der Pumpspritze?

Thalmann trug mit drei anderen Männern zwei lange Leitern heran. »Die Leitern hier an die Stalldächer«, gab Konstantin Anweisungen. »Die Scheune brennt eh. Wir lassen sie ausbrennen«, schrie er rau. »Schaut, dass die Ställe nicht anfangen zu brennen.«

Caspers und Matthis kamen angerannt. Wieso hatten sie so lange gebraucht?

»Holen Sie noch eine Leiter. Wir brauchen mehr Leitern!«

»Ich glaube, es liegt noch eine bei der Orangerie«, sagte Caspers.

»Holen Sie sie, und dann stellen Sie sie an den Jungviehstall. Alle Dächer müssen nass genug sein, dass das Feuer nicht überspringen kann.«

Caspers rannte los, gefolgt von Matthis. Natürlich war die Scheune extra mit reichlich Abstand zu den anderen Ställen erbaut worden und nahe am See. Trotzdem konnte der Funkenflug ein Unglück auslösen. Es hatte seit Tagen nicht geregnet.

Immer mehr Leute kamen aus dem Dorf. Konstantin wies sie an, eine Kette zu bilden. Eimer wurden nun weitergereicht. Einige ältere Kinder brachten die leeren Eimer wieder zurück zum See.

Caspers und Matthis kamen angerannt, die Leiter zu zweit gepackt. Konstantin dirigierte sie zum Jungviehstall. Kaum dass die Leiter lehnte, stieg er hoch.

»Holen Sie schon Wasser, Mensch!«, schrie er Matthis an, da kam Caspers schon mit dem ersten Eimer angerannt. Konstantin stieg bis ganz nach oben, kippte den Eimer, so weit er es konnte, über die Holzplanken und warf ihn Caspers wieder zu. »Eimerkette! Eimerkette!«

Fast alle Dorfbewohner waren gekommen. Einige von ihnen wechselten zu ihm rüber, andere wussten nicht, wohin sie sich mit ihren vollen Eimern wenden sollten. Er stieg runter und schickte den Brennmeister auf die Leiter. Wenn er sich nicht darum kümmerte, würde hier niemand die Leute anständig organisieren. Er entdeckte Vater mitten in einer der anderen Eimerketten. Alexander humpelte in Richtung See. Er konnte nicht gut laufen, aber er war stark und würde vermutlich das Wasser in die Eimer schöpfen. Auch Albert Sonntag war schon wieder zurück. Doktor Reichenbach war vermutlich schon auf dem Weg gewesen.

Dann sah er sie. Rebecca! Sie schleppte den Ascheimer der Schule, randvoll gefüllt mit Wasser. Während sie lief, sah sie sich suchend um. Dann fiel ihr Blick auf die Männer, die vor dem Jungviehstall standen. Sie kam in seine Richtung. Noch hatte sie ihn nicht bemerkt. Er konnte sich nicht bewegen, halb gelähmt vor Furcht, sie könnte ihn entdecken, halb gelähmt, weil er Angst um sie hatte. Sie übergab einem der Männer ihren Eimer, aber als sie nach einem leeren Eimer Ausschau hielt, fiel ihr Blick auf ihn.

Fassungslos riss sie ihre Augen auf. Für einen Moment geriet seine Welt ins Stocken. Die Katastrophe! Rebecca schnappte sich den leeren Eimer, den man ihr hinhielt, und kam auf ihn zu. Ihre Miene drückte absolute Bestürzung aus.

»Was ist passiert?«

Konstantin wusste für einen Moment nicht, was die Frage sollte.

»Was ist mit dir? Deine Haut, überall schwarz. Deine Haare, deine Kleidung angesengt. Warst du drin? Warst du im Feuer?« Sie klang fast panisch.

Konstantin nickte. »Ich hab den Stallburschen rausgeholt.«

Fast sah es so aus, als wollte sie ihn küssen und umarmen, doch dann sagte sie: »Pass auf dich auf.« Schon lief sie wieder zurück zum See.

»Du auch«, rief Konstantin ihr noch hinterher. Sie hatte nichts bemerkt. Er war weiter unentdeckt. Es grenzte an ein Wunder.

In dem Moment sah er den Löschzug. Zwei Pferde zogen die Spritzpumpe, dahinter kamen die Feuerwehrleute aus dem Nachbardorf auf einem Leiterwagen. Die Scheune wäre nur noch eine Ruine, aber die anderen Stallungen würden gerettet.

Kapitel 12

25. Juli 1914

Als Albert die Hintertreppe hochstieg und gerade ins Vestibül treten wollte, hörte er die beiden jungen Herrschaften. Sie bemerkten ihn nicht. Albert blieb auf der vorletzten Stufe im Verborgenen stehen.

»Ich bin gestern vor lauter Arbeit nicht dazu gekommen, aber ich wollte dir noch danken, dass du so beherzt zugepackt hast.«

»Das war aber doch selbstverständlich.«

Konstantin von Auwitz-Aarhayn schien zu zögern. »Na, weil du doch … selber immer noch … weil dir dein Bein doch immer noch so Schwierigkeiten macht.«

Er bekam nur ein unzufriedenes Grummeln zur Antwort.

»Wieso warst du überhaupt noch wach? Es war doch schon später Abend. Sehr spät sogar.«

Jetzt druckste Alexander herum. »Mein neues Medikament. Ich kann damit nicht schlafen.«

Sein älterer Bruder wischte sich die Augen. »Du hast wieder Schmerzen?«

»Nein, die Schmerzen sind betäubt, wenn ich genug nehme. Aber es hat so starke Nebenwirkungen. Ich fühle mich wie … Keine Ahnung. Ich schwitze, und mein ganzer Körper zittert. Ich fahre morgen zu Doktor Reichenbach. Ich will das Heroin wiederhaben. Damit hab ich mich gut gefühlt, wenn ich es regelmäßig eingenommen habe.«

»Das Heroin ist aber auch nicht ganz ohne Nebenwirkungen.

Aber mach es, ganz wie du meinst.« Konstantin klopfte seinem kleinen Bruder auf die Schulter. Sie gingen in den Salon.

Albert wartete einen Moment, bevor er ihnen folgte. Der Graf hatte alle zusammengetrommelt: seine beiden Söhne, Johann Waldner, Kilian, Caspers, Matthis und ihn. Die letzten drei standen schon nebeneinander im Salon. Hinter ihm trat Johann Waldner ein. Er hustete heftig. Heute sah er noch grauer aus als schon an gewöhnlichen Tagen. Er wirkte wie ein Häuflein Elend.

Alexander hatte sich auf der Chaiselongue niedergelassen und rieb sich verstohlen das Fußgelenk. Konstantin stand neben ihm. Seine Augen waren noch immer gerötet.

»Wie Sie alle wissen, hat mein Sohn Alexander den Brand glücklicherweise sehr früh bemerkt. Anders hätte es zu einer Katastrophe ungeahnten Ausmaßes kommen können.« Der Graf klopfte seinem Sohn anerkennend auf die Schulter.

»Zunächst möchte ich Ihnen allen danken, dass Sie so mutig geholfen haben.« Der Graf ließ seinen Blick durch die Runde schweifen, blieb aber beim Stallmeister hängen. »Aber natürlich muss ich wissen, wie es überhaupt dazu kommen konnte. Waldner?«

Statt einer Antwort hustete Johann. Gestern war er den ganzen Tag in seinem Zimmer geblieben. Die Rauchvergiftung bereitete ihm heftige Kopfschmerzen, hatte er gesagt. Eugen war noch nicht wieder zu Bewusstsein gekommen. Es stand kritisch um den Jungen. Er war schwach, viel schwächer als Waldner. Zudem war sein rechter Arm gebrochen und große Teile der Haut verbrannt. Doktor Reichenbach hatte die Brandwunde mit einer Salbe und einem Gazetuch bedeckt, das zweimal am Tag gewechselt wurde. Wegen der verbrannten Haut konnte er den Arm aber nicht schienen.

Alle warteten, bis Waldners Hustenanfall abebbte. Sieben Augenpaare waren auf ihn gerichtet. »Der Junge …« Wieder heftiges Husten.

Wieder warteten alle.

»Er hat … Er war wohl mit einer Kerze nach dem Rechten schauen. Vermutlich ist sie ihm aus der Hand … gefallen.« Husten. »Als ich dort ankam, schlugen schon … schlugen schon die ersten Flammen hoch.«

Der junge Graf machte ein überraschtes Gesicht. »Aber es war doch Lignau, der Sie herausgezogen hat.«

Johann Waldner nickte zur Bestätigung. »Er stand nur da und glotzte. Ich hab versucht, die Flammen mit einer Decke zu ersticken. Dabei muss ich wohl zu viel Rauch eingeatmet haben. Ich weiß noch, dass ich irgendwann umgekippt bin.«

»Aber warum haben Sie ihn nicht geschickt, um Hilfe zu holen? Es war doch reiner Zufall, dass mein Sohn das Feuer entdeckt hat.«

»Ich hab … Ich hab ihn doch geschickt. … Aber er stand wie angewurzelt dumm rum.«

Albert schwante etwas. Er war gerade noch bei dem Jungen gewesen. Eugen hatte viele Brandblasen, die sich über den Oberkörper und das Gesicht verteilten. Die großflächige Wunde am Arm hatte sich tief ins Fleisch gegraben. Bisher hatte er das Bewusstsein noch nicht wiedererlangt. Nur gelegentlich kam ein Stöhnen aus seinem Mund. Jeder Atemzug war ein Pfeifen. Wiebke war abkommandiert worden aufzupassen, für den Fall, dass er wach wurde, oder auch für den Fall, dass es ihm schlimmer ging.

Natürlich konnte es stimmen, was Waldner da erzählte. Aber Albert fiel eine weitaus passendere Version ein. Eine, die nicht den Stalljungen als Schuldigen dastehen ließ.

Der Graf ging auf und ab. Er überlegte. »Er ist ja noch jung. Das muss ich berücksichtigen.« Er lief um die Chaiselongue herum. »Andererseits war es wirklich fahrlässig.« Er blieb stehen. »Ich habe beschlossen, dass ich dieses Unglück nicht weiter nachverfolge. Ich möchte keine Polizei auf meinem Grundstück haben. All das Gerede. Nein, wirklich unerfreulich. Und es würde nur weitere Kreise ziehen.« Er stellte sich mit geradem Rücken hin und verschränkte die Arme dahinter. »Wie geht es ihm?«

Caspers fühlte sich angesprochen. »Es sieht nicht gut aus. Der Junge ist wirklich kein Jämmerling, aber er muss große Schmerzen haben. Er ist noch immer ohne Bewusstsein.«

»Immer noch? Seit anderthalb Tagen?«, gab der Graf besorgt von sich. »Nun denn. Dann warte ich erst einmal ab, ob er wieder auf die Beine kommt. Und ... dann werde ich ihm mein Urteil mitteilen. Und Ihnen allen dann auch.«

»Er kommt durch. Das weiß ich!«, sprudelte es aus Alberts Mund. Er hatte gar nicht beabsichtigt, etwas zu sagen.

Der Graf nickte ihm wohlwollend zu. »Das hoffen wir alle. Nicht wahr? Das hoffen wir alle.«

Albert warf Johann Waldner einen finsteren Blick zu.

29. Juli 1914

Rebecca stapfte wütend durch das Dorf. Es war hochsommerlich warm, und die Luft über dem Boden flirrte. Hier schien nichts auf die Katastrophe hinzudeuten, die sich gerade in der Welt abzeichnete. Seit sie das Zimmer in der Pension am Meer verlassen hatten, gab es nur noch schlechte Nachrichten. Die Welt versank in einem Depeschengewitter. Alle großen europäischen Regierungen beeilten sich, noch den einen oder anderen Staat auf ihre Seite zu ziehen, denn es gab nur ein Ziel: In dem ohne Zweifel bevorstehenden Krieg möglichst viele Verbündete zu haben. Um Schlichtung bemühte sich anscheinend niemand. Es wurde jeden Tag schlimmer.

Vor nicht mal einer Woche hatte die österreichisch-ungarische Regierung Serbien ein Ultimatum gestellt. Keine zwei Tage später hatte Russland die erste Stufe der Mobilmachung eingeleitet. Und obwohl Serbien noch am gleichen Tag bis auf wenige Vorbehalte den gestellten Forderungen entsprochen hatte, hatte die österreichisch-ungarische Regierung die Verhandlungen abgebrochen. Gestern Vormittag hatte die K.-u.-k.-Monarchie Serbien den Krieg erklärt.

Als wäre das alles noch nicht schlimm genug, hatte die deutsche Regierung den britischen Vorschlag einer Botschafterkonferenz mit den Außenministern von Großbritannien, Frankreich und Italien abgelehnt. Für den deutschen Kaiser war klar, dass sich diese Staaten schlicht neutral zu verhalten hatten – komme, was wolle. Als gäbe es nichts zu bereden.

Verdammte Kriegstreiber. Alle wollten diesen Krieg. Zwar häuften sich in Berlin die Protestkundgebungen, aber was waren ein paar tausend Arbeiter, selbst wenn es Hunderttausende oder Millionen im ganzen Reich waren, gegen das Gemenge aus Adel, Großindustrie und Militär?

Rebecca hatte ihren Eltern geschrieben. Hier, so weit entfernt von jeder größeren Stadt, kam sie sich vollkommen abgeschnitten vor. In ihrem Brief hatte sie ihre Eltern gebeten, ihr im Falle eines Kriegseintritts zu telegrafieren. Als würde sie sich gegen etwas wappnen können, wenn sie es nur ein paar Stunden früher erfuhr, dachte sie bitter.

Jetzt fehlten ihr die Eltern, die Schwester und ihre Freunde – mehr als je zuvor. Sie hatte niemanden, mit dem sie offen über die drohende Kriegsgefahr sprechen konnte. Albert hatte sie nicht mehr gesehen, nicht mehr seit dem Feuer. Vermutlich hatten sie jetzt jede Menge zu tun auf dem Gutshof. Dabei brauchte sie dringend jemanden, mit dem sie sich austauschen konnte. Der ihre geheimsten Gedanken nicht verraten würde. Denn im

Moment würde jede Kritik an einem drohenden militärischen Einsatz gleichsam als Majestätsbeleidigung wie auch als Volksverrat bewertet. Dabei brodelte es in ihr. Sie musste mit jemandem reden. Sonst würde sie an ihren Ängsten ersticken.

So tief war sie in ihre Gedanken versunken, dass sie fast in Matthis hineingelaufen wäre, der aus dem Postamt trat. Er schaute interessiert auf die zwei Briefe in seiner Hand. Als er Rebecca sah, ließ er sie schnell in seiner Jackentasche verschwinden.

»Frau Kurscheidt! Wie schön, Sie hier zu treffen.«

»Herr Matthis«, antwortete sie knapp. Auf ein seichtes Gespräch mit ihm hatte sie im Moment wirklich wenig Lust.

»Ich hab Sie beim Löschen gesehen.«

Was für eine Überraschung! Das ganze Dorf hatte sie wahrscheinlich beim Löschen gesehen, und sie hatte das ganze Dorf gesehen. »Wie geht es den beiden Verletzten?«

»Schon besser. Der Stallmeister hat direkt am übernächsten Tag schon wieder gearbeitet. Der Stallbursche liegt noch immer im Bett, aber er ist wieder wach und ansprechbar. Er hat es überlebt. Da waren wir uns in den ersten Tagen gar nicht sicher.«

»Das ist ja sehr erfreulich. Dann muss jetzt nur noch die Scheune neu aufgebaut werden.«

»Ja. Der junge Herr Graf hat sich in den letzten Tagen praktisch um nichts anderes gekümmert. Ich habe Sie gesehen, wie Sie mit ihm gesprochen haben. Was halten Sie von ihm?«

»Ich? Wann soll ich mit ihm gesprochen haben?« Sie wüsste nicht, dass sie je persönlich mit einem der Grafensöhne gesprochen hätte.

»In der Nacht, als das Feuer war.«

»Mit dem jungen Grafen?«

»Gewiss doch.«

Rebecca konnte sich wirklich nicht daran erinnern, mit einem der hohen Herrschaften gesprochen zu haben. »Sie müssen sich irren.«

»Aber nein. Ich hab Sie doch gesehen.«

»Ich habe mit keinem der Herrschaften gesprochen in dieser Nacht.«

»Wenn ich es Ihnen doch sage! Mit Konstantin von Auwitz-Aarhayn.«

Rebecca war irritiert. Matthis klang wirklich überzeugt, aber er war ja immer sehr von sich selbst überzeugt. Und jetzt im Moment, mit all den unerträglichen Vorgängen in der Welt, hatte sie wirklich keine Lust, sich über eine solche Lappalie zu streiten. Sie wollte ihn einfach nur so schnell wie möglich loswerden. »Ich habe gehört, Sie sehen sich nach einer neuen Stelle um?«

Matthis' Gesichtszüge verdunkelten sich. »Nun ja, es ist doch gut, wenn man seine Fühler nach Höherem ausstreckt.«

»Oh, dann muss ich wohl etwas verwechselt haben. Ich habe gehört, Sie seien in die unterste Etage verbannt worden.«

Sein Gesicht lief rot an. »Das ist nur ... vorübergehend. Nur ein Missverständnis. Ich habe nicht vor ... nicht ... Ich ...«

Sie wurden abgelenkt von einer Menschenansammlung, die sich vor dem Krämerladen laut über etwas echauffierte.

»Das ist bestimmt etwas Wichtiges«, sagte Matthis und ging.

Rebecca lief ihm hinterher, der Menge entgegen. Eine ungute Ahnung stieg in ihr auf. Im Moment konnten Nachrichten nur schlechte Nachrichten bedeuten.

Irgendjemand hatte einen Aushang in das Fenster des Dorfladens gehängt. Sie überflog den Aushang. Leider behielt sie mit ihren Vorahnungen recht.

Gestern schon hatte die österreichisch-ungarische Regierung Serbien den Krieg erklärt, und heute Nacht hatten die K.-u.-k.-

Truppen mit der Beschießung Belgrads begonnen. Da war er – der Krieg! Jetzt blieb ihr nur noch zu hoffen, dass der Kaiser und die deutsche Regierung umsichtiger waren und sich nicht in einen Krieg hineinziehen ließen, der ihrer Bevölkerung nur Unheil bringen konnte. Doch Rebecca glaubte nicht daran. Anfang des Monats hatte die deutsche Regierung Österreich-Ungarn eine uneingeschränkte Bündnistreue zugesichert.

Ihre Hand wanderte zum Hals. Ihr Atem stockte. Sie holte tief Luft, als hätte ihr jemand den Kopf unter Wasser gedrückt. Kein Zweifel, sie waren nur noch Stunden vom Kriegseintritt entfernt.

30. Juli 1914

Die Gottesgeißel des Krieges stand vor der Tür, und seine Aufgabe war es, den Menschen Glauben, Zuversicht und Trost zu spenden. Die Mütter würden ihre Söhne ziehen lassen müssen, die Ehefrauen ihrer Männer, die Schwestern ihre Brüder.

Egidius Wittekind konnte sich noch erinnern, wie er in seinem ersten Pfarrbezirk, noch bevor er nach Greifenau gekommen war, Predigten zu diesen Themen gehalten hatte. Es gab wirklich keine Notwendigkeit, die Predigten neu zu schreiben. Zwar war der Deutsch-Französische Krieg mehr als vierzig Jahre her, aber die Menschen erinnerten sich mit Freude daran. Das Deutsche Reich war gegründet, der preußische König zum Kaiser gekürt worden und das alles im prunkvollen Schloss von Versailles.

Im Schrank waren ausnahmslos nur die offiziellen Akten zu seinem Kirchenspiel: Tauf-, Konfirmanden- und Heiratsregister. Seine Korrespondenz mit dem Probst und ähnliche Vorgänge.

Seine persönlichen Unterlagen hortete er in seinem Schreibtisch.

Er schloss die Nebenfächer des Schreibtisches auf und suchte. Die Umschläge verteilte er auf dem Schreibtisch, die dickeren Mappen legte er daneben auf den Boden. Endlich fand er sie, die Kladde mit den alten Predigten. Wittekind stutzte. Jetzt, da er die Fächer fast komplett ausgeräumt hatte, fiel ihm etwas auf. Er zog noch die restlichen Umschläge und Mappen heraus. Doch dieser daumendicke braune Umschlag war nirgendwo zu finden. Er war sich vollkommen sicher, dass er die Unterlagen nicht weggeschmissen hatte. Wo waren sie? Die Mappe von Donatus von Auwitz-Aarhayn fehlte.

Es klopfte, und seine Enkelin erschien mit einem Tablett.

»Ich habe dir Kaffee gemacht.« Sie stellte das Tablett auf dem kleinen Tischchen zwischen Sofa und Sessel ab. »Wie sieht es denn hier aus?«

»Paula, gut, dass du kommst. Hast du Unterlagen aus dem Schrank oder dem Schreibtisch genommen?«

Seine Enkelin machte große Augen. »Unterlagen weggenommen? Das würde ich nie wagen!«

Egidius Wittekind schüttelte den Kopf. Natürlich hatte er genau diese Antwort erwartet. Warum auch sollte Paula in seinen Unterlagen herumwühlen? Sie interessierte sich nicht die Bohne für den Schreibkram.

Immer wieder hatte er überlegt, ob er die Beweise vernichten sollte. Hatte er es getan und dann vergessen? Es lag alles schon so viele Jahre zurück. Nein, er hatte die Papiere bestimmt nicht verbrannt.

Er hatte Adolphis von Auwitz-Aarhayn dann doch nicht das Geheimnis verraten, um dessen Aufklärung der alte Patriarch ihn auf dem Sterbebett gebeten hatte. Er hatte es für völlig unnötig befunden, den Grafen damit zu behelligen. Der Junge war längst ausgewachsen. Und da das preußische Recht vorsah, dass uneheliche Kinder ohnehin nichts erbten, gab es überhaupt keinen Grund, den Grafen in Aufruhr zu versetzen. Andererseits, man wusste nie, was das Leben noch mit sich brachte. Für genau solche Fälle lohnte es sich, Beweismaterial aufzubewahren.

Trotzdem beunruhigte es ihn, dass dieser Umschlag weg war. In den falschen Händen würde er viel Unheil anrichten können.

»Soll ich dir beim Aufräumen helfen?«

»Nein danke. Da hab ich meine eigene Ordnung drin.«

Paula nickte und verließ das Zimmer. Er würde den Schrank nun wieder einräumen und akribisch Akte für Akte und Schriftstück für Schriftstück durchgehen. Vielleicht war der Umschlag ja einfach irgendwo dazwischengerutscht.

30. Juli 1914

»… schreibe ich dir heute in größter Not.«

War das nicht etwas zu dick aufgetragen? Aber konnte es schaden? Katharina horchte, ob auch niemand auf dem Flur vor ihrem Zimmer entlangging. Schnell tauchte sie die Feder wieder ein. Sie musste Julius endlich alles über Ludwig von Preußen und die Pläne ihrer Mutter erzählen. Sie musste Julius darauf vorbereiten, dass sie vielleicht eines Tages in einem russischen Kloster weggesperrt würde. Was das Schlimmste war: Sie musste ihn bitten, ihr auf heimlichem Wege Geld zukommen zu lassen – wie äußerst unangenehm. Sie hatte alle Möglichkeiten durchdacht, aber sie bekam so gut wie nie eigenes Geld in die Hand. Wenn sie irgendwo etwas kaufte, wurde es angeschrieben oder die Rechnung direkt an ihre Mutter geschickt. Gelegentlich durfte sie Wechselgeld behalten, doch das war mittlerweile alles an Clara für ihre Dienste geflossen. Alexander hatte auch nur wenig eigenes Geld. Eine Apanage bekamen die Kinder erst mit ihrer Großjährigkeit. Sie hätte Konstantin fragen können, aber der hätte sicherlich wissen wollen, wofür sie Bargeld brauchte. Das Risiko konnte sie nicht eingehen. Und Alexander hatte keine nennenswerten Rücklagen, wie sie wusste.

Da sie jetzt ohnehin von ihrem schrecklichen Leben beichten musste, war es auch egal. Sie musste das jetzt einfach schreiben. Es würde ihre Seele erleichtern. In Windeseile schrieb sie die Zeilen. Sie wusste schon lange, was sie ihm alles sagen wollte.

»In größter Liebe. Ich hoffe, wir sehen uns bald wieder.«

Katharina faltete den Brief und steckte ihn in einen Umschlag. Sie notierte Julius' Potsdamer Adresse. Diesen Umschlag steckte sie in einen weiteren Umschlag, einem aus Papier der billigen Sorte. Sie versteckte den Brief in einem Buch und klingelte. Es war Nachmittag, und Clara würde vermutlich unten Silber putzen oder was sie sonst so zu erledigen hatte.

Zwei Minuten später hörte sie Schritte. Die Tür öffnete sich ohne vorheriges Klopfen, und ihre Mutter rauschte hinein.

»Katharina. Wir müssen morgen unbedingt ... Schau dich nur an, wie du wieder aussiehst! Deine Finger sind beschmiert.«

Katharina schaute auf ihre Finger. Sie hatte Tintenflecken an Zeigefinger und Daumen.

Schon stand ihre Mutter bei ihr und nahm ihre Hand. »Hat Matthis dir nicht beigebracht, sauber zu schreiben? Wann wirst du endlich eine Dame?« Sie fuhr darüber, und der Fleck verwischte.

»Ich ...« Verwundert blickte ihre Mutter auf die Haut. »Das ist nicht von heute Vormittag. Das ist frische Tinte. Was hast du geschrieben?«

»Nichts. Ich ...« Das schlechte Gewissen musste ihr ins Gesicht geschrieben stehen.

Mamas Miene verdüsterte sich. Sie ließ ihre Hand los und schaute sich um. »Ich schwöre dir, junges Fräulein, wenn ich ...« Sie riss die Schubladen ihrer Frisierkommode auf, nahm das Kissen aus dem Sessel, um zu schauen, ob sich dahinter etwas verbarg.

»Ich wollte mir gerade etwas notieren, etwas für den Unterricht, aber ich ...«

Mama schaute sie ungläubig und wütend an. »Lüg mich nicht an.«

Jetzt packte sie das Buch und blätterte es durch. Katharinas Herz sackte in ihre Knie.

»Was haben wir denn da?« Die Gräfin griff nach dem Umschlag und öffnete ihn.

Katharina wurde blass. Das war ihr Todesurteil. Mama würde ihre Drohung wahr machen und sie in ein russisches Kloster verbannen. Als Feodora die Adresse auf dem inneren Umschlag las, wurde ihr Mund zu einem dünnen Strich. Sie holte den Brief hervor und las. In ihrer Miene war keine Regung zu erkennen. Ihr Blick war eiskalt, als sie den Brief sinken ließ.

»Wer sollte den Brief für dich aufgeben?«

»Ich wollte mich gerade anziehen, um ins Dorf zu gehen.«

Blitzschnell packte Feodora ihre Tochter im Nacken und zwang sie zu Boden.

»Ein Kloster ist noch zu gut für dich. Ich werde dich in eine Nervenheilanstalt schicken. Denn offensichtlich bist du von allen guten Geistern verlassen. Vielleicht werden die Elektroschocks dir helfen, wieder zu Sinnen zu kommen.«

Es klopfte. Da war nun auch Mamsell Schott oder eins der Stubenmädchen. Zu spät!

»Weg mit Ihnen!«, rief Mama. Sie drückte fester zu, als befürchtete sie, dass Katharina flüchten wollte. Der Brief gab ihr Anlass genug dafür.

Die Schritte draußen verklangen. Mama drückte ihr Gesicht auf die kalten Steinplatten. Es tat furchtbar weh.

»Hysterisches Weibsstück. Du bist offensichtlich gewillt, deine Familie ins Unglück zu stürzen. Das werde ich zu verhindern wissen. Du bleibst bis zum Sommerfest in deinem Zimmer, wenn du keinen Unterricht hast. Und beim Fest sorgst du dafür, dass sich Ludwig von Preußen zu dir bekennt. Wenn nicht ... Wenn du dich nicht der gesamten kaiserlichen Familie gegenüber formvollendet und zugeneigt benimmst, war es das. Dann kenne ich kein Pardon mehr!« Ihre Mutter entließ sie aus dem Klammergriff.

Katharina bewegte sich kein bisschen. Am Boden zusammengekauert hörte sie, wie Mama den Schlüssel von der Tür abzog, den Raum verließ und ihn von außen abschloss.

Tränen schossen ihr in die Augen. Eine Katastrophe! Das war die Katastrophe. Sie zweifelte keinen Moment daran, dass Mama ihre Drohung wahr machen würde. Ob Vater wirklich damit einverstanden war? Ob er es zulassen würde, dass sie in eine Nervenheilanstalt eingewiesen würde? Man hörte schreckliche Dinge darüber. Andererseits, wenn Mama von dem Inhalt des Briefes erzählte, kannte sicher auch ihr Vater kein Pardon. Sie warf sich aufs Bett und starrte wie gelähmt an die Decke.

Eine halbe Stunde später klopfte es leise.

»Ja?« Ihre Stimme war schwach.

»Ich bin es.« Es war Alexander. »Mama ist außer sich. Und dieses Mal hab ich nichts damit zu tun. Was ist passiert?«

Katharina kauerte sich hinter die Tür. »Alex, du musst mir einen ganz großen Gefallen tun. Bitte, ja? Du kannst von mir auch alles haben, was du willst.«

»Das ist ein verführerisches Angebot, kleine Schwester.«

31. Juli 1914

»Fünf Jahre kein Gehalt?« Alberts Stimme wurde laut. Sie hatten gerade zu Abend gegessen.

»Dann ist der Junge einundzwanzig. Bis dahin bekommt er sowieso alles, was er braucht, vom Gut.« Caspers hielt es nur für angemessen.

»Ich finde das ungerecht«, sagte Albert.

Mamsell Schott schaute ihn an. Albert sagte nicht oft etwas, und äußerst selten ergriff er Partei.

»Aber stellen Sie sich vor: Der Graf hätte die Polizei holen können. Eugen könnte heute schon im Gefängnis sitzen.«

Ungläubig schaute Albert in die Runde. Unten am Tisch wurde getuschelt. Das war ein ziemlich schwerer Schlag für Eugen, wie allen bewusst war.

»Er wird es überleben. Und das ist doch das Wichtigste: Dass er das Feuer überlebt hat.« Frau Hindemith stand seufzend auf.

»Er hat sogar seine Stellung behalten. Stellen Sie sich vor, der Graf hätte ihn rausgeworfen. Mit dem verkrüppelten Arm würde er doch nirgendwo mehr etwas kriegen. Nicht in diesen Zeiten.« Frau Schott versuchte wie immer, etwas Gutes in allem zu sehen.

Albert stimmte ihr nickend zu. Das war natürlich wahr. Trotzdem, er hatte so seine Zweifel an der ganzen Geschichte. Johann war schon aufgestanden. Ohne Eugens Unterstützung blieb die ganze Stallarbeit alleine an ihm hängen. »Wann wird er wieder arbeiten müssen?«

»Doktor Reichenbach sagt, in frühestens drei Wochen, und dann auch erst mal nur Aufgaben, für die er keine zwei Arme braucht. Bevor die Wunden am Arm nicht einigermaßen abgeheilt sind, kann er den Arm nicht schienen. Vielleicht wird man ihn noch mal brechen müssen, wenn er schief zusammenwächst.« Mamsell Schott zählte es zu ihren Pflichten, bei den Doktorbesuchen im Zimmer anwesend zu sein.

Alle standen vom Abendbrottisch auf, nur Albert blieb sitzen. Bertha fing an, das Geschirr abzuräumen. Caspers und die Mamsell gingen in ihre Räume und die Köchin in die Küche. Ceynowa ging an ihm vorbei und warf ihm einen merkwürdigen Blick zu. Er hatte der aufgeregten Runde stumm zugehört und nichts dazu gesagt, aber in seinem Blick lag die gleiche Skepsis, die auch Albert spürte.

Albert war eigentlich nur für die Kutschpferde zuständig, aber er hatte sich angeboten, in den nächsten Wochen auch die Zug- und Reitpferde zu versorgen. Er musste Wasser auffüllen und schauen, ob alle Tiere noch genügend Heu hatten. Aber das hatte noch ein paar Minuten Zeit.

Nachdenklich stieg er die Hintertreppe bis zum Dachstuhl hoch. Auf dem Flur mit den Zimmern der männlichen Diener ging er an seiner Tür vorbei zu dem Raum, den Kilian und Eugen sich teilten. Er klopfte.

»Herein.«

Der Stallbursche saß im Bett. Er sah noch immer schlecht aus. Der rechte Arm war bandagiert. Sein Oberkörper und sein Gesicht waren an etlichen Stellen mit Brandsalbe eingeschmiert. Seine Haare hatte man kurz geschoren. Münzgroße Stücke seiner Kopfhaut waren verbrannt. Die Krankenschwester hatte auch diese Stellen mit Brandsalbe behandelt.

»Wie geht es dir?« Albert zog sich einen Stuhl ans Bett und setzte sich rittlings darauf.

Verstohlen wischte der Rotblonde sich eine Träne weg. »Besser.«

»Ich hab von der Entscheidung des Grafen gehört.«

Eugen starrte auf seine Hände. Einige Brandmale waren immer noch offen und blutrot, aber an anderen Stellen sah man schon, wie sich eine Kruste bildete. Die Heilung hatte eingesetzt. Der Junge blieb stumm.

»Fünf Jahre sind eine lange Zeit.«

Der Junge zuckte mit den Schultern.

»Vor allem, wenn man nicht einmal schuld ist.«

Sein Blick verriet ihn. Natürlich wirkte er überrascht, aber eher überrascht darüber, dass es doch jemand herausbekommen hatte. Es lag Zustimmung in dem Blick.

»Weißt du, ich habe an diesem Abend wieder Heu für die Kutschpferde geholt. Manchmal gebe ich ihnen eine Extraportion.« Er lächelte den Jungen an. »An diesem Abend auch.«

Eugen blickte wieder starr auf seine Hände.

»Ich hab ihn gesehen, wie er sich mit einer Flasche in die Ecke gedrückt hat. Er war besoffen, nicht wahr? Und du wusstest es. Er war besoffen, hat dort geschlafen, und irgendwann ist er aufgewacht und hat sich eine Zigarette angemacht.«

Eugen hob den Blick. Seine Augen waren offen und ehrlich.

»Das wird Ihnen niemand glauben.«

Albert redete unbeeindruckt weiter: »Vermutlich ist er darüber wieder eingeschlafen oder war einfach unvorsichtig, nicht wahr?«

»Ich ... musste noch mal spätabends. Und seine Tür war nur angelehnt. Er war immer noch nicht im Bett. Aber sein Fenster stand auf, und es roch nach Rauch. Da bin ich gucken gegangen.«

Mehr musste Albert nicht wissen. Das war Bestätigung genug. Er gab den Pferden gelegentlich Extraportionen, aber nicht an diesem Abend. Allerdings hatte er oft genug gesehen, wie Waldner sich besoffen in eine Ecke des Heuschobers verkrochen hatte.

»Niemand wird davon erfahren. Aber Waldner lasse ich damit nicht durchkommen.« Er stellte den Stuhl zurück. »Schau, dass du bald wieder auf die Beine kommst. Du fehlst den Tieren.«

Ein kleines Lächeln stahl sich auf das Gesicht des Jungen.

Albert ging schnurstracks zu den Ställen. Er fand Johann Waldner im Jungviehstall. Die Gießkanne für die Wassertränke in der Hand, ließ er Wasser in einen Trog laufen. Er blickte sich kurz um, sah Albert an und schaute wieder stumm auf den Trog.

»Ich war gerade bei Eugen.«

»Der dumme Junge!«, sagte er ohne jeden Elan.

»Er nimmt es stoisch auf, dass er fünf Jahre kein Gehalt bekommt.«

Johann Waldner nickte.

»Vor allem, da er doch keine Schuld trägt.«

Johanns Gesichtsausdruck spiegelte absolute Überraschung wider. »Natürlich ist er schuld!«

»Ich hab dich gesehen.«

Unsicherheit. Die Gedanken standen dem Stallmeister ins Gesicht geschrieben. »Das stimmt nicht. Eugen ist schuld. Eugen war mit einer Kerze in der Scheune.«

Mit dem Fuß trat Albert ihm die Gießkanne aus der Hand, packte Waldner am Kragen und stieß ihn gegen einen Balken in der Mitte des Stalls.

»Du wärst jetzt tot, wenn er dich nicht rechtzeitig rausgezogen hätte. Ist das dein Dank?«

Waldner riss die Augen angstvoll auf.

»Gib es schon zu: Du warst wieder besoffen. Ich hab dich gesehen an dem Abend.«

Keine Antwort.

»Was würde wohl der Graf dazu sagen, wenn er davon erfahren würde?«

Waldners Lippen zitterten. Beschämt schloss er die Augen.

Er hatte ihn. »Na, was sagst du nun?«

»Ich … wollte das nicht. Ich dachte … ich …«

»Ich weiß ganz genau, was du gedacht hast. Du hast gedacht: Wenn der Junge stirbt, macht es keinen Unterschied, und du bist noch mal mit der heilen Haut davongekommen. Aber der Junge hat überlebt.«

»Ich hab nicht gewollt, dass er stirbt.«

»Aber die Wahrheit sagst du jetzt trotzdem nicht, oder? Ich weiß nicht, warum du säufst, aber lass es nicht andere ausbaden, dass du dich nicht unter Kontrolle hast.« Er ließ den Kragen los.

Waldner blieb am Balken stehen und richtete sich seine Kleidung.

»Folgendes: Du wirst Eugen von deinem Lohn das zahlen, was er sonst vom Graf bekommen hätte.«

Waldner wollte protestieren, aber Albert sprach weiter: »Fünf Jahre lang wirst du ihn auszahlen, oder ich gehe noch heute Abend zum Grafen.«

Er sah, wie die Hand des Stallmeisters zu seiner Hosentasche wanderte. Vermutlich würde ein großer Schluck aus dem Flachmann ihn beruhigen. Doch anscheinend wollte er sich keine Blöße geben. Nur zu wissen, dass die Flasche dort war, beruhigte ihn schon.

»Ich warte!«

Widerstrebend nickte Waldner, ohne ihn anzuschauen.

»Ich frage Eugen. Jeden Monat. Also lass dir nicht einfallen, ihn zu hintergehen!«

Albert wusste, Johann Waldner war Alkoholiker, und nichts und niemand würde ihn vom Saufen abbringen, wenn er es nicht selbst wollte. Er könnte ihm nun die Flasche wegnehmen, aber was hätte das für einen Wert? Gar nichts. Er konnte nur hoffen, dass Waldner aus der Geschichte lernen würde.

»Du weißt, du könntest entmündigt werden wegen deiner Sauferei.«

»Wer? Wer sollte das machen?«

»Der Graf. Sie brauchen nur den Doktor beauftragen. Es wissen ohnehin alle. In der unteren Etage halten alle nur aus Mitleid ihren Mund. Oder hältst du Caspers oder die Schott für so dämlich?«

»Sie können mir nichts nachweisen.«

Ein ungläubiges Lachen platzte aus Albert heraus. »Sie brauchen dich nur einen Vormittag in einen Raum einsperren, und sie wissen alles, was es zu wissen gibt.«

Waldner konnte ihm nicht in die Augen sehen. »Ich hab alles im Griff.«

Albert sah ihn an. Vermutlich glaubte er es tatsächlich. Was für ein Narr!

31. Juli 1914

Konstantin traute seinen Augen nicht. Zwei Männer auf Pferden kamen auf sie zugeritten. War das Vater?

Als sie sich näherten, wurde aus der Vermutung Gewissheit. Wahrscheinlich hatte der Gutsverwalter seinem Vater Bescheid gegeben. Doch eigentlich war es nicht so, als würde es Konstantin überraschen. Eigentlich hatte er genau mit so etwas gerechnet.

Thalmann hielt sein Pferd in einiger Entfernung an. Vater kam näher geritten. Erbost schaute er Konstantin an, blickte auf den monströsen Dampfpflug und wendete sein Pferd. Ein paar Meter abseits stieg er ab.

»Macht weiter. Ich bin gleich wieder da.« Konstantin gab Valerie Ceynowa und zweien seiner Pächter Anweisungen. Dann ging er rüber zu seinem Vater.

»Wovon hast du das bezahlt? Was kostet so was überhaupt?«, fragte er leise, aber nachdrücklich. Geldangelegenheiten diskutierte man nicht laut vor den Bediensteten.

»Ich hab es von meinem Ersparten bezahlt.« Das musste Vater doch klar sein, immerhin konnte er von dem Konto, mit dem das Gut geführt wurde, nichts ohne seine Zusage abheben. »Ich wäre dir natürlich sehr verbunden, wenn du dich dafür erweichen könntest, einen Teil oder alles auszugleichen.«

»Wie viel?«

»Knapp vierzigtausend Mark«, antwortete Konstantin gedämpft. Das war fast alles, was er gehabt hatte.

»Vierzigtausend? Ja, bist du denn völlig übergeschnappt?«, zischte Vater in leiser Wut.

»Ganz und gar nicht. Du wirst schon bald sehen: Es ist eine der lohnendsten Investitionen, die dieses Gut je getätigt hat.«

»Gerade jetzt!«

»Ganz recht. Gerade jetzt!«

»Was meinst du damit?«

»Nicht, dass ich diesen Krieg will. Aber wenn er denn nun kommt, kommen diese Maschinen gerade rechtzeitig.«

»Ich verstehe nicht, was du meinst.«

»Die ersten Söhne von unseren Pächtern wollen sich freiwillig melden. Schon Ende der Woche könnten uns Dutzende Leute fehlen.«

Vater schaute so überrascht, dass Konstantin fast wütend wurde. Wie konnte er einen so wichtigen Umstand einfach ignorieren?

»Gerade die jungen Burschen werden mit fliegenden Fahnen in den Krieg ziehen. Die werden fehlen – bei der Ernte und auch beim Pflügen. Außerdem sind über die Hälfte der Pächter noch keine fünfundvierzig. Wenn der Krieg länger dauert, könnte einer nach dem anderen gezogen werden. Wer soll dann die Feldarbeit machen?«

»Kokolores. Die Regierung weiß genau, wie wichtig der Nachschub an Lebensmitteln für den Kriegsverlauf ist. Sie werden uns nicht die Leute nehmen!«

»Das hoffe ich sehr.«

»Und den Pächterburschen werde ich es einfach verbieten!«

»Das würde man dir als unpatriotisch ausgelegen.«

»Es ist unpatriotisch, seine Soldaten ohne Brot und Fleisch in einen Krieg ziehen zu lassen. Das werden alle einsehen. Es war also völlig rausgeschmissenes Geld.«

»War es nicht. Ich arbeite gerade zwei unserer Pächter ein. Sie werden mit ihren Jungs und Ceynowa zusammen den Dampfpflug bedienen. Und das nicht nur auf unseren Feldern. Sobald es bei uns läuft, biete ich den benachbarten Gütern an, gegen Bezahlung zu pflügen.«

Vater nahm den Hut ab und wischte sich die Stirn. Es war heiß, aber es zeigte auch, dass Konstantins Pläne ihm echtes Kopfzerbrechen bereiteten.

»Willst du aus unseren Pächtern etwa Lohnarbeiter machen?«

»Die Maschinen sind so stark, dass man mit ihnen sogar noch bis in die Frostphase hinein pflügen kann. Dann, wenn unsere Pächter normalerweise schon nichts mehr auf den Feldern ausrichten können. So können sie sich etwas dazuverdienen.«

»Konstantin! Siehst du nicht, was du hier machst? Du bringst die ganze Ordnung durcheinander!«

Er schaute ihn stur an. Vater hatte sich selten über etwas so harsch echauffiert, das mit dem Gut zusammenhing.

»Gib die Maschine zurück. Ihr habt sie noch nicht gebraucht. Gib sie zurück. Gib dein Geld nicht für so einen Blödsinn aus.«

Konstantin packte das Pferd am Zügel und zog es vor sie beide, sodass die drei Arbeiter sie nicht mehr sehen konnten. »Blödsinn? Für was für einen Blödsinn gibst du denn dein Geld aus? Für Kurtisanen und Saufen und Spielen.«

Vater sprang einen Schritt zurück, als hätte Konstantin ihn geohrfeigt.

»Wem willst du etwas vormachen? Du kaufst dir ein Automobil, das wir nicht benötigen. Alles Geld, das wir besser in das Land investieren könnten. Aber die Maschine hier, die wird uns in den nächsten zwanzig Jahren sehr viel Geld einbringen. Und sehr viel Geld sparen.«

»Ich leite das Gut. Und ich bestimme, wofür Geld ausgegeben wird!«

Also, jetzt war es so weit. Diesen Moment hatte Konstantin schon lange heraufziehen sehen. Der Konflikt war da, ob er ihn nun wollte oder nicht. Er war mindestens genauso stur wie sein Großvater. »Wir beide wissen doch genau, dass du das Gut nicht leitest. Du kümmerst dich überhaupt nicht darum. Am Ende des Monats machst du die Rechnung und zählst das Geld zusammen, das du ausgeben kannst.«

Sein Vater schnappte beleidigt nach Luft. »Wage es nicht, mich zu kritisieren!«

»Oh doch! Du …«, zischte Konstantin leise. Sie wurden beide mit jedem Wort lauter. »Du interessierst dich kein Jota für das Gut. Solange es läuft und genug Geld da ist, ist es dir gleich. Ist dir niemals aufgefallen, dass die Erträge seit Jahren zurückgehen?«

Vater schaute ihn betroffen an. Jetzt hatte er ihn erwischt. Natürlich hatte Vater sich nicht die Bücher der letzten Jahre angeschaut. Wieso auch? »Es gibt immer Jahre mit schlechter Ernte. Nur weil es letztes Jahr …«

»Unsinn. Auch die Jahre vorher war der Ertrag schon rückläufig gewesen. Nur die Preise lagen höher. Das kann es aber auf Dauer nicht ausgleichen. Und du würdest die Geschäfte einfach so lange laufen lassen, bis das Anwesen mit niedrigen Erträgen nichts mehr wert ist.«

»Mit dem Krieg werden die Preise steigen!«, gab Papa zu seiner Verteidigung an.

»Du willst doch nicht wirklich einer sein, der sich am Krieg bereichert?« Unwillkürlich musste er an Rebecca denken. Genau so etwas hatte sie vorhergesagt.

Wieder schnappte Vater nach Luft. Er schaute sich um, als wenn er nach einem Ausweg suchen würde. Doch da war keiner.

»Ich sag dir was. Das Gut wird sich an dem Dampfpflug beteiligen. Wenn du es nicht anders willst, dann in jährlichen Zahlungen. Wenn du dich nicht um die Geschäfte kümmern willst: Ich tue es gerne. Aber dann tue ich es auf meine Weise … oder gar nicht.«

Vater starrte ihn überrascht an. Dass sein Sohn und Erbe ihm den Gehorsam verweigerte, damit hatte er wohl nicht gerechnet. Konstantin wartete mit einem fragenden Gesichtsausdruck. Es war die Stunde der Entscheidung. Vater konnte nicht wirklich damit gerechnet haben, dass dieser Moment nie kommen würde. Er kam nur schneller als erwartet.

Etwas versöhnlicher schob Konstantin nach: »Ich tue es, solange ich noch kann. Möglicherweise muss ich schon bald an die Front.«

Sein Vater wurde bleich. Als hätte er es nicht in Erwägung gezogen, dass das passieren konnte. »Du wirst dich aber doch nicht freiwillig melden.«

»Nein, nicht freiwillig.«

Als wollte er sich selbst beruhigen, sagte Vater: »Schließlich hab ich noch Thalmann. Der hat sich um das Tagesgeschäft zu kümmern.«

»Das ändert nichts daran, dass dir Leute fehlen werden, wenn es zum Krieg kommt. Und falls das nicht passiert, dann werde ich meine ganze Arbeitskraft hier einsetzen, aber dann fordere ich die volle Unterstützung von dir.«

Adolphis von Auwitz-Aarhayn drehte sich in die andere Richtung und schaute grimmig über die Felder. Für einen Moment war Konstantin tatsächlich verunsichert. Hatte er zu hoch gepokert? Doch dann wandte Vater sich zu ihm um und sagte:

»Also gut. Zehntausend Mark jedes Jahr. Aber unter Vorbehalt. Wenn es sich nicht rentiert, bleibst du auf dem Rest sitzen.«

Konstantin nickte nur. Er würde jetzt nichts sagen. Der Stolz seines Vaters hatte bereits einen erheblichen Dämpfer hinnehmen müssen. Und doch überraschte er ihn.

»Also, dann erkläre es mir. Wenn ich es schon bezahle, will ich wenigstens wissen, wie das Teil funktioniert.«

Nur mit Mühen konnte Konstantin sein Triumphgefühl unterdrücken. Er ließ die Zügel des Pferdes los.

Vater packte ihn am Ärmel und hielt ihn zurück. »Nur für die Zukunft: Ich möchte ab sofort, dass du alle Investitionen mit mir absprichst. Wie stehe ich denn da vor den Männern?«

»In Ordnung«, stimmte Konstantin zu. Sie wussten beide, dass Vater diese Investition niemals genehmigt hätte. Und eine weitere würde es so schnell nicht geben, denn Konstantin hatte fast sein gesamtes Vermögen in die Maschine gesteckt.

Gemeinsam gingen sie zurück zu den Männern.

»Die dicken Maschinen sind die Lokomotiven. Dampfmaschinen, die mit Holz oder Kohle befeuert werden können.«

Vater nickte. Ihm war sofort klar, wie der Pflug angetrieben wurde. Er ignorierte Thalmann, der zornig auf sie herunterschaute. Der Gutsverwalter hatte verloren, und er wusste das auch.

2. August 1914

Schon vorgestern hatte man den Zustand drohender Kriegsgefahr verkündet und die Mobilmachung der Streitkräfte anbefohlen. Frankreich war aufgefordert worden, sich bei einem deutsch-russischen Krieg strikt neutral zu verhalten. Nachdem Russland sich gestern geweigert hatte, die Mobilmachung zurückzunehmen, hatte der Kaiser selbst den Mobilmachungsbefehl ausgegeben und zwei Stunden später den Krieg erklärt. So stand es heute in der Zeitung, in einem der hiesigen Blätter, voll mit nationalem Stolz und patriotischen Aufrufen. Etwas anderes bekam Rebecca hier nicht zu kaufen.

Das öffentliche Leben wurde eingeschränkt. Ab sofort galt Passpflicht. Hamburg hatte die Elbe für alle auslaufenden Schiffe gesperrt. Die Post von und nach Frankreich war eingestellt worden. Die Verwendung von Brieftauben wurde mit Gefängnis bis zu drei Monaten bestraft.

Das versprochene Telegramm ihrer Eltern, die sicher schon gestern durch die abendlichen Extrablätter der Tageszeitungen davon erfahren hatten, war nicht angekommen. Vermutlich, weil zu viele Menschen gerade Telegramme verschickten. So war das also, wenn sich das Deutsche Kaiserreich im Krieg befand. Und das wäre sicher erst der Anfang von vielen Einschränkungen und Verboten.

Weil sie ohnehin kein Auge zutun konnte, war sie heute in der Frühmesse gewesen. Anschließend war sie zum Krämerladen des Dorfes gegangen. Einige Regale waren schon leer gekauft. Die Leute legten sich Vorräte an. Rebecca hatte sich darüber geärgert, dass bereits jetzt die Preise gestiegen waren. Alle richteten sich auf schwere Zeiten ein. Und die, die es konnten, profitierten von der Angst der Menschen. Wie abscheulich!

Den ganzen Mittag über hatte Rebecca versucht, etwas Nützliches zu tun. Doch sie konnte sich auf nichts konzentrieren. Sie hielt es nicht mehr aus. Sie musste unbedingt mit Albert sprechen. Alle waren außer Rand und Band. Die Welt wurde verrückt. Als könnte sie einfach nicht glauben, dass die Politiker, die Kaiser und Könige es wirklich wahr machten. Rebecca hatte bis zuletzt daran geglaubt, gehofft und gebetet, dass der Krieg doch noch verhindert würde.

Ihre größte Sorge war, dass Albert sich freiwillig melden könnte. Sie hatten nie darüber gesprochen, aber manchmal hatte er wirklich merkwürdige Ansichten. Sie konnte nicht schlafen, sie konnte an nichts anderes denken, als dass er eine große Dummheit begehen könnte. Rebecca musste sich sicher sein, dass er hierbleiben würde. Zumindest so lange, bis man ihn einzog.

Deshalb fuhr sie nun mit dem Rad auf dem Nebenweg vom Dorf zum Herrenhaus. Nie zuvor hatte sie ihn besucht, aus gutem Grund. Aber heute musste es sein. In einem Garten war eine ihrer Schülerinnen damit beschäftigt, die Erde um die Kartoffeln zu hacken. Rund um das Dorf waren vor allem Heuwiesen, die bereits geschnitten waren. Alle Erwachsenen waren nun auf den Feldern beschäftigt. Auf dem Land waren die arbeitsreichsten Wochen des Jahres angebrochen. Rebecca hatte das Gefühl, dass die Pächter keine Zeit hatten, ihre Gedanken an einen Krieg zu verschwenden.

Sie stieg vom Rad und schob. Hätte sie vorher gewusst, wie schlecht der Weg für Fahrräder geeignet war, wäre sie doch über die gepflasterte Chaussee gefahren. Aber als Dorflehrerin schickte es sich nicht, vorne am Herrenhaus mit dem Rad anzukommen. Zumal sie ja nicht den Herrschaften ihre Aufwartung machen würde. Sie war noch nie auf diesem Weg zum Gut gegangen, außer in der Nacht des Brandes. Doch da war alles zu hektisch gewesen, als dass sie auf den Weg geachtet hätte.

Es war heiß. Schwitzend ließ sie den Dorfanger und den Teich hinter sich. Sie kam an dem kleinen Wäldchen vorbei, hinter dem der See lag, der zum Gut gehörte, und in dem die Dorfkinder nur schwimmen gingen, wenn die herrschaftliche Familie abwesend war. Der Weizen stand in voller Pracht und würde bald geerntet. Schwalben segelten durch die Luft und tauchten durch den strahlend blauen Himmel. Keine Wolke war zu sehen. Eine rotbraune Katze huschte vor ihr über den Weg, blieb kurz stehen und beäugte sie, bevor ihre Aufmerksamkeit von einem Geraschel im Feld abgelenkt wurde. Schon war sie verschwunden. Alles wirkte so gottverdammt idyllisch, als wollte die Welt mit aller Macht am trügerischen Schein festhalten. Alles würde gut werden, gut bleiben. Was für eine Lüge!

Rebecca umrundete die letzten Bäume. Das Herrenhaus reckte sich hoch in den Sonnenschein, als würde der nur ihm gehören. Von Charlottenburg und Berlin war Rebecca so hohe Häuser gewohnt, aber hier beherrschte dieses erhabene Gebäude die gesamte Landschaft. Fast schon ein Schloss, dachte sie.

Der Weg führte sie zwischen den Ställen und der abgebrannten Scheune durch. Von der großen Konstruktion war kaum etwas übrig geblieben. An den Ecken ragten verkohlte Balken vom Feuer abgebissen in die Höhe. Am Rande der Brandstätte lag das angekokelte Holz zusammengetragen auf einem Haufen. Die Erde an dem Platz war mit einer Schicht schwarzen Staubes bedeckt. Noch immer lag der Geruch nach Holzfeuer in der Luft.

Nachdem die Feuerwehr mit der Pumpspritze gekommen war, hatte man das Feuer innerhalb von zwei Stunden unter Kontrolle gebracht. Die Flammen waren auf keinen der Ställe übergesprungen, was das Wichtigste war.

Rebecca lief durch den Durchgang der Hainbuchenhecke und lehnte ihr Fahrrad an die Mauer des seitlichen Traktes. Doch sie zögerte, als sie zur Hintertür ging. Sie hatte sich eine Ausrede einfallen lassen. Trotzdem war sie sehr nervös. Hoffentlich flog ihre Tarnung nicht auf. Sie klingelte. Einen kurzen Moment später öffnete das rothaarige Stubenmädchen die Tür.

»Ja bitte?«

»Ich habe ein eiliges Telegramm für Albert Sonntag.«

Das Mädchen schaute sie fragend an, deshalb setzte sie nach: »Für den Kutscher.«

»Ich dachte nur ... weil bei eiligen Telegrammen immer jemand von der Post kommt.«

Natürlich war es verwunderlich, dass ausgerechnet die Dorflehrerin ein Telegramm bringen sollte. Aber egal, Albert würde es sofort kapieren.

»Ich war gerade im Postamt und hab versprochen, es zu überbringen. Sie haben heute so furchtbar viel zu tun.«

Die Rothaarige nickte. »Ich gebe es ihm, sobald ich ihn sehe.«

»Nein! ... Nein, es soll persönlich übergeben werden.«

Die Rothaarige zog ihre Hand verdutzt zurück, doch dann sagte sie: »Warten Sie hier. Ich schau nach, ob er noch da ist. Die Herrschaften wollen heute noch nach Stargard. Vielleicht sind sie noch nicht weg.« Ihr Ton war freundlich. Trotzdem schloss sie die Tür vor ihr.

Rebecca wartete nur kurz, als die Tür schon wieder aufging. Ein großer und gut aussehender Mann in Chauffeursuniform schaute sie an. Sie hatte ihn schon mal gesehen.

»Ja bitte?«

»Ähm ... Ich wollte eigentlich mit Albert Sonntag sprechen.«

»Das tun Sie.« Er war höflich und schaute sie interessiert an. »Sie haben ein Telegramm für mich?« Er hielt seine Hand ausgestreckt in Erwartung des Schriftstückes.

»Nein. ... Das muss ein Missverständnis sein. ... Ich wollte mit dem Kutscher des Gutes ...« In dem Moment fiel ihr ein, wo sie ihn schon einmal gesehen hatte. »Sind Sie nicht der ehemalige Kutscher?«

»Sie meinen sicher Hektor Schlawes? Nein, der ist fort.« Er setzte sich seine Mütze auf. »Könnte ich das Telegramm bitte haben?«

»Ich …« Was wurde hier gespielt? Eine ahnungsvolle Befürchtung schlich sich in ihr Herz. Nein, nein. Das musste ein Missverständnis sein. »Sie sind Albert Sonntag?«

Der Mann schaute sie verwundert an. »Der bin ich. Wen hatten Sie denn erwartet?«

Ihren Albert hatte sie natürlich erwartet. Tausend Gedanken purzelten wild im Kopf durcheinander. Sie wusste nicht mehr, was sie noch sagen sollte.

Ein merkwürdiger Ausdruck stand dem Mann ins Gesicht geschrieben. Irgendwie merkte auch er, dass etwas nicht stimmte. »Das Telegramm bitte.« Er streckte fordernd seine Hand aus.

Benommen trat sie zwei Schritte zurück und schaute sich unsicher um. Sie begriff nicht, was hier passierte. Dieser Mann würde ihr doch sicher nichts vorspielen. Außerdem hatte das Stubenmädchen ihn ja geholt. Und die musste ja nun wissen, wer Albert Sonntag war. Wer der Kutscher des Gutes war. Und er sah auch genauso aus mit seiner Uniform und seiner Mütze.

»Es … gibt gar kein Telegramm«, sagte sie fast tonlos.

Ein wenig unwirsch entgegnete er: »Was meinen Sie damit: Es gibt gar kein Telegramm?«

Der Mann musste denken, dass sie verrückt war. Zumindest blickte er sie genauso an. Rebecca fühlte sich, als würde sie gerade aus einem tiefen Schlaf erwachen und wäre noch orientierungslos. Sie schüttelte ihren Kopf, als könnten ihre wirren Gedanken so an den richtigen Platz fallen. Aber nichts passierte. Es kam keine Ordnung in das Chaos. Die Situation kam ihr so unwirklich vor. Beinahe hätte sie gelacht. Aber es war nicht zum Lachen. Ihre Augen huschten von einer Stelle zur anderen. Schnell benannte sie alles, was sie sah: Mauersteine, Uniform, Fahrrad – als müsste sie sich selbst beweisen, dass sie noch bei klarem Verstand war. Der Mann wartete unterdessen immer noch auf eine Antwort von ihr.

»Sie sind die Schullehrerin, oder?« Er bedachte sie mit einem verwunderten Blick.

Ihr Mund stand offen, aber sie brachte keine Silbe heraus. Wie sollte sie ihm ihre Verwirrung erklären? Sie konnte es ja selbst nicht verstehen. »Es tut mir leid. Ich wollte nur … mit Albert Sonntag … reden.« Es war ein letzter Versuch, nicht verrückt zu werden.

»Ich bin Albert Sonntag«, sagte der Mann nun ungehalten. Ganz so, als fühlte er sich veräppelt. »Es gibt also kein Telegramm?«

Rebecca schüttelte den Kopf.

»Dann entschuldigen Sie mich bitte. Ich muss meiner Arbeit nachgehen.«

Er schloss die Tür hinter sich und ging um die Ecke zur Vorderfront des Herrenhauses.

»Gnädiger Herr.« Er begrüßte jemanden.

Langsam folgte sie ihm bis zur Ecke und blieb dort stehen. Das Automobil stand schon bereit. Der Kutscher hielt jemandem die Wagentür auf.

Der Graf kam die Freitreppe herunter, hinter ihm einer seiner Söhne. Doch als Rebecca sah, wer dort in teurer Kleidung die Treppe hinabschritt, setzte ihr Herz aus. Sie machte noch einen Schritt nach vorne, um besser über die steinerne Balustrade sehen zu können.

Der Graf stieg hinten ein, und der Kutscher, offensichtlich Albert Sonntag mit Namen, schloss hinter ihm die Tür. Sofort ging er auf die andere Seite, um dem jungen Herrn Grafen die Tür aufzuhalten.

Rebecca merkte nicht, dass sie unwillkürlich immer weitergegangen war. Das war Albert, ihr Albert. Wieso war ihr Liebster so elegant gekleidet? Wieso hielt ihm der unbekannte Kutscher die Wagentür auf? Das konnte doch nicht sein. Die drei würden ihr doch keine Charade vorspielen. Was hatte das zu bedeuten?

Der Kutscher entdeckte, dass sie näher gekommen war. Sein Blick drückte aus, dass er nun davon überzeugt war, es mit einer Verrückten zu tun zu haben. Der junge Adelige bemerkte seinen irritierten Gesichtsausdruck und drehte sich zu ihr um.

Sein erschrockener Blick verbannte alle weiteren Gedanken. Nur die eine Wahrheit, die plötzlich siedend heiß aufloderte, fraß sich durch ihren Körper. Ihr Atem wurde hektisch. Der Schweiß brach ihr aus allen Poren.

Wie versteinert blickte er sie an. Sein Mund bewegte sich, aber es kam kein Ton heraus. Als würden sie stumm miteinander reden. Einen Moment lang passierte nichts.

»Konstantin? Was ist?«, klang es aus dem Inneren der Kutsche.

»Sofort, Vater«, sagte der Mann, den sie zu lieben geglaubt hatte.

Rebeccas Kopf zuckte unwillkürlich zurück, als wollte sie sich vor einem Schlag ducken. Der letzte Beweis. Urplötzlich fielen ihr die Worte von Matthis ein, sie habe beim Brand mit dem jungen Grafen gesprochen. Er hatte recht gehabt. Sie hatte mit Konstantin von Auwitz-Aarhayn gesprochen. Sie hatte immer nur mit Konstantin von Auwitz-Aarhayn gesprochen. Ihn geküsst, ihn geliebt. Und Albert Sonntag war ein Fremder für sie. Rebecca drehte sich um, lief wie in Trance zu ihrem Fahrrad, stieg auf und radelte los. Ihr Geist war betäubt.

Sie hörte noch, wie jemand ihren Namen rief.
»Frau Kurscheidt!«, rief er ihr nach.
Er!
Der Erbe des Gutes.
Konstantin von Auwitz-Aarhayn zu Greifenau.
Und sie war Frau Kurscheidt. Nicht mehr Rebecca. Frau Kurscheidt. Jeder einzelne Buchstabe brannte ihr ein Loch ins Herz.

Kapitel 13

2. August 1914

»Also, die Sachen, die wir vom Gut bekommen, brauchen wir nicht zu berücksichtigen. Fleisch, alles, was wir aus der Meierei kriegen, und Getreide und so fort. Dann schreib auf.«
Irmgard Hindemith hatte sich im Kopf schon eine Liste gemacht, aber die war sicherlich nicht vollständig.

»Dann glauben Sie wirklich, dass es nötig ist?«

Bertha machte auf sie keinen unwilligen Eindruck. Es war eher so, dass sie verunsichert war. Vorratslagerung, ja, aber Hamsterkäufe, das kannte sie nicht. Und die Vorgänge draußen in der Welt machten ihr Angst, genau wie allen anderen hier unten.

Gestern hatte Bertha mit Kilian gestritten, als der gesagt hatte, er wolle sich jetzt doch freiwillig melden. Das Küchenmädchen hatte sogar Herrn Caspers aufgefordert einzuschreiten und es dem Grafen zu melden. Bertha und Kilian waren sonst immer ganz dicke. Doch danach war er eingeschnappt gewesen und hatte den Rest des Abends nicht mehr mit ihr gesprochen. Heute Morgen hatte sich die Lage auch noch nicht entspannt.

Um Eugen musste Irmgard Hindemith sich keine Gedanken machen. Erstens war er noch nicht alt genug. Und zweitens wäre er in seinem Zustand ohnehin nicht fähig, an die Front auszurücken. Herr Caspers selbst war zu alt. Er war zweiundfünfzig Jahre und damit weit über der Wehrpflicht. Johann Waldner und Karl Matthis mussten damit rechnen, eingezogen zu werden. Beide waren knapp über dreißig und würden die Musterung sicher überstehen. Sie wollte sich nicht vorstellen, was jemand wie Waldner an einem Tag voller Drill und ohne Alkohol machen würde. Und Matthis in Uniform, nun, das würde sie allerdings wirklich zu gerne einmal sehen.

Gestern hatte es eine hitzige Diskussion zwischen den Männern gegeben, in welcher Reihenfolge die Männer eingezogen würden. Albert Sonntag hatte sich weitestgehend rausgehalten, obwohl es ihn vermutlich am ehesten treffen würde. Allerdings hatte er davon berichtet, dass anscheinend in allen Städten im Reich die Meldestellen von Freiwilligen gestürmt wurden. Erst einmal würde wohl niemand einen Einberufungsbescheid bekommen.

Zudem gingen alle davon aus, dass der Krieg bald beendet sein würde. In den Zeitungen war die Rede von wenigen Wochen, höchstens Monaten.

Das hoffte Irmgard Hindemith inständig. Der Krieg besaß die Macht, all ihre wohlgehegten Träume über den Haufen zu werfen. Vielleicht wurden sie nur verschoben, aber man wusste nie, wie so was endete. Wenn sie sich mal wieder zu alt und zu krank fühlte, um diese Knochenarbeit noch lange weiterzuführen, halfen ihr die Gedanken an ihren Plan, sich weiter aufrecht zu halten. Es war so ungerecht, dass sie hier Tag und Nacht schuftete und doch nie auf einen grünen Zweig kommen würde. Und ihre Gicht machte auch nicht einfach eine Pause, nur weil Krieg war.

Ihre Schwester Therese wohnte seit einigen Jahren im Nachbardorf und arbeitete als Wäscherin für die Honoratioren der umliegenden Dörfer. Nachdem sie aus der Fremde zurückgekommen war, hatten die beiden schon bald ihren Plan gefasst. Sie sparten auf eine eigene Pension. Natürlich konnten sie sich kein Haus kaufen, aber sie wollten zusammen eins mieten, irgendwo in einer kleinen Stadt wie Arnswalde oder Pyritz. Und dann wollten sie eine Frühstückspension aufmachen. Sie konnte und sie wollte hier nicht noch zwanzig Jahre arbeiten.

Manchmal dachte sie, dass Kilian doch recht hatte mit seinen ketzerischen Worten: Es war nicht Gottes Wille, dass die einen so bitterarm und die anderen so übermäßig reich waren. Was, wenn es einfach nur der Wille von gierigen, mächtigen Menschen war?

Irmgard war nun vierundvierzig Jahre alt. Tagaus, tagein dreizehn, vierzehn Stunden oder länger arbeiten müssen, ging ihr auf die Knochen. Und auch Therese hielt die schwere Arbeit nicht mehr lange aus. Ihre Hände waren rissig von der Waschlauge, und ihre Arbeit war körperlich noch anstrengender als das, was Irmgard hier tat.

Sie waren gar nicht mehr so weit davon entfernt. Wenn sie ihr Erspartes zusammenlegten, dann würden sie sich vielleicht schon in zwei oder drei Jahren ihren Traum erfüllen können. Der Krieg sollte Irmgard und Therese bloß keinen Strich durch die Rechnung machen, dachte sie wütend. Dafür hatte sie nun wirklich zu lange und zu hart gearbeitet und auf zu viel in ihrem Leben verzichtet.

»Schreib auf – Kaffee. Vor allem Kaffee. Überhaupt alles, was aus unseren Kolonien kommt. Kakao für die Komtess. ... Wir sollten uns einen Vorrat an Seife zulegen. ... Fleischbrühe. Sicher ist sicher.« Irmgard überlegte, ob das nicht etwas zu dick aufgetragen war. Wie schlecht konnten Zeiten werden, dass sie hier auf dem Gut auf Fleischbrühe zurückgreifen mussten?

»Und Sie glauben wirklich, dass das nötig ist?«

»Natürlich. Wir werden nicht die Einzigen sein, die sich eindecken. Ich wette, der Ansturm auf die Lebensmittelgeschäfte hat schon begonnen. Albert Sonntag hat mir erzählt, in den Zeitungen würde stehen, dass die Leute ihr Geld bei den Banken abheben. Und die Börse hat sogar zeitweilig geschlossen, nicht nur im Deutschen Reich. Was glaubst du, ist jetzt los da draußen, vor allem in den großen Städten? Sei froh, dass du deine Füße hier unter den Tisch der gnädigen Herrschaft stellst. Ich möchte mich jetzt nicht irgendwo alleine durchschlagen müssen.«

»Albert Sonntag. ... Hm ...« Bertha legte ihren Stift beiseite. »Was halten Sie von ihm?«

»Wie meinst du das? Er arbeitet fleißig. Er ist höflich zu mir und ich denke auch zu allen anderen. Mehr geht mich nichts an.«

Bertha stand auf und schaute zum Flur der Dienstbotenetage hinaus. Es war früher Nachmittag, und alle anderen erledigten geschäftig ihre Aufgaben. Niemand sonst war im Moment hier unten.

»Ja, aber finden Sie es nicht auch eigenartig, wie er sich aus allem raushält?«

»Was soll daran eigenartig sein? Für einen Dienstboten ist das eigentlich eine Tugend.«

»Ich finde ihn geheimnisvoll.«

Irmgard lachte. »Weißt du was? Ich glaube, du findest ihn nur interessant, weil er gut aussieht.«

»Nein, das mein ich nicht. Er ist ... mysteriös.«

»Also, nun hör schon auf. Wie hörst du dich denn an? Wie eine mondäne Diva.«

Bertha grinste, als hätte sie ein Kompliment bekommen. »Wirklich. Ich weiß es. Ich kenne sein Geheimnis.«

»Sein Geheimnis!? Nun hör schon auf. Was für ein Geheimnis willst du denn schon kennen?«

Wobei man zugeben musste, dass Bertha wirklich viel mitbekam. Sie kannte immer den neusten Klatsch und Tratsch, aus den oberen Etagen, aus dem Dorf und sogar aus den Pachthäusern. Was beileibe nicht hieß, dass das alles stimmte.

»Wirklich. Ich habe mal...« Bertha überlegte.

Wenn das Küchenmädchen so schaute, heckte sie meistens etwas aus. Irmgard Hindemith wusste nur zu gut um ihren Charakter. Für ein wohlklingendes Gerücht schmückte sie auch schon mal Details aus. Irmgard hatte sie in den fünf Jahren, die sie nun hier war, mehr als einmal bei einer faustdicken Lüge erwischt.

»Ich konnte nicht schlafen und bin hier runtergekommen.«

»So?« Da – es fing schon an.

»Ja, und da hab ich Unterlagen auf dem Tisch liegen sehen.« Sie rückte näher ran, was völlig unnötig war. Es gab niemanden, der ihnen zuhören konnte. Aber Bertha mochte es eben ein wenig dramatisch.

»Unterlagen über das Waisenhaus. Da gab es einen Hinweis zu Wittekind. Deswegen ist er hier. Wegen Pastor Wittekind!«

»Was soll er denn von ihm wollen?«

»Doch, das stand da. Die Leutestube war leer, doch dann kam er wieder zurück.«

»Aha.«

»Da hab ich mich versteckt, dass er mich nicht sieht.«

Niemand, der etwas Rechtes tat, musste sich verstecken. »Du hast geschnüffelt.«

»Nein, hab ich nicht. Die Unterlagen lagen auf dem Tisch ausgebreitet.«

»Also, ich weiß nicht, was ich davon halten soll.«

»Er hat ein Geheimnis, und das hat mit dem Pastor zu tun. Auf dem Umschlag stand *Waisenhaus Kolberg*. Dort ist Sonntag doch aufgewachsen. Und auf den Überweisungen stand Wittekind als Adressat.«

Irmgard Hindemith schaute verdutzt. Was erzählte sie denn da?

»Außerdem hab ich ihn ein paar Wochen zuvor sogar mal am Haus von Wittekind rumschleichen gesehen. Er hat gesagt, er wolle Paula Ackermann, die Enkelin des Pastors, besuchen. Aber die war gar nicht da, genau wie der Pastor selbst.«

»Jetzt gehst du aber zu weit. Was du da andeutest, das ... Sei still und verbreite keine Sachen, die du nicht beweisen kannst. Sonst fällt es eines Tages auf dich zurück.« Die dralle junge Frau brachte sich noch gehörig in Schwierigkeiten.

»Aber ich hab doch mit eigenen Augen ...«

»Viele Leute haben Geheimnisse. Du nicht?« Gott sei's geklagt. Ihre eigene Familie, ihre Schwester. »Manch einer hat Geheimnisse und weiß es nicht einmal.«

»Aber ...«

»Jetzt hör auf«, sagte Irmgard Hindemith wütend. »Er hat dir nichts getan, dass du ihn schlechtmachen musst. Und überhaupt: Verrate mir mal, wann du ihn gesehen haben willst. Was machst du beim Haus von Pastor Wittekind?«

Bertha rückte ein Stück ab. »Ich musste der alten Bienzle was vorbeibringen vom Laden. Weil sie doch so schlecht zu Fuß ist.« Das klang nicht gerade überzeugend.

Die alte Bienzle, schlecht zu Fuß? Davon wusste Irmgard nichts. Aber flink und scharf mit der Zunge – das war allen bekannt.

»Ich hab aber doch gesehen, dass es der alte Patron geschrieben hat. Vor vielen Jahren. Im Dreikaiserjahr.«

Dreikaiserjahr, das war 1888 gewesen. Ein Schicksalsjahr. »Wie kommst du darauf?«

»Ich hab seine Schrift wiedererkannt. Es ging um eine jährliche Zuwendung.«

Irmgard atmete scharf ein. »Bist du von allen guten Geistern verlassen? Wie oft wohl hast du die Schrift vom alten Patron gesehen? Kein Dutzend Mal in all deinen Jahren. Und dann willst du sie wiedererkennen?« Die Köchin wurde richtig wütend. »Du setzt hier Dinge in die Welt, die sehr viel Unheil bringen können. Ich verbiete dir, darüber mit anderen Leuten zu sprechen. Hörst du?«

»Ich hab oft genug die Briefe vom alten Patron zur Post ...«

»Schweig! Das ist mein letztes Wort. Du redest mit niemandem darüber. Verstanden?« Doch dann setzte sie etwas milder nach: »Ist dir nicht klar, dass du dich damit in Teufels Küche bringen kannst?« Sie bekreuzigte sich schnell. Den Namen des Bösen nahm man nicht leichtfertig in den Mund.

Ob sie Bertha überzeugt hatte, wusste sie nicht. Aber es würde ihr zu denken geben, zumindest, dass sie nicht leichtfertig weiter Dinge in die Welt hinausposaunte.

»Schreib jetzt. Kaffee, Kakao, Schokolade. Reis und Graupen. Zucker und Salz auf Vorrat. Mostrich und Grieß.« Sie knetete ihre Finger. Bertha könnte eine Menge Menschen ins Unglück stürzen. »Branntwein und Streichhölzer. Alaunsalz fürs Schlachten, wenn der Herbst kommt.«

Jährliche Zuwendung des alten Patrons an Wittekind. Und Albert Sonntag war in einem Waisenhaus aufgewachsen. Es gehörte nicht viel geistiges Vermögen dazu, eins und eins zusammenzuzählen. Ausgerechnet im Jahr 1888. Sollte sie ihre Schwester fragen? Therese war zwei Jahre älter als sie und hatte damals noch im Dorf gewohnt. Vielleicht wusste sie etwas darüber.

»Oh, und natürlich reichlich Tee für unsere russische Gräfin.«

3. August 1914

Sein Gang nach Canossa. So kam Konstantin sich vor. Er fühlte sich von unsichtbaren Mächten niedergedrückt. Als würden Steine ihn beschweren. Er hatte sich dagegen entschieden, zu ihr zu reiten. Auf dem Weg zu ihr überlegte er es sich ein Dutzend Mal anders, was er sagen würde. Er stampfte über einen Feldsaum, umrundete das Dorf weitläufig und kam vom anderen Dorfende zum Schulhaus.

In einiger Entfernung blieb er stehen. Die Kinder verließen gerade das Gebäude. Eine Wiese, überbordend geschmückt mit bunten Wiesenblumen, war ihr Ausblick nach hinten. Von ferne beobachtete er Rebecca im Schulhaus. Sie räumte noch etwas zusammen und war nun allein.

Er zögerte. Er zögerte den Augenblick heraus, der sie vermutlich für immer trennen würde. Blödsinn! Dieser Augenblick war schon gewesen. Als er als Konstantin von Auwitz-Aarhayn die Treppe heruntergegangen war, das war der Moment gewesen, der sie getrennt hatte. Alles, was jetzt kam, konnte sie nur wieder verbinden. Er durfte seine Hoffnung nicht aufgeben. Sie hatte gesagt, dass sie ihn liebe. Sie hatte gesagt, dass sie ihn heiraten wolle. Das musste doch etwas bedeuten.

Als er endlich vor der Tür stand, wurde ihm übel. Sein Magen spielte verrückt. Er hatte beinahe das Gefühl, er müsse sich übergeben. Die Tür stand auf. Er hörte sie drinnen rumoren.

Sie sah überhaupt nicht überrascht aus, als er eintrat. Ganz so, als hätte sie ihn schon erwartet. Ihre Augen waren gerötet, ihr Gesicht fahl. Sie sah mitgenommen und müde aus. Ihre letzte Nacht war ganz sicher nicht besser verlaufen als seine.

»Geh! Ich will dich nie wiedersehen.« Sie drehte sich um, griff nach einem Schwamm und begann damit, akribisch die Tafel abzuwischen.

Als wäre es so einfach.

Nie wiedersehen. Ihre Worte trafen ihn wie eine Ohrfeige. Als brauchte er Unterstützung, lehnte Konstantin sich an einen der niedrigen Tische. Das Holz hatte schon Generationen von Kindern gesehen.

»Nein, ich gehe nicht. Nicht, bevor ich dir alles gesagt habe, was ich zu sagen habe.«

»Dafür hattest du lange genug Zeit. So viel Zeit und so viele Gelegenheiten, um mir alles zu sagen.« Sie wischte eifrig, noch immer mit dem Rücken zu ihm.

Er wartete darauf, dass sie sich endlich zu ihm umdrehte. Es dauerte, aber irgendwann sah Rebecca offensichtlich ein, dass er nicht von alleine wieder gehen würde. Sie legte den Schwamm beiseite und trocknete sich die feuchten Hände an einem Tuch ab. Endlich blickte sie ihm in die Augen.

»Ich hab dir nichts gesagt, weil ich immer Angst hatte, dich zu verlieren.«

»Da hattest du allerdings recht.«

Konstantin drückte sich von dem Tisch ab und trat zu ihr. Sie wich zurück.

»Bitte hör mich an.«

»Konstantin, bitte!« Es klang schwach. Es klang, als wäre sie dieser Auseinandersetzung nicht gewachsen. Sie tat ihm unendlich leid.

»Nein, du musst mich anhören!«

Sie schnaubte und tat so, als wollte sie einige Bücher sortieren, die auf ihrem Pult lagen. Doch auch dafür schien ihr die Kraft zu fehlen. Mit starrem Blick schaute sie auf die Bücher, ihre Hand noch auf dem Stapel, und schien nachzudenken.

»Rebecca, du hast gesagt, du willst mich heiraten. Und ich habe dir gesagt, dass ich dich auch heiraten will. Und nichts davon war gelogen.«

Ruckartig drehte sie sich wieder zu ihm um. »Ich habe dir aber auch gesagt, dass ich mich nie in einen Adeligen verlieben könnte. Und du ... du hast so viel gelogen. So unendlich viel.« Ihr Blick schweifte nach draußen, ob sie vielleicht beobachtet wurden. Aber es war niemand auf der Straße zu sehen. »Jede einzelne Minute, die wir zusammen hatten, war eine Lüge. Wie soll ich da die Lügen und die Wahrheit auseinanderhalten können?« Jetzt klang sie wütend.

»Ich liebe dich. Ich liebe dich, und ich will dich heiraten.«

»Was denn? Mich? Eine Bürgerliche? Was sagen denn deine Eltern dazu?«

»Ich werde es ihnen mitteilen, wenn es so weit ist.«

»Siehst du: Du hast nicht einmal den Mumm, es ihnen zu sagen.«

»Ich …«

Sie fuhr ihm über den Mund: »Du spielst deine Spielchen, so wie du glaubst, dass es für dich am besten ist. Warum solltest du deine Eltern jetzt schon damit behelligen, wenn ich vielleicht doch Nein sage? Lieber gehst du auf Nummer sicher.«

»Rebecca, wenn es das braucht, um dir zu beweisen, dass ich dich liebe, sage ich noch heute meinen Eltern, dass ich dich heirate.«

Ihr verachtender Blick traf ihn mitten ins Herz. »Da hast du aber noch mal Glück gehabt. Denn ich werde dich nicht heiraten.« Ihre Augen sprühten vor Zorn. »Geh. Ich kann dich nicht mehr ertragen.«

Er wollte ihre Hand greifen, doch sie zog sie heftig zurück. Ein Buch fiel klatschend zu Boden. Sie hob es nicht auf.

»Vielleicht hätte ich dich irgendwann akzeptieren können. Vielleicht sogar lieben, aber niemals im Leben werde ich dir verzeihen können, wie du mich betrogen und belogen hast.« Sie drückte ihren Rücken durch und sah ihn direkt und klar an. »Und mehr gibt es dazu nicht zu sagen.«

»Du kennst mich doch. Du weißt, wie ich bin. Das alles war nicht gelogen. Unsere Tage an der Ostsee, wie kannst du sie einfach vergessen?«

»Oh, ich werde sie nicht vergessen. Meine Tage mit dem adeligen Herrn, der aus mir seine Kurtisane gemacht hat.« Ihre Worte waren Gift, das ihr Herz genauso wie seins vergiftete.

Heiße und kalte Wellen liefen nacheinander durch seinen Körper. Sein Herz pochte wild. »Rebecca, nein! Tu das nicht. Tu uns das nicht an. Das haben wir beide nicht verdient!«

Ihre Augen schwammen in Tränen, aber ihre Miene war wutverzerrt. »Du hast mich nicht verdient, denn ich bin viel zu ehrlich und viel zu aufrichtig für dich.«

»Ich habe nur gelogen, weil ich dich nicht verlieren wollte.«

»Du glaubst vielleicht, dass du etwas Besseres bist als ich, aber die Wahrheit ist: Ich bin zu gut für dich. ... Und nun geh.«

»Ich werde nicht gehen. Ich werde nicht eher gehen, bevor ich dich nicht davon überzeugt habe, dass ich dich aufrichtig liebe.«

Sie schaute einfach an ihm vorbei. Undurchschaubar. Irgendetwas ging in ihrem Kopf vor, und Konstantin befürchtete, dass es nicht zu seinen Gunsten sein würde. In ihrem Blick lag so unendlich viel Traurigkeit. Als sie wieder sprach, war ihre Stimme frostig.

»Natürlich, Sie müssen ja nicht gehen. Schließlich ist das ja Ihr Schulhaus. Genauso wie es Ihr Dorf ist. Ihr Schloss. Ihr Land. Ihr Forst. Ihr Getreide. Ihre Tiere. Ihre Luft und Ihr Himmel.« Sie neigte ihren Kopf, wie ein Untertan seinen König grüßt.

Als würde sie ihm mit einem Fleischerhaken einfach das Herz aus dem Körper reißen.

»Tu das nicht.«

»Was? War ein Wort davon gelogen?« Plötzlich schien sie ganz ruhig zu sein. Sie wischte sich ihre Tränen weg, und es kamen keine neuen nach. »War auch nur ein Wort davon gelogen, Euer Hochwohlgeboren?«

Er presste seine Lippen zusammen. Es lief so schief, so furchtbar schief. Er hatte nicht gedacht, dass sie ihm überhaupt gar keine Chance geben würde.

Sie lachte bitter auf. »Wie einfach wäre das alles in der Zeit gewesen, als es noch die Grundherrschaft gab. Ich wäre deine Leibeigene gewesen.«

»Bitte!«, flehte er sie an. »Tu das nicht. Das hat unsere Liebe nicht verdient.«

Bei dem Wort Liebe zuckte sie zurück, als hätte er sie geschlagen. »Ich werde noch heute ans Schulamt schreiben. Ich werde um Versetzung bitten.« Für sie schien das Ende besiegelt zu sein.

»Rebecca.« Ein Abgrund tat sich vor ihm auf. Sie würde es wahr machen. Sie würde einfach gehen. Er würde sie nie wiedersehen.

»Das Schuljahr hat gerade erst angefangen. Vielleicht werden demnächst Lehrerstellen frei in Berlin oder Charlottenburg. Wie ich hörte, haben sich schon so viele freiwillig gemeldet für die Front. Sicher sind einige Lehrer dabei.«

»Nein! Geh nicht. Wir können das alles klären, wenn du mir nur mehr Zeit gibst. Wenn du mir eine Chance gibst.«

Doch sie sah ihn an und er wusste: Er würde keine zweite Chance bekommen. Stattdessen sagte sie in einem merkwürdigen Ton: »Herr Graf. Meine Hochachtung.«

Meine Hochachtung. Ihr galliger Ton besagte genau das Gegenteil. Dann senkte sie erneut ihren Kopf, als wäre sie seine Dienerin.

Nichts hätte ihn tiefer treffen können. Konstantin konnte den Anblick nicht ertragen. Im Innersten getroffen wandte er sich ab. Er stieß so heftig gegen einen Stuhl, dass der laut polternd umfiel. An der Tür blieb er dennoch stehen. Eins musste er ihr noch sagen. »Weißt du was?«

Tatsächlich hob sie nun wieder ihren Kopf und schaute ihn an. Ein bitterer Zug lag um ihren Mund. Er hatte ihn vorher noch nie gesehen.

»Dein Klassendenken ist ganz offensichtlich sehr viel tiefer verankert als meins. Ich habe nämlich überhaupt kein Problem, mich mit dir zu verbinden. Vor den Augen aller. Ich würde dich heiraten, und es wäre mir egal, was die anderen sagen. Aber du denkst offensichtlich lieber in Standesdünkel. Du lässt ihn sogar über dein Glück entscheiden.«

Wie Rebecca auf seine Worte reagierte, würde er nicht mehr sehen. Er schmiss hinter sich die Tür zu und rannte los. Er rannte an ihrer Wohnung vorbei, durch die bunte Blumenwiese, über Feldraine, mitten durch ein reifes Weizenfeld und immer weiter.

Er beachtete nicht die Störche, die auf ihren Nestern klapperten, nicht die Hummeln, die laut brummend von Blüte zu Blüte flogen, und nicht die Schmetterlinge. Die Welt hatte jede Schönheit verloren.

3. August 1914

Das Sattelzeug war bestens gepflegt. Albert drückte den Deckel auf die Büchse mit dem Lederfett und stellte sie in das Regal zurück. Er hatte gerade die Riemen eingefettet. So blieb das Leder auch in der heißen Sommersonne geschmeidig. Er warf den Lappen über einen Haken. Das Brustgeschirr für die Kutschpferde kam säuberlich sortiert auf den Bock. Er setzte sich auf den Holzklotz, auf dem er das Leder stanzte, wenn er die Pferdegeschirre ausbesserte. In der Remise tanzte feiner Staub in den Strahlen, die die Sommersonne durch die Spalten im Holz schickte. Eine Rauchschwalbe flog zu ihrem Nest oben im Gebälk. Etliche Nester hingen unter dem Dachfirst. Ihre fiependen Jungen, die die Schwalben im Frühjahr gefüttert hatten, waren längst ausgeflogen. Und auch sie würden in den nächsten Tagen gen Süden verschwinden. Hier in Pommern galten Rauchschwalben als Glücksbringer. Alles schien so friedlich. Doch der Eindruck täuschte. Alle waren aufgewühlt von den Ereignissen der letzten Tage.

Niemand von ihnen hatte wirklich damit gerechnet. Das Attentat war ein paar Tage in aller Munde gewesen, doch dann hatten sich die Wogen geglättet. Und plötzlich, wie aus dem Nichts heraus, hatte Österreich-Ungarn vor dreizehn Tagen der serbischen Regierung ein unhaltbares Ultimatum gestellt. Und der deutsche Kaiser hatte nichts Besseres zu tun, als der Donau-Monarchie seine Unterstützung geradezu aufzudrängen. Kaiser Wilhelm II. hatte Kaiser Franz Joseph bereits Anfang Juli per Blankoscheck die bedingungslose Unterstützung zugesichert. Bis zu dem Ultimatum hatten alle gedacht, es sei eine Geste des guten Willens für den österreichischen Monarchen, der um seinen Sohn trauerte. Doch jetzt wussten sie es besser: Es steckte echte Kriegslust dahinter. Albert kannte die Mentalität der deutschen Militärs aus seiner Wehrdienstzeit. Ihm schwante nichts Gutes.

Konnte ihm der Krieg einen Strich durch die Rechnung machen? Selbstverständlich – musste die Antwort lauten. Der Krieg würde jedem einen Strich durch die Rechnung machen, auch ihm. Er haderte mit sich. Sollte er sich seinem Vater gegenüber doch offenbaren, bevor es vielleicht zu spät war? Eigentlich hatte er sich dazu entschlossen, erst noch herauszubekommen, wer seine Mutter war.

Und wenn er den Grafen einfach nach ihr fragte? Nicht sehr klug. Wenn der Graf verleugnete, dass er Alberts Vater war, wie sollte er seine Behauptung belegen? Ohne die gestohlenen Unterlagen würde er gar nichts beweisen können. Mit den Unterlagen gab er zu, dass er beim Pastor eingebrochen war. Das könnte für ihn Zuchthaus bedeuten. Das wäre die leichteste Möglichkeit für seinen Vater, sich seiner Person zu entledigen.

Nein, er war schon so weit gekommen. Er musste geschickt vorgehen. Er musste sich etwas sehr Cleveres einfallen lassen. Und er musste schnell handeln.

Jetzt war Krieg. Vielleicht kam jemand auf die Idee, ihn nachmustern zu wollen. Damals hatte er den Wehrdienst nicht mehr ausgehalten. Es war wie im Waisenhaus gewesen, nur schlimmer. Der Drill war menschenverachtend, die Brutalität ekelerregend gewesen. Ihr Ausbilder, ein gewisser Sergeant Waurich, schikanierte sie, so wie er schon Generationen junger Rekruten vor ihnen schikaniert hatte. Dieses Tier würde er nie vergessen.

Als sich ein Freund von ihm erhängt hatte, weil er es nicht mehr ausgehalten hatte, hatte Albert beschlossen, dass er dieser Hölle entgehen musste. Und dass er auch nie wieder etwas mit diesem Verein zu tun haben wollte. Er las gerne, und er las viel, und zur Abwechslung vertiefte er sich in medizinische Bücher. Schließlich wusste er, was zu tun war.

Letztlich waren es nur fünf Wochen, die er früher gehen konnte. Aber selbst das gehörte zu der Nummer dazu. Wer würde für eine solch kurze Zeit noch Theater spielen? Niemand. Also fing er an: Die nächtlichen Schweißausbrüche, bei denen er mit feuchten Tüchern nachhalf. Husten, der immer schlimmer wurde. Appetitlosigkeit, auffällige Müdigkeit, Schwächeanfälle und vorgegebene Brustschmerzen. Als er so tat, als wollte er blutbefleckte Taschentücher vor den Augen anderer verstecken, stand für den Stabsarzt sofort fest: Tuberkulose. Er wurde aussondiert, kam für zwei Monate in ein Militärsanatorium und wurde als nicht kriegstauglich entlassen. Sie waren froh gewesen, dass sie ihn los waren.

Und genau so ein cleverer Schachzug musste ihm nun wieder einfallen. Am besten einer, mit dem er drei Fliegen mit einer Klappe schlug: Herausbekommen, wer seine Mutter war, und sich an seinem Vater und Wittekind rächen. Er zermarterte sich sein Gehirn, aber seine widersprüchlichen Gefühle hinderten ihn am Denken.

Gestern hatte er die Herrschaften ins Dorf gefahren. Sie wollten ein Telegramm an ihren mittleren Sohn aufgeben. Der Graf sorgte sich, hatte er gesagt. Er hing an seinen Kindern, mehr als die meisten Adeligen es taten, die er kennengelernt hatte. Adolphis von Auwitz-Aarhayn hatte viele charakterliche Mängel, aber diesen einen nicht. Er liebte seine Kinder und wollte wirklich das Beste für sie.

Auch die Gräfin war furchtbar aufgeregt gewesen, obwohl es wohl um etwas anderes gegangen war. Was die Komtess verbrochen hatte, konnte Albert nicht in Erfahrung bringen. Aber es musste sehr schlimm sein, wenn ihre Mutter sie in eine Nervenheilanstalt einweisen wollte. Oder vielleicht hatte sie auch nur damit gedroht. So ganz genau hatte Albert das Gespräch hinten im Fond des Automobils nicht mithören können. Auf jeden Fall war der Graf fuchsteufelswild geworden. Albert würde sogar beschwören, dass er den Graf seiner Gattin gegenüber noch nie so aufbrausend erlebt hatte.

Das war mal wieder typisch – Entmündigung und Nervenheilanstalten war die letzte Bastion des höchsten Standes gegen Mitglieder ihrer Sippschaft, die sich nicht den ehernen Regeln beugten. Es wurde vertuscht und gelogen. Überdeckt und geleugnet. Uneheliche Kinder – Bastarde wie ihn – gab es vermutlich mehr als standesgemäß gezeugte Thronfolger. Die Produkte der adeligen Seitensprünge landeten sonst wo. Mit viel Glück in irgendwelchen Familien oder mit etwas Pech in Waisenhäusern, wenn man sie nicht direkt ersäufte. Und die Pfaffen standen daneben und hielten den Vorhang der Gottgefälligkeit davor. So wie Egidius Wittekind es gemacht hatte. Welche Schuld trug er, und welche Schuld hatte der Graf auf sich geladen? Welche Strafe gebührte ihnen beiden?

Geschickt hatte Albert sich nach der Geschichte des Gutes erkundigt, doch viel Interessantes hatte er nicht zutage gefördert. Keiner der Dienstboten war hier schon angestellt gewesen, als er geboren worden war. Er hätte den Gutsverwalter Thalmann fragen können. Aber erstens sah es den höchst selten, und es gab kaum Gelegenheiten, ihn einfach unbedarft etwas zu fragen. Und zweitens war er ein mürrischer Kerl. Allein die Tatsache, dass Albert ein Automobil fahren konnte, machte ihn für den Gutsverwalter verdächtig, mit dem jungen Grafen zu konspirieren. Zumindest glaubte Albert das.

So kam er also nicht weiter. Wie alt war der Graf gewesen, als er ihn gezeugt hatte? Er hatte im Januar, kurz nach dem Silvesterdebakel, seinen einundfünfzigsten Geburtstag gefeiert. Albert rechnete nach. Er musste demnach fünfundzwanzig gewesen sein, genau wie Albert heute. Ein Alter, in dem man sehr wohl Verantwortung für sein Tun übernehmen konnte. Aber er hatte die Drecksarbeit lieber seinem Vater überlassen. Seinem Vater und Egidius Wittekind.

Und als wäre es nicht schon schlimm genug, sein eigen Fleisch und Blut zu verleugnen, hatte sich der Pastor an einem unschuldigen Kind versündigt. Er hatte ihn bestohlen. Der Gottesmann hatte ein Waisenkind beraubt. Pfui Teufel! Er hatte ihn um das bisschen Sonne gebracht, das noch zu ihm durchgedrungen war.

Paula Ackermann hatte ihn schon zweimal eingeladen, seit er das eine Mal zuvor unerlaubterweise das Pfarrhaus betreten hatte. Doch er hatte sich jedes Mal mit einem Vorwand entschuldigt. Er hatte den zurückgehaltenen Schmerz, die Enttäuschung in ihren Augen gelesen, als er sie vertröstet hatte. Das hatte er nicht beabsichtigt. Und er hätte sie vermutlich einfach weiter besucht und ihren leckeren Kuchen gegessen, wenn er nicht glauben würde, dass er sich an diesem Ort der angefaulten Rechtschaffenheit verraten würde. Wieder stieg gallige Wut in ihm hoch.

Albert war es leid, seine Gedanken immer wieder die gleichen Schleifen drehen zu lassen. In den letzten Tagen war er permanent in Bereitschaft gewesen. Die meiste Zeit hatte er allerdings mit Warten vertan. Mit Rumsitzen und Nachdenken. Es war müßig, auf den Krieg zu warten.

Als er aufstand, nahm er eine Bewegung im Augenwinkel wahr. Er drehte sich um. Als hätte der kleine Luftzug seiner Bewegung gereicht, um das alte Blatt einer Eiche von einem der Dachsparren herunterzuwehen, taumelte es ganz langsam auf ihn zu. Vermutlich hatte eine der Rauchschwalben, die ganz oben im Dach ihre Nester bauten, es mit in die Remise gebracht. Ein Gruß aus dem letzten Herbst. Vielleicht lag es sogar schon länger dort. Er hob es auf, als es zu Boden gesegelt war, und betrachtete es.

Das war es! Endlich! Er wusste, wie er es anfangen würde. Geschickt. Und er würde im Publikum sitzen und dem Verderben zuschauen. Egidius Wittekind – er würde ihm mächtig eins auswischen. Und das Beste war: Graf Adolphis von Auwitz-Aarhayn selbst würde ihm dabei helfen.

* * *

Im Dienstbotentrakt ging es zu wie in einem Taubenschlag. In den letzten Tagen waren die Ereignisse wie auch die Nervosität aller eskaliert. Caspers war fahrig und fauchte jeden wegen geringster Kleinigkeiten an. Die Mamsell scheuchte die Mädchen durchs Haus, als würde der Sieg des Kaisers von der Sauberkeit der Steinfliesen abhängen.

Bertha und Kilian hatten sich wohl noch immer nicht vertragen, was Kilian offenbar sehr viel besser ertragen konnte als das

Küchenmädchen. Sie versuchte ein ums andere Mal, ihn von ihrem guten Willen zu überzeugen. Eugen saß in der Leutestube und beobachtete das hektische Treiben, dem er sich noch nicht anschließen konnte.

»Und dann legst du das dahin und das hierher. Siehst du? So.« Die Köchin versuchte, ihm neben dem Kochen Patiencelegen beizubringen. Als sie Albert sah, ging sie.

Der Stallbursche wollte nicht mehr den ganzen Tag alleine oben im Bett sitzen und an die Decke starren. Eine Krankenschwester kam noch alle zwei Tage, um den Verband zu wechseln. Als Eugen Albert bemerkte, war er sofort abgelenkt.

»Und, wie läuft es so?« Er wollte wissen, ob es Schwierigkeiten gab, weil er in den Ställen fehlte.

Seit Albert ihn davon in Kenntnis gesetzt hatte, dass er Waldner überzeugt hatte, ihm seinen Lohnanteil zu zahlen, hatte Eugen ihn zu seinem besten Freund erkoren.

»Ich glaube, Johann hat tüchtig was zu tun. Ich hab ihm heute Morgen beim Füttern geholfen. Heute Mittag hab ich schon mal die Wassertröge nachgefüllt. Aber ein bisschen was wollen wir ihm doch überlassen.«

Der Junge strahlte.

»Na, so was! Da ist aber einer endlich wieder guter Laune.« Frau Hindemith schaute kurz in die Leutestube, in der Armbeuge eine Blechschüssel, in der sie etwas anrührte. »Sie können gerne weiter mit ihm Karten spielen. Aber lassen Sie sich nicht von Herrn Caspers erwischen. Der ist heute ganz besonders schlechter Laune.«

»Gibt es noch etwas Ersatzkaffee?« Albert wollte gerade aufstehen, aber sie hielt ihn zurück.

»Ich bring Ihnen eine Tasse.« Und tatsächlich erschien sie wenig später mit einer Tasse, die sie vor ihm auf den Tisch stellte.

»Echter Bohnenkaffee, von den Herrschaften übrig geblieben. Aufgewärmt.« Merkwürdigerweise tätschelte sie Albert die Schulter. Und als er sich nach ihr umdrehte, hatte sie Tränen in den Augen. Doch sie drehte sich schnell weg und ging in die Küche.

»Hast du ihr etwas von der Geschichte mit Johann und dem Geld erzählt?«, flüsterte Albert Eugen zu.

»Nein, keinen Ton hab ich gesagt. Zu niemandem. Nicht mal mit Johann hab ich darüber gesprochen«, gab der Junge leise zurück.

Was hatte Irmgard Hindemith denn dann für seltsame gefühlsduselige Anwandlungen? Hatte sie Angst um ihn, weil er vielleicht bald in den Krieg ziehen musste?

Auf der Hintertreppe waren Schritte zu hören, und plötzlich stand der Gutsherr selbst unten im Flur. Er schaute sich um, als wäre er länger nicht mehr hier gewesen. Dann entdeckte er Albert.

»Ah, genau Sie habe ich gesucht.«

Caspers kam aus seinem Raum gestürzt, als wäre der Teufel hinter ihm her. Und auch die Mamsell erschien.

»Haben wir Ihr Klingeln überhört?« Etwas Schlimmeres konnte in Caspers' Augen kaum passieren. »Gnädiger Herr, wie kann ich Ihnen zu Diensten sein?«

Albert stand schon an der Tür.

»Keine Bange. Wir haben gerade ein Telegramm bekommen. Alexander war zufällig an der Tür und hat es entgegengenommen.« Er wandte sich wieder an Albert. »Sie müssen nach Stargard. Mein Sohn Nikolaus kommt heute Nachmittag.«

Albert nickte ihm zu. »Natürlich. Ich mache mich sofort fertig.«

»Ich fürchte, er kommt, um sich fürs Feld zu verabschieden.« Die Stimme des Grafen klang belegt. Schon ging er die Treppe wieder hoch.

Die Mamsell schaute ihm nach. Als er oben verschwunden war, sagte sie: »Er liebt seine Kinder wirklich, das muss man ihm lassen.«

Eine bissige Erwiderung lag Albert auf der Zunge. Nur gut, dass er gerade einen dicken Kloß im Hals hatte, der ihn am Sprechen hinderte.

3. August 1914

»Wie hast du das so schnell geschafft?« Katharina fiel ihm in die Arme. Es war dunkel. Der Mond war fast voll, und es gab keine Wolken, aber hier im Dickicht der Bäume, die den See beschatteten, reichte das Licht nicht hin. Als sie seinen Schatten wahrgenommen hatte, war sie gerannt und fast über eine Wurzel gestolpert.

Sie war völlig überrascht. Vor wenigen Minuten war Alexander vor ihrer Tür aufgetaucht und hatte sie von außen aufgeschlossen. Sie hatte nicht weiter danach gefragt, woher er den Schlüssel hatte. Er hatte so manche Ideen, die letztlich zum Erfolg führten. Sobald die Tür offen war, hatte er seinen Zeigefinger an die Lippen gelegt und ihr bedeutet, still zu sein.

Ihren Mantel hatte er nicht dabei, aber es war eine so warme Nacht, dass es reichte, sich ein Kleid überzuziehen. Gemeinsam waren sie durch den Flur geschlichen, runter zur Hintertür, an der Alexander jetzt auch Wache hielt. Sie würde ihm für alle Zeiten dankbar sein.

Und nun stand er leibhaftig vor ihr. Julius selbst sagte nichts. Er hielt sie einfach nur fest in seinen Armen. Nach all den schrecklichen Tagen wirkte seine Berührung wie Balsam auf einer offenen Wunde. Sie fühlte sich geborgen, beschützt und geliebt. Als wäre es das Einfachste der Welt, glücklich zu sein.

»Meine Liebste. Wie geht es dir?«

»Hat Alexander dir telegrafiert?«

»Ja. Ich hab ihm unter falschem Namen zurücktelegrafiert.«

Sie presste sich an ihn. Sie wollte Julius nie wieder loslassen. Ihn zu spüren war ihre ganze Sicherheit im Leben.

»Ich nehm dich mit, gleich jetzt.«

Überrascht schaute sie auf.

»Ich werde nicht zulassen, dass sie dich in eine Heilanstalt stecken oder in ein russisches Kloster.«

»So viel hat Alexander dir telegrafiert?«

Er lachte leise. Für ihn stand nicht viel auf dem Spiel. Für jemanden wie ihn schienen Probleme ganz leicht lösbar zu sein.

»Nein, das hat er mir vorhin alles erzählt. Im Telegramm hatte er nur gesagt, dass ich Geld schicken soll.«

»Mein liebster Bruder.«

»Ich habe mir gedacht, ich bringe es besser persönlich vorbei. Aber so, wie die Dinge jetzt liegen, nehme ich dich am besten gleich mit.«

»Mitnehmen? Wohin?«

»Weg von hier auf jeden Fall. Ich muss zurück nach Potsdam. Und dann nach Südamerika. Meine Eltern wollen, dass ich nach Buenos Aires reise.«

Südamerika! »Buenos Aires?« Sie war sich nicht einmal sicher, wo genau das war. »Aber ich kann doch nicht einfach so auf und davon.«

»Du willst doch nicht warten, bis deine Mutter dich sonst wo einsperren lässt.«

»In ein russisches Kloster kann sie mich ja jetzt nicht mehr schicken.«

»Aber vielleicht immer noch in eine Nervenheilanstalt.«

Das war eine so drastische Maßnahme. Nach reiflicher Überlegung war Katharina zu dem Schluss gekommen, dass Mama das wohl nicht tun würde. Oder zumindest, dass sie das nicht bei ihrem Vater durchgesetzt bekam. So schlimm stand es noch nicht um sie. Und jetzt sollte sie so einfach mir nichts, dir nichts ihr altes Leben hinter sich lassen?

»Ich würde so gerne mit dir gehen.«

Sein Daumen fuhr zärtlich über ihre Lippen. In seiner Berührung lag eine vollkommene Zukunft. Eine strahlende Zukunft mit aufregenden Reisen. Mit Freiheiten, zu tun, was sie wollte. Dinge auszuprobieren. Bei einem Menschen zu sein, der ihr die Welt zu Füßen legen wollte und es auch konnte. Er hatte sie beinahe überzeugt.

»Aber ... Ich kann doch nicht einfach ... mit nach Buenos Aires ... jetzt im Krieg!«

»Gerade deswegen. Du wärst in Sicherheit!«

»Wie sollte das gehen?«

»Mein Vater kann dir bestimmt einen Pass besorgen. Wenn es nicht schnell genug geht, kommst du einfach nach. Der Krieg hat gerade angefangen. Im Moment flüchten in ganz Europa Menschen in andere Länder.«

»Aber wieso musst du denn überhaupt fort?«

»Ich werde im September siebzehn Jahre alt. Theoretisch kann ich erst mit zwanzig zum Militär eingezogen werden, aber meine Eltern wollen auf Nummer sicher gehen. Sie wollen mich an einem Platz wissen, wo mir nichts passieren kann.«

Katharina antwortete nicht. Tausend Gedanken schwirrten ihr gleichzeitig durch den Kopf.

»Aber sie werden doch nach mir suchen!«

»Du kannst ihnen ja schreiben, dass du in Sicherheit bist.«

»Sie würden mich verstoßen. Für immer. Ich würde meine Familie für alle Ewigkeiten verlieren.«

»So schlimm wird es schon nicht werden. Und meine Mutter kommt mit. Du würdest deinen guten Ruf nicht beschädigen.«

Er verstand das nicht. Wie sollte er auch? Sie wollte doch nur etwas Geld, damit sie im Falle eines Falles, wenn es tatsächlich zum Äußersten kommen würde, fliehen konnte. Sie würde den kaiserlichen Neffen niemals heiraten. Und sie wollte mit Julius zusammen sein. Aber ihr altes Leben für alle Zeiten aufzugeben, jetzt sofort, dazu hatte sie sich noch nicht entschließen können.

Zur Not wollte sie zu Papas Schwester, Tante Leopoldine fliehen, falls Mama sie wegbringen wollte, während ihr Vater für ein paar Tage nicht anwesend war. Nur für ein paar Tage, bis Papa sie holen würde. Und jetzt sollte sie sofort das Land verlassen und auf einem fremden Kontinent leben, alleine mit Julius?

Er verstand es wirklich nicht, ging ihr auf. Schließlich war ihre feine Gesellschaft ein geschlossener Zirkel. Da kam niemand so schnell hinein. Und wer es wagte, sich hinauszubegeben, dem verschlossen sich alle Türen. Für immer. Wenn sie jetzt mitging, dann würde sie alles zurücklassen – ihre Familie, ihren Stand, ihre ganze Welt. Wenn er sie dann nicht heiratete, dann …

Julius spürte ihr Zaudern. »Dann kommen wir eben einfach erst zurück, wenn wir verheiratet sind. Dann bist du meine Frau. Niemand wird es wagen, meiner Frau etwas Übles nachzureden.«

Wäre das nicht ganz wunderbar? War es nicht genau das, was sie wollte? »Julius, ich möchte es so gerne, aber … kann ich mir das nicht in Ruhe überlegen? Überhaupt: Wenn du schon fährst und ich alleine hierbleiben muss – wo bliebe ich dann überhaupt? Bei deinem Vater? Alleine?«

»Alexander hat es wirklich dringend gemacht. Ist es denn nicht so dringend?«

»Wann reist du denn ab?«

»In zwei Tagen.«

»In zwei Tagen schon?« Wie sollte sie da etwas überlegen können? Wie sollte sie da überhaupt irgendwas planen können? »Kannst du deine Reise nicht verschieben?«

»Meine Eltern möchten mich in einem neutralen Land wissen. Ich bin ihr einziges Kind. Mein Vater sagt, es sei nicht absehbar, welche europäischen Länder noch alle in den Krieg eintreten würden. In den letzten drei Tagen hat er alles arrangiert. Es gibt im Moment kaum noch freie Kabinen auf den Passagierschiffen. Viele wollen aus Europa weg. Papa sagt, dass es nicht lange dauert, bis die Regierung die zivile Schifffahrt drastisch einschränken wird.«

Katharina sah ihn an. Sie konnte seine Augen nicht sehen.

»Mein Vater kann bestimmt was für dich arrangieren.«

Plötzlich erschrak sie. War da ein Geräusch? Sie schaute in die Dunkelheit. Nichts.

»Mama kommt auch mit. Ich werde dich also nicht kompromittieren.«

Doch. Dort. Links von ihnen. Ein leises Knacken im Unterholz. Man hatte sie entdeckt. Dann eine Stimme: »Katka?«

»Alex!«, stieß Katharina erleichtert aus. »Hier. Hier sind wir.«

»Beeilt euch. Ich meine, ich hätte oben etwas gehört. Wenn jemand nachschauen kommt, sind wir geliefert.« Er wartete offensichtlich darauf, dass sie und Julius abschlossen, warum sie sich getroffen hatten. »Komm schon. Wir müssen zurück.«

Die beiden blieben ihm eine Antwort schuldig. Katharina fühlte, wie zwei Welten an ihr zerrten. Als würde sich mitten in ihr ein Spalt auftun.

»Ich nehme deine Schwester mit.« Julius hatte die Entscheidung getroffen, die sie nicht treffen konnte.

»Was?«, entfuhr es Alexander laut. Gedämpft setzte er leise nach: »Seid ihr verrückt? Das könnt ihr nicht machen. Katka, ich dachte, es geht darum, dass du Geld bekommst.«

Oh, wie peinlich, jetzt sprach er es auch noch aus. »Ja.« Sie wandte sich an Julius. »Das Geld soll nur eine Sicherheit sein für eine eventuelle Flucht irgendwann später mal. Nur für den Fall, dass Mama mich abschieben will.«

»Dann wird es zu spät sein. Was nutzt dir das Geld, wenn du nicht mehr wegkommst?«, insistierte Julius. »Komm mit mir, und du bist in Sicherheit.«

»Katka bleibt hier. Alle würden sich sofort fragen, wie sie aus dem Zimmer gekommen ist. Und dann würde ich echte Schwierigkeiten bekommen. Nein, sie bleibt.«

»Katharina!«

Entscheide dich. Entscheide dich jetzt!

»Ich ...«

Da packte Alexander sie schon am Arm. »Das kommt gar nicht infrage. Sie bleibt. Ihr müsst euch etwas anderes ausdenken.«

»Au, du tust mir weh.«

»Katharina, Liebste!«

»Alex, lass mich los. Ich ... ich bleibe ja.« Sie spürte, wie der Druck von Alexanders Griff lockerer wurde, aber er ließ sie nicht los. Dicht neben ihr blieb er stehen. Vorsichtshalber.

»Julius. Ich kann jetzt nicht mit dir kommen. Ich würde es liebend gerne tun, aber ich kann nicht. Noch nicht. Bitte versteh mich. Ich kann nicht ... nicht im Moment. Und ich kann es auch Alex nicht antun. «

»Dann ... Ich werde wiederkommen. So schnell es geht. Ganz bestimmt, sobald der Krieg aus ist.« Julius trat einen Schritt näher und griff nach ihrer Hand. Er holte einen kleinen Beutel aus seiner Hosentasche. »Das hier ist für dich. Ausreichend Geld und die Adresse meines Hotels in Buenos Aires.« Er griff noch einmal in seine Hosentasche und legte ihr etwas in die Hand, schloss ihre Hand darüber.

»Das ist der Beweis meiner Liebe. Und dass wir unzertrennlich sind, bis das Medaillon wieder vereint ist.«

Katharina spürte einen metallenen Gegenstand in ihrer Hand. Mit der anderen nahm sie nun den Geldbeutel entgegen. »Julius!« Sie schlang ihre Arme um ihn und presste ihn an sich.

Er küsste ihren Scheitel, ihre Stirn und ein letztes Mal ihre Lippen. »Ich werde dir schreiben aus Buenos Aires. Über Alex, ja?«

Katharina gab einen Ton von sich, der so etwas wie Zustimmung signalisierte.

»Ich verspreche dir, dich nicht freizugeben. Ich komme wieder. Aber du musst mir auch etwas versprechen. Du musst fliehen, zur Not zu meinem Vater, bevor sie dich irgendwo wegsperren können. Oder bevor …«

Er sprach es nicht aus, aber Katharina wusste, woran er dachte. »Mama wird mich nicht verheiraten, bevor ich nicht wenigstens sechzehn bin. Früher wäre es selbst in ihren Augen unschicklich.«

»Bis dahin ist der Krieg aus, und ich bin wieder zurück. Ich schwöre es dir. Und ich schwöre dir, dass ich dich lieben werde und auf dich warte, bis wir wieder vereint sind.«

Sie schauten sich tief in die Augen, auch wenn es viel zu dunkel war, wirklich etwas erkennen zu können. Und endlich küssten sie sich, hungrig und leidenschaftlich. Der Kuss schmeckte nach Hoffnung und nach Abschied, süß und bitter zugleich.

»Ihr bringt mich noch um meinen Schlaf, ihr Täubchen. Euer Geturtel ist ja kaum auszuhalten. Katka, komm jetzt!«

Unwillig ließ sie Julius' Hände los. Sie trat ein Schritt zurück, noch einen, in dem Gefühl, einen furchtbaren Fehler zu begehen. Dann drehte sie sich von dem dunklen Schatten weg.

Fast blind vor Tränen stolperte sie Alexander hinterher. Je weiter sie sich von Julius entfernte, desto größer wurden ihre Sehnsucht und ihre Angst. Sie schloss ihre Hand um das warme Metall. Ein Schmuckstück bestimmt. Ganz sicher war es ein Fehler, nicht mit ihm zu gehen. Sie hoffte inständig, dass sie es nicht bereuen würde. Als sie immer langsamer wurde, packte Alex sie und zog sie mit sich.

4. August 1914

Das nannte man wohl einen veritablen Kater. Sein Kopf drohte zu platzen. Er war noch nicht wieder in der Lage, sich zu bewegen. Gestern Abend war er unbemerkt ins Haus zurückgeschlichen. Er hatten niemanden sehen wollen und mit niemandem sprechen können. Vorher war er kopflos durch die Gegend gerannt, bis ihm die Puste ausgegangen war, und dann noch immer weiter. Irgendwann hatte er sich auf den Knien wiedergefunden, die strahlende Sonne im Gesicht, als wollte sie ihn verhöhnen. Als er nach Hause gefunden hatte, war die Himmelsscheibe schon lange untergegangen.

Wie sollte er ohne Rebecca leben? Wie sollte er überhaupt einen Tag überleben, wenn er nicht wusste, dass er sie je wieder in seinen Armen halten durfte? Ihre Liebe war nicht zu Ende. Sie würde nie zu Ende sein. Er würde den Geschmack ihrer Lippen erst mit seinem eigenen Tod vergessen können. Vielleicht nicht einmal dann.

Rebeccas Verhalten hatte ihn zutiefst verletzt. Was vermutlich genau ihre Absicht gewesen war. Er konnte ihr das nicht einmal verdenken. Die Verletzung, die er ihr zugefügt hatte, war nicht minder schwer.

Zu wissen, wie sehr sie sich liebten, wie sehr sie sich danach sehnten, zusammen zu sein, und trotzdem nicht zusammenkommen konnten, machte ihn verrückt. Er wusste genau, dass sie ihn liebte. Dass sie ihn immer noch liebte. Und es war unumstößlich, dass er sie liebte. Egal wie oft sie ihm das Schwert ihrer Ablehnung ins Herz stoßen würde. Und all diese Gedanken, dieser Schmerz, loderten so heiß in ihm, dass er sich betäuben musste. Deswegen hatte er sich gestern Abend von Caspers eine Flasche Rotwein aufs Zimmer bringen lassen. Und etwas später noch eine zweite. Er hatte sich durch die Tür hindurch bei Mama entschuldigt und sich geweigert, irgendeinen Grund für sein Verhalten zu benennen. Gestern war er absolut nicht in der Lage gewesen, jemandem aus seiner Familie gegenüberzutreten. Vermutlich wäre er ausfallend geworden und hätte sich direkt verplappert. Hätte von Rebecca Kurscheidt, der Dorflehrerin, die er inniglich liebte, erzählt.

Wenn seine Mutter das erfuhr: So, wie Rebecca sich im Moment verhielt, konnte er sie nicht vor Mama schützen. Und dass sie Schutz brauchte, wenn die Gräfin erst einmal von der Liebe ihres Sohnes erfuhr, war gewiss.

Alex hatte später noch einmal geklopft und war mit einer dritten Flasche erschienen. Doch da war er schon betrunken gewesen und hatte nur noch Unsinn dahergebrabbelt. Zumindest hoffte er das.

Konstantin hielt sich die Stirn. Hatte er Alexander sein Geheimnis verraten? Hatte er sich verplappert? So ein Mist. Er musste es unbedingt herausbekommen. Sein Bruder war gut darin, aus Geheimnissen anderer einen Vorteil zu ziehen.

Doch als Konstantin sich jetzt aufsetzte, schoss ein scharfer Stich in den dumpfen Schmerz, der seinen Schädel besetzt hatte. Er war nicht mehr so betrunken gewesen, seit er sein Studium beendet hatte. Sehr bedächtig stand er auf und schlich zur elektrischen Klingel. Vorsichtig setzte er sich zurück auf die Bettkante. Zwei Minuten später erschien Caspers.

»Bringen Sie mir bitte eine Kanne Kaffee. Starken Kaffee und Wasser. Und Aspirin.« Retten, was zu retten war.

Wie immer behielt Caspers Contenance und sagte keinen Ton. Doch seine Miene sprach Bände. Konstantins Zimmer sah wüst aus. Die Bettwäsche hing halb aus dem Bett heraus, die Vorhänge waren zerzaust, und überall lagen Kleidungsstücke auf dem Boden verteilt.

Als Caspers seine Hose vom Boden aufnehmen wollte, hielt Konstantin ihn davon ab. »Erst den Kaffee … bitte«, setzte er nach.

Der Hausdiener erschien eine Viertelstunde später mit frischem Kaffee, kaltem Wasser und einem Medikamentenröhrchen auf einem Tablett. Er stellte ihm das Tablett aufs Bett und goss ihm den Kaffee ein. Konstantin ließ zwei Aspirin in das Wasserglas fallen.

»Möchten Sie sich rasieren? Dann schicke ich Kilian nach heißem Wasser.«

Konstantin versuchte, das Glas auszutrinken, ohne den Kopf in den Nacken legen zu müssen. Ein schwieriges Unterfangen. Er gab auf und schüttelte sacht den Kopf.

»Sehr wohl. … Ihr Bruder, der gnädige Herr Nikolaus, wird gerade vom Bahnhof abgeholt. Eigentlich sollte er schon gestern eintreffen, aber sein Zug fiel aus. Sonntag holt ihn gerade ab.«

»Nikolaus kommt?«

»Er hat gestern telegrafiert. Wie gesagt, eigentlich sollte er schon gestern Nachmittag eintreffen.«

Konstantin seufzte. »Ich glaube, dann benötige ich doch das heiße Wasser.« Jetzt endlich trank er den Rest des Wassers.

* * *

»Jeder Schuss ein Russ, jeder Stoß ein Franzos!« Nikolaus war bester Laune. Unerträglich.

»Und, Bruderherz? Wann wirst du dich melden?«

Konstantin fühlte sich kaum in der Lage zu einer normalen Konversation. Wie sollte er da seinen närrischen Bruder ertragen? Er sagte nichts, aber Nikolaus ließ nicht locker. Stolz trug er seine Fähnrich-Uniform und seine schwarz-weiß-rote Reichskokarde über der preußischen Kokarde.

»Heute nicht. So viel steht mal fest!«, antwortete Alexander für ihn. Er grinste verschwörerisch.

Konstantin suchte verzweifelt in seinem Kopf nach einem Hinweis, ob er Alexander etwas Verräterisches erzählt hatte. Seinem jüngsten Bruder würde es diebisches Vergnügen bereiten, ihn vor seinen Eltern und allen anderen bloßzustellen.

»Aber doch sehr bald, hoffe ich. Ich möchte mich nicht für dich schämen müssen.« Nikolaus warf einen abfälligen Blick zu Alexander hinüber. Der wusste genau, wie das gemeint war.

»Was kann ich für meinen schlimmen Fuß? Ich bin schließlich nicht absichtlich in die Falle getreten!«

Die Tür ging auf, und seine Mutter betrat den Raum. Sie hatte sich für diesen Moment offensichtlich besonders herausgeputzt. Katharina folgte ihr wie ein geprügeltes Hündchen. Zum Schluss kam Vater in den Salon.

»Nikolaus, mein Liebster. Wo warst du nur? Ich habe mir schon Sorgen gemacht, als der Kutscher gestern ohne dich zurückkam.« Mama begrüßte ihren heimgekehrten Sohn, der erst vor wenigen Minuten angekommen war.

»Die ersten Truppen und schweres Kriegsgerät werden verlagert. Das hat den Zeitplan der zivilen Eisenbahnen vollkommen durcheinandergebracht. Ich konnte bei der Familie eines Freundes in Berlin übernachten.«

»Na, macht ja nichts. Jetzt bist du ja hier.«

Nikolaus begrüßte Vater und Katharina. Caspers und Mamsell Schott traten ein, in den Händen Tabletts mit Gläsern und einer Flasche Champagner. Caspers schenkte den Schaumwein ein und verteilte die Gläser, während sich Mamsell Schott bereits wieder zurückzog. Als alle eine Schale in der Hand hielten, hob Vater sein Glas und schaute huldvoll in die Runde.

»Auf unseren Kaiser Wilhelm. Auf einen ehrenvollen Krieg. Auf einen triumphalen Sieg.«

Alle tranken, und Alexander ließ sich direkt nachschenken. Konstantin nippte nur an seinem Glas. In seinem Kopf kämpften noch die Dämonen vom gestrigen Gelage.

»Also, erzähl, mein Sohn. Was bringst du an Neuigkeiten aus der Hauptstadt mit?«

»Von der deutschen Kriegserklärung gegenüber Frankreich wisst ihr schon?« Nikolaus sah in die unwissenden Gesichter und setzte nach. »Gestern Abend gab es noch die ersten Extrablätter. Vorgestern haben achtzig französische Offiziere in preußischen Offiziersuniformen die deutsche Grenze überschritten. Und gestern wurde eine weitere Grenzverletzung gemeldet. Ein französisches Flugzeug hat bei Nürnberg den deutschen Luftraum überflogen. Die Kriegserklärung war unausweichlich.« Er trank einen Schluck und genoss es, dass alle an seinen Lippen hingen.

»Gestern haben unsere Truppen Luxemburg kampflos besetzt, und einige deutsche Patrouillen haben schon mal die belgische Grenze überschritten. Heute Morgen um Punkt sieben Uhr sollen die ersten Truppen nach Belgien vorgerückt sein.«

»Dann sind wir jetzt also mit Russland und Frankreich im Krieg? An zwei Fronten!« Aus Vaters Stimme klang die Skepsis. Er schaute auf seinen Champagner, als wollte er sagen: Darauf habe ich aber nicht getrunken.

»Wir sind jetzt mit Russland und Frankreich im Krieg und vermutlich auch schon mit Großbritannien.«

»Vermutlich?«

»Ich weiß es aus engstem Kreis. Heute Morgen hat der Vater meines Freundes erzählt, dass Großbritannien auf die Einhaltung des Vertrages über die Neutralität Belgiens besteht. Und da diese seit heute Morgen nicht mehr gegeben ist. Tja ...« Nikolaus schlürfte genüsslich den letzten Schluck Champagner.

»Ich hab in Stargard auf dem Bahnhof noch Zeitungen gekauft. Noch steht nichts darüber drin, aber der Weg durch Belgien ist der einzig vernünftige Weg nach Frankreich. Alles andere wäre absurd.«

»Wir erklären Großbritannien den Krieg?« Alexanders Stimme überschlug sich fast.

»Sei nicht dumm, Kleiner. Als würde unser Kaiser seiner Großmutter den Krieg erklären. Wenn, dann erklärt das britische Parlament uns den Krieg.«

»Ich weiß nicht, wie ich das finden soll.« Vater trank sein Glas aus, ließ sich auf das Sofa fallen und winkte Caspers, er solle nachschenken.

»Je mehr Soldaten es gibt, umso mehr müssen sie essen. Fleisch und Brot. Brot aus unserem Korn.« Nikolaus sah alles von der positiven Seite.

Vaters Gesicht hellte sich direkt wieder auf.

»Italien dagegen erkennt den Bündnisfall nicht an. Sie argumentieren: Da Serbien dem österreichisch-ungarischen Ultimatum fast in allen Punkten nachgegeben hat, wäre der Bündnisfall nicht gegeben. Sie haben sich für neutral erklärt.«

»Diese Feiglinge!« Feodora war empört. »Lassen uns in dieser schweren Stunde im Stich.«

»Gräm dich nicht, Mama. Dann brauchen wir den Kuchen später nur mit Österreich-Ungarn zu teilen.«

»Und was machst du jetzt?«, fragte Katharina furchtsam.

Nikolaus stellte sich in Positur. »Deswegen bin ich hier. Wir dürfen uns von unseren Familien verabschieden, bevor wir ins Feld ziehen. Obwohl ich es wirklich nicht abwarten kann.«

Der Bruder sah den ersten echten Schlachten seines Lebens aufgeregt entgegen. »Ich werde der 1. Kavallerie-Division zugeteilt. Es geht auf nach Ostpreußen.«

»Ostpreußen? Wird es denn dort zu Kämpfen kommen? Ist Graf von Sawatzkis Rittergut betroffen?«

»Ich denke nicht. Es liegt so nah am Haff und somit fern genug der Grenze.«

»Und kannst du dich nicht nach Frankreich versetzen lassen? Ich meine, stell dir vor, du müsstest gegen deine Verwandten kämpfen.«

Alle wussten, wieso Mama ein denkbar schlechtes Gefühl bei der ganzen Geschichte hatte.

»Natürlich nicht. Ihr wisst doch, was ich will: Siedlungsland im Osten. Und deshalb werde ich dort auch kämpfen. Dann können Alexander und ich unsere eigenen Gutshöfe bewirtschaften. Dann brauchst du kein schlechtes Gewissen mehr haben, Konstantin.«

»Ich wüsste nicht, wieso ich ein schlechtes Gewissen haben sollte. Schließlich habe ich die Gesetze nicht gemacht.« Sein Schädel brummte. Er wünschte, er hätte einen anderen Abend für sein Besäufnis gewählt.

»Ich hoffe nur, dass Anastasia und Graf von Sawatzki nichts von den Kämpfen mitbekommen. Du kannst sie besuchen, wenn du dort bist.«

»Wenn ich dazu Zeit finde, werde ich es sicher machen, Mama. Vermutlich gewährt Graf Sawatzki den Offizieren ohnehin Unterkunft.«

»Oje, was wird denn jetzt aus dem Sommerfest? Ich habe schon so viel Zeit investiert. Hoffentlich kommt mir nun nichts dazwischen! Ob es noch schicklich ist, es stattfinden zu lassen?« Feodora warf einen warnenden Blick auf ihre Tochter. »Ich möchte es nur ungerne ausfallen lassen. Und wenn wir stattdessen zu den Kaisertagen nach Swinemünde fahren? Wird der Kaiser überhaupt da sein? Vermutlich braucht man ihn jetzt in Berlin!« Ihre über den Haufen geworfene Planung schien Mama mehr Kopfzerbrechen zu bereiten als der Krieg.

»Der Kaiser hat seine Nordlandreise abgebrochen und ist schon seit einer Woche zurück in der Hauptstadt. Ich an deiner Stelle würde keine Pläne mit ihm machen, zumindest nicht bis in den Herbst hinein.« Nikolaus fühlte sich anscheinend prächtig. Er strahlte übers ganze Gesicht.

Konstantin schaute von einem Familienmitglied zum anderen. Alle außer Anastasia waren anwesend. Katharina flüchtete vor Mamas finsteren Blicken und ließ auf dem Globus, in dem Papa seine guten Brände hortete, ihren Finger suchend über Südamerika gleiten. Alexander ließ sich von Caspers noch mal nachschenken. Mama und Papa plauderten mit Nikolaus. Caspers zeigte wie immer eine stoische Beherrschtheit. Jeder einzelne von ihnen hatte seine ganz eigenen Gedanken und Wünsche. Hier standen sie, tranken Champagner auf einen Sieg, der erst noch errungen werden musste, und hingen Gedanken über erfreuliche Preiserhöhungen, Bahnpläne und Sommerfeste nach. Es schmerzte ihn, wie sehr Rebecca doch recht behielt.

Mamsell Schott erschien an der Tür und flüsterte Caspers etwas zu.

»Gnädiger Herr, ein Telegramm.«

Vater stand auf und verließ den Raum.

»Nikolaus, was wollen wir denn eigentlich in Frankreich?«

Ihr älterer Bruder bedachte Katharina mit einem Blick, als wäre sie schwachsinnig. »Du verstehst das nicht. Und es ist auch kein Thema für ein Mädchen.«

»Dann erkläre es mir«, sagte Konstantin. »Ich verstehe es nämlich auch nicht.«

Nikolaus warf ihm einen bösen Blick zu. »Wir verteidigen unsere Stellung. Wir liegen mitten in Europa und sind eingekreist. Im Zangengriff zwischen zwei Erzfeinden. Wir müssen die deutschen Grenzen nach Westen und nach Osten sichern. Frankreich muss geschwächt werden, damit es nie wieder als Großmacht auferstehen kann. Und Russland muss möglichst von den deutschen Grenzen zurückgedrängt werden. Sonst wird eine ewige Bedrohung hinter unseren Schlagbäumen lauern.«

»Also, verstehe ich das richtig: Niemand hat uns angegriffen?« Alexander. Natürlich. Wer sonst würde so einen ketzerischen Ausfall gegen Nikolaus wagen?

»Weißt du was, kleiner Bruder? Ich glaube, ich werde doch nur für mich ein Rittergut erobern. Du kannst dann ja sehen, wo du bleibst.«

»Lass ihn in Ruhe!«

»Du hältst deinen Mund, mein liebes Fräulein!« Mama zog ihre Augenbrauen gefährlich hoch, stellte ihr Glas ab und folgte Papa aus dem Raum. Sie war neugierig.

»Katharina, wenn die von Preußens zum Sommerfest kommen, dann habe ich für dich eine ehrenvolle Aufgabe. Erwähne mich bei deinem … Wie darf ich ihn denn nennen?«

»Du darfst ihn gar nicht nennen«, spie Katharina Nikolaus entgegen.

»Was soll das heißen?«

»Egal was Mama sagt: Ich werde Ludwig von Preußen nicht heiraten.«

»Das hast du wohl nicht zu entscheiden.«

»Wieso eigentlich nicht? Ihr dürft doch auch heiraten, wen ihr wollt.«

Konstantin schnaufte laut auf, da wurde Nikolaus schon fuchsteufelswild.

»Versau mir bloß nicht meine Karriere. Das würde ich dir nie verzeihen. Wenn du einen Hohenzollern heiratest, dann kann ich es sogar zum Admiral schaffen. In ein paar Jahren könnte man mich sogar fürs Militärkabinett in Betracht ziehen. Ich rate dir dringlichst, keinen Fehler zu machen.«

Konstantin betrachtete seine Schwester zum ersten Mal mit anderen Augen. Ihm war noch nie aufgegangen, dass sie hinsichtlich des Heiratsthemas einen viel schwierigeren Stand hatte. Ihm war auch nie eingefallen, dass sie etwas dagegen haben könnte, Ludwig von Preußen oder irgendeinen anderen Kandidaten, den ihre Mutter ihr aussuchte, zu ehelichen.

Er neigte sich rüber zu Alexander und flüsterte: »Weißt du, was da vorgefallen ist? Warum ist sie so wütend?«

»Kriegst du eigentlich gar nichts mit?«

»Wie meinst du das?«

»Dass sie seit fünf Tagen in ihrem Zimmer eingeschlossen wird?«

Konstantin zuckte zurück, was ihm direkt wieder wilde Kopfschmerzen einbrachte. »Wieso das denn?«

Alexander sagte nichts. Konstantin nickte, er solle schon damit rausrücken, aber Alexander schüttelte seinen Kopf. Konstantin stand auf und stellte sich ans Fenster. Wieder nickte er. Diesmal kam Alexander tatsächlich zu ihm.

»Also, erzähl!«

»Auf welcher Seite bist du?«

»Welche Seiten gibt es denn?«

»Die Seite der erstarrten Traditionalisten, ich nenne sie auch Mamas Seite, oder die andere Seite.«

»Sehr übersichtlich. In dem Fall bin ich für die andere Seite.«

Alexander neigte sich rüber und sprach leise: »Ludwig von Preußen ist ein echter Widerling, sagt Katharina. Er betatscht sie immer, wenn sie sich treffen. Außerdem ist sie in jemand anderen verliebt. Dem hat sie geschrieben.«

»Diesen Industriellensohn?« Am Rande hatte Konstantin so etwas mitgekriegt.

»Ja. Und Mama hat einen Brief gefunden, bevor sie ihn abschicken konnte.«

»Aber sie ist doch sowieso noch zu jung zum Heiraten.«

»Mama will unbedingt eine verbindliche und öffentlich erklärte Verbindung zwischen dem Neffen des Kaisers und Katka.«

»Hm …« Was sollte er dazu sagen? Seine kleine Schwester, verliebt, genau wie er. Das waren ja ganz neue Aussichten. Und überraschenderweise war ausgerechnet Alexander ihr Komplize. Die Tür ging auf, und ihre Eltern kamen hinein.

»Das Telegramm ist von Anastasia und Graf Sawatzki. Ihnen geht es gut. Sie wünscht uns alles Gute und lässt dich fragen, Nikolaus, ob du ihr etwas von der Gänseleberpastete mitbringen kannst, wenn du in ihre Gegend kommst.«

Konstantins Kopfschmerzen kamen mit voller Wucht zurück. Wie dekadent! Wie dekadent und gedankenlos! Mama, seine Eltern, seine ganze Familie. Der einzige Mensch auf der ganzen Welt, mit dem er darüber sprechen konnte und der ihn verstehen würde, war Rebecca. Und ausgerechnet sie stieß ihn von sich.

Wie sollte er das aushalten? Ihr zukünftig zu begegnen, ohne ein vertrauliches Wort mit ihr wechseln zu können. Als wären sie Fremde. Oder schlimmer noch – Feinde. Dann kam ihm ein quälender Gedanke: Was, wenn sie sich wirklich versetzen ließ? Er würde sie verlieren für immer und ewig. Nein, das konnte er nicht zulassen. Leise stöhnte er auf.

Alexander schob sein Stöhnen auf den gestrigen Abend, grinste konspirativ und prostete ihm zu. Konstantin erwiderte den Gruß matt. Offensichtlich gehörte er jetzt Alexanders Fraktion an. Da er sicher nicht zu den erstarrten Traditionalisten zählte, war er wohl schon immer auf der anderen Seite gewesen. Als wäre das so einfach. Es gab nicht nur zwei Seiten, sondern unendlich viele. Nur war sein jüngster Bruder zu naiv und unerfahren, um das zu erkennen.

Konstantin drehte sich zum Fenster. Die Sonne verschenkte großzügig ihre Hitze und bedachte die Welt mit ihrem Leuchten. Die Weiden und Äcker strotzten vor Fruchtbarkeit. Dazwischen wand sich die Chaussee in einer langgestreckten Kurve, führte vorbei am Dorf und hinaus in die Welt. Von der herrschaftlichen Pflasterstraße zweigten drei Wege ab ins Dorf. Irgendwo dort musste es einen Weg zurück in Rebeccas Herz geben.

Im Hintergrund schwadronierte Nikolaus großspurig über noch nicht begangene Heldentaten. Konstantin konnte sich ohnehin nicht auf diese leichtsinnig dahingeworfenen Wünsche konzentrieren. Dunkle Zeiten würden aufziehen, auch wenn die Welt noch arglos schlief.

Er hoffte inständig, dass sich Rebeccas Zorn allmählich abkühlen würde. Und wenn er dann irgendwann seinen Einberufungsbefehl bekam, musste sie doch weich werden, oder nicht? Schließlich würde er dem Tod Auge in Auge gegenüberstehen. Und wenn das alles nichts half?

Ein Ass im Ärmel blieb ihm. Seine Idee war natürlich verabscheuungswürdig, und würde Rebecca je davon erfahren, so würde sie mit allem recht behalten, was sie seinem Stand so gerne vorwarf.

Aber er befand sich in einer Notlage. Als Gutsherrnsohn konnte er eine Macht und Willkür in die Waagschale werfen, gegen die sie nicht ankam. Wenn sie nicht von selbst einsehen würde, was gut für sie war, war er doch gezwungen, genau das zu tun: diese vermaledeite Macht gegen sie auszuspielen.

Konstantin wurde abgelenkt von Nikolaus, der wiederholt auf den Sieg prostete. Die letzten drei Kriege hatten die Deutschen in wechselnder Zusammensetzung gewonnen. Vielen reichte das als Garantie für einen weiteren Sieg. Doch der letzte Krieg war über vierzig Jahre her, Bismarck war schon lange tot, und der jetzige Kaiser gefiel sich vor allem in Fantasieuniformen und als emsiger Enthüller von Denkmälern. Konstantin fand Nikolaus' Glauben an einen schnellen und leichten Sieg kindisch. Niemand konnte vorhersagen, dass dieser Krieg erfolgreich sein würde. Niemand, der gescheit war, würde es auch nur versuchen. Krieg war schlimmer als eine Naturgewalt. Einmal losgetreten, wusste niemand, wie und wann er enden würde. Und dieser Krieg war erst wenige Stunden jung.

Nachwort Gut Greifenau

Gut Greifenau ist genau wie seine Bewohner und das Dorf Greifenau fiktiv. Auch wenn es viele schöne herrschaftliche Gutshäuser in Hinterpommern gab, deren Geschichten erzählenswert wären, musste ich Gut Greifenau erfinden. Nur so konnte ich die Geschichte so spinnen, wie ich sie erzählen wollte. Nehmen wir einfach an, das herrliche Gut Greifenau würde irgendwo im Dreieck von Stettin, Stargard und dem Pyritzer Weizacker liegen, wo die Böden noch fruchtbarer waren als sowieso schon in Hinterpommern.

Ebenfalls erfunden sind Ludwig Theodor Kasimir von Preußen und seiner Mutter Amalie Sieglinde von Preußen, Frau von Prinz Sigismund von Preußen. Sigismund von Preußen (nicht zu verwechseln mit dem gleichnamigen Neffen von Kaiser Wilhelm II.), der Vater Ludwigs, hat tatsächlich gelebt, allerdings nur zwei Jahre lang. Der jüngere Bruder von Kaiser Willem II. ist als Kleinkind an Meningitis gestorben. Für diese Geschichte habe ich Sigismund einfach ein sehr viel längeres Leben geschenkt.

Ausdrücklich erwähnen möchte ich allerdings, dass alle anderen historischen Gegebenheiten und Daten, Umstände und Hintergründe sehr genau recherchiert sind. Die fiktive Geschichte des Gutes und ihrer Bewohner ist eingebettet und eingewoben in die reale deutsche Historie und den pommerschen Alltag der damaligen Zeit.

Da ich gerne mal ins Detail gehe, musste ich mir zudem einige Menschen suchen, die Experten für bestimmte Ausschnitte der

Kaiserzeit sind. Viel Unterstützung habe ich in den Facebook-Gruppen »Kaiser Wilhelm II. – Zeit – Reenactor« und »1. Weltkrieg und Preußen Reenactment« bekommen, bei deren Mitgliedern ich mich hiermit herzlich bedanken möchte. Namentlich gilt mein besonderer Dank Sandra Gerlach, Daniel Krajewski und Rainer Ackermann, die mir mit ihrem profunden Spezialwissen über eine längst vergangene Zeit weitergeholfen haben. Fehler, die sich möglicherweise dennoch eingeschlichen haben, gehen allein auf mein Konto.

Bei einem Roman von mehreren Hundert Seiten gibt es Dutzende Aspekte, die wichtig sind. Und als Autorin sieht man manchmal den Wald vor lauter Bäumen nicht. Deswegen gilt mein größter Dank auch meinen ausdauernden Testlesern Esther Rae und meinem Mann Peter Dahmen.

Meine Agentin Regina Seitz hat mich in meinen Träumereien zu diesem großen Projekt bestmöglich unterstützt und mir beständig Mut gemacht, an die Verwirklichung zu glauben. Ihre Ratschläge sind mir wertvolle Wegbegleiter.

Mit ihrem geschulten professionellen Blick haben meine Lektorinnen Christine Steffen-Reimann vom Knaur Verlag und Dr. Clarissa Czöppan mir geholfen, aus einer guten Geschichte eine noch bessere Geschichte zu machen. Mein herzlichster Dank geht nach München an diese drei Letztgenannten.

Meine Danksagung geht ebenfalls an die vielen Buchhändlerinnen und Buchhändler, die mit ihrer Buchliebe dafür sorgen, dass meine Geschichte in viele gute Hände gelangt.

Mein größter Dank allerdings gehört Ihnen, liebe Leserinnen und Leser. Der Prozess des Schreibens ist ein einsamer. Er gelingt nur deshalb, weil ich weiß, dass meine Figuren von Ihnen so liebevoll empfangen werden und in Ihrer Obhut weiterleben dürfen. Ich wünsche Ihnen erfüllte Stunden und hoffe, dass die Figuren Ihnen ebenso ans Herz wachsen wie mir.

Wenn Sie mehr über die Bewohner
von Gut Greifenau und ihre Geschichte wissen wollen,
freuen Sie sich auf die Fortsetzung

Gut Greifenau

Nachtfeuer

die im Dezember 2018 erscheint.

*Der zweite Band der großen Familien-Saga
voller dramatischer Verwicklungen*

Hanna Caspian

Gut Greifenau

Nachtfeuer

Roman

August 1914: Der Erste Weltkrieg beginnt, und Konstantin muss an die Front. Sein Vater ist unfähig, das Gut zu führen, das bald hochverschuldet ist. Die Verbindung von Katharina mit dem Kaiserneffen Ludwig von Preußen wird nun zur Überlebensfrage. Doch Ludwig tritt nicht nur seiner Verlobten Katharina zu nahe ... Diese setzt ihre ganze Hoffnung auf eine Rettung durch den Industriellensohn Julius. Doch soll eine Ehe mit ihr ihm nur den Eintritt in den Adelstand ermöglichen? Und dann ist da noch der Kutscher Albert, der sein Geheimnis nur im Dorf Greifenau klären kann.